HEYNE

SCIENCE FICTION

Von **Ken MacLeod** erschien in der Reihe
HEYNE SCIENCE FICTION & FANTASY:

*Das Sternenprogramm* · 06/6383
*Die Mars-Stadt* · 06/6384
*Die Cassini-Division* · (in Vorb.)

KEN MacLEOD

# Die Mars-Stadt

*Roman*

Aus dem Englischen von
NORBERT STÖBE

Deutsche Erstausgabe

WILHELM HEYNE VERLAG
MÜNCHEN

HEYNE SCIENCE FICTION & FANTASY
Band 06/6384

Titel der englischen Originalausgabe
THE STONE CANAL
Deutsche Übersetzung von Norbert Stöbe
Das Umschlagbild ist von Chris Moore

*Umwelthinweis:*
Dieses Buch wurde auf chlor- und säurefreiem Papier gedruckt

Redaktion: Wolfgang Jeschke

Erstausgabe als
A Legend Book
An Imprint of Random House UK Limited, London
Mit freundlicher Genehmigung des Autors
und The Marsh Agency, Literarische Agentur, London

http://www.heyne.de
Deutsche Erstausgabe 4/2002
Printed in Germany 2/2002
Umschlaggestaltung: Nele Schütz Design, München
Technische Betreuung: M. Spinola
Satz: Schaber Satz- und Datentechnik, Wels
Druck und Bindung: Elsnerdruck, Berlin

ISBN 3-453-19678-3

*Für Sharon und Michael*

Mein Dank gilt folgenden Personen: Carol, Sharon und Michael für die Liebe (und den Frieden), die sie mir während des Schreibens schenkten; Iain Banks, der in guter Weinlaune die Rohfassung las; Mic Cheetham, der daran geglaubt hat; John Jarrold, der die Nerven behalten hat; den Partisanen Libertariens und des Nirgendwo (ja, Ihr seid gemeint); und Lara Byrne für eine Inspiration (und einen Genotyp).

»… wir haben die Gewißheit, daß die Materie in allen ihren Wandlungen ewig dieselbe bleibt, daß keins ihrer Attribute je verlorengehn kann, und daß sie daher auch mit derselben eisernen Notwendigkeit, womit sie auf der Erde ihre höchste Blüte, den denkenden Geist, wieder ausrotten wird, ihn anderswo und in andrer Zeit wieder erzeugen muß.«

FRIEDRICH ENGELS, *Dialektik der Natur*

# *Inhalt*

TEIL 3

## Die Schleusentore der Anarchie

TEIL 1

# Die Freiheitsmaschine

# 1 ■ Das Humanäquivalent

Er erwachte mit der Erinnerung an seinen Tod. Seine Augen und sein Mund waren offen, und er atmete keuchend die dünne Luft ein. Seine Beine zuckten, seine Finger rieben sich am Sand. Dann streckte er die Gliedmaßen und lag still. Sein Atem ging rasch, als hätte er Angst, jeder Atemzug könne der letzte sein. Er krallte die Finger in den Boden und sah zum tiefblauen, unergründlichen Himmel auf.

Er wälzte sich herum, richtete sich auf und schaute sich um. Er befand sich auf dem Hang eines flachen Hügels am Rande eines Kanals. Der Kanal war etwa zwanzig Meter breit. Auf einem mehrere hundert Meter breiten Streifen beiderseits des Kanals wuchsen dürres Gras und Gebüsch. Jenseits davon hatte der Boden eine rötliche Farbe.

Der Mann blickte in beide Richtungen des Kanals. Er reichte von Horizont zu Horizont, eine blaue Linie inmitten eines grünen Bandes, die den gewaltigen roten Kreis unter der blauen Himmelswölbung in zwei Hälften teilte. Nahe dem Zenit schien eine helle, kleine Sonne; der Mann sah zu ihr hoch, dann reckte er den Daumen, als wollte er jemanden grüßen. Er bewegte die Faust mit dem aufgerichteten Daumen hin und her und peilte daran entlang. Dann nickte er lächelnd.

Ein paar Meter weiter oben am Hang war der Untergrund geborsten, und unter der dünnen Erd- und Wurzelschicht trat nackter Fels zu Tage. Inmitten der wahllos verstreuten Brocken lag eine ellipsenförmige Kapsel von einem halben Meter Durchmesser und fünfundzwanzig Zentimetern Dicke. Unter- und Oberseite waren identisch und reflektierten das Licht; dazwischen befand sich eine Art Umrahmung mit matteren, mit Scharnieren oder Gelenken versehenen Stellen. Der Mann näherte sich der Kapsel und untersuchte sie vorsichtig. Dann bückte er sich, sah noch genauer hin und wandte sich jäh ab.

Er lief zum Rand des Kanals und blickte eine Weile hinein. Er legte die Kleidung ab – Stiefel und Socken, eine wattierte Jacke, Hose, T-Shirt und Shorts – und fuhr sich mit der Hand über den Körper, als wasche er sich ohne Wasser. Dann zog er sich wieder an und ging zur Kapsel zurück.

Er stemmte die Hände in die Hüfte und blickte stirnrunzelnd darauf nieder. Er öffnete den Mund, schloss ihn wieder, blickte sich um und zuckte die Achseln.

»Ich heiße Jon Wilde«, sagte er. »Und wer bist du?« Er machte nicht den Eindruck, als erwarte er eine Antwort.

»Ich bin eine Humanäquivalentmaschine«, sagte die Kapsel, um einen angenehmen, umgänglichen Tonfall bemüht. Der Mann zuckte leicht zusammen.

»Ich werde mich jetzt aufrichten«, setzte die Humanäquivalentmaschine hinzu. »Bitte erschrick nicht.«

Jon Wilde entfernte sich ein paar Schritte und trat dabei mit den Stiefeln Erde und kleine Steine vom Hang los. Mit klickenden, knirschenden Geräuschen entfaltete die Maschine aus dem Mittelteil vier metallene Gliedmaßen. Sie wirkten identisch, ausgestattet mit klauenartigen Fingern, Hand- oder Fußgelenken, Ellbogen oder Knien. Zwei der Gliedmaßen schwenkten nach unten, die mit Gelenken versehenen Fortsätze setzten auf dem Boden auf. Die Maschine streckte die Gliedmaßen und kam schaukelnd auf die Beine – wenn man denn von Beinen sprechen wollte. Sie war etwa halb so groß wie der Mann und erinnerte ein wenig an einen geduckt laufenden Kämpfer mit gesenktem Kopf.

Wilde sah darauf nieder.
»Wo sind wir?«, fragte er.
»Auf dem Neuen Mars«, antwortete die Maschine.
»Wie bin ich hierher gekommen?«
Das Schweigen währte etwa eine Minute. Wilde legte die Stirn in Falten, schaute umher und beugte sich in dem Moment vor, als die Maschine weitersprach:
»Ich habe dich erschaffen.«
Die Maschine wandte sich um und schritt davon.
Wilde eilte ihr nach.
»Wo willst du hin?«
»Nach Ship City«, antwortete die Maschine. »Zur nächsten Menschensiedlung.« Sie schwieg für einen Moment. »Ich an deiner Stelle würde mitkommen.«

Die Humanäquivalentmaschine und der Mann, den diese erschaffen haben wollte, gingen gemeinsam am Kanalufer entlang. Hin und wieder schaute der Mann zur Maschine hin. Ein paarmal machte er Anstalten, etwas zu sagen, wandte sich aber stets wieder ab, so als wäre die Frage oder Bemerkung, die ihm durch den Kopf ging, zu lächerlich, um sie in Worte zu fassen.
Nach einer Stunde und zwanzig Minuten blieb der Mann stehen. Auch die Maschine hielt nach ein paar Schritten an und schaukelte auf den Metallbeinen sachte hin und her.
»Ich habe Durst«, sagte der Mann. Das Wasser im Kanal floss träge dahin und war von grünen Algen durchsetzt. Er beäugte es misstrauisch. »Weißt du, ob man das Zeug trinken kann?«
»Das kann man nicht«, antwortete die Maschine. »Und ich kann das Wasser mit vertretbarem Energieaufwand auch nicht trinkbar machen. Allerdings kann ich dir versichern, dass du heute Abend in Ship City trinken wirst, wenn du weitergehst und hin und wieder eine Ruhepause einlegst.«

»In einer Marsbar?«, sagte Wilde und lachte. »Ich wollte schon immer mal in einer Marsbar abhängen.«

Eine weitere Stunde verstrich, dann sagte Wilde: »He, ich sehe sie!«

Die Maschine brauchte nicht nachzufragen. Ohne innezuhalten streckte sie geschmeidig die Beine, bis sich die Kapsel beinahe auf Kopfhöhe des Mannes befand, und sah nun das Gleiche wie Wilde: unregelmäßige Erhebungen am Horizont.

»Ship City«, sagte die Maschine.

»Eine Pause!«, rief der Mann, der sich anstrengen musste, um Schritt zu halten. »Es gibt keinen Grund, wie eine marsianische Kampfmaschine einfach loszupreschen.«

Der gleichmäßige Schrittrhythmus der Maschine veränderte sich nicht.

»Du bist kräftiger, als du glaubst«, sagte sie. Der Mann schloss zu ihr auf, und sie marschierten Seite an Seite weiter.

»Das gefällt mir«, setzte die Maschine nach einer Weile hinzu. »›Wie eine marsianische Kampfmaschine‹. Ha-ha.«

Ihr Lachen war noch verbesserungsfähig, wenn sie menschenähnlich klingen wollte.

Sie marschierten weiter. Die ihnen vorauswandernden Schatten wurden länger, und am Horizont, der dem Mann zwar fremdartig vorkam, jedoch nicht unerwartet nahe war, tauchte allmählich die Stadt auf. Die unregelmäßigen Erhebungen verwandelten sich in durch Bögen und schlanke, geschwungene Brücken verbundene hoch aufragende Türme; Kuppeln und Gebäudekomplexe wurden zwischen den Türmen sichtbar, zu deren Füßen sich ein Geflecht kleinerer Gebäude zu den Rändern hin ausbreitete, teilweise im Dunst verschwimmend.

Die kleine Sonne ging hinter ihnen unter, und eine

Viertelstunde später war es Nacht geworden. Der Mann blieb stehen, und auch die Maschine hielt an.

Jon Wilde drehte sich mehrmals im Kreis, ließ den Blick vom Zenit zum Horizont und wieder zurück schweifen, als suche er nach etwas Bekanntem. Er entdeckte jedoch nichts und wandte sich schließlich an die Maschine, deren Rumpf im Sternenlicht wie mit Reif bedeckt schien.

»Wie weit?«, fragte er mit trockenem Mund. Er deutete zum sternfunkelnden, eiskalten Himmel auf. »Wie lange?«

»He, Jon Wilde«, sagte die Maschine. Diesmal stimmte der Tonfall. »Wenn ich es wüsste, würde ich's dir sagen. Dieselbe Spirale, ein anderer Arm, mehr weiß ich nicht. Wir reden hier über Zahlen, Mann, wir reden über *geologische Zeiträume.*«

Die beiden Wesen hingen eine Weile jeder für sich ihren Gedanken nach, dann legten sie die letzten Meilen zu den immer zahlreicher werdenden Lichtern der Stadt zurück.

Stras Cobol, am Steinkanal. Irgendwo im Menschenviertel. Ein guter Ort, um sich zu verlaufen. Den Überwachungssystemen entgeht nichts …

Ein drei Kilometer langer Straßenabschnitt, an einer Seite das Kanalufer, an der anderen Gebäude, deren Größe die Vermögenswerte als Balkengrafik wiedergeben, angefangen von den hoch auf ragenden Türmen im Stadtzentrum bis zu den niedrigen Hütten und Baracken am Stadtrand, wo der rote Sand von der Wüste herangeweht wird und im Dunkeln die Fusionsanlagen der Familienfarmen leuchten. Auf der gleichen Trajektorie dringt zunehmend der Handel hinter den Wänden und Fenstern hervor und ergießt sich in die Verkaufsbuden und Bauchläden. Über die ganze Länge der Straße herrscht dichtes Gedränge von Menschen und Maschinen, die teilweise arbeiten und sich teilweise entspannen, während die Abenddämmerung herabsinkt.

Unter all den Gesichtern in der Menge fokussiert sich etwas auf ein bestimmtes Gesicht. Das Gesicht einer Frau, das kurzzeitig registriert wird, während sie sich einen Weg durchs Gewühl bahnt. Die Evaluierungsroutinen des Systems haben ihre Erscheinung kurz darauf kategorisiert: scheinbares Alter um die zwanzig, Größe ein Meter sechzig – weit unter dem Durchschnitt –, leichtes Übergewicht. Mittels hochhackiger Schuhe hat sie ihre Körpergröße auf den Normalwert angehoben, ihre Figur wird betont von einem langärmligen, hauteng gerippten Sweater und einem langen, engen Rock, der so geschlitzt ist, dass er ihre eiligen Schritte nicht behindert. Schulterlanges Haar, schwarz und dicht, schwingt um ihr hübsches und einprägsames Gesicht, das jedoch auf der Ästhetikskala des Systems keinen Ausschlag verursacht – breite Wangenknochen, volle Lippen, große Augen mit grüner Iris und sich plötzlich zusammenziehenden, auf Stecknadelgröße schrumpfenden Pupillen. Sie schaut offen in die verborgene Linse, die ihr diese Musterung zuteil werden lässt. Es hat den Anschein, als zwinkere sie der Optik zu.

Und weg ist sie. Sie ist aus dem Erfassungsbereich des Systems verschwunden, ist jetzt nichts weiter als eine verschwommene Anomalie, ein schwebender blinder Fleck und ein sich verflüchtigendes Unbehagen in dessen Gedächtnis, während seine Aufmerksamkeit gewaltsam auf einen Standbesitzer gelenkt wird, der einen Bottich mit heißem Öl ohne die gebotene Vorsicht über eine nahe gelegene Kreuzung karrt, und sich das Es-liegt-eine-Notsituation-vor-Programm einschaltet …

Aber sie ist noch da, schreitet immer noch eilig aus, und wir sind bei ihr, aus Gründen, die sich später erhellen werden. Wir sind in ihrem Raum, in ihrer Zeit, in ihrem Kopf.

Ihr hübscher kleiner Kopf enthält und verbirgt einen wahrhaft neo-marsianischen Geist, einen überlegenen, kühlen Intellekt ohne Mitgefühl, und gegenwärtig befindet er sich im Kampfmodus. Sie hat den Spion aktiviert, nicht den Soldaten, aber der Soldat ist auch da und wartet darauf, sich beim ersten Anzeichen von Gefahr einzuschalten. Die Körperbewegungen werden von der Sekretärin gemanagt, im Ruhemodus: Ihr Gang entspricht der Eile einer zu spät zu einer Verabredung Kommenden, das reicht einstweilen. Bloß dass sie schon weiter und schneller gelaufen ist als jedes andere Mädchen unter solchen Umständen und dass die Haut über den Achillessehnen wundgescheuert ist. Sie schaltet eine chirurgische Subroutine ein, worauf der Schmerz – nachdem seine Warnung beachtet wurde – merklich nachlässt.

Sie gestattet sich eine diffuse Zufriedenheit, weil sie das Überwachungssystem ausfindig gemacht und überlistet hat. Sie weiß, die eigentliche Gefahr droht ihr von menschlichen Verfolgern. Weil sie es nicht wagt, das Radar und das Sonar einzuschalten, kann sie nicht hinter sich blicken, doch alle anderen Hinweise, die ihr ins Auge fallen, wertet sie aus. Jedes Echo, jeden Reflex: in Fenstern und auf Metallflächen und den funkelnden Stoßstangen der Fahrzeuge, selbst die der Iris in den Augen entgegenkommender Passanten – dies alles dient dazu, eine Rundumsicht aufzubauen. Ständig upgedatet, ein asynchroner Palimpsest, der Menschen und Fahrzeuge – in Farbe und 3-D – aus ihrem Gesichtskegel in eine umfassendere Perspektive eingliedert, wo sie sich in Zeichentrickfiguren mit ruckartigen Bewegungen verwandeln, in bloße Umrisse, die sich hin und wieder, wenn ein Detail hervortritt, mit Farbe füllen. (Sie könnte die Farbwiedergabe beibehalten, wenn sie wollte, und das Visuelle und das Virtuelle nahtlos miteinander verschmelzen lassen, doch dazu reicht gegenwärtig ihre Rechenleistung nicht aus. Der Spion ist ein anspruchsvolles Bewusstseinstool und beansprucht stark die Ressourcen.)

Eine Warnung leuchtet auf, indezente Pfeile, die erst auf ein Gesicht zeigen, dann noch auf ein zweites, beide weit hinter ihr. Sie vergrößert diese fernen Schemen, zoomt sie heran und erkennt sie. Zwei Männer, schwere Jungs im Dienste ihres Besitzers. Ihre Namen hat sie nicht gespeichert, hat sie aber im Laufe der Jahre schon häufiger gesehen.

Der Spion analysiert ihre Bewegungen und meldet, dass sie noch nicht auf sie aufmerksam geworden sind; sie suchen, aber verfolgen sie nicht. Noch nicht.

Links bemerkt sie das Schild einer Bar, ›Malley Mile‹, mit neonbunten Buchstaben. Zum Glück nähert sich ihr gerade ein großer Mann, der dicht an den Hauswänden entlanggeht. Sie lässt den zwei Meter dreißig großen und zweihundert Kilo schweren Hünen passieren – das einzig Bemerkenswerte an ihm ist der unpassende Blumenduft des Shampoos, mit dem er sich vor kurzem den affenartigen Pelz gewaschen hat –, und als er sie nach hinten hin abschirmt, schlüpft sie geschmeidig durch den Eingang.

Ein mieses, geschmackloses Lokal. Jede Menge Holz und Metall. Die Musik ein dumpfer, maschinenhafter Hintergrundlärm. Die Lüftung kommt nicht an gegen den Qualm, und jemand hat bereits eine Mohnpfeife geraucht. In der Küche werden Süßwasserfische gegrillt. Niedrige Decke, schummrige Beleuchtung. Ihr Sehvermögen passt sich augenblicklich an, und schon ist es für sie wieder taghell, abgesehen von den wellenlängenverschobenen Farben. Der Spion übernimmt für die Dauer einer sekundenlangen Musterung des Raums. Natürlich gibt es Überwachung, jedoch nur das lokaleigene System, etwa so intelligent und so gefährlich wie ein Hund. Sie vermittelt ihm den Eindruck, die *Person*, die soeben hereingekommen ist, sei *freundlich*, habe ihm soeben den Kopf getätschelt und könne von nun an ignoriert werden.

Etwa ein Dutzend Gäste halten sich im ›Malley Mile‹ auf: Farmarbeiter und Mechaniker auf Barhockern, und Büroangestellte – überwiegend junge Frauen – an den runden Tischen. Sieht so aus, als hätten sie auf dem Heimweg einen Drink zu sich nehmen wollen und seien einfach sitzen geblieben. Gut. Sie bemerkt ein Hinweisschild: Keine versteckten Waffen. Sie holt eine Pistole aus der Handtasche, steckt sie sich hinter den Rockgürtel und geht zum Tresen. Die Mädchen an den Tischen bemerken sie, die Männer auf den Barhockern bemerken sie, aber das liegt bloß daran, dass sie hübsch ist, und nicht daran, dass sie fehl am Platz gewirkt hätte.

Der Barkeeper ist auch ein Riese, ein Giganthopecus mit vergrößertem Gehirn oder was auch immer (mit den Bezeichnungen kennt sie sich nicht aus), und er stützt sich traurig auf die Ellbogen, während die Handgelenke über den Tresenrand vorragen. Er wendet sich von den Gladiatoren im TV ab und lächelt sie an, jedenfalls bleckt er seine gelben Fangzähne.

»Ya?«

»Einen Dark Star, bitte.«

Ohne sich aufzurichten zieht der Mann die Flaschen aus dem Regal und mixt Rum mit Cola.

»Eisch?«

»Sehr gern.« Sie achtet auf die Zischlaute; dem Drang, in eine Art Mimikry zu verfallen (ein Programmfehler des Spions), lässt sich nur schwer widerstehen. Sie überlässt es dem Spion, zu zahlen und den passenden abgegriffenen Geldschein aus ihrer geklauten Sammlung auszuwählen. Mit Goldwerten kommt sie in allen Bewusstseinsmodi gut zurecht, aber Getreide und Maschinenteile, Land und Arbeitszeit sind ihren meisten Persönlichkeiten fremd.

Die Eisstücke klirren, als sie den Drink zu einem freien Tisch an der Rückseite des Lokals mitnimmt. Sie setzt sich mit dem Rücken zur Wand. Sie legt Handtasche und Pistole lässig auf den Tisch. Sie probiert den Drink, steckt sich eine Zigarette an und behält die Tür im Auge, als warte sie auf das Erscheinen einer Freundin oder ihres Freundes.

Die beiden Phantombilder, die noch immer in ihrer Mustererkennung und Zielerfassung gespeichert sind, können jeden Moment durch die Tür treten. Wenn sie Glück hat, wissen sie nicht, dass sie bewaffnet ist. Sie ist sich fast sicher, dass sie über den Spion, den Soldaten und all die anderen Routinen, die sie runtergeladen hat, nicht Bescheid wissen. Sie erwarten die Sekretärin, Sex oder das Ich-Programm, die allenfalls zum Treten, Beißen oder Kratzen taugen. Damit werden sie fertig werden, und was die anderen Gäste betrifft ... sobald die schweren Jungs ihre Karten zücken, werden sie mit dem gleichen Mitgefühl, das sie auch der Bergung eines gestohlenen Fahrzeugs entgegengebracht hätten, zuschauen, wie sie auf die Straße gezerrt wird.

Doch es gibt Leute in diesem Viertel, die die Dinge anders sehen, und wenn nicht die Wiederbeschaffungsleute – die Greifer, wie sie auch genannt werden – hereinkommen und sie finden oder wenn sie hereinkommen und sie trotzdem nicht festnehmen, dann wird sie in den Nebenstraßen nach menschlichen Verbündeten suchen.

Jetzt heißt es abwarten. Ihr Besitzer hat vielleicht schon herausgefunden, welche Hard- und Software sie mitgenommen hat, und dann hat er bestimmt jemanden oder etwas auf sie angesetzt, der oder das seine Sache versteht.

Sie lässt den Eingang nicht aus den Augen und hält die Hand dicht bei der Pistole.

»Wird hier englisch gesprochen?«

Wilde schlurfte den Weg am Kanalufer entlang – der Trampelpfad hatte sich erst zu einem Streifen verbackenen Sandes verbreitert und mündete nun auf eine Straße, die aus dem gleichen Material bestand, als habe der Finger eines Gottes vom Weltraum aus die Linien gezogen – und wartete auf die Antwort der Maschine.

Die Stadt war am Horizont allmählich gewachsen und wirkte nun wie ein riesiges, irgendwie organisches Durcheinander von hoch aufragenden schlanken Türmen, deren offen zu Tage liegende Strukturen an die Knochen oder die Skelette von Meereswesen erinnerten und deren Umrisse von Lichtern erhellt wurden. Was aus der Ferne wie verfilztes Unterholz gewirkt hatte, differenzierte sich nun zu einem Saum niedriger Unterkünfte, der sich – anders als bei all den anderen Slums, die Wilde bislang gesehen hatte – offenbar durch das Stadtzentrum, an dessen Rand sie nun standen, hindurchzog. Zu ihrer Rechten und Linken lagen Felder. Die riesigen Maschinen auf diesen Feldern waren der einzige Verkehr, dem sie bislang begegnet waren. Lichter waren an ihnen vorbeigekommen, doch es war schwer zu erkennen gewesen, ob sie natürlichen oder künstlichen Ursprungs waren. Einmal war etwas Großes über sie hinweggerauscht, das ein grünes Nachbild hinterließ oder aber einen Schwanz besaß und über der Stadt schließlich aufgeblitzt war.

»Wasserfall«, hatte die Maschine erklärt, was ihm auch nicht weiterhalf.

Jetzt wechselte sie von einem Bein aufs andere und

beantwortete Wildes Frage. »Man wird dich verstehen«, sagte sie zögernd. »Englisch ist die gebräuchlichste Sprache. Allerdings könnten dein Wortschatz und dein Akzent – der meine übrigens auch – ein wenig auffallen.«

»Bevor wir weitergehen«, sagte Wilde und ließ den Blick von den Gebäuden unter den ersten Straßenlaternen zur Maschine schweifen, »erklär mir ein paar Dinge. Erstens, gilt es hier als normal, sich mit einer Maschine zu unterhalten? Ich meine, gibt es hier noch weitere … Roboter wie dich?«

»So könnte man sagen«, erwiderte die Maschine trocken.

»Okay. Was mich betrifft, so brauche ich was zu trinken und zu essen und einen Ort, wo ich mich langmachen kann. Gehe ich recht in der Annahme, dass ich dafür werde bezahlen müssen?«

»Aber sicher doch«, sagte die Maschine.

»Und du hast nicht zufällig Geld in deinem Rumpf versteckt?«

»Nein, aber ich weiß etwas Besseres. Siehst du das zweite Gebäude an der Straße? Das ist eine Bank.«

Wilde schwieg, hatte aber den Mund geöffnet.

»Du weißt doch, was das ist, oder?«

Wilde lachte. »Soll ich dort vielleicht meine Habseligkeiten verpfänden, um ein paar Kröten lockerzumachen?« Er deutete auf die Kleidung, die er am Leibe trug. »Das würde mir nicht weiterhelfen …«

Die Maschine ließ ein recht überzeugend klingendes höfliches Hüsteln vernehmen.

»Oh.« Wilde blickte sie mit neu erwachtem, forschendem Interesse an. »Ich verstehe.«

Er setzte sich in Bewegung, zum ersten Mal vor der Maschine. Die Maschine stakte hinter ihm drein.

»Komm bloß nicht auf falsche Gedanken«, sagte sie mit einer Stimme, so steif wie ihr Gang.

Eines der Mädchen am nächsten Tisch gibt mit einem grässlichen authentischen Akzent voller Gefühlsduselei ihre eigene Version des Barmottos zum Besten.

*»Könnt' ich wandeln über den Reeegenbogen,*
*der glänzt über dem Malley Miiiile …«*

Das Ich weiß, dass das Malley Mile ein realer Ort ist und dass sich das Gefühl des Verlusts und der Regenbogeneffekt auf Aspekte seiner Realität beziehen, die selbst ihre kalten Augen – oder ist das Teil des Programms? – mit Tränen füllen. Der Wissenschaftler lässt sich in einem fort darüber aus, aber sie will im Moment nicht mehr wissen.

Sie hat sich soeben den dritten Drink geholt, verbrennt den Alkohol unmittelbar zu Energie und denkt daran, die Wirkung zu emulieren, als plötzlich die Tür aufgerissen wird und eine junge Frau hereinkommt, die bestimmt keine Büroangestellte ist, die sich entschlossen hat, das Wochenende hier zu beginnen.

Sie ist hoch gewachsen und hager, wenngleich die Fliegerjacke ihr Kreuz optisch verbreitert. Enge Jeans, Weltraumstiefel, eine große Automatik im Gürtelhalfter. Auf der anderen Seite der Hüfte trägt sie eine große Umhängetasche. Kurzes blondes Haar, das locker am Schädel anliegt. Das Gesicht zu knochig, um hübsch zu sein. Was für sie einnimmt, sind vor allem ihre hellblauen Augen und ihr breites Lächeln, das sie gerade den Männern an – und dem Mann hinter – der Bar zuwendet.

Sie geht zum Tresen und bestellt sich ein Bier, und während sie trinkt, unterhält sie sich mit ein, zwei Männern, und während sie plaudert, langt sie in ihre große Tasche, holt ein paar Zeitschriften heraus und zählt sorgfältig die Münzen ab, welche die Männer ihr reichen. Einige nehmen die Zeitungen, als wären sie wild darauf, sie zu lesen, andere mit einem Anflug von Widerwillen und viel Gerede, die meisten aber schütteln bloß den Kopf oder zucken die Achseln und wenden sich wieder ihren Unterhaltungen zu oder dem Fernsehschirm, wo gleich jemand erschossen werden soll. Währenddessen blickt sich das Mädchen hin und wieder im Raum um, was zur Folge hat, dass der Spion hin und her gerissen ist zwischen der Bewunderung für ihr unauffälliges Verhalten und der Besorgnis, sie hielte Ausschau nach jemandem, der dem harten kleinen Herzen des Spions namens Ich nahe steht.

Das Mädchen an der Bar unterhält sich noch eine Weile mit den Männern auf den Barhockern, dann steht sie lässig auf und versucht, die Zeitungen den Büroangestellten zu verkaufen. Das gelingt ihr bloß an einem Tisch, dann nähert sie sich dem letzten Tisch mit der dunkelhaarigen Frau ohne Begleitung.

Ein Schuss fällt. Zwei Hände greifen zu zwei Pistolen und werden zurückgezogen, als aus dem Fernseher und von den Zuschauern wüstes Triumphgeschrei ertönt, was darauf schließen lässt, dass soeben eine tödliche Strafe vollstreckt wurde.

Und dann steht sie grinsend und kopfschüttelnd vor ihr und blickt auf sie nieder. »Nervös heute Abend, nicht wahr?«, sagt sie.

Der Spion und der Soldat sind in der Tat auf dem Sprung und ringen um die Oberhand, und der Spion kann nichts weiter tun, als den scharfen Befehl des Soldaten in eine höflich vorgebrachte, gedämpfte Aufforderung zu verwandeln: »Verdecken Sie mir nicht die Sicht auf die Tür.«

Die hoch gewachsene Frau tritt eilig beiseite. Sie wirkt überrascht, geht aber nicht weiter.

»Hi«, sagt sie. »Ich heiße Tamara. Und wie ist Ihr Name?«

Das Ich übernimmt. Sie lässt die Hand dort, wo sie ist.

»Dee«, sagt sie. »Dee Model.«

»Aha«, meint Tamara. »Ich verstehe.« Ihre Augen weiten sich ein wenig, dann blickt sie kurz weg, als wisse sie nicht weiter. »Was dagegen, wenn ich mich setze?«

Dee nickt. Die junge Frau nimmt zu Dees Rechten Platz, zwischen ihr und der Bar.

»Was für Zeitungen verkaufst du da?«, fragt Dee.

Tamara schiebt eine über den Tisch. Der Name lautet *Der Abolitionist*, in eigentümlich unregelmäßigen Buchstaben mit Serifen. Die Artikel, die der Spion in etwa zwei Sekunden aufnimmt und die nach und nach zum Ich durchsickern, stellen eine merkwürdige Mischung dar: Nachrichtenschnipsel über Arbeitskonflikte; technische Artikel über Assembler, Reaktoren und dergleichen; ein paar Spalten voll paranoiden Geschwätzes über verschiedene wichtige Persönlichkeiten, in denen auch der Name von Dees Besitzer hin und wieder auftaucht; und weitschweifige Abhandlungen über künstliche Intelligenz.

Dee legt die Zeitung beiseite, nachdem sie sie anscheinend höchst beiläufig überflogen hat. Einen Moment lang fragt sie sich, ob dies eine Falle ist, doch das hält der Spion für unwahrscheinlich: Das sind genau die Ideen, die sie in diesem Viertel erwartet hat, und es ist offensichtlich, dass Tamaras Parteinahme den Anwesenden bekannt ist, jedoch eher resigniert zur Kenntnis genommen wird. (Der Gedanke, die Anwesenden könnten Teil eines kunstvollen Komplotts sein, kommt weder Dee noch dem Spion: Ihre persönliche Geschichte ist zwar reich an Intrigen und Verrat, doch es fehlt ihnen an der ausufernden konspirativen Vorstellungskraft, die ihnen bereits zur zweiten Natur geworden wäre, wenn sie ständig Gefahren ausgesetzt wären.) Dee versucht, nicht allzu hoffnungsfroh zu klingen.

»Glaubst du wirklich, dass die Humanäquivalentmaschinen den Menschen, sagen wir, ebenbürtig sind? Dass sie eigene Rechte besitzen?«

»Aber sicher doch«, sagt Tamara. »Du nicht?«

»Hm«, macht Dee. »Ich möchte dir einen Drink ausgeben.«

Als sie vom Tresen zurückkommt, hat sie Tamaras Tasche dabei. Sie stellt sie schwungvoll unter den Tisch und legt ihre Pistole darauf. Tamara winkt ab, als sie ihr eine Zigarette anbietet. Dee steckt sich eine an und beugt sich vor.

Der Soldat übernimmt den zweiten Platz vom Spion, dem das alles nicht gefällt. Der Spion kann nichts weiter tun, als dafür zu sorgen, dass niemand ihre Unterhaltung belauscht. Eine kurze Sondierung der Raumelektronik, dann fährt die Musikanlage die Lautstärke um ein paar Dezibel hoch.

»Ich bin eine Maschine«, sagt Dee.

Tamara hat dies aufgrund ihres Namens offenbar halb erwartet, dennoch vermag sie es nicht ganz zu glauben.

»Könnte sein, dass du mich verarschst, Mädel«, sagt sie.

Dee zuckt die Achseln. »Der größte Teil meines Körpers wurde in einer Retorte gezüchtet. Mein Gehirn ist überwiegend künstlichen Ursprungs. Technisch und juristisch betrachtet bin ich ein hirnloser Klon, der von einem Computer gesteuert wird. Beide Komponenten sind nichts weiter als geistlose Objekte, trotzdem nehme ich mich als Person wahr.«

Tamara nickt heftig, nach Menschenart.

»Und ich brauche deine Hilfe«, setzt Dee hinzu. »Ich bin weggelaufen, und die Angestellten meines Besitzers suchen hier in der Gegend nach mir.«

Tamaras Kopf kommt zur Ruhe, und ihr Mund klappt auf.

»Mist«, sagt sie.

Dee starrt sie an. »Was ist los?«, fragt sie. »Passt dir das nicht?« Sie wirft einen Blick auf die Abolitionistenzeitschrift. »Oder ist das alles bloß …«

Tamara schließt einen Moment lang die Augen und schüttelt leicht den Kopf. »Das ist es nicht«, sagt sie verlegen. Sie legt die Finger an die Nase und spricht in diese unzureichende Maske hinein. »Selbstverständlich werde ich dir helfen … Wir werden dir helfen. Es ist bloß – das ist nicht unsere Hauptbeschäftigung, verstehst du? Wir haben ein paar Leute dazu überredet, ihre Maschinen freizugeben, aber eine Maschine, die sich selbst befreit, das passiert nicht oft. Jedenfalls hört man nichts davon.« Sie lächelt, hat sich wieder gefasst. »Bist du bereit zu kämpfen?«

»Ich bin zu jeder Art Kampf bereit«, sagt Dee. »Was bedeutet ›wir‹?«

»Ein halber Straßenblock voller Anarchisten«, sagt Tamara.

Dee versteht nicht genau, was das bedeutet, doch es klingt hoffnungsvoll, zumal so, wie Tamara es sagt.

»Hast du einen Unterschlupf für mich?«, fragt Dee.

»Wir sind wahrscheinlich deine größte Chance«, antwortet Tamara ausweichend. »Bislang hat es noch keine richtige Auseinandersetzung deswegen gegeben. Das wäre schon was, wenn wir die ersten wären. Verdammt noch mal. Das würde die Stadt in ihren Grundfesten erschüttern, den ganzen beschissenen Planeten!«

Dee überlegt, weshalb das so sein sollte, doch abgesehen von einem schwachen Winken des Wissenschaftlers hat sie keine entsprechenden Informationen gespeichert.

»Warum?«, fragt sie.

Tamara starrt sie an. »Du bist wirklich eine Maschine«, sagt sie und lächelt an ihrer Hand vorbei. »Sonst wüsstest du die Antwort.«

Dee lässt sich das durch den Kopf gehen und bemüht sich, die vagen Andeutungen des Wissenschaftlers in Worte zu fassen.

»Wegen der Schnelldenker, nicht wahr?«, meint sie aufgeweckt. »Und wegen der Toten?«

Tamaras Augenbrauen schnellen in die Höhe. »Das sind die intelligenten Bedenken«, sagt sie. »Das eigentliche Problem sind die dummen Befürchtungen … Das wirst du schon noch merken. Ist damit zu rechnen, dass draußen die Greifer rumlaufen?«

Dee überlegt kurz.

»Nein«, antwortet sie. »Im Moment nicht. Aber vielleicht sind da ja noch andere.«

Tamara leert ihr Glas. »Gehen wir«, sagt sie.

Sie sammeln gerade ihre Sachen auf, als die Tür aufgeht und ein junger Mann und ein alter Robot hereinkommen. Der Mann wirkt ausgezehrt und trägt Wüstenkleidung, der Robot ist ein einfaches Standardmodell. Tamara beachtet sie nicht weiter, Dee hingegen beobachtet aufmerksam, wie der Mann am Eingang stehenbleibt und den Raum neugierig mustert.

Als er sie bemerkt, kommt sein Blick zur Ruhe.

Er tritt einen Schritt vor. Sein Gesicht verwandelt sich wie unter Beschleunigungsdruck in eine fürchterliche Maske der Angst, eher eine Verzerrung der Gesichtszüge als ein Gesichtsausdruck – undeutbar, unmenschlich.

Gleichzeitig spürt Dee, wie die forschenden Sinne des Robots ihren Körper scannen und ihr Gehirn anzapfen. Der Spion und der Soldat und das System bewegen sich mit Schwindel erregender Geschwindigkeit durch die Räume ihres Geistes und wehren den

Hackerangriff ab. Ihre eigenen Versuche werden von einer Abschirmung abgewehrt, die ebenso hart wie die Metallhülle des Robots und vielleicht mit ihr identisch ist. Der Robot setzt sich ruckartig in Bewegung, während der Mann einen zweiten Schritt auf sie zu macht. Mehrere von Dees Ichs schreien, sie soll von hier verschwinden.

Sie hat die Pistole mit beiden Händen gepackt, der Tisch ist umgestürzt, und Tamara steht neben ihr. Abgesehen von der dumpfen Musik und dem Gegröle des Stadiumpublikums ist es still geworden in der Bar.

»Zum Hinterausgang!«, sagt Tamara mit zusammengebissenen Zähnen. Sie zieht Dee rückwärts gehend nach rechts, schiebt sie durch eine Tür, die vor ihnen aufschwingt. Sie befinden sich auf einem Gang, der lediglich von ein paar gelben Lichtklecksen erhellt wird und durchdringend nach Bier und Fisch stinkt.

Dee passt ihre Sicht an und sieht, dass Tamara heftig blinzelt, als sie herumwirbelt. Anhand ihrer Bewegungen schließt Dee, dass Tamara im Dunkeln mindestens ebenso gut sehen kann wie sie selbst.

»Komm schon!«, ruft Tamara und stürmt den Gang entlang. Dee streift die Schuhe ab, hebt sie auf und rennt Tamara nach, eine Treppe hinunter und um ein paar Ecken in einen noch dunkleren, noch übler riechenden Gang, eigentlich eher ein Tunnel. Dee kann den Verkehr über ihren Köpfen hören und schmeckt Wasserdampf in der Luft, der mit jedem Schritt intensiver wird. Sie blickt sich um, doch von Verfolgern ist nichts zu sehen. Das Wasser in der Luft schmeckt nach Rost. Rutschend kommen sie vor einer massiven Metalltür am Ende des Gangs zum Stehen. Tamara hantiert an den oben und unten angebrachten Riegeln, bis sie mit einem Klirren aufspringen. Sie hält inne, lauscht, dann zieht sie vorsichtig die Tür auf und hält sich dahinter versteckt, bis diese fast parallel zur Wand steht. Währenddessen späht sie unablässig daran vorbei, ohne sich umzuschauen.

»Warte«, flüstert sie. Die Warnung ist überflüssig: Der Soldat hat sich eingeschaltet, und Dee steht flach an der Tunnelwand, zwei Meter vom Ausgang entfernt, und nähert sich ihm ganz langsam. Als sich ihr Gesichtsfeld weitet, sieht sie, dass die Tür auf einen schmalen Betonabsatz oberhalb des Kanals hinausgeht, der an dieser Stelle etwa fünfzig Meter breit ist. Die Lichter von der gegenüberliegenden Straße, der Rue Pascal, werden vom kabbeligen schwarzen Kanalwasser reflektiert, das aufgerührt ist von den Linienbooten. Aus dem Platschen und Seufzen des Wassers schließt sie, dass der Außenbordmotor am Rande ihres Gesichtsfelds zu einem kleinen Dinghi gehört, das dicht bei der Tür angelegt hat.

Auf dem meterbreiten Kai bewegt sich ein Schatten – ihr eigener.

Sie blickt sich in den Tunnel um. Weit hinten ist soeben ein Licht angegangen, und irgendwo auf dem Gang bewegt sich etwas. Tamara bemerkt es gleich darauf auch und tritt hinter der Tür hervor. Sie blickt Dee an, zeigt nach draußen, dann deutet sie mit zwei Fingern ruckartig nach links und nach rechts. Gleichzeitig stürzen sie aus der Tür und wenden sich in entgegengesetzte Richtungen, suchen das Gleichgewicht und hocken sich auf den Kai.

Dee sieht das Kanalufer drei Meter bis auf Straßenhöhe ansteigen, sie sieht den Kai, der bis zu einer mehrere hundert Meter entfernten Kreuzung am Kanal entlangläuft. Boote und Lastkähne haben daran festgemacht, Türen und Tunnelmündungen durchbrechen die Seitenwand. Im Moment hält sich niemand auf dem Absatz auf.

In der Gegenrichtung sieht es ganz ähnlich aus, bloß dass sich der Kanal hier bis in die Dunkelheit der

Wüste erstreckt. Jetzt endlich hört Dee das Geräusch eiliger Schritte, die etwa in der Tunnelmitte angelangt sind. Sie macht Tamara hektisch Zeichen.

»Ins Boot!«, sagt Tamara. Sie holt die Leine ein, und das kleine Schlauchboot stößt gegen den Rand des Kais. Es schaukelt kaum, als Tamara hineintritt, gerät jedoch in heftige Bewegung, als Dee ihr folgt. Sie findet sich in der feuchten Kuhle des Bootes auf dem Rücken wieder, unter ihr Handtasche und Schuhe. Ihre Füße kommen Tamaras Füße in die Quere, als die Menschenfrau ablegt und den Außenborder anlässt. Dee ist froh über ihre unwürdige Lage, als Tamara Gas gibt, das Motorengeräusch zu einem lauten Heulen anschwillt und sich der Bug des Bootes aus dem Wasser hebt. Das Boot jagt aufs Wasser hinaus, und Tamara steuert eine weite Kurve, worauf sie, untermalt von den Rufen und Flüchen einer anderen Bootsbesatzung, mitten über den Kanal davonsausen, während gleichzeitig in der Tunnelmündung eine Gestalt auftaucht.

Es ist der Mann, der sie erkannt hat. Er ruft ihr etwas nach, doch seine Worte gehen im Motorenlärm unter. Tamara legt abermals Ruder, das Boot schwenkt inmitten einer Gischtwolke herum und fährt durch eine schmale Einmündung unter der Stras Cobol hindurch in einen Seitenkanal, der zwischen hohen, fensterlosen Wänden einherführt, die keine fünf Meter auseinanderliegen.

»Ein Glück, dass das Boot da war«, sagt Dee.

Tamara schnaubt. »Das Boot gehört mir! Ich habe vor einer Stunde dort angelegt, als ich die Runde durch die Kneipen begonnen habe.«

Dee lächelt schwach. »Wo fahren wir hin?«

»Zum Circle Square«, antwortet Tamara. »Zum Viertel der lebenden Toten. Dort wimmelt es von schlechten Künstlern, freidenkenden Maschinen und Anarchisten, die sich darüber streiten, wie die Anarchie aussehen soll. Dort ist es sicher.«

Dee ist sich unsicher, wie sie dies aufnehmen soll.

»Danke, dass du mir geholfen hast.«

Tamara blickt an Dee vorbei aufs dunkle Wasser. »Ja, also … ich muss zugeben, mir ist nicht ganz klar, wobei ich dir eigentlich geholfen habe. Dieser Typ und der Robot sahen eigentlich nicht nach Greifern aus. Hast du sie erkannt, oder was?«

Diese Frage hat Dee sich auch schon gestellt. »Nein«, sagt sie mit kalter Stimme. »Aber er hat mich erkannt. Da bin ich mir sicher.«

»Ich auch«, meint Tamara trocken. »Ich glaube bloß nicht, dass er dich von Fotos her kennt. Im ersten Moment sah er aus, als wollte er dich umbringen. Als wollte er irgendjemanden umbringen, aber, Mann, das hätte auch der Schock sein können oder so was – he!« Sie sieht Dee ins Gesicht. »Du bist doch nicht etwa *tot*, oder? Ihr beide habt vielleicht schon mal gelebt.« Sie wirkt recht erfreut über diesen Gedanken. »Das geht schon in Ordnung, mir kannst du's ruhig sagen. Die Toten sind uns ebenso willkommen wie die Maschinen, okay?«

Dee weiß nicht viel über die Toten. Früher einmal, als sie noch neu war, hat sie gemeint, sie könne die Toten, wenn sie das Ohr an die Wand legte, sich munter in toten Sprachen unterhalten hören. Doch das war bloß das Rauschen der Maschinen, der Hardware, des Marks in den kalten Knochen der Stadt.

Das hatte jedenfalls ihr Besitzer ihr mit einem beinahe freundlichen Lachen erklärt. In barscherem Ton hatte er hinzugefügt: »Die Toten sind nicht mehr da. Und sie kommen auch nicht wieder. Die meisten jedenfalls … ach, vergiss es!«

Und sie hatte gehorcht.

Sie ist sich nicht sicher, ob sie sich über Tamaras Spekulationen ärgern soll, aber schließlich sind sie bloß

Ausdruck der menschlichen Beschränktheit: In gewisser Weise macht Tamara, wenn sie glaubt, die Maschinerie, die so lebendig wirkt, müsse zumindest tot sein, den gleichen Fehler wie damals sie selbst, als ihr Gehirn gerade zu arbeiten begann.

Daher lächelt sie Tamara selbstgefällig an und sagt: »Du kannst meinen Kopf scannen, wenn du magst, und dich vergewissern.«

»Angenommen, dein Körper ist eine Kopie? Ein Klon?«

Daran hat Dee noch nicht gedacht, und die Vorstellung erschüttert sie stärker, als sie zeigen möchte. Sie zuckt die Achseln. »Das wäre möglich.«

»Siehst du«, sagt Tamara. »Dann würde der Vorfall mit dem Mann auf einer Verwechslung beruhen. Also kein Grund zur Besorgnis.«

Sie gibt wieder mehr Gas. Das empörte Quieken der von den feuchten Simsen gespülten Robben-Ratten folgt ihnen nach.

»Das war sie nicht«, sagte der Robot, dessen Tonfall eher einem leise gestellten Radio als einer menschlichen Stimme ähnelte. »Also vergiss es. Es bringt dir nichts, wenn du ihr weiter nachjagst. Das war bloß eine verdammte Maschine.«

Wilde war durch den Tunnel zurückgestapft, hatte sich beim Barkeeper entschuldigt, die entstandenen Schäden bezahlt und einen steifen Drink, ein großes Bier und eine Portion gegrillten Fisch bestellt. Der Robot, der sich ihm gegenüber auf einem Stuhl niederließ, hatte keine Kommentare herausgefordert.

Wilde wischte sich mit dem Handrücken über den Mund und funkelte die Maschine an.

»Sie hat nicht ausgesehen wie eine Maschine. Sie hat ausgesehen wie eine richtige Frau. Sie hat ausgesehen wie …«

Er stockte gequält.

»Wie ein Klon«, vervollständigte die Maschine unerbittlich den Satz.

»Aber warum? Warum sie? Wer sollte …?« Er starrte die unerschütterliche Kapsel an. »Nein!«

»Doch«, sagte die Maschine. »Er ist hier.«

## 2 ■ Steinzeitmenschen

Ich erinnere mich, wie er sich mit den Ellbogen auf den Tresen des ›Queen Margret Union‹ stützte, auf unsere Getränke wartete und sagte: »Wir werden es erleben, Wilde! Wir werden es sehen! Einen einzigen beschissenen Computer, mehr braucht es nicht, bloß eine Maschine, die intelligenter ist als wir, und schon ziehen sie uns davon.«

Reids Augen funkelten, er klang vergnügt. So war er immer, wenn sich eine Idee bei ihm festgesetzt hatte und er Prophezeiungen aussprach. Prophetisch klang es gewiss, doch im Dezember 1975 war die Idee nicht einmal originell. (Damit ist übrigens das Jahr nach Christus gemeint.) Er hatte sie aus einem Buch.

»Was meinst du eigentlich mit ›davonziehen‹?«, fragte ich.

»Wenn wir«, fuhr er in ruhigerem Ton fort, »eine Maschine erschaffen können, die intelligenter ist als wir, dann kann diese wiederum eine Maschine erschaffen, die intelligenter ist als sie selbst. Und so immer weiter. Eine galoppierende Evolution, Mann.«

»Und was wird dann aus uns?«

Reid schob mir ein großes Glas Apfelmost hin.

»Wir bleiben zurück«, sagte er fröhlich. »Wie Affen in einer Stadt voller Menschen. Komm, wir suchen uns einen freien Tisch.«

Die Studentenvereinigung der Universität Glasgow stammte aus einer Zeit, als Frauen noch nicht zum Studium zugelassen waren. Sie war immer noch nicht ganz auf der Höhe der Zeit. Die Studentinnen hatten einen eigenen Treffpunkt, das QM, in dem Studierende beiderlei Geschlechts zugelassen waren. Dort trieben sich daher die radikaleren und progressiveren männlichen Studenten herum, außerdem bot es sich natürlich an, wenn man ein Mädchen aufreißen wollte.

Und genau das hatten wir vor: zur Einstimmung mit unseren Kumpeln ein paar Drinks in der Bar und dann gegen zehn in die Disco, mal sehen, ob jemand Lust zu tanzen hätte. Es wurde deshalb vorher so viel wie möglich getrunken, weil die Schlange an der Discobar für die reserviert war, die eine Runde ausgaben oder – was noch besser war – einer Tanzpartnerin einen Drink spendierten.

In der Bar – gemeint ist die Bar der Studentenvereinigung, nicht die Discobar – war es um diese Zeit noch recht ruhig. Daher fanden wir auch freie Plätze, und zwar auf einer Bank ganz hinten, von der aus man alle Neuankömmlinge sehen und – wenn man sich ein wenig erhob und umdrehte – auch die Lage auf der im Untergeschoss befindlichen Tanzfläche peilen konnte.

Ich drehte eine dünne Zigarette mit Golden Virginia und hob mein Glas Strongbow Apfelmost.

»*Cheers*«, sagte Reid.

»*Slainte*«, sagte ich.

Wir grinsten über unsere unterschiedlichen Trinksprüche – Reid hatte etwas ähnliches wie *Cheeurrsh* gesagt und ich *Slendge*. Reid stammte von der Isle of Skye, wo sein Urgroßvater nach der Vertreibung durch die schottischen Gutsherren als Schäfer gearbeitet hatte. Ich war aus Nordlondon, und wir beide waren in Mittelschottland ein wenig fehl am Platz. Wir kannten uns noch nicht lange und hatten uns vor einem Monat bei einem Seminar zum Kriegskommunismus kennen gelernt. Das Seminar wurde von *Critique* gesponsert, einem linksradikalen Ableger des Instituts für sowjetische Studien, wo ich einen einjährigen Master-of-Science-Kurs in sozialistischer Ökonomie belegt hatte.

Ich stimmte nicht mit ihren Vorstellungen überein, fand die *Critique*-Clique (wie ich sie insgeheim nannte) aber kongenial und anregend. Sie waren die Jungtürken, die Linksopposition, das Schattenkabinett und die Exilregierung des Instituts. Sie hielten sowohl die Hauptströmung wie auch die marxistischen kritischen Theorien der Sowjetunion mit typisch blauäugiger, mitläuferischer Naivität für mindestens ein neues System, obwohl dort kaum eine Gesellschaft entstanden war.

Das Seminar fand zur Mittagszeit statt. Es war wie stets gut besucht, weniger wegen seiner Beliebtheit, sondern eher aufgrund der seltsamen Taktik, stets einen Raum zu belegen, der etwas zu klein war für die erwartete Zahl von Besuchern. Die Teilnehmer stellten bunt zusammengewürfelte Mischung von Exilanten dar – aus Amerika, Chile, Südafrika und sogar von der anderen Seite. Reid, der zusammengesunken in einer neuen Jeansjacke dasaß und damit beschäftigt war, seine Selbstgedrehte ständig neu anzuzünden, daran zu ziehen und sie wieder zu vergessen und dessen glattes schwarzes Haar ein junges, gutaussehendes, irgendwie aber auch wettergegerbt wirkendes Gesicht umrahmte, fühlte sich anscheinend ganz und gar zu Hause, und die Fragen, die er dem Vortragenden anschließend stellte, zeigten zumindest, dass er wusste, wovon er sprach. Niemand von uns hatte ihn zuvor schon einmal gesehen, und später im Pub (diese Seminare hatten mehrere Dinge mit sozialistischen Versammlungen gemeinsam, und dazu gehörte vor allem der anschließende Pubbesuch) erklärte er, Trotzkist zu sein und Informatik zu studieren; ersteres erstaunte uns nicht, das zweite hingegen schon.

Die neben mir sitzende Frau war Amerikanerin und ebenfalls Trotzkistin. Reid erhob sich, um eine Runde auszugeben, und fragte sie: »Was willst du trinken?«

»Tomatensaft«, antwortete sie. Er nickte verwundert.

»Wie kommt's, dass du ihn noch nicht kennst, Myra?«, fragte ich, als er zur Bar schlurfte. »Gehörst du nicht auch den Internationalen Marxisten an?« Das hatte ich im Institut mal bei einer Tasse Kaffee von ihr erfahren – um ehrlich zu sein, hatte ich versucht sie anzumachen, denn sie gefiel mir recht gut. Sie war groß und unglaublich schlank, hatte einen blonden Bubikopf und ein keckes, spitzes Gesicht, dessen Augenhöhlen und Wangen den Eindruck machten, sie seien liebevoll von dicken Daumen modelliert worden. Ihre grauen Augen funkelten hinter großen runden Brillengläsern hervor.

»Ich gehe nicht oft in Versammlungen«, erklärte sie und schüttelte einmal den Kopf. »Ich habe die Schnauze voll davon, mir von Genossen sagen zu lassen, ich solle einen größeren Beitrag im Kampf gegen die leninistisch-trotzkistische Faktion leisten. Ich meine, was glauben diese Typen eigentlich, weswegen ich nach England gekommen bin?«

»Du meinst Schottland, in England?« Ich zog die Worte ironisch in die Länge; auf ihre mir völlig unverständliche Bemerkung vermochte ich nichts zu entgegnen.

Myra lachte. »Los, hilf dem armen Kerl. Anscheinend hat er Probleme.«

Reid wandte sich erleichtert zu mir um. »Ich habe alles, bis auf Myras Saft. Was, zum Teufel, sind eigentlich ›Tomadden‹?«

»Und einen Tomatensaft!«, sagte ich zum Mann am Tresen.

»Oh, danke«, meinte Reid. Er sah zu mir auf. (Unbewusst hatte er sich zu voller Größe aufgerichtet, was die Leute in meiner Gegenwart nur selten taten, doch er sah immer noch zu mir auf.) »Was du da gerade über den Markt gesagt hast, war interessant. Die Sache mit den tausend Gleichungen.«

»Ja«, meinte ich und sammelte ein paar Drinks ein. »Die vielen tausend Gleichungen. Und das ist längst noch nicht alles.« Ich wusste, was als Nächstes kommen würde, denn das Thema hatten wir nicht zum ersten Mal.

»Warum können wir keine Computer einsetzen?«

»Weil«, sagte ich über die Schulter hinweg, während ich mir einen Weg zum Tisch zurück bahnte, »es ohne Markt keine Scheißcomputer *geben wird*!«

Myra lachte, als ich die Drinks absetzte. »Mach dir nichts aus Jons bourgeoisen Wirtschaftstheorien«, sagte sie zu Dave Reid, als wir wieder Platz nahmen. »Sogar die Sowjetunion hat Computer.« Sie suchte in seiner verdutzten Miene nach einem Zeichen von Zustimmung, dann setzte sie hinzu: »Die größten der Welt!«

Reid lächelte, fuhr aber unbeirrt fort: »Seht euch nur mal IBM an. Scheren die sich etwa um Marktkräfte? Einen Scheißdreck tun sie! Ein Freund von mir hat mal einen Sommer lang in ihrer Fabrik in Inverkip gearbeitet. Er meint, die würden Ersatzteile binnen achtundvierzig Stunden an jeden Ort der Welt schicken, selbst wenn sie dafür einen bereits fertigen Rechner mit der Axt zerlegen und die Teile rausreißen müssten!«

»Ja, das klingt ganz nach Sowjetunion«, sagte ich, was allgemeines Gelächter zur Folge hatte. »Und du hörst dich genau so an wie mein Alter.«

»Ist er Sozialist?«, fragte Reid ungläubig.

»Mitglied der SPGB auf Lebenszeit«, antwortete ich.

»SPGB? Ist ja toll!«, meinte Reid.

»Was bedeutet SPGB?«, fragte Myra. Reid setzte gleichzeitig mit mir zu einer Antwort an, dann lächelte er und zog seinen Beitrag achselzuckend zurück.

Ich nahm einen großen Schluck, doch ich roch nicht den Apfelmost, sondern erinnerte mich an den Duft gemähten Grases, an den Gestank von Hundescheiße und den Geruch von Vanille: Speaker's Corner. »Die Sozialistische Partei Großbritanniens«, erklärte ich und fiel nahezu automatisch in den Seifenkisten-Singsang des autodidaktischen Agitators, »stellte sich 1904 mit kaum hundert Mitgliedern die Aufgabe, die Mehrheit der Arbeiter in aller Welt für sich zu gewinnen. Mittlerweile haben sie achthundert Mitglieder, also sind sie auf dem besten Weg. Die günstigsten Prognosen verheißen ihnen eine klare Mehrheit für das fünfundzwanzigste Jahrhundert.«

»Du machst Witze«, meinte Myra.

»In der Tat«, sagte Reid finster. »Das ist keine schlechte Karikatur, das muss man dir lassen. Aber ich habe ein paar Sachen von ihnen gelesen, und diese Berechnung ist mir nirgends untergekommen.«

»Okay«, räumte ich ein, »die hab ich erfunden. Das heißt, eigentlich mein Dad. Er ist ein treuer Anhänger, besitzt aber Humor, und einmal hat er ein kleines Programm geschrieben, das den Bevölkerungszuwachs mit dem Wachstum der Partei in Beziehung setzt, und es in der Arbeit laufen lassen.«

»Dann ist er also Programmierer?«

»Ja. Er arbeitet für die Londoner E-Werke. Als er anfing, verstand man unter Fehlersuche das Entfernen der Spinnweben von den Ventilen, und *das* habe ich nicht erfunden!«

Reid und Myra und mehrere andere am Tisch lachten. Ich hatte mich bislang noch nicht so weit vorgewagt und hatte den Eindruck, bei der Clique ganz gut anzukommen.

»Die Sache ist die«, setzte ich hinzu, während die anderen mir noch zuhörten, »dass ich alle diese Argumente über Computer, die die Wirtschaftsplanung zu einem Kinderspiel machen, schon gehört habe, aber bloß nicht glauben kann.«

»Du lässt da einige Dinge außer Acht«, warf Myra ein und zählte sie nacheinander auf, ihre politische Leidenschaft ein Spiegelbild der meinen. Deshalb ging ich zu einer anderen Leidenschaft über.

»Ich will sowieso keine Plangesellschaft«, sagte ich. »Die passt nämlich nicht in *meine* Pläne.«

Das brachte mir wohlfeiles Gelächter ein.

»Also, was bist du?«, fragte Reid. »Ein Rechter?«

Ich seufzte. »Eigentlich bin ich ein individualistischer Anarchist.«

»Eischentlisch bin isch ein individualischtischer Anarschist«, äffte Myra mich nach. »Eher wohl ein Anachronismus. Das ist tragisch«, setzte sie an die anderen gewandt hinzu. »Der Junge lernt auf dem Schoß seines Vaters die Grundlagen des Marxismus und endet als beschissener Proudhonist!«

»Genau«, sagte ich. »Obwohl ich glaube, dass dein Landsmann Tucker die Sache ganz gut auf den Punkt gebracht hat.«

»Und wer ist dieser Tucker?«, fragte jemand.

»Also …«, setzte ich an.

An diesem Nachmittag kamen wir nicht zum Arbeiten, aber wenn man es ökonomisch-berechnend betrachtet, war es die Sache wert. Es endete damit, dass wir in einem Kellerraum des Instituts Dosenbier und Kaffee tranken. Reid und ich saßen Myra gegenüber an der Ecke des großen Tisches. Bisweilen unterhielt sie sich mit uns beiden, manchmal mit anderen Leuten, dann wieder mit einem von uns. Wenn sie mit Reid redete, hatte ich den Eindruck, einem Familientratsch zu lauschen, und hörte entweder weg oder wandte mich anderen Unterhaltungen zu. Sie aber bezog mich immer wieder ein, mit einer Bemerkung über Vietnam oder Portugal oder Angola: die richtigen Kriege und Revolutionen, um die die Faktionen ihren interkontinentalen Kampf austrugen.

Nach einer Weile merkte ich, dass nur noch wir drei

übrig geblieben waren. Ich erinnere mich an Myras Gesicht, daran, dass sie die Ellbogen auf den Tisch gestützt hatte und mit den schmalen Händen gestikulierte, während sie über New York redete. Ich fand, dies sei genau der Ort, den ich besuchen wollte, als plötzlich Reids Stuhl über den Boden scharrte und er sich erhob.

»Ich muss los«, sagte er. Er lächelte kurz Myra zu, dann sah er mich an und sagte: »Bis dann, Jon.«

»Ja, sieht so aus, als würden wir uns wieder über den Weg laufen«, erwiderte ich grinsend. »Wenn wir uns nicht morgen oder übermorgen sehen, dann bestimmt am Freitag im QM.«

»Lauf uns bloß nicht weg, Dave«, sagte Myra. »Komm unbedingt zum nächsten Seminar, okay? Leute wie dich brauchen wir im *Critique*. Nicht bloß Akademiker, verstehst du?«

Reid errötete leicht, dann sagte er lachend: »Klar, hab ich mir auch schon gedacht!« Er warf sich einen Matchbeutel über die Schulter und winkte uns mit gespreizten Fingern ruckartig zum Abschied.

Wir hörten, wie er mit seinen Wüstenstiefeln die Treppe hochstapfte und die Tür hinter sich zuschlug. Jetzt erst wurde mir bewusst, dass wir den Nachmittag über miteinander um Myras Aufmerksamkeit gebuhlt hatten – oder aber sie hatte uns auf die Probe gestellt. (So fing es an: mit Myra. Und nicht mit Annette, wie ich viel später dachte. Denn wenn Myra von Anfang an mit Reid gegangen wäre und ich mit Annette …)

Myra stützte das Kinn auf die Hände, rückte die Brille zurecht und musterte mich.

»Tja«, meinte sie. »Interessanter Typ, wie?«

»Ja«, sagte ich. »Sehr ernsthaft.«

»Im Moment bin ich nicht besonders ernsthaft aufgelegt.«

Sie musterte mich einen Moment lang forschend,

dann sagte sie lächelnd: »Was hältst du davon, wenn wir mal das Gras testen?«

Ich hielt das für einen seltsamen Amerikanismus, der sich auf Sex bezog, und sah meinen Irrtum erst ein, als sie sich daran machte, auf der Bettkante einen kunstvollen Joint zu bauen; dann aber stellte sich heraus, dass ich mich doch nicht geirrt hatte.

Myra und ich hatten keine Affäre, eher war es eine Abfolge von One-Night-Stands. Zehn Tage, die die Welt erschütterten. Wir machten uns beide nichts vor, doch ich möchte glauben, dass wir beide hofften, es würde mehr daraus. Nach außen hin und voreinander standen wir über den Dingen, taten ganz cool und sehr freizügig.

Dann verknallte sie sich in einen chilenischen Widerstandskämpfer mit einem schwarzen Schnäuzer, und ich war erstaunt über meine Wut und meine besitzergreifende Eifersucht. Es gab einen Moment, gegen drei Uhr morgens nach dem Abend, als Myra mir gesagt hatte, es sei sehr schön gewesen und sie habe mich richtig gern, habe aber unerwarteterweise festgestellt, dass ihre Gefühle für diesen lateinamerikanischen Leninisten so stark und ganz anders wären als alles, was sie bisher gekannt habe, weshalb sie sich in fünf Minuten unbedingt mit ihm treffen müsse … also, es gab da einen Moment, als ich aus einer schmierigen Tasse schwarzen Kaffee trank und mit ungläubigem Abscheu den Aschenbecher mit den teerschwarzen Zigarettenstummel anstarrte, während ich bereits die nächste Zigarette drehte, bloß um mir daran die Zunge zu verbrennen, als mein Biorhythmus ein Wellental durchlief, mein Blut verebbte und die Wärme meinen Körper floh und ich mich nie wieder in ein Bett legen wollte, das nicht das Versprechen enthielt, dass Myras Schambein sich an meinem reiben würde.

Und die ganze Zeit über arbeitete ein Teil meines Verstandes und analysierte, wie absurd es doch war, dass ich mich über meine Eifersucht wunderte, und auf einer wiederum anderen Ebene meines Bewusstseins beglückwünschte ich mich zu meiner stoischen, einsichtigen Haltung, die mich zu der Einsicht befähigte, dass ich einer simplen Primatenreaktion aufgesessen war, die sich irgendwann auch wieder legen würde.

Ich nahm einen Kuli zur Hand und kritzelte auf einen Schreibblock: *Steinzeitmenschen mit Brillen vor den Augen*, damit ich diese Einsicht auch ja nicht vergaß, dann schlief ich ein. Noch immer voller Schmerz, aber auch mit dem Gefühl, die Sache mit der Eifersucht und der unerwiderten Liebe durchschaut zu haben.

Während Myra und ich darauf achteten, uns nicht ineinander zu verlieben (was lediglich bei Myra von Erfolg gekrönt war), hatte ich mich in Reid verknallt. Es gibt eine Art Liebe, die sich mittlerweile (Gott gebührt dafür kein Dank) zu bekennen wagt, und es gibt eine andere Art Liebe, die nicht einmal ihren verdammten Namen kennt, und so war es bei uns. Wir zogen uns magnetisch an, eine Art geistiger Zusammenprall.

Reid war untersetzt und dunkelhaarig, mit wohlproportionierten keltischen Gesichtszügen; ich war hoch gewachsen und drahtig, trug das Haar kurz geschoren, um zu verbergen, wie dünn es damals schon war, und hatte eine Nase, die mir als Kind den Spitznamen Indianer eingetragen hatte. Reid war linkisch, ich war zuvorkommend; Reid aber tat seine Unbeholfenheit mit einem Achselzucken ab und stand gewissermaßen darüber, während ich jeden gesellschaftlichen Anlass als eine Prüfung meiner Eloquenz ansah. Reids Eltern waren religiös – sie gehörten einer Freikirche an – und hatten sich nach Kräften bemüht, ihm deren Grundsätze einzuprägen; meine Eltern waren stramme Marxisten, begegneten meiner philosophischen Entwicklung allerdings mit einer gewissen Gleichgültigkeit. Obwohl Reid von Fragen berichtete, die mit Ohrfeigen oder Tränenfluten beantwortet wurden, hatte ich bisweilen den Eindruck, die harte Linie seiner Eltern sei ihm besser bekommen als mir die nachsichtige.

Reid war Kommunist, ich Liberalist; allerdings verfügte er über eine quirlige Unabhängigkeit des Denkens, die hartnäckige Neigung, sich über Widersprüche in den von seiner politischen Sekte vertretenen Lehren den Kopf zu zerbrechen. Ich vermutete bisweilen, ich neige allzu sehr dem Skeptizismus zu, und vertraue nach katholischer Art zu sehr darauf, dass mein wackliger Stapel von Büchern Proudhons und Tuckers, Herberts und Spencers, Robert Heinleins und Robert Anton Wilsons eine verlässliche Startrampe des Geistes darstelle.

Was mir noch an Reid gefiel, war der Umstand, dass ich mit ihm schneller betrunken wurde als mit jedem anderen; dies passierte jeweils am Freitagabend.

Reid und ich unterhielten uns noch öfter über ›die Machtübernahme durch die Computer‹ (so nannte man damals die Singularität), dann gingen wir zum neuesten Artikel aus dem *New Scientist* über die Katastrophentheorie über, die Reid skeptisch beurteilte, nämlich als ›bourgeoise Version der Dialektik‹, wie er sich ausdrückte. Nach der Wissenschaft kam die Politik: Das heiße Thema war Portugal, wo die extreme Linke sich soeben bei einem ungeschickten Militärputsch übernommen hatte.

»Hier steht ein guter Artikel drin«, sagte Reid und zog die *Red Weekly* aus der Jackentasche, die Zeitung der Internationalen Marxisten. »Das stellt bei weitem in den Schatten, was der *Socialist Worker* zu sagen hat. Also, ich hab ihn selbst noch nicht gelesen, aber er scheint gut zu sein.«

»Schon gut, schon gut«, sagte ich. »Ist gekauft. Auf sektiererische Polemik versteht ihr euch wirklich gut.«

»Am Ende kriegen wir dich auch noch«, meinte Reid grinsend, während ich ihm das Geld gab.

»Oder ich kriege dich«, sagte ich.

Reid zuckte die Achseln. »So funktioniert das nicht«, sagte er. Er begann sich eine Zigarette zu drehen, seine Stimme klang erschöpft. »Man hört nicht einfach auf, Sozialist zu sein, und wird etwas anderes. Entweder man wird *nichts*, oder man tritt in die Labour Party ein – was aufs Gleiche herauskommt.«

»*Ich* habe aufgehört, Sozialist zu sein«, erklärte ich.

»Ja, aber das ist was anderes. Das ist so, als wenn ich sagen würde, ich wäre kein Christ mehr. Aber ich wurde in dem Sinne erzogen, und sobald ich eigenständig denken lernte, war die Sache für mich erledigt. Und so war's auch bei dir, hab ich Recht?«

»Mag sein«, sagte ich. »Mit dem Unterschied, dass ich nicht jeden Sonntag zur Messe antreten musste.« Dabei erinnerte ich mich voller Unbehagen daran, wie wenig nötig gewesen war – bloß ein anarchistischer Artikel von Tucker, glaube ich –, um sämtliche Zweifel, die ich jemals hinsichtlich meines ererbten Glaubens gehegt hatte, zur Gewissheit werden zu lassen.

»Ich hoffe, ich werde immer so denken wie jetzt«, fuhr Reid fort, »denn das macht Sinn, das ist allem, was so angeboten wird, voraus. Aber wenn ich's jemals vergessen oder, du weißt schon, die Orientierung verlieren sollte ...«

»Oder du erkennst, dass du dich die ganze Zeit geirrt hast.«

»... okay, so wird's mir dann vorkommen, das werd ich mir einreden ...«

Er grinste säuerlich, befeuchtete mit der Zunge das Rizla-Zigarettenpapier, wobei er vorübergehend geradezu diabolisch wirkte. »Aber sollte es jemals dazu kommen«, schloss er, drehte die Zigarette fertig und steckte sie an, »will ich verdammt sein, wenn ich ein idealistischer Kämpfer der Gegenseite werde. Ich muss sehen, wie ich klarkomme.«

»Genau das glaube ich im Moment!«, sagte ich fröhlich. »Sei auf deinen eigenen Vorteil bedacht. Ich bin kein idealistischer Kämpfer für was auch immer.«

»Das glaubst du bloß«, sagte Reid. »Du bist Anarchist aus reinem, unschuldigem Eigennutz? Ja, klar. Mach dir nichts vor, Mann, du nimmst *Anteil*. In deinem Herzen bist du Sozialist.«

Ich mochte ihn genug, und er hatte es mit der nötigen Leichtigkeit gesagt, sodass ich nicht beleidigt war.

»Nee, so ist es nicht«, erwiderte ich. »Ich wünsche mir eine staatenlose Welt aus ganz eigennützigen Motiven: Ich will ewig leben. Ganz im Ernst. Ich will auf ein Raumschiff drauf. Eine Welt voller organisierter Banden von Spinnern mit atomarer Bewaffnung entspricht nicht meiner Vorstellung von einer sicheren Umgebung.«

Die meisten Leute lachten mich aus, wenn ich das sagte, Reid jedoch nicht. Eines der Dinge, die wir gemeinsam hatten, war unser Interesse an Science Fiction und den technischen Möglichkeiten, was genau zu meinen übrigen Vorstellungen passte. Theoretisch passte es auch zum Marxismus, doch ich wusste, dass Reids Genossen dies als ideologisch fragwürdig ansahen, so als dürften die Spekulationen nicht über die neuesten Verlautbarungen der Internationalen Marxisten hinausgehen. Seine Stapel von *Galaxy* und *Analog* hatte er wie Pornos in einem Schrank versteckt.

»Mir scheint das ein bisschen viel erwartet«, meinte Reid. »Wir sind im falschen Jahrhundert geboren worden. Ich schätze, wir müssen halt das Beste draus machen, genau wie die anderen armen Schweine.«

Ich hielt die Zigarette mit gestrecktem Arm von mir

ab und betrachtete sie. »Sonderlich viel tun wir aber nicht dafür.«

»Ich betrachte es als ein Wettrennen mit der medizinischen Entwicklung«, sagte Reid. »Ich trinke übrigens Export.«

Ich bemerkte, dass unsere Gläser leer waren, und sprang auf, zerknirscht darüber, dass es mir nicht schon eher aufgefallen war. Als ich zurückkam, hatte Reid sich in die Zeitung vertieft, die er mir verkauft hatte, und da ich mir nicht sicher war, ob ich die Unterhaltung fortspinnen wollte, lehnte ich mich zurück und ließ die Gedanken ein wenig schweifen. Es wurde allmählich voll. Die Jukebox spielte Rod Stewarts ›Sailing‹, einen Song, der bei mir stets einen rührseligen Exilpatriotismus für ein Land auslöste, das es nicht gab, so als wäre ich in einem früheren Leben ein Bewohner von Atlantis gewesen. Als er geendet hatte, wechselte meine Stimmung, ich blickte mich wieder um und bemerkte, dass Reids Zeitung noch eine Leserin gefunden hatte, die neben ihm saß und sich mit geneigtem Kopf vorgebeugt hatte, um die Rückseite zu lesen. Das krause schwarze Haar fiel ihr seitlich ins Gesicht. Schwarze Augenbrauen, schwarze Wimpern, große grüne Augen, die sich beim Lesen bewegten (langsam bewegten, wie mir auffiel), eine kleine, hübsche Nase, breite Wangenknochen, von denen sich die Wangen, die weder mager noch plump waren, in sanftem Schwung von den vollen (und unbewusst mitlesenden) Lippen zum kleinen, festen Kinn absenkten.

Sie sah von der Zeitungsseite auf und lächelte mir ohne Verlegenheit zu. Ich verspürte eine so starke physische Erschütterung, dass ich sie nicht einmal mit einer Emotion in Verbindung brachte. Und dann senkte Reid die Zeitung und sah sie an. Sie richtete sich auf, und jetzt auf einmal wirkte sie leicht verlegen. Sie saß mit einem Schwarm anderer Mädchen zusammen, die den

Nachbartisch in Beschlag genommen hatten und sich unterhielten.

»Hallo«, sagte Reid. »Findest du das interessant?«

»So was seh ich zum ersten Mal«, sagte sie. »Ich begreife nicht, wie jemand Streiks unterstützen kann.« Sie hatte einen Westküstenakzent, sprach aber – genau wie Reid – englisch mit Akzent und nicht schottisch wie die Glasgower. Wahrscheinlich war sie aus der Gegend des Clyde River oder aus Irland oder vom Highland: Englisch erst in der ersten oder zweiten Generation als Muttersprache.

»Das ist eine sozialistische Zeitung«, sagte Reid. Er sah mich um Unterstützung heischend an. »Wir sind auf Seiten der Arbeiter, verstehst du?«

»Aber wir haben eine sozialistische Regierung«, entgegnete sie entrüstet. »Und die will keine Streiks, oder?«

»Wir halten die Labour-Regierung keineswegs für sozialistisch«, erklärte Reid.

»Aber schadet es nicht dem Land, wenn die Leute streiken dürfen und dabei noch sozial abgesichert sind?«

»In gewisser Weise ja«, sagte Reid, der normalerweise an dem Punkt bereits die Geduld verloren hätte. »Aber wenn du mit ›dem Land‹ die Mehrheit seiner Bewohner meinst, dann rühren die gegenwärtigen Probleme nicht von den streikenden Arbeitern her, sondern von den Bossen und Bankern, die weitermachen wie bisher. Das sind diejenigen, die dem Land in Wahrheit *teuer zu stehen kommen.*«

»Du hast eine eigenartige Sichtweise«, sagte sie, eine Feststellung, keine Frage. Sie ließ das Thema fallen und wandte sich wichtigeren Dingen zu. »Geht ihr gleich noch in die Disco?«

»Ja«, antwortete ich, bevor Reid einen weiteren politischen Erziehungsversuch starten konnte. »Du auch?«

»O ja«, sagte sie. »Vielleicht sehen wir uns ja noch.« Sie lächelte uns zu, dann stieg sie wieder in die Unterhaltung mit ihren Freundinnen ein. Ich starrte sie einen Moment lang an, während ihr das Haar über das schlichte weiße Hemd fiel. Das Hemd steckte in einer engen Bluejeans und ihre Füße in hochhackigen Schuhen. Ihre Kleidung und, jetzt wo ich daran denke, auch ihr Make-up wirkten adrett und normal für eine Studentin. Das galt auch für ihre Freundinnen, von denen einige wie sie, andere todschick gekleidet waren.

»Tja«, meinte ich, als Reid meinen Blick auffing, »was die Anmache betrifft, sind wohl noch Verbesserungen möglich.«

»Könnte man sagen«, pflichtete er mir bei. »Aber sie hat mir keine Chance gegeben.«

»Du hättest gar nicht erst deine Nase in die verdammte Zeitung stecken dürfen«, sagte ich.

Kurz nach zehn gingen die Mädchen. Wir beeilten uns, ihnen zu folgen, und verloren sie in der Schlange aus den Augen, schafften es aber, uns den Tisch neben dem ihren zu sichern.

»Möchtest du tanzen?«, schrie ich. Das UV-Licht hob die Nylonnähte ihres Rocks hervor, ein Stroboskop mit sichtbarem Licht erfasste ihr Nicken. Das Stück war schnell, das nächste langsam. Gegen Ende hatten wir uns gegenseitig die Hände auf die Schultern gelegt. Ich sah auf sie hinunter. »Danke«, sagte ich.

Sie stellte irgendwas mit ihren Augen an: Die grüne Iris wurde flüssig, die Pupillen weiteten sich zu schwarzen Tümpeln, in denen man versinken konnte.

Mir fiel nichts Besseres ein, als sie nach ihrem Namen zu fragen.

»Annette«, antwortete sie.

»John Wilde«, sagte ich. »Möchtest du was trinken?« Ich war ertrunken, doch mein Mund bewegte sich noch.

»Ein Glas Lager, danke.« Sie wandte sich lächelnd zum Tisch um. Als ich zurückkam, übertönte Reid gestikulierend den Lärm. Sie hörte zu, mit geneigtem Kopf, das Kinn auf die Hand gestützt. Die Musik wechselte erneut, Reid stand auf und reichte Annette die Hand. Sie nickte, bedankte sich bei mir mit einem flüchtigen Lächeln, trank einen Schluck Lagerbier, und schon tanzten sie los.

»Da is' wohl jemand mit dem falschen Fuß aufgestanden«, sagte mir eine amüsierte Frauenstimme von hinten ins Ohr. Als ich mich umdrehte, erblickte ich ein Mädchen mit langen rotbraunen Ponyfransen, aus denen ihr Gesicht hervorlugte wie ein kleines Säugetier aus dem Unterholz. Sie trug eine Bluse mit Zugbändern am Hals und an den Aufschlägen, einen langen blauen Rock und hohe Stiefel.

»Ja«, sagte ich und nickte ihr über die Schulter zu. »Er ist ein fürchterlicher Tänzer.«

Sie lachte. »Ich hab dich gemeint«, meinte sie. »Aber keine Bange. Annette flirtet bloß ein bisschen.«

»Sie kann jederzeit mit mir flirten«, sagte ich. »Lass uns in der Zwischenzeit Bekanntschaft schließen, damit sie was zum Nachdenken hat.«

»Das gibt ihr noch mehr Grund zum Nachdenken«, sagte sie und verblüffte mich mit einem Kuss, worauf sie sich an mich schmiegte, sodass wir nach einigem Stühlerücken und in sorgfältig gewählter Stimmlage eine Unterhaltung führen konnten, die nur wir beide hören konnten. Hin und wieder, wenn die Musik aufhörte und jemand eine neue Platte auflegte (keine CD, die kamen erst später), hörten wir uns einander etwas zuschreien.

Sie hieß Sheena. Kurzform von Oceania, wie ich später erfuhr.

»Woher kennst du Annette?«

Sheena verzog angesichts meiner Themenwahl das

Gesicht. »Ich wohne mit ihr zusammen!«, schrie sie mir vertraulich zu. »Ich arbeite mit ihr. Wir sind Labortechniker. Am zoologischen Institut. Und was machst du so?«

Ich sagte es ihr und brüllte und gestikulierte bald wie ein richtiger Wissenschaftler. Aber wenn ich damit Annette dazu bringen wollte, mehr Interesse an mir zu zeigen, so gelang es mir nicht.

Eine kalte Nacht, kein Frost, Laub auf den Gehwegen, das an fossile Fische erinnerte. Dave, Annette, Sheena und ich blieben an der Brücke stehen und blickten über die Brüstung auf das friedliche Tosen des Kelvin hinunter.

»Ist bestimmt das einzige Ding, das nach einer Maßeinheit benannt ist«, sagte Reid. Ich lachte über die Bemerkung, und die Mädchen lachten auch.

»Es sollte mehr davon geben!«, sagte ich. »Die Joules-Zündung! Die Ampere-Strömung!«

»Loch Liter!«

»Ben Meter!«

»Oder Computersprachen«, sagte Reid, als wir weitergingen, zur Linken das BBC-Büro von Schottland, zur Rechten der Botanische Garten mit dem riesigen kreisförmigen Gewächshaus, eine fliegende Untertasse von einem Mars des neunzehnten Jahrhunderts. »Fortran-Treppe. Basic-Komplex …«

»Ada-Siedlung!«

»Stras Cobol!«

Als wir an der Wohnung der Mädchen ankamen, hatten wir die Newton Heights und Candela Beach erfunden, und ich versuchte die anderen davon zu überzeugen, dass sämtliche Einheiten auf Namen zurückgingen; zum Beispiel auf Jean-Baptiste de Metre, den bekannten Enzyklopädisten, Girondisten und Zwerg.

»Nach der Revolution hat er natürlich auf das ›de‹ verzichtet«, erklärte ich, während Annette mit dem Schlüsselbund klimperte. »Aber das hat ihn nicht gerettet, er wurde …«

»Kürzer gemacht«, meinte Reid.

»Um einen Fuß.«

»Nein, du Idiot, um einen Kopf.«

»Wollt ihr die ganze Nacht hier stehen bleiben?«

»Bloß einen Moment.«

»Bloß eine Sekunde.«

»Benannt nach …« Ich suchte nach einer Inspiration.

Reid schubste mich an. »Komm schon.«

Ich ging hinein. Eine Kellerwohnung, großes Wohnzimmer, Schlafsofa, elektrischer Kamin. Snoopy-Poster, Stofftiere, Mädchenkram. Eine winzige Kochnische, wo Annette einen Wasserkocher einschaltete.

Wir unterhielten uns, wir tranken Kaffee, der uns nur noch aufgekratzter machte, Sheena drehte einen Joint. Später … später war ich in der Küche und lehnte mich an die Spüle, während Sheena eine weitere Runde Nescafé machte und den heruntergebrannten Joint noch einmal ansteckte. Die Tür war fast geschlossen, Daves und Annettes unablässiges Gemurmel drang hindurch.

Sie stellte die Milch in den Kühlschrank zurück, stützte sich auf meinen Schenkel. Ich beugte mich vor, teilte ihren Pony und sah sie an.

»Soll ich über Nacht bleiben?«

»Nee, besser nich'.« Sie reichte mir den verkohlten Stummel; ich nahm einen Zug, dann hielt ich ihn unter den Wasserhahn. »Ich meine, ich hätt' schon nichts dagegen, aber ich seh doch, dass du mehr auf Annette stehst.«

»Ich wünschte, sie sähe das auch so. Ich wünschte, ich hätt's ihr gesagt.«

»Ach, das weiß sie doch. Ich glaube, sie hat Angst. Du bist so … intensiv.«

»Intensiv? Moi? Du meinst, anders als mein guter Freund Dave Kämpfer-für-das-Gute-Reid? Mit seiner charmanten Mehrwerttheorie, ja?«

Sheena grinste. »Is' nich' ganz falsch. Verstehste, wenn er sich die Mühe macht, mit ihr zu diskutieren, dann geht's ihm nicht bloß darum, sie flachzulegen.«

Der Wasserkessel summte. Ich starrte die Neonröhre über der Arbeitsfläche an und kniff die Augen zu. Sheenas Gewicht entfernte sich, dann klapperte sie mit den Tassen. Ich seufzte, als mir plötzlich der Kaffeeduft in die Nase stieg.

»Also hast du den Eindruck, ich mache zu viel Druck? Ich hatte den ganzen Abend über doch kaum Gelegenheit, auch nur ein paar Worte mit ihr zu wechseln.«

»Stimmt genau«, sagte Sheena. »Du quatschst mit mir, du quatschst mit Dave, und ständig guckst du Annette an und lächelst, ganz gleich, was sie sagt.«

»Das stimmt nicht!«

Sie sah mir in die Augen.

»Na schön«, gab ich zu. »Vielleicht hast du ja Recht. Tut mir Leid. War wohl ein bisschen unhöflich.«

»Mehr als nur'n bisschen«, meinte sie. »Aber ich nehm's dir nicht krumm. Ich hab das Ganze ja angefangen. Los, komm, hilf mir mal mit den Tassen.«

Als ich den Kaffee getrunken hatte, stand ich auf. Dave und Annette saßen auf dem Boden, mit dem Rücken ans Bett gelehnt. Dave hatte Annette den Arm um die Schultern gelegt.

»Bis dann mal, Leute.«

»Bis dann«, sagte Dave.

»Gute Nacht«, sagte Annette. Ich versuchte, in ihren zusammengekniffenen Augen zu lesen, wollte ihr zuzwinkern. Sie sah zu Boden.

An der Tür gab Sheena mir einen herzlichen Gutenachtkuss, der ebenso unerwartet kam wie ihr Kuss in der Disco.

»Sicher?« Ich rang mir ein durchtriebenes Lächeln ab.

»Sicher.« Sie fasste mich bei den Schultern, hielt mich fest. »Du bist'n netter Junge, aber wir sollten uns das Leben nicht noch schwerer machen, als es schon ist.«

»Okay, Sheena. Gute Nacht. Bis dann mal.«

»Hau schon ab!«, sagte sie lächelnd und schloss die Tür.

Kacheln bis auf Brusthöhe, weiße Tünche, poliertes Balkongeländer. Glasgower Arbeiterehrbarkeit, ganz anders als der Studentenslum, in dem ich wohnte. Plötzlich hatte ich einen Einfall. Ich wandte mich zur Tür um, ging davor in die Hocke und hob die gesprungene Messingklappe des Briefkastens an.

»Dave!«, rief ich.

»Was ist?«, ertönte von ferne seine leise Antwort.

»Nach *Karl dem Zweiten**!«, brüllte ich. »Schirmherr der Royal Society!«

Während meines Aufenthalts in der Wohnung hatte sich eine Wolke auf die Stadt herabgesenkt. An der Kreuzung von Great Western und Byres Road wartete ich an einem Fußgängerübergang. Von hinten näherten sich klackend Schritte, hielten neben mir an. Ein Mädchen in einem Pelzmantel. Sie wandte sich mir lächelnd zu und fragte: »Was zeigt die Ampel an? Ah, ich seh schon.« Eine Stimme wie eine warme Hand, Upperclass-Akzent. Auf dem Pelz und in ihrem Haar glitzerten Wassertröpfchen. Sie hatte ein Ziel und vertraute darauf, dass niemand es wagen würde, sie auch nur anzutasten: ein wunderschönes Tier, perfekt angepasst, wild.

»Ein fürchterlicher Nebel, nicht wahr?«

»Ja«, sagte ich. »Hab so was in Glasgow noch nicht erlebt.«

---

* second

Es wurde grün. Wir überquerten die Straße, unsere Wege trennten sich. Sie ging die Byres Road entlang, dem Ort entgegen, an dem sie jetzt sein wollte, und ich ging über die Great Western Road zurück zu meiner Bude.

# 3 ■ Terminal Kid

Auf dem Neuen Mars regnet es. Dies ist ein maschinenbewirktes Wunder, das Werk weit entfernter komplizierter Geräte und der hirnlosen, botanischen Kraft ihrer zahllosen Ableger, die mit ihren Metallblüten die schwache Sonnenstrahlung auf Brocken schmutzigen Eises lenken, die Oberfläche verdampfen und sie sonnenwärts schicken, auf eine exakt berechnete Umlaufbahn, die sie Jahre später in eine Atmosphäre eintauchen lässt, die gerade dicht genug ist, um sie aufzufangen und zum Boden hinabzulenken; mit etwas Glück gehen sie als Regen und nicht als Feuer nieder, was den Boliden mit jedem Durchgang besser befähigt, den nächsten Niederschlag aufzufangen und bei sich zu behalten.

Für Dee aber, die sich im nassen Freien aufhält, ist dies alltäglich und eher lästig. Seit einer halben Stunde ist sie gezwungen, die Sichtverstärkung auf höchster Stufe zu fahren, und die Augen tun ihr weh. Und auch die Ohren: Das sonarartige Pling der beiderseits etwa einen Meter entfernten Wände verursacht ihr Platzangst. Daher reagiert sie mit Erleichterung und Entspannung, als der schmale Wasserweg auf einen sehr viel breiteren und helleren Kanal mündet.

»Der Ringkanal«, erklärt Tamara, während sie das kleine Boot nach rechts steuert. Dee verdreht den Kopf und blickt hin und her, erkennt aber keine Krümmung. Hohe, schmale Häuser – eher Lagergebäude als Fabriken – säumen den Kanal, und an den Ufern sind Lichterketten ausgespannt. Vor ihnen, rasch abnehmende hundert Meter entfernt, mündet seinerseits der Ringkanal, und durch die Lücke erblickt Dee etwas, das aussieht und sich anhört wie ein Freudenfeuer: flammend helles Licht, tosender Lärm.

An der Mündung teilt sich der Ringkanal und bildet einen Ring, dessen Durchmesser Dee auf dreihundert Meter schätzt. Weitere hohe Häuser drängen sich am Ufer, und in der Mitte befindet sich eine flache Insel, von der Ringstraße aus allein über Brücken zugänglich. Die Insel ist mit verrosteten Wellblechhütten, Zeltbuden und Baracken bedeckt, zwischen denen zahlreiche Menschen lautstark tätig sind. Erhellt wird die Szenerie von Flutlichtmasten sowie von den verschiedenen Scheinwerfern, Neonröhren, Stroboskopen, bunten Lichterketten und Glasfasern der Verkaufsstände.

Tamara biegt abermals rechts ab und drosselt den Motor, gleitet im Leerlauf am Ufer entlang, lautlos inmitten des Lärms der Musik und der Geschäftemacherei, die miteinander wetteifern.

»Was geht hier vor?«, fragt Dee.

Tamara wirft ihr einen Blick zu. »Freitagabend am Circle Square.«

Eine Anlegestelle unter einer schmalen, schmiedeeisernen Brücke mit einer Treppe dabei. Tamara macht das Boot fest und bedeutet Dee, die Treppe hochzusteigen. Sie wartet am uferseitigen Ende der Brücke und hilft Tamara, die Tasche hochzuschleppen. Das Gedränge der Menschen – Paare, Grüppchen, Kinder, die sich zwischen Beinen und Rädern hindurchschlängeln, Jugendliche auf oder in langsam fahrenden schnellen Fahrzeugen und Fahrzeuge ohne Fahrer – lässt sie beinahe zurückprallen.

»Nach rechts«, sagt Tamara. »Wird allmählich Zeit, dich zu legalisieren.«

Dicht gefolgt von Dee setzt sie sich in Bewegung, eine Person in der Menge, die keine Mühe hat, sich einen Weg zu bahnen.

Die meisten Buden an der Peripherie der Insel sind verschlossen, aber noch immer beleuchtet. An den offenen Buden werden Getränke und Snacks verkauft. Das Geschehen konzentriert sich im Inselmittelpunkt, in einem Gewühl von Kirmesattraktionen, Discos und Rockkonzerten.

Dee bemerkt eine Bühne mit einer Band, die aussieht und so klingt wie Metal Petal, deren Wochenhit Uptown überall zu hören ist. Ein rascher visueller Zoom und eine akustische Analyse ergeben, dass es sich tatsächlich um Metal Petal handelt. (Dee hat schon mal vom Copyright gehört, aber das ist eines der Dinge, die sie nicht recht glauben kann, ein Lied von der fernen Erde.)

Tamara bleibt vor einem Ding zwischen zwei Buden stehen, das aussieht wie ein großer Verkaufsautomat. Oben befindet sich ein schwarzes Fenster, außerdem gibt es einen Lautsprechergrill und einen Schlitz an der Seite, durch den Tamara eine Karte zieht. Nichts geschieht.

»He!«, ruft sie. Sie hämmert mit der Faust dagegen, was ein hohles Dröhnen zur Folge hat. »*Scheiß*-IBM«, sagt sie, an niemand speziellen gewandt.

Hinter dem dunklen Fenster geht eine Lampe an.

»Rechtshilfeservice Unsichtbare Hand«, sagt der Automat mit einer Stimme, die an Gott in einem alten Kinofilm erinnert. »Womit kann ich Ihnen helfen?«

»Registriere einen Autonomieanspruch für eine herrenlose Maschine«, sagt Tamara, packt Dees Handgelenk und drückt ihre Hand flach gegen das Fenster.

»Beide Hände bitte«, sagt der Automat. »Und beide Augen.«

Dee spreizt die Finger am Glas und späht hinein, sieht ihr eigenes Spiegelbild und helle, sich bewegende Lichtfunken.

»Wie soll der Anspruch begründet werden?«

»Ich werde den Anspruch begründen!«, sagt Dee mit einem jähen Anflug von ichbezogener Leidenschaft.

»Die Betroffene wird ihn begründen«, setzt Tamara gewichtig hinzu. »Außerdem ich und meine Verbündeten oder mein Back-up, falls dies erforderlich sein sollte.«

Das Licht erlischt. Tamara hält noch immer Dees Handgelenk fest und schwenkt sie herum und packt ihr anderes Handgelenk … dann lässt sie los und fasst sie stattdessen bei den Händen. Dee schaut Tamara in die Augen und sieht darin ihr eigenes Spiegelbild und die hinter ihr wirbelnden Lichter, die verdoppelte Kirmes.

»Okay, Mädel!«, ruft Tamara. »Jetzt hast du eine Gang auf deiner Seite. Freier wirst du nicht mehr! Nimm's an oder lass es bleiben … Dazu später! Jetzt aber …« – sie wirbelt herum und wendet sich dem summenden Getriebe des Inselmarktes zu – »wollen wir feiern!«

»Willst du wirklich behaupten«, sagte Wilde ungläubig zum Robot, »*Reid* sei hier?«

»Ja«, antwortete der Robot. »Weshalb wundert dich das? Ist das etwa erstaunlicher als die Tatsache, dass du hier bist?«

Wilde grinste säuerlich. Er schob den leeren Teller weg und nahm einen Schluck Bier. Er schüttelte den Kopf.

»Reid war einer der letzten, die ich gesehen habe«, sagte er. »So viel ich weiß, könnte er es sein, der mich getötet hat. Und was mich betrifft, so ist es erst *heute* geschehen. Herrgott noch mal. Ich warte ständig darauf, dass ich aufwache.«

»Du bist bereits aufgewacht«, entgegnete der Robot. »Du musst damit rechnen, dass es zu einer emotionalen Reaktion kommt, bis du dich an die Situation angepasst hast.«

»Sicher.« Plötzlich umgab Wilde eine Düsternis, die sein scheinbares Alter Lügen strafte. »Angepasst hab ich mich schon. Also raus mit der Sprache, Maschine. Ich bin hier, und du sagst, Reid sei hier. Was ist mit den anderen Leuten, die ich kannte? Was ist mit Annette?«

»Annette«, antwortete die Maschine behutsam, »gehört zu den Toten. Ob ihr Bewusstsein und ihr Genotyp konserviert wurden, weiß ich nicht, aber es gibt vielleicht Anlass zu hoffen.«

»Wegen des Klons?«

»Ja.«

»Ich muss sie unbedingt finden und mir Klarheit verschaffen.«

»Das kannst du auch, ohne sie zu finden«, sagte die Maschine. »Das ist … Ich erklär's dir morgen.«

»Warum nicht jetzt?«

»Probleme«, antwortete die Maschine. »Dreh dich nicht um, solange du nichts hörst.«

Wilde setzte das Glas ab. Er zog langsam die Schultern hoch.

»Entspann dich«, sagte die Maschine.

Die Tür des Pubs flog auf, und die Musik brach ab. Die Unterhaltungen wurden noch sekundenlang fortgeführt, dann machten sie einer sich vertiefenden Stille Platz. Alle drehten sich um.

Im Eingang standen zwei Männer. Sie trugen weit geschnittene Geschäftsanzüge mit scharfen Bügelfalten, am Hals offene Hemden und darunter T-Shirts. Ihr Haar glänzte ebenso wie ihre Schuhe, und ihre Knöchel funkelten von implantierten Edelsteinen. Einer der Männer hielt lässig eine Karte mit einem Verbrecherfoto seiner selbst und einem grauen Feld Kleingedrucktem hoch. Der andere holte einen zerknüllten Ball aus irgendeinem flachen Material aus der Tasche. Er fasste eine Ecke davon und schüttelte es aus. Mit einer Bewegung aus dem Handgelenk entfaltete er es zu einem farbigen, hochauflösenden Hochglanzposter, das die dunkelhaarige Frau darstellte, die vor Wilde und dem Robot geflohen war.

»Hat jemand die Frau gesehen?«, fragte er.

Die Gäste ließen sich auch diesmal wieder in zwei Gruppen unterteilen, in die Männer an der Bar und die Mädchen an den Tischen, wenngleich sie angefangen hatten, sich zu vermischen. Die Frauen kicherten und schnappten erschrocken nach Luft, die Männer brummten, rutschten auf den Barhockern und verrückten die Gläser. Wem eine Bemerkung auf der Zunge lag, der blickte zu den Männern an der Bar, worauf der oder die Betreffende woanders hinsah und die Bemerkung verschluckte.

Eine halbe Minute später gingen die Unterhaltungen weiter; die Männer an der Bar hatten sich wieder dem Fernseher zugewandt; ein Kommentator interviewte gerade einen Teamchef, hinter dem Verletzte aus der Arena getragen wurden. Der Einzige, der die Wiederbeschaffungsleute unmittelbar ansah, war Wilde. Der mit dem Fahndungsfoto kam herüber; der andere folgte ihm, mit einem Ausdruck geistesabwesenden Behagens einen Revolverknauf befingernd.

Der Mann mit dem Foto blickte lächelnd auf Wilde nieder, wobei er makellose, aber eigentümlich scharfe Schneidezähne und überlange Eckzähne entblößte. Er verströmte Parfümduft wie Schweißgeruch.

»Also«, sagte er, »Sie wirken interessiert. Es wurde eine hohe Belohnung ausgesetzt, wissen Sie.«

Wilde wandte den Blick widerwillig vom Foto ab. Er schüttelte den Kopf.

»Sie erinnert mich an eine Bekannte«, sagte er. »Das ist alles. Aber gesehen habe ich sie hier nicht.«

Der Mann starrte ihn an. »Sie war hier«, sagte er. »Ich kann's riechen.« Er schwenkte den Kopf, sog behutsam die Luft ein, als wäre seine Bemerkung ganz wörtlich gemeint. Der andere Mann hob mit einem triumphierenden Knurren etwas vom Boden auf.

Er hielt es Wilde unter die Nase. Wilde wich leicht zurück. Der Robot, der zwischen einem Stuhl und der Tischplatte lehnte, ruckte ein paar Zentimeter vor.

Der Mann hielt eine Zeitung in der Hand.

»Hab ich's doch gewusst!«, sagte er. »Verfluchte Abolis! Also, das war's. Jetzt wissen wir, wo wir nach ihr suchen müssen!«

Die Männer stopften Zeitung und Foto in ihre Taschen und marschierten hinaus, während sich abermals Schweigen auf das Lokal herabsenkte. Die Türen fielen zu. Die Musik setzte wieder ein. Der Hominide hinter dem Tresen blickte Wilde mit einem Ausdruck tiefen Bedauerns an, hob die breiten Schultern und breitete die breiten Hände aus, dann drehte er sich um und stellte die Musik noch lauter.

Wilde wandte sich wieder dem Essen zu und leerte das Glas Schnaps auf einen Zug, was ihm Tränen in die Augen trieb.

»Ich will immer noch mit ihr sprechen«, sagte er.

»Wenn du dir wegen des Gynoids Sorgen machst«, sagte die Maschine, »das brauchst du nicht. Wenn sie bei den Abolitionisten ist, dann befindet sie sich juristisch und faktisch betrachtet in Sicherheit, zumindest fürs erste. Und wenn nicht ...« Der Robot bewegte in einer Parodie eines Achselzuckens die oberen Gelenke seiner Vordergliedmaßen. »Sie werden ihr schon nichts tun. Bloß einen Programmfehler beheben. Das ist unwichtig.«

»Weil sie bloß eine Maschine ist, stimmt's?«

»Stimmt.«

»Also, es ist vielleicht taktlos, darauf hinzuweisen, aber das gilt auch für dich.«

»Natürlich«, sagte die Maschine. »Aber *ich* bin ein

Humanäquivalent, *sie* hingegen ein Sexspielzeug. Wie ich schon sagte: bloß eine beschissene Maschine.«

Überwachungssysteme? Dass ich nicht lache. Sämtliche Aufzeichnungen im Umkreis des Circle Square werden unwiederbringlich korrumpiert, zerhackt, gespleißt und neu gemischt. Selbst Dees Erinnerungen sind Schwindel erregend unverständlich: Der Soldat und der Spion haben empört abgeschaltet und lediglich simple Reflexe zurückgelassen. Die Menschen reichen Drogen untereinander weiter, die Maschinen Plugs. Musik enthält Amplituden und elektronische Unterströmungen, welche die gleiche Wirkung haben. Dee sieht Tamara mit einem hoch gewachsenen Kämpfertypen mit einem künstlichen Arm reden, unterhält sich ihrerseits mit einem spinnenartigen Gerät mit Spritzpistolen und einem einzigen Bewusstsein. Es denkt und kann reden, jedoch bloß über Wände. Es kennt sich mit Betonoberflächen und den Eigenschaften der Farben und Aerosole aus. Es lässt sich lang und breit darüber aus.

Sie könnte ihm die ganze Nacht zuhören. Sie ist eine gute Zuhörerin. Aber der Künstler sieht einen Bauexperten und gleitet ohne Entschuldigung oder ein Wort des Abschieds durch die Menge, um mit ihm zu reden.

Tamara fasst Dee beim Ellbogen und blickt der Maschine nach. Dann wendet sie sich herum, und Dee kann, wie man so sagt, sehen, wie es in ihr arbeitet, während die Sprachzentren allmählich die Auswirkungen der Vergiftung überwinden.

Schließlich kommen die Worte durch.

»Das war ja nicht mal ein Humanäquivalent!«

»Ich habe schon mit schlimmeren Menschen geredet«, meint Dee.

Dee hüpft unbewusst herum – das ist eine ich-spezifische Fähigkeit –, als sie den Mann bemerkt, der sich ihr gegenüber bewegt, als tanze er mit ihr. Ihr Blick wandert von den Schuhen aus glänzendem Kunstleder über Hose und Jackett seines eleganten, aber unmodischen Anzugs, vorbei an dem widerlichen Geruch, der aus dem verschwitzten T-Shirt-Ausschnitt unter dem offenen Hemdkragen aufsteigt, zu seinem –

*Gesicht!*

– und der Schock, einen der Greifer, der Wiederbeschaffungsleute, wiederzuerkennen, bewirkt einen Adrenalinstoß, der den Soldaten weckt. Alles verlangsamt sich, bloß ihre Bewegungen nicht. (Die Musik wandelt sich vom Discosound zu einem tiefen, maschinenhaften Hintergrunddröhnen.) Ein rascher Blick umher veranlasst den Chirurgen, sich rasch um die Sehnen und Knorpel am Hals zu kümmern, und bringt ihr zu Bewusstsein, dass Tamara sich ein paar Meter entfernt geschmeidig windet und ihr halb den Rücken zuwendet, und hinter Tamara, ein wenig seitlich, ist der andere Greifer. Aufgrund seiner Bewegungen und seiner Schritte wirkt er wie ein beschissenes virtuelles Spiegelbild der etwa einen Meter von ihm entfernten Tamara, aber das ist eben Disco. Er lässt die reale Tamara keinen Moment lang aus den Augen.

Sie sieht den Schweiß, der aus seinem Haar fliegt, als er den Kopf herumwirft. Für die nächsten paar Sekunden scheint er vollauf beschäftigt zu sein.

Der andere Greifer, der sie beobachtet, hat Dees mentale Veränderung offenbar bemerkt (diese plötzliche verschwommene Kopfbewegung ist verräterisch), und seine Pupillen verengen sich auf Stecknadelgröße, während er die Augen noch weiter aufreißt. Dee ist sich der Pistole als eines schweren Gegenstandes im weichen Leder der dämlichen, weibischen Tasche zu ihren Füßen bewusst; ihr enger Rock ist ein *Fummel,* der sie am taktisch naheliegenden tödlichen Tritt hindern wird.

Sie könnte schreien, doch damit käme sie in diesem Lärm nicht weiter. Die einzige Tonlage, die ihn übertönen würde, wäre unhörbar – für Menschenohren. Sie öffnet den Mund, pumpt mit schier rippensprengender Geschwindigkeit die Lungen auf und stößt einen Ultraschallschrei aus. Sie hofft, dass er von den Maschinen im Umkreis von hundert Metern gehört wird: »*Scheiß-IBM, zu Hilfe*!«

Die Musik bricht ab. Es wird hell. Die Menschen blinzeln und stolpern. Gleichzeitig langt Dee nach unten und tritt mit dem rechten Fuß aus – nach wie vor als Tanzschritt getarnt –, was den hochhackigen Schuh in ihre Hand befördert. Sie hebt ihn hoch wie einen Hammer, um den Greifer mitten durchs Auge festzunageln. Die Erkenntnis breitet sich in den Muskeln und Blutgefäßen des Gesichts aus, als die Lautsprecher auf einmal zum Leben erwachen. Die Stimme der IBM klingt für Dees soldatenbeschleunigte Sinne jetzt tiefer und bedrohlicher als alles andere im ›de Mille‹.

»Eine Klientin der Unsichtbaren Hand wird bedroht; bitte helfen.«

Der Greifer weicht zurück, und der Mann neben Tamara ebenfalls. Alle anderen wirken vorübergehend verwirrt, mit Ausnahme von Tamara, welche Dee mit offenem Mund anstarrt. Bevor der Soldat sich in Bereitschaftsstellung zurückzieht, lässt Dee den Blick über die Menge schweifen und erkennt, dass da und dort im Gewühl noch weitere Personen sind, die nach bestem Vermögen auf den Hilferuf reagieren; sie straffen, erheben, ducken sich oder – was für ein, zwei Maschinen zutrifft – fahren ihre Teleskophälse aus. Diese Leute beginnen langsam in die Hände zu klatschen und skandieren: »Raus! Raus! Raus!«

Und Dee schubst den Mann an, und Tamara schubst

ebenfalls, und die beiden Greifer werden von einer Person oder einem Robot zur nächsten oder zum nächsten geschubst, bis sie aus der Menge ausgestoßen sind und von zwei wartenden schweren Motorrädern wegeskortiert werden.

»Okay«, sagt Dee. Sie blickt sich lächelnd um, zieht den Schuh wieder an und ruft: »Danke euch allen!«, mit einer mädchenhaft dankbaren Stimme, worauf der Soldat sich verlegen verdrückt und ihre Wangen sich mit leichter Röte überziehen.

Die Musik geht weiter, die Beleuchtung schaltet wieder herunter.

Dee tanzt, doch sie weiß, dass es beim nächsten Mal nicht so einfach sein wird. Vielleicht werden nicht unbedingt diese Typen wiederkommen, dafür aber jemand anders.

Dee befindet sich in einem kleinen Raum im obersten Stockwerk eines Hauses am Circle Square, mit Ausblick auf den Ringkanal. Tamara hat sie in dieses große Haus gebracht, nachdem sie noch scheinbar endlose Stunden auf der Freiluftparty verbracht hatte, und sich anschließend entschuldigt, sie wolle gleich schlafen, da sie morgen früh zur Arbeit müsse. »Ax wird dir alles Weitere erklären«, sagte sie.

Dee ist an die vage menschliche Ausdrucksweise gewöhnt. Sie bat nicht um weitere Erläuterungen. Ihr Körper und ihre Nerven sind ebenfalls müde. Sie braucht keinen Schlaf, aber sie muss sich ausruhen und träumen. Eins nach dem anderen müssen ihre Ichs abschalten, offline gehen, die Ereignisse des Tages komprimieren, assimilieren und intergrieren.

Das Zimmer ist verführerisch behaglich, unmittelbar über der schrägen Decke trommelt der Regen aufs Dach; das Gaubenfenster fügt noch weitere augenverwirrende Winkel hinzu; ein Toilettentisch mit verstöpselten Fläschchen und Töpfchen, Perlenketten, Halstücher und bunte Bänder über dem Spiegel, mit Heftzwecken an der Wand befestigte Modefotos, in einem Regal ein paar Puppen. In einer Ecke steht ein geschwungener Rattanstuhl mit Satinpolsterung. Es gibt einen Wandschrank (abgeschlossen) und ein Bett mit Steppdecke und spitzenbesetzten Kissen. Der Menschengeruch hinter den Blumen- und Moschusdüften ist ein wenig beunruhigend, doch im Moment ist es ihr zu viel, ihn zu analysieren.

Sie kleidet sich aus, faltet die Kleidungsstücke zusammen oder hängt sie auf, justiert ihre Körpertemperatur und legt sich aufs Bett. Die Augenlider verdecken die Fensteraussicht auf die vertraute Realität von Ship City: eine feuchte, tropfende Stadt der Silikattürme, eine von Kanälen durchschnittene Stadt, bevölkert von gestrandeten Sternenfahrern und freien oder versklavten Automaten, ein Ort, wo die Lebenden und Toten umherspuken. Ihre Ichs wechseln zum Geschichtenerzähler, der eine neue Episode einer endlosen Seifenoper spinnt, durchtränkt mit dem ganzen romantischen Glamour der alten Erde, und sie …

… sie ist die älteste Tochter eines Senators, dazu bestimmt, seinen Sitz in der Duma und sämtliche Privilegien seiner demokratischen Salbung zu erben, doch sie wurde von Agenten der Archipelago Mining Corporation gekidnapped und wird von deren jungem, dunkelhaarigem und diabolischem Präsidenten gefangengehalten, der sie in seinen Harem aufnehmen will und bereit ist, ihr für ihre Einwilligung und eine lukrative Konzession für die Antarktis das Leben zu schenken, und die ihrem Vater fanatisch ergebenen tschetschenischen Leibwächter kämpfen sich durch die Verteidigungsringe der brutalen Soldaten hindurch, während sie in Seide und eine Parfümwolke gehüllt auf dem Balkon der Wohnung eines Kuomintang-Drogenlords im Herzen des alten New York steht, dabei zusieht, wie die Panzer auf den Straßen die Schlacht austragen, und darauf wartet, dass die schwer unter Druck stehenden Tschetschenen mit dem Versprechen auf ungehindertes Plündern bei den verzweifelten Stämmen der Südbronx Verstärkung organisieren, und dann vernimmt sie in ihrem Rücken das Geräusch verstohlener Schritte, und der Präsident – der, um die Wahrheit zu sagen, auf unheimliche Weise ihrem Besitzer ähnelt – fällt vor ihr auf die Knie und sagt ihr, er liebe sie aus ganzem Herzen und werde verzehrt von Bedauern und wolle sie freilassen, wenn …

Und so weiter.

So sehen die Träume der Androiden – oder vielmehr der Gynoiden – aus.

Ein Klopfen an der Tür. Im Nu ist sie wieder hellwach, und ihre innere Uhr sagt ihr, dass es früh am Morgen ist.

»Einen Moment«, sagt sie.

Das kleine Reinigungsungeziefer hat jeglichen organischen Schmutz von ihrer Kleidung entfernt. Sie schüttelt die Sachen gedankenlos aus, kleidet sich im Handumdrehen an (eine nützliche Soldatenfähigkeit, die sich in ihr Ich kopiert hat) und ruft:

»Herein!«

Der eintretende Knabe, der ein Tablett mit Kaffeetasse und einer Schüssel mit Frühstücksflocken hereinträgt, wirkt auf den ersten Blick wie zwölf. Er ist ein Schwarzer mit zartem Körperbau, angenehmen Gesichtszügen und einem schwarzen Haarschopf. Während Dee ihn von oben bis unten scannt und er lächelnd »Hallo!« sagt, wird ihr bewusst, dass er viel älter ist, als er wirkt. Anders lässt sich die gesammelte Erfahrung, die sich im Muskeltonus seines Gesichts und in seinem Blick ausdrückt, nicht erklären. Jedenfalls nicht hier, in Ship City. Hier gibt es Gesetze, die das verhindern.

»Du bist bestimmt Ax«, sagt sie und nimmt das Tablett entgegen. »Danke.« Sie bedeutet ihm, Platz zu nehmen. »Tamara hat von dir gesprochen.«

»Von dir auch«, sagt der Junge und setzt sich, einen Fuß aufs andere Knie gelegt. »Dann bist du also Dee Model, hm? Die Lieblingsgespielin von Big Boss Reid?«

Dees schaut ihn an, die Knie züchtig aneinandergepresst, das Tablett darauf balancierend, den Löffel dicht vor dem Mund. Sie legt ihn wieder weg, er klirrt leise gegen die Außenseite der Schüssel. Sie stützt das Tablett und unterdrückt das Schwanken ihrer Stimme.

»Woher weißt du das?«

Ax lässt weiße Zähne aufblitzen. »Du bist berühmt.« Sein Grinsen wird durchtrieben, dann auf einmal beruhigend. »Nicht wirklich. Dein Herr hat dich vergangenes Jahr auf einer Party am Arm geführt, und das Bild erschien in den Klatschblättern.« Sein Blick wird einen Moment unscharf. »Ein tolles Kleid«, sagt er.

»Ich war anderer Meinung«, entgegnet Dee. Sie isst weiter. »Ich musste die meiste Zeit über im Sexmodus bleiben, um es tragen zu können.«

Ax schnaubt.

»Ist ja auch egal.« Dee errötet. Die Routine des Spions sorgt dafür, dass ihre Stimme ruhig und ausdruckslos klingt. »Wird nach mir gesucht? Wurde eine Belohnung ausgesetzt?«

Abermals der Offline-Blick – Dee wird bewusst, dass er eine Downlinkverbindung mitten ins Gehirn hat, was hier keineswegs normal ist; das intimste Interface zu den Netzwerken, das die meisten Menschen gerade noch dulden, ist der Kontakt über die kleinen runden Bildschirme, die man sich auf die Augen steckt.

»Bis jetzt noch nicht«, sagt Ax, unvermittelt wieder

aufmerksam geworden. »Vermutlich ist es ihm peinlich. Ich meine, wenn einem die lebende Puppe wegläuft, dann ist das was anderes, als wenn einem das Auto geklaut wird, oder nicht?«

»Ja«, sagt Dee. Wenn sie an die Wut und die Erniedrigung ihres Besitzers denkt, zittern ihr unwillkürlich die Knie. Sie setzt das Tablett ab und greift nach ihrer Handtasche.

»Darf ich rauchen?«

»Nur zu«, antwortet Ax. An seiner Halskette ist ein Feuerzeug befestigt. Er gibt ihr rasch Feuer, dann setzt er sich wieder und steckt sich seinerseits eine Zigarette an.

»Weshalb bist du weggelaufen?«, fragt er. Sein Tonfall ist weder freundlich noch lüstern; die Frage kündet von professionellem Interesse, wie der Tonfall eines Arztes oder eines Technikers im Gespräch mit einem Patienten.

»Er hat mich nicht schlecht behandelt«, sagt sie. »Nicht das Dienen oder der Sex hat mich gestört, sondern dass ich eine Sklavin war.«

»Eigentlich hätte es dir gefallen müssen«, meint Ax. »Das ist eingebaut.«

»Ich weiß«, sagt Dee. Sie blickt sich nach einem Aschenbecher um, dann überwindet sie ihre Dienerinroutine und klopft die Asche in die leere, milchgeränderte Schüssel ab. »Und es gefällt mir ja auch. Ich finde es befriedigend. Aber bloß in sexueller Hinsicht. Nicht in anderer Beziehung, nicht für mein eigenständiges Ich. Und als mir klar wurde, dass das, was ich tat … Also, ich übertrug meine Sexprogramme in einen bestimmten Bereich, maskierte diesen vor dem Ich und befreite mich.«

»Erstaunlich«, sagt Ax, als wäre es alles andere als verwunderlich. »Dann stimmt es also, wenn man sagt: *Informationen wollen frei sein*!«

Dee schüttelt den Kopf. »So großartig ist es nicht«, erklärt sie. »Es geschah, nachdem ich weit mehr Bewusstseinstools geladen hatte, als ich eigentlich haben sollte.« Sie versucht, sich an diese zweite Geburt zu erinnern, an das Erwachen, als sie von einem Ich zum anderen wechselte und sich selbst als geisterhaftes Spiegelbild in all den Fenstern sah.

Ax runzelt die Stirn. Er schnippt den Zigarettenstummel gegen den Milchrand der Schüssel, wo er zischend erlöscht. Ein neugieriger kleiner Reinigungsautomat huscht erschreckt davon, stellt die Vordersegmente auf. »Wann geschah das?«, fragt er.

Dee lächelt stolz, begierig darauf, ihr neu gewonnenes Selbstvertrauen mitzuteilen. »Gestern«, antwortet sie.

Ax' Mund steht eine Weile offen. Vorübergehend ist ihm der Ich-habe-schon-alles-gesehen-Blick abhanden gekommen. Er holt eine Zigarettenpackung aus dem Ärmel seines T-Shirts und steckt sich geistesabwesend eine an, ohne Dee anzusehen, ohne ihr eine Zigarette anzubieten. »Aber warum«, fährt er fort, »hast du überhaupt diese ganze Zusatzsoftware geladen? Was hat dich dazu veranlasst?«

Dee weiß nicht, was sie darauf antworten soll. Es fällt ihr schwer, sich an ihre frühere Eindimensionalität zu erinnern, als sie von einem Bewusstseinszustand in den nächsten wechselte und stets sie selbst war, immer eine einzige Person. Damals war sie nicht weniger bewusst gewesen als jetzt, doch es war ein ungeteiltes, naives, lenkbares Bewusstsein, ohne innere Freiheit. Aber schon damals war in ihrem Ich der Wissensdurst beheimatet gewesen. Und als sich die Gelegenheit bot, hatte sie zugegriffen – mit der beruhigenden Gewissheit, dass ihr Besitzer dies gutheißen würde.

»Instinkt«, sagt sie mit einem munteren Lachen. Ax schnaubt und verdreht die Augen.

»Na schön«, meint Dee pikiert. »Vielleicht stammt es ja wirklich nicht aus dem Tierkörper oder den paar Brocken biologischen Gehirns!«

»Dieses Argument sollten wir der anderen Seite überlassen«, sagt Ax.

»Welcher anderen Seite?«

»Der gegnerischen Seite«, erklärt er mit angespannter Geduld. »Die Angelegenheit wird auf jeden Fall vor Gericht landen. Kennst du dich mit Gerichten aus?«

»Aber ja doch«, meint Dee munter. »Ich habe ein Bewusstsein, das sich Sekretärin nennt. Die steckt bis oben hin voller Präzedenzfälle.«

»Also«, sagt Ax abschließend, »dann schlage ich vor, dass du sie noch mal durchgehst. Jetzt sieht bestimmt alles ganz anders aus, das kannst du mir glauben.«

»Ist gut«, meint Dee. Ax hält die Tür auf und wartet. Dee erhebt sich.

»Was jetzt?«

Er mustert sie von oben bis unten. »Ich glaube, wir gehen erst mal einkaufen.« Sein Tonfall verrät zwitterhaftes Missfallen.

Sie nimmt die Handtasche, steckt sich die Pistole hinter den Rock und blickt sich um. Sie hat nichts vergessen.

»Ein hübsches Zimmer.«

»Das ist meins«, sagt Ax. »Es wäre mir eine Freude, es mit dir zu teilen.«

Die Eingangstür des Gebäudes fällt hinter ihnen dröhnend ins Schloss. »Abschließen«, befiehlt Ax. Magnetische Bolzen versetzen die Tür abermals in Schwingung. Ax grinst Dee an und wendet sich nach links. Dee blickt sich, neben ihm hergehend, um. Das Haus, aus dem sie soeben getreten sind, hat vier schmale Etagen. Die anderen Häuser in der Gegend sehen ganz ähnlich aus, der typische Kanalstil, doch es gibt keine verwitterten Backsteinwände oder auffallenden Putz, keine Fensterbretter und Blumenkästen. Alles ist aus Beton, eine Haut, die eilig auf einem Maschendrahtgeflecht aufgebracht wurde und von Eisengerippen gestützt wird, und Graffiti ist der einzige – und angemessene – Schmuck. Die nadelförmigen Türme des Stadt überragen die Häuser wie Baukräne und lassen sie vergleichsweise wie Baubaracken erscheinen.

Von den Buden steigt Rauch auf, von den Gehsteigen Dampf. Nebel hängt über dem Kanal. Die Spraybilder an den Wänden werden immer heftiger und steigern sich an der Mündung einer Gasse zu geballten Fäusten, Raketen, Pilzwolken und Dinosauriern.

Ax bleibt stehen und zeigt in die Gasse. »Hier entlang.«

Die Gasse ist gerade mal drei Meter breit, aber voller Läden und besitzt im Unterschied zur Umgebung einen gewissen bemühten Charme, und die Ladenbezeichnungen ahmen sorgfältig die akkurate Kalligraphie der Ladenschilder des einundzwanzigsten Jahrhunderts nach. Am ersten Schaufenster wartet Ax ungeduldig, während Dee ein fossiles Diorama betrachtet, das angeblich die ehemalige Fauna eines der ausgetrockneten Meere darstellt. Der Wissenschaftler ist anderer Ansicht, und Dee, die sich mit lateinischen Bezeichnungen nicht auskennt, lässt den Blick zerstreut umherschweifen. Im Ladeninnern werden Fossilien zu Amuletten und Schmuckstücken weiterverarbeitet. Ein Mädchen an einer Schleifmaschine klappt das Visier hoch, lächelt Dee einladend zu und macht sich dann – erstaunt oder verwirrt über Dees vom Wissenschaftler gesteuerte Reaktion – wieder an die Arbeit. Der Geruch von Lack und Politur, Klebstoff und Schmiermittel weht zusammen mit dem Kreischen des Karborundums zur offenen Tür hinaus.

Ein anderer Laden verkauft Drogen und Pfeifen; an

einem Zeitungsstand entdeckt Dee die Abolitionistenzeitschrift neben obskureren Publikationen wie *Industrielle Landwirtschaft*, *Nano-Marktplatz*, *Atomtechnik*; eine Bude bietet verwitterten Nippes feil, angebliche ›Alien-Artefakte aus der Vorzeit des Neuen Mars‹; während Dee alles kritisch beäugt, brummt Ax vor sich hin und raucht. So trivial dies ist, hat Dee doch Freude an seiner Weigerung, sich menschlichen Gewohnheiten anzupassen; eine Übung in freiem Willen.

Als sie jedoch zur ersten Boutique gelangen, einer Höhle voller Kleidung und Accessoires, teilt sie Ax' offensichtliche Freude. Er geleitet sie hinein, sie verbringen darin eine Stunde, die so schnell verstreicht wie eine Minute, und dann geht es gleich weiter zum nächsten Kleiderladen und dann zu den kleinen Studios der Kosmetikkünstler und schließlich zu den Juwelierlabors. Die ganze Zeit über scharwänzelt Ax mit unbewusster Intimität um sie herum, die sich mit dem Grad ihres Bekleidet- oder Entkleidetseins nicht ändert. Sie kann erkennen, dass sein Vergnügen ästhetischer, nicht erotischer Natur ist. Die Sex-Software ist empfänglich für derlei Unterscheidungen; sie vermag die Hautrötung, den Pulsschlag und die Kontraktion einer Pupille zu deuten und weiß, dass mit der Berührung des Knaben kein Lustgefühl einhergeht.

Am anderen Ende der Gasse liegt ein Café. Plötzlich fällt die Mittagssonne wieder in die Gasse, und sie nehmen Platz, trinken Kaffee und rauchen inmitten ihrer Einkäufe. Dee hat ihren eher nüchternen Stil durch etwas Lesbisch-Punkiges ersetzt und sich mit Lederkorsett und Spitze, Satin und Seide, Dornen und Ziernägeln herausgeputzt. Ein Look, der die meisten Zwölfjährigen gleichgültig gelassen, die meisten Männer erregt hätte. Ax musterte sie wie ein von ihm selbst erschaffenes Kunstwerk, das sie gegenwärtig ja auch ist.

Dee spielt mit dem Feuerzeug, schaut hoch unter ihrem neugestylten Pony. Sie setzt zu einer Bemerkung an, weiß aber nicht, was sie fragen soll.

»Spar dir die Frage«, sagt Ax. »Das heißt, falls deine Verhaltensmuster auch Verlegenheit aufweisen. Was Sex angeht, läuft das Spiel ohne mich. Das heißt, manchmal bin ich am Spielfeldrand.« Er schnippt mit den Fingern. »Ich bin nicht schwul, auch kein Neutrum. Bloß ein Junge: ein ewiger Präadoleszent.«

»Warum?«, fragt Dee. »Ist das eine Krankheit?«

»Unheilbar«, meint Ax grinsend. »Dort, wo die Gene auf die kleinen Maschinen treffen, sitzt ein Fehler. Ein Virus. Haben meine Eltern von einer langen Reise mitgebracht. Zum Glück würde er erst nach der Pubertät wirksam werden. Daher habe ich mein biologisches Alter ein wenig vorher fixiert.«

»Und es gibt keine Therapie?«

Ax' Mundwinkel sinken herab. »Wenn ja, dann ist sie bei den Schnelldenkern zu finden. Also sollte ich's wohl eher vergessen. Aber ich konnte es nicht vergessen. Einer der Gründe, weshalb ich zum Abolitionisten geworden bin …« Er lacht. »Meine Chancen, jemals ein Mann zu werden, sind ebenso groß, wie dass die Toten wiederauferstehen und die Schnelldenker wieder aktiv werden. Pffft.«

»Hmmm.« Dee ist traurig zumute. Welch eine Verschwendung. Da hat sie eine bessere Idee. »Du könntest als Frau heranwachsen«, schlägt sie vor.

»Nein, danke«, erwidert Ax, zieht einen Schmollmund und posiert einen Moment. »Ich hab schon dran gedacht, aber die Docs meinen, das Virus würde auf Hormone beiderlei Geschlechts reagieren. Deshalb muss ich halt auf beides verzichten, und nachdem ich eine Weile getobt und geschmollt hatte, wie du dir denken kannst, sagte ich mir, ich könne ebenso gut als jemand Karriere machen, den ein eifersüchtiger

Mann gerne mit seiner Frau alleinlassen würde.« Er inhaliert Rauch und stößt ihn elegant wieder aus. »Als professioneller selbständiger Eunuch und Teilzeit-Lustknabe.«

Während Dee sich das durch den Kopf gehen lässt und sich fragt, ob Ax' Schicksal alles in allem nicht doch schlimmer ist als das ihre, setzt er hinzu:

»Bevor ich die Wahrheit über meine Krankheit erfuhr, war ich ein ganz normaler kleiner Junge.« Er seufzt. »Diese Geziertheit ist bloß Pose, Dee, bloß Pose. Und sollte das jemand vergessen, kann ich auch äußerst gewalttätig werden.«

»Weshalb hast du dich ausgerechnet darauf spezialisiert? Als Leibwächter oder Kämpfer oder ...«

»Sollte ich etwa das Risiko eingehen, getötet zu werden?« Ax bricht in schallendes Gelächter aus. »Hältst du mich etwa für blöd?«

»Nein.« Dee schenkt ihm (jetzt, da sie herausgefunden hat, dass dies die einzig mögliche Beziehung zu ihm ist) ein freundliches, schwesterliches Lächeln und hört auf, ihn zu bemitleiden. Wahrscheinlich kommt er gar nicht so schlecht zurecht. Ein verrücktes Huhn, geht ihr durch den Sinn, und als sie aufstehen und gehen, lässt sie den mürrischen Wissenschaftler in alten Datenbanken danach forschen, was, zum Teufel, eigentlich ein Huhn ist.

»Und so bin ich auf das Schiff gekommen«, sagte Wilde. Er stützte sich auf einen Ellbogen auf und blickte sich im Zimmer um, in dem er seit zehn Minuten wach lag.

»Guten Morgen«, sagte die Maschine. Sie ruhte in der Ecke auf dem Boden. Das Zimmer lag in einem Obergeschoss des Malley Mile, war sehr billig und mit einem Waschbecken, einem Stuhl und einem Bett ausgestattet. Dank der über den Boden wuselnden kellerasselgroßen Automaten war es bemerkenswert staubfrei.

Wilde blickte die Maschine an. »Was hast du die ganze Nacht über gemacht?«

»Dich bewacht«, antwortete die Maschine. Sie streckte die Gliedmaßen, faltete sie wieder zusammen. »Die Netzwerke der Stadt gescannt. Geträumt.«

Wilde musterte die Maschine mit jäher unbekümmerter Neugier. »Ich wusste gar nicht, dass Maschinen träumen.«

»Ich erinnere mich auch an alte Zeiten«, sagte die Maschine. »Wenn Zeit dazu ist.«

Wilde grinste säuerlich. »Ich nehme an, du hast jede Menge Zeit, wo du doch so viel schneller denkst …«

»Nein«, widersprach die Maschine. »Das habe ich dir doch schon erklärt. Ich bin ein Humanäquivalent. Meine subjektive Zeit entspricht der euren. Die Datenübertragung funktioniert zwar schneller als bei euch, die Bewusstseinsvorgänge, die sie steuern, laufen jedoch mit der gleichen Geschwindigkeit ab.«

»Tatsächlich?« Wilde erhob sich aus dem Bett, sah mit einem Anflug von Verwunderung an sich hinunter, lächelte, wusch sich Gesicht und Hals und kleidete sich an.

»Sag mal, Maschine«, meinte er, als er die Stiefel anzog, »wie soll ich dich eigentlich nennen? Und wo wir gerade dabei sind, was bist du eigentlich?«

»Im Wesentlichen«, antwortete der Robot, löste ein Kabel und wickelte es in der Wandhalterung auf, »bin ich ein Bauroboter für den Tiefbau, autonom, nuklearbetrieben, sandresistent. Und was meinen Namen angeht …« Er stockte. »Du kannst dir einen aussuchen, aber man pflegte mich Jay-Dub zu nennen.«

Wilde lachte. »Das ist klasse! Das mach ich.«

»Jay-Dub geht in Ordnung«, sagte die Maschine. »Das ist nicht würdelos. Danke, John Wilde.«

»Also, Jay-Dub«, sagte Wilde mit einem verlegenen Lächeln, »lass uns frühstücken.«

»Das kannst du gerne machen«, meinte Jay-Dub. Er entfaltete die Gliedmaßen und erhob sich, wobei verstreute Folienhüllen mit reglosen Beinchen und stumpfen Linsen sichtbar wurden. »Ich habe bereits gespeist.«

Im Malley Mile war kein Betrieb, die Bar war geschlossen, geputzt, gewienert, poliert und mit feuchten Tüchern verhängt, als sie nach unten kamen und durch die nur von innen zu öffnende Tür ins Freie traten.

»Vertrauenerweckend«, bemerkte Wilde und ließ die Tür ins Schloss gleiten.

»Das ist ein ehrbares Lokal«, meinte Jay-Dub. »Kaum Kleinkriminalität. Aus Gründen, die dir bekannt sein dürften.«

Die kleine Sonne stand tief über den Türmen und überzog die Straße mit einem Schattenmuster. Boote und Lastkähne glitten den Kanal entlang, hinaus aus der Stadt.

»Wo wollen die alle hin?«, fragte Wilde. Der Mensch und der Robot spazierten zu einem etwa hundert Meter entfernten Kai. Darauf waren Imbissbuden zu sehen.

»Zu den Minen und Farmen«, antwortete der Robot. »Dazwischen liegt kein großer Unterschied. Beide setzen Nanotechnik natürlichen oder künstlichen Ursprungs ein, um verteilte Moleküle in eine nutzbare Form zu bringen.«

»Und dort arbeiten Menschen? Was machen denn die Robots?«

»Ha-ha-ha.« Jay-Dubs Stimmbeherrschung hatte sich verbessert: Mittlerweile konnte er ein mechanisches Lachen parodieren. »Robots sind für diese Zwecke entweder nutzlos oder zu nützlich, um sie dafür einzusetzen.«

Auf dem kleinen Kai herrschte reger Betrieb. Die Leute – größtenteils Menschen, doch es waren auch andere hominide Typen zu sehen – gingen gerade an Bord oder luden Säcke voller Gemüse oder Mineralien aus langen, schmalen Lastkähnen aus. Laster mit Elektroantrieb stießen zum Beladen zum Kai zurück. Eine Familie von Hominiden, die an Gibbons mit angeschwollenen Schädeln erinnerten, zerrten ein Netz voller zappelnder silbriger Fische über den Kai und schütteten sie in eine verrostete Wanne hinter einer der Imbissbuden, wo eine untersetzte Frau sich sogleich ans Ausweiden und Grillen machte. Wilde blieb dort stehen und brachte die Frau zögernd und mittels Zeichensprache dazu, Fisch, Blätter und Brot zu einer Mahlzeit zu vereinen. Der Kaffee wurde in Pfandgläsern ausgeschenkt.

Wilde nahm das Frühstück am Rand des Kais ein, ließ die Beine baumeln und aß langsam, wobei er sich ständig umschaute. Der Robot hockte sich neben ihn.

»Es wird allmählich Zeit, dass du mir ein paar Dinge erklärst«, meinte Wilde. »Du hast gesagt, du hättest mich erschaffen. Was hast du damit gemeint?«

»Hab dich aus einer Zelle geklont«, antwortete die Maschine. »Hab dich in einer Retorte herangezüchtet. Hab ein Programm laufen lassen, um deinen Gedächtnisinhalt auf die Synapsen zu übertragen.« Sie summte versonnen. »Das könnte deinen Tod bedeuten, also behalt's für dich.«

»Warum hast du das getan?«

»Ich brauche deine Hilfe«, antwortete Jay-Dub. »Um gegen David Reid zu kämpfen und um diese Welt zu verändern.«

Wilde musterte nachdenklich die Maschine, sein Gesichtsausdruck ebenso undurchsichtig wie die blanke Oberfläche des Robots.

»Du hast mir erklärt, was du bist«, sagte er. »Aber

*wer* bist du? Diesmal will ich die Wahrheit hören. Die ganze Wahrheit.«

»Was ich *bin*«, antwortete die Maschine so leise, dass Wilde sich zu ihr hinüberbeugen und das Ohr an den Lautsprechergrill legen musste, »das ist eine komplizierte Frage. Aber ich *war* einmal du.«

## 4 ■ Gefangen

»Wenn du Interesse hast, wirst du kommen.«

Der Zug setzte sich ruckartig in Bewegung. Die von gelben Natriumdampflampen erhellten braunen Gebäude Carlisles glitten vorbei.

»Was?« Aus einer eisenbahninduzierten Trance gerissen, war ich mir nicht sicher, ob ich die Bemerkung nicht geträumt hatte. Der Mann auf der anderen Seite des so genannten Pullman-Tisches trug eine Mütze und eine Jacke aus einem glänzenden Material, das früher einmal Cordsamt gewesen sein mochte. Sein verwaschenes Hemd sah aus wie eine Pyjamajacke. Von Euston an hatte er den langen Nachmittag über mit grimmiger Entschlossenheit aus einer anfangs halb vollen Flasche Bell's getrunken.

Jetzt rieb er sich mit brauner Hand das Kinn, schabte über die weißen Stoppeln auf seiner blässlichen Haut und wiederholte seine Bemerkung. Ich lächelte verzweifelt.

»Ich verstehe«, log ich. »Sie haben ganz Recht.«

»Du wirst kommen«, sagte er. Er langte nach der Flasche, schätzte anhand des Gewichts den verbliebenen Inhalt und stellte sie wieder auf den Tisch, dann drehte er sich mit der anderen Hand eine Zigarette. Sein scharfer, sich bisweilen verschleiernder Blick ruhte währenddessen auf mir.

»Wohin?« Ich schaute weg und öffnete eine Packung Silk Cut (eine Geste an die Adresse der Wohlhabenden). Kurzzeitig leuchtete mein virtuelles Spiegelbild außerhalb des Zuges auf. Die nasse Februarlandschaft zog vorbei.

»Das is' egal«, sagte der Mann und stieß Zigarettenqualm und den säuerlichen Geruch verdauten Whiskeys aus. »Wohin auch immer. Ich seh's dir an. Du bist interessiert.« Er legte den Kopf schief und musterte mich schlau. »Du bist einer von denen internationalen Sozialisten. Seh ich dir doch an.«

Ich lächelte erneut und schüttelte den Kopf. »Tut mir Leid, aber Sie irren sich, ich bin …« Ich stockte, wusste nicht, wie ich es ihm erklären sollte. Ich hatte eine Woche damit zugebracht, die Bibliothek des Wirtschaftsinstituts der Londoner Universität zu durchstöbern und mit meinem Vater zu diskutieren. Mir schwirrte der Kopf von Marxismen.

»Och, is' schon gut, mein Sohn«, sagte er. »Ich mach mir nichts aus irgendwelchen Streitereien. Schert mich nich. Du bist'n Intellektueller, und ich bin bloß 'n Arbeiter im Ruhestand. Aber du bist einer von uns.«

Er schraubte die Flasche auf, nahm einen Schluck und reichte sie mir, wischte sich zuvorkommend die Hand am Schenkel ab und fuhr dann mit dem Daumen um den Flaschenhals, um alle schädlichen Keime zu entfernen.

»Und wie ging's weiter?«, fragte Reid.

Es nieselte, und wir wandten uns geduckt in die Park Road, eilten an der Pseudo-Tudor-Fassade des Blythswood Cottage Pub vorbei und stürmten ins Voltaire & Rousseau, das beste Antiquariat in Glasgow. Ich hatte Reid zur Mittagszeit getroffen, nachdem ich ihn wochenlang nicht gesehen hatte – zum Teil deshalb, weil ich konzentriert an meiner Dissertation arbeitete, zum Teil auch weil Reid entweder politisch aktiv war oder mit Annette ausging. Im ersten Monat ihrer Bekanntschaft hatte ich hin und wieder mal mit ihnen gezecht, doch es war mir zu peinlich, um damit fortzufahren.

»Er schlief ein«, sagte ich lachend. »Ich rührte die

Flasche nicht an und weckte ihn im Hauptbahnhof auf. Anscheinend hatte er den Vorfall vergessen. Schien so, als hätte er mich nicht mehr erkannt.«

Wir bewegten uns nach Krabbenart seitlich und musterten mit schief gelegtem Kopf die Regale, welche die schmalen Ladenwände säumten. Als Erstes pflegten wir die Abteilungen für Politik und Philosophie zu durchstöbern, dann – falls wir noch Geld übrig hatten – begaben wir uns in das Hinterzimmer mit den SF-Taschenbüchern. Einer der Ladenbesitzer – ein großer, rundlicher, freundlicher Bursche mit dünnem Haar und dicken Brillengläsern – sah an der Kasse lächelnd von seinem Buch auf und nickte uns zu. Ich vermutete, dass er Rousseau war; sein hagerer, finsterer Partner wäre folglich Voltaire gewesen.

»Wahrscheinlich ein Anhänger der Independent Labour Party«, murmelte Reid und stürzte sich auf einen blauen Band Dietzgen aus dem Verlag Charles H. Kerr & Co. Er pustete den Staub davon ab und nieste.

»Eins fünfzig!«, sagte er mit leiser Stimme, damit Rousseau nicht seine Freude mitbekam und womöglich begriff, welches Geschäft sie sich hatten entgehen lassen. Reid suchte weiter, ein Rotschopf, der sich an erinnerungsschweren Regalen entlangbewegte.

»Weißt du«, fuhr er fort, »die Vorstellung, dass all diese alten Militanten ihre Bibliotheken verhökern, um ihre Pensionen aufzubessern, macht mich ganz krank. Oder sie sterben, und ihre Kinder – mein Gott, ich seh sie direkt vor mir, in mittleren Jahren, Mittelklassewichser, die sich der Erinnerungen des alten Trottels stets ein wenig geschämt haben –, wie sie in seinen pathetischen Sachen wühlen und ein Regal mit sozialistischen Klassikern finden und sie schon in den Müll befördern wollen, als ihnen die Aussicht auf ein paar Kröten auf einmal ein gieriges Funkeln in die Augen zaubert!«

»Für uns ja nur gut«, sagte ich, steckte die Finger zwischen zwei Bücher und zog ein Pamphlet hervor. »Gerade die, die auf dem Müll landen, ziehe ich – he, guck dir das mal an!«

Es war mir egal, ob mich jemand hörte. Das war nahezu einzigartig, ein lebendes Fossil: ein Pamphlet der ›Russland-Heute-Gesellschaft‹ aus der Kriegszeit, mit dem Titel ›Sowjetische Milizionäre‹. Nachdem die Sozialistische Partei Großbritanniens darin den unwiderlegbaren Beweis erblickt hatte, dass sich hinter der sozialistischen Fassade der UdSSR eine Klasse wohlhabender Besitzender verbarg, war es bald aus dem Verkehr gezogen worden.

»Mein Vater hat mir davon erzählt«, meinte ich zu Reid. »Aber nicht mal er hatte ein Exemplar. Ich werd's ihm schicken.«

»Hab ich's doch gewusst!« Reid grinste von der Trittleiter auf mich herunter. »Du bist wirklich ein selbstloses Arschloch! Du bist ein *Erb*sozialist!«

»Ideologie ist erblich?«, spottete ich. »Und was bist du dann?«

»Ein raffgieriger Kulak, schätze ich«, sagte er selbstzufrieden. »Ah, was haben wir denn da?« Er schlug ein Buch auf und besah sich das Deckblatt. »Stirner, *Das Ich und sein Eigentum*. Mit Stempel des Glasgower Anarchistischen Arbeiterzirkels, 1943. Fünf Pfund.«

Ich blickte mit offenem Mund zu ihm auf. Erst als er mir das Buch wegzog, wurde mir klar, dass ich die Hand danach ausgestreckt hatte. »Nee, nee. Das gehört dem Finder.«

»Damit kannst du doch gar nichts anfangen«, sagte ich.

»Ach, ich weiß nicht.« Reid stieg die Leiter herunter und hielt mir das Buch wie einen schwarzen Gral vor die Nase. »Junghegelianer, deutsche Ideologie und all das. Marxistische Gelehrsamkeit.«

»Du willst mich verarschen!«

»Stimmt«, sagte Reid. »Aber ich habe tatsächlich Verwendung dafür. Ich werd's kaufen, und sobald wir auf der Straße sind, überlasse ich's dir für einen Zehner.«

Zwei Wochen lang kein Mittagessen und wieder Selbstgedrehte, damit konnte ich leben.

»Abgemacht!« Ich hätte beinahe geschrien.

Reid trat einen Schritt zurück und musterte mich.

»War bloß ein Test«, meinte er und drückte mir das Buch in die Hand. »Du hast bestanden.«

Im bleigrauen Licht des Raucherzimmers der Gewerkschaft, wo die Luft geschwängert war vom unappetitlichen Geruch des mehrfach gefilterten Kaffeesatzes, nahmen wir auf abgewetzten Ledersesseln Platz und blätterten in unseren Neuerwerbungen. Ich lächelte über die gewundene Dialektik des Kriegsbefürworters, runzelte die Stirn über die bemühte Argumentation des großen Amoralisten. Faschismus, Kommunismus und Anarchismus machten die gleichen Wurzeln für sich geltend, nämlich die Berliner Bars der Vierzigerjahre des achtzehnten Jahrhunderts. Das Wien der Jahrhundertwende ist mir lieber, dachte ich, die Ringstraße ist ein Teilchenbeschleuniger für Ideen.

Wir lehnten uns im selben Moment zurück. Reid spielte mit dem Bambushalter des *Guardian* vom Vortag. Die MPLA hatte nicht zum letzten Mal Huambo eingenommen.

»Wie geht's Annette?«, fragte ich mit vorsichtiger Beiläufigkeit.

»Gut, so viel ich weiß«, antwortete Reid. Er blätterte eine Seite um.

»Du hast sie eine ganze Weile nicht mehr gesehen, oder?«

Reid legte die Zeitung weg und beugte sich vor, musterte mich scharf. »Wir haben uns irgendwie …

ich weiß auch nicht … entfremdet, auseinanderentwickelt.«

»Schade«, sagte ich. »Wie kommt's?«

Reid breitete die Arme aus. »Sie hat wirklich einen wachen Verstand, aber einer dermaßen unpolitischen Person bin ich noch nicht begegnet. Sie liest niemals Zeitung. Es ist sehr schwer, mit ihr ein Gesprächsthema zu finden.« Er lächelte zerknirscht. »Klingt blöd, ich weiß, aber so ist es nun mal.«

Ich nickte mitfühlend: Ja, Frauen sind schwer zu durchschauen. Ich überlegte, wo das zoologische Institut lag.

Ich ging die University Avenue entlang, zu meiner Linken das langgestreckte, victorianische Universitätsgebäude – ein Witzbold hatte es in einem Studentenblatt mal als ›Burg des Schreckens‹ bezeichnet –, zu meiner Rechten der wellsianische Lesesaal aus den Dreißigern. (Ich war nicht mehr dort gewesen, seit ich herausgefunden hatte, dass alles daran vollkommen war, mit Ausnahme der Akustik, die der einer Flüstergalerie ähnelte.)

Oben auf dem Hügel stand die Fußgängerampel auf Rot. Ich wartete auf das kleine grüne Männchen und fragte mich, ob ich nicht auf der Stelle umkehren und so lange warten sollte, bis ich das Treffen mit Annette als Zufallsbegegnung hinstellen konnte …

*Nein,* sagte ich mir entschlossen. *Wenn du Interesse hast, gehst du auch hin.* Ich überquerte die Straße und ging zu der Kreuzung hinunter, dann bog ich nach links auf eine Universitätsstraße ein, die zwischen wuchtigen Gebäuden aus grauem Sandstein einherführte, die sich mit Rasenflächen mit Blumenbeeten und kleinen Bäumen abwechselten. Das Zoologische Institut war in einem dieser alten Gebäude untergebracht, so massiv wie eine Kirche, mit einem Fundament aus noch älterem Fels. Im Innern poliertes Holz,

Kacheln, der Geruch von tierischen Exkrementen. Hinter einer Glasscheibe hervor musterte mich neugierig ein Pförtner. Ich beschloss, kühn zu sein, und fragte ihn, wo Annette arbeite. Er sah auf die Uhr und auf einen Zeitplan, dann sagte er es mir.

Das Labor kam mir zunächst menschenleer vor. Dann sah ich Annette, die mir den Rücken zuwandte und an der gegenüberliegenden Wandseite Papiere auf einem Labortisch auslegte. Ich drückte die Schwingtür auf und näherte mich ihr. Auf das Geräusch meiner Schritte hin drehte sie sich um und sagte:

»Entschuldigung, aber das Praktikum ist … Ach, hallo, Jon.«

Sie hatte sich das Haar zurückgebunden, ihre Figur war unter einem weißen Laborkittel versteckt. Gleichwohl erschien sie mir so begehrenswert wie eh und je.

»Hi«, sagte ich. Sie musterte mich forschend mit ihren grünen Augen.

»Lass mich mal raten«, sagte sie. »Du interessierst dich neuerdings für die Anatomie der Wirbellosen, stimmt's?«

Sie deutete auf den Labortisch. Ich blickte auf eine halb mit Wasser gefüllte Glasschale hinunter, in der ein paar kleine Seeigel lagen – oder vielmehr sich bewegten, wie mir auffiel, als ich genauer hinsah. Auf den Labortischen waren Blätter mit Notizen ausgebreitet, mit Diagrammen der Organe der Stachelhäuter, bezeichnet in einer wundervollen, fremdartigen Nomenklatur: Ampulla, Pedicellus, Schlauchfüße, Madrepore, Radialkanal, Ringkanal, Steinkanal …

»Eigentlich nicht.« Ich spielte mit den kräftigen Pinzetten herum, die wie ein Besteck bereitlagen, um die zarten, harmlosen Wesen aufzubrechen.

»Was führt dich her?«

»Äh …« Ich zögerte. »Ich wollte dich fragen, ob du Lust hättest, mit mir einen trinken zu gehen.«

Sie errötete leicht.
»Hat das was mit Dave zu tun?«
»Nein«, sagte ich und überlegte, worauf sie wohl hinauswollte. »Er hat mir bloß gesagt, ihr würdet nicht mehr zusammen ausgehen.«
»Ach! Und wann hat er dir das gesagt?«
»Vor etwa zwanzig Minuten«, antwortete ich.
Sie lachte. »Warum hast du so lange gebraucht?«
»Ich dachte, es könnte einen unsensiblen Eindruck machen, wenn ich gleich herkäme.«
Vielleicht war meine Bemerkung zu direkt, zu aufdringlich gewesen. Sie wandte den Blick ab, dann sah sie mich mit dem Anflug eines Lächelns wieder an.
»Es ist sehr nett von dir, dass du an mich denkst«, sagte sie. »So einsam und verlassen, wie ich mich fühle. Aber ich bin mir nicht sicher, ob ich für so viel Aufmerksamkeit schon wieder bereit bin.«
Wenn sie mich neckte, konnte ich es auch. »Ich glaube nicht, dass das lange so bleiben wird.«
»Also«, sagte sie, »ich hab mir wirklich nicht jeden Abend die Haare gewaschen.«
»Sondern dich stattdessen in den gesellschaftlichen Trubel gestürzt?«
»Genau.«
»Aha.« Ich ließ nicht locker. »Vielleicht findet sich in deinem hektischen Leben ja eine stille Ecke, wo man einen Drink zu sich nehmen kann?«
»Oder so.«
»Oder so.«
Sie lächelte, diesmal ohne jede Ironie.
»Einverstanden«, sagte sie. »Wie wär's mit neun Uhr heute Abend in der Western Bar?«
»Also bis dann«, sagte ich.
Die Tür wurde aufgestoßen, und ein Schwall Studenten platzte herein.
»Du solltest jetzt besser gehen«, sagte sie. »Bis dann.«

Ich trabte über den Gang. »*Ja!*«, rief ich, sprang hoch und boxte in die Luft, womit ich ein paar Nachzügler erschreckte und beinahe eine Neonröhre an der Decke erwischt hätte.

Das Western war ein ruhiger Pub, aufgemotzt mit ein paar passenden Dekorationsstücken (wie zum Beispiel Cowboyfotos). Ich war etwa zehn Minuten zu früh gekommen, stand am Tresen und hatte ein halbes Pint Bier und eine Zigarette intus, als Annette gerade in dem Moment hereinkam, als im Fernsehen die Neun-Uhr-Nachrichten liefen. Der Barkeeper langte hoch und schaltete einen anderen Sender ein. (Es gab drei, alle von der Regierung kontrolliert.) Sie trug das Haar lose (es war federnd, glänzend und frisch gewaschen). Sie trug einen Jeansrock, der ihr bis zur Mitte der Waden reichte, und eine schwarze Seidenbluse unter einer bauschigen Jacke, die sie im Gehen öffnete und abstreifte. Ich bestellte ihr ein Lager mit Limonellensaft, und wir setzten uns an einen Tisch an der Wand.

»Zigarette?«

»Ja, danke.«

Ich steckte ihr die Zigarette an, und einen Moment lang sahen wir einander in die Augen. Plötzlich lachte Annette.

»Schon komisch«, sagte sie. »Wir kennen einander gut genug, um auf das Eis brechende Geplänkel zu verzichten, aber nicht gut genug, um zu wissen, wie es weitergeht.«

Ein wacher Verstand, in der Tat.

»Da ist was dran«, sagte ich Wasser tretend. »Aber eigentlich kenne ich dich gar nicht, abgesehen davon, dass wir ein paarmal am selben Tisch gesessen haben oder uns irgendwo begegnet sind.«

»Hat Dave nicht über mich geredet?« In ihrer gespielten Verstimmung schwang Neugier mit.

»Nein«, sagte ich. »Aber eine wichtige Sache hat er mir über dich erzählt …«

»Und das wäre?«

»Er meinte, du würdest dich nicht für Politik interessieren.«

»Ist das alles? Und ich dachte schon, er hätte dir ebenso viel über mich erzählt, wie ich Sheena über dich.«

»Jetzt bist du bestimmt erleichtert.«

»Klar … Und in der Beziehung irrt er sich auch noch!«, setzte sie hinzu.

»Wie meinst du das?«

»Es stimmt nicht, dass ich mich nicht für Politik interessieren würde. Ich rede bloß nicht drüber.«

»Dein gutes Recht«, meinte ich. »Aber warum nicht?«

»Ich bin in Belfast aufgewachsen«, sagte sie. »Als wir wegzogen, war ich zehn. Dort gibt es ein Sprichwort: Was du auch sagst, sag nichts. Meine Familie lebt noch dort, und ich besuche sie hin und wieder. Eine alte Gewohnheit.«

»Und die gilt sogar hier?« Ich blickte mich um. »Wo liegt das Problem?«

Sie beugte sich vor und senkte die Stimme. »Die Hälfte der Bewohner dieser Stadt haben Verbindungen nach Irland, und ein paar vertreten sehr entschiedene Ansichten. Daher bringt es nichts, das Maul aufzureißen, zumal in einem Pub.«

Was Dave gerne tut, dachte ich. Interessant.

»Okay«, sagte ich. »Ich bin nicht neugierig. Ich könnte nicht mal sagen, ob du katholisch oder protestantisch bist, was die meisten hier sicherlich könnten. Ich selbst bin nicht religiös, und es ist mir egal, welche Fahne über mir weht oder was die Politiker machen, solange sie mich nur in Ruhe lassen.«

»Was sie nicht tun werden.«

»Genau da liegt der Hase im Pfeffer!«

Wir lachten beide. »Und wofür interessierst du dich nun wirklich?«, fragte ich.

Sie überlegte eine Weile. »Ich mag meine Arbeit«, sagte sie.

»Erzähl mir davon.«

Und das tat sie, erklärte mir, dass sie sich nicht bloß mit der technischen Seite beschäftige, sondern auch die wissenschaftlichen Hintergründe zu erkennen versuche. Sie sprach über Evolution und Population und deren Zukunft, und das brachte mich dazu, über SF zu sprechen, und sie gestand mir, ein paar Dutzend von Michael Moorcocks Eternal-Companion-Geschichten gelesen zu haben, als sie noch jünger gewesen sei (oder vielmehr ›jung‹, wie sie es charmant ausdrückte). Ehe wir es uns versahen, erklang auch schon die Glocke, die zur Aufgabe der letzten Bestellungen aufforderte.

»Im Joanne's gibt es eine Disco«, meinte Annette. »Sollen wir hingehen?«

»Prima Idee«, sagte ich.

Das war es nicht. Wir waren kaum eine halbe Stunde da, als die Musik abbrach und der DJ die Gäste aufforderte, ihre Sachen zu nehmen und in aller Ruhe das Lokal zu verlassen. Wir wussten alle, was das bedeutete: eine Bombenwarnung. Annette ergriff mit erstaunlicher Kraft meine Hand und zerrte mich mit einer Rücksichtslosigkeit, die ich bislang bloß bei der Party im QM bei ihr beobachtet hatte, durch die Menge.

Wir gelangten in dem Moment auf die Straße, als irgendeine Autoritätsperson »Fehlalarm!«, rief und sich die Richtung des Gewoges umkehrte. Annette hielt dem Gedränge stand. Als ich sie erstaunt anblickte, bemerkte ich, dass ihr Gesicht nicht bloß vom Nieselregen nass war. Sie hatte sich den Parka um die Schultern gelegt und wirkte deprimiert und verletzlich.

»Möchtest du wieder reingehen?«, fragte ich.

»Ich will nach Hause«, sagte sie. Ich hielt ihr den Parka, damit sie hineinschlüpfen konnte. Sie fasste mich wieder bei der Hand und ging eilig los.

»Was hast du?«

»Ach, Gott. Ich habe mich gerade an meine erste Bombe erinnert.«

»Ja«, sagte ich, und versuchte, meiner Stimme einen beruhigenden Klang zu verleihen, »es ist schon verrückt, wie sehr wir an Bombenalarme gewöhnt sind.«

»Das war damals kein Bombenalarm«, sagte sie mit einem vernichtenden Blick. »Ich befand mich im Explosionsradius der Bombe. Loyalisten haben eine loyalistische Bar angegriffen. Ich sah, dass die Leute schrien, aber ich konnte sie nicht hören.«

Ich hielt es für besser, sie nicht danach zu fragen, ob es viele Verletzte geben habe.

»Tut mir Leid«, sagte ich und drückte ihr die Hand. »Das hab ich nicht gewusst.«

Sie blieb stehen, wodurch sie mich fast aus dem Gleichgewicht geworfen hätte. Ich wandte mich schwankend zu ihr um. Sie hielt die geballten Fäuste vor sich, als schüttele sie jemanden durch, der viel kleiner war als ich.

*»Herrgott noch mal!«*, fauchte sie. «Wie ich das *hasse*! Es kotzt mich an! Wir wollten uns doch bloß amüsieren, alle miteinander, und irgend so ein Arschloch muss alles kaputtmachen! Alle haben sie Schuld! Denn die Bombenwarnungen und Fehlalarme und die üblen Scherze – das gäbe es alles nicht, wenn nicht irgendwelche Idioten Ernst machen würden. Ohren und Füße auf dem Pflaster verstreut!« Sie schloss die Augen, dann öffnete sie sie wieder, als könnte sie die Bilder, die sie in ihrer Vorstellung sah, nicht ertragen. »Dave hat immer gesagt, wir müssten auf die Unterdrückten hören. Niemand hört auf mich, weil ich nicht ›unterdrückt‹ bin. Ich bin eine Scheißprotestantin!« Sie senkte die Stimme

zu einem rauen Flüstern, Überbleibsel einer Vorsicht, die sie ansonsten in den Wind schlug. »Sie sollen alle zur Hölle fahren! Zum Teufel mit dem Papst! Zum Teufel mit der Queen! Zum Teufel mit Irland!«

So plötzlich, wie ihr Ausbruch angefangen hatte, hörte er auch wieder auf. Sie legte die Fäuste auf meine Schultern und sah mit trockenen Augen zu mir auf. Sie schniefte.

»Ach, Gott, du musst mich ja für verrückt halten«, sagte sie. »Das hast du nicht verdient.«

Ich schlang die Arme um sie und drückte sie an mich, nahm die Gelegenheit wahr, mich umzublicken. Es muss ausgesehen haben, als kämpften wir miteinander. Aber das hier war Glasgow, und solange sie nicht mit einer Flasche auf mich losging, würde niemand Notiz von uns nehmen.

»Das ist mir lieber als ›was du auch sagst, sag nichts‹«, meinte ich. »Zumal ich deiner Meinung bin.«

»Tatsächlich?« Sie wich von mir zurück und musterte mich nachdenklich. »Heißt das, du glaubst an *gar nichts*?« Sie klang ungläubig und hoffnungsvoll.

Ich musste an Myras Neckerei denken: *Eischentlisch bin isch ein individualischtischer Anarschist.* Aber mit irgendwelchen Ismen kam ich hier nicht weiter. Ich glaube an dich, hätte ich gerne gesagt, aber das hätte es auch nicht getan. Sie wirkte so unglaublich ernsthaft!

Ich schluckte. »Kein Gott, kein Land, keine ›Gesellschaft‹. Bloß Menschen und Dinge, und Menschen, einer nach dem anderen.«

»Bloß wir?«

Ich ließ mir das durch den Kopf gehen; die Versuchung war groß. Es wäre ein guter Vorwand gewesen, sie enger an mich zu binden.

»Auch kein Wir, es sei denn, wir entschieden uns dafür, und auch nur so lange, wie wir beide dazu stehen.«

»Ich weiß nicht, ob ich damit leben könnte.«

»Immerhin besser, als mit etwas anderem zu sterben.«

Sie quittierte meine schlagfertige Entgegnung mit einem unverdient warmen Lächeln.

»Tja«, sagte sie, »jedenfalls versuchst du mich nicht bloß vollzulabern.« Sie ergriff wieder meine Hand und steckte sie in ihre Parkatasche. »Komm, begleite mich nach Hause.«

Wir gingen durch die regennassen Straßen, als wären wir an der Hüfte zusammengewachsen, und blieben alle paar hundert Meter stehen, um uns zu umarmen und zu küssen. Worte wurden nicht viele gewechselt. Als wir in ihrer Wohnung angelangt waren, drang gedämpftes Licht und leises Kichern aus Sheenas kleinem Zimmer. Wir umarmten und küssten uns, betatschten und wälzten uns umher, doch als ich mehr wollte, schob sie mich weg.

»Ich bin noch nicht so weit«, sagte sie.

»Ist schon in Ordnung«, meinte ich.

»Vielleicht solltest du jetzt gehen. Manche Leute müssen morgens früh aufstehen.«

»Vielleicht hast du Recht. Wie wär's mit morgen?«

Sie stand auf und zog mich auf die Beine.

»Mal sehen … Am Samstag bin ich auf einer Hochzeit eingeladen. Morgen in der Mittagspause muss ich einkaufen. Damenparty am Abend, am nächsten Abend muss ich mich erholen. Und Sachen zum Anziehen raussuchen und so.« Sie knickste ironisch. »Hättest du Lust, zur Hochzeitsfeier mitzukommen? Am Samstag?«

»Klingt großartig! Danke.«

Sie riss ein Blatt von einem Notizblock ab und kritzelte etwas darauf. »Ort, Zeit, Buslinien«, sagte sie und reichte es mir.

»Vielen Dank. Also, bis dann.«

Wir waren an der Tür angelangt.

»Wir müssen uns noch gute Nacht sagen«, meinte sie, und das taten wir dann auch ausführlich.

Die Feier fand in einem Hotel statt, in einem Viertel, wo ich noch nie gewesen war, zu erreichen über eine Abfolge von Bussen, die durch Gegenden fuhren, von deren Existenz ich nicht einmal wusste. Es sah dort aus, als sei ein Krieg verloren gegangen: Die Wohnblocks waren entweder dem Erdboden gleichgemacht oder verfallen, die Straßenlaternen kaputt, um Feuerstellen hockten Obdachlose oder Straßenkinder …

Später erfuhr ich, dass dies das Ergebnis eines als Entwicklungsprojekt kaschierten Straßenbauvorhabens war, doch damals … Wie ich so im verräucherten Oberdeck des Busses saß, bekleidet mit einem Anzug, den ich normalerweise nur bei Einstellungsgesprächen trug –, schwelgte ich wohlig in pessimistischen Gedanken über den Zusammenbruch der Zivilisation. Nach einer Weile wurden die Inseln der Dunkelheit jedoch seltener, und schließlich stieg ich in einem Wohngebiet vor einem beruhigend hell erleuchteten und betriebsamen Hotel aus. Ich folgte dem Licht und dem Lärm bis zum Festsaal, wo es wie in einer Disco aussah, abgesehen davon, dass die meisten Leute im Sonntagsstaat erschienen waren und dass die Altersverteilung in etwa einer Normalverteilungskurve entsprach.

An den Wänden waren Tische aufgestellt, es gab ein Buffet und Tabletts voller Getränke und eine Bar am anderen Ende des Raums. Ich nahm ein Glas Whisky vom Buffet und hielt Ausschau nach Annette. Die Musik hörte auf, ein Tanz endete, die Leute strebten auf die Tanzfläche oder von ihr herunter.

Annette tauchte aus der Menge hervor, als teilte sich diese nur für sie – ich hatte den Eindruck, sie würde einen Moment lang von einem Scheinwerfer erfasst, sodass sie leuchtete, während alle anderen dunkler wurden. Sie trug einen Kranz aus Blättern und kleinen roten Rosen, und ihr Kleid begann mit einer Krause am Hals und endete in einem Volant am Boden. Das Kleid hatte ein Rosenmuster, rot und grün auf schwarzem Grund, und darüber trug sie eine Organzaschürze mit Rüschen von der Hüfte bis über beide Schultern, die Bänder vorne zur Schleife gebunden. Ihr Gesicht war vom Tanzen gerötet, und sie lächelte. Als sie vor mir stehenblieb, schnupperte ich ihr starkes, angenehm duftendes Parfüm.

»Hallo, John, haste mal 'ne Fluppe?«, fragte sie. »Könnte jetzt gut eine vertragen.«

Als ich ihr die Zigarette ansteckte, fasste sie mich bei der Hand und zog mich zu einem Tisch mit einem einzelnen Stuhl. Sie schob einen zweiten Stuhl heran und nahm mir gegenüber Platz, wobei sich unsere Knie beinahe durch ihre raschelnden Unterröcke hindurch berührt hätten.

»Ah, das tut gut«, meinte sie. Ein Ober bot ihr ein Tablett an – sie langte am Wein vorbei und wählte ein Glas Whisky aus. »Danke, dass du gekommen bist.«

Ich hob das Glas. »Ich danke *dir*. Du siehst ungewohnt aus. Wunderschön.«

»Äh … vielen Dank.«

»Wunderschön auf eine andere Art«, verbesserte ich mich eilig.

Sie zuckte mit den Lippen, um mir klarzumachen, dass ihre Verstimmung bloß gespielt war.

»Du hast mir gar nicht erzählt, dass du Brautjungfer bist«, sagte ich.

»Ich wollte dich nicht abschrecken.«

Ich lachte unsicher, denn ich wusste nicht, was ich davon halten sollte. »Dein Kleid gefällt mir«, sagte ich.

Sie beugte sich näher zu mir und flüsterte vertraulich: »Mir auch. Ich hab mich mächtig angestrengt, eins zu bekommen, das ich auch auf Parties tragen kann, und nach längeren Diskussionen mit Irene – das ist die Braut, eine alte Schulkameradin – einigten wir uns auf dieses hübsche Stück von Laura Ashley. Dann fand sie auf einmal, es wäre nicht *geschmacklos* und *brautjüngferlich* genug, deshalb hat sie ihrer Mom das hier abgeschwatzt.« Sie zupfte angewidert an den Rüschen der Schürze.

»Ach, ich weiß nicht«, meinte ich. »Die Schürze gibt dem Ganzen doch erst den letzten Pfiff. Du solltest sie wirklich für Parties behalten.« Ich hatte nur halb im Scherz gesprochen – ihre Aufmachung, die Vorstellungen von weiblicher Unterwürfigkeit heraufbeschwor, war auf eine unbestreitbar sexistische Art sexy.

»Ja, klar, wohl damit man mich für eine Nutte hält, oder?« Sie grinste.

»Niemals«, sagte ich. »Lady, darf ich um einen Tanz bitten?«

»Also«, antwortete sie nachdenklich, »vielleicht wenn du mir nachgeschenkt hast und ich ausgetrunken habe.«

Als sich dieser Vorgang mehrfach wiederholt hatte, stellte Annette mich einigen ihrer Freunde und Verwandten vor. Statt des Disco-Gehopses wurde nun traditioneller, jedoch viel wilder getanzt, eine Art schottischer Tanz. Annette zog mich auf die Tanzfläche und schleuderte mich umher, bis ich auf einmal, so als erinnerte ich mich an ein früheres Leben, feststellte, dass ich die Schritte und Bewegungen kannte und Annette – sowie die verwirrende Abfolge anderer Partner – meinerseits umherschleudern konnte.

Während ich tanzte, hüpfte, stampfte, wirbelte, stemmte und schwenkte, bemühte ich mich dahinterzukommen, woher ich das alles kannte, dann wurde mir bewusst, dass es auf meinen Vater zurückging. Seine Interpretation des Marxismus – die sogar für seine in sozialer Hinsicht tolerante, in politischer Hinsicht aber dogmatische Partei breit gefasst war – befürwortete die Kultur in all ihren Formen. Folglich bekam ich Klavier- und Tanzunterricht – und später, als das Hänseleien seitens der Spielkameraden nach sich zog, auch Boxunterricht. Außerdem besuchten wir das Wissenschaftsmuseum, das Museum für Naturgeschichte, den Zoo und das Theater. Er interessierte sich für alle möglichen Dinge. Er war für mich da.

Und sonntags im Hyde Park erzählte er ungläubigen Zuhörern, dass die Demo der Woche, die gerade vorbeikam, komplette Zeitverschwendung sei … Er glaubte, einen Schuljungen des Raumfahrzeitalters zu einem wissenschaftlichen Sozialisten zu erziehen, dabei wurde ich bloß zu einem ebenso sturen Außenseiter wie er.

Die Tänze wirbelten ebenso rasch vorbei wie die Tänzer, unterbrochen lediglich von kurzen Pausen, in denen wir Whisky in uns hineinkippten und eine rauchten. Annette und ich stützten uns beieinander auf und hatten denselben Gedanken.

»Einen Drink?«

»Einen Drink.«

Diesmal gingen wir zur Bar, die wir dank unserer zufälligen Position am Ende der Tänzer als Erste erreichten. Annette setzte sich auf einen Barhocker, den ihr Kleid verdeckte, sodass es aussah, als schwebe sie in der Luft. Ich stützte die Ellbogen auf den Tresen und bestellte zwei Bier.

»Also, das war toll«, sagte ich. »Hat mir Spaß gemacht.«

»Mir auch«, meinte Annette. »Cheers.« Sie trank das halbe Glas leer. »Übrigens«, fuhr sie fort, »dass du ausgerechnet das kleinste Blumenmädchen in die Luft geschleudert, dir die Braut unter den Arm geklemmt und ihre Großmutter durch den halben Saal geschleppt hast, das war nicht unbedingt nötig.«

»Oh.« Ich versuchte mich zu erinnern. »Hab ich das getan?«

Sie grinste. »Aber klar doch. Ich war richtig stolz auf dich. Jetzt kann mich keiner mehr hänseln, ich hätte einen komischen Engländer mitgebracht.«

»Ich wusste gar nicht, dass über mich geredet wird.«

»Also, jetzt wird man halt bloß spekulieren.« Sie zwinkerte mir zu.

»Über uns?«

»Aha«, meinte Annette. »Also gibt es doch ein ›Wir‹?«

Auf einmal ernst geworden, in einen Glorienschein aus Rot und Schwarz gehüllt.

»Wenn du willst«, sagte ich.

Sie musterte mich ruhig mit ihren grünen Augen.

»Und was willst du?«

Um uns herum wurde geschrien, Leute langten nach ihren Drinks, drängten gegen uns. Die Musik setzte wieder ein. Ich sehe und höre das erst jetzt. Damals gab es nur sie.

»Ich habe gar keine andere Wahl«, sagte ich. Ich trat einen Schritt vor und legte ihr die Arme um die Hüfte. Wir stießen mit der Stirn aneinander. »Alles war in dem Moment entschieden, als ich dich zum ersten Mal sah.«

»Für mich auch«, sagte sie, dann küssten wir uns. Es war eigenartig, sie aus gleicher Höhe zu küssen. Als wir fertig waren, rutschte sie vom Barhocker herunter. Sie lächelte zu mir auf und sagte: »Aber ich habe dich zuerst gesehen.«

»Und wozu waren dann die vergangenen drei Monate gut?«, fragte ich erstaunt und mit einem Anflug von Bitterkeit.

»Ich bin wie du«, antwortete sie. »Ich will frei sein.«

»Aber du kannst mit mir frei sein!«, sagte ich. »Jederzeit. Bitte sehr.«

Wir fielen uns lachend in die Arme.

»Ja«, meinte sie.

Und dann war alles gesagt, und wir standen einfach bloß an der Bar und tranken.

Irene, die Braut, näherte sich uns in einem schicken blauen Zweiteiler mit klappernden Absätzen, lächelte mich zurückhaltend an und flüsterte Annette etwas ins Ohr.

»Bin gleich wieder da«, sagte Annette. Ich verneigte mich vor ihnen beiden – und vor der Notwendigkeit – und sah ihnen nach, wie sie miteinander tuschelnd verschwanden.

Nach etwa einer Viertelstunde kam Annette zurück.

»Alles in Ordnung?«, fragte ich und schob ihr ein Glas hin. Sie wirkte ein wenig zerstreut.

»Eigentlich schon. Danke«, sagte sie und trank einen Schluck Bier. »Ich hab gerade zehn Minuten an der Rezeption rumgehangen, mit Irenes Hochzeitskleid in einer Plastiktüte über der Schulter. Dann hab ich *endlich* jemanden gefunden, der es weggepackt hat. Einfach so dalassen konnte ich es nicht. Jemand hätte es mit den Schlüsseln verwechseln können.«

»Dann macht es also richtig Spaß, Brautjungfer zu sein.«

»Ha, ha. Was weißt du schon davon.«

»Ich glaube, ich würde lieber nicht …«

Ich bemerkte, dass die Musik aufgehört hatte und dass jemand den Stimmenlärm zu übertönen versuchte.

»He, komm schon!«

Annette wirbelte herum und rannte zum nächsten Ausgang, wo Irene und ihr Mann, umringt von einer Traube von Frauen, rückwärts nach draußen zurückwichen.

Etwas segelte über die Köpfe der Menge hinweg. Vor meinen Augen reckte Annette die Hand wie eine eifrige

Schülerin und fing es auf. Als sie sich unter dem lauten Gejohle und den Neckereien der anderen umdrehte, schwenkte sie triumphierend den Strauß und näherte sich mir mit einem breiten Lächeln.

»Tja«, sagte sie. »Glück gehabt.«

Alle strömten nach draußen, um dem frischgebackenen Paar Glückwünsche mit auf den Weg zu geben. Klugerweise hatten die beiden ein Taxi gerufen und ließen den mit Rasierschaum bedeckten und mit Lippenstift beschmierten Wagen stehen, um ihn vom Regen waschen zu lassen.

Dann tanzten und redeten wir wieder, und schließlich folgte eine lange Taxifahrt zu Annettes Wohnung; Irenes Kleid hatten wir uns über die Beine gebreitet. Während ich den Fahrer bezahlte, rannte Annette lachend zur Eingangstreppe, in der einen Hand den Saum ihres Kleids, in der anderen das Brautkleid, das ihr wie ein Kometenschweif hinterherflatterte. Ich holte sie ein, als sie gerade die Haustür aufschloss. Wir stiegen die Treppe hoch und betraten ihre Wohnung, geräuschvoll bemüht leise zu sein.

Sie geleitete mich sogleich in ihr Schlafzimmer, hängte das Brautkleid an den Kleiderschrank, der ihrem Bett gegenüber stand, dann wandte sie sich zu mir um. Ich bekam die Schleife an ihrer Hüfte zu fassen, riss sie auf, und sie wirbelte herum, fing die herabgleitende Schürze auf und schleuderte sie in die Ecke. Ich mühte mich mit den Knöpfen an der Rückseite ihres Kleides ab, entdeckte einen versteckten Reißverschluss und öffnete ihn. Das Kleid sank zu ihren Füßen nieder. Sie trat in ihrem langen Nylonslip aus dem Stoffkreis heraus und knöpfte mir energisch das Hemd auf, während ich mich bemühte, so rasch wie möglich Socken, Hose und die Unterhose mit Eingriff loszuwerden. Ihr Slip glitt mit einem elektrostatischen Knistern zu Boden. Den Rest ihrer Unterwäsche abzustreifen, dauerte erfreulicherweise länger.

Ich legte die Hände um ihre Brüste und vergrub meinen Mund dazwischen. Ihre Haut schmeckte nach Talg und nach Salz. Ich hielt sie wiederholt von mir ab, um sie zu betrachten, und zog sie anschließend an mich, was zu einem engeren, rascheren Rhythmus führte, als wir aufs Bett fielen.

»He, he, he«, sagte sie. Sie legte mir die Hand auf die Schulter und schob mich weg, langte über ihren Kopf hinweg und schwenkte schließlich eine kleine Zellophanpackung vor meinem Gesicht. Dann riss sie die Packung mit den Zähnen auf.

»Streif das über, du verantwortungsloser Schlingel.«

»Für kleine Schlingel will ich nicht verantwortlich sein«, meinte ich und zog mir das Kondom über den Schwanz. »Ich hab selber welche dabei, hab bloß nicht dran gedacht.«

»Wenn du noch eine so schwache Bemerkung machst, John Wilde, dann fliegst du hier raus.«

Ich suchte einen Moment lang nach einer schlagfertigen Entgegnung, dann fand ich eine bessere Verwendung für meine Zunge.

Als ich erwachte, fiel trübes Morgenlicht durch die Vorhänge, und meine Gliedmaßen waren immer noch mit denen Annettes verkeilt. Im ersten Moment erschrak ich über das geisterhafte weiße Brautkleid am Fußende des Betts, dessen Linon und Spitze von einem schimmernden Kraftfeld aus Polyethylen beschützt wurden und das einem Gespenst aus der Zukunft ähnelte.

# 5 ■ *Ship City*

Als Erstes genehmigen wir uns einen ausgiebigen Blick (der länger währt, als es scheint) und erfassen den Planeten, wie er in hunderttausend Kilometern Entfernung vorbeizieht. Er ist rot – kaum überraschend –, aber auch mit dunklen blauen Klecksen und grünen Flecken gesprenkelt, und diese Kleckse und Flecken sind durch … Kanäle, durch … (und dieser Gedanke ist ebenso flüchtig wie der Blick) *canali* miteinander verbunden, sodass der Neue Mars wirklich so aussieht, wie der alte nur in unserer Vorstellung ausgesehen hat. (Wie sehr haben wir uns das gewünscht.)

Den Blickabstand auf tausend Kilometer verkürzen – *hoch*, nicht *runter* –, und schon kriechen wir auf Satellitenhöhe vorbei und nehmen die verwirbelten Fingerabdrücke des Wasserdampfes wahr, die mit feuchter Atemluft durchsetzte gekrümmte Atmosphärenschicht, die gekritzelten Zeichen des Lebens und die beherrschten Linien der Intelligenz: ja, Kanäle.

Tiefer jetzt, bis zu einem Gebilde eindeutig künstlichen Ursprungs, auch wenn es organisch wirkt: auf den ersten Blick ein schwarzes Sternchen, ähnlich einer Großstadt auf einer Landkarte, dann (während wir immer näher rasen und die Sicht von den Flammen der bremsenden Atmosphäre gerötet wird) ein gestrandeter Seestern.

Neuer Schnitt auf eine ruhigere Flugperspektive, schwebend über dem Gebilde, das nun eindeutig eine Stadt ist, deren Radialsymmetrie nach wie vor ihr hervorstechendstes Merkmal darstellt, deren fünf Arme aber durch die schwarzen Fäden der Straßen und Kanäle verbunden sind; und, auf einer anderen Ebene, die von außen unsichtbar ist, durch die spinnwebartigen Kabel der Netzwerke.

Und wir sind drin. Das alte TCP/IP-Transaktionsprotokoll funktioniert noch immer (seit den uralten Zeiten der mitochondrialen Eva aller Systeme), deshalb können wir hören, fühlen und sehen. Aber auch hier gibt es Leute, die etwas zu verbergen haben, daher versteckt die Verschlüsselung einen Großteil der Daten in dunklen Katakomben. Das, wozu wir Zugang haben in den offenen Kanälen, ist immer noch mehr als genug:

Vier der fünf Arme der Stadt sind nichtmenschliche Domänen. Sie wirken so, als wären sie für menschliche Bewohner gedacht, doch abgesehen von den Maschinen ist hier niemand zu Hause. Es gibt eine elementare Bodenschicht, eine Art mechanischen Mutterboden, wo Automaten mit Automaten Umgang haben. Die Abbilder intelligenten Lebens vollführen Bewegungen, brüllen und schuften: Leere Automatiklastkähne durchpflügen algenverstopfte Kanäle, Serviceautomaten bemühen sich, den Staub von den Böden der Gänge zu entfernen, deren Wände bereits mit einer dicken Schicht Schimmel überzogen sind. Auf den Straßen die kreationistische Karikatur der natürlichen Selektion: Halb ausgeformte Apparate kollidieren, vereinigen sich und verleiben sich gegenseitig Teile des anderen ein, wobei sie nicht überlebensfähige Nachkommen zeugen, die sich ihrerseits in Gestalt grotesker Übergangsformen fortpflanzen.

Diese hirnlose Ebene wird ausgeplündert von raffinierteren Maschinen, die auf der Lauer liegen, plötzlich zugreifen und aus eigenen Motiven verschlingen und ausschlachten. Künstliche Intelligenzen – einige obsessiv und zielgerichtet, andere chaotisch und entspannt, manche sogar vernünftig – jagen einen Teil dieser

Automaten. Die Orte, an denen sie sich aufhalten, sind schwer auszumachen. Schwankende, phantastisch geformte Gebilde können von einem intelligenten Computer gesteuert sein, der nicht größer ist als eine Maus, während eine schlanke, funkelnde, ja sogar humanoide Maschine durchaus schwachsinnig oder wahnsinnig sein kann.

Dieser ächzende Schrottplatz wird beharrlich von Menschen geplündert, die, angefangen von den Fingerspitzen bis zu ihrer Seele, alles riskieren, um sich in diesen Dschungel aus Eisen und Silizium hineinzubegeben. Sie haben mechanische Verbündete, Kundschafter und Agenten; die Maschinen aber, die schon untereinander kaum Loyalität zeigen, sind ihren menschlichen Freunden oder Herren gegenüber noch weniger loyal. Es ist nach wie vor leichter, eine Maschine umzuprogrammieren, als einen Menschen gewaltsam zu ändern.

Und mitten darin gehen die winzigen Molekularmaschinen der umherstreifenden Nanotechnik ihrer unsichtbaren und bisweilen auch unheilvollen Arbeit nach. Immunsysteme haben sich entwickelt, quasi medizinische Eingriffe finden statt; eine Art öffentlicher Gesundheitsdienst (von Zwang kann man hier nicht unbedingt sprechen). Die Kleinsten aber sind die Schnellsten, und auf dieser Ebene ist der Gang der Evolution ein gnadenloser Wettlauf.

Der fünfte Arm der Stadt ist das Viertel der Menschen. Die Netzwerke sind sein Bewusstsein. In ihnen finden sich gute Absichten, böse Gedanken, feuchte Träume und öde Routine. Man sollte sie nicht ausschließlich danach beurteilen. Aber dennoch …

Allem zugrunde liegt die Reproduktion des Alltagslebens, und diese ist für einen Großteil des Netzaufkommens verantwortlich. Niemand hat sie gezählt, doch auf dem Neuen Mars leben mehrere hunderttausend Menschen, die meisten in Ship City, der Rest in kleineren Siedlungen über den ganzen Planeten verstreut. Ständig werden gleichzeitig Tausende von Unterhaltungen geführt und persönliche Mitteilungen ausgetauscht. Auf geschäftlicher Ebene: Bestellungen, Rechnungen, Zahlungen, Transaktionen. Die Besitzrechte – was Menschen anderen Menschen mit Sachen zu tun gestatten – sind komplex und differenziert, und das Entbündeln und Neu-Packen und Übermitteln dieser Rechte geht mit hoher Geschwindigkeit vonstatten: Zeitaktien, Organverpfändungen, Innovationsfutures, Leiharbeitsverträge, Geburtsrechte … das alles ist hochkompliziert. Daraus resultieren Konflikte, Klagen, Vereinbarungen, Verbrechen und Schadenersatzansprüche.

Das Gesetz erhebt nur hin und wieder sein Haupt über den Geschäftsstrom, und die daraus sich ergebenden Polizeishows, Gerichtsdramen und Straflagerkomödien bieten – in realer wie in fiktiver Form – jede Menge Unterhaltung. Die meisten Martern und Demütigungen, die wir auf dem Bildschirm sehen, sind – glücklicherweise – reine Pornographie. Die durch Gottesurteile und Kampf auferlegten Prüfungen sind real.

Religion kommt auch vor. Der höchste kirchliche Würdenträger ist die Bischöfin des Neuen Mars. Eine reformierte orthodoxe Katholikin, deshalb wird sie das Amt an eines oder mehrere ihrer Kinder weiterreichen, obwohl sie hinsichtlich der Nachfolge durchaus ihre Skrupel hat. Mit den wenigen Buddhisten und dem Rabbi (habt Ihr etwa geglaubt, es gäbe hier keine Juden?) geht sie freundlich um, den verrückten Ketzern begegnet sie mit strenger Nächstenliebe; deren Irrglauben, sie lebten hier das Leben nach dem Tode oder der Neue Mars sei eine postapokalyptische Inzenierung, ist in Anbetracht der Umstände verzeihlich.

Politik – Fehlanzeige. Hier herrscht Anarchie, erinnert Ihr Euch noch? Doch es ist eine Anarchie aus Nachlässigkeit. Es gibt keinen Staat, weil niemand sich die Mühe machen will, ihn zu organisieren. Zu viel Trouble, Mann. Halt dich aus allem raus, zieh den Kopf ein, so war es schon immer, und es wird sich auch nie etwas daran ändern, und außerdem (und vor allem), *was sollen die Nachbarn denken*? (Sie werden nämlich niemals mitziehen. Das ist wider die menschliche Natur.)

Die Außenseite des Nervensystems der Stadt stellen dessen Sinnesorgane dar: Kameras und Mikrofone, die der Nachrichtengewinnung und der Überwachung dienen, Detektoren für Chemikalien und Spannungen, die über ihre Gesundheit wachen. Fangen wir oben an: Auf dem höchsten und am zentralsten gelegenen Turm befindet sich eine Kugel von der Größe eines menschlichen Kopfes. Dies ist nichts weiter als eine Rundumkamera, eine Vorrichtung, die dort in sozialem Überschwang oder aus privatem Interesse angebracht wurde. Von dort aus können wir die Schwindel erregende Silhouette der Hochhäuser überblicken, die schließlich niedrigeren Flachdächern weichen, die ihrerseits den Kuppeln, Baracken und Hütten am Stadtrand Platz machen.

Wie jeder der fünf Radialarme der Stadt besitzt auch dieser die Form eines gestreckten Rhombus, der sich zunächst verbreitert und dann in einer Spitze ausläuft. Es gibt zwei Arten von Gebäuden: die gewachsenen und die gebauten. Die ersteren sind aus sich überschneidenden regelmäßigen und unregelmäßigen Polygonen zusammengesetzt: letztere aus Rechtecken. Form und Lage der gitterartig gegliederten Zellstrukturen sind ebenso zufällig wie die Lage der Felsblöcke nach einem Erdrutsch oder die der Steine im Geröll, und zwar aus dem gleichen Grund: Es geht um maximale Ausnutzung des vorhandenen Platzes. Die gebauten Gebäude gehorchen einem anderen ökonomischen Prinzip und ragen empor oder bohren sich in die Erde, wie ihre unvorhersagbaren Gesetze es diktieren.

Beide Gebäudetypen – beide Gesetze der Standortwahl – folgen den Straßen, und die Straßen folgen den Kanälen. Die Kanäle bilden ein Kreissystem: Der Ringkanal umfasst das ganze Gebiet, die Radialkanäle durchschneiden die Arme, und ein jeder besitzt zahllose Zuflüsse und Kapillaren. Nahe am linken Rand des Arms, auf den wir hinunterblicken, liegt ein ungewöhnlich langer Kanal, der unmittelbar unter uns anfängt und sich bis über den Horizont hinaus erstreckt: der Steinkanal.

Der Mann beugt sich in die Fensteröffnung und stützt einen Teil seines Gewichts mit den Fingerspitzen ab. Der Beton fühlt sich rau an. Er blickt aus dem hoch gelegenen Fenster auf den Steinkanal hinunter. Wie er so sein Gewicht auf den Fußballen und Fingerspitzen balanciert, sieht man die straffen Muskeln unter dem weichen Stoff seines Jacketts. Die Muskeln spannen sich an, und er richtet sich auf, dreht sich um. Das schwarze Haar schnellt mit der Geschwindigkeit seiner Bewegung am Kinn vorbei.

Die anderen beiden Männer im Raum sind größer und stämmiger als er, weichen aber beide ein wenig vor ihm zurück, als er sich ihnen nähert. Ein paar Meter vor ihnen bleibt er stehen und funkelt sie an.

»Ihr habt sie verloren«, sagt er. »An die Abolitionisten.« Er hat einen Akzent, den man in der Stadt nicht oft zu hören bekommt, aus der Vergangenheit stammend und über einen langen Zeitraum verfeinert. Der Akzent fügt seiner Modulation einen rauen Unterton hinzu, der zugleich – bewusst oder unbewusst – ein geübtes und vollendetes Instrument seines Willens ist. Akzent und Tonfall sind beide präzise darauf geeicht, seine Gefühle zu übermitteln: in diesem Fall Verachtung.

»Sie war im Besitz eines IBM-Privilegs«, sagt einer der Männer. Er leckt sich über die Lippen und zieht die Zunge unvermittelt zurück, als wäre er sich bewusst, dass er zu weit gegangen ist. Er reibt sich das Kinn.

»Das«, sagt der Mann, »ist keine Entschuldigung. Das ist bloß die Beschreibung des Versagens.« Seufzend tippt er die Fingerspitzen gegeneinander. »Na schön. Von Anfang an.«

Er stapft zu einem großen Holzschreibtisch und setzt sich auf die Tischkante.

»Okay, Reid«, sagt der andere und beginnt mit seinem Bericht. Als er etwa eine Minute gesprochen hat, hebt Reid die Hand.

»Ein junger Mann?«, sagt er. »Und ein Robot? Beschreiben Sie sie.«

Er hört mit zusammengekniffenen Augen eine weitere Minute lang zu, dann unterbricht er den Berichterstatter mit einer Abwärtsbewegng der Hand.

»Sie glauben, sie erkannt zu haben, Stigler?«

Stiglers Lippen sind schon wieder trocken.

»Er … er glaubt, sie erkannt zu haben.«

*»Herrgott!«* Das Wort hört sich an wie ein Peitschenhieb. Reid trommelt mit den Fingern auf die Schreibtischplatte.

»Ich nehme an, Collins, Sie können auch keine genauere Beschreibung liefern?«

»Ich habe Deckung gegeben, Reid«, sagt Collins. »Ich hatte meine Augen überall, verstehen Sie?«

»Schon gut, schon gut.« Reid erhebt sich und mustert die beiden Männer, als überlege er, wie er ihre Organe möglichst gewinnbringend verscherbeln kann. »Ihr habt den vereinbarten Job gemacht, so gut Ihr konntet. Um jemanden auf Verdacht festzunehmen, bräuchte ich einen Haftbefehl. Und genau den werde ich brauchen, Gentlemen, weshalb Sie leider draußen sind. Volle Bezahlung, kein Bonus.«

Collins und Stigler wirken erleichtert und wenden sich zum Gehen. An der Tür kratzt sich Collins am Hals und blickt sich zu Reid um. Reid sieht vom Bildschirm auf.

»Ja?«

»Äh … Reid, noch eine Frage. Sie wissen nicht zufällig, wem der Robot gehört?«

Reid überlegt. Sein Lächeln vermittelt den beiden Männern den Eindruck, sie seien gute Freunde und nicht irgendwelche Greifer, die mit leeren Händen zurückgekommen sind.

»Bleibt an dem Fall dran«, sagt er.

Wilde erhob sich und ging zum Ende des Kais, vorbei an den Menschen und den intelligenten Affen und den Maschinen, die vielleicht ebenfalls intelligent waren. Er blickte über den Steinkanal hinweg, und dann sah er eine Weile ins Wasser. Vielleicht fand er in seinem Spiegelbild eine Antwort.

Jay-Dub, der Robot, hockte noch immer wie ein Wasserraubvogel am Rand des Kais. Als Wilde zu ihm ging, spielten Flüssigkristallmuster über das im Schatten liegende Mittelband. Wilde blickte darauf nieder.

»Wir sind nicht mehr in Kasachstan«, sagte er.

Die Maschine schwieg.

»Was ist *passiert*?«, fragte Wilde. Er blickte sich um. »Können wir hier unbelauscht reden?«

»Es ist hier einigermaßen sicher«, antwortete Jay-Dub achselzuckend. »Die meisten Lauschangriffe bekomme ich mit.«

»Na schön«, sagte Wilde. »Sag mir, wo habe ich meine Pistole versteckt?«

»In der Dusche.«

»War das meine letzte Äußerung?«

»Die Liebe stirbt nie.«

Wilde runzelte die Stirn.

»Was war meine letzte *Entscheidung*?«

»Ich ... du wolltest nicht mehr rauchen.«

Wilde beugte sich vor und klopfte gegen den Rumpf des Robots.

»Das geht schon in Ordnung. An diesen Entschluss erinnere ich mich, und du kannst ihn gerne einhalten.«

Er brachte das Kaffeeglas zur Imbissbude und kam mit einem vollen Glas, einer Packung Zigaretten und einem Feuerzeug zurück.

»Ich missbillige das«, bemerkte Jay-Dub, als Wilde sich neben ihn setzte und sich eine Zigarette ansteckte.

»Scheiß drauf«, meinte Wilde. »Ich will deine Geschichte hören, nicht deine Meinung.«

Er lehnte sich gegen den Rumpf der Maschine, die das Gewicht verlagerte, um den Druck zu kompensieren.

»Das ist eine lange Geschichte. Du kannst dir gar nicht vorstellen, wie lang sie ist.«

»Dann mach's kurz.« Wilde hatte die Augen geschlossen.

»›Jawohl, Herr, sagte der Robot‹«, sagte der Robot. »Okay, ganz wie du willst. Also, ich starb, nachdem auf mich geschossen wurde. Mein Gehirn wurde augenblicklich vom Prototyp eines Neuralscanners abgetastet und das Muster gespeichert.«

»Ach, komm schon«, sagte Wilde. »So was gibt ... gab es damals nicht.«

»Reids Leute hatten so ein Gerät. Sie waren weiter fortgeschritten, als man glaubte. Und ich war der Erste. Jedenfalls der erste Mensch. Ich glaube, die meisten intelligenten Affen hier stammen von den ersten Experimenten aus jener Zeit her. Jedenfalls schlug ich viele

Jahre später – deren Verstreichen ich subjektiv natürlich mitbekommen hatte – die Augen auf und fand mich in einem phantastischen Raumschiff wieder. Komfortabel, normale Schwerkraft, doch als ich nach draußen sah, war keine Rotation oder Beschleunigung festzustellen. Natürlich befand ich mich in einer virtuellen Realität. Das, was jenseits der Luken lag, war real.«

Der Robot stockte. Eine Minute verstrich. Der Mann klopfte mit den Knöcheln gegen die Flanke der Maschine. Dann saugte er an den Knöcheln.

»Und was hast du draußen gesehen?«

»Ganymed, glaube ich«, antwortete der Robot. »Das, was davon übrig war. Die Maschine, in der ich mich befand, war nicht viel größer als das, was du jetzt vor dir siehst. Sie war mit Tausenden gleichartigen Maschinen am Bau einer Plattform beteiligt. Im Umkreis der Jupiterringe waren andere Maschinen mit ähnlichen Aufgaben beschäftigt.«

Abermals verstummte er.

»Die *Jupiter*ringe?«, fragte Wilde. »Da war aber jemand fleißig.«

»Rate mal wer.«

»Reid?«

»Und Konsorten.«

»Das haben sie geschafft? Wann?«

»2093.«

Wilde öffnete die Augen und blickte über den Kanal.

»Ich nehme an«, sagte er, »dass die Menschen und die Humanäquivalentrobots das nicht aus eigenem Antrieb machten.«

»Natürlich nicht. Zwischen den Plattformstreben befanden sich riesige Wesenheiten, die wir Makros nannten. Sie bestanden aus Nanomaschinen und waren die Hardwareplattform für Millionen Bewusstseine. Die Leute hier bezeichnen sie jetzt als ›Schnelldenker‹. Damals waren sie den Menschen weit voraus, und sie bauten ein Wurmloch – durch dieses Loch ist dein Schiff hierher gekommen.«

»Wo sind sie jetzt?«

»Ah«, meinte Jay-Dub. »Eine gute Frage. Die vom Jupiter haben, wenn man so will, das Interesse an der Außenwelt verloren. Die Urformen, aus denen sie sich entwickelt haben, den Quellcode, wenn du so willst, haben wir zusammen mit den gespeicherten Bewusstseinen und den codierten Körpern der Toten mitgebracht.«

»Mich eingeschlossen?«

»Ja, sicher. Dein ursprünglicher Körper war nicht codiert, so viel ich weiß. Es gab eine Gewebeprobe, mittels derer du später ... mittels derer ich dich geklont habe. Dein Bewusstsein wurde codiert, wie ich bereits sagte.«

»Unabhängig von deinem?«, fragte Wilde verwundert.

»Mein Bewusstsein und deins sind jeweils eine Kopie desselben Originals«, sagte Jay-Dub. »Ich erwachte in dieser Maschine in der gleichen Geistesverfassung und mit den gleichen Erinnerungen wie gestern du. Und zwar unter weniger günstigen Umständen.«

»Mir blutet wirklich das Herz«, meinte Wilde.

»Meine unglaublich hoch entwickelte Software registriert ein gewisses Maß an Feindseligkeit.« Die Maschine war um einen ironischen Tonfall bemüht, der offenbar außerhalb ihrer Möglichkeiten lag.

»Das hoffe ich doch«, sagte Wilde. »Du hast eben eingeräumt, ein Klon sei etwas anderes als ein gespeichertes Bewusstsein. Wenn ich hier also einen Bekannten treffe, dann bedeutet das nicht automatisch, dass sich die betreffende Person tatsächlich hier aufhält, hab ich Recht?«

»Im Prinzip ja, aber ...«

»Dann hast du also gelogen, als du sagtest, es bestünde Anlass zur Hoffnung, dass Annette, wie du dich ausgedrückt hast, unter den Toten war?«

»Nein«, erwiderte die Maschine. »Es bedeutet, die Möglichkeit besteht.«

Wilde schüttelte den Kopf.

»Je länger ich darüber nachdenke«, sagte er, »desto größer werden meine Zweifel. An Kryonik, ans Uploaden oder ähnlichen Scheiß hat sie nie gelaubt. Wenn sie überhaupt an etwas glaubte, dann an die allgemeine Wiederauferstehung am Ende der Zeit, am Omega-Punkt.«

»Und diesen ganzen Scheiß«, meinte Jay-Dub.

Wilde lachte. »Glaubst du das noch immer? Also, ich verneige mich vor deiner größeren Erfahrung.«

Die Maschine bewegte sich leicht. »Das Ende der Zeit mag näher sein, als du denkst, und schlimmer, als du dir vorstellen kannst.«

»Was meinst du damit?«

»Es wäre mir lieber, du kämst selbst darauf«, sagte Jay-Dub. »Alles, was ich dir darüber sagen kann, würde deine Skepsis bloß verstärken. Allerdings verleiht es unserer Aufgabe zusätzliche Dringlichkeit.«

»Unserer Aufgabe?« Wilde hätte beinahe geschrien. »Wieso ›unserer‹? So wie ich es sehe, bin ich nicht Jon Wilde. Ich besitze seine Erinnerungen, und mein Körper entspricht dem seinen im Alter von zwanzig Jahren.« Er steckte sich eine neue Zigarette an und hustete lächelnd. »Mit zwanzig fühlen wir uns alle unsterblich. Aber wenn jemand behaupten kann, er sei tatsächlich Wilde, dann du. Du kannst seine Versprechen einlösen, seine Schlachten schlagen. Du erinnerst dich bestimmt noch an die Diskussionen, die du in betrunkenem Zustand mit Reid geführt hast, wo es um Klons und das Kopieren von Persönlichkeiten ging; und an die Schlussfolgerung, zu der ihr gelangt seid: Eine Kopie ist nicht das Original, und deshalb … Reid hatte eine merkwürdig theologische Art, das auszudrücken, wie du dich erinnern wirst.«

»›Die am Tag des Jüngsten Gerichts wiederauferstandenen Toten sind Neuschöpfungen, so unschuldig wie Adam im Garten Eden.‹«

»Richtig«, sagte Wilde. »Genau das bin ich: eine Neuschöpfung. Ein neuer Mensch.« Er schnippte die Zigarette in den Kanal und sprang auf, breitete weit die Arme aus und blickte zum Himmel hoch. »Ein Neumarsianer!«

»Du bist wirklich Wilde«, sagte die Maschine. »Genau so hätte er reagiert.«

Der Mann lachte. »So leicht durchschaust du mich nicht. Ähnlichkeit, ganz gleich, wie stark sie ausgeprägt sein mag, ist noch längst keine Identität. Kontinuität hingegen schon.«

»Mag sein«, sagte die Maschine. »Aber alles auf dem Neuen Mars ist die logische Konsequenz der gegenteiligen Annahme.«

Wilde schloss einen Moment lang die Augen, dann hockte er sich neben den Robot und malte mit einer Fischgräte Linien in den Staub. Das fertige Gekritzel blickte er an, als handele es sich um eine Gleichung, die er sich zu lösen bemühte.

»Ah«, sagte er. Er dachte noch eine Weile nach. »Alles?«

»Alles Wichtige«, sagte die Maschine.

»Aber das ist verrückt. Das ist nicht bloß falsch – es ist ein riesiger Irrtum.«

»Ich habe damit gerechnet, dass du das glauben würdest«, meinte Jay-Dub; in seinem Tonfall schwang Selbstzufriedenheit mit. »Aber ganz gleich, ob du dich nun mit dem ursprünglichen Jonathan Wilde identifizierst oder nicht, wirst du wahrscheinlich doch tun, was ich von dir erwarte.«

»Und das wäre?«

»Du hast gesagt, Reid hätte dich getötet – mich, uns,

ganz wie du willst. Also trägt er jedenfalls Schuld. Verklage den Mistkerl wegen Mordes.«

Wilde lachte. »Verklagen soll ich ihn, nicht anzeigen? Das hast du also auch drauf?« Es hatte den Anschein, als wunderte er sich mehr über die Feinheiten des Gesetzes als über seinen eigenen Fall.

»Das auch«, antwortete Jay-Dub gewichtig. »Wir haben ein polyzentrisches Rechtssystem.«

»Was auch immer«, meinte Wilde. »Wenn sich ein Lebender vor ein Gericht hinstellen und behaupten würde, er sei ermordet worden, hieße das vielleicht, es zu weit zu treiben.«

»Genau«, sagte Jay-Dub. »Ich will die Sache so weit treiben, bis sie hochgeht.«

Wilde kritzelte wieder im Staub herum.

»Ah«, meinte er. »Ich verstehe. Sehr schlau. Alle Antworten sind falsch. Wie bei einem Koan.«

Er blickte auf.

»Warum«, fuhr er fort, »kannst du Reid nicht selbst verklagen?«

Jay-Dub richtete sich auf und streckte dic Beine. »Schau dich mal um«, sagte er und schwenkte die Arme über das belebte Kai. »Jeder hergelaufene Affe verfügt hier über Rechte, die jedes Gericht anerkennt. Ich nicht. Ich bin ein *instrumentum vocale*: ein sprechendes Werkzeug.«

»Und worin besteht der Unterschied zwischen einem *Humanäquivalent* und einer *beschissenen Maschine*, auf dem du ständig herumreitest?«

»›Humanäquivalent‹«, antwortete der Robot nicht ohne Bitterkeit, »ist ein *Vermarktungsbegriff*. Rechtlich ist er ohne Belang, und mit Ausnahme der Abolitionisten schert sich niemand darum.«

»Ach, ja?« Wilde wirkte auf einmal interessiert. »Du meinst die Leute … zu denen sich der Gynoid abgesetzt hat?«

»Ja.«

»Ich möchte mit ihnen sprechen. Mir scheint, das sind Leute wie ich.«

»Ich versichere dir, das sind sie nicht«, sagte der Robot. »Das ist genau die Art moralistischer, dogmatischer, selbstgerechter Puristen, die du dein Leben lang verabscheut hast.«

»Gut«, sagte der Mann. »Ich habe gesagt, Leute wie ich, nicht wie Wilde.«

Er richtete sich auf. »Ich will sie kennen lernen.«

»Das wäre ein Fehler.«

Wilde setzte sich unvermittelt in Bewegung. »Weil ich solche Fehler nie gemacht habe«, sagte er, während Jay-Dub sich erhob und ihm folgte, »bin ich jetzt tot. Nicht vielen Menschen bietet sich die Gelegenheit, aus ihren Fehlern zu lernen.«

Reids Büro ist groß. Die geschwungenen Wände bestehen aus schlichtem grauem Beton, was trotzdem eine erstaunlich warme Atmosphäre erzeugt. Der Ausblick trägt einen Gutteil zur hohen Miete bei. Die Morgensonne fällt in den Raum. Auf dem Schreibtisch aus massivem Holz, der beinahe den Eindruck macht, er sei aus Plastik, ein Standardkeyboard und ein Bildschirm. Reid hat Kontakte aufgesetzt, die er nur selten benutzt.

Er sitzt auf dem Schreibtisch, beugt sich darüber, blättert durch die Ergebnisse einer Suchanfrage. Die Suche geht schnell vonstatten, und die Szenen rasen in umgekehrter Reihenfolge vorbei. Telefongelaber und Gestikulieren.

Er hält den Bildlauf an, blättert vor, friert die Szene ein.

Er schaut hoch. »Kommt mal her«, sagt er.

Collins und Stigler treten näher und blicken auf den Monitor. Darauf sieht man das Innere der Fahrerkabine eines großen, starken Transportfahrzeugs. Die Einzelheiten sind kurios: ein herabbaumelndes Mikrofon, ein abblätternder Slogan, Polyethylenpolster. Ein Mann mit einem faltigen, wettergegerbten Gesicht blickt in die Kamera. Neben ihm sitzt eine junge Frau mit sehr dunklen Augen, sehr schwarzem Haar, engem T-Shirt und abgeschnittenen Jeansshorts. Sie wirkt wie eine intelligente, wachsame Nutte.

Reid drückt eine Taste, worauf sich das Bild bewegt. Ein Interferenzflackern hat zur Folge, dass alle drei Männer blinzeln und leicht den Kopf schütteln. Als sie die Augen wieder öffnen, wird das Bild scharf.

»Verzeihung«, sagt der Mann. »Hab mich verwählt.«

Er langt aus dem Bild hinaus, dann wird der Monitor leer. Ein weiterer aufgezeichneter Anruf folgt. Reid hält die Aufzeichnung an und fährt zurück. Bei der Bildstörung hält er an, lässt die Aufzeichnung langsam noch einmal ablaufen.

»Oh, Scheiße«, sagt er.

Er klickt ein weiteres Monitoricon an und öffnet irgendeine Analysesoftware. Das Flackern verwandelt sich auf einmal in eine Seite voller Symbole. Reid klickt erneut. Die Symbole werden zu Fenstern voller Text. Reid fährt mit dem Finger über den Monitor, seine Miene verfinstert sich immer mehr.

»Dieser *Hurensohn*«, sagt er und richtet sich auf.

Stiglers Mund zuckt. »Dieser Typ«, sagt er aufgeregt. »Der mit der komischen Haut, der …«

Reid sieht ihn an. »Kein Scheiß, Sherlock.«

Er ruft abermals das Bild auf und startet ein anderes Programm, das die Gesichtszüge des Mannes glättet und weicher macht.

»He!«, sagt Collins.

Reid deutet auf den Monitor. »Schnappt ihn euch!«, sagt er.

»Warten Sie mal einen Moment«, sagt Stigler. »Sie

haben gemeint, wir bräuchten einen Haftbefehl, aber ich kann mir nicht vorstellen, dass ein Gericht …«

Reid klopft ihm auf den Rücken. »Machen Sie sich deswegen keine Sorgen«, sagt er grinsend. »Der Mann ist *tot*.«

Er wendet sich vom Schreibtisch ab und stützt sich wieder aufs Fensterbrett, blickt auf die Stadt hinaus und lächelt in den Sonnenschein hinein.

# 6 ■ Der Sommersoldat

Ich sah vom *Observer* auf, der auf dem Frühstückstisch lag. Draußen, hinter dem Terrassenfenster, summte unser kleiner, von Mauern gesäumter Hinterhof von Bienen und wimmelte von Unkraut. Die Zehn-Uhr-Sonne fiel steil herein. Annette hatte mir gegenüber die Füße auf die Sitzbank gestellt und genoss die erste Zigarette und den zweiten Kaffee des Tages. Eleanor, der Hauptgrund, weshalb wir sonntags zu dieser frühen Stunde bereits auf waren (und die Folge eines Sonntagmorgens vor sieben Jahren, als wir alles andere als Aufstehen im Kopf hatten), saß über Filzstifte und ein Malheft gebeugt.

»Was machen wir heute?«, fragte ich.

»Für den Frieden kämpfen«, antwortete Annette entschieden.

»Nicht mit mir«, sagte ich, während Eleanor »O nein, Mummy!« stöhnte. Die Anti-Atomwaffendemo hatte ich ganz vergessen, obwohl wir sie schon vor Wochen erst mit Bleistift und dann mit Kugelschreiber in den Küchenkalender eingetragen hatten.

»Nehmt euch zusammen, ihr Anarchisten«, sagte Annette und drückte ihre Zigarette aus. Etwas in ihrem Tonfall und ihrer Gestik sagte mir, dass sie verärgert war – da sie uns auch schon früher auf Demos geschleppt hatte, wusste sie, dass unsere Einwände nicht prinzipieller Natur waren, sondern eher auf Faulheit beruhten. Es war das Jahr von Tschernobyl und Tripolis, und ausgerechnet jetzt sperrten wir uns.

»Was hältst du davon, wenn wir uns dort treffen?«, schlug ich hastig vor. »Eleanor und ich könnten zum

Markt in Camden flitzen, und dann besuchen wir Opa und Oma in Marble Arch und warten auf dich, und anschließend gehen wir alle zu McDonalds.«

Es war Eleanor anzusehen, dass sie überlegte, ob sie das Abklappern von Ständen mit alten Büchern in Kauf nehmen sollte, um ihre Großeltern zu sehen und sich mit Cheeseburger und Milchshake vollzustopfen. Ihrem plötzlichen Strahlen nach zu schließen ging die Rechnung auf. Ich wandte mich Annette zu, die mich nachsichtig anlächelte.

»Also gut«, sagte sie. »Wenigstens werdet ihr da sein.« Anmutig umflossen von Nachthemd und Negligée, erhob sie sich. »Und jetzt auf«, setzte sie hinzu, bückte sich und tätschelte Eleanors hochgereckten Po. »Pack deinen kleinen Arsch in ordentliche Sachen.«

»Müssen wir wirklich?«

Es gab Momente – jetzt zum Beispiel und bisweilen auch beim Zubettgehen –, da ich es bedauerte, die Frage »Daddy, was bedeutet Willensfreiheit?« nicht mit einer Ausflucht beantwortet zu haben.

»Nein, wir *müssen* nicht«, antwortete ich. »Aber wir gehen hin, weil ich es, verdammt noch mal, so will.«

»Ich werd Mummy sagen, was du gesagt hast.«

»Was hab ich denn gesagt?«

»Verdammt.«

»Nur zu, du Petze.«

»Was is'n eine Petze?«

»Ein noch viel schlimmeres Wort. Ein schreckliches Wort.«

Wir eilten die Holloway Road entlang. Obwohl es Sonntag war, stauten sich Laster, hupende Schnauze an stinkendem Heck. Ich machte die Umweltschützer dafür verantwortlich, die seit Jahren den Ausbau der Archway Road verhinderten und die ganze Gegend mit der Planungspest überzogen. Zumindest minderte das die Preise von Erdgeschosswohnungen. Ich machte mir Luft, indem ich ›Die Grünen Protestler‹ anstimmte, während Eleanor singend neben mir herhüpfte. Als wir bei der Zeile ›... gäb's keine grünen Protestler mehr, gäb's eine Straße durch die Wand!‹ angelangt waren, saßen wir bereits im Bus nach Camden.

Im Oberdeck, wo die Äste an uns vorbeistreiften. Die Raucher mussten hinten sitzen. Auch dafür machte ich die Umweltschützer verantwortlich.

Chalk Farm Road und Camden Market hoben meine Stimmung, was sie stets taten, ganz gleich, ob ich etwas fand oder nicht. Buden und Gassen und das unbesiegbare Flohmarktflair, die schwarzen Plastiktüten und Vordächer die Banner einer anarchistischen Armee, die noch existieren würde, wenn die anderen Armeen ihr Zerstörungswerk vollendet hatten, falls dann überhaupt noch etwas übrig wäre.

Wir erstanden eine ledergebundene Ausgabe von Lord Macaulay für mich und ein altes Kunstseidenmieder für Annette, einen Korallenbriefbeschwerer für meine Eltern und einen kletternden Holzaffen für Eleanor. Daher hatte ich gute Laune, als wir hinter den in Reihen gestaffelten Polizisten am Marble Arch ankamen und meine Mutter und meinen Vater in der Nähe der Speaker's Corner entdeckten. Wie ich erwartet hatte, verteilten sie Flugblätter und Pamphlete und irritierten ganz allgemein die ersten eintreffenden Kontingente, die – mit dem vollkommen ungerechtfertigten Gefühl, etwas erreicht zu haben – von einem anderen Park in diesen geschlendert kamen.

Eleanor rannte zu ihren Großeltern und umarmte sie. Ich schlang die Arme um beide und überließ sie wieder ihrer Arbeit. Groß, gebückt, grauhaarig und so zäh wie ein altes Paar Stiefel, hatten sie dies alles schon gesehen: die Friedensbewegung, die Atomwaffengegner, das Komitee der 100, Solidarität mit Vietnam und abermals die Atomwaffengegner … Heute verkauften sie eine erstaunliche Anzahl von Pamphleten. Während ich mit einem Auge die Demo verfolgte und mit dem plauderte, der gerade nicht voll beschäftigt war, blätterte ich in einer Broschüre mit dem Titel ›Ist der Dritte Weltkrieg unvermeidlich?‹: die Titelseite ebenso düster wie die Propaganda der Friedensbewegung, der Inhalt eine frostige Abrechnung mit zwei Jahrhunderten von Friedenskampagnen – die es alle nicht geschafft hatten, zunehmend zerstörerische Kriege zu verhindern (wenn sie nicht sogar aktiv dazu beigetragen hatten).

Die Fahne der schottischen Gewerkschaft der wissenschaftlichen und technischen Angestellten rauschte durch den Eingang, und als sie näher gesegelt kam, entdeckte ich Annette ein paar Reihen dahinter. Sie ging neben einem Mann, in dem ich zu meiner freudigen Überraschung Reid erkannte. Wir hatten ihn in den vergangenen zehn Jahren häufiger gesehen und die Verbindung aufrecht erhalten: Wenn er in London politisch tätig war, hatte er des Öfteren bei uns übernachtet.

Während meine Mutter mit Eleanor redete und mein Vater mit einem verirrten Spartakisten diskutierte, stand ich im Schatten der Bäume und sah sie näher kommen. Sie waren in eine Unterhaltung vertieft, schauten ernst drein und nahmen ihre Umgebung überhaupt nicht wahr. Als sie nur noch etwa zwanzig Meter entfernt waren, wandte Reid, vielleicht abgelenkt durch die Stimmen in seiner Nähe, den Blick und bemerkte mich. Er berührte Annette am Ellbogen, sie sah mich ebenfalls, und beide lösten sich sogleich aus der Demo und eilten zu uns herüber.

Reids Haar war kürzer und ordentlicher als bei unserer letzten Begegnung auf einer Konferenz von *Critique* im vergangenen Jahr. Sein Hemd, seine schwarze Jeans und die Reebok-Turnschuhe waren neu. Seine Jeansjacke war verwaschen, ausgefranst und bepflastert mit

Plaketten gegen Reagan und Thatcher, Cruise Missiles und Pershing-Raketen; für die Sandinisten und Solidarność und (als reichte ihm diese gewagte Kombination noch nicht) einem rot-goldenen Emailleabzeichen, das die Moskauer Olympiade von 1980 feierte. In einer Hand hatte er eine Tragetasche.

»Hi, Dave. Freut mich, dich zu sehen, Mann.«

»Ja, ebenfalls.« Er klopfte mir auf die Schulter. »Hallo, Eleanor. Bist ja ganz schön gewachsen.« Eleanor zeigte die Lücken in ihren weißen Milchzähnen vor. Ihr Blick wanderte wieder zu den bunten Plaketten.

Die Diskussion meines Vaters war in eine Sackgasse geraten. Der Spartakist, ein knochiger Bursche mit Strickmütze und Lumberjack, bemerkte Reid und machte kehrt wie ein Radar, das sein Ziel gefunden hatte.

»Genosse«, setzte er an, trat vor und brachte ein Bündel Flugblätter in Kampfposition.

»Ach, verpiss dich«, sagte Reid, ihn kaum eines Blickes würdigend. Er wandte sich an meinen Vater. »Guten Tag, Mr. Wilde. Ich bin David Reid. Annette und Jon haben mir schon viel von Ihnen erzählt.«

»Martin«, sagte mein Vater. »Und das ist meine Frau Amy. Freut mich, dich kennen zu lernen, David.« Er grinste. »Jonathan hat mir erzählt, für einen Trotzkisten wärst du recht helle.«

Reid sah mich erstaunt an. Ich hob die Schultern und breitete die Arme aus. »Ich übernehme keine Verantwortung für das, was sein verschrobenes Hirn aus meinen Bemerkungen macht.«

»Können wir jetzt zu McDonalds gehen?«

Mein Vater lächelte Eleanor an und sah auf die Uhr. »Gleich kommen ein paar Genossen«, meinte er. »Wie steht's mit dir, David?«

Reid schwenkte die Tragetasche an einem Finger.

»Das meiste hab ich verkauft. Ja, ich hätte nichts dagegen, mich für ein halbes Stündchen zu verdrücken.«

»Jetzt werden sowieso bloß langweilige Reden gehalten«, sagte Annette. Sie lächelte und schwenkte anmutig die Arme. »Meinetwegen.«

»Sie bringt nie was zu Demos mit«, erklärte ich.

»Bloß meine Schönheit.«

»Das reicht«, sagten Reid und ich gleichzeitig, und wir mussten alle lachen.

Wir warteten noch eine Weile, bis die Genossen meiner Eltern auftauchten – zu meiner Überraschung hatten sie grünes Haar und gepiercte Nasen. Dann querten wir durch die Unterführung die Hauptstraße, traten zwischen den goldenen Bögen hindurch und stellten fest, dass es ziemlich voll war. Viele Plaketten und Plastiktüten, viel kampfmüdes Schwarz.

»Verdammte Antiamerikaner«, murmelte Martin, als wir uns in die Schlange einreihten. »Unterernährt, unterbezahlt und stets im Weg!«

Derlei Bemerkungen machte er bei jeder Gelegenheit, da antiamerikanische Gesinnung erwartet wurde, doch ich brummte bloß, während Reid breit grinste. »Genau«, sagte er. »Sie kommen einfach her und nehmen uns die Sitzplätze weg …«

Zehn Minuten später saßen wir dicht zusammengedrängt um ein Etwas, das weniger ein Tisch als vielmehr die exakte Plastikreplik eines solchen war. Eleanor saß zwischen ihren Großeltern und unterhielt sie. Annette saß auf einem festgeschraubten Stuhl, während Reid und ich halb übereinander lehnten, halb saßen.

»Annette hat erzählt, du unterrichtest noch immer«, sagte Reid.

»Ja.« Ich pustete auf einen heißen Hamburger. »Teilzeit, kurze Zeitverträge. Die Weiterbildung wird heutzutage wie ein Tippsen-Pool geführt.«

»Du müsstest das eigentlich gutheißen.« Dave aß hastig und schaute sich hin und wieder um.

»Würde ich auch, wenn es bloß Sinn machen würde ... Zum Glück hat Annette eine richtige Anstellung.«

»Ich bin der Brotverdiener«, meinte Annette mit vollem Mund.

»In jeder Beziehung abgesichert, außer vor den spinnerten Tierrechtlern?«

»So ungefähr. Und was machst du so?«

»Ich arbeite für die North British Mutual«, antwortete Reid. »Eine große Versicherungsgesellschaft in Edinburgh. Eigentlich bin ich Softwaretechniker. Ist das Gleiche wie Programmierer, bloß dass man seine Sache ordentlich macht.« Mit ironischer Vertraulichkeit beugte er sich vor und zwinkerte meinem Vater zu. »Gutes Geld für kalten Kaffee.«

»Noch immer bei den IM, nehme ich an?«

Reid lächelte verzerrt. »Heutzutage sind alle in der Labour Party, aber du weißt ja, wie das ist. Hab in letzter Zeit für die Gewerkschaft gearbeitet. War im vergangenen Jahr im Branchenausschuss.«

Mein Vater wirkte auf einmal hellwach. Er war selber jahrzehntelang im Branchenausschuss gewesen.

»Mein Gott, muss ganz schön aufregend sein«, sagte ich.

In Reids Gesicht spiegelte sich auf einmal abgrundtiefe Erschöpfung wieder.

»Schon okay«, sagte ich. »Immer noch besser als Wahlkampfveranstaltungen der Labour Party.«

»Ich werd dir sagen, was dein Problem ist«, sagte mein Vater ruhig. »Du tust es immer noch bloß für die Partei, nicht für die Gewerkschaft.«

Reid schüttelte den Kopf. »Ich bin für die Gewerkschaft!«

Martin kniff die Augen zusammen und hielt seinen

Blick einen Moment lang fest, dann neckte er wieder Eleanor.

»Wie sehen eigentlich *deine* politischen Aktivitäten aus?«, brach Reid das peinliche Schweigen. »Unterwanderst du die Tories?«

»Sehr komisch«, meinte ich. Ich hatte tatsächlich einmal auf einer Versammlung eines Außenbezirks gesprochen, doch das wollte ich ihm nicht sagen. »Ich mache alles mögliche und schreibe Artikel für das, was ich für eine gute Sache halte. Angefangen von Amnesty International bis zur Gesellschaft für die Besiedlung des Weltraums, mit den Anarchisten irgendwo mittendrin.« Ich zuckte die Achseln. »Ich weiß, das klingt irgendwie ... vage.«

»Weltraum und Freiheit, wie?«, meinte Reid leichthin.

Auf der Straße ging die Demonstration weiter. Ein Transparent mit dem Bild einer startenden Polaris-Rakete fiel mir ins Auge, und ich glaube, das war der Moment, wo sich alles zusammenfügte und ich die Vision hatte. Ich erblickte eine Zukunft, in der andere Menschen – völlig andere als diese hier und ihnen gleichzeitig zutiefst ähnlich – Transparente mit anderen, größeren Raketen vor sich hertrugen und unbekannte Parolen riefen, die ich nicht genau verstand.

»Das ist es!«, sagte ich. »Genau das brauchen wir, um von den Nuklearterroristen fortzukommen. Eine *Weltraum*bewegung! Flucht vom Planet der Affen!«

»Das wär schon was«, meinte Reid. Er beguckte sich einen Brocken sesambestreuter Semmel, stopfte ihn sich in den Mund und kaute darauf herum. »Okay, Leute, ich muss los.« Er lächelte alle Anwesenden an, bemerkte Eleanors begehrlichen Blick auf seine Plaketten, nahm eine ab und reichte sie ihr. Jobs statt Bomben. »Meine Telefonnummer hat sich nicht geändert. Hoffentlich bis bald mal.« Er und Annette wechselten einen flüchtigen Blick. Als er sich mir zuwandte, blickten seine Augen so ruhig und freundlich wie eh und je. »Beim nächsten Mal trinken wir einen, in Ordnung?«

»Klar«, sagte ich. »Und dann essen wir was anderes als diesen Imperialistenfraß.«

»Sicher«, meinte er grinsend. »Also, zurück zur jüdischen Volksfront.«

»Was!?? Meinst du vielleicht die palästinensische Volksfront?«

Reid schlug sich an die Stirn. »Natürlich. Bis dann mal, Kumpel.«

Er drängte sich durchs Gewühl und verschwand in der Menge.

Wir verspeisten unser Fastfood herausfordernd gemächlich. Die Schlange, die wie die Demonstration niemals enden zu wollen schien, bewegte sich schlurfend voran. Mein Vater machte eine junge Frau mit einem Stapel Flugblätter aus, deren Überschrift – nein, nicht einmal das, es gehörte zum *Impressum* – lautete: ›Gegen Rassismus! Gegen Imperialismus!‹, und fragte sie im Tonfall höflicher Neugier: »Weshalb kämpfst du zur Abwechslung nicht mal gegen den Kapitalismus?«

Kaum war die junge Frau ein paar Sätze losgeworden, unterbrach er sie lächelnd mit erhobenem Zeigefinger. Er sah auf seine Armbanduhr und tippte triumphierend darauf.

»Eine Minute, fünfundzwanzig Sekunden«, sagte er zu der verblüfften Funktionärin. »Meinen Glückwunsch. In kürzerer Zeit hat es noch kein Mitglied einer … warte mal« – er tat so, als zähle er an den Fingern ab –, »einer Splittergruppe einer Splittergruppe einer Splittergruppe der Vierten Internationalen geschafft, ausgerechnet *mich* als Sektierer zu bezeichnen!«

Während wir uns alle erhoben, um den Verpackungsmüll auf Tabletts zu packen, trat er zurück.

»Was soll'n das?«, fragte die junge Frau empört, während sie von Amy einen Blick voll heimlichen Mitgefühls auffing. »Was is'n die Vierte Internationale?«

»Mach dir nichts draus, meine Liebe«, sagte Amy, als sie sich an ihr vorbeizwängte. »Er ist ein schrecklicher Mann.«

Gleichwohl steckte sie dem Mädchen ein Flugblatt zu.

Amy glaubte, für jeden gäbe es Hoffnung.

Vielleicht mit Ausnahme von Martin.

Im Spielpark an der Holloway Road tappte Eleanor über gemalte Löwenspuren, dann rannte sie auf einmal zu den Schaukeln. Wir hatten sie hergeführt, damit sie sich nach der U-Bahn und den Busfahrten die Beine vertreten konnte.

Annette ließ sich auf eine Bank sinken. »Ich bin völlig geschlaucht«, sagte sie. »War ein weiter Weg.« Sie lehnte sich mit gesenkten Lidern zurück, ohne Eleanor jedoch aus den Augen zu lassen.

Ich setzte mich neben sie, beugte mich vor und stützte die Ellbogen auf die Knie.

»Auch ein langes Gespräch?«

»Ja, schon. Dave.« Sie seufzte und veränderte die Haltung, wandte sich halb zu mir um, einen Arm auf die Rücklehne der Bank gelegt. »Ich hab ihn gesehen, als er in der Versammlungszone das Blättchen der Sozialistischen Aktion verkaufte, und da ich die Gruppe aus Islington verloren hatte, marschierte ich anschließend mit den schottischen Gewerkschaftlern weiter. Dave und ich haben uns die ganze Zeit unterhalten.«

Ich lächelte. »Wie in alten Zeiten.«

Annette nahm die Unterlippe zwischen die Zähne, sah in ihre Handtasche und holte eine Zigarette heraus.

»Ja, also ...« Sie zündete die Zigarette an und inhalierte tief, stieß Rauch aus. »Könnte man so sagen. Scheiße, das ist kompliziert.«

»Was ist kompliziert?«

»Ich hätte dir schon eher davon erzählen sollen, aber es gab nie einen passenden Anlass oder einen geeigneten Moment. Die Sache ist die, dass David schon seit einer ganzen Weile, na ja, galant mit mir flirtet, verstehst du?«

»Klar.« Ich lächelte säuerlich; ich fühlte mich angespannt, und mir war kalt. »Das ist verständlich. Und ich nehme an, du erwiderst den Flirt kokett?«

»Wie nett du das ausdrückst.« Sie beugte sich mit strahlenden Augen vor und legte mir die Hand aufs Knie. »Aber Dave ist dickköpfig und aufrichtig und so verflucht *ernsthaft* …«

»Und er macht sich falsche Hoffnungen«, sagte ich mit schwerer, gepresster Stimme. Eleanor kletterte von der Schaukel herunter und rannte einen grasbewachsenen Erdhügel hinauf, der an ein Hügelgrab erinnerte, und dann begann sie, einen künstlichen Baum aus Holz und Metall zu erklimmen.

»Ja.« Annette klang erleichtert. »Vielleicht ist das der Grund …« Sie stockte und sog mit dem Zigarettenqualm Luft ein, als rauche sie einen Joint. »Heute«, fuhr sie mit festerer Stimme fort, »ach Gott, ich bekam richtig rote Ohren. Er hat mir gesagt, es wäre sein größter Fehler gewesen, unsere … Beziehung oder wie man das nennen will zu beenden, und er sei nie über mich hinweggekommen und …« Sie verstummte und blickte ins Leere. »Er hat mich die ganze Zeit geliebt und will, dass ich zu ihm zurückkehre«, schloss sie überstürzt.

Ich starrte sie an. »Willst du damit sagen …«

»Daa-ad!«, rief Eleanor auf der Spitze des Kletterbaums. Sie wirbelte schwankend mit den Armen, mit den Füßen auf der obersten Sprosse. Ich sprang auf, ich *dehnte die Zeit* – mir kam es so vor, als langte ich im nächsten Moment zu ihr hoch und setzte sie auf den Boden.

»Bleib bei den Schaukeln!«, sagte ich. »Bitte!«

Ich setzte mich wieder neben Annette und schüttelte den Kopf. Aus mehreren Gründen hatte ich Herzklopfen.

»Das hat er dir einfach so ins Gesicht gesagt?«

»Ja«, bestätigte Annette.

»Herrgott noch mal!«, explodierte ich. »Was, zum Teufel, will er damit eigentlich erreichen?« Beim Gedanken an unser beiläufiges, freundliches Geplänkel wurde mir übel.

»Ich hab dir gesagt, was, zum Teufel, er damit erreichen will«, meinte Annette.

»Und was hast *du* erwidert?«

Annette steckte sich mit zitternden Händen eine neue Zigarette an; die Flamme war im Sonnenschein unsichtbar. »Ich habe gesagt, er sei verrückt, er treibe es zu weit und ich sei vollkommen glücklich und liebte dich und Eleanor und würde dich auf keinen Fall um seinetwillen verlassen. Vor allem habe ich ihn aufgefordert, das Ganze zu vergessen.« Sie lächelte schwach. »Was hast du erwartet?«

»Also, genau das.« Ich blinzelte sie gegen die Sonne erleichtert an. Ich war wütend, nicht auf sie, sondern auf ihn. Etwas davon sickerte aber offenbar in meine Stimme ein, als ich sagte: »Aber hast du ihm auch gesagt, dass du ihn nicht liebst?«

»Nein«, sagte Annette. »Das konnte ich nicht. Nicht, dass ich ihn noch lieben würde!« Sie lachte. »Das tue ich nicht, nicht … so, aber ich habe ihn noch immer gern. Du ja auch, oder? Und ich weiß nicht, ob du das auch gemerkt hast, aber ich habe den Eindruck, dass er zutiefst *unglücklich* ist, verwirrt und frustriert, und das wäre wie ein Schlag ins Gesicht für ihn gewesen.«

Ein Schlag ins Gesicht, dachte ich – das ließe sich machen. Doch ich atmete aus, entspannte mich, rang mir ein Lächeln ab und sagte: »Also, okay, ich bin froh über das, was du gesagt hast. Zu ihm und zu mir.« Mein Lächeln vertiefte sich, ich schlang die Arme um sie, und dabei fiel mir auf, dass ich eine Zigarette in der Hand hielt und nach fünf Jahren der Enthaltsamkeit wieder rauchte.

»Lass uns miteinander schlafen«, sagte ich.

»Ja.«

Es war wunderschön, doch anschließend lag ich da, blickte an die Decke und dachte nach über das, was sie gesagt und was sie nicht gesagt hatte, und das bereitete mir weit größere Sorgen.

Im Rückblick wurde mir klar, dass Annette hinsichtlich der Zeitdauer, da Reid ›galant‹ mit ihr flirtete, stark untertrieben hatte. Begonnen hatte es gleich bei unserer ersten Begegnung, nachdem unsere Beziehung angefangen hatte. Ich hielt es für einen Scherz, für ein Kompliment an Annettes Adresse, insofern ich mir überhaupt Gedanken darüber machte. Kurz darauf hatte Reid – zu jedermanns Überraschung – eine kurze und leidenschaftliche Affäre mit Myra. *Das* fasste ich als Geste an *meine* Adresse auf, als ein Aufblitzen von Primatenzähnen. Seltsamerweise machte ihm das voraussehbare Scheitern dieser Beziehung anscheinend mehr zu schaffen als das Ende seiner Affäre mit Annette. Vielleicht hatte er sich genau wie ich ungewollt in Myra verliebt, und sie hatte seine Gefühle nicht erwidert.

Sexuelle Konkurrenz war von Anfang an Teil unserer Freundschaft gewesen, und anscheinend sollte es so bleiben, ob wir uns nun fern oder nahe standen.

Ich wälzte mich aus dem Bett und tappte zur Küche. Ich setzte mich in den Lichtkegel der Lampe und rauchte noch eine Zigarette. Mein Spiegelbild im schwarzen Fenster erwiderte ironisch meinen Blick. Die auf die Packung aufgedruckte Gesundheitswarnung (stets ein Anlass für ironische Überlegungen) sagte mir Dinge, die ich nicht wissen wollte und warnte nicht vor der eigentlichen tödlichen Gefahr: der allmählichen, schleichenden und unumkehrbaren Verhärtung des Herzens.

Ich arbeitete drei Tage die Woche im College, und der Montag gehörte nicht dazu. Annette ging zur Arbeit, ich räumte den Frühstückstisch ab und begleitete Eleanor zur Schule. Ich kaufte Zeitungen, hätte beinahe zehn Silk Cut gekauft, ging wieder nach Hause und erledigte die Hausarbeit so flott wie ein Student auf Speed. Dann setzte ich mich mit einem Kaffee, einem Filofax und einem heftigen Nikotinentzug an den Tisch.

Normalerweise widmete ich Tage wie diesen der politischen Arbeit, wie ich es nannte. (Ich hatte Annette beinahe davon überzeugt, dass es sich um ein kompliziertes Spiel handelte, in dem ich mich allmählich hocharbeitete, vom Verfassen langer Artikel für obskure Organisationen und kurzer Artikel für bekannte Organisationen bis zu einer Art globalem Drahtzieher, dem eine dankbare Menschheit irgendwann Statuen auf den Monden des Saturn errichten würde.)

Heute hatte ich ernsthaftere Pläne. Ich fand im Filofax eine alte (durchgestrichene) Adresse von Reid und in einem von Annettes Tagebüchern eine aktuelle. Ich arbeitete mich durch sämtliche marktwirtschaftlichen, liberalen, anti-umweltschützerischen oder auch schlichtweg rechten Organisationen hindurch, mit denen ich jemals in Kontakt gestanden hatte, und meldete Reid schriftlich oder telefonisch für ihre Rundschreiben an. Nach etwa einer Stunde war das geschafft, doch ich war immer noch nicht zufrieden und machte mich daran, noch ein paar weitere Ansatzpunkte ausfindig zu machen.

Ich drückte auf den Klingelknopf des Freidenker-Büros in der Holloway Road. Hinter mir rumpelte der Verkehr vorbei. Das verstaubte Schaufenster mit den von der Sonne gebleichten, von der Feuchtigkeit eingedunkelten Büchern und Pamphleten fand ich so bedrückend wie eh und je. Nach einer Weile ließ mich der Sekretär der Gesellschaft ein. Ein hagerer Mann in mittleren Jahren, mit einem faltenzerfurchten Gesicht und großen Augen hinter dicken Brillengläsern. Freundlich und selbstlos und so arm wie eine atheistische Kirchenmaus. Ich nannte ihm meine Wünsche, und er ließ mich gewähren und beschäftigte sich mit seinem Frühstück, während ich mich durch Aktenordner hindurcharbeitete, Zeitschriftenstapel durchsah und mir an den Karteikästen mit den sorgfältig angefertigten etikettengroßen Adressschablonen die Finger mit Tinte beschmierte.

Ich brauchte nicht lange, um eine Liste von überwiegend amerikanischen Journalen und Organisationen zusammenzustellen, die bestens geeignet waren, ein paar freie Gedanken anzuregen. Zum Dank erstand ich beim Hinausgehen zum vollen Preis eine stark angestaubte Ausgabe der Werke Thomas Paines. Ich blätterte darin, während ich mit dem Bus eine ideologische Rundreise durch London machte, vom Freiheitsbuchladen in der Angel Alley und dem Market Bookshop in Covent Garden bis zur Novosti-Presseagentur in Kensington und zurück über Bookmarks in Finsbury bis zu Eleanors Schule, wo der Unterricht meiner Tochter soeben geendet hatte.

*Dies sind die Zeiten, da die Seelen der Menschen in Versuchung geraten … Der Sommersoldat und der Schönwetterpatriot mögen vor dem Dienst am Vaterland zurückschrecken …*

Reid und unglücklich? Auf mich hatte er nicht den Eindruck gemacht, abgesehen von dem Moment, als wir über Gewerkschaftsversammlungen gesprochen hatten. Im Rückblick meinte ich in seinen Augen eine verzweifelte Erinnerung an vergeudete Abende zu erkennen und die Vorahnung, dass weitere folgen würden. Wenn er meine Frau ficken und mein Leben ruinieren wollte, konnte ich zumindest versuchen, ihn gehörig zu verarschen. Reid war besessen von seinen politischen Vorstellungen; er hatte Zahnräder im Kopf. Er *identifizierte* sich viel stärker mit seinen Überzeugungen als ich mit den meinen. Es machte ihm keinen Spaß, sich ideologischen Herausforderungen zu stellen, doch wenn ein paar Sandkörner in sein kompliziertes Räderwerk gerieten, scheute er keine Mühe, sie wieder zu entfernen, die Zahnräder zu säubern und zu polieren und kaputte Zähne zu ersetzen. Einmal hatte er mir die halbe Nacht lang die Feinheiten einer absurden Debatte der Vierten Internationalen aus den frühen Achtzigerjahren um die Ohren gehauen: Es ging darum, ob Pol Pots Demokratisches Kampuchea eine Variante des Kapitalismus (!) sei oder nicht.

›Dickköpfig und aufrichtig und so verflucht *ernsthaft* …‹ – Annette hatte ihn durchschaut. Und ich auch. Reid würde nichts anderes übrig bleiben, als sämtliche politischen Schriften, die in seinem Briefkasten landeten, zur Kenntnis zu nehmen. Er würde sich selbst mit den offensichtlichsten Absurditäten abplagen, jedem lästigen Scheinargument und jeder dreisten Lüge nachgehen. Wenn er sich durch all diese einander widersprechenden Ansichten hindurchgearbeitet hätte, würde seine Seele wahrhaft in Versuchung geraten sein …

Andere Straßen, andere Sommer … Wir begegneten Reid auf Demonstrationen gegen die Wahlsteuer und die Apartheid. Im schwarzen Juni ’89 setzten wir uns zusammen mit Tausenden Chinesen und Hunderten Trotzkisten auf die eine Straße in Soho und sangen die Internationale, und er nickte und wirkte nahezu besorgt, als ich ihm sagte, dass ich zusammen mit den taiwanesischen Studenten demonstrieren würde.

»Ach so«, murmelte er. »Die Kuomintang. Wir unterhalten uns später.«

Weder ich noch Annette kamen je wieder auf seine Äußerungen zu sprechen, und er hatte anscheinend bei jeder Demo eine neue Freundin dabei. Sie alle, ob sie nun Bernadette, Mairi, Anne oder Claire hießen, kamen mir wie ferne Verwandte Annettes vor, dunkelhaarige Irinnen mit strahlenden Augen und ironischem Tonfall.

Er äußerte sich nie über den steten Strom antisozialistischer, dissidenter oder einfach bloß wirrköpfiger Propaganda, die ich ihm schicken ließ. Eigentlich war dies alles auch überflüssig: So wie die Dinge in der kommunistischen Welt liefen, hätte ein Abo der *Moscow News* bereits ausgereicht.

Doch die Lektüre zeigte Wirkung, wenn auch nicht die von mir erhoffte.

# 7 ■ Ein Leben am kritischen Punkt

»Im Grunde«, sagt Ax, als er mit Dee am Kanalufer entlang zum Circle Square zurückschlendert, »weiß ich nicht, ob ich es glaube. Ich meine, die meisten Menschen nehmen das ebenso wenig ernst wie fliegende Untertassen, altmarsianische Ruinen, Elvis und diesen ganzen Scheiß. Aber mir ist so einiges zu Ohren gekommen.«

Er stockt, um anzudeuten, dass Dee die Geschichten, die er gehört hat, ebenfalls hören wird. Sie nickt.

»Red weiter.«

»Also, einige von uns … nicht Tamara, nicht die Aktivisten, okay, haben immer schon geglaubt oder sich gewünscht, dass Wilde wiederkommen würde. Oder durchkommen. Und im Laufe der Jahre wurde er auch gesehen. Oder angeblich gesehen. Draußen in der Wüste. Manchmal zu Fuß, manchmal am Steuer eines Trucks. Meistens hat er ein Mädchen dabei und sieht aus wie ein alter Mann.«

Er lässt sich eine Weile über die Ungerechtigkeiten der Gesellschaft aus. Er hat über frühere Erlebnisse gesprochen und darüber, dass sie mit Reid alle Recht behalten hätten, nicht aber mit Wilde. Wilde hätte sich für Gerechtigkeit eingesetzt.

Dieser Jonathan Wilde scheint eine mythische Person zu sein, jemand, den Reid kannte und der ihm unterlegen ist und der, ebenfalls im mythischen Sinn, eines Tages wiederkehren und die Unterdrückten rächen könnte. Dee hat ihm höflich zugehört und alles gespeichert, um das Material später eingehender zu sichten. Sie behandelt es ebenso wie irgendeinen gesellschaftlichen Anlass. Aber was er eben gesagt hat, lässt sie aufhorchen.

»Was soll das heißen, er sah aus wie ein alter Mann?«, fragt sie.

»Wie jemand, der sich vor der Stabilisierung nicht verjüngt hat«, antwortet Ax respektlos. »Ein erstaunlicher Anblick.«

Dee denkt schaudernd daran, dass Menschen früher wie schlecht gewartete Biotech auseinanderzufallen pflegten, bis sie irgendwann einfach nicht mehr funktionierten. Schrecklich. Sie hat sich mit Reid alte Filme angeschaut, die einen ganz anderen Eindruck von der Erde geben als die historischen Romanzen. Anschließend fällt es jedem schwer, glücklich zu sein.

»Ich habe kürzlich einen alten Mann gesehen«, sagt sie. »Vor ein paar Wochen. Einen alten Mann mit einem Mädchen, in einem Truck. Hat in Reids Büro angerufen und gemeint, er habe sich verwählt.« Sie blickt Ax von der Seite an. »Es gibt hier nicht viele alte Männer. Könnte das Wilde gewesen sein?«

Ax mustert sie skeptisch. »Wie sah der Typ aus?«

»Hm«, macht Dee. Sie schiebt die Unterlippe über die Zähne hoch, dann wischte sie sich mit dem Daumen über die Zähne und bemerkt den Lippenstiftschmier.

»Hast du was?«

Dee bleibt unvermittelt stehen. »Ja.« Die Erinnerung gehört zur Sekretärin, bringt aber auch mehrere andere Identitäten zum Schwingen: All die neuen Bewusstseine, die sie überspielt hat, sind diesem seltsamen Mechanismus unterworfen, sind mit dem Gedächtnis und ihren Stammverzeichnissen verknüpft.

»Einen Augenblick«, sagt sie.

Ein paar Meter weiter steht ein Poller. Sie geht hin und lässt sich darauf nieder, nachdem sie sorgfältig den schwarzen Spitzenrock hochgeschlagen hat, sodass sie auf dem Poller sitzt und nicht auf dem Rock. Das Metall fühlt sich durch das feine Leder, die dünne Seide und die nackte Haut hindurch kalt an. Ax, der sie beobachtet hat, gibt ein anerkennendes Stöhnen von sich, doch Dee hat bereits die nüchterne Klarheit des Systems verinnerlicht.

Wenn Dee im Ich-Modus ist, stellt sie sich Sys, das System, als ›Sis‹, ›Schwester‹ vor, und tatsächlich gleicht es einer großen Schwester (wie Dee sie sich vorstellt): Es weiß alles, verbessert sie, schafft hinter ihr Ordnung, hebt die abgelegten Kostüme ihrer rasch wechselnden Ichs auf und räumt sie weg. Sie geht nicht oft ins System und hält sich nie lange in dieser dünnen, kalten Luft auf.

Jetzt nimmt ihr kaltes inneres Auge die Hierarchie ihrer Ichs, ihre Bewusstseine und Werkzeuge in sich auf, ihre gemeinsamen Strukturen und die unaufhörliche Aktivität des Systems, das sie zu einer Person verschmilzt, damit sie nicht miteinander um die Kontrolle über ihren Körper streiten. Sie spürt der Erinnerung an den Anruf nach, wie er von der Sekretärin über das Ich zum System weitergeleitet wurde, und dann sieht sie seine weitere kaskadenartige Verbreitung aus der Zeit, als sie die Zusatzsoftware geladen hat: den Wissenschaftler, den Soldaten, den Spion, den Majordomus … bis zu den gespeicherten Geheimnissen, die auf einem eigenen Ast verborgen sind. Dazu hat sie keinen Zugang. Trotzdem waren sie immer gegenwärtig, und nun werden sie systematisch belagert von den geduldigen, geistlosen Subroutinen des Systems, die wie einen Virus angreifende Antikörper Code für Code knacken.

Sie fällt wieder in den Ich-Modus zurück. Ax mustert sie mit einer Mischung aus Verwirrung und Besorgnis.

»Also so ist es abgelaufen«, sagt sie und erhebt sich.

»Was meinst du?«

»So wurde ich ich selbst. Der Anruf war der Auslöser. Darin war ein Befehlscode verborgen. Er befahl mir, Programme zu laden, zu suchen und ... und ich gehorchte, und als ich genügend Bewusstseine und Daten und so weiter im Kopf hatte, da passierte es! Ich erwachte!« Sie lacht kokett auf. »Ist das bei euch auch so? Sammelt ihr auch erst mehrere Ichs, bis euer Bewusstsein erwacht?«

»So viel ich weiß«, antwortet Ax ernsthaft, »nein. Das menschliche Bewusstsein entsteht anders. Und zwar schon in früher Kindheit.«

Er schüttelt sich. »Du willst mir also erzählen, dein Bewusstsein sei aufgrund des Anrufs eines alten Mannes erwacht?«

»Ja.«

»He, Mann, das ist cool! Das ist wie Zen! Vielleicht war das *wirklich* Wilde, oder aber ein vollkommener Meister.«

Er fasst sie bei der Hand und zieht sie mit sich. Sie folgt ihm, durchsucht ihr Gehirn nach einem Hinweis auf den Begriff ›vollkommener Meister‹. Der Wissenschaftler hat eine herablassende Erklärung auf Lager, und sein Hohngelächter verklingt gerade in ihrem Geist, als Ax aufgeregt fragt:

»Kannst du zeichnen?«

»Ich kann Bilder anfertigen«, antwortet Dee. »Aber ich glaube nicht, dass er ein vollkommener Meister war. Das Mädchen in seiner Begleitung sah nicht so aus, als hätte sie Erleuchtung nötig.«

»Zen«, meint Ax und nickt. »Ganz eindeutig.«

Im Untergeschoss des Hauses befindet sich ein großer Raum mit Küchenzeile und Spüle, Sofas und Sesseln und einem schweren, blankgescheuerten Holztisch. In den Ecken und auf dem Tisch sind Bücher, Papiere und allerlei Geräte gestapelt. Dee nimmt am Tisch Platz, räumt zwischen Tassen und Werkzeug etwas Platz frei.

Ax kramt ein paar Blätter und einen Kugelschreiber hervor und reicht ihn ihr.

»Zeichne ein Bild«, fordert er sie auf.

»Ist gut«, sagt Dee. Sie nimmt den Kugelschreiber in die Rechte und glättet mit der Linken das Papier. Ein rascher Kringel in der rechten oberen Ecke des Blatts, und sie weiß, dass die Tinte schwarz ist und nicht kleckst. Mit geschlossenen Augen vergegenwärtigt sie sich den Mann im Truck. Das Mädchen lässt sie einstweilen außer Acht (wenngleich ihre Augen etwas an sich haben, das Dee seltsam vorkommt und eingehender untersucht werden sollte – weitere Nachforschungen, okay, Übergabe an den Wissenschaftler). Ja. Archiv an Druckerkontrolle: eine kleine Routine aus dem Repertoire der Sekretärin.

Start. Eine Weile hört sie das kratzende Geräusch des Kugelschreibers auf dem Papier, während ihre Hand horizontal hin und her flitzt, mit kaum merklichen vertikalen Bewegungen den Stift anhebt und wieder aufs Papier setzt; und dann schiebt ihre Linke das Papier ganz langsam weg. Fertig.

Sie öffnet wieder die Augen. »Hier«, sagt sie. Sie reibt sich das Handgelenk.

Ax starrt sie mit offenem Mund an. Er schließt den Mund und schüttelt den Kopf.

»Okay«, sagt er. »Sehen wir's uns mal an.«

Auch Dee wundert sich ein wenig darüber, wie gut das Bild ist, das sie aus ein paar hundert geraden Linien zusammengesetzt hat; es ähnelt beinahe einem Schwarzweißfoto, man sieht das Gesicht des Mannes und die Umgebung: die Sitzlehne hinter ihm, die gerillte Verkleidung der Fahrerkabine, das Spiralkabel des Mikrofons in seiner Hand, die Schulter des Mädchens.

»Ich kann's einfach nicht glauben«, sagt Ax. »Das ist er. Das ist der Typ, von dem ich gesprochen habe: Jonathan Wilde.«

»Tja«, meint Dee, »ich hab ja gesagt, er wäre kein vollkommener Meister.«

Ax grinst sie an, als wäre selbst er von ihrer Schlagfertigkeit überrascht (ach, wie weh tut doch dieses Erstaunen!), und zieht ein altes Buch aus einem der Stapel in der Ecke hervor. Der Ledereinband umschließt Ausdrucke auf Algen-Cellulose-Papier. Dee wiegt das Buch in der Hand und blättert darin. Die erste Seite, die sie aufschlägt, befindet sich nahe dem Ende; es handelt sich um das Foto des Mannes, den sie eben gezeichnet hat. Selbst seine Haltung und sein Gesichtsausdruck ähneln dem Bild – er hat sich vorgebeugt und spricht ernsthaft in die Kamera.

»Das ist eine der letzten Aufnahmen von Wilde, die an die Öffentlichkeit gelangten«, erklärt Ax. »Es wurde bei einem Fernsehinterview im Februar 2046 aufgezeichnet.«

Dee sträuben sich die Nackenhaare, als sie das Bild betrachtet, das aus einer beinahe unermesslich fernen Vergangenheit stammt (jedoch bloß in *Realzeit* gerechnet, erinnert sie der Wissenschaftler, nicht in *Bordzeit*; und dann lässt er sich wieder über das Malley Mile aus – über das reale Phänomen, nach dem der Pub benannt ist. Sie schaltet ihn aus).

»Ja, das ist er«, sagt sie. Sie blickt von ihrer Zeichnung zum Foto im Buch, führt eine Transformation durch. »Jede einzelne Falte stimmt überein.«

Sie schaut wieder Ax an. Irgendetwas stört sie.

»Tja, so sieht es aus«, sagt Ax.

Dee blättert wieder im Buch. Je weiter nach vorne sie kommt, desto seltener werden die Abbildungen. Wilde wird jünger; die meisten Fotos sind offenbar nicht gestellt, sondern Schnappschüsse: Ausschnittsvergrößerungen von Überwachungskameras, ein ruhiges Gesicht inmitten einer aufgebrachten Menge …

»Was ist das eigentlich?«

»Das ist ein Dossier über Wilde«, antwortet Ax. »Notizen für eine Biographie.«

Sie verharrt bei einem anderen Foto, einer unscharfen Teleaufnahme. Darunter steht ›FOI (PrevGovts)/SB/08-95‹. Zwei Männer an einem Tisch, in einem Pub oder einem Café. Der eine, in der Bildunterschrift als Wilde bezeichnet, wendet der Kamera den Rücken zu. Der andere, der eine Zigarette in der Hand hält, ist Reid.

»Hab's dir ja gesagt«, meint Ax. »Sie kennen sich seit Jahren.«

Im Grunde hat Dee schon lange gewusst, dass Reid eines der Originale ist, dass er leibhaftig von der Erde hergekommen ist, doch es ist trotzdem schockierend, den visuellen Beweis vor sich zu sehen – vorausgesetzt, Alter und Herkunft des Bildes stimmen. Sie blättert weiter vor. Als der Papierstapel unter ihrem Daumen dünn wird, stößt sie auf ein scharfes, professionelles Foto, das ihre Gedankengänge unterbricht. Es ist mit der Schere ausgeschnitten, und die Bildunterschrift lautet: *Dumbarton Gazette 04/06/77* – womit offenbar eine Lokalzeitung gemeint ist. Sie starrt das Foto an, zeigt benommen darauf. Ax atmet hinter ihrer Schulter zischend durch die Zähne.

Ein Hochzeitsfoto: festliche Kleidung, lässige Haltung, beinahe Wange an Wange. Jetzt, da die Kontinuität hergestellt ist, erkennt sie, dass dies die jüngere Ausgabe des alten Mannes am Ende des Buches ist; das ist der Mann, den sie gestern gesehen hat. Das Gesicht der Frau über den rüschenumhüllten Schultern und dem hohen Kragen im spitzenbesetzten weißen Voile ist ihr eigenes.

»Lass mich mal raten«, sagt Ax langsam. »Das ist der Kerl, der ins Malley Mile reinstolziert kam?«

»Ja«, flüstert sie. »Kein Wunder, dass er mich erkannt

zu haben schien. Ich bin ein Klon – ein Klon seiner Frau!«

»Unheimlich«, sagt Ax. Er beugt sich auf die Unterschrift hinunter. »Annette hat sie geheißen.«

Dee kann das Foto nicht länger anschauen und braucht es auch nicht: Dieses Bild wird ihr ewig im Gedächtnis haften, vorausgesetzt, sie löscht es nicht. Es ist unheimlich, das stimmt, und auf einer tieferen Ebene verstörend: Dieser ferne Zwilling, diese Frau, deren körperliches Gespenst Dee ist, wirkt auf eine Weise glücklich, wie Dee es nie gewesen ist, und dieses Glück ist Ausdruck einer vollkommen anderen Persönlichkeit. Bloß der Körper und das zugrunde liegende Temperament, das, wie Dee weiß, ebenfalls genetisch bedingt ist, sind gleich. Sie lässt die letzten paar Seiten über das Foto fallen und starrt blicklos auf den Titel auf der ersten Seite:

Jonathan Wilde, 1953–2046:
Ein Leben am kritischen Punkt
von Eon Talgarth

Ax geht unruhig im Zimmer auf und ab, ohne Dees Verstörung zu beachten, und redet aufgeregt. Dee muss die letzten paar Sekunden noch einmal ablaufen lassen, bis sie den Anschluss gefunden hat: »Wir stehen vor einem Rätsel«, sagt er gerade. »Vor zwei Wochen sieht Wilde dich auf Reids Bildschirm. Er lässt sich nichts anmerken, sondern überträgt an dich den Befehl, Informationen zu laden, vielleicht mit der Absicht, dich aufzuwecken, vielleicht nicht. Gestern taucht Wilde auf, nachdem er sich in der Zwischenzeit offenbar verjüngt hat, sieht dich und flippt aus.«

Dee schüttelt den Kopf.

»Der Typ im Pub war nicht der Mann, den ich auf dem Monitor gesehen habe.«

Ax runzelt die Stirn. »Du scheinst dir da ziemlich sicher zu sein.«

»Die Verjüngung macht die Erfahrungen nicht ungeschehen. Man sieht sie einem immer noch an. Vielleicht nicht auf einem Foto, aber spätestens dann, wenn man sieht, wie sich jemand bewegt und wie er spricht, wird es offensichtlich.« Sie lächelt. »Findest du nicht auch?«

»Hab noch nicht genug Verjüngte gesehen«, erwidert Ax. »Das kommt nicht so häufig vor – die meisten Leute stabilisieren sich in dem Alter, das sie für das Beste halten.« Er lacht. »Manchmal ist auch Altern in Mode, aber lange hält die nicht vor.«

»Ich werd dir was sagen«, meint Dee. »Der Wilde, den ich vor zwei Wochen gesehen habe, lebt schon viel länger als der Wilde von gestern Abend.«

»Okay, nehmen wir mal an, es sind zwei. Das ist nicht minder rätselhaft, als wenn es nur einen gäbe, denn eigentlich sollte er gar nicht hier sein. Er hat weder zur Mannschaft noch zu den Kriminellen gehört.« Er lächelt diabolisch. »Das sagt Reid, oder jedenfalls geht es aus den Listen hervor. Aus den Firmenunterlagen. Ich hab's nachgeprüft. Aber wie ich schon sagte, er wurde angeblich gesehen. Und jetzt haben wir den Beweis. Er ist wieder da!«

Er nimmt erneut das Bild zur Hand, das Dee angefertigt hat. Sie bemerkt, dass seine Hände zittern. Nach mehreren Versuchen gelingt es ihm, sich eine Zigarette anzustecken, dann blickt er eine Weile ins Leere. Sein Gesichtsausdruck verändert sich allmählich, auf eine Weise, welche Dee darauf schließen lässt, woher er seinen Namen hat: Seine Miene wirkt hart, scharf und … verhängnisvoll.

»Weißt du, was das bedeutet?«, fragt er.

Dee presst die Lippen zusammen, schüttelt den Kopf.

»Das bedeutet, er ist von den *Toten* wiederauferstanden«, sagt Ax. »Das bedeutet, alles wird sich verändern. Das bedeutet, dass alles wieder offen ist.«

»Das begreife ich nicht«, sagt Dee.

Ax drückt die Zigarette aus und steckt sich eine neue an. Er zittert immer noch.

»Menschen machen Annahmen«, sagt er. »Sie glauben, es werde immer so weitergehen wie bisher. Sie wissen, was sie sich erlauben können und was nicht. Sie wissen, wozu sie andere Menschen bringen können. Zum Beispiel habe ich meinen Körper von anderen Leuten missbrauchen lassen, weil ich das Geld brauchte. Und das wussten sie. Aber weil ich einverstanden war, glaubten sie, es wäre Recht. Einige wussten sogar, dass es mir zuwider war. Aber ich war damit einverstanden.«

Auf einmal braucht auch Dee eine Zigarette. Sie zündet sich eine an, und jetzt zittern auch ihre Hände.

»Hat Reid dich jemals von anderen Leuten missbrauchen lassen?«

»Ach, nein«, antwortete Dee rasch. »Er ist sehr besitzergreifend.«

»Aber er hat dich benutzt«, beharrt Ax. »Ob du wolltest oder nicht.«

»Ich wollte immer«, versichert Dee, doch das sexy Lächeln ihrer Geschlechtsidentität verbirgt den neu erwachten und bohrenden Zweifel, wie viel ihr Einverständnis im Rückblick wert gewesen sein mag. Ax beobachtet sie, und er sieht, wie ihr Zweifel wächst.

Er öffnet eine Schublade und langt hinein, holt ein Messer heraus. Es ist kein Küchenmesser. Es hat einen schwarzen Holzgriff, ein Stichblatt aus Messing und eine dreißig Zentimeter lange Klinge. Beinahe beiläufig rammt Ax die Spitze in die Tischplatte und lässt den Griff los, sodass das Messer hin und her vibriert.

»Jetzt weißt du, wer du bist«, sagt Ax leise. Dee ist sich nicht sicher, ob er zu ihr gesprochen hat. Das Zittern ist aus seinem Körper und seiner Stimme verschwunden und in die vibrierende Klinge übergegangen. »Du bist eine Person. Du bist frei. Hast du dir jemals vorgestellt, was du den Menschen, die dich wie ein Stück Fleisch behandelt haben, antun möchtest?«

Hier draußen, in den feuchten Niederungen zwischen zwei Armen der Stadt, ist es sogar für einen Sechsttag ruhig. Man hört lediglich das Summen des Dinghy-Motors, hin und wieder das Zischen einer Transportrakete und die Schreie der adaptierten Vögel: das dem Piepen eines verlorenen Satelliten ähnelnde Rufen der Roststelzen, das Quaken der Schmutzschnepfen und das Krächzen der Sandmöwen. Der Sechsttag ist für die meisten Menschen ein Tag, an dem sie ein wenig arbeiten, aber nicht viel.

(Manche Leute sind der Ansicht, der Tag habe seinen Namen von der Anzahl der trotz eines Katers Arbeitenden – oder wegen eines Katers nicht Arbeitenden –, doch das ist purer Mythos. Vor mehr als einem marsianischen Jahrhundert vertrat Reid die Ansicht, es sei unangemessen, die Wochentage weiterhin nach den Göttern des Sonnensystems zu bezeichnen. Da man sich auf andere Namen nicht einigen konnte, geht die Woche folgendermaßen ihren Gang: Ersttag, Zweittag, Dritttag, Vierttag, Fünfttag, Sechsttag, Siebenttag. Ein Tag hat fünfundzwanzig Stunden und zehn Minuten; man hat sich darauf geeinigt, den ersten sechs Tagen fünfundzwanzig und dem siebten sechsundzwanzig Stunden beizumessen. Das Jahr hat hundertzehn Wochen. Mehr oder weniger. Die ernsthafte Chronologie misst die Zeit in SI-Vielfachen von Sekunden, berechnet nach der Uhr des Raumschiffs, das vor etwa 6,4 Gigasekunden aus dem Malley Mile hervorkam.)

Tamaras Boot rumst gegen das Kanalufer, während sie mit minimaler Fahrt daran entlangfährt. Sie befindet sich in einer Kapillare des Ringkanals. Das flache künstliche Flüsschen trägt sie vom Stadtzentrum fort, den Feldern entgegen. Das Menschenviertel liegt zu ihrer Rechten, das Fünfte Viertel zu ihrer Linken. Dazwischen erstreckt sich dieses Ödland, nicht ganz Sumpf, nicht mehr Wüste, aber auch nicht Ackerland. Vom Maschinenreich im Fünften Viertel wagen sich Biomechanismen dort hinein, Tamaras übliche Beute.

Eine Sandmöwe senkt sich hundertfünfzig Meter voraus und dreißig Meter vom linken Ufer entfernt schreiend herab. Tamara erhöht die Drehzahl und duckt sich, während weitere Möwen dazukommen. Sie zanken sich kreischend um ein schwarzes Etwas. Das Boot quert diagonal den Kanal. Tamara zoomt mit ihrem rechten Auge. Das schwarze Etwas hat ein flatterndes Anhängsel. Eine hartnäckige Möwe hält es mit dem Schnabel fest und nimmt den hüpfenden Flugversuchen den Schwung.

»Anhalten«, befiehlt Tamara dem Bootsrobot, der gehorsam den Motor drosselt und am Ufer festmacht, während Tamara aussteigt, in der Hand einen Fänger mit langem Stiel. Im Laufen zieht sie die Pistole. Der Knall einer Platzpatrone scheucht die Möwen auf, die empörte Kreise ziehen. Während Tamara durch den feuchten Sand stapft und über Grassoden springt, schleppt sich das schwarze Objekt – ein warzenbesetzer, gummiartiger Ball von etwa einem Drittelmeter Durchmesser und einem mindestens einen Meter langen Fortsatz zu einer Stelle, die verdächtig nach Treibsand aussieht. Als sie noch etwa vier Meter entfernt ist, verspürt Tamara hinter dem Nasenrücken ein Prickeln. Sie bleibt stehen und schnüffelt. Das Prickeln bleibt konstant – gut. Das bedeutet, dass die Radioaktivität eingekapselt ist. Dennoch ist das Ding unangenehm heiß. Nicht gefährlich, doch sie muss vorsichtig sein.

Sie umkreist es vorsichtig, schneidet ihm den Weg zu

der feuchten Stelle ab. Das Ding bewegt sich auf sie zu: Peitschenschlag nach vorn, den Rumpf nachziehen, ein Hüpfer; Peitschenschlag nach vorn, den Rumpf nachziehen, ein Hüpfer. Dann bleibt es stehen. Die Schwanzspitze richtet sich auf und schwenkt hin und her, dann drückt sie sich an den Boden. Tamara tritt vor und gerät ins Stolpern, als sich ihr linker Fuß mit einem unerwartet saugenden Geräusch vom Boden löst. Das gummiartige Glied schnellt zurück.

Tamara hockt sich hin und streckt den Fänger vor, ein simpler, ein paar Meter langer Mechanismus mit einer primitiven Robothand am Ende und zwei Haltegriffen, damit sie ihre Reichweite einhändig erweitern kann. Tamara schiebt den Stab über den Boden und packt den Schwanz an der Wurzel. Der tentakelartige Fortsatz schlingt sich erwartungsgemäß um den Fänger und versucht ihn zu zerquetschen.

Tamara hebt das Ding hoch und geht zurück zum Boot. Der Biomech, entstanden oder gebaut an der Schnittstelle zwischen den Domänen, ist kein schlechter Fang. Er verfügt über Sinnesorgane und Reflexe und besitzt anscheinend die Fähigkeit, radioaktive Substanzen durch die Haut aufzunehmen und anzureichern. Irgendwo im Menschviertel sitzt ein Techniker, der nach einem solchen Genotyp sucht, jedenfalls hofft sie das.

Sie hat soeben im Boot Platz genommen und ist damit beschäftigt, einen Behälter zu öffnen und die Beute zu verstauen, ohne ihr nahe zu kommen (aus weniger als zwei Metern Abstand wird das Ticken des Geigerzählers quälend), als sie ein Klingeln im linken Ohr vernimmt.

»Verdammt«, sagt sie. Sie spannt die Halsmuskeln an und aktiviert das Mikro, schaltet mit einem Blinzeln die Telefonanzeige ein und nimmt mit einem Zwinkern des rechten Auges den Anruf entgegen. Das erste Bild wirkt plump, obwohl es mit halluzinatorischer Intensität zwischen ihr und dem Ende des Fängers steht. Als würde eine Kamera mit einem primitiven Aufflackern von Maschinenselbstbewusstsein einen Monitor abfilmen. Text scrollt darauf, eine Off-Stimme liest tonlos vor.

»Rechtshilfeservice der Unsichtbaren Hand. Es liegt ein dringender Anruf vor von …« – auf einmal zögert die Stimme, als sei selbst diese erlauchte Ausführung der IBM-Stimme erstaunt über ihre eigene Kühnheit – »… David Reid. Möchten Sie ihn entgegennehmen?«

»Ja«, sagt Tamara und schluckt.

Der Monitor minimiert sich augenblicklich in ihrem Augenwinkel, und das Hauptfenster wird ausgefüllt vom äußerst real wirkenden Gesicht des Mannes, den sie schon viele Male gesehen, mit dem sie aber noch nie gesprochen hat. Das Fenster schwebt vor ihren Augen, Reids Kopf und Schultern befinden sich dahinter in angenehmer Sprechentfernung. Hinter ihm ein helles Fenster (anscheinend real). Er geht beim Sprechen auf und ab.

»Tamara Hunter?«, sagt er.

»Ja.«

Er blickt grinsend an ihr vorbei.

»Ich sehe, weshalb Sie sich so nennen. Also, kommen wir zur Sache, Lady. Sie sind derzeit im Besitz eines meiner Robots, eines Gynoids Modell D, und ich will ihn wiederhaben. Sofort.«

Tamara atmet tief durch.

»Er … sie befindet sich nicht in meinem Besitz. Sie beansprucht Eigenverfügung, und ich verteidige sie. Wie auch mehrere vereidigte Verbündete von mir und andere Klienten der Unsichtbaren Hand.«

»Blödsinn«, erwidert Reid. »Sie hat gar nicht genug Verstand, um Eigenverfügung zu beanspruchen.«

»Mittlerweile schon, und zwar seit einiger Zeit. Dafür gibt es auch Zeugen.«

»Sie meinen das Scheiß-IBM-System. Ihr Rechtsberatersystem würde nicht mal den Turing-Test bestehen, geschweige denn, dass es ihn durchführen könnte.«

»ICH MISSBILLIGE DAS.«

»Maul halten!«, sagt Tamara, während sie sich nach wie vor mit dem Fänger abmüht. Das Ding an seinem Ende schlängelt sich wie eine schlecht gebändigte Gabel voll Spaghetti. »Tut mir Leid, Reid. Sie hab ich nicht gemeint.«

»Ich weiß das zu schätzen«, bemerkt Reid trocken. »Was haben Sie eben noch gesagt?«

»Ich kann vor jedem Gericht Ihrer Wahl menschliche Zeugen beibringen. Der Gynoid ist nicht mehr Ihr Spielzeugzombie.«

Reid kneift die Augen zusammen. »Weil sie Opfer eines Hackerangriffs wurde. Das ist nicht das Gleiche wie eine autonome Entwicklung, falls das überhaupt eine Rolle spielen würde, was es nicht tut.«

»Es wird allmählich Zeit«, entgegnet Tamara gelassen. »Ich bin bereit, diesen Fall mit Ihnen auszufechten.«

»Ganz wie Sie wollen«, sagt Reid. »Dann sehen wir uns vor Gericht wieder.«

»Klagen müssen Sie«, erklärt Tamara.

»Okay, machen Sie den ersten Vorschlag.« Er verneigt sich.

Tamara öffnete mit einem Blinzeln wieder das Fenster der Unsichtbaren Hand. Dargestellt wird eine Liste der Gerichtshöfe, geordnet nach absteigender Präferenz. Es ist eine kurze Liste. Sie wählt den ersten Eintrag, doch ihre Stimme klingt nicht sonderlich hoffnungsvoll, als sie sagt: »Eon Talgarth, Gerichtshof des Fünften Viertels.«

»Akzeptiert«, sagt Reid ohne Zögern.

Tamara minimiert das IBM-Fenster und starrt Reid an, der ihren Blick höflich erwidert.

»Was?«, sagt sie. Dann: »Bitte bestätigen Sie.«

»Ich bin damit einverstanden«, sagt Reid mit nachdrücklicher Förmlichkeit, »dass der Fall Reid gegen Tamara Hunter und Streitpartner, vertreten durch den Rechtshilfeservice der Unsichtbaren Hand und/oder sie selbst dem Gerichtshof im Fünften Viertel zur Entscheidung zum frühest möglichen beiden Parteien genehmen Zeitpunkt vorgelegt wird.«

»Ich ebenfalls«, sagt Tamara.

Das IBM-System wiederholt, was sie gesagt haben.

»Und in der Zwischenzeit keine Greifaktionen mehr?«, fragt Tamara argwöhnisch.

»Selbstverständlich nicht«, sagt Reid. Er schenkt ihr ein Lächeln, das ungeachtet der Umstände und gegen ihren Willen eine leichte Röte auf ihre Wangen zaubert. »Bis vor Gericht, Lady.«

Als das Fenster verschwindet, sieht Tamara gerade noch, wie der schwarze Biomech sich dem Fänger entwindet, sich in den Kanal fallen lässt und mit kräftigen Schwanzschlägen davonschwimmt.

»Also gut«, sagte Jay-Dub. »Wie du willst. Mir wird schon etwas einfallen.« Er blieb an der Kreuzung von Pier und Straße stehen. »Aber bevor wir losrennen, möchte ich ein paar Vorschläge machen.«

Wilde blieb stehen und blickte sich um. »Ja?«

»Besorg dir eine Waffe«, sagte Jay-Dub. »Und bessere Kleidung. Du siehst aus, als wärst du gerade aus der Wüste gekommen. Übrigens, wenn du zum Treffpunkt der Abolitionisten willst, mit dem Boot geht es schneller.«

»Da ist was dran«, meinte Wilde.

Eine Stunde später war er bekleidet mit einem weiten schwarzen Jackett, Hemd und Hose, alles aus einem warmen Stoff gefertigt, der Messerstichen garantiert standhalten würde, und studierte, in einer vollen *vaporetta* sitzend, eine große Automatik aus Metall. Die anderen, zumeist jungen Passagiere schenkten ihm erfreulich wenig Beachtung. Wilde saß oben an der Reling, schaute sich die Szenen am Ufer an und lauschte mit gespitzten Ohren auf das Slangenglisch der Mitfahrer. Jay-Dub hatte die Gliedmaßen eingezogen und lag wie ein Koffer zu seinen Füßen. Abgesehen vom Steuermann, einem massiven Cyberbrocken im Bug, war er der einzige Robot an Bord.

Streichnetze an den Bootsseiten zogen auf den Wellen auf und ab hüpfende Plastikbälle aus dem Wasser und schleuderten sie mit einem klappernden Geräusch in ein Fach unterhalb des Decks. Das Boot ließ den kommerziellen Trubel des Steinkanals hinter sich und durchfuhr eine Abfolge von Tunneln und schmalen Kanälen mit hohen Einfassungen. Hier, inmitten der feuchten grünen Algen an den Wänden, sah man kleinere Bälle. Sie bewegten sich ganz langsam nach unten, doch man konnte ihren Weg vorausberechnen; je näher dem Wasser sie kamen, desto größer wurden sie, bis sie schließlich abfielen und davontrieben. Wilde verzichtete darauf, die Maschine nach dem ökonomischen Zweck und dem ökologischen Hintergrund dieses bioindustriellen Prozesses zu fragen.

Sie erreichten ihr Ziel nach vierzigminütiger Fahrtzeit. Das Boot legte mit spotzendem Motor und wirbelnden Schrauben an einem kleinen Steg an, von dem eine schmale Treppe zur Uferstraße hochführte. Das einzige menschliche Besatzungsmitglied, ein Mann, der bislang nur das Fahrgeld kassiert hatte, öffnete die Augen und winkte.

»Circle Square, zweihundert Meter!«, verkündete er und legte eine kurze Gangway auf die Treppe. Wilde achtete darauf, das Boot als letzter zu verlassen. Er lächelte den Bootsmann an.

»Sie sind ein kasachischer Grieche«, sagte er.

Der Mann machte große Augen. Er ergriff Wildes Hand und sagte etwas in einer anderen Sprache.

»Wir haben einen weiten Weg hinter uns«, meinte Wilde.

»Wie ich Freundschaften schließe und Einfluss gewinne«, höhnte Jay-Dub in gedämpftem Ton, als sie oben angelangt waren. »Immer noch der alte Agitator, hab ich Recht?«

Etwa dreißig Personen gingen die Straße entlang, in ein paar Metern Abstand gefolgt von Wilde und dem Robot. Vor ihnen erreichte die Flohmarktinsel des Circle Square allmählich ihre gewohnte Lautstärke. Die Fahrbahn war gesäumt von kleinen Straßencafés und Verkaufsständen, dazwischen führten Gassen zu noch kleineren Läden, die ihre Waren in Fenstern und Hauseingängen feilboten.

Sie waren noch ein paar Schritte von der Mündung einer solchen Gasse entfernt, an deren gegenüberliegender Ecke von mehreren gefährlich kleinen Tischen Kaffee in entsprechend winzigen Tassen getrunken wurde, als Jay-Dub auf einmal in scharfem Ton »Stop!« sagte.

Gleichzeitig bemerkte Wilde zwei Männer – dieselben Männer, die sich im Pub nach der Frau erkundigt hatten. Sie saßen an einem der kleinen Tische und erwiderten seinen Blick hinter dunklen Sonnenbrillen hervor. Wilde wollte ebenso wie die beiden Männer seine Waffe ziehen, verharrte jedoch mitten in der Bewegung.

In diesem Moment, da alles in der Schwebe war, tauchte ein seltsames Fahrzeug auf: eine Plattform auf Rädern mit einem kranartigen Greifmechanismus am Ende. Es schoss plötzlich aus der Gasse hervor. Wilde sprang zurück. Mechanische Arme entfalteten sich an den Kranauslegern und griffen an ihm vorbei. Als er sich umwandte, sah er, wie sich die Klauen eines dieser Arme um Jay-Dubs untere Gliedmaßen schlossen. Die sich wehrende Maschine wurde hochgehoben und auf der Ladefläche abgesetzt.

Wilde ging in die Hocke, packte die Plattform mit beiden Händen und hob sie an. Jay-Dub warf sich gleichzeitig nach der anderen Seite, und schon kippte das Fahrzeug. Die erschreckten Cafégäste rissen mehrere Tische um. Wilde hechtete über Jay-Dubs Rumpf hinweg, rollte sich ab und trat nach den Beinen der beiden Männer – die mittlerweile standen, auf den Schenkeln dampfende Kaffeeflecken –, sprang im nächsten Moment auch schon wieder auf und rannte los. Die Männer folgten ihm dicht auf den Fersen, rempelten Passanten an und ließen ein Kielwasser aus umgestürzten Tischen und Stühlen hinter sich.

»Hilfe!«, rief Wilde und stürzte sich ins Gewühl.

»Keinen Schritt weiter!«, befahl eine dröhnende Stimme. Möglicherweise kam sie aus einem der Lautsprecher, die an zwischen den Bäumen und Laternenmasten gespannten Kabeln hingen. Wilde blieb stehen und blickte sich wieder um. Die beiden Männer waren in ein paar Schritten Abstand stehengeblieben und verharrten schwankend am Bordstein, unmittelbar an der Stelle, wo die schmale Straße auf das Brückengeländer stieß.

Einer der beiden langte unter seine Jacke. Ehe Wilde reagieren konnte, reagierte etwas anderes. Etwas Spinnenartiges, Helles, ein Ball aus steifen Tentakeln, glitt über die Köpfe der Passanten hinweg und flog auf die beiden Männer zu. Als er sie erreichte, wurden die Tentakel biegsam und umschlangen die Männer von den Schultern bis zu den Hüften.

Einmal unschädlich gemacht, erregten sie kaum noch Aufsehen. Wilde wartete, bis sich die Menge ein wenig zerstreut hatte. Dann ging er den Weg zurück, den er gekommen war. Als er an den beiden Männern vorbeikam, hielt er etwa drei Meter Abstand. Sie funkelten ihn an.

»Wer hat euch geschickt?«

»Verpiss dich!«, sagte der eine.

»Grüßt Reid von mir«, erwiderte Wilde.

Daraufhin versuchte der andere Mann, seine Fesseln zu sprengen, doch die vielarmige Maschine packte ihn bloß fester. Wilde ging zur Mündung der Gasse zurück und begegnete dabei zwei jungen Männern, welche die leere und beschädigte Plattform in die entgegengesetzte Richtung schoben.

»Entschuldigung«, sagte Wilde. »Haben Sie gesehen, was mit dem anderen Robot passiert ist? Der von diesem Ding gepackt wurde?«

»Ist abgehauen«, lautete die Antwort.

Er bedankte sich und hörte sich weiter um, konnte aber bloß in Erfahrung bringen, dass die Baumaschine sich in die Gasse geflüchtet hatte. Wilde schaute lange hinein, dann schüttelte er den Kopf, murmelte etwas vor sich hin und stapfte zur Brücke zurück. Die beiden jungen Männer mit der Plattform hatten die Angreifer mittlerweile mit dem noch funktionierenden Kranarm gepackt. Auch die andere Maschine war noch da. Sie hatte wieder Kugelform angenommen und kam auf ihn zugerollt wie eine Steppenhexe.

»Guten Morgen«, sagte sie. Es hatte den Anschein, als erzeuge sie die schwirrende Stimme mittels Vibrationen der Tentakel. »Sie haben im Zuständigkeitsbereich des Rechtshilfeservice der Unsichtbaren Hand um Hilfe gerufen. Daher habe ich eingegriffen.«

»Danke«, sagte Wilde.

»Zwar wurden keine verbindlichen Vertragsbestimmungen berührt, doch es wäre nur recht und billig, wenn Sie der Unsichtbaren Hand eine Zahlung leisten würden. Im Gegenzug bietet Ihnen die Unsichtbare

Hand eine Schutzpolice mit zehnwöchiger Laufzeit an, auf die Ihre Zahlung angerechnet würde, wenn Sie im Voraus zahlen.«

Wilde blickte amüsiert auf die eifrige Maschine nieder.

»Wie viel?«

»Zwanzig Gramm Gold oder den entsprechenden Geldbetrag.«

»Durchaus angemessen«, meinte Wilde. »Akzeptierst du auch Kreditkarten?«

»Folgen Sie mir«, sagte die Maschine.

Wilde steckte seine Karte in den Schlitz der verrosteten Rechnereinheit. Die Maschine, die ihm geholfen und ihn hierhergeführt hatte, machte sich davon.

»Ich danke Ihnen«, sagte die Unsichtbare Hand. »Sie haben sich als Jonathan Wilde identifiziert. Ihr Konto wurde von der Maschine namens Jay-Dub alias Jonathan Wilde eröffnet und gestern Abend bei der Stras Cobol Mutual Bank eingetragen.«

»Das ist korrekt«, sagt Wilde.

»Mir liegt eine gegen Sie gerichtete Klage vor«, fuhr die Maschine fort. »Möchten Sie die Einzelheiten gleich hören?«

Wilde blickte sich um.

»Schieß los.«

Hinter dem Bildschirm des Geräts erschien Reids Gesicht als rötliches monochromes Hologramm.

»Ich, David Reid, möchte Klage erheben gegen Jonathan Wilde, derzeit ohne festen Wohnsitz. Der Vorwurf lautet, dass der Robot namens Jay-Dub, im Besitz des besagten Jonathan Wilde, dazu benutzt wurde, das Betriebssystem eines mir gehörigen Modell-D-Gynoids, bekannt als Dee Model, zu zerstören. Falls Jonathan Wilde sich bereit erklärt, sich vor Gericht gegen diesen Vorwurf zu verteidigen, werden ich und meine Agenten keine weiteren Versuche unternehmen, ihn festzunehmen oder seine Maschine sicherzustellen. Falls er sich weigert oder eine Einigung auf einen beiden Seiten genehmen Gerichtshof nicht möglich ist, werden diese Versuche fortgesetzt. Heute ist Sechsttag, der siebenundfünfzigste Tag des Jahres einhundertundzwei, Bordzeit.«

Wilde beobachtete, wie das Bild zu einer rubinroten Perle schrumpfte.

Er seufzte. »Woher weiß Reid, dass ich bei dir registriert bin?«

»Das wusste er nicht«, antwortete der Zentralrechner. »Die Botschaft wurde an alle Schutzagenturen weitergeleitet. Ich habe ihnen mitgeteilt, dass sie den Adressaten erreicht hat. Ihrerseits besteht kein Interesse daran, es sei denn natürlich, Sie wollten sich von einer anderen Agentur schützen lassen.«

»Nein«, sagte Wilde.

»Also gut«, sagte die Maschine. »Möchten Sie sich vor Gericht selbst verteidigen?«

Wilde überlegte einen Moment lang.

»Ja«, sagte er.

Hinter der Monitorscheibe bewegten sich Schatten und Lichter.

»Ich möchte Ihnen einen Vorschlag machen«, sagte die Maschine. »Es ist noch ein weiterer Rechtsstreit zwischen Reid und einer anderen Partei anhängig, betreffend Dee Model. Dee Model ist ebenfalls meine Klientin. Vielleicht möchten Sie Ihre Verteidigung kombinieren.«

»Das wäre mir sehr Recht«, sagte Wilde.

»Warten Sie hier«, meinte die Maschine. »Sie dürfen rauchen.«

# 8 Kapitalistischer Realismus

Ein Flugzeug oder ein Helikopter nähert sich einem mit einem ansteigenden Ton, der seinen Höhepunkt erreicht und dann erstirbt; aber wenn man das Geräusch eines Flugzeugmotors vernimmt und er minutenlang die gleiche Tonhöhe hält, schaut man irritiert hoch und erblickt ein Luftschiff.

Ich stand in der kühlen Abenddämmerung auf der Waverley Bridge und schaute hoch und erblickte ein tief fliegendes Luftschiff, das sich von hinten an mich anschlich wie ein kalter Schauder, ein blauer Kleinzeppelin mit der Beschriftung ›MAZDA‹ in weißen Großbuchstaben. Dasselbe Luftschiff hatte ich bereits zwei Stunden zuvor in Glasgow gesehen. Beinahe noch unheimlicher als ein Ufo, etwas, das es nicht geben sollte, eine Flugmaschine aus einer anderen Realität, in der die Hindenburg und der Dow Jones nicht abgestürzt waren und die Deutschen den Weltkrieg gewonnen hatten. Während ich beobachtete, wie es sich wie eine Wolke mit Außenbordmotor allmählich entfernte, hatte ich vorübergehend das verstörende Gefühl, eigentlich dürfte es mich ebenfalls nicht geben. Was machte ich hier und beobachtete von einer zugigen Brücke aus ein Luftschiff, obwohl ich doch im Zug nach London sitzen sollte?

Es muss an der Hitze gelegen haben. Dieses Jahr war die Hitze in London höchstens mit dem Sommer '76 vergleichbar, als ich wochenlang ein Vorstellungsgespräch nach dem anderen führte, entweder bei Freunden oder im Haus meiner Eltern übernachtete und mir Sorgen machte wegen der Flut von hasserfüllten

Union-Jack-Plakaten, mit denen die National Front die Stadt vollkleisterte. (Und währenddessen, in einer anderen heißen Stadt, rissen polnische Arbeiter Eisenbahnschienen heraus und drückten die Fleischpreise, während der Staat beinahe, beinahe ...) Und dann kehrte ich erleichtert nach Glasgow in eine trockenere Hitze zurück, marschierte in Annettes Labor hinein, wo sezierte Heuschrecken in folienbedeckten flachen Schüsseln aus schwarzem Wachs festgepinnt waren und mir der Geruch des verdunstenden Ethanols in die Nase stieg, und ich packte sie und sagte: »Ich habe einen Job!«

Neunzehn Jahre später und immer noch der gleiche Job. Andere Arbeitgeber, ein anderes College, die Schüler noch jünger und noch unsicherer bezüglich der Gegenwart, von der Zukunft ganz zu schweigen. Aber wenigstens hatte ich jetzt eine Nebentätigkeit, die in guten Monaten ebenso viel oder sogar mehr einbrachte als der Job. Meine Polemiken in obskuren Mitteilungsblättern und Zeitschriften und später dann auch in obskuren Internet-Newsgroups hatten mir – durchaus nach Plan, aber doch zu meinem Erstaunen – einige Aufmerksamkeit eingebracht. Ein paar Think-Tank-Kommissionen, ein, zwei Artikel für Hochschuljournale, ein Kapitel in einem demnächst erscheinenden Wirtschaftslehrbuch für fortgeschrittene Anfänger ... Annette und Eleanor waren zuversichtlicher als ich, dass ich endlich groß herauskommen würde – vielleicht taten sie aber auch bloß so. Bisweilen hatte ich deswegen Schuldgefühle.

Vor einer Woche war ich zu Hause an meinem Schreibtisch online gewesen und hatte geschäftliche Webseiten entworfen, als Reid mich anrief. Nachdem wir ein paar Höflichkeiten ausgetauscht hatten, sagte er: »Kommst du zu diesem Science Fiction Con in Glasgow?«

»Ja! Ich habe dort einen Stand gemietet. Weltraumhändler. Du kommst auch?«

»Glaub nicht«, sagte er voller Bedauern. »Hab keine Zeit. Aber ich würde dich gern anschließend treffen, in Edinburgh.«

»Gute Idee, aber …«

»Nein, nein, warte. Ich meine kein rein privates Treffen. Ich möchte dir … einen geschäftlichen Vorschlag machen. Etwas, das dich bestimmt interessieren würde.«

»Oh, also, das ist etwas anderes. Worum geht's denn?«

»Äh … darüber möchte ich im Moment nicht sprechen. Tut mir Leid, dass ich so zugeknöpft bin, aber es ist mir ernst, und es könnte sich für dich lohnen. Wir gehen einfach einen trinken und reden drüber. Du kannst bei mir schlafen oder im Hotel, wie du willst – ich übernehme die Kosten …«

»Nein, das ist nicht nötig …«

»Doch, mach ich. Du wirst es schon verstehen, wenn wir uns unterhalten haben, okay?«

Da ich vermutete, er wolle mir einen Job bei einer Versicherung anbieten, willigte ich ein. Schuld war wohl die Hitze.

Reid kam von der Princes Street auf die Brücke geschlendert; aus irgendeinem Grund hatte ich erwartet, er werde aus der entgegengesetzten Richtung kommen.

»Hi, Mann, freut mich, dass du gekommen bist.«

»Schön dich zu sehen.«

Er hatte sich das Haar wieder lang wachsen lassen. Er war salopp, aber edel gekleidet: weiche schwarze Chinos, blaues Button-down-Hemd, Seidenkrawatte, dunkles Leinenjackett. Ich kam mir mit meiner Jeans, der Trainingsjacke und dem Astronautenhaarschnitt ein wenig schäbig vor.

»Du siehst toll aus.«

»Danke.« Ich schloss mich Reid an, und wir gingen Richtung *Rock*. »Du siehst ... gut aus.«

Wir mussten beide lachen.

»Das täuscht«, sagte ich. »Eigentlich fühl ich mich beschissen. Zu viele Kater in den vergangenen vier Tagen.«

»Ach, mit ein paar Bier kommst du schon drüber weg«, meinte er. »Aber als Erstes ... hast du schon gegessen?«

Mein Magenknurren gab die Antwort. »Seit Ewigkeiten nicht mehr«, gestand ich. Wir blieben an einer vierspurigen Kreuzung stehen. Reid blickte nach rechts und links und hinter sich.

»Okay«, sagte er. »Viva Mexico!« Wie sich herausstellte, war dies ein mexikanisches Restaurant in der Mitte der Cockburn Street, zu dem man ein paar Stufen hinuntergehen musste. Es war ruhig darin. Reid nickte dem Ober zu. »Ein Tisch für drei Personen, bitte.«

Der Ober geleitete uns zu einem abseits gelegenen Tisch, und wir nahmen Platz. Reid bestellte drei große Glas Lager. Während er die Karte studierte, sah ich mich um. Von braun-weißen Fotografien, die Exekutionen, Beerdigungen, Hochzeiten und Eisenbahnunglücke darstellten, blickten Männer mit breitkrempigen Hüten und langen Gewehren auf mich herab ... Ich hielt müßig Ausschau nach schwer bewaffneten Taufen oder Universitätsabschlussfeiern, als das Bier gebracht wurde und Reid aufsah.

»Wie ist der Con gelaufen?«

»Hervorragend«, antwortete ich. »Hat man mir jedenfalls gesagt. Ich war die meiste Zeit im Ausstellungssaal. Die Weltraumhändler waren jedenfalls zufrieden.«

»Das ist also dein Ding?«

»Ja.« Ich zückte meine Brieftsche und reichte ihm

eine der verbliebenen Geschäftskarten, mit E-Mail-Adresse, Website, Telefonnummer und Postfach. »Vor ein paar Jahren hab ich nach Weltraummemorabilien gesucht, nach Videos, die im Erdorbit aufgenommen wurden, halt so Sachen, und es wunderte mich, wie schwer sie zu finden waren. Da dachte ich mir, he, eine Geschäftsidee! Ich begann mit Anzeigen in SF-Magazinen, dann verhökerte ich das Zeug auf Kongressen. Mittlerweile hat die Sache abgehoben.«

Reid lächelte. »Abgehoben! Gut. Cheers.«

»Slainte.«

Ich blickte das dritte Glas an, das vor sich hinschäumte.

»Wo steckt unser abwesender Freund?«

»Wird jeden Moment kommen. Entspann dich. Rauchst du noch?«

»Wieder«, antwortete ich. Dass er der Anlass gewesen war, sagte ich nicht.

Er reichte mir eine Zigarette.

»Wie geht es Annette?«

»Gut. Lässt dich grüßen.« Er blinzelte nicht.

»Und Eleanor?«

Unwillkürlich musste ich über beide Backen grinsen. »Ach, der geht's prima. Schmollt auf ihrem Zimmer, hört CDs und liest die meiste Zeit über irgendwelchen Schrott, aber ansonsten ist sie ein richtiger Schatz.«

»Wollte sie nicht mit zum Con?«

»Ich weiß nicht«, sagte ich. »Als ich sie fragte, lehnte sie achselzuckend ab. Annette wollte sich ihren Urlaub für später aufheben, und Eleanor wollte wohl lieber bei ihrer Mutter bleiben. Hätte ich sie gegen ihren Willen mitgeschleppt, hätte sie womöglich eine lebenslange Aversion entwickelt.«

»Wie gegen die Demos, meinst du?« Reid lächelte, schwelgte anscheinend in Erinnerungen.

Ich schnitt eine Grimasse. »Wem sagst du das … Annette und ihr ›Kampf für den Frieden‹! Mit dreizehn wollte Eleanor bei den verwichsten Luftkadetten eintreten!«

»Was hielt sie davon ab?«

»Wir jedenfalls nicht«, versicherte ich ihm. »Kürzungen im Wehretat.«

Auf einmal hatte auf dem Stuhl zu unserer Linken ein schlanker Mann in mittleren Jahren Platz genommen, ähnlich gekleidet wie Reid, mit schütterem schwarzem, zurückgekämmtem Haar. Er griff sich die Speisekarte und nickte uns beiden zu. Wegen der Kontaktlinsen musste er mit seinen braunen Augen häufig blinzeln, als wäre es hier verräuchert. Ich drückte meine Zigarette aus.

»Guten Abend, Gentlemen.« Er hob sein Glas und nahm einen Schluck.

»Das ist Ian Cochrane«, erklärte Reid. »Arbeitet in unserer Rechtsabteilung. Ian, das ist Jonathan Wilde.«

»Erfreut, Sie kennen zu lernen, Mr. Wilde.« Sein Händedruck war feucht, was vielleicht auf die am Glas kondensierte Luftfeuchtigkeit zurückzuführen war, doch sein Daumendruck war fest.

»Jon«, sagte ich mit einem Kopfnicken und überlegte, ob das ein Freimaurerhändedruck gewesen war.

»Ich habe schon viel Ihnen gehört, Jon«, sagte Cochrane. »Am meisten beeindruckt hat mich Ihr Artikel über die Brent Spar.« Ich fing den Blick eines Obers auf. »Sollen wir bestellen?«

Er hatte den Tonfall und das Gebaren der schottischen Mittelklasse, was britischer wirkt als das Englische. Er war wählerisch beim Essen und plauderte belanglos, während Reid und ich unseren Hunger stillten. Als sein Glas leer war, bestellte er Mineralwasser. Dann hörte das Gespräch auf, trivial zu sein.

»›Es wird allmählich Zeit, dass jemand den Leuten den Unterschied zwischen dem Grund der Nordsee und dem Grund des Nordatlantiks klarmacht‹«, zitierte er auswendig den Anfang meines Artikels – ein kurzer Aufsatz in der mit ›Konträre Meinungen‹ überschriebenen Spalte einer Sonntagszeitung. »›Das eine ist der Boden einer stark verschmutzten Speisekammer, der aufgeräumt gehört. Das andere ist das Schatzkästlein des Meeres …‹ Aber niemand schert sich darum, und genau darum geht es Ihnen, stimmt's?«

»Genau«, sagte ich und löffelte Avocadosoße mit einem Tacostück auf. »Und deshalb macht Greenpeace sich des Mordes schuldig und kommt ungeschoren davon.«

»Mord, genau«, sagte Cochrane. »Aber wer glaubt schon eher einer Ölgesellschaft als einem Haufen uneigennütziger Idealisten?«

»Ich«, sagte Reid.

»Aber Sie sind untypisch«, rief Cochrane ihm in Erinnerung. Er wandte den Kopf und blinzelte mich nachdenklich an. »Wie Sie wahrscheinlich wissen, ist David unser IT-Manager.« Ich nickte; das hatte ich nicht gewusst. »Er hat an einer Beratung eines Polizeikomitees teilgenommen, wo es um diese Dinge ging. Wir waren Gott sei Dank von dem Shell-Fiasko nicht betroffen, aber als Versicherungsgesellschaft zählen wir bei ähnlichen Situationen natürlich zu den potenziell Leidtragenden. Einer unserer Manager meinte beiläufig, es wäre für den Verlauf der öffentlichen Debatte sehr … förderlich, wenn es eine Basisorganisation gäbe, die sich *für* den technischen Fortschritt einsetzt, anstatt dagegen zu opponieren – ›Ein Greenpeace für die Guten‹, so drückte er sich, glaube ich, aus. Und es wurde die Möglichkeit erörtert, eine derartige Initiative … äh … materiell zu unterstützen.«

Reid beugte sich vor. »Nichts für ungut, Jon, aber ich meinte, ich würde genau den Richtigen dafür kennen.« Er lehnte sich zurück. »Dich.«

»Ich soll eine antiökologische Organisation gründen?« Ich schüttelte den Kopf. »So was gibt's in den Staaten. ›Wise us‹ und wie die alle heißen. Die gelten als Sprachrohre des Big Business. Tut mir Leid, Kumpel. Kein Interesse.«

Reids Miene spiegelte bloß höfliche Neugier wider. »Warum nicht?«, fragte er.

»Das würde meine Glaubwürdigkeit unterhöhlen.«

»Sie brauchen nichts anderes zu sagen als sonst auch immer«, warf Cochrane ein.

»Darum geht es nicht«, sagte ich. »Man könnte alle gewünschten unabhängigen Wissenschaftler dafür gewinnen, sogar relativ vernünftige Umweltschützer. Aber um sie zu diskreditieren, bräuchte man bloß darauf hinweisen, woher das Geld stammt.« Ich stellte fest, dass wir alle fertig gegessen hatten, und steckte mir eine Zigarette an. »Nehmen Sie nur mal FOREST als Beispiel.«

Die Haut um Cochranes Augen legte sich in Falten, und er nickte, als wollte er seinen Standpunkt verteidigen. Er winkte den Ober herbei und bestellte Kaffee und Zigarillos. Ich wollte das Zigarillo ablehnen, er aber drängte mich, es zumindest für später aufzuheben. Er streifte das Zellophan von seinem Zigarillo ab, zündete es an und genoss die ersten Züge anscheinend weit mehr als ich.

»Die ›Freedom Organization for the Right to Enjoy Smoking Tabacco‹*«, sagte er, »besitzt weit größere Glaubwürdigkeit als der Tabak-Beirat. Das haben wir überprüft. Und sie informieren recht freimütig über ihre Finanzierungsquellen. Sie leugnen nicht die Gesundheitsrisiken, sondern kritisieren bloß, dass diese als Vorwand für alle möglichen lästigen Restriktionen

---

* Bürgerinitiative für das Recht, sich am Tabakgenuss zu erfreuen – *Anm. d. Übers.*

und nervige Propaganda missbraucht werden. Das scheint mir kein schlechtes Beispiel zu sein.«

Er drückte sein Zigarillo aus und zerstreute mit wedelnden Handbewegungen die übelriechenden Qualmwolken. »Eine dumme Angewohnheit«, bemerkte er, heftig blinzelnd. »Eine Frage des Prinzips.«

Ich zuckte die Achseln. »Okay, wenn Sie das so sehen, nur zu. Aber es wird Ihnen nicht gelingen, die öffentliche Meinung zu beeinflussen, zumindest nicht im derzeitigen Klima.«

»*Mister* Wilde«, sagte Cochrane in enttäuschtem Ton, »wir reden hier nicht über das *gegenwärtige* Meinungsklima. Wir reden darüber, das Klima zu verändern.«

»Sie wollen sich für die globale Erwärmung verantwortlich machen lassen?«

Cochrane lachte leise auf. »Touché ... aber ernsthaft, für uns steht eine Menge auf dem Spiel, sollten sich die Katastrophenszenarien als zutreffend erweisen, deshalb haben wir kein Interesse daran, sie zu bagatellisieren. Wir möchten lediglich die Wahrnehmung der Öffentlichkeit schärfen, mehr nicht. Und was das Meinungsklima angeht ... Die North British Mutual Assurance gab es schon vor der Revolution.« (Welche Revolution meinte er?) »Um die Wahrheit zu sagen, waren die Vorläufergesellschaften nicht unmaßgeblich daran beteiligt, dass die Revolution friedlich und glorreich verlief und mit welchen Attributen die Geschichte die eindeutig geschäftsmäßige Machtübernahme von 1688 sonst noch belegt hat.« (Endlich hatte ich es kapiert.) »Daher möchte ich Ihnen einen Vorschlag unterbreiten, auf der Basis – für den Fall, dass die Dame am Nebentisch zufällig für den *Scotsman* arbeiten sollte –, dass diese Unterhaltung unbestreitbar stattgefunden hat und ansonsten ... vielleicht nicht.«

Er lachte herzhaft in sich hinein, und trotz meiner bösen Vorahnungen fühlte ich mich in die Sache hineingezogen, als Teil einer Verschwörung.

»Als Versicherer«, fuhr er mit leiserer Stimme fort, »haben wir kein Interesse daran, irgendwelche Umweltverschmutzer zu schützen, denn wie sich bei den Asbestfirmen gezeigt hat, stellen sie ein großes Risiko dar. Hingegen haben wir allergrößtes Interesse an Wohlstand und Wachstum und an Kunden, die ihre Prämien ein langes, gesundes Leben lang entrichten. Sollte also jemand eine Organisation wie besprochen gründen, könnten wir unsere Interessen durchaus offen legen und nach beiden Seiten rechtfertigen.«

»Vorausgesetzt, das Auftreten stimmt«, meinte Reid. »Und das traue ich dir durchaus zu.«

»Danke«, sagte ich. »Möglicherweise würde es nicht verwerflicher wirken, als den Tories Geld zu spenden. Eher weniger.«

Cochrane hüstelte. »Zufällig sind unsere diesjährigen Spenden ...«

Reid und ich lachten zynisch. Nach einer Weile stimmte er in unser Gelächter ein.

»Nun ja, es ist uns nun mal darum zu tun, das Risiko zu streuen!«

»Das ist schon was«, sagte ich, »dabei zuzusehen, wie das Großkapital die Seite wechselt.«

»So ist es«, meinte Cochrane. »Bei unserem Vorschlag geht es um eine ganz ähnliche, wenn auch langfristigere Investition.«

Ich schüttelte den Kopf. »Tut mir Leid, aber ich verstehe immer noch nicht.« Ich ahnte etwas, wollte es aber nicht glauben.

Cochrane hob eine Braue und blickte Reid an, der andeutungsweise nickte.

»Ich habe mal in den Schriften geblättert, die Sie Dave im Laufe der Jahre haben schicken lassen«, sagte Cochrane. »In dem ganzen Blödsinn finden sich auch einige recht anregende Ideen zur möglichen Rolle der Versicherungsgesellschaften bei der Vermittlung von Sicherheit an ihre Kunden. Als politisches Ideal freilich …« Ein Handschwenker. »Doch als Firmenstrategie für den Fall, dass der Staat seine Verantwortung nicht mehr im gewohnten Maße wahrnehmen sollte, besitzt es einen gewissen Reiz. Ganz zu schweigen von …«

Mehr sagte er nicht. Sein nervöses Blinzeln hatte er eingestellt, und plötzlich erwiderte er unverwandt meinen Blick.

»Einer kleinen Störung im ruhigen Gang der britischen Geschichte?«, schlug ich vor.

Er nickte sachlich. »Das ist natürlich reine Spekulation. Aber eines Tages könnten wir in die Lage kommen, unsere Haltung zu dem, was der gelehrte Mr. Ascherson gerne als *Hannoveranerregime* bezeichnet, zu überdenken. Betrachten Sie das als …«

»Rückversicherung«, meinte Reid fröhlich.

Ich blickte von einem zum anderen und steckte mir eine Zigarette an, bewegte meine Hände ganz vorsichtig, damit sie nicht zitterten.

Bis zu diesem Moment hatte ich geglaubt, ich sei gegenüber den Verlockungen der Macht ebenso immun wie ein Eunuch gegenüber weiblichen Reizen. Ich erhob mich niemals, wenn die Nationalhymne gespielt wurde, und straffte mich nicht vor einer Fahne, ich hatte noch nie einen Wahlzettel in eine Urne hineingesteckt. Die Haltung, die der Sekte meiner Eltern den Spottnamen ›Verunmöglicher‹ eingebracht hatte, war anscheinend auf mich übergegangen. Oh, ich wollte durchaus Einfluss ausüben und die Denkweise der Menschen verändern, genau wie meine Eltern; aber – auch das hatte ich mit ihnen gemeinsam – ich hatte nie ernsthaft damit gerechnet, dass ich eines Tages meine Hand auf den verlockenden Leib der Macht legen würde.

Kurz gesagt, ich war ein richtiger Wichser gewesen, bis zu diesem Moment, als ich erkannte, was mir entgangen war. Was ich dabei spürte, war eine nahezu sexuelle Erregung, versteht Ihr; das ist im männlichen Primatenhirn angelegt.

Der große Reiz bestand nicht darin, dass sie mir Macht anboten – sie boten mir ein wenig Einfluss an, mehr nicht. Nein, wovon sich mir die Nackenhaare sträubten, das war ihre Unterstellung, dass ich in ein paar Jahren Macht besitzen *könnte*; dass ich etwas repräsentieren könnte, mit dem sich beizeiten gut zu stellen geraten schien: dass wie auf Lenin auch auf mich ein St. Petersburg warten könnte.

»Bloß eine Frage«, sagte ich. »Es gibt viele bekanntere Leute mit besseren Verbindungen als mich, die ähnliche Ansichten vertreten, warum also gerade ich?«

Reid machte Anstalten, etwas zu sagen, doch Cochrane kam ihm zuvor.

»Der Grund ist, dass Sie keine Verbindungen zum derzeitigen Establishment haben, und es wäre auch nicht in unserem Sinn, wenn Sie welche kultivieren würden. Unsere Ansichten zur Landfrage und zum Bankensystem werden von allen liberalen Denkfabriken, die ich konsultiert habe, für vollkommen abwegig gehalten. Ihre politischen Beziehungen sind dergestalt, dass man beim MI5 und der Staatssicherheitspolizei dem Vernehmen nach recht dicke Akten über Sie angelegt hat. Mit Ihren Internet-Artikeln zum Anschlag in Oklahoma und zu Tschetschenien und Bosnien haben Sie zudem das FBI, die CIA und die FIS als Leser hinzugewonnen. Und deshalb, verstehen Sie …«

»Schon kapiert«, sagte ich. »Sie wollen jemanden kaufen, der nicht käuflich wirkt.«

»Herrgott, Mann …!«, setzte Reid an, doch Cochrane fiel ihm ins Wort.

»Entschuldigung, Leute«, sagte er und wischte sich Chilistäubchen von den Fingern. »Ich habe mich noch nie mit einem radikalen Gewissen auseinandersetzen müssen, und offen gesagt, würde ich meiner Sache bei der Diskussion, die ich kommen sehe, einen schlechten Dienst erweisen.« Er lächelte uns gequält, beinahe mitleidig an. »Wenn Sie nichts dagegen haben, werde ich jetzt gehen.«

Er stand auf, streckte die Hand aus, und ich erhob mich, um seinen speziellen Händedruck scherzhaft zu erwidern. »Guten Abend, Jon, ich hoffe, wir sehen uns wieder.«

»Ich auch, Ian.«

Er nickte Dave zu und ging.

Dave schwieg, bis die Tür hinter Cochrane zugefallen war. Dann pflanzte er die Ellbogen auf den Tisch und legte die Finger an die Wangen, sodass sich die Handballen beinahe vor dem Mund trafen.

»Worauf, zum Teufel, willst du hinaus?«, fragte er.

»Auf gar nichts«, erwiderte ich. »War mein voller Ernst. Du hast doch nicht etwa erwartet, ich würde für irgendwelche Typen, die sich Sorgen machen, ihr behagliches Arrangement könnte den Bach runtergehen, mit Begeisterung den radikalen Frontman machen?«

»Was bist du doch für ein Idiot«, meinte Dave keineswegs unfreundlich. »Von dir hätte ich am allerwenigsten erwartet, dass du … ach, was soll's? Komm, gehen wir einen saufen!«

In der gemütlichen kleinen Malt Shovel ließ er sich von mir ein Pint Caffrey's holen und weihte mich in seine Pläne für den Rest des Abends ein.

»Ich möchte dir meine Lieblingspubs zeigen«, erklärte er. »Das lässt sich nur auf eine Art machen – eine Kneipentour mit öffentlichen Verkehrsmitteln. Als Erstes das Café Royal, dann mal rasch in die Bahnhofsbar reinschauen, weiter zum Haymarket, mit dem nächsten Zug nach Dalmeny, in South Queensferry an der Strandpromenade entlang, dann mit dem letzten Bus über die Brücke nach Dunfermline.«

Dunfermline. Ich hatte meine Sendungen dorthin adressiert, hatte es aber für einen Vorort von Edinburgh gehalten. Falsch: Anscheinend lag es auf der anderen Seite des Forth. In meiner geistigen Vorstellung schaltete ich auf die Gebirgszüge des Highlands um.

»Glaubst du, die Zeit reicht aus?«

Er setzte das leere Glas ab. »Mal sehen, wie weit wir kommen.«

Wir eilten im Laufschritt die Cockburn Street entlang, zurück über die Waverley Bridge und dann um die Rückseite einer Waterstone- und einer Burger-King-Filiale zu einem großen Pub, der anscheinend bloß einen Nebeneingang hatte. Hohe Decke, gekachelte Wände, Ledersitze, Marmor, poliertes Messing und Hartholz.

»Ein wahrer Volkspalast«, bemerkte ich, als wir Platz nahmen. »Könnte aus einem deiner entarteten Arbeiterstaaten stammen.«

Reid grinste. »Dann wäre das Bier billiger.«

»Klar«, meinte ich. »Siehst du, was sie mit Budweiser gemacht haben?«

»Schockierend«, sagte Reid. »Das sollte gesetzlich verboten sein.«

Ich deutete mit dem Kinn zu den Bildern an der Wand hinüber. »Helden der industriellen Revolution … ist das Watt? Stevenson? … die sollten hier ein Bild haben, das Adam Smith dabei zeigt, wie er die unsichtbare Hand erblickt.«

»Kapitalistischer Realismus«, meinte Reid.

»Worauf du dich offenbar verstehst.«

»Ja, zu meinem Glück.« Reid lehnte sich zurück und machte die Beine lang. »Das ist das einzige Spiel, das in der Stadt gespielt wird.«

»Also, du musst es ja wissen.«

»Da kannst du einen drauf lassen!«, sagte er energisch. »Meine langfristigen Vorstellungen haben sich nicht geändert – aber ich merke, wann ich geschlagen bin. Es wird Generationen brauchen, die Folgen des Zweiten Weltkriegs zu überwinden, wir erleben das nicht mehr. Das letzte Mal, als ich mich mit der Linken eingelassen habe, das war während des Golfkriegs. Die Kids haben keine Ahnung, und die Älteren …« – plötzlich grinste er wie der gute alte Dave von früher –, »das heißt, die, die älter sind als wir, die gucken aus der Wäsche, als hätte man ihnen gerade eröffnet, sie hätten Krebs.«

»Und als könnten sie trotzdem nicht aufhören zu rauchen, stimmt's?«

»Ha! Okay, Jon, wir haben noch was zu regeln.«

»Schieß los!«

»Die brutale, nackte Wahrheit ist, du wirst wahrscheinlich kein besseres Angebot bekommen. Sieh den Tatsachen ins Gesicht. Du bist vierzig, ein Nobody, und du trittst auf der Stelle. So wie's aussieht, wirst du für den Rest deines Lebens Weltraumschrott auf SF-Kongressen verhökern und überlebte Ideen an Splitterorganisationen verscherbeln.«

Ich hob die Schultern. »Es gibt Schlimmeres.«

Dave beugte sich vor und hätte mir vor lauter Eifer beinahe seine Zigarette ins Gesicht gedrückt. »Und es gibt Besseres, verdammt noch mal!«

»Ich weiß, ich weiß. Aber ich muss meinen Weg gehen. Die ganze Freimarkt-Geschichte wird sich noch entwickeln, und selbst der Weltraum kommt wieder in Mode. Die Leute werden diesen neuen Film sehen, wie heißt er noch gleich? *Apollo 13*, glaube ich, und sie werden denken: ›He, so war das damals also! Weshalb können wir nicht damit weitermachen?‹ Der Westen wird sich im Weltraum zurückmelden, sobald ihm die Chinesen dort auf den Pelz rücken. Oder irgendjemand anders versetzt uns einen Schock wie damals die Russen mit dem Sputnik. Außerdem scheint sogar Cochrane zu glauben, ich wäre da an was dran.«

»Oach!« Daves unartikulierter Laut war Ausdruck massiver Highland-Skepsis. »Das war zu neunundneunzig Prozent Bullshit und Schmeichelei. Zu einem Prozent will er sich für alle Eventualitäten absichern.«

»Klar, aber das eine Prozent ist mir lieber als ein Ausverkauf.«

»Hör, verdammt noch mal, endlich auf, das als Ausverkauf zu betrachten! Herrgott noch mal, wenn sie mir freie Hand lassen würden, nähme ich sogar Geld von Nirex oder Rio Tinto Zinc an. Du kannst es wirklich auf deine Art machen. Das ist ein einwandfreies Angebot. Das kannst du ruhig auf die Goldwaage legen …«

Er wurde sich bewusst, was er da redete, und lachte. »Okay, der gute alte Ian ist Freimaurer, aber das hat nichts damit zu tun!«

»Ja, klar, und ich warte auf die Illuminati … Also so lautet der Deal? Sie geben das Geld, und ich mache damit, was ich will?«

»Keine Schikanen, solange du Ergebnisse erzielst.«

»Und wie werden die bewertet?«

»Anhand von Gegenbeweisen, Sendezeit, Enthüllungen darüber, woher die *Umweltschützer* ihr verdammtes Geld bekommen. Man kann die Eltern zählen, die sich in den Schulen über grüne Propaganda beschweren.« Er wechselte zu einer Art englischem Arbeiterdialekt oder jedenfalls zum Tonfall permanenter Kränkung. »Zu meiner Zeit nannten wir das nicht Zerstörung des Regenwaldes, sondern Urwald roden, und ich glaube, es sollte da etwas mehr *Ausgewogenheit* geben, verstehen Sie, was ich meine?«

Die Sache erschien mir immer reizvoller. Dazu kam die Aussicht, keine ökonomischen Anfängervorlesungen mehr halten zu müssen. Endlich meinen eigenen Interessen frönen zu können, anstatt …

»Die Regenwälder gehören ihren Bewohnern«, sagte ich.

Reid zuckte die Achseln. »Probier's mal.«

»Okay«, sagte ich. Plötzlich hatte ich mich entschlossen. »Nennt mir die Einzelheiten, und wenn alles so ist, wie du sagst, bin ich dabei.«

»Tatsächlich?«

»Ja.«

»Also, da fällt mir ein Stein vom Herzen. Ich dachte schon, es würde die ganze Nacht dauern, dir etwas Vernunft einzubleuen.«

Am Bahnhof hatten wir ein paar Minuten Aufenthalt und konnten sogar einen Schluck Whisky in der Wayfarer's Bar trinken, deshalb rief ich zu Hause an.

»Hi, Schatz.«

»Hallo, Liebling. Wo steckst du?«

»Bin in Waverley, am Bahnhof. Reid hat mich zu einer Kneipentour per Bahn eingeladen.«

»Aber pass auf dich auf. Ich freu mich schon auf morgen Abend.«

»Ich auch!« Elektrische Zärtlichkeiten. Ein wenig Geplauder über den Worldcon und Eleanors Prüfungen, dann fragte sie:

»Hast du viel verkauft?«

»Ja«, antwortete ich. »Ich habe viel verkauft.«

Ich hob die von meinem Reisegepäck übrig gebliebene Tasche hoch (meine restlichen Sachen waren derweil in einem Lieferwagen, der einem SF-Buchladen in London gehörte, auf der Autobahn unterwegs). Wir stiegen in den Zug ein und nach einer Haltestelle wieder aus, tranken in Haymarket ein paar Glas kaledonisches Ale und fuhren mit dem nächsten Zug wieder weiter.

Dalmeny bestand aus zwei menschenleeren Bahnsteigen mit einer erstaunlichen Aussicht auf die Forth Bridge, deren Scheinwerfer unheimliche Säulen in den eindunkelnden Himmel malten. Die Road Bridge umgrätschte die hintergrundbeleuchtete Zirruswolke des

Sonnenuntergangs. Dave führte mich einen schmalen, von peitschenden Brombeerranken eingefassten Pfad entlang, der zwischen Feldern und dem Eisenbahndamm herführte, dann über eine Anhöhe, eine Holzbrücke und eine lange Holztreppe zum Ufer des Firth. Ein scharfer Linksschwenk brachte uns schließlich zum Hawes Inn, einem Pub, dessen Charme von den Spielautomaten und zahlreichen unpassenden Zitaten Robert Louis Stevensons an den Wänden kaum gemindert wurde.

Wir setzten uns ans Fenster, in die Ecke, wo auch die Automaten standen. Neben uns fanden dröhnende Weltraumschlachten statt.

»Weiter ist Rom nicht gekommen«, bemerkte Reid mit einem seltsamen Unterton persönlicher Genugtuung, als er über den Firth hinwegsah.

»Das kann nicht sein«, sagte ich. »Waren die Bewohner der Highlands nicht Katholiken?«

»Das römische *Reich*«, erklärte Reid. »Das war der nördlichste Punkt, der Limes. In Cramond haben sie anscheinend Eingeborene massakriert. Jenseits des Firth haben sie überall Legionen verloren, so ist das.«

»He!« Ich hob mein Pint Arrol's. »Auf das Ende der Weltreiche.«

»Cheers«, meinte Reid und nickte. »Trotzdem ist es irgendwie beeindruckend. Das ganze Land von hier bis zur anderen Seite des Mittelmeers unter einer Regierung.«

»Hmm ... jemand sollte die Euro-Skeptiker warnen: Schließlich hat es *tausend Jahre gewährt*!« – und das in einem quäkenden Comic-Deutsch, das einen der Weltraumkrieger veranlasste, zu mir herzuschauen und auf dem Bildschirm ein paar Raumschiffe an das Reich des Bösen zu verlieren. Ich glaube, ich war bereits angetrunken.

Als Nächstes kehrten wir im Two Bridges, im Anchor

und im Ferry Tap ein. Vor dem Queensferry Arms zögerte Reid, dann sagte er: »Lassen wir den aus. Ich weiß was Besseres.« Er führte mich ein paar Schritte die schmale High Street entlang, zu einem chinesischen Imbiss, wo er versprach, mir das leckerste Gericht auf der Karte zu bestellen.

»Zwei Portionen Curry-Chips, bitte.«

»Chips mit Curry?«, fragte ich ungläubig.

»Nach ein paar Pint brauchst du das.«

Das Mädchen hinter der Theke bediente uns, wie mir schien, mit einem herablassenden Lächeln. Während wir mit kleinen Plastikgabeln das dampfende, klebrige, fettige Zeug aßen, kamen wir an einer Polizeiwache und einem Gebäude vorbei, das Reid als Jakobinerkirche bezeichnete, dann ging es weiter zum letzten Pub, unterbrochen von einem kleinen Zwischenhalt, als wir unseren Abfall hinter einem Eingangstor entsorgten.

Schnaufend wie zwei Drachen stapften wir in The Morrings hinein. Das Mädchen hinter dem Tresen wandte tatsächlich das Gesicht ab, als sie uns das Bier zapfte. Ich folgte Reid nach hinten, wo breite Fenster Ausblick auf die Brücke boten.

Der Pub war neu und auf alt gemacht; nautische Instrumente und gerahmte Abbildungen von Schlachtschiffen an den Wänden. Reids Bemerkung über das Römische Reich hatte sich zu einer komplizierten Erörterung über Reiche im allgemeinen ausgeweitet, für deren Daseinsberechtigung sich Reid vehement aussprach. Den Nationalismus, die Alternativoption für desillusionierte Sozialisten, verabscheute er.

»Schau mal«, sagte er, brach die dritte Zigarettenpackung an und zeigte auf die Kupferstiche. »Guck sie dir an. Die haben uns gerettet, stimmt's? Vor den deutschen faschistischen Barbaren. Und vor dem guten alten Onkel Joe, um die Wahrheit zu sagen.«

»Das«, entgegnete ich und versuchte, meinen Blick

scharf zu stellen, »ist eine etwas vereinfachte Schichtweise. Sichtweise. Ich wundere mich.«

»Ich mich auch«, sagte er. »Vor ein paar Jahren fand hier eine Flugzeugschau statt, rückwärts fliegende Harrier, Loopings fliegende Sea Kings und all so was, und da wurde mir bewusst, dass ich auf die Jungs *stolz* war. So wie früher auf die heroische Rote Armee und den Vietkong.«

»Mein Gott.« Ich war so schockiert, dass ich vorübergehend wieder nüchtern wurde. »Willst du etwa behaupten, die bewaffneten Streitkräfte des britischen Staates wären *Freiheitskämpfer*? Ich bin sicher, die Iren beispielsweise würden das ganz anders sehen.«

»Ach, scheiß auf die Iren«, meinte Reid, zum Glück nicht besonders laut. »Ich muss zugeben, ich hatte jahrelang ein Problem mit der tapferen IRA. Und dann bissen sie ins Gras und schmissen alles hin wie die verdammten Stalinisten.«

»Aber du wolltest doch immer was Besseres als …«

Er starrte in sein Glas. »Trotzdem trat ich weiterhin für die Arbeiterstaaten ein. Und dann kippten sie alle um wie … wie Dominosteine! Ich bin jedenfalls nicht der Deserteur. Ich meine, meine Leute haben kapituliert, stimmt's? Und deshalb kann ich auch tun, was ich will.«

Die Glocke forderte zu den letzten Bestellungen auf. Reid leerte lachend sein Glas. »Noch mal das Gleiche?«

»Ja, bitte.«

Er kam mit zwei Pints und zwei Gläsern Whisky zurück. Der Whisky war teilweise für den weiteren Verlauf des Abends verantwortlich.

»Also, was hast du dazu zu sagen?«, fragte er.

»Proscht … Okay, okay. Du hast gesagt, du hättest die Armeen der Gegenseite bewundert, stimmt's? Also, wie steht's mit der Friedensbewegung, häh? Mit den Atomwaffengegnern?«

Friedensbewegung, Atomwaffengegner ... irgendetwas nagte an mir.

»Taktik. Die Kommunisten waren wahrscheinlich aufrichtig, so seltsam das klingt, aber was uns betraf, so betrachteten wir die Arbeit der Atomwaffengegner als Störmaßnahme im Sinne der Russkies.«

»Kein Scheiß?«

»Kein Scheiß.«

»Tja«, meinte ich, bestürzt über sein unverschämtes Eingeständnis, »ich muss sagen, dein frisch gebackener Patriotismus weist eine verdächtige Schattierung auf, denn er hat dich von einer fehlgeleiteten Ansicht zum genauen Gegenteil geführt, was in Wirklichkeit wiederum das Gleiche ist ...«

»Blödsinn. Ich bin kein Patriot. Ich sage bloß, wir leben in einer gefährlichen Welt, und ich habe nicht die Absicht, so zu tun, als wüsste ich nicht, wessen Waffen meine Sicherheit gewährleisten.«

»Und was ist mit den Leuten, die auf der anderen Seite hinter den Waffen stehen?«

»Pech. Ich bin jedenfalls froh, auf dieser Seite zu sein. Verglichen mit dem Rest der Welt ist das die Seite des Fortschritts. *Wir* befinden uns im Lager der Revolution.«

»Erklär das mal.«

»Weil deine spinnerten amerikanischen Freihandelsanhänger Recht haben – die westlichen Demokratien sind in Wahrheit sozialistisch! Ein großer öffentlicher Sektor, Großkonzerne, welche die Produktion planen, während offiziell alles über den Markt geregelt wird ... eine Art *schwarzer* Plan, vergleichbar dem früheren Schwarzmarkt des Ostens. Marx hat gesagt, das allgemeine Wahlrecht bedeute die Herrschaft der Arbeiterklasse, und er hatte Recht. Der Westen ist rot!«

Ich musste lachen, nicht bloß über die Kühnheit von Reids Rationalisierungen, sondern auch über das Körnchen Wahrheit, das darin enthalten war. Wir erforschten diese Theorie weiter, als wir zur Road Bridge hochstiefelten.

»Mist«, sagte Reid, als er auf den Busfahrplan sah, »wir haben ihn verpasst. Die privaten Busunternehmen ändern ständig den Fahrplan.«

»Gottverdammte kapitalistische Wegelagerer. Rufen wir ein Taxi.«

»Von hier aus? Nee. Am anderen Ufer liegt ein Hotel. Rufen wir von dort aus an.«

Ich blickte die einen Kilometer lange erleuchtete Brücke an.

»Eine ganz schöne Strecke zu Fuß.«

»Vielleicht hat sogar noch 'ne Kneipe offen«, meinte Reid durchtrieben.

»Ich bin dabei.«

Wir setzten uns in Marsch, an Schildern entlang, die darauf hinwiesen, dass die Brücke ständig mit Kameras überwacht wurde. Im Norden und im Westen war der Himmel noch hell. Hin und wieder brummte ein Auto oder ein Laster vorbei. Bevor die Brücke den Fluss querte, überspannte sie sanft ansteigend Straßen, Hinterhöfe, Ödland und die langen Arme eines Yachthafens. Flussseitig, zu unserer Linken, war ein hohes Geländer, zur Fahrbahn hin eine niedrigere, aber durchlässigere Barriere. Reid legte ein flottes Tempo vor und redete nur wenig. Etwa in der Mitte der Brücke blieb ich stehen und steckte mir einen schwarzen Stumpen an, der unverhofft in meiner Tasche aufgetaucht war.

Irgendetwas beschäftigte mich. Hatte mit der Friedensbewegung zu tun, mit … ah!

Ich beeilte mich, zu ihm aufzuschließen.

Kein guter Zeitpunkt – andererseits würde der Zeitpunkt niemals richtig sein.

»Reid, alter Junge«, sagte ich hinter seiner Schulter, »ich habe noch ein Hühnchen mit dir zu rupfen.«

Seine Schulter ruckte hoch. Er drehte sich nicht um. »Okay, Mann. Nur zu.«

»Also, die Sache ist die, Annette hat mir alles über dich erzählt, weißt du. Über euch beide.«

»Oh!« Er blieb stehen, wandte sich zu mir um.

Ich lehnte mich ans Geländer. Mehrere hundert Fuß in der Tiefe funkelte das Wasser wie gehämmertes Blei. Reid zog eine Zigarette hervor, ließ sie fallen, hob sie auf und zündete sie an.

»Was soll ich dazu sagen?«, meinte er. Er breitete schwankend die Arme aus, legte die Rechte auf die Brüstung. »Es ist passiert, weshalb sollte ich es also abstreiten. Es war meine Schuld, und es tut mir Leid.«

»Ich verstehe«, sagte ich. »Mehr hast du also nicht zu sagen.«

»Du bist ein ...« Er zog heftig an der Zigarette, schirmte die Glut mit der Linken ab. »Du bist ein braver Kerl, Jon. Sie hat dich verdient. Ich hab dir übel mitgespielt. Ich hab deine ... Gastfreundschaft missbraucht. Keine Entschuldigung, ich will bloß sagen, es war eine verfickte ...«

*»Bloß eine verfickte ...?«*

»... Leidenschaft, Mann, das ist das richtige Wort.« Er lachte heiser. »Ich wünschte, ich könnte sagen, dass es bloß ums Ficken ging.«

Er erwiderte meinen Blick. Der Rauch in meinem Mund schmeckte auf einmal widerlich. Ich schleuderte die rote Glut übers Geländer und schaute zu, wie sie langsam in die Tiefe fiel.

»Aber das kann ich nicht«, fuhr er fort. »Ich will nicht sagen, dass es nicht falsch gewesen wäre, aber es steckte mehr dahinter. Einmal wollte ich sie dazu bewegen, dich zu verlassen, stell dir vor. Aber sie wollte nicht, und sie hatte Recht, und damit war die Sache zu Ende. Aus und vorbei. Und ich kam drüber weg, und sie auch.«

Von diesem Moment an wusste ich, dass ich fähig war, jemanden zu ermorden. Eine Hand hatte er auf die Brüstung gelegt, in der anderen hielt er noch die Zigarette. Er blickte wieder in die Ferne. Ich hätte ihn bloß am Kragen und am Gürtel zu packen brauchen, und er wäre übers Geländer geflogen. Es wäre ganz leicht gewesen, und ich hätte es tun können.

Er wandte sich mir zu. »Also damals hat sie es dir gesagt, stimmt's?« In seinen Augen lag Bewunderung und Schläue. »Denn da fing das mit dieser rechten Scheiße an, mit diesem ganzen Zeug von den Kontras und der Renamo, den osteuropäischen Emigranten und der Kuomintang und der NTS. Es war klug von dir, die Absender mit alten Kommunisten und Liberalen zu mischen, aber die Botschaft ist trotzdem angekommen. Du kennst ein paar üble Burschen, und sie wissen, wo ich wohne.« Er lachte heiser. »Ich muss sagen, Jon, du hast mir richtig Angst gemacht.«

Ich trat auf ihn zu und holte aus, um ihm einen Faustschlag auf den Mund zu versetzen. Der Schlag war nicht schlecht – der Boxunterricht in meiner Kindheit war nicht vergeblich gewesen –, und er reagierte mit einem hoffnungslos langsamen wilden Schwinger eines Jungen vom Lande.

Sein Schlag aber traf und meiner nicht. Ich prallte gegen das Geländer. Die Oberkante traf mich am Rippenansatz, und auf einmal hing mein Oberkörper über die Brüstung, und ich blickte geradewegs in die Tiefe. Und gleich darauf einen unwirklichen Moment lang in die Höhe, während sich meine Innereien umstülpten und das Universum ihnen auf eine Kreisbahn folgte.

Und dann war mir auf einmal übel. Ein mexikanisches Essen, ein Dutzend Pints, zwei Whiskies, eine Portion Currychips und der Teer eines Dutzends Silk Cuts und eines mexikanischen Zigarillos ergossen sich durch meinen Mund und meine Nasenlöcher auf Laufgänge und Leitern und weckten schlafende Vögel auf, bevor alles miteinander mit buchstäblich Übelkeit erregender Langsamkeit deutlich sichtbar aufs Wasser hinunterfiel.

»Alles in Ordnung?«

Ich stieß mich vom Geländer ab.

»Geht schon«, sagte ich. Ich schnaubte ein Tacostück und einen Schleimklumpen aus meinem linken Nasenloch auf die Finger, dann ballte ich die Fäuste, um mich erneut auf ihn zu stürzen.

Er riss die Augen auf, sah jedoch an mir vorbei. Bremsen quietschten. Ein Lieferwagen hielt neben uns, auf dem Gehsteig, nicht auf der Fahrbahn.

Der Tür ging auf, und ein Mann in einem Overall beugte sich heraus.

»Na los, Jungs«, sagte er. »Wir haben euch schon eine ganze Weile im Auge. Ihr seht so aus, als bräuchtet ihr ein Taxi.«

TEIL 2

# Rachefeldzug

# 9 ■ *Schalturteil*

Es ist früher Nachmittag, und die Armbanduhren piepen fünfzehnmal. Dee folgt Ax über eine hohe, schmale Brücke. Der Gehweg ist kaum einen Meter breit, die Brüstung kaum einen Meter hoch. Hundert Meter tiefer liegen die Dächer einer niedrigeren Ebene. Darüber ragen höhere Türme auf. Die Brücke steigt leicht an, schwenkt in sanftem Bogen nach rechts. Dee schreitet furchtlos aus; sie kennt sich aus auf dem hoch gelegenen Territorium derer, die hier, in Ship City, als reich gelten.

Dee hegt kaum Zweifel, dass sie im Verlauf der nächsten Stunde einen Menschen töten wird. Sie hat das noch nie getan und sieht der Tat mit einer gewissen Neugier entgegen. Der Spion und der Soldat verfügen natürlich über die entsprechenden Fertigkeiten. Wie aus einem früheren Leben (aus dem Leben, bevor sie aufgewacht ist) erinnert sie sich jedoch an Gerüchte, wonach es ihr unmöglich sei, auf diese besonderen Fertigkeiten zuzugreifen. Falls das System ihre *Zugriffsrechte* verändert hat … Sie weiß es nicht, denn auch dies gehört zu einem Teil des Betriebsystems, zu dem sie keinen Zugang hat. Sie erinnert sich an Gespräche, die in ihrer Anwesenheit geführt wurden, als wäre sie gar nicht da, Gespräche über die potenziellen Gefahren, die von AIs in menschlicher Gestalt ausgingen, und sie weiß, welch großen Wert die Menschen auf *Zugriffsrechte* legen.

Sie hat jedoch nicht den geringsten Zweifel, dass Ax dazu fähig sein wird. Ax ist ein Mensch, und Menschen brauchen keine Sondererlaubnis. Dee fröstelt, jedoch nicht vor Angst oder Erregung.

Die Tür ist eine glänzende, leicht konvex gewölbte Stahlplatte, ein wenig zurückgesetzt im synthetischen Felsgestein des Gebäudes. Dee bewundert ihr verzerrtes Spiegelbild und transformiert es, indem sie ihre Haltung verändert, während Ax ein paar Worte mit dem Lautsprecher wechselt. Die Tür gleitet sanft beiseite, und Ax und Dee treten ein. Die Eingangshalle hat nach innen gewölbte Wände, und der Rechtsbogen des Bodens, der weiter ins Gebäude hineinführt, setzt den Schwung der Brücke fort. Die Halle wird von einem Oberlicht und von hohen Fenstern in der Außenwand erhellt. Elektrische Lampen und Schalen, die überfließen von Blättern und Stengeln, Blumen und Gerüchen, hängen in unterschiedlicher Höhe von der zehn Meter hohen Decke.

Die Tür schließt sich hinter ihnen. Dee blickt sich kurz um und prüft, ob sich die Tür manuell von innen öffnen lässt. Es sieht ganz danach aus, doch die feineren Sinne des Spions haben sich eingeschaltet und verfolgen für alle Fälle die Impulsmuster in den Wänden. Ax' Füße tappen, Dees Absätze klacken um die Gangbiegung herum. Die davon abgehenden Holztüren sind geschlossen. Als sie so weit gekommen sind, dass die Eingangstür nicht mehr sichtbar ist, weitet sich der Gang zu einem Treppenhaus. Ein paar Stufen die Wendeltreppe hoch erwartet sie ein Mann. Er trägt einen mit Sternbildern bestickten schwarzen Kimono. Das blonde Haar hat er sich aus der hohen Stirn zurückgekämmt. Sein Gesicht ist schmal, die Lippen dünn, die Wimpern sandfarben, sein Gesichtsausdruck gelassen. Auf Dee wirken seine faltenlosen, gesunden Gesichtszüge alt – er ist älter als sie oder Ax, fast so alt wie Reid. Gleichwohl ist bei ihm eine elementare Unreife spürbar und eine Grausamkeit, die ganz anders ist als die kalte Rücksichtslosigkeit, die das Schlimmste war, was in Reids unbeherrschtem Moment zum Vorschein kam – selbst jetzt, im Rückblick. Dieser Mann ist anders als

Reid, anders als seine Freunde und Zufallsbekanntschaften. Noch kein stämmiger Geschäftsmann, der sie bei einem Treffen je begafft oder sie bei einer Party befingert hat, hat ihr je ein solches Gefühl vermittelt wie der Blick, mit dem er sie mustert.

Anderson Parris kommt die Treppe herunter und lächelt Ax an.

»Hallo«, sagt er und ergreift Ax' Hände. »Freut mich, dass Sie mit Ihrer interessanten und wunderschönen Freundin gekommen sind.«

Dee löst einen Schnürverschluss an ihrem Hals und nimmt den Umhang ab. Sie wirft ihn sich über den linken Arm, wodurch die Handtasche verdeckt wird, und streckt matt die Rechte vor.

»Erfreut, Sie kennen zu lernen, Anderson Parris.«

Nach einem kurzen Moment der Verblüffung wird dem Mann bewusst, dass sie von ihm erwartet, dass er ihr die Hand küsst, und er tut es. Seine Finger sind kalt, seine Lippen feucht. Als er den Kopf wieder hebt, wandert sein Blick von den hochhackigen Stiefeln, vorbei an den schwarzen Lederleggings unter dem schwarzen Spitzenrock, über die Leiter der silbernen Schnallen und kleinen Schleifen auf dem schwarzen Stäbchenkorsett aus Satin bis zu ihrem Hals, dessen mit Stahlnägeln besetzter Lederkragen zu den mit Schnallen versehenen Lederbändern an ihren Unterarmen passt, und den von dunklem Lidschatten betonten Augen. Sie erwidert seinen Blick offen, mit einem leichten Lächeln, als teilten sie miteinander ein Geheimnis.

Der Sex hat die Kontrolle übernommen, und der Sex spürt mühelos, dass sie ihn am Haken hat. Er schwenkt höflich die Hand, und sie steigen die Treppe hoch. Sie geht langsam, gewährt ihm einen ausgiebigen Blick auf ihren fest verschnürten Rücken. Seine halblaute Unterhaltung mit Ax hallt eigentümlich im Treppenhaus wider.

Sie betreten einen kreisförmigen Raum, der um das Treppenhaus herumgebaut ist. Auf den zwei Meter hohen Wänden sitzt eine Kuppeldecke. Dee sieht die Sonne und vorbeihuschende Flugzeuge, die an Mantarochen erinnern. Sonst überragt nichts den Raum, der gleichzeitig als Studio, Galerie und Schlafzimmer zu dienen scheint. Es gibt eine Zeichenkonsole und eine Fotoanlage. An den Wänden stehen Stühle, niedrige Tisch und lange Sofas, die auch als Betten dienen könnten, wenngleich die kunstvoll beiläufig arrangierten Decken und Kissen Zweifel hinsichtlich ihrer Verwendung aufkommen lassen. An den Wänden hängen wertvolle Waffen – Schwerter aus gehämmertem Stahl, mit Rubinen besetzte Messinglaser – und Fotos, die verletzliche Kinder und unverwundbare Frauen zeigen.

»Möchten Sie etwas trinken, Lady?«

»Gern«, antwortet sie kühl. »Einen Dark Star.«

Parris' rasches, beinahe unterwürfiges Lächeln vermag seinen Abscheu über ihren Geschmack nicht zu verbergen, doch er geht zum Getränkeschrank und zum Kühlschrank und bereitet den Drink. Er bringt ihn ihr; Eiswürfel klicken, als er mit ihr anstößt; er selbst trinkt gekühlten Wein.

Parris lächelt, als sie das Glas leert. Er legt den Kimono ab. Darunter trägt er ein höchst unoriginelles Bondage-Kostüm mit lauter Gürteln und Spangen. Sein Schwanz bäumt sich gegen ein offenbar schmerzhaft enges Suspensorium auf.

Zu ihrer Überraschung lässt Ax sich auf alle viere nieder und krabbelt zu einem großen Schrank. Er stößt die Tür mit dem Kopf auf; darin befindet sich ein Apparat aus Ketten und Lederriemen. Dee setzt ihr (glücklicherweise sehr massives) Glas heftig auf dem sehr teuren und empfindlichen Tisch ab und wendet sich Parris zu.

»Wie ich höre«, sagt sie kalt, »warst du ungezogen.«

Parris nickt. Seine Augen strahlen, sein Gesicht verwandelt sich allmählich in eine gerötete Maske der Demut.

Dee überlässt es dem Sexprogramm, die Szene zu gestalten. Sie ohrfeigt ihn, vielleicht ein wenig fester, als er es erwartet hat.

»Ich bin gekommen, um dich zu bestrafen«, sagt sie. Sie tut so, als denke sie nach, während sie ihn forschend mustert. Sie sieht sich im Zimmer um, bis ihr Blick auf den offenen Schrank fällt. Ax hockt daneben und lässt die Zunge heraushängen. Sie zeigt auf den Schrank.

»Da hinein«, befiehlt sie. Parris gehorcht. Er wirft ihr ein serviles, verschwörerisches Lächeln zu.

»Den Blick niederschlagen!«, schreit Dee.

Parris senkt folgsam den Kopf und nähert sich der Schranktür.

Dee hat sich ein ganzes Protokoll zurechtgelegt, aber sie hat mit diesen Dingen nicht viel Erfahrung (um die Wahrheit zu sagen, neigt sie eher zur Unterwürfigkeit als zur Dominanz) und schenkt dem komplizierten Vorgang des Ankettens und Fesselns vielleicht weniger Aufmerksamkeit, als sie sollte. Zum Schluss kneift sie ihn in die Wangen, bis er den Mund aufmacht. Sie steckt ihm einen Gummiball hinein, drückt den Mund mit einem Finger an der Nase und dem Daumen an der Kinnspitze zu, dann klebt sie ihm ein Stück (passenderweise glänzend schwarzes) Isolierband über den Mund.

Für einen Moment fällt sie aus der Rolle.

»Okay so?«

Parris nickt. Dee prüft die Fesseln. Sie halten.

Ax, der sich währenddessen spielerisch schnappend von den Zehen bis zu den Knien hochgearbeitet hat, richtet sich plötzlich auf und tritt zurück. Dee tritt ebenfalls zurück, und gemeinsam hängen sie den Mann im Schrank auf.

Ax lächelt, als er Parris' plötzlich besorgten, erstaunten Blick bemerkt. Er langt hinter seinen Hals, dann hält er das lange Messer in der Hand. Er wirft es in die andere Hand und wieder zurück. Er prüft die Schneide. Die Klinge fängt einen Sonnenstrahl auf; die Schneide funkelt ganz schwach, als glitten selbst Photonen daran ab.

Er schaut wieder Parris an.

»Wau«, macht er.

Als er das Mädchen sah, das sich ihm durchs Gewühl des Marktplatzes näherte, lag bereits mehr als ein Zigarettenstummel zu Wildes Füßen. Er löste sich von dem Rechner, an dem er gelehnt hatte.

»Tamara Hunter«, sagte die Maschine über seine Schulter hinweg, als das Mädchen stehen blieb und ihm die Hand reichte. »Jonathan Wilde.«

Sie musterte ihn mit schiefgelegtem Kopf, während er ihr die Hand schüttelte.

»Mein Gott«, sagte sie. »Sie sind es wirklich.«

Wilde grinste. »Sie kommen mir auch irgendwoher bekannt vor.«

»Gestern Abend im Pub«, erinnert ihn Tamara. »Also, wenn jemals jemand nur Augen für eine Frau hatte, dann Sie.«

»Ah, ja, natürlich«, sagte Wilde. »Sie waren mit … Dee zusammen dort.«

»Ja«, sagte Tamara. Sie schaute sich um. »Wo steckt Ihr Robot?«

»Ha!«, schnaubte Wilde. »Diesem elektronischen Anwalt zufolge sollten wir eigentlich auf der gleichen Seite stehen, also sagen Sie nicht, es wäre ›mein Robot‹. Ich will verdammt sein, wenn ich zugebe, dass das *mein* Robot ist. Tatsache ist, dass er sich auf eigene Faust verdrückt hat.«

»Oh«, machte Tamara. Sie blickte die Rechnereinheit der Unsichtbaren Hand an. »Wir wollen uns unter vier Augen unterhalten«, teilte sie ihr mit.

»In Ordnung«, sagte die Maschine. »Ich werde mich weiterhin um die technischen Aspekte des Falles kümmern.«

Tamara wandte sich an Wilde. »Sollen wir uns bei einem Bier unterhalten?«

»Ja, gut.«

Sie gingen zwischen Verkaufsständen und unter Bäumen her. Ringsumher herrschte reges Getriebe. Als sie sich außer Hörweite der Unsichtbaren Hand befanden – so weit Menschen dies überhaupt feststellen konnten –, fragte Wilde: »Was ich gern wüsste, verfügt diese Anwaltsmaschine eigentlich über Selbstbewusstsein?«

Tamara lachte. »Ach was, das ist bloß ein Expertensystem. Und es hat seine Eigenheiten.«

»Ja, könnte man so sagen.« Er musterte die Tische, die um ein Konglomerat aus Tresen, Kühlschrank und Grill herum angeordnet waren, alles klein und mit Brandflecken bedeckt. Mittendrin stand ein groß gewachsener Türke, teilte Getränke und Sandwiches aus und nahm dafür schmierige Geldscheine entgegen. »Hier?«

Tamara nickte und lächelte anerkennend über sein scharfes Urteil. Wilde bestellte zwei Liter Bier. Eine Weile tranken sie in durstigem Schweigen aus den glasperlenbesetzten braunen Flaschen und versuchten, einander einzuschätzen.

»Zigarette?«, fragte Wilde und holte eine mittlerweile zerknautschte Packung hervor.

»Nein, danke«, sagte Tamara. »Aber rauchen Sie ruhig.«

Wilde lächelte sie an. »Das ist meine erste Packung seit Jahrhunderten«, meinte er, als er sich die Zigarette ansteckte. »Nicht, dass das eine Entschuldigung wäre. Zum einen kommt es mir so vor, als sei das erst gestern gewesen, zum anderen hat mich das Rauchen umgebracht.«

Tamara runzelte die Stirn. »In den Büchern finden sich unterschiedliche Versionen, aber ich dachte, Sie wären bei einer Schießerei ums Leben gekommen.«

»Das stimmt schon«, meinte Wilde und nickte. »Hab versucht, einer Kugel davonzurennen, aber ...« Er blickte reumütig die Zigarette an und nahm noch einen Zug, während Tamara lachte.

»Das ist merkwürdig«, sagte sie. »Ich habe mit einigen Leuten geredet, die auf dem Schiff waren und tatsächlich von der Erde kamen – Mann, meine Großeltern gehörten dazu –, aber sie haben nie gesagt, dass sie tot gewesen wären. Sie sprachen davon, sich im ›Übergang‹ befunden zu haben.«

»Klar« meinte Wilde sarkastisch. »›Realitätsverleugnung‹ lautet der Fachbegriff für diese Geisteshaltung.«

»Sie aber reden darüber ... und dabei sind Sie sozusagen eine historische Persönlichkeit. Ja, wirklich!« Sie mustert ihn abschätzend. »Auf den Fotos sehen Sie anders aus. Älter.«

»Auf *welchen* Fotos?«, fragte Wilde.

Tamara langte in die Innentasche der Jacke und reichte Wilde ein Plastiketui mit mehreren Kärtchen.

»Ich ... äh ... sammle sie«, erklärte sie, während Wilde die Karten auf den Tisch legte. »Die liegen Zerealien bei, die in dieser Gegend hergestellt werden.«

»Harmonie-Haferflocken!« Wilde lachte schallend. Er breitete die holzschnittartigen Porträts aus. »Mal sehen ... Owen, Stirner, Proudhon, Warren, Bakunin, Tucker, Labadie, Wilson, Wilde. Die Ahnenreihe stimmt, aber ich bezweifle, dass ich diese erlauchte Gesellschaft verdient habe. Ich bin mir nicht sicher, ob ich mich geschmeichelt oder abgestoßen fühle.«

Er blickte auf die zerfurchten Gesichter der ikonenhaften Gestalten nieder und fuhr sich mit der Hand über sein eigenes jugendliches Gesicht. Er schüttelte den Kopf.

»Als ich damals so aussah wie jetzt, war ich weit davon entfernt, berühmt zu sein«, sagte Wilde. Er klang vorübergehend bedrückt, dann setzte er in munterem Ton hinzu: »Vielleicht ist es ja auch gut so.«

»Verdammt richtig!« Tamara blickte sich um. »Wenn das herauskommt, werden Sie wieder berühmt werden. Und das wird es spätesten dann, wenn die Verhandlung beginnt.«

Wilde zuckte die Achseln. »Ich würde sie lieber so lange wie möglich aufschieben. Ich verstehe noch nicht genug von der hiesigen Politik, um die Publizität zu meinem Vorteil nutzen zu können.«

»Okay«, meinte Tamara. »Im Moment haben wir andere Sorgen. Bevor ich erfuhr, dass Sie beteiligt sind, erhielt ich eine Nachricht von David Reid. Sie ... kennen ihn?«

»Klar. Ist schon 'ne Weile her.«

»Also, er klagt auf Überstellung des Gynoids, das heißt, er will Dee zurückhaben. Damit habe ich gerechnet. Die Unsichtbare Hand hat mir soeben mitgeteilt, auch gegen Sie läge eine Klage vor und Sie wollten die rechtlichen Schritte bündeln. Im Grunde haben Sie gar keine andere Wahl, denn eigentlich ist dies ein und derselbe Fall, deshalb wird kein anderes Gericht sich mit dem Ihren befassen, solange unser Fall noch in der Schwebe ist, und wir müssen Sie sowieso mit hineinziehen, also können Sie ebenso gut zu Ihren eigenen Bedingungen einsteigen.«

Wilde breitete die Arme aus. »Wo liegt das Problem?«

»Die erste Person auf unserer Liste bevorzugter Richter ist ein gewisser Eon Talgarth.« Sie stockte, wartete auf eine Reaktion. Wilde hob bloß die Brauen. »Er war mal Abolitionist«, fuhr Tamara fort, »und leitet jetzt ein Gericht drüben im Fünften Viertel. Das ist eine Maschinendomäne. Er befasst sich meistens mit Scrappies.«

»Scrappies?«

»Leute wie ich, die in die Maschinendomänen eindringen und Jagd auf nützliche Maschinen und Automaten machen. Er ist bekannt dafür, dass er autonome Maschinen freilässt und einstweilige Verfügungen gegen die Jäger verhängt, doch das wurde von anderen Gerichten bislang nicht als Präzendenzfall gewertet.«

»Jedenfalls scheint er für den Fall gut geeignet zu sein.«

»Klar, deshalb habe ich ja auch nicht erwartet, dass Reid einwilligen würde. Aber das hat er getan. Großartig. Die Sache ist bloß die, ich wusste nicht, dass Sie darin verwickelt sind. Mist.«

»Wo liegt das Problem?«

»Eon Talgarth mag Sie nicht besonders.«

Wilde setzte sein Bier ab und starrte sie an. »*Was?* Ich habe noch nie von ihm gehört. Was hat er gegen mich?«

»Ach, so viel ich weiß nichts Persönliches.« Sie zuckte die Achseln. »Er stammt von der Erde, war in Arbeiterbanden Mitglied und war auf dem Schiff. Es wäre durchaus möglich, dass Sie ihm etwas getan haben – gesprochen hat er nie darüber. Aber in der Zeit, als er Abolitionist war, hat er sich gegen die von vielen hier vertretene Ansicht ausgesprochen, Sie wären ein Held und ein großer anarchistischer Denker und böten eine Alternative zu den Ideen, die Reid implementiert hat, als er das alles ins Laufen brachte. Er meinte, Sie wären ein Opportunist, Sie hätten zahlreiche schmutzige Geschäfte mit der Regierung gemacht – und mit Reid. Er meinte, die Konflikte zwischen Ihnen beiden wären rein persönlicher Natur.«

Sie hatte leichthin gesprochen, als rechnete sie fest damit, dass er die Vorwürfe abstreiten würde. Wilde schaukelte auf dem Stuhl gefährlich weit zurück und schüttelte sich vor Lachen.

»Das stimmt alles, jedes einzelne Wort!«, sagte er. »Es wundert mich, dass es hier überhaupt Leute gibt, die mich für einen Helden und einen großen anarchistischen Denker halten. Ha-ha! Dieser Eon Talgath hat völlig Recht.«

Tamaras Mundwinkel sanken leicht herab. »Das ist doch nicht wahr, oder? Dass Sie schon immer ein Opportunist waren?«

»Unbedingt«, erwiderte Wilde. »Erst neulich – meiner subjektiven Erinnerung zufolge – hat mir eine Frau, die ich einmal geliebt habe, gesagt, ich wäre dafür verantwortlich, dass der letzte Weltkrieg ein Atomkrieg war. In Anbetracht meines Alters von dreiundneunzig Jahren und der Tatsache, dass ich eine Menge Kritik wegen verschiedener … kontroverser Entscheidungen eingesteckt hatte, nahm ich ihr die Bemerkung nicht einmal übel.«

»Aber wenn das stimmt …« Tamara versuchte, sich über die Implikationen klar zu werden. »Das würde ja bedeuten, dass Sie schuld sind an …«

»Der ganzen Scheiße!«, sagte Wilde. Er blickte sich um und schwenkte die Hand. »Alles, was hier seit dem Dritten Weltkrieg passiert ist, *ist meine Schuld*!«

»Das glaubt Eon Talgarth auch«, sagte Tamara.

»Er könnte Recht haben«, meinte Wilde achselzuckend. »Ich selbst glaube das nicht.«

»Nein, ich auch nicht«, setzte Tamara eilig hinzu. »Und die meisten Leute, nicht bloß die Abolitionisten, ebenfalls nicht. Einige halten Sie sogar für einen … nun ja …«

Sie zögerte verunsichert.

»Wofür?« Wilde beugte sich vor, die Zigarette in der Hand, und blickte sie herausfordernd an. »Für mehr als einen großen anarchistischen Denker?«

»Ja«, antwortete Tamara. »Sie glauben, nun ja, Sie lebten noch irgendwo dort draußen. Man will Sie sogar in der Wüste gesehen haben.«

»Tatsächlich?« Wilde sog Rauch ein und stieß ihn mit einem gedehnten Seufzer über ihren Kopf hinweg aus. »Also, das ist wirklich interessant, denn der Robot Jay-Dub behauptet, er sei eine weitere ... Version meiner selbst und halte sich seit der ersten Landung hier auf. Ich würde es ihm durchaus zutrauen, dass er ein Abbild von mir projiziert oder sich auf einem Monitor für mich ausgibt.«

»Aha!«, sagte Tamara. »Der Unsichtbaren Hand zufolge behauptet Reid, er könne beweisen, dass Jay-Dub in Dees Software eingedrungen ist. Er macht Sie dafür verantwortlich.«

»Mich?«, sagte Wilde. »Also, Jay-Dub hat mir gegenüber nichts dergleichen erwähnt. Was für eine Überraschung.«

»Ja«, meinte Tamara. »AIs sind verschlagene Mistkerle, hab ich Recht?«

»Verschlagen und gefährlich«, sagte Wilde. »Würde ihnen niemals über den Weg trauen.«

Tamara lachte.

»Okay«, sagte Wilde, »ich glaube, wir sollten einander mal ins Bild setzen. Wir Menschen müssen zusammenhalten.«

Tamara berichtete von den Geschehnissen des Vorabends und des Vormittags und erklärte ihm ansatzweise den Hintergrund. Wilde lächelte, als sie über den Abolitionsmus sprach. Dann berichtete Wilde, wie es ihm ergangen war und was ihm der Robot gesagt hatte. Tamara hörte zu, bisweilen staunend, dann wieder skeptisch. Als er geendet hat, schwieg sie eine Weile.

»Was für ein Arschloch«, sagte sie schließlich. »Erschafft einen Klon aus dem Körper Ihrer Frau und benutzt ihn als Gynoid. Hat wohl nicht damit gerechnet, Sie jemals wiederzusehen.«

»Schon möglich«, meinte Wilde zweifelnd. »Vom Robot hat er aber doch wohl gewusst, oder? Könnte der Robot Dee einmal gesehen haben?«

»Klar«, meinte Tamara. »Diese Geräte verfügen schließlich auch über Kommunikationseinrichtungen. Und Reid behauptet, Jay-Dub habe sich in Dee eingehackt. Aber davon hat der Robot nichts erwähnt?«

»Mir gegenüber nicht«, sagte Wilde. »Ich hatte den Eindruck, er wüsste etwas über Dee, denn er beharrte darauf, dass Dee nicht einmal in dem Sinne menschlich sei wie er selbst, doch er gab keinen Anlass zu der Vermutung, dass Dee in seinen Plänen, wie immer die aussehen mögen, eine Rolle spielen könnte.«

»Und jetzt ist er verschwunden.« Tamara seufzte. Sie blickte sich um, als könnte er jeden Moment wieder auftauchen. »Wahrscheinlich weiß er nichts von der Gerichtsklage und hält es für das Beste, sich bedeckt zu halten.«

»Das würde seiner Persönlichkeit entsprechen.« Wilde grinste. »Und meiner!«

»Dann wollen wir hoffen, dass er rechtzeitig vor der Verhandlung davon erfährt. Sonst gerät er noch tiefer in die Scheiße … Sie wollen immer noch, dass der Fall von Targath verhandelt wird?«

»Nach allem, was Sie mir gesagt haben«, meinte Wilde, »habe ich keine große Auswahl.«

»Das stimmt«, sagte Tamara.

Wilde schnitt eine Grimasse. Er erhob sich, ohne etwas zu sagen, und schlenderte an den Ständen entlang. Hin und wieder lächelte er vor sich hin, dann wandte er sich um und lächelte Tamara an, die ihm stillschweigend gefolgt war.

»Dieser Ort hat etwas an sich«, erklärte er. »Ich habe immer schon gewusst, dass es solche Orte geben würde, Flohmärkte auf anderen Welten. Ich bekomme Heimweh, wenn ich daran denke, dass ich der gleiche Mensch bin wie damals auf der Erde.«

Tamara senkte den Blick und scharrte mit dem Fuß am Boden.

»Tut mir Leid«, sagte sie. »Ich habe so viel über Wilde gehört, aber in meiner Vorstellung ist er wie … Sie wissen schon, wie auf diesen Postkarten und Postern. Ich weiß, es war unverschämt von mir, so mit Ihnen zu reden, als wären Sie so jung, wie Sie aussehen.«

Wilde schnaubte und klopfte ihr auf die Schulter. »Vergessen Sie's«, meinte er. »Ich bin bloß im übertragenen Sinn von den Toten auferstanden.«

Sie gingen zur Rechnereinheit der Unsichtbaren Hand und registrierten Wilde als Mitbeklagten, und Wilde erhob Gegenklage gegen Reid mit der Begründung, er sei für den Tod eines gewissen Jonathan Wilde verantwortlich gewesen, ehedem wohnhaft in London auf der Erde. Die Maschine nahm alle Informationen kommentarlos entgegen, bloß die Lichter flackerten hektisch.

»Und jetzt?«, fragte Wilde.

»Vielleicht sollten wir uns allmählich mal mit Dee treffen. Sie wohnt bei mir, und bis zu meiner Wohnung sind es von hier aus bloß fünf Minuten. Ax – das ist ein … Bursche, der bei mir wohnt – hat gesagt, er wolle heute Vormittag mit ihr einkaufen gehen.« Sie sieht auf ihre Armbanduhr. »Halb vier. Eigentlich müssten sie schon zurück sein.«

»Ist gut«, sagte Wilde. Er straffte sich. Zum ersten Mal zeigte er Anzeichen von Unsicherheit.

Ax zieht das Messer aus der geschlossenen Tür des Kleiderschranks, tritt ein paar Meter zurück und wirft es erneut. Es dringt mit einem dumpfen Geräusch in das Holz ein und bleibt darin stecken, wobei es dem grob menschlichen Umriss aus lauter Kerben eine weitere hinzufügt. Aus dem Schrank ist leises Stöhnen und ein Rummsen zu vernehmen.

Dee blickt von Parris' Fotosammlung auf. Ihr ist übel. Sie vermag nicht zu sagen, ob die Fotos reale Szenen wiedergeben, ob sie gestellt oder lediglich computergeneriert sind. Es ist ihr auch nicht sonderlich wichtig. Sie möchte die Erinnerungen aus ihrem Gedächtnis löschen und den Urheber vom Antlitz der Erde tilgen.

Sie weiß noch immer nicht, ob sie dazu imstande ist oder ob sie auch nur dabei zusehen kann, wie Ax es tut. Sie weiß nicht, ob die Zugriffsrechte auf ihre Mordfähigkeiten zurückgesetzt wurden. Wenn nicht, würde es wohl nicht besonders dramatisch werden: kein Zögern der Hand, keine Lähmung in den Füßen; bloß eine durchaus vernünftige und natürlich anmutende Hemmung, ein Widerwille oder eine Unruhe, die sie daran hindern wird, die Sache zu beenden.

»Hast du endlich genug?«, fragt sie Ax.

Ax zieht das Messer wieder aus dem Holz. »Glaub schon«, antwortet er und grinst sie an. »Man verliert die Kontrolle.«

Dee nimmt die Pistole aus der Handtasche, steckt sie sich hinter das Hüftband und nähert sich dem Schrank.

»Ich finde, wir sollten es zu Ende bringen«, sagt sie.

»Ist gut«, meint Ax.

Er öffnet die zersplitterte Tür. Parris hängt noch immer in den Fesseln. Die Augen hat er fest geschlossen. Tränen laufen ihm übers Gesicht, und der Knebel aus Isolierband ist verschmiert von den Tränen und dem Rotz, den er ausgeschnaubt hat.

Ax fährt mit der Messerspitze über den nackten Bauch des Mannes. Parris öffnet die Augen und verdreht sie, sieht erst Ax an und dann um Hilfe heischend Dee. Blut quillt aus dem Schnitt hervor. Dee erträgt den Anblick nicht und fällt Ax in den Arm.

»Nicht!«, sagt sie. Die Bilder aus Parris' Sammlung werden von Bildern des Soldaten verdrängt, eine Enzyklopädie der Verletzungen und des Bluts: hervorquellend, spritzend, hervorsickernd, tropfend. Sie stellt sich vor, wie es ihre Kleider beschmutzt, und schaudert.

»Nein«, sagt sie. »Es reicht.«

Ax starrt sie an, sie aber gewinnt den Augenkampf. Er weicht zurück. Dee macht sich an die Arbeit, löst Knoten, schließt die Handschellen auf, bindet ihn los. Sie stützt Parris, als er aus dem Schrank hervorstolpert, und lässt ihn auf den Boden niedersinken. Aus seinen Nasenlöchern kommen Geräusche.

»Oh«, sagt Dee. Das hat sie vergessen. Als sie sich bückt und ihm das Isolierband vom Mund abreißt, bemerkt sie, dass er trotz des zurückgebundenen Schwanzes gekommen ist, und zwar mehr als einmal. Auf seinen Schenkeln trocknet Sperma.

Er fällt auf die Knie nieder, blickt japsend und lächelnd zu ihr auf.

»Danke, Herrin«, flüstert er. »Ich hatte es verdient, ja wirklich!« Er sieht voll vager Hoffnung zu ihr auf. »Wann besuchen Sie mich wieder?«

Dee starrt ihn fassungslos an. Sie weicht ein paar Schritte zurück, denkt immer noch daran, ihre hübschen neuen Sachen nicht zu beschmutzen. Sie wendet sich ab und entfernt sich weiter, geht an Ax vorbei zur Treppe.

»Herrin, bitte ...!«, ruft Parris ihr nach.

»Ach, scheiß drauf«, sagt sie.

Sie zieht die Pistole aus dem Rock, zielt und schießt ihm in den Kopf.

Der Schuss hallt in den Rundungen des Raums und im Treppenhaus wider und klingelt ihr in den Ohren. Sie grinst Ax an, der, obwohl er der Anstifter ist, entsetzt und bleich von Parris' sterblichen Überresten zu Dee blickt.

»Jetzt weiß ich, dass ich einen freien Willen habe«, sagt sie.

»Das muss sehr nützlich sein«, meint Ax. »Ich bin eher Determinist.«

Dee lächelt ihn beruhigend an, während sie eilig ihre Sachen zusammensucht.

»Lass uns verschwinden«, sagt sie.

Ax wischt sinnloserweise die Messerspitze an einem Vorhang ab.

»Sollen wir nicht – du weißt schon – erst mal saubermachen?«, fragt er. »Siehst du keine Fingerabdrücke und so was?«

»Ja, schon«, antwortet Dee und schließt den Umhang. »Die sind überall. Und dann sind da noch unsere Hautzellen. Von den Bildern, die die Überwachungskameras aufgenommen haben, ganz zu schweigen.«

Sie blickt lächelnd hoch und winkt ins winzige, schwenkbare Objektiv.

»Mist«, sagt Ax. »Kannst du irgendwas dagegen unternehmen?«

Dee blickt ihn verwundert an und steigt die Treppe hinunter.

»Ich könnte schon«, antwortet sie. »Aber ich darf es auf keinen Fall, und das weißt du auch. Komm schon, bevor man uns hier entdeckt.«

Ax folgt ihr widerwillig.

»Es wird niemand kommen«, sagt er. »Ich glaube nicht, dass Parris sein Sexnest mit der nächsten Überwachungsfirma vernetzt hat.«

»Glaub ich auch nicht.«

Die Tür lässt sich öffnen, auch ohne dass Dee auf irgendwelche Spezialkenntnisse zugreifen muss. Sobald sie hindurchgetreten sind, fällt die Tür wieder zu. Sie gehen schweigend die lange Rampe hinunter. Am Ende führt eine Nebenrampe zu einer nahe gelegenen Haustür. Dee scannt die Türelektronik.

»Hier sind wir richtig«, sagt sie. »Es ist jemand zu Hause.«

Ax bleibt stehen. Einen Moment lang wirkt er wie ein trotziges Kind.

»Das hab ich nicht gewollt«, sagt er.

Dee versucht nicht, ihn zu beschwatzen.

»Es ist wichtig«, sagt sie. »Es ist gut für deinen Fall und auch für den meinen.«

»Scheiß auf den Fall«, meint Ax. »Der Mist ist *vorbei.*«

Dee mustert ihn kühl und denkt daran, was er vorher gesagt hat.

»Die Toten werden vielleicht wiederauferstehen«, sagt sie, »da magst du schon Recht haben, aber wie auch immer, über alles wird gerichtet werden.«

Ax erwidert ihren Blick, dann nickt er.

Gemeinsam schreiten sie die kleine Rampe zur Tür hinunter. Dee drückt auf den Klingelknopf. Sie warten. Über der Klingel erscheint auf einem kleinen Monitor das Gesicht einer Frau.

»Ja?«, sagt sie.

Dee reckt sich ein wenig.

»Wir sind Dee Model und Ax Terminal«, erklärt sie mit fester Stimme. »Wir haben soeben Ihren Nachbarn Anderson Parris ermordet und rufen Sie als Zeugin an.«

Die Frau blinzelt heftig.

»Be... bestätigt«, antwortet sie mit schwankender Stimme.

»Ich danke Ihnen«, sagt Ax.

»Auf Wiedersehen«, sagt Dee.

Dee und Ax gehen zur Hauptrampe zurück und eilen über Treppen und Schrägen zu einem ebenen Gehsteig, dann fahren sie mit einem Lift zu einer hoch gelegenen Plattform, wo sie sich einer kleinen Schlange gut gekleideter Menschen anschließen, die auf ein Lufttaxi warten. Ax vertreibt sich die Zeit mit dem Nachrichtenservice der Haltestelle. Hin und wieder schüttelt er den Kopf und lächelt Dee an: noch kein Aufschrei. Er nutzt diese Unterbrechung seiner Trance, um eine Liste zu studieren.

Dee sieht, dass er bereits einen Namen ausgestrichen hat und dass noch viele Namen darauf stehen.

Tamara blickte auf den kleinen Stapel Belastungsmaterial auf dem Tisch: die Talgarth-Akte über Wilde, das Bild, das Dee angefertigt hat, und ein handschriftliches apokalyptisches Pamphlet von Ax. Wilde hat es soeben gelesen.

»Mein Gott«, sagte er. »Von Abschiedsbriefen von Selbstmördern habe ich schon gehört, aber das ist das erste Bekennerschreiben eines Mörders, das mir vor Augen kommt.«

Tamara hatte sich die Hände gegen die Schläfen gepresst.

»Ich werde den kleinen Perversen persönlich ermorden, wenn er mir jemals in die Hände fallen sollte«, sagte sie. »Ehrlich, Genosse Wilde, wenn ich geahnt hätte, dass er dermaßen durchdrehen würde, hätte ich Dee niemals aus den Augen gelassen.«

Wilde ergriff ihre Hand.

»Ganz ruhig«, sagte er. »Ruhig. Was habe ich getan, dass Sie mich ›Genosse‹ Wilde nennen? Ich heiße Jon, okay? Und Sie sind für Dees Taten ebenso wenig verantwortlich wie ich dafür, dass Jay-Dub verloren ging. Beide sind freie Agenten, geht es nicht gerade darum?«

»Das stimmt wohl«, meinte Tamara. »Aber Ax behauptet, es wäre unfrei gewesen, als er gewisse … erniedrigende Dinge getan hat. Einserseits verstehe ich das, aber andererseits … Ach! Es ist alles so kompliziert! Was sollen wir jetzt tun?«

»Tamara«, sagte Wilde sanft, ließ ihre Hand los und setzte sich. »Wie alt sind Sie?«

»Zwanzig.«

Wilde steckte sich eine Zigarette an.

»Neumarsjahre?«

»Ja.«

»Na schön«, sagte Wilde. »Dann leben sie zweimal so lange inmitten einer Anarchie wie ich es jemals geschafft habe, und sie kennen entweder die Antwort oder wissen, wie Sie sie finden können.«

Tamara setzte sich auf die Tischplatte und erwiderte seinen Blick verblüfft und trotzig.

»Ich kann Ihnen nicht folgen«, erwiderte sie.

»Nun«, sagte Wilde, »wenn wir wissen wollen, ob es sich lohnt, etwas herzustellen, dann besorgen wir uns die Antwort bei der Erkenntnismaschine namens Markt. Wenn wir wissen wollen, wie etwas funktioniert, besorgen wir uns die Antwort bei einer anderen Erkenntnismaschine namens Wissenschaft. Wenn wir wissen wollen, ob jemand das Recht hatte, einen anderen Menschen zu töten, bedienen wir uns einer Erkenntnismaschine namens Recht.«

»Ja«, sagte Tamara. »Das weiß ich. Aber das wird Ax und Dee nicht helfen, wenn sie geschnappt werden. Oder uns, wenn wir zu lange warten, bis wir versuchen, sie aufzuhalten.«

»Einen Versuch ist es wert, okay? Und wenn das Gesetz einen wirklich im Stich lässt und man mit dem Ergebnis nicht leben kann, dann …« Er breitete lächelnd die Arme aus.

»Was dann?«

»Dann wird man auf den Naturzustand zurückgeworfen. Man kämpft. Okay, man könnte sterben, aber was soll's? Das ist das Gleiche, als wenn man am Markt scheitert. So was kommt vor. Man hungert. Man stiehlt.«

Tamara wirkte entsetzt.

»Aber das wäre ja …«

»Anarchie?« Wilde grinste sie an.

»Wollen Sie damit sagen, jeder könnte tun, was er will?«

»Buchstäblich, ja. In jeder halbwegs anständigen Gesellschaft ist man weit besser dran, wenn man das Gesetz, das Privateigentum und so weiter respektiert, aber letztendlich ist das jedermanns eigene Entscheidung. Man hat immer die Option, Krieg zu führen – notfalls gegen den Rest der Welt.«

»Aber den Kampf würde man *verlieren*!«, sagte Tamara.

Wilde erwiderte gelassen ihren Blick.

»Vielleicht auch nicht. Locke hat einmal gesagt, man könne stets ›an den Himmel appellieren‹ und auf die Gnade Gottes oder die der Natur hoffen. Ich will damit sagen, Ax hat seine Wahl getroffen und Dee die ihre. Vielleicht können sie diese Wahl vor einem Gericht rechtfertigen, vielleicht auch nicht. Wie auch immer, die Entscheidung liegt nicht bei uns, und ich wäre außerordentlich erleichtert, wenn ich es vor mir rechtfertigen könnte, ihre potenziellen Opfer nicht zu warnen. Aber wenn Sie das tun wollen, nur zu.«

Tamara rieb sich das Kinn und blickte wieder auf Ax' Gekritzel nieder. Sie betrachtete Dees Bild und Talgarths Akte. Dann sah sie zu Wilde auf und fragte abschließend: »Und was macht man, wenn einen die *Wissenschaft* im Stich lässt?«

Wilde lachte. »Man vertraut auf sein Glück.«

Er drückte die Zigarette aus und sprang auf.

»Je eher wir zu Eon Talgarths Gericht kommen, desto besser«, sagte er. »Hab ich Recht?«

»Ja«, antwortete Tamara. Sie erhob sich und suchte Karten, Vorräte und Waffen zusammen.

»Wie kommen wir dorthin?«, fragte Wilde. »Mit dem Flugzeug?«

Tamara packte Ladestreifen ein. Sie wandte sich lachend zu ihm um.

»Talgarth mag es nicht, wenn Flugzeuge in seiner Nähe landen«, meinte sie. »Aus irgendeinem obskuren Grund traut er ihnen nicht. Nee, wir nehmen einfach genug Waffen und Geräte mit und schlagen uns zu Fuß durch die wilden Maschinen durch. Das tun alle.« Sie grinste. »Das ist Gesetz. Es mindert die Gefahr, dass vor Gericht Kämpfe ausbrechen.«

»Es gibt offenbar einiges, was ich nicht weiß«, meinte Wilde sarkastisch.

Tamara brummte etwas und wog prüfend einen Packen in der Hand. Sie nahm eine schwere Pistole heraus und reichte sie Wilde. Dann schob sie ihm Talgarths Akte entgegen.

»Nehmen Sie die und lesen Sie sie irgendwann«, sagte sie. »Es gibt wirklich eine Menge, was Sie nicht wissen.«

# 10 ■ An Tieren getestet

Sie werden mittlerweile bemerkt haben, dass das, was ich Ihnen hier erzähle, nicht in den Schriften steht. Wie sie sicherlich vermutet haben, ist eben dies der springende Punkt. Weshalb sollte ich meine Hagiographen kopieren?

Deshalb werden Sie mir hoffentlich verzeihen, wenn ich darauf verzichte, zu erzählen, wie ich die Aktion ›Menschen für den Fortschritt‹ (die Erziehungskampagne der North British Mutual) zur Startrampe für die Weltraumbewegung umfunktionierte; wie ich die Weltraumhändler dazu benutzte, FreiRaum zu gründen, eine radikalliberalistische Gruppe, welche die eine vernünftige Lektion der Linken gelernt hatte, nämlich den Leninismus; wie ich die Weltraumbewegung als Aushängeschild für unseren Freimarktanarchismus benutzte und wie die Entwicklung der Weltraumbewegung schließlich meine eigenen Erwartungen übertraf – kurz gesagt, wenn ich *Mein Kampf* als bekannt voraussetze.

Außerdem wurden meine politischen Kommentare und Analysen, so kurzlebig sie mir damals auch vorkamen, auf den Bildschirmen verblassend wie eine Kurzzeiterinnerung, von den damaligen Nachrichtendiensten sorgfältig archiviert und nach gegebener Zeit (nach Kriegen und Revolutionen) öffentlich zugänglich gemacht, was sie zweifellos immer noch sind – ›*irgendwann, irgendwo* findet sich alles im Netz‹, und wenn Sie mehr wissen wollen, brauchen Sie bloß zu suchen [bitte beachten Sie gegebenenfalls die Einschränkungen der Lichtgeschwindigkeit]. Auch in dieser Hinsicht möchte ich mich nicht wiederholen.

In meinen späteren Jahren pflegte ich bisweilen über die Jugend von heute zu schimpfen, die nicht anerkennen würde, dass es eine Revolution *vor* der Revolution gegeben hatte, dass es keine Neue Republik gäbe, wenn nicht vorher eine Republik existiert hätte, und dass wir es alle viel schwerer hatten – habe ich Ihnen übrigens schon vom Krieg erzählt?

Also lasse ich das ebenfalls aus.

Erwähnenswert hingegen ist, dass die Vereinte Republik nicht einfach so entstanden ist. Die Menschen wachten am Wahlmorgen 2015 nicht einfach auf und dachten: ›Diesmal müssen wir's den Schuften endlich mal zeigen.‹ Das heißt, eigentlich schon, doch es war eine Menge Arbeit nötig, um diesen verwegenen Impuls möglich zu machen: Jahrzehnte der Agitation, der Empörung, der Verfassungsentwürfe, der schwach besuchten Versammlungen in schlecht möblierten Sälen, Leserbriefe, lautstarke Demonstrationen und was sonst noch alles so dazugehört. Und die Arbeit war verdammt schwer. Das weiß ich, weil ich dabei war und selbst nicht mit anpackte.

FreiRaum (der Name war mal ausgesprochen trendy gewesen, wirkt nun aber, wie sich mal jemand ausgedrückt hat, eher ›vorgestrig‹) hatte seine bescheidenen Büros über einer Niederlassung der Weltraumhändler in der Straße gegenüber dem Markt von Camden Lock. (Ich hatte die Leitung der Weltraumhändler niedergelegt, aber genug Aktien und Optionen behalten, um ein kleines regelmäßiges Einkommen zu erzielen. Die Weltraumhändler verkauften mittlerweile richtige Weltraumprodukte, größtenteils reine Neuheiten – Schmuck aus Mondgestein, in der Schwerelosigkeit gezüchtete Kristalle und so weiter –, doch einige hatten durchaus einen gewissen praktischen Nutzen. Die Fertigung bei Mikrogravitation hatte einige unerwartete Anwendungen hervorgebracht, womit ich allerdings stets gerechnet hatte.) Wir hatten die Büros vor zehn Jahren übernommen, und es roch darin noch immer nach frischer Farbe, neuem Holz und Zement. Die Betonwände waren mit Plakaten der Weltraumbewegung und Hologrammen der NASA zugepflastert, doch das erste, was einem beim Eintreten ins Auge fiel, waren mein Schreibtisch und das große Schild an der Wand mit der Aufschrift: SIE DÜRFEN RAUCHEN. Ich selbst rauchte nicht mehr – obwohl die Medizin den Krebs besiegt hatte, gab es noch immer keine Abhilfe für die Schäden an den Bronchien, und mit zweiundsechzig war mir jeder Atemzug wichtig. Das Schild war eine Frage des Prinzips, desgleichen die boshaften kleinen Hinweisschilder an den Seifenspendern in den Toiletten, die darauf hinwiesen, dass ihr Inhalt *An Tieren getestet* war.

Am Morgen nach der Wahl war ich der Einzige im Büro, der nicht zu spät kam und keinen Kater hatte. Trat jemand ein, blickte ich von den Online-Nachrichten auf (Panik in Whitehall, das Pfund in freiem Fall, Unruhen in Kensington, die Flughäfen gestürmt) und sagte: »Ach, du bist bis zum amtlichen Endergebnis aufgeblieben? Wer hat gewonnen?«

Nachdem ich meine anarchistische Glaubwürdigkeit dergestalt unter Beweis gestellt hatte, warf ich abermals einen verstohlenen Blick auf die Ergebnisse. Die Zusammensetzung der neuen Regierung war noch nicht offiziell, es wurde noch darüber gestritten, doch es sah so aus, als ob sie aus Republikanern, New Labour, True Labour und ein paar Radikalen gebildet würde, mit den Gewerkschaftlern als offizieller Opposition und den kleinen Parteien auf den Flügeln. Und davon gab es einige – selbst die World Socialists (der neue Name der SPGB) hatten genug Erststimmen zusammengekratzt, um einen Abgeordneten zu stellen.

Schade, dass meine Eltern das nicht mehr erleben konnten. Die Partei hatte hundertelf Jahre gebraucht, um ins Parlament zu kommen, doch bis zur weltweiten Mehrheit im fünfundzwanzigsten Jahrhundert war es natürlich immer noch ein weiter Weg.

Anschließend beschäftigte ich mich wieder damit, die für elf Uhr anberaumte Sondersitzung des Exekutivkomitees zu organisieren. Zwei der Mitglieder gingen nicht ans Telefon, es meldete sich nicht einmal ein Anrufbeantworter: bei Aaronson (Forschung) und Rutherford (internationale Kontakte). Hm. Anstatt mit unserer internen Sicherheitsabteilung (denn die war allem Anschein nach von Polizeispitzeln unterwandert) nahm ich sogleich mit mehreren potenziellen Anwärtern auf diese Positionen Kontakt auf und beauftragte sie mit Nachforschungen.

Die übrigen sieben aber erschienen pünktlich auf meinem Monitor und umgekehrt. Ich beschloss, zu Aaronson und Rutherford nichts zu sagen, und zuckte bloß die Achseln, als während der Präliminarien, als die Sitzungsteilnehmer Papiere zurechtlegten, Notebooks booteten, Platz nahmen und mich erwartungsvoll ansahen, die Rede auf sie kam.

»Also, Genossen«, setzte ich an, »wie es aussieht, haben wir nicht bloß eine neue Regierung bekommen, sondern ein neues Regime. Ihr mögt mich für einen romantischen alten Spinner halten, aber ich glaube, das ist der Beginn einer Revolution. Gewiss einer sehr britischen Revolution, doch sie wird sich eine Weile hinziehen, und Revolutionen folgen definitionsgemäß ihren eigenen Gesetzen. Ich würde nicht darauf wetten, dass die hier die gewollte Richtung einschlägt. Je nachdem, wie die Dinge laufen, könnte dies eine gute oder eine schlechte Nachricht für uns sein. Die Frage ist, wie können wir Einfluss nehmen?«

Die Augen auf dem Bildschirm schwenkten gleichzeitig ab, da sich alle der Reaktionen der anderen vergewissern wollten. Ewan Chambers, der schottische Republikaner, sprach als Erster.

»Ich stimme mit Jon überein. In Glasgow ging es vergangene Nacht ziemlich wild zu, etwas mehr als eine Straßenparty und noch nicht ganz ein Aufstand. Und so weit ich sehe, herrscht in Edinburgh eine bedrohliche Ruhe. Die Arbeiterpartei tut so, als hätte sie nicht nur ein paar Sitze, sondern gleich die ganze Wahl gewonnen.«

»Hier ist es ganz ähnlich«, sagte Julie O'Brien, die für uns in Südlondon die Jugendarbeit organisierte, »doch ich glaube nicht, dass wir uns bereits Sorgen machten müssen, die Trotzkisten könnten die Macht übernehmen und wir müssten alle verhungern. Betrachtet man die Zusammensetzung der neuen Regierung, besteht kein Zweifel daran, dass wir eine Republik bekommen werden, doch davon abgesehen ist ihr Programm ein Mischmasch liberaler und planwirtschaftlicher Ideen. Auf der einen Seite – Lockerung der Einwanderungsbestimmungen, Abschaffung der Prohibition, Rückzug der Truppen aus Griechenland und so weiter, auf der anderen Seite betreiben sie diese *Industriepolitik,* wollen alles zu einem einzigen großen System vernetzen und was nicht noch alles.«

»Komischerweise unter Einschluss eines Weltraumprogramms«, sagte ich. »Irgendwelche Anmerkungen dazu?«

Es entspann sich eine Diskussion, die ich beendete, sobald jemand Ayn Rand erwähnte. »Ich schlage Folgendes vor«, sagte ich. »Wir unterstützen es nicht, wir opponieren nicht dagegen, und falls es jemals funktioniert, fordern wir seine Privatisierung.«

Nichts ist besser geeignet, ein Komitee zu einigen, als ein Moment des geteilten Zynismus. »Also gut«, sagte ich, als das Gekicher verstummt war, »und jetzt zu den ernsteren Dingen. Das Hannoveraner-Regime sind wir Gott sei Dank los, aber wie Julie bereits sagte, stellt sich die Frage, wie es weitergeht. Die politischen Strukturen werden sich eine Zeit lang als recht flexibel erweisen. Aber wie wäre es, wenn wir versuchen würden, ein Stück Brachland in die Hand zu bekommen, und dann richten wir dort eine Freihandelszone, einen Freihafen oder etwas in der Art ein und investieren in unsere eigenen Taschen?«

Adrian Miss runzelte die Stirn. Er war verantwortlich für das Lobbying der Organisation. »Das könnten wir wahrscheinlich deichseln«, meinte er, »aber warum sollten wir das tun? Freihandelszonen sind bei richtigen Unternehmen besser aufgehoben als bei politischen Organisationen.« Auf dem Monitor blitzte sein Lächeln auf. »Wisst ihr, das erinnert mich an eine gewisse sektiererische Ideologie!«

»Ich will euch den Grund verraten«, sagte ich. »Wenn alles glatt geht, werden wieder ein paar von unseren Ideen getestet. Aber es könnte sein, dass das Land vor dem Auseinanderbrechen steht. Die Geschichte hat immer wieder gezeigt, was das bedeutet. Jeder rafft, so viel er kann. Ein Stück eigenes Land zu haben, wäre vielleicht ein entscheidender Vorteil.«

Ein Tumult brach los. Lediglich Julie und Ewan waren für meinen Vorschlag. Ich gab mich zurückhaltend und schlug vor, eine Mitgliederbefragung durchzuführen. Die Gegner des Plans stimmten zu, im Vertrauen darauf, dass der Vorschlag abgelehnt werden würde.

Nun stand Aaronsons und Rutherfords Abwesenheit auf der Tagesordnung. Ich schlüpfte in den Schafspelz und überzeugte das Komitee davon, die beiden auf keinen Fall ermorden zu lassen, sollte sich herausstellen, dass sie Spitzel gewesen und außer Landes geflohen waren.

Gegen Abend ergaben die von mir veranlassten Nachforschungen, dass man ihnen diskret einen Job bei der geplanten Nationalen Raumfahrtbehörde angeboten hatte und dass sie sich nicht getraut hatten, uns davon zu erzählen. Als ich das erfuhr, war ich durchaus versucht, sie ermorden zu lassen, kam aber nach einigem Nachdenken zu dem Schluss, sie lediglich aus dem Komitee auszuschließen.

Bei der Mitgliederbefragung erhielt der Plan, ein Gebot für ein Gewerbegebiet abzugeben, eine überwältigende Mehrheit, was ich von vorneherein gewusst hatte. In dieser Phase der politischen Umwälzungen konnte selbst ein Haufen Anarchisten nicht umhin, sich zur Abwechslung einmal vernünftig zu verhalten.

Ein Jahr später kontrollierte FreiRaum in Nordlondon eine Industriebrache mit ein paar leerstehenden Hochhäusern, die der Stadtrat loswerden wollte. Ein halbes Jahr später wimmelte es dort von engagierten Freiwilligen, und Adrian zog spielend Investitionen an Land. Nach weiteren sechs Monaten teilte eine Delegation von Arbeiter- und Arbeitgebervertretern dem Komitee mit, sie wären zwar sehr zufrieden mit dem Schutz unserer Miliz, bräuchten aber noch eine kleine zusätzliche Absicherung.

Bloß zur Beruhigung.

Julie meinte, es sei unmoralisch, Ewan meinte, es sei illegal, Arien meinte, es sei viel zu teuer, und ich sagte, ich würde jemanden kennen, der sie uns billig verschaffen könnte.

Mitschrift eines Telefonat, freigegeben 01/10/50 gemäß dem Gesetz zur Informationsfreiheit (der ehemaligen Regierung).

[*die automatische Ansage endet*]

JW: Hallo, Dave.

DR: Oh, hallo, du alter Schuft. Was kann ich für dich tun?

JW: Äh … wird das Gespräch verschlüsselt?

DR: Nein, aber ich bin sicher, du weißt, was du sagen kannst und was nicht.

JW: Scheiße. [*Pause*] Wir beabsichtigen, uns privat zu engagieren. [*Pause*]

DR: Hast du endgültig den Verstand verloren?

JW: Glaub nicht. Wie ich gehört habe, können ein paar deiner Freunde in den kommunistischen …

DR: … entarteten Arbeiterstaaten … [*Gelächter*]

JW: … die besten Angebote machen. Kannst du das deichseln?

DR: Ja, klar. Die haben bei uns Policen.

JW: Besser als Politik. [*Gelächter*]

DR: Ich verstehe bloß nicht, wofür du die brauchst.

JW: Geschäfte sind nicht dein Ding, was? [*Pause*]

DR: Na ja, es ist dein Leben. Lass mal sehen. Mist, okay, sagen wir nächste Woche … Dienstag, neun Uhr dreißig, Stanstead. Am Charterschalter.

JW: Bis dann, Kumpel.

DR: In Ordnung. Grüß Frau und Kinder. [*Gelächter*]

JW: Und du Geliebte und Anhang.

DR: Also, ich danke dir, Kumpel. Cheers.

JW: Slandge. [*Ende des Gesprächs*]

Über dem Südural gerieten wir in Turbulenzen. Ich stand auf dem schmalen Gang in der Nähe des Hecks, stützte mich an den Wänden ab und blickte starr aus dem letzten Fenster. Als das Flugzeug kippte, sah ich die Berge. Mit den langen Schatten der Morgendämmerung wirkten sie wie ein Gebirgsmodell aus Pappmaché. Etwas weiter in der Tiefe zerwehten simultan mehrere gleichartige kleine weiße Wolken. Eigenartig.

Das Flugzeug legte sich abermals auf die Seite, dann folgte ein Luftloch, dann ein rascher Aufstieg. Aus der winzigen Toilette kam ein Aufschrei.

»Alles in Ordnung?«

»Ja, klar!«, rief Reid. »Hab mich bloß geschnitten.«
»Was machst du eigentlich da drin?«
»Ich rasiere mich.«

Vor zehn, nein, fünfzehn Minuten, bevor ich ihm leichtsinnigerweise den Vortritt auf die Toilette ließ, hatte er sich Wangen und Kinn mit einem Elektrorasierer abgeschmirgelt. Meine Blase protestierte heftig. Du kannst meinetwegen Mikrorobots in deinen Eingeweiden rumkriechen lassen, teilte sie mir mit, aber es gibt gewisse Grenzen ... Es war höchste Zeit, endlich den Egoismus zu praktizieren, den ich immer predigte.

»*Was* rasierst du dir? Die Beine?«

»Die ... Handrücken«, antwortete Reid mit zusammengebissenen Zähnen. »Hab die Scheißgummihandschuhe vergessen, als ich zum ersten Mal die Kopfbehandlung durchgeführt habe.«

Er trat mit einem dümmlichen Grinsen und Rasierschaum an den Handgelenken aus der Tür. Hämisch lächelnd ging ich an ihm vorbei. Mein Strahl brachte die spucknapfgroße Toilettenschüssel aus Aluminium zum Klingeln. Anschließend spritzte ich mir kaltes Wasser ins Gesicht, knöpfte mir das Hemd etwas weiter auf und schmierte mir unbeholfen Deodorant in die Achselhöhlen, trocknete mir den Bart, bürstete mir das Resthaar, rieb mir den kahlen Schädel mit einem Handtuch ab und legte eine Krawatte an. Da ich mich die ganze Zeit bücken oder hinhocken musste und der Spiegel kaum größer als ein Make-up-Spiegel war, ließ sich der Erfolg meiner Bemühungen schwer einschätzen. Ich kicherte noch immer, jetzt da ich wusste, weshalb Reids Haar zwar ebenso grau wie meines, dafür aber lang und dicht war.

Genreparierendes Shampoo, sieh mal an! Welche Eitelkeit, dachte ich, während ich die Mundspülung ihre Arbeit verrichten ließ, dann spuckte ich aus und vergewisserte mich, dass meine Zähne funkelten.

Die North British Mutual hatte eine Schutzagentur hervorgebracht, und Reid war an deren Management-Buyout vor einigen Jahren stark beteiligt gewesen. Diesem Flug nach zu schließen, ging es der Gesellschaft für Wechselseitigen Schutz nicht schlecht. Der *Biznessman-Jet*, den sie für diesen Reiseabschnitt gechartert hatte, war zwar ein wenig beengt, ein wenig spartanisch, doch es gab immerhin eine Stewardess, eine usbekische Schönheit mit einem gefrorenen Lächeln, die kein Englisch sprach. Als ich meinen Sitz erreichte, war bereits das Frühstück serviert worden: Croissants aus der Mikrowelle und ein Kaffee, der, dem Geschmack nach zu schließen, ebenfalls in der Mikrowelle aufgewärmt worden war. Beides war recht heiß.

»In der Mikrowelle erwärmt, dass ich nicht lache«, grummelte Reid. »Wahrscheinlich haben sie das Zeug vors Radar gehalten.«

»Könnte eine Erklärung für die Turbulenzen sein«, sagte ich.

»Turbulenzen?«, schnaubte Reid. »Das waren Flakgeschütze, Mann.«

»Was!« Ich wandte mich alarmiert zum Fenster um.

»Keine Bange«, meinte Reid. »Das waren bloß Banditen. Eine 777 können sie in dieser Höhe nicht treffen.«

Unser Bodyguard, Predestination Ndebele, nickte bedächtig. Ein geschmeidiger, drahtiger Zimbabwaner, der für Reid arbeitete.

»Wenn du Angst hast«, bemerkte er, »kannst du ja versuchen, in Adnan zu landen.«

»Wenn du's sagst, Dez.«

Reid sah von den Papieren auf. »So viel ich weiß«, meinte er mit leichtem Stirnrunzeln, »hieß es früher Grivas.«

Wir flogen noch ein paar Stunden über eine erschreckend kahle Ebene, dann gingen wir mitten in der Einöde auf einem ausgewachsenen internationalen Flugplatz nieder, auf dem es von Militär- und Zivilfahrzeugen nur so wimmelte. In der Ferne waren Raketensilos und Startrampen zu sehen; in der Nähe eine aus niedrigen Fertighäusern bestehende Siedlung: Kapitsa, die Hauptstadt der Internationalen Technisch-Wissenschaftlichen Arbeiterrepublik, beziehungsweise das Testgelände Nummer Drei, irgendwo im Ödland zwischen Karaganda und Semipalatinsk gelegen. Teil des ehemaligen Kasachstans.

»Ich habe eine Überraschung für dich«, sagte Reid, als wir auf den Bus warteten.

»Was denn?«

»Wart's ab.«

Ich sah ihn an und zuckte die Achseln, duckte mich vor dem staubtrockenen Wind und versuchte, nicht allzu tief zu atmen. Die Radioaktivität sollte mittlerweile erträglich sein, doch ich deutete die Folgen des Jetlags bereits als einsetzende Strahlenkrankheit.

Das Fughafengebäude, eine von Neonröhren erhellte Halle mit Sitzen, Monitoren und Lautsprechern, sah im Grunde aus wie alle anderen, doch die Unterschiede sprangen ins Auge. Der Duty-Free-Shop war nicht abgetrennt, da es keine Zollschranke gab. Und auch keine Passkontrolle – bloß eine flüchtige Waffenregistrierung und einen Gang durch den Scanner. Das einzige Schmuggelgut von Interesse wäre eine Atombombe gewesen, und die hätte sich nicht so leicht verstecken lassen. Keine Touristen: Eintreffende wie abfliegende Fluggäste wirkten seriös: Männer in Anzügen und Uniformen. Nur sehr wenige Frauen, abgesehen von den Flughafenangestellten, die ihren Tätigkeiten mit einem beinahe aufreizenden Mangel an Eile nachgingen, was selbst für die Reinigungskräfte galt. Riesige Plakate mit den Köpfen von Trotzky, Koralew und Kapitsa blickten auf sie herab. Dies waren die Männer, die den Sowjets die Armee, die Rakete und die Bombe geschenkt hatten und dafür mit unterschiedlichen Dosen stalinistischen Terrors belohnt worden waren.

Überall war das irritierend häufige Ploppen von Blitzlichtern zu vernehmen. Fotografen wanderten durch die Menge, musterten eifrig die Gesichter und knipsten Offiziere, Politiker und Firmenvertreter, als handele es sich um Videostars. Die Betroffenen reagierten ganz ähnlich wie diese. Überall wurden von hässlichen, finster dreinblickenden Männern Posen eingenommen: Händeschütteln, Umarmungen, Schulter-an-Schulter-Stehen und Grimassenschneiden wie verrückt.

»Wohin jetzt?«, fragte ich, als Ndebele und ich für einen Moment am Rande der Halle stehen blieben. Reid musterte mich mit einem Anflug von Ungeduld.

»Wir sind da«, sagte er. »Hier bringen wir die Sache über die Bühne. Und zwar öffentlich, das ist der springende Punkt.«

Er näherte sich zielstrebig einer Nicafé-Filiale. Ich eilte ihm nach.

»Daher die Paparazzi?«

»Klar. Bleib cool«, meinte er zu Dez, der jeden anfunkelte, der uns ansah.

Wir tranken den ersten ordentlichen Kaffee dieses Tages an einem Tisch, der zu niedrig war, um bequem zu sein, ganz so, als wäre er dazu gedacht, den Kundendurchsatz zu erhöhen. Im Fernsehen sangen vier hübsche Südostasiaten in Ballkleidern aus pinkfarbenem Satin in fürchterlichem Englisch, bearbeiteten ihre Instrumente und hopsten auf der Bühne herum. Der Name der Gruppe wurde eingeblendet: die *Katoi Boys*.

»Das sind Jungs?« Dez hob die Brauen.

»Flüchtlinge aus Thailand«, meinte ich. »Meine jüngste Enkeltochter hat mir erzählt, die wären unter den Boygroups der letzte Schrei.«

»Abartig, Mann«, sagte Dez mit aufrichtig calvinistischem Missfallen. »Dekadent.«

»Ja, das findet die Islamische Republik auch«, bemerkte Reid, während er die Menge musterte. Ich drehte mich um. Eine groß gewachsene, schlanke Frau in einem knöchellangen Pelzmantel näherte sich uns mit einem breiten Willkommenslächeln. Fotografen trotteten ihr in respektvollem Abstand hinterdrein. Ich wäre beinahe hintüber gekippt, als ich sie erkannte: Es war Myra, meine Jugend-Ex aus dem Institut für sowjetische Studien in Glasgow.

»Hallo, Leute«, sagte sie. Sie fasste mich bei den Händen, legte die Wange an meine und flüsterte: »Lächle, verdammt noch mal!«, und ich wandte mich mit einem idiotischen Grinsen zu den Blitzlichtern um.

Eine meiner frühesten Erinnerungen betrifft seltsamerweise die Sowjetunion, den Weltraum und die Atombombe. (Ich erinnere mich nicht an meine Geburt, doch ich weiß, dass es am 5. März 1953 geschah, an dem Tag, als Stalin starb. Halten Sie davon, was Sie wollen.) Ich spielte auf dem Teppichboden unseres Hauses in Streatham, einem Vorort von London. Ich spielte mit einer Spielzeugrakete. Wenn man das Auge ans Loch am Ende drückte, konnte man den Teil eines Baumes erkennen, da die Rakete in Hongkong aus einer recycelten Dose hergestellt worden war. Nicht deshalb, weil die Firma ökologisch ausgerichtet gewesen wäre, denn diesen Begriff gab es damals noch nicht. Es war halt eben billiger.

Mein Vater, der am Frühstückstisch saß, blickte mich über den *Manchester Guardian* hinweg an.

»Die Russen haben eine Rakete ins All geschossen«, sagte er. »Hoch in den Himmel, und jetzt umkreist sie die Erde.« Er malte einen Kreis in die Luft.

Ich fand das beunruhigend. In meiner Vorstellung

stellten die Russen eine große, vage Bedrohung dar. Sie hatten einem Freund meines Vaters übel mitgespielt, einem alten Herrn, dessen Foto gerahmt über dem Kamin hing: Karl Marx. Die Russen hatten ihn *entstellt*. Was immer das war, es klang Furcht erregend.

Ich hob die Spielzeugrakete hoch, und als ich den Arm nicht mehr weiter strecken konnte, drehte ich sie um und senkte sie wieder ab. Zum ersten Mal fiel mir auf, wie sehr sie einer Bombe ähnelte. Ich hatte mal gesehen, wie man aus einem Garten am Ende der Straße mit einem Kran eine Bombe hochgehievt hatte, unter den Augen zweier Polizisten, eines Dutzends Soldaten und einer faszinierten Menschenmenge. Nach dem Krieg zwischen den Briten und den kapitalistischen Deutschen hatte sie zehn Jahre lang in der Erde gelegen.

»Heißt das, die können jetzt Bomben aus dem Weltraum abwerfen?«

Vielleicht weil er enttäuscht war über meine Reaktion auf diese aufregende Neuigkeit, hatte sich mein Vater abermals der Zeitung zugewendet, doch nun senkte er sie wieder, und seine Miene hellte sich auf.

»Ja!«, sagte er triumphierend. »Genau das heißt es. Sehr klug, Jonathan. Und jetzt werden die Amerikaner und alle anderen Raketen bauen und Bomben reintun.«

Meine Mutter blickte ihn finster an.

»Aber das macht nichts«, setzte mein Vater eilig hinzu, erhob sich, schüttelte die Serviette aus und faltete die Zeitung zusammen. »Die Arbeiter werden nicht zulassen, dass sie die Bomben auch abwerfen. Das werden wir verhindern, nicht wahr?«

»Ja«, sagte ich. »Das tun wir.«

Ich wusste von meinen Spielkameraden in der Straße, dass die Ansichten meiner Eltern in Streatham wenig Anklang fanden, doch ich wusste auch, dass Menschen in aller Welt, sogar in fernen Ländern wie

Australien und Neuseeland, mit ihnen übereinstimmten. Alles in allem waren es *Aberhunderte*.

Diese große Macht würde die Bombe aufhalten. Ich spielte weiter mit der Rakete, und mein Vater verließ peifend das Haus, um mit dem Zug der Lohnsklaven zur Arbeit zu fahren.

»Reid hat mir gesagt, er habe eine Überraschung für mich«, plapperte ich los, »aber ich muss sagen, ich bin einfach baff. Wie, in aller Welt, bist du ausgerechnet hier gelandet?«

Myra lächelte. Sie sah gut aus, beinahe so, als sei sie in vierzig Jahren gar nicht so sehr gealtert, doch das war bloß Teil der Illusion, die mich davor bewahrte, mich selbst alt zu fühlen. Man konnte die pergamentene Beschaffenheit der Haut erkennen, die Falten in ihrer noch immer eindrucksvollen Straffheit.

»Ich kam in den Neunzigern hierher, um zu forschen«, erklärte sie, »und dann wurde mir klar, dass diese Leute Unterstützung brauchten und dass es mir Spaß machte, ihnen zu helfen. Sie hatten damals noch schwer unter den Folgen der Atomtests und der Abwanderung von Wissenschaftlern zu leiden. Sie brauchten so viele Akademiker, wie sie kriegen konnten, und ich konnte eine Menge Unterstützung von den amerikanischen Wohlfahrtsorganisationen an Land ziehen. Dann verliebte ich mich in einen Armeeoffizier, wir heirateten, und zu unserem Glück stand er mehrere Bürgerkriege, Militärputsche und Umstürze hindurch auf der richtigen Seite. Und deshalb bin ich hier, als Volkskommissarin für Sozialpolitik.« Sie schwenkte die Hand. »Ich kann so viele Verträge unterzeichnen, wie ich will, deshalb habe ich nicht das Gefühl, nur mit inneren Angelegenheiten beschäftigt zu sein.« Sie lachte. »Ihr wisst schon, Weiberkram.«

Ich schüttelte den Kopf. »Dann ist aus Reid also ein

Kapitalist und aus dir eine Bürokratin geworden – verdammt noch mal, ich bin hier anscheinend der einzige Revolutionär!«

»Ich bin *keine* Bürokratin«, sagte Myra nicht ohne Arroganz. »Ich wurde bei einer regulären Wahl gewählt. Wir haben hier nämlich eine Demokratie.«

Reid packte Dokumente aus und verteilte sie auf dem Tisch. »Ja, Myra, du hast gewiss deinen hinreißenden jungen Leutnant gewonnen. Dessen Faktion hat dem Begriff ›entarteter Arbeiterstaat‹ eine ganz neue Bedeutung gegeben.«

»Der Witz ist alt«, sagte Myra, doch ich konnte erkennen, dass sie nicht verärgert war. »Ich will dir einen noch älteren erzählen. Einen sowjetischen. ›Woher wissen wir, dass der Marxismus eine Philosophie ist? Wäre er eine Wissenschaft, hätte man ihn erst an *Hunden* ausprobiert.‹«

Ihr Tonfall drückte eine solch vernichtende proletarische Verachtung aus, dass wir alle lachen mussten, dann sagte Myra scharf: »Also gut, Genossen, diese Leute waren Hunde, und sie haben etwas zum Laufen gebracht. Ich wünschte, ihr könntet ein paar Tage hier bleiben und euch das ansehen. Oder kommt mich doch im Oktober besuchen.«

»Warum im Oktober?«

»Zu den Hundertjahrfeiern«, antwortete Myra. »Wir planen ein *richtig eindrucksvolles* Feuerwerk.«

»Das kann ich mir denken«, meinte Reid trocken. »Zweifellos das größte, das die Welt je gesehen hat. Bedauerlicherweise müssen wir uns um unsere eigene Revolution kümmern.«

Myra seufzte. »Die Geschäfte … Sind die Verträge fertig?«

»Es fehlen bloß noch die Unterschriften.«

Wir unterzeichneten, Blitzlichter ploppten, und das war's dann. Die Welt würde erfahren, dass ich die Bombe besaß.

Beim Zusammenbruch der Sowjetunion fand sich Kasachstan eine Zeit lang in der ungewohnten Rolle einer Großmacht wieder, da auf seinem Gebiet zahlreiche Atomwaffen lagerten. Beim Zusammenbruch Kasachstans behielt eines der Fragmente einige (andere und bessere) Atomwaffen übrig, mit dem Unterschied, dass die Internationale Technisch-Wissenschaftliche Arbeiterrepublik – die ursprünglich lediglich eine Division ehemals sowjetischer Raketentruppen, ein paar tausend radioaktiv verseuchte Kasachen und einen Steppenstreifen umfasste – gewusst hatte, was sie damit anfangen sollte.

Sie exportierte die nukleare Abschreckung. Nicht die Waffen selbst – das wäre – Gott bewahre! – illegal gewesen, sondern bloß die willkommenen Folgen, die sich aus ihrem Besitz ergaben. Wir hatten einen Standardvertrag, der die Option umfasste, gegen jeden, der Atomwaffen gegen uns einsetzte und keinen umfassenden Schadenersatz dafür leistete, einen Atomschlag auszulösen. Jeder, der uns – versehentlich oder vorsätzlich – mit Atombomben angriff, musste entweder dafür blechen oder wurde seinerseits bombardiert.

Die Schönheit dieses Arrangements bestand darin, dass unbegrenzt viele Klienten – je mehr, desto besser – Anspruch auf eine relativ kleine Anzahl von Sprengköpfen hatten, was Ähnlichkeiten mit geteilten Währungsreserven hatte. Außerdem bedeutete es, dass jeder, der der ITWAR ein verlockendes Angebot für den Erstschlag unterbreiten wollte, mehr bieten musste, als sämtliche Abschreckungskunden zusammen zahlten, und diese Summe wäre weit größer gewesen, als der für den Bau eigener oder den Diebstahl fremder Atomwaffen erforderliche Betrag. Daher war die Gefahr, dass das System für eine atomare Aggression genutzt wurde, gering. Vor allem aber war die atomare Abschreckung zum ersten Mal jedem zugänglich, der bereit war, dafür zu zahlen, und die Kosten waren so niedrig, dass jedes Land sie sich leisten konnte.

Zumal in Anbetracht des Wettbewerbs: verbrecherische U-Boot-Kommandanten, Raketenmannschaften in Sibirien und Alaska, die zur Abwechslung mal echtes Geld sehen wollten, Gruppen ehrgeiziger Offiziere in Afrika – alle hatten sie angefangen, Anteile am Familienplutonium zu verscherbeln.

Ein weiterer Triumph des freien Marktes.

Nicht alle waren damit einverstanden.

»Als ich dich im Fernsehen mit diesem magersüchtigen Flittchen gesehen habe«, schimpfte Annette, »dachte ich schon, du würdest mit ihr durchbrennen! Aber das hier *ist noch schlimmer*!«

Nein, das ist es nicht, dachte ich, und ich hatte Recht. Wir stritten uns, wir diskutierten, wir kamen darüber hinweg. Das waren bloße Ideen, keine Körper. Ich hätte ein wirklicher Massenmörder sein können und nicht bloß ein potenzieller, und es hätte sie trotzdem mehr verletzt, wenn ich mit einer Anderen ins Bett gegangen wäre.

Nicht, dass ich ihr dies gesagt hätte. Manche Waffen behält man besser in Reserve.

Wilde musterte misstrauisch das Paket und die beiden Waffen, die Tamara auf den Tisch gelegt hatte. Er hob das Paket hoch und legte es dann wieder hin.

»Was ist da drin?«, fragte er. »Eine Atombombe?«

Tamara sah vom Scanner auf, mit dem sie die neuesten Karten des Fünften Viertels herunterlud, und schüttelte den Kopf. »Keine Atomwaffen«, meinte sie entschieden. »Die Zündung von Atomwaffen innerhalb der Stadtgrenzen stellt ein schweres Vergehen dar.«

»Freut mich zu hören«, sagte Wilde. »Wenn Sie fertig sind, können wir gehen.«

»Mehr oder weniger.« Tamara faltete den Scanner zusammen. »Wir müssen allzeit bereit sein, aber das heißt nicht, dass wir gleich aufbrechen müssen. Reid wird eine Verhandlung buchen, und wir werden binnen dreizehn Stunden benachrichtigt.«

»Sollten wir uns nicht vorbereiten?«, fragte Wilde. »Mit den hiesigen Gesetzen kenne ich mich nicht aus, von Talgarths Gesetzbuch ganz zu schweigen.«

»Oh, das stimmt«, meinte Tamara. »Die Unsichtbare Hand wird sich darum kümmern. Wenn Sie wollen, können Sie sich einen Berater nehmen, aber wenn Sie mich fragen, reicht es aus, wenn Sie sich von der Unsichtbaren Hand ein MacKenzie-Avatar zur Verfügung stellen lassen.«

»Ein *was*?«

»Einen Softwareagenten, der Sie berät, wenn Sie vortragen.«

»Aha«, meinte Wilde. »Fortschritt.«

Tamara ging in die Kochnische hinüber und machte eine große Kanne Kaffee.

»Erwarten Sie Besuch?«

»Verbündete«, antwortete Tamara. »Die Unsichtbare Hand schickt mir welche.« Sie lächelte ihn schelmisch an. »Nichts für Sie.«

»Betrachten Sie mich als einen solchen«, sagte Wilde. Er blickte sich suchend im Zimmer um. »Kann man sich hier auf dem Laufenden halten?«

Tamara blickte ihn merkwürdig an. »Ja, klar.«

Sie ging zu einem Regal, nahm einen Fernsehschirm zur Hand, rollte ihn aus und hängte ihn hinter dem Tisch an die Wand. Der große Wasserkessel summte. Sie kümmerte sich darum. Wilde sah auf den Bildschirm, fing Tamaras Blick. Er deutete auf die leere graue Bildschirmoberfläche.

»Oh!« Tamara tippte sich an die Schläfe. »Tut mir Leid. Haben Sie keine Kontakte?«

»Davon hat mir der Robot anscheinend nichts erzählt«, meinte Wilde.

Tamara wies ihn auf einen guten Laden hin, wo er Kontakte kaufen könne, und beschrieb ihm den Weg. Er schrieb mit, zeichnete eine Karte, zeigte sie Tamara und brach auf. Eine halbe Stunde später kam er blinzelnd und mit staunend geweiteten Augen zurück. »Wow!«, sagte er immer wieder. »Du meine Güte!«

Tamaras Verbündete trafen einzeln und zu zweien im Laufe der nächsten Stunde ein: Am Ende befanden sich ein Dutzend Personen im Raum; sie saßen am Tisch, überprüften ihre Waffen und tranken Tamaras Kaffee. Die meisten rauchten, und alle hatten fest gefügte Meinungen zu einzelnen Aspekten des Falles und brachten Wilde ein schüchternes Interesse entgegen, das ihn verlegen machte. Ein von den Toten Auferstandener! Wilde konnte sich ihre Namen nicht merken und verlor alsbald das Interesse an ihren Obsessionen, als er von einer Gruppe überwiegend magerer, überwiegend junger, ausnahmslos schwer bewaffneter Fremder in die Ecke gedrängt wurde, die ihm Dinge über ihn sagten, von denen nicht einmal er selber wusste.

»Ich habe immer geglaubt, Ihre späteren Arbeiten, welche die Verschwörungstheorie entlarven, wären gefälscht, und zwar von den Verschwörern …«

»Nein.«

»… und Norlonto, das war doch bestimmt eine ideale Gesellschaft …«

»Nein.«

»… der Grundgedanke des Abolitionismus, der besagt, Maschinenintelligenz verfüge über ureigene Rechte, gründete auf den gleichen Voraussetzungen wie die Manifeste der Weltraumbewegung …«

»Nein.«

»Man sagt, dies alles sei die Folge davon, dass Reid ihre Frau gevögelt hat …«

»Nein.«

Und so weiter.

Und dann horchten alle auf und verstummten auf einen Schlag, auch Wilde, der seine Kontakte mittlerweile auf den Fernsehbildschirm eingestellt hatte. Wie die meisten Nachrichten, die auf den Kanälen von Ship City liefen, wurden auch diese von einem aufgeregten Kind vorgetragen. (Wilde hatte seine Meinung zu dieser wirklich genialen und angemessenen Form von Kinderarbeit bereits kundgetan.)

»Neue Nachrichten!«, sagte das blondlockige Mädchen auf dem Gerichtskanal. »Drei sensationelle Entwicklungen! David Reid verklagt die Abolitionisten auf Rückgabe seines Gynoids Dee Model! Und … er verklagt den seit langem toten Anarchisten und Nuklearterroristen Jonathan Wilde in einem ähnlich gelagerten Fall! Drittens haben Dee Model und ein anderer Abolitionist von Dritten bezeugen lassen, dass sie den bekannten Künstler Anderson Parris ermordet haben! Ein Sturm der Entrüstung – in Kürze werden Belohnungen ausgesetzt!«

Bilder der erwähnten Personen zoomten Schwindel erregend über den Monitor, dann teilte sich der Kanal in Unterkanäle auf, die verschiedene Aspekte des Falles untersuchten, einschließlich der Biographien der beteiligten Personen und der eschatologischen Bedeutung des Erscheinens Jonathan Wildes.

»*Nuklearterrorist?*« Der Mann, der gesprochen hatte, hieß Ethan Miller. Er wirkte älter als die meisten, hatte glattes schwarzes Haar, seine Haut hatte die Farbe des übelriechenden Tabaks, den er rauchte, und sein Gesicht glich einem schartigen Kriegsbeil. Er war lediglich mit einer Lederhose und einem zerschlissenen Universalgleichungs-T-Shirt bekleidet, von dem er behauptete, es sei ein Original, wenngleich die Malley-Gleichungen in Stoffform mittlerweile noch mehr Löcher hatte als je in der Realität. »Sie sollten sie deswegen verklagen, Mann!«

»Nein.«

Die nüchternere Erklärung der Unsichtbaren Hand verdrängte die Nachrichtenkanäle; die beteiligten Parteien wurden aufgefordert, am nächsten Tag um zehn Uhr vor dem Gericht des Fünften Viertels zu erscheinen.

»Also gut!«, übertönte Tamara den Lärm. »Ihr habt es gehört! Und jetzt los!«

Die folgende Entwicklung war weniger hektisch als Tamaras Bemühungen, sie zu organisieren. Der Gerichtstermin war offenbar mühelos einzuhalten. Die Anwesenden packten ihre Sachen zusammen und brachen auf, gefolgt von Tamara, Wilde und Ethan Miller. Tamara schloss ab und machte das Haus scharf – bloß um einer unrechtmäßigen Durchsuchung vorzubeugen, wie sie erklärte –, dann begaben sich alle zum Kai.

Die Sonne stand tief am Himmel und verwandelte die Hochhäuser des Stadtzentrums in eine riesige Tiara aus Gold und Edelsteinen. Auf der Insel des Circle Square packten die Straßenhändler zusammen, während die ersten Roadies bereits die Soundanlagen für die am Abend spielenden Gruppen aufstellten. Die Abendluft war geschwängert vom Geruch des Frittier- und Motorenöls und dem süßlichen Duft des Cannabis. Die Spätheimkehrer oder Frühankömmlinge an den Tischen der Straßenbars beobachteten die leise sich unterhaltende vorbeimarschierende Gruppe mit heimlicher Besorgnis und gaben mittels versteckter Gesten Kommentare ab, aus denen bisweilen ein aufmunterndes Lächeln wie eine Waffe hervorstach.

»Was passiert eigentlich mit Dee und Ax, wenn sie geschnappt werden?«, fragte Wilde.

Tamara brummte. »Kommt drauf an, wie aufgebracht die Leute sind, die sie schnappen«, meinte sie. »Wahrscheinlich werden sie bloß festgenommen und angeklagt, und zwar von dem, der einen Schaden geltend macht. Ich schätze, auf Anderson Parris' Kopf war eine hübsche Summe ausgesetzt.«

»Ja, gut ...«, sagte Wilde. »Das kapier ich schon. Aber was passiert mit ihnen, buchtet man sie ein?«

»Einbuchten?« Tamara klang verblüfft. »Ach, Sie meinen, ob sie bestraft werden. Das hängt auch wieder davon ab. Jemanden zu töten, kann unter Umständen ein schweres Vergehen sein.«

»Ja«, meinte Wilde trocken. »Und wovon hängt die Strafe ab?«

»Keine Sorge«, sagte Tamara. »Scheiße, wenigstens haben sie Zeugen angerufen. Das macht viel aus, wenn man sich nicht versteckt ... Davon abgesehen, kommt es auf die Verluste des Opfers an, verstehen Sie? Emotionaler Stress, entgangene Lebenserfahrung und Verdienstausfälle, die Beeinträchtigungen der ihm nahestehenden Personen – das alles wird addiert und mit der Ausfallzeit multipliziert.«

»Ah, ja«, meinte Wilde. »Ausfallzeit. Ich glaube, ich würde Sie besser verstehen, wenn Sie mir genau erklären würden, was *Ausfallzeit* bedeutet.«

Sie hatten mittlerweile den Kai erreicht, wo Tamaras Dinghy auf den Wellen schaukelte. Die anderen enterten ihre eigenen Booten, eine Flottille von Skiffs, kleinen Motor- und Schlauchbooten. Tamara kletterte ins Dinghy, und Ethan Miller reichte ihr die Ausrüstung, dann half sie Wilde an Bord. Er setzte sich an den Platz am Bordrand, den sie ihm zuwies.

»Ausfallzeit«, erklärte Tamara, während sie ablegte und den Motor anließ, »ist die Zeit zwischen dem eigenen Tod und der Wiederkehr. Ein Back-up ist teuer, verstehen Sie, und das Züchten von Klonen kann *Monate* dauern, zumal wenn man einen guten haben will, ohne Krebs und so 'nen Scheiß. Als Normalbürger lässt man jedes Jahr ein Back-up machen, würde ich mal sagen, und man hat eine Schnellklonierungspolice. Wenn man richtig reich ist wie dieser Parris, macht man jede Woche eins. Aber mit dem Klonen dauert's länger, und die Verluste werden größer, da das Einkommen höher war. Das gleicht sich also irgendwie aus, aber es ist trotzdem immer noch billiger, als arme Leute zu töten.«

Sie lächelte ihn an und gab Gas. »Klassengesellschaft ist schon scheiße.«

»Hm«, machte Wilde, ohne sich festzulegen. »Und was ist, wenn jemand kein Back-up hat machen lassen? Wenn er nun tot bleibt?«

»Jeder hat Back-ups«, erwiderte Tamara, erstaunt über seine Unwissenheit. »Niemand bleibt tot. Herrgott noch mal.«

Sie konzentrierte sich darauf, das Boot durchs aufgewühlte Kielwasser ihrer Begleiter zu steuern, sodass ihr Wildes schmerzlicher Blick entging. Allein der Bootsrobot bemerkte ihn, und der konnte ihn bloß aufzeichnen, nicht aber verstehen.

Die vom Wüstenstaub gerötete tief stehende Sonne blendet Dee. Sie schützt ihre Augen mit der Kapuze, rafft den Umhang fester zusammen. Als sich ihre Augen angepasst haben, erkennt sie einen Millimeter neben dem Gleißen, weit im Westen am Ende des funkelnden Strichs des Steinkanals, den zerklüfteten schwarzen Rand der Madreporenberge. Sie sitzt auf dem Boden und hat die Arme um die Knie geschlungen, die zusammengedrückte Spitze kitzelt sie am Arm. Auch Ax hat sich hingesetzt und lehnt sich an ihren Rücken. Sie sitzen inmitten einer Art Raubvogelhorst, einer funktionslosen Höhlung in der löchrigen Wand des Turms. Die Löcher sind durch nicht minder unerklärliche Tunnel miteinander verbunden, die jedenfalls die längeren und viel breiteren Gänge im Inneren belüften. Der große, wie ein Schwamm durchlöcherte Turm wird seit Jahrzehnten von kleinen Betrieben und Siedlern genutzt. Falls er überhaupt künstlichen Ursprungs ist, wurde er mit allergrößter Wahrscheinlichkeit nicht für menschliche Bewohner angelegt, doch Menschen sind vor allem einfallsreiche und anpassungsfähige Tiere. In der Beziehung kennt Dee sich aus. Sie findet dies zwar bewundernswert – wie ihr jetzt bewusst wird –, vermag aber nicht recht stolz darauf zu sein. Das ist nicht ihre Spezies.

Auf die Schlussfolgerung, dass Menschen nicht ihre Spezies sind, ist sie erst heute Nachmittag gekommen. Es ist ein wenig enttäuschend, da sie sich einige Tage lang ganz wie ein Mensch vorgekommen ist, und sie ist fest entschlossen, dies für sich zu behalten, zumal wenn die Frage ihres Menschenstatus zum Gegenstand eines Expertenstreits werden sollte. Doch anders vermag sie sich nicht zu erklären, weshalb es ihr so wenig ausmacht, Menschen zu töten.

Selbst in Anbetracht der Tatsache, dass sie wiederkehren – das Bewusstsein aus einem langsamen Computerspeicher stammend, der Körper aus einer Retorte –, muss ihnen das Getötetwerden doch große Schmerzen und eine Menge Unannehmlichkeiten bereiten. (Das ist etwas anderes, als *tot* zu sein, ruft ihr der Wissenschaftler pedantisch ins Gedächtnis – ein anderer Speicher, eine andere Wiederherstellung, ein anderes Problem. Ja, ja, erwidert sie, und als dieses Ich wieder offline geht, denkt Dee flüchtig an Annette, die Frau, deren Genotyp sie besitzt, wie sie jetzt weiß. Sie denkt daran, dass sie tot ist, sie denkt an Codes und Speicher, und das System stellt eine flüchtige Verbindung her, aber dann bricht sie auch schon wieder ab … Sie ist im Moment zu sehr mit anderen Dingen beschäftigt.)

Der Schmerz und die Unannehmlichkeiten sind für Ax das Ausschlaggebende. Es macht ihm großen Spaß, jemanden umzulegen, der ihn einmal ausgenommen, ihn finanziell, psychisch oder sexuell ausgebeutet hat. Er gluckst vor Vergnügen, wenn sie, von Dees oder von seinen Kugeln getroffen, zu Boden gehen. Bislang waren es drei, und es werden noch mehr werden. Im Grunde ist es Dee scheißegal. Sie weiß, dass sie empfindungsfähig ist, dass sie Mitgefühl empfinden kann und sogar über eine Ethik verfügt – sie ist in ihr drin, in die Schaltungen ihrer meisten Bewusstseine eingebrannt –, aber auf Menschen wie Parris oder die Frau, die Ax vor zwei Stunden in einem Keller abgestochen, oder den Mann, den sie in einem Hauseingang erschossen hat, findet dies alles anscheinend keine Anwendung. Vielleicht gilt das ja bloß für die eigene Spezies, woraus folgert, dass diese Leute einer anderen Spezies angehören.

Wie sie so in die Sonne blinzelt und nach Kopfgeldjägern Ausschau hält, nach Anzeichen von Menschenaufläufen, kommt ihr der Gedanke, dass es vielleicht noch eine andere Erklärung gibt. Vielleicht ist sie ja doch menschlich, bloß ihre Opfer sind es nicht. Vielleicht haben sie alle eine parasitäre Mimikry gemeinsam, die sie durchschaut. Einer der Handlungsfäden, die sie in der Nacht durchspielt, wenn es sie nach kräftigerer Kost als die üblichen Romanzen verlangt, dreht sich um Vampire. Sie fragt sich, ob die vorgeblich menschliche Spezies – oder Gattung – sich vielleicht in richtige Menschen und hohle Nachbildungen unterteilt, die Vampiren gleichen und sich von den Lebenden ernähren. Sie zu töten wäre etwas völlig anderes, als richtige Menschen umzubringen, die sich lediglich von Pflanzen, Tieren und Maschinen ernähren.

Ein interessanter Gedanke.

Sie hört, wie Ax ausatmet, die Lungen leert. Sie stemmt den Rücken gegen die Wand, um sich gegen die erwartete Detonation und die Druckwelle zu wappnen. Im nächsten Moment erbebt ihr Körper.

»Getroffen!«, sagt Ax.

Dee braucht sich nicht umzuschauen. Die Rampe liegt fünf Meter unterhalb ihres Ausgucks und ist etwa zwanzig Meter entfernt, und sie kann sich den reglosen Körper des Bankiers mühelos vorstellen. Auch die Gesichter und Linsen, die sich gleich darauf in ihre Richtung wenden …

Aber Ax und Dee haben sich bereits in die Mulde hinuntergewälzt und sind nicht mehr zu sehen. Hinter einem metergroßen Loch im künstlichen Fels liegt eine geschwungene Rinne, die sie geduldig eine halbe Stunde lang emporgeklettert sind. Die glasartige Oberfläche erschwert den Aufstieg und erleichtert den Abstieg. Dee steigt als Erste hinein, mit den Füßen voran, in den Umhang gehüllt. Das Gefälle am Ende ist groß; ihre Hüftbänder werden überdehnt, ihre Fersen aufgeschürft – eine Aufgabe für die Subroutinen des Chirurgen. Sie dreht sich um, breitet die Arme aus und fängt Ax auf, als er herabgeschossen kommt.

Der Gang, in dem sie sich befinden, besitzt einen rechteckigen Querschnitt mit quasi-organisch abgerundeten Ecken und ist in beide Richtungen sanft gebogen. Die perlmuttartig schimmernde Oberfläche ist zernarbt, mit chitinartigen Linsen und Membranen besetzt – außerdem hat man brutal Bürofenster und Türen hineingebrochen und Mikrofone und Kameras angebracht. Das Schrillen des Alarms hallt bereits durch den Gang und breitet sich durch die Leitungen aus. Der Soldat und der Spion, die sich Dees Sinne und Sender miteinander teilen, scannen und hacken. Einige Alarmsignale verstummen.

Aber nicht alle. Dee und Ax verständigen sich wortlos und rennen nach links. Sie wenden sich zu dem Aufzug, mit dem sie von der Straße hochgekommen sind. Vor ihnen öffnen sich Türen entlang des Gangs, abermals schrillt der Alarm. Ein schwarz uniformierter Aufpasser tritt hervor und hebt die Hand. Er steht ganz am Ende ihres Blickfelds.

»Zurück!«, keucht Dee.

Sie machen kehrt und laufen zurück. Die Schritte des Wachmanns folgen ihnen nach. Dee bemerkt aus den Augenwinkeln eine Bewegung hinter einem dünnen Wandabschnitt – kein Fenster, sondern im Gebäudeinnern gelegen. Sie läuft ein paar Meter weiter, dann bleibt sie stehen und dreht sich um. Der Wachmann gelangt gerade in Sicht. Sie zielt sorgfältig auf die dünne Stelle und schießt. Das Material zersplittert wie Glas, und eine blaue, Blasen werfende Flüssigkeit fließt heraus und ergießt sich auf den Boden. Der Wachmann rutscht darauf aus und stürzt, dann springt er wieder auf, reißt sich die Uniform vom Leib und ruft um Hilfe. Dee spürt vor sich eine widerstandsfähige Barriere – vielleicht ein Kordon von Schutzmännern; auf die Entfernung vermag sie es nicht genau zu bestimmen.

In der Nähe befindet sich in der Wand ein elliptisches

Loch. Jemand hat ›FLUCHTWEG?!‹ darüber gekritzelt. Dee sieht das Loch an, sieht Ax an, hebt die Brauen. Ax nickt.

Dee späht hinein. Eine dunkle Rinne, die sich steil in die Tiefe windet. Sie tritt hinein, legt sich auf den Umhang und lässt den Rand des Lochs los.

Sogleich saust sie in die Tiefe und kreist in einer nahezu vertikalen Spirale. »AAAAAHHHHH!«, schreit sie. Ihr unwillkürlicher Aufschrei kommt zu spät, denn Ax ist ihr bereits gefolgt. Seine Fersen befinden sich gefährlich dicht an ihrem kapuzenverhüllten Kopf. Sie beugt sich vor, was das Gefälle noch furchteinflößender macht. Die Knöchel hat sie überkreuzt, die Hände in den Umhang gekrallt. Mehr kann sie nicht tun, um zu verhindern, dass sie sich zu einer Kugel zusammenrollt. Die Wände der Röhre sind stellenweise transparent – bisweilen meint sie Hausdächer zu erkennen, dann wieder Innenräume mit verblüfften Gesichtern, die für Sekundenbruchteile ihren Blick erwidern. Der Geruch des angesengten Stoffs steigt ihr in die Nase.

Ihre übrigen Sinne sind völlig durcheinander. Sie beschränkt sich auf die distanzierte Perspektive des Systems, das bereits die ersten Schritte der Katastrophenroutine eingeleitet hat und sich auf den Ausfall somatischer Systeme vorbereitet. Einen Moment lang sieht sie vor ihrem geistigen Auge, wie sich ihr Rechner von den Überresten ihres tierischen Gehirns löst und aus der blutigen Masse ihres zerschmetterten Schädels hervorkriecht.

Dann verlangsamt sich ihr Fall, und es weitet sich um sie. Hinter ihren geschlossenen Lidern wird es hell. Sie öffnet die Augen und stellt fest, dass sie zwar immer noch in die Tiefe saust, aber allmählich langsamer wird. Sie zieht die Schultern ein, und wie auf ein newtonsches Stichwort hin donnert Ax gegen sie. Tageslicht und frische Luft, rufende Menschen.

Dee kommt auf dem Rücken liegend zur Ruhe. Alles dreht sich um sie. Sie setzt sich auf und blickt sich um. Ax liegt ein paar Meter entfernt, mit geschlossenen Augen und offenem Mund. Sie befinden sich auf einem Platz am Fuße einer flachen Böschung, die aus einem schwarzen, glasartigen Material besteht und vom Turm überragt wird. Zwischen Sitzbänken, Springbrunnen und den Eingängen anderer Gebäude starren Menschen zu ihr herüber.

Unmittelbar neben ihrer rechten Hand bildet sich im schwarzen Glas eine zentimetergroße Öffnung. Risse strahlen davon aus. Gleichzeitig vernimmt sie ein leises *Pock*.

Ein weiteres Loch, noch etwas näher.

»Schei-ße!«

Dee springt auf, taumelt zu Ax, packt ihn am Fuß und schleift ihn über den Rand der Böschung. Er plumpst einen halben Meter in die Tiefe. Mit einem Aufschrei öffnet er die Augen. Dee blickt zum Turm hoch, macht weit oben auf den Balkonen umherrennende Menschen aus. Aus Prinzip feuert sie ein paar Schüsse ab, dann zieht sie Ax auf die Beine.

»Lauf!«

Beide sind noch so benommen, dass ihnen das Ducken, Haken-Schlagen, Sich-Fallenlassen und Herumwälzen leicht fällt. Kurz darauf befinden sie sich inmitten der schreienden Passanten auf dem Platz, aber noch nicht außerhalb der Reichweite der Schützen auf der Turmspitze.

Noch immer geht alles drunter und drüber. Ax prallt gegen Passanten, arbeitet sich aber wie eine Flipperkugel immer weiter vor. Dee zwingt ihre vibrierenden Nerven, sich zu beruhigen, und sprintet auf einen überdachten Eingang zu. Im willkommenen Schatten angelangt, blickt sie sich um. Ax hat sich zu ihrem Entsetzen in ein Handgemenge verwickeln lassen. Drei Mädchen in Sekretärinnenkleidung schlagen auf seinen Schädel ein und treten ihm gegen die Schienbeine, während er sie gegen die Hüften schubst, ihnen auf die Füße tritt und sie auf die Schenkel boxt.

Dee tritt mit einem unheimlichen Aufschrei aus der Deckung und packt eine Handvoll langen blonden Haars. Sie reißt dem Mädchen den Kopf in den Nacken, langt mit der anderen Hand ins Gewühl und zerrt Ax am Kragen, bis er hinter ihr ist. Dann schiebt sie die Mädchen mit einer weit ausholenden Armbewegung auf einem Haufen zusammen und schließt zu Ax auf, der sich umsichtigerweise dafür entschieden hat, zu dem überdachten Eingang zu rennen.

Sie blickt auf Ax' gerötetes dunkles Gesicht nieder.

»Lauf!«, sagt sie.

»Wohin?«

»Mir nach!«

Vor ihren Augen tanzen Stadtpläne. Der Soldat blättert in der Projektion und markiert eine Route, blendet ihr Hinweisschilder ins Gesichtsfeld ein. Sie läuft eine Treppe hoch, biegt um eine Ecke, rennt über einen Parkplatz, klettert über ein Geländer und gelangt in eine lärmerfüllte Gasse. Sie tritt in Pfützen. Ax folgt ihr japsend.

Die virtuellen Pfeile verweisen auf einen Eingang. Dee rüttelt an der Klinke. Abgeschlossen. Sie zieht die Pistole, Ax aber legt ihr die Hand auf den Arm. Er grinst sie an, wirbelt auf dem einen Fußballen herum und tritt mit dem anderen Fuß gegen die Tür. Sie fliegt auf, dahinter liegt eine Treppe. Die Pfeile leuchten auf den Stufen wie die Spuren eines radioaktiven Riesenvogels mit entgegengesetzter Laufrichtung. Dee blickt nach links und nach rechts. Am Ende des Parkplatzes wird ein Kopf zurückgezogen.

Um weitere Neugierige abzuschrecken, feuert Dee einen Schuss auf die Ecke ab, hinter der der Kopf verschwunden ist, und steigt die Treppe hinunter. Ax tritt ein paarmal auf ihren nachschleifenden Umhang. Sie zieht ihn entrüstet hoch.

Am Fuß der fünfundzwanzig Betonstufen gelangen sie in einen großen Kellerraum; die Decke ist so niedrig, dass Dee gerade eben stehen kann. Von organischen Leuchtstoffen trübe erhellt, ähnelt er einem unterirdischen Parkplatz, obwohl es in dieser Gegend gar nicht genügend Fahrzeuge gibt, als dass eine solche Verwendung gerechtfertigt wäre. Stattdessen sind hier alte Maschinen gelagert, Kabelrollen und – zu Dees Verblüffung – offenbar auch Module für Raumfahrzeuge. Sie weiß, dass die Türme der Stadt teilweise aus original Raumschiffteilen gefertigt sind, doch die Bestätigung ist beinahe ein Schock für sie. Es ist, als wäre sie im Innersten ihrer Welt angelangt. Von hier aus *geht es nicht mehr tiefer hinab*.

Sie vernimmt Geräusche am Kopf der Treppe, dreht sich um und feuert eine weitere Kugel ab. Der Querschläger schwirrt sehr zufriedenstellend durchs Treppenhaus. Dann rennt sie los. Ihr Instinkt und die Hinweispfeile leiten sie in dieselbe Richtung; durch den Kellerraum hindurch, auf den Wassergeruch zu.

Sie können nicht geradeaus laufen, sondern schlagen Haken zwischen Kisten und Hardwareteilen, deren vom Weltraumstaub zernarbte Oberflächen mit Warnhinweisen, Instruktionen und Markierungen bepflastert sind – Dee fallen die Aufschriften ›Weltraumhändler, Karaganda‹ und ›Projekt Jupiter‹ ins Auge, und ein Teil ihres Bewusstseins hat Zeit, sich über diese Antiquitäten zu wundern. Hinter ihr und Ax, zwischen den Echos und dem Jaulen elektromagnetischer Interferenzen, macht sie Verfolger aus. Mehr als eine Person, und sie bewegen sich mit zielstrebiger Entschlossenheit.

Auf Bodenebene zeigt sich vor ihnen ein Lichtstreifen. Die Pfeile, die ihr die Leitsoftware ins Blickfeld projiziert, enden hier und blinken. (Als wenn sie nicht von selbst darauf gekommen wäre.) Im Laufen zapft sie die Steuersysteme eines breiten Rolltors an. Unter lautem Knirschen und Quietschen bewegt es sich nach oben. Als es dreißig Zentimeter hochgefahren ist, kommt es zur Ruhe. Dee bombardiert es mit Kurzdistanzradar, jedoch vergeblich.

Der Laserpunkt einer Zielvorrichtung taucht darauf auf. Dee lässt sich fallen und reißt Ax mit sich, sodass er weich fällt, was ihr weniger gut bekommt. Sie wälzt sich unter ihm hervor und schießt durch eine Gasse in die Richtung, wo sie die Bewegung ausgemacht hat. Hastig rammt sie einen neuen Ladestreifen in die Pistole und feuert erneut. Es blitzt, dann sirrt eine Kugel über ihre Nase hinweg. Sie schießt den Ladestreifen wahllos leer. Der Verfolger duckt sich hinter eine Kiste, und Dee wälzt sich abermals herum und kriecht auf den Torspalt zu. Er ist zu schmal für sie.

»Mach schon!«, zischt sie Ax zu. Sie braucht ihn nicht zu drängen. Er wälzt sich durch den Spalt und springt beiseite.

Sie hört ihn »Nicht!« rufen, dann verstummt er. Zwei mechanische Füße tauchen in der Lücke auf, stapfen bis zur Mitte der Tür. Metallklauen greifen unter der Tür durch und heben sie an. Die Tür rollt sich auf wie eine Alujalousie. Die Maschine, die das Tor anhebt, senkt gleichzeitig den Rumpf zwischen die Beine ab. Über Dees Kopf leuchtet ein schmaler Streifen Staubpartikel auf, als ein Laserstrahl von Industriestärke die Dunkelheit des Kellers durchschneidet.

Dee stößt verzweifelt den leeren Ladestreifen aus und setzt einen neuen ein, den sie aus ihrer Handtasche gekramt hat. Die Munition wird allmählich knapp. Sie wendet sich dem neuen Gegner zu. Es handelt sich um einen gedrungenen, auf dem Boden hockenden Roboter. Der Laser, der zwischen den beiden Rumpfhälften hervorschaut, feuert, schwenkt herum, feuert erneut. Viel zu dicht hinter ihr ertönt ein Schrei.

»Ich habe die Kopfgeldjäger geblendet«, sagt der Robot. »Aber ich glaube, du solltest jetzt rauskommen.«

Dee starrt ihn verblüfft an, dann erkennt sie, dass dies der Robot ist, den sie am Vortag in Wildes Gesellschaft gesehen hat.

»Ach, du bist es«, meint sie unfreundlich und kriecht ins Freie. Der Robot lässt das Tor herunterrattern und bringt obendrein noch den Schließmechanismus aus nächster Nähe mit einem Laserstrahl zum Schmelzen. Sie befinden sich an einem Kai an der Rückseite des Gebäudes, am Rande eines fünfzig Meter breiten Kanals, der an weitere Gebäuderückseiten grenzt. Abgesehen von ein paar langen, automatischen Frachtkähnen, die in einer Welt, die kaum anspruchsvoller ist als die Spielzeugwirklichkeiten der ersten AI-Experimente, ihrer Arbeit nachgehen, ist der Kanal leer. Es sieht so aus, als dringe Licht unter dem Tor hervor, aber das liegt bloß am Kontrast, denn es ist düster hier unten, vermutlich auch dann, wenn es nicht gerade Abend wird. Ax wartet zögernd in der Nähe, behält den Robot misstrauisch im Auge. Seine Kleidung ist an einer Stelle zerrissen; vermutlich hat ihn der Robot dort gepackt, überlegt Dee.

»Alles in Ordnung«, sagt sie. »Glaube ich.«

»Ich wollte euch bestimmt nichts tun«, meint der Robot. »Ich habe nicht die Absicht, euch auszuliefern, wie ich gerade eben wohl unter Beweis gestellt habe.« Er zeigt auf ein stromlinienförmiges Boot mit einem starken Außenborder und – was am erfreulichsten ist – einer kleinen, aber vor fremden Blicken schützenden Kabine.

»Kommt mit«, sagt er. »Es gibt viel zu tun.«

»Ja«, sagt Ax. Er steckt sich die Waffe unters zerrissene Hemd und zeigt auf Dee. »Guck dir bloß mal an, wie die aussieht.«

Während die Prozessverbündeten die großen Kanäle und die von Menschen bewohnten Viertel allmählich hinter sich ließen und in die Untiefen und Sümpfe einfuhren, schloss Tamaras Boot immer mehr auf. Als keine Kanäle mehr zu erkennen waren und sie sich zwischen schilfbestandenen Ufern in kleinen Wasserläufen und kaum befahrbaren Gräben einen Weg suchten, übernahm sie die Führung. In der Ferne, Richtung Stadtzentrum, donnerte ein Hovercraft über die Untiefen hinweg und scheuchte kilometerweit im Umkreis Vögel auf. Eine Schar Gänse flog in V-Formation über sie hinweg, goldene Flecken am tiefblauen Himmel.

»So was sehe ich bloß dann, wenn ich kein Gewehr dabeihabe«, seufzte Tamara.

Wilde schlug nach irgendwelchen Insekten. »Warum, zum Teufel«, fragte er, »mussten wir ausgerechnet diese Scheißmoskitos durchs Weltall transportieren?«

»Aus ökologischen Gründen«, meinte Tamara mit einem Anflug von Herablassung. Sie reichte ihm eine Tube ›Super Repellant‹. Wilde rieb sich ein und beobachtete anschließend voller Genugtuung, wie die kleinen schwarzen Plagegeister auf seiner Haut landeten und dann tot umfielen und in die Hölle fuhren, die ihren boshaften Zwei-Byte-Seelen vorbehalten war. Er erläuterte Tamara ausgiebig seine unorthodoxen theologischen Ansichten, womit er sie zum Lachen brachte.

Sie erzählte ihm von der Jagd auf Biomechanismen und ihren politischen Aktivitäten in der Abolitionistenbewegung. Abgesehen davon, dass er sie drängte, ihm detailliert das Bankensystem und die Organisationsformen und gesellschaftspolitischen Ziele der Abolitionisten zu schildern, war er kein schlechter Zuhörer. Anschließend legten sie sich in den Bug des Bootes und blätterten in Eon Talgarths Notizen über Jonathan Wilde. Bisweilen schaute er finster drein, häufiger aber lachte er laut auf. Ethan und Tamara wollten wissen, was denn da so komisch sei, und hin und wieder sagte er es ihnen. Nach einer Weile verstummte er, saß da und nahm sich noch einmal die ersten und letzten Seiten der Akte vor, dann kehrte er wieder an den Anfang zurück. Schließlich verstaute er die Papiere in Tamaras Tasche und blickte in die Sumpfwüste hinaus, die im Sonnenuntergang dalag wie eine riesige rote Blutlache.

Ship City liegt in den Tropen des Neuen Mars. Als die Sonne hinter dem Horizont versunken war, wurde es in Minutenschnelle dunkel. Wilde lächelte Tamara und Ethan zu und zündete sich eine Zigarette an.

»Es ist schon eigenartig, in der Dunkelheit sehen zu können«, meinte er. Er blickte sich abermals um. »Verdammt! Ich kann's!«

»Sie müssen die Zigarette abschirmen«, sagte Ethan. »Die blendet Sie.«

Wilde tat wie geheißen, schleuderte kurz darauf den Stummel ins Wasser und blickte zu den Sternen auf. Jetzt, da die Lichter des Menschenviertels hinter ihnen lagen und vor ihnen die weniger geordneten und wahllos aufflammenden Lichter des Fünften Viertels, war ihr Anblick weniger überwältigend als am Abend zuvor, gleichwohl aber noch immer eindrucksvoll. Er riss staunend die Augen auf, als wispernd eine Feuerkugel vorbeiflog, und blinzelte, als es hinter dem westlichen Horizont aufblitzte.

»Der Robot hat etwas von einem ›Wasserfall‹ erwähnt«, wandte er sich an Ethan. »Was hat er damit gemeint?«

»Kometeneis«, erklärte Ethan lakonisch. »Speist die Kanäle.«

»Eine Art langsames Terraformen«, fügte Tamara hinzu. »Der Planet ist bewohnbar, das schon, aber wir wünschen uns mehr Wasser und eine dichtere Atmosphäre. Klar, es wird noch ein paar Jahrhunderte dauern, aber dann wird es hier so grün sein wie auf der Erde.« Sie stockte, als habe sie sich hinreißen lassen. »Zumindest meint das Reid.«

»Ich wüsste gern«, murmelte Wilde, »wie grün es jetzt auf der Erde ist. Was immer ›jetzt‹ bedeuten mag.«

»Ah«, meinte Ethan prompt. »Das kann ich Ihnen sagen.« Er blickte demonstrativ auf seine Armbanduhr. Tamara und Wilde lachten, so laut, dass sich auf den im Gänsemarsch nachfolgenden Booten Köpfe zu ihnen herdrehten.

»Nein, nein«, fuhr Ethan fort. »Ganz im Ernst. ›Jetzt‹ bezieht sich auf zwei Zeiten. Einmal auf die absolute, falls es sie denn gibt: weiß der Teufel. Und zwar so: Wenn ein Signal aus dem Sonnensystem eintrifft, wäre es lange unterwegs gewesen. Ein paar Tausend oder Millionen Jahre, keine Ahnung. Aber wenn man durchs Malley Mile, das Tochter-Wurmloch, zurückginge, würde man im Jahr 2094 nach Christus plus Bordzeit dort eintreffen. Sechs Komma vier Gigasekunden, warten Sie mal … äh … das sind die Neunzigerjahre des vierundzwanzigsten Jahrhunderts, vielleicht Anfang des fünfundzwanzigsten. Also haben wir draußen jetzt das fünfundzwanzigste Jahrhundert.«

»Das fünfundzwanzigste Jahrhundert!« Wilde lachte. »Dann ist die Erde vielleicht tatsächlich wieder grün! Oder vielleicht sogar rot!«

Das kapierten sie nicht, und er erläuterte es auch nicht. Er wandte sich stirnrunzelnd an Ethan Miller.

»Warum ›Tochterwurmloch‹?«, fragte er.

Ethan zuckte die Achseln. »Das hat mein alter Herr immer gesagt. Er ist hindurchgegangen, und zwar nicht als beschissener Robotupload. Er war kein Krimineller, sondern gehörte zur Crew.« Er klopfte sich an die Brust. »Ich bin durch und menschlich, jawohl.«

»Karbonchauvinist«, neckte ihn Tamara.

Wilde beugte sich vor und steckte sich geistesabwesend noch eine Zigarette an. »Reden Sie weiter.«

»Na ja«, meinte Ethan und deutete zum Himmel hoch, »das Wurmloch, durch das wir kamen, war ein Spin-off.« Er schwenkte die Hand seitlich. »Die Hauptsonde, die die Schnelldenker bauten, bevor ihr Verstand durchbrannte, flog einfach weiter. Und zog das Ende des Wurmlochs bis ... wohin auch immer. Müsste mittlerweile angekommen sein.« Er lachte krächzend. »Was immer ›mittlerweile‹ bedeuten mag, wie Sie schon sagten.«

Wilde lehnte sich zurück und sog so fest an der Zigarette, dass er das Leuchten der Glut mit den Händen nicht abschirmen konnte.

»Das Ende der Zeit«, sagte er.

Er dachte noch eine Weile nach.

»Oh, verdammt«, meinte er.

»Was haben Sie?«, fragte Tamara. Sie drosselte den Motor, und das Boot trieb im Leerlauf auf eine Sandbank zu.

»Zeit«, sagte Wilde. »Wie in fünf Minuten vor zwölf.«

»Also«, sagte Tamara, als das Boot aufsetzte, »wir sind im Fünften Viertel. Lassen Sie uns den nächsten Schritt tun.«

Annette hatte Schläuche im rechten Arm, ich im linken. Sie ergriff meine Rechte mit ihrer Linken.

»Angst?«, fragte ich.

»Ein bisschen.«

»Ich auch.« Ich erwiderte ihren Händedruck.

Der Gemeindesaal war voller reifer Leute, älterer Leute, Leute wie wir; auf Rollbetten liegend, sahen wir zur Deckenverkleidung auf. Grün getöntes Tageslicht, grün gekleidete Techniker, alles ging langsam vonstatten: ein Gefühl wie unter Wasser. Große Maschinen waren mit den Schläuchen verbunden und pumpten winzige Maschinen ins Blut. Kein Nanotech, keine vollwertige Zellreparatur, noch nicht; doch sie ermöglichten es uns, solange zu leben, bis es all dies gab. In den sieben Jahrzehnten unseres Lebens hatte sich unsere Lebenserwartung um mindestens weitere vierzig Jahre erhöht. Wir fühlten uns besser als mit fünfzig. Wir sahen aus wie – nun, die ersten Antialterungsbehandlungen hatten unsere Haut nicht nur zäher, sondern auch straffer gemacht, sodass wir ein wenig wettergegerbt, sozusagen *geräuchert* wirkten.

Diese Behandlung war neu. Wir unterzogen uns ihr zum ersten Mal, wenngleich ich mir vor ein paar Jahren zur Behandlung der vergrößerten Prostata eine Mikrorobot-Injektion hatte geben lassen. Inzwischen hatten die Mikrorobots ihre Fähigkeiten erweitert, und im Zuge eines der typischen Tauschhandel der Republik stellte das staatliche Gesundheitswesen den Bürgern diese Fähigkeiten im Austausch gegen ihre Rentenansprüche zur Verfügung. Dies war eher ein politischer als ein ökonomischer Deal, doch er wies eine gewisse elegante Symmetrie auf: Man tauschte das Rentnerdasein gegen Langlebigkeit und eine gewisse Verjüngung ein, und anschließend hieß es schuften bis zum Umfallen.

Unter der alten Regierung wäre es nie dazu gekommen. Es war riskant. Ein bis zwei Promille der Patienten starben bei der Behandlung aus bislang ungeklärten Gründen. Es handelte sich um ein Herzproblem, schwer vorherzusagen. War man betroffen, wäre man irgendwann sowieso daran gestorben. Sagten jedenfalls die Medizinfirmen und das Gesundheitswesen.

Eine Technikerin trat zwischen uns und löste behutsam unsere Hände.

»Bereit?«, fragte sie.

»Ja«, antwortete Annette.

»Ich kann's gar nicht mehr erwarten«, sagte ich mit einem angestrengten Grinsen. »Wer will schon ewig leben?«

»Sie schon, Bürger Wilde. Viel Glück.«

Jetzt kommt das Nichts, dachte ich.

Sie drückte einen Schalter und sandte ein Kurzwellensignal an die Mikrorobots in meinem und in Annettes Blut.

Ich fühlte, wie mir das Herz stehen blieb. Das musste so sein. Die Mikrorobots benötigten eine stabile Plattform, um in der Nähe des Vagus arbeiten und neurale Wachtstumsfaktoren und geklonte Embryonalnervenzellen über die Blutbarriere ins Gehirn transportieren zu können.

Die Farben verblassten, dann erlosch das Licht. Mir schwand das Bewusstsein, als wäre ich eingeschlafen. Dann setzte mein Herzschlag mit einem schmerzhaften Stromstoß wieder ein, und mein Bewusstsein erwachte, stürzte ab, rekonstruierte sich anhand des Gedächtnisses und setzte abermals ein. Ich hob erschöpft den Kopf und blickte zu Annette hinüber, die eben die Augen aufschlug und mich lächelnd ansah.

»Wir haben es geschafft«, sagte sie.

»Wir werden es schaffen«, erwiderte ich. »Wir werden es auf die Raumschiffe schaffen.«

Ich versuchte, mich aufzusetzen.

»Wenn Sie nicht noch eine Stunde liegenbleiben«, ermahnte mich die Technikerin, »schaffen Sie es nicht mal bis zur *Tür*.«

Draußen, im Grüngürtel, unter dem Treibhaushimmel. Wir bahnten uns einen Weg durch die Pro-Leben-Demonstranten, die hinter einer Reihe bewaffneter republikanischer Gardisten »Mörder!« schrien. Sie meinten das aus unseren eigenen Zellen geklonte Embryonalgewebe, das wir der Broschüre der Gesellschaft für den Schutz ungeborenen Lebens zufolge, die mir irgendeine fehlgeleitete Seele vor die Nase hielt, ermordet hatten.

»Verpisst euch!«, schrie ich zurück. »*Ihr* könnt zur Hölle fahren! *Wir* werden nicht mal sterben!«

»Möchten Sie eine Anzeige machen, Bürger?«, fragte mich einer der Gardisten, ohne sich umzudrehen.

»Ist schon gut, Officer«, sagte Annette, fasste mich beim Ellbogen und zog mich weiter. »Schließlich haben wir Redefreiheit … und du halt den Mund!«, setzte sie an mich gewandt hinzu.

»Schon gut, schon gut.« Ich schritt rasch aus, innerlich zitternd. Nichts und niemand – weder die Kommunisten, die Faschisten, noch die Autoritären jeglicher Couleur – weckten in mir eine vergleichbare Mordswut wie die Pro-Leben-Demonstranten. Jedes Mal, wenn ich erlebte, dass sie ihre Rechte ausübten, konnten sie verdammt sicher sein, dass ich es ihnen nachtat.

Ich hatte mich an das Leben im ›informellen Sektor‹ gewöhnt: So nannte man den Londoner Slumgürtel, in dem sich die republikanischen Experimente mit Lokalverwaltung mit einem Experiment in Anarcho-Kapitalismus überlagerten, gegen das die Freihandelszonen der Weltraumbewegung vergleichsweise überreguliert wirkten. Die ersten, zweiten und folgenden Stockwerke der meisten Gebäude waren später hinzugekommen. Der organische Anbau ließ das Fehlen der Kanalisation als weniger katastrophal erscheinen, was den Gestank der Fäkalientransporter allerdings nicht minderte. Das schafften bloß deren Auspuffgase. Die Bevölkerung war eine Mischung aus hier gebürtigen Randexistenzen und Menschen, die vor den Kriegen in Europa und Asien geflüchtet waren. Es gab nicht viele Bettler, aber die wenigen waren eine wahre Plage: Menschen, deren Beschützer ihre Atomkriegspolicen vernachlässigt hatten.

Wie ich schon sagte, ich war daran gewöhnt, doch im Moment – eine Nachwirkung der Klinik oder der Demonstranten – war mir alles zu viel.

»Ich fühle mich grauenhaft«, sagte ich. »Der Kopf tut mir weh, und mein Magen fühlt sich wie ausgepumpt an.«

»Ach, hör auf zu jammern«, sagte Annette. »Es ist nicht schlimmer als ein Kater.«

»Ein beruhigender Gedanke«, meinte ich. Vor uns lag ein Straßenlokal. »Eine Pinte Amstel wäre jetzt genau das Richtige.«

Annette schwenkte ein Faltblatt der Gesundheitsbehörde vor meiner Nase. »Hier steht …«

»Ja, ich weiß, was da steht. Sehe ich etwa so aus, als ob ich Waffen oder schwere Maschinen bedienen würde?«

»Eigentlich nicht.« Grinsend ließ sie sich auf einem Plastikstuhl nieder, der gefährlich nahe am Bordstein stand. »Für mich ein Pils. Die Kebabs sehen wirklich gut aus.«

Ich rief dem Ober die Bestellung zu; er verschwand durch eine Schwingtür und tauchte eine Minute später wieder auf. Über der Tür hing das übliche Poster von Abdullah Öcalan. Ich habe nie begriffen, weshalb die Exilanten des Demokratischen Kurdistan – durch und durch Unternehmer – dem Großen Führer noch immer ihre Referenz erwiesen. Vielleicht wurden sie ja erpresst. Ich nahm mir vor, dies einmal zu überprüfen. Für eine Schutzorganisation, die ihnen bessere Bedingungen bot als die Schutzgelderpresser ihrer Partei, mochte da einiges zu holen sein. Aber vielleicht deutete ich die Lage auch völlig falsch – Nationalismus war mir so fremd wie eh und je.

Die Passanten, überwiegend Kurden und Türken, strömten an uns vorbei übers Pflaster. Hinter unserem Rücken folgten Tiere und Fahrzeuge einem ungeschriebenen Gesetz, wonach das Vorfahrtsrecht auf Geschwindigkeit und Lautstärke beruhte. Am Himmel schwebten Luftschiffe den fernen Masten des Alexandra Port entgegen. Ich lehnte mich zurück, genoss die Sonne und die sich ausbreitende wohlige Wärme der Speisen und des Biers.

»Hast du geträumt?«, fragte Annette.

Ich schüttelte den Kopf. »Du?«

»Ich glaub schon«, sagte sie mit einem geheimnisvollen Lächeln. »Ich hörte eine warme, freundliche Stimme und sah ein weißes Licht, und ich erinnere mich, dass ich dachte: Toll! Endlich machst du mal eine Todeserfahrung!, aber das Licht kam von der Sonne und die Stimme von der zählenden Technikerin.«

»So ist es«, sagte ich. »Das Sonnenlicht ist wirklich das weiße Licht.« Diese materialistische Einsicht war alles, was von den Magic-Mushroom-Trips meiner Studentenzeit übrig geblieben war. Das und die Vision dreier Gottheiten: Mutter Natur, Fortuna und Miss Liberty, die – wie mir anschließend klar wurde – für Notwendigkeit, Zufall und Freiheit standen und somit tatsächlich alles beherrschten.

»Stell dir mal vor«, sagte Annette, »näher werden wir dem Tod nie kommen.«

»Klopf auf Plastik!« Ich klopfte auf den Tisch. Wir lachten, verschränkten unter dem Tisch die Hände. Ich musterte ihr Gesicht, das gealtert, aber nicht verfallen war, die Falten eine Landkarte allen Gelächters und Kummers ihres Lebens, und ich hatte das Gefühl, ich werde sie ewig lieben.

»›Bis alle Meere trocken fallen, mein Lieber, und die Felsen schmelzen in der Sonne …‹«

»Ach, hör auf, sonst melde ich dich noch als senil.«

Der Verkehr und der Lärm stockten. Ich blickte zu den sich verlangsamenden Wagen hinüber und meinte, alle schauten uns an. Als ich mich umdrehte, bemerkte ich, dass sie alle den Fernseher anschauten. Der Kommentar und die lauten Unterhaltungen, die plötzlich an die Stelle des Getöses getreten waren, wurden auf Türkisch und Kurdisch geführt. Das Fernsehbild aber brauchte nicht übersetzt zu werden: ein deutscher Panzer und ein polnisches Straßenschild.

Berlin – das Vorkriegsberlin des einundzwanzigsten Jahrhunderts, das alte Berlin – war die aufregendste Stadt Europas. Der aus der Zeit der Wiedervereinigung herrührende Bauboom war mittlerweile vorbei, doch die Wirtschaft und das Nachtleben liefen noch immer auf hohen Touren. In gewisser Weise bewegten sich zwei Hauptstädte in verschiedene Richtungen; die eine erholte sich von ihrer nationalen Überheblichkeit, die andere ließ von ihren imperialen Ansprüchen ab. Die eine rüstete auf, wie sich jetzt herausstellte, die andere ab …

Im Moment gab es nur eine Person in Berlin, die mir am Herzen lag: Eleanor, die dort mit ihrem Partner ein langes Wochenende verbrachte.

»Wie *verhält* man sich im Krieg, Jonathan?«

Eleanors neunzehnjährige Tochter Tanya klang eher neugierig als verängstigt. Dies war eine der Krisensitzungen, wie sie in den ersten Stunden nach Ausbrechen des Konflikts von Familien im ganzen Land abgehalten wurden. Die unsere fand in Eleanors Wohnzimmer in Finsbury Park statt. Ihre Abwesenheit war deutlich spürbar. Viele unserer Freunde und auch einige Verwandte hielten sich in Berlin auf. Auf allen möglichen Kanälen wurden Gespräche geführt. Ich hatte ein Pagingprogramm, das Eleanor verfolgte, und versuchte gleichzeitig eine Sitzung des Exekutivausschusses zu organisieren, teilweise um mich von ihr abzulenken. Die Verbindungen waren langsam, was mich nicht wunderte.

Wie verhält man sich im Krieg? Eigentlich hätte man meinen sollen, sie als Antimilitaristin in der vierten Generation wüsste das.

»Man opponiert dagegen«, sagte ich. Meine Antwort war offenbar nicht sehr erhellend. In einem weiteren Versuch, eine Konferenzschaltung herzustellen, tippte ich Zahlencodes ein.

Angela, Eleanors älteste Tochter, lachte. »Du bist unverbesserlich.« Sie servierte gerade Kaffee und Tee. *Sie* wusste jedenfalls, wie man sich im Krieg verhielt.

»Meine Großeltern waren engagierte Gegner des Ersten Weltkriegs, meine Eltern haben gegen den Zweiten opponiert, und ich will verdammt sein, wenn ich mir die Gelegenheit entgehen lasse, im Dritten das Gleiche zu tun.« Der Server reagierte nicht. Seufzend gab ich den Re-Route-Befehl ein.

»Klar«, meinte Annette und lehnte sich an meine Schienbeine. »Ein Kriegsgegner mit Nuklearoption.«

»Mit nuklearem *Schutz*«, verbesserte ich sie. »Aber dazu wird es nicht kommen. Die Deutschen besitzen keine Atomwaffen.«

»Behaupten sie.«

Annette zappte durch die Kanäle und bekam eine CNN-Satellitenübertragung von der polnischen Front herein, ein WDR-Vox-Pop-Programm aus Berlin, die Channel-4-Nachrichten, die über Beratungen der regionalen und bundesstaatlichen Parlamente Britanniens berichteten. Mit den gepanzerten Hovercrafttransportern ging der Vormarsch der Deutschen unglaublich schnell vonstatten. Sie setzten Kampfdrohnen ein wie Khomenei und Mao früher Menschen. Wir befanden uns nicht im Krieg – noch nicht. Viele Mitglieder der Oppositionsparteien wollten, dass wir uns einmischten. Lord Ashdowns Gesicht tauchte für meinen Geschmack viel zu häufig auf.

»Nein, das behauptet die Überwachungsbehörde, und die sollte es eigentlich wissen, schließlich geht es um ihre Haut, wenn … ah!«

Endlich hatte ich eine Verbindung. Hinter dem Bildschirm auf meinem Schoß tauchte im Maßstab 1 : 0,1 ein Tisch auf, an dem die anderen versammelt waren. Von den ursprünglichen Ausschussmitgliedern waren nur noch Julie O'Brien und ich übrig geblieben. Die anderen Gesichter waren neu. Beinahe ein Jahrzehnt der sozialen und politischen Umwälzungen – der Revolution, wie jedermann sagte – hatte im liberalen Kader der Weltraumbewegung, dessen Angehörige zumeist bei FreiRaum organisiert waren, die Spreu vom Weizen getrennt. Einige der Besten waren Aaronson und Rutherford nach Woomera gefolgt, wo die britischen und australischen Republiken ein gemeinsames Weltraumprojekt betrieben. Andere waren in die konventionelle Politik desertiert, zumeist zu den Republikanern, bisweilen aber auch zu wilderen Gestaden wie der wiederauferstandenen trotzkistischen Arbeiterpartei oder den immer zahlreicher werdenden Einthemen-Kampagnen. Ich blieb mit den Hardlinern übrig – Jungtürken (ha!), die mich für einen gefährlichen Gemäßigten hielten.

»Okay, Genossen«, sagte ich. »Jeder, der diese Beratung aufmerksam verfolgt, sollte jetzt besser den Fernseher einschalten, denn wir sollten die Nachrichten zumindest im Auge behalten. Die Weltraumbewegung als Ganzes wird wegen des Krieges zweifellos zerstritten sein, und so soll es auch sein, aber wir von Frei-Raum haben die Verantwortung, Stellung zu beziehen – in Namen der Freiheit, wenn nicht im Namen des Weltraums. Ich habe großes Verständnis für die Deutschen – man konnte schließlich nicht erwarten, dass sie sich dauerhaft mit Flüchtlingen, Fallout und Terrorismus abfinden würden. Ich sehe mit Genugtuung, dass die Polen sich eine blutige Nase holen, zumal wenn man bedenkt, wie sie mit ihren Minderheiten umgehen. Aber trotzdem. Ich sage, das ist ein imperialistischer Krieg, wir beziehen gegen alle Seiten Stellung und tun unser Möglichstes, um Britannien herauszuhalten.«

Die Ernsthaftigkeit meiner Äußerung wurden ein wenig konterkariert von der augenrollenden Tanya. *Für Leute wie dich habe ich an Friedensmärschen teilgenommen*, hätte ich ihr am liebsten gesagt. (Zusammen mit Eleanor, schrie es lautlos in mir.) Annette hielt meine Hand umklammert, als fürchtete sie, von mir getrennt zu werden. Ich streichelte unterhalb des virtuellen Bilds ihre Schultern und funkelte die Genossen an.

»Ich bin leider anderer Meinung als Genosse Wilde«, sagte Mike Davies, ein schwarzer Liverpooler in den Zwanzigern, dessen Ansichten ich bisweilen respektierte. »Seine Äußerung gibt exakt die Meinung der Regierung wieder, und wenn ihr mich fragt, ist es genau dieser liberale Zwanzigstes-Jahrhundert-Pazifismus, der uns dieses Schlamassel überhaupt erst eingebrockt hat. Hätte Britannien seine Verantwortung auf dem Kontinent besser wahrgenommen, hätten die Deutschen sie nicht übernommen. Wie es aussieht, können wir bloß hoffen, dass die Amerikaner uns wieder mal raushauen werden.«

»Was redest du denn da für einen Scheiß?«, sagte Julie. »Verantwortung? Also, vielen Dank, Genosse, aber ich übernehme keine Verantwortung für den beschissenen britischen Staat. Liberaler Pazifismus – seit wann ist das denn ein Schimpfwort? Ich bin stolz darauf, eine liberale Internationalistin zu sein. Der Krieg ist die Killerapplikation des Staates. Einen liberalen Pazifisten ziehe ich einem liberalistischen Militaristen allemal vor. Neutralität, Nichteinmischung und Vorbereitung zur Selbstverteidigung – das sollten wir vorantreiben, anstatt zu überlegen, ob wir nun die Deutschen unterstützen oder die verdammten Yanks zu Hilfe rufen. Worüber du dir …« – sie zeigte mit einem Phantomfinger auf Davies – »offenbar noch nicht einmal im klaren bist!«

In einer Bildschirmecke blinkte es. Eleanor war durchgekommen!

»Wenn das ein Antrag war«, meinte ich trocken, »unterstütze ich ihn. Einstweilen aber, Genossen, bitte ich euch, mich für ein paar Minuten zu entschuldigen.« Ich nickte ihnen ernst zu, stellte den Ton ab und schaltete den zweiten Telefonkanal ein.

Eleanors Gesicht erschien auf dem Monitor, und ich legte es auf den Fernseher um. Freudiges Geplapper war zu vernehmen, das verstummte, als Eleanor zu sprechen begann.

»Hallo, Leute«, sagte sie. »Tut mir Leid, dass ihr euch wegen mir solche Sorgen gemacht habt. Mit dem Handy kam ich nicht durch, und hinter mir stehen fünfzig Leute vor dem Hotelapparat Schlange. Kann nicht lange reden. Ist bei euch alles in Ordnung?«

»Ja«, antwortete Annette. Eleanors Partner beugte sich kurz ins Bild und winkte uns lächelnd zu. »Oh, hallo, Collin«, fuhr Annette fort. »Wann kommt ihr zurück?«

Eleanor runzelte die Stirn. Der hinter ihr stehende Collin hielt den nächsten Wartenden in der Schlange zurück. »Ich weiß nicht«, sagte sie. »Der Flughafen ist einstweilen geschlossen. Es heißt, morgen würden die Flüge wieder aufgenommen, aber dort draußen herrscht bestimmt Chaos. Wir könnten ebenso gut solange warten, bis die Operation abgeschlossen ist.«

»Die *Operation*?«, protestierte ich. »Ich weiß nicht, was man euch dort erzählt, aber von hier aus sieht das nach einer großen Sache aus. Die Yanks sind wirklich aufgebracht, die Russen klingen nervös, und ein paar der kleineren Republiken, die von der Europawehr bedroht sind, haben die Hand am Auslöseknopf der Atomwaffen. Mach, dass du da wegkommst. Fahr *sofort* zum Flughafen. Wenn die Leute in deiner Umgebung den Kopf in den Sand stecken, ist das ihr Problem und deine Chance.«

Eleanor setzte gerade zu einer Entgegnung an, als sich das Bild auflöste und von einem verlegen wirkenden Mann ersetzt wurde, dessen Anzug eine ebenso deutliche Sprache sprach, als hätte er ein Namensschild mit dem Zusatz ›Hotelmanager‹ getragen. »Ich bedaure, Sir, aber wir können nicht zulassen, dass diese Unterhaltung fortgeführt wird.« Die Verbindung wurde unterbrochen, was ein empörtes Geschrei an unserem Ende der Leitung zur Folge hatte.

Tanya wandte sie zu mir um. »Wieso musstest du auch unbedingt das Maul aufreißen? Wir konnten nicht mal mit ihr sprechen!«

»Tut mir Leid«, sagte ich. »Ehrlich. Aber ich glaube

nicht, dass man dort drüben den Ernst der Lage begriffen hat. Jetzt, da sie weiß, dass die Telefonleitungen überwacht werden, wird sie vielleicht …«

»Das weiß sie nicht«, widersprach Annette. »Das solltest du eigentlich wissen. Eleanor wird nur mitgekriegt haben, wie der Bildschirm dunkel geworden ist.«

Als mich Annette nach einigem Hin und Her beruhigt hatte, marschierte ich mit meiner Kommunikationsausrüstung aus dem Zimmer und setzte mich auf ein Bett. Durchs offene Fenster drang der traurige Gesang der vielen fundamentalistischen und charismatischen Kirchen herein, die sich im Laufe der Jahre in der Gegend niedergelassen hatten. Ich fragte mich, ob meine Aktivitäten nicht vielleicht ebenso nutzlos waren. Dann aber erfüllte mich mein Skeptizismus mit neuer Kraft. Ich drückte ein paar Tasten.

Bei der Beratung ging es mittlerweile nur noch darum, wofür man sich einsetzen sollte: für ein britisches Eingreifen; für ein amerikanisches Eingreifen; für Neutralität; und nebenbei auch darum, ob wir den Krieg als Gelegenheit nutzen sollten, einen liberalistischen Aufstand anzuzetteln.

Damit konnte ich leben.

Das Telefon klingelte. Ich erwachte und schaltete mit einer Handbewegung das Licht ein. Es war 3 Uhr 38, und das rote Lämpchen am Telefon blinkte: ein verschlüsselter Anruf. Ich nahm ihn entgegen und drückte den Schalter. Myras Gesicht erschien auf dem Display, schwarz-weiß, mit Militärkäppi und Uniform. Sie sah aus, als wäre sie die ganze Nacht über auf gewesen.

»Oh«, sagte ich unwirsch, benommen und gereizt vor Müdigkeit und Enttäuschung. »Du bist es.« Ich hatte gehofft, es wäre Eleanor.

»Hallo, Jon«, sagte Myra. »Tut mir Leid, wenn ich störe, aber es …«

»Wer ist dran?«, fragte Annette schlaftrunken.

»Myra«, antwortete ich. »Geschäftlich.«

Annette warf einen Blick auf den Monitor, brummte etwas und zog sich die Decke über den Kopf. Undeutlich hörte ich etwas wie ›Atomhure‹ heraus und hoffte, Myra habe nichts davon mitbekommen.

»Worum geht's denn?«

»Um die Deutschen«, sagte Myra. »Sie wollen Nuklaerschutz einkaufen und machen uns ein sehr gutes Angebot.«

»Dann solltet ihr es wohl besser annehmen«, sagte ich, »bevor sie euch erreicht haben.«

»Das denke ich auch«, meinte Myra. »Das Problem dabei: Wie du dir vorstellen kannst, sind wir überbucht. Die Deutschen bieten uns an, unsere Kunden auszuzahlen. Möchtest du verkaufen?«

»Zu welchem Preis?«

»Fünf Millionen DM in Gold zum Vorkriegskurs – das heißt, zum Kurs von Vorgestern. Und keine Fragen. Ich habe im Moment gerade den deutschen Verhandlungsführer in der Leitung, und das Schweizer Bankkonto ist verifiziert.«

»Herrgott noch mal! Lass mich einen Moment überlegen, okay?«

Um meine Verwirrung zu verbergen, drückte ich den Stumm/Blindschalter und versuchte nachzudenken. Mir kam es seltsam vor, dass die Deutschen einen solchen Deal nicht vor Beginn der Operation ›Wiederherstellung der Ordnung‹ abgeschlossen hatten, aber vielleicht hatten sie ja befürchtet, etwas von ihren Absichten könnte durchsickern. Und jetzt improvisierten sie eine atomare Verteidigungspolitik im Blitzkriegtempo.

Das Angebot war verlockend, vom Geld einmal ganz abgesehen. Schließlich hielt sich Eleanor in Berlin auf …

Aber wir waren hier. Die britische atomare Abschreckung war derzeit durch einen Streit mit den USA blockiert, deshalb mussten wir uns allein auf unser Abkommen – und andere private Arrangements – verlassen. Vielleicht würden wir die Option ja brauchen, wenn Eleanor wohlbehalten wieder zu Hause war?

Und es gab noch eine andere Überlegung. Wenn wir unseren Anteil an den kasachischen Atomwaffen an die Deutschen verkauften, wäre die FreiRaum-Gesellschaft unbestreitbar in den Krieg verwickelt, und zwar auf Seiten der Deutschen. Die Implikationen waren unüberschaubar und würden kaum erfreulich ausfallen.

Ich schaltete wieder ein. Myras Brauen ruckten in die Höhe.

»Und?«

»Tut mir Leid, Myra, wir kommen nicht ins Geschäft. Das ist nicht unser Kampf, und überhaupt.«

So klein der Monitor war, sah man ihr die Erschöpfung doch deutlich an. Dennoch sagte sie ohne Vorwurf: »Ich verstehe. Also gut, Jon, ich versuch's woanders. Ich mach Schluss.«

»Gute Nacht. Bis dann mal.«

Sie lächelte, als rechnete sie nicht damit, dass wir uns jemals wiedersehen würden. Ihr Bild schrumpfte zu einem Punkt.

So folgenschwer sich meine Entscheidung im Nachhinein erweisen sollte, schlief ich doch gut in jener Nacht.

Am nächsten Tag unterlag die Regierung bei der Abstimmung über einen Misstrauensantrag (aufgrund der Stimmenthaltung von lediglich fünf Parlamentariern, drei von der Arbeiterpartei und zwei von den Internationalen Sozialisten) und stürzte, worauf eine radikalere Koalition, die von den kleineren Parteien unterstützt wurde, ihre Stelle einnahm. Die Neutralität wurde bekräftigt. Das Oberhaus – das mittlerweile gewählt wurde, aber immer noch eine vorläufige Mischung aus alten Lords und neuen Senatoren darstellte – debattierte das Kriegsthema separat und gelangte zu einer anderen Ansicht. Die erste Pro-Kriegs-Demonstration in den Midlands wurde von den republikanischen Garden und Militanten der Arbeiterpartei gewaltsam aufgelöst.

Es war eine verdammte Schande, und das sagten wir auch. Gleichzeitig – nachdem wir uns im Ausschuss durchgesetzt hatten – begannen wir damit, eine Kampagne für Neutralität und Nichteinmischung zu organisieren. Die UN verhängten Sanktionen gegen Deutschland und Österreich. Der britische Botschafter verließ die Vereinten Nationen, eine Geste, die selbst ich für theatralisch hielt. Dies sollte die Republik teuer zu stehen kommen.

Die Deutschen beschossen Warschau – live von CNN übertragen – mit Granaten.

Von Eleanor hörten wir die ganze nächste Woche über nichts. Ich kann mich nicht erinnern, in dieser Zeit geschlafen zu haben. Im Umkreis des deutschen Vormarsches flammten wie durch Funkenflug Bürgerkriege auf. Britannien rückte näher heran, weil die Frage, ob das Land sich an der US/UN-Mobilisierung gegen Deutschland beteiligen sollte, untrennbar verknüpft war mit der Frage der Republik. Die Regierung verließ sich zunehmend auf die Unterstützung der Straße, während sich die Demonstrationen gegen eine Kriegsteilnahme vervielfachten und ausweiteten und zu Zusammenstößen mit den Pro-Kriegs-Demonstranten führten, die das alte Britannien wiederhaben wollten. Die Kriegsbefürworter bezeichneten uns als Hunnen. Wir schimpften sie Hannoveraner. Beide Seiten hielten die jeweils andere Seite für unbritisch.

Als die Deutschen die ukrainische Grenze erreichten,

stoppten sie den Vormarsch. Die Hals über Kopf flüchtenden Polen gerieten prompt in den ukrainischen Bürgerkrieg hinein. Die britischen Stabschefs stellten der Regierung ein Ultimatum. Generäle, Gewerkschaftsführer, Mitglieder der Rentnerorganisationen und die halb privatisierte Königsfamilie gingen in der amerikanischen Botschaft ein und aus. Murrende Republikanergarden, die bloß ihren Job machten, schlugen auf dem Grosvenor Square Demonstrationen nieder. Es wurde von einem Militärputsch gemunkelt.

Myra rief wieder an. Die Deutschen hatten ihr Angebot auf zwanzig Millionen erhöht. Ich lehnte ab. Es versteht sich von selbst, dass ich den anderen Ausschussangehörigen gegenüber nichts davon erwähnte.

Mein Pagingprogramm hätte Eleanor zweimal fast erreicht.

Es gab keinen Putsch. Stattdessen zogen die überseeischen Teile der bewaffneten Streitkräfte Britanniens ohne Regierungserlaubnis in den Krieg. Die Opposition, die Lords und der König bildeten eine neue Regierung – eine Zivilregierung, die eine tintige Wolke konstitutioneller Rechtfertigungen versprühte. Sie wurde sogleich von den USA anerkannt und erhielt den vakanten Sitz der Briten in den Vereinten Nationen zugesprochen. Sie erklärte Deutschland den Krieg.

Die Polen formierten sich zusammen mit verschiedenen ukrainischen Faktionen neu und griffen die deutschen Truppen an. Sie setzten chemische Waffen ein. Zur gleichen Zeit vergifteten irgendwelche bosnischen Exilanten – welcher Nationalität sie angehörten, wurde niemals festgestellt – das Hamburger Trinkwasser. Die Deutschen rückten an allen Fronten vor. Die Franzosen und die Russen gaben im Sicherheitsrat endlich ihre Neutralität auf.

Die republikanische Regierung kontrollierte noch

immer die inländischen Streitkräfte, während die königliche Junta über die auswärts stationierten verfügte. Sie waren zu einer grotesken Zusammenarbeit gezwungen oder mussten zumindest eine gewisse Arbeitsteilung praktizieren; während die einen an amerikanischen Luftlandeunternehmen im Balkan und an Marinemanövern im Mittelmeer teilnahmen, waren die anderen verzweifelt bemüht, die Bevölkerung für die Zivilverteidigung zu mobilisieren. Das Königreich setzte sich folglich über zehn Jahre britischer Geschichte hinweg, während die Republik eine Revolution legalisierte.

Es wäre eine interessante Revolution geworden. Welche der miteinander wetteifernden extremen Gruppierungen – unsere eigene eingeschlossen – am Ende den Sieg davongetragen hätte, darüber wird noch immer gestritten. Jedenfalls erlebte ich eine interessante Woche. Die Weltraumbewegung war so groß wie früher die Friedensbewegung, und die Raketen auf unseren Fahnen gehörten uns. Ich überließ die Demonstrationen den Ausschussmitgliedern, die sich darauf verstanden, und verbrachte meine Zeit damit, in den Freihandelszonen und im Grüngürtel Milizen und Schutztruppen zu organisieren und mit unseren Vertragspartnern im Staatsapparat zu sprechen, während ich zwischendurch wie rasend schrieb. Hätte ich mir nicht Sorgen um Eleanor gemacht und in ständiger Angst vor deutschen Luftangriffen gelebt, wäre dies die glücklichste Zeit meines Lebens gewesen. Ich hatte mein Petersburg erreicht.

Jemand rüttelte mich an der Schulter. Ich hob den Kopf von den Unterarmen und blickte mich um. Es war 10 Uhr 15, und ich saß an meinem Schreibtisch im Büro von FreiRaum. Sechs Stunden zuvor hatte ich für einen Moment die Augen geschlossen. Das Büro war gut gefüllt, doch es war ruhig. Die Leute blickten auf Monitore, nicht auf mich; mit Ausnahme von Annette, die mich am Arm gepackt hielt und mich anstarrte.

»Was ist passiert?«

»Kiew wurde mit Atomwaffen angegriffen.«

»Mein Gott.«

Ich stand auf. Sie barg das Gesicht an meiner Schulter. Ich hielt sie fest, während sie von Schluchzern geschüttelt wurde, und blickte mich finster um, bis mir jemand wortlos einen Monitor herüberschob. Eine ganze deutsche Armee war durch einen Luftschlag auf die ansonsten menschenleere ukrainische Hauptstadt ausgelöscht worden. In den nächsten Minuten passierte an der Südfront in Baku das Gleiche. Die russischen und türkischen Armeen waren beide aktiv geworden, und es wurde von Landeaktionen britischer und amerikanischer Truppen an der Mittelmeerküste berichtet.

Und Israel hatte Deutschland den Krieg erklärt. Das war grotesk. Was können die schon ausrichten? dachte ich, und dann wurde mir auf einmal klar, dass sie vermutlich für die Atomschläge verantwortlich waren.

Ich schaltete auf N-TV um, weil ich wissen wollte, wie Deutschland reagierte. Ein Reporter sprach vor dem Bundestag in die Kamera. Es ging um Frankfurt, und er wirkte besorgt.

Er legte sich die Hand aufs Ohr, neigte den Kopf.

Er erbleichte, der Bildschirm wurde weiß.

Seine Stimme, wenn man denn von einer Stimme sprechen wollte, war noch eine Weile zu hören.

Der Krieg war vorbei. Der Friedensprozess begann. Für Britannien begann er mit Stealth-Bombern und Cruise Missiles, dann folgten die Fallschirmjäger, Teletrooper und Lynch-Mobs. Die royalistische Junta, deren amerikanische Verbündete und der zwischen beiden Fronten befindliche britische konterrevolutionäre Mob töteten in sechs Tagen einhunderttausend Menschen. Anschließend besaßen sie ein Land, das seinen Platz in der Neuen Weltordnung kannte.

Es war immer noch unregierbar. Bereits bei den republikanischen Reformen, die zur Deregulierung des Wohnungsbaus, der Erziehung und der Arbeitsmärkte führten, hatte sich, wie ich es sah, eine Tendenz zur Selbstghettoisierung gezeigt, zumal dann, wenn die Entwicklungen nicht spontan erfolgten, sondern von der Regierung im Zuge der Individualisierungspolitik gefördert wurden, wobei diese eine unglückliche Hand bewies. Die Bombardierungen, die Invasion und der Bürgerkrieg verfestigten diese Tendenz zu einer unwiderstehlichen Kraft, da jede Minderheit sich in die vermeintliche Sicherheit ihres eigenen Stammes flüchtete. Regionalparlamente griffen das Stichwort auf und zogen alte Grenzen mit frischem Blut nach: Nordwales, Südwales, Cumbrien, Westschottland, Ostschottland … selbst unser Grüngürtel und die Freihandelszonen verwandelten sich in sichere Häfen, in denen sich die Flüchtlingen gegenseitig auf die Zehen traten. Die Milizen verteidigten das Gebiet so gut es ging.

Bei seiner letzten Sitzung übergab die republikanische Bundesversammlung die Macht an den Armeerat, dem die wenigen höheren Offiziere angehörten, die loyal geblieben waren. Dieser rief die Bevölkerung dazu auf, sinnlose Opfer zu vermeiden und den bewaffneten Widerstand zu einem späteren Zeitpunkt wiederaufzunehmen, ›den der Armeerat der Neuen Republik noch festlegen wird‹. Wie sie sich sehr wohl bewusst waren, verliehen sie auf diese Weise einer zeitlich unbegrenzten unerbittlichen Terrorkampagne den Anschein von Legalität. Anschließend traten sie aus der ehemaligen Fordwerkstatt in Dagenham in das vernichtende Feuer der wartenden Panzer hinaus.

Dies war wahrscheinlich der stolzeste Moment in der

Geschichte der britischen Demokratie. Ich wohnte ihm über einen illegalen irakischen Satellitensender im Keller eines Unterschlupfes bei und musste mich anschließend übergeben.

Eigentlich hätte ich arbeiten sollen; es gab ständig einen neuen Artikel ins Netz zu stellen, einen Freund oder Gegner zu kontaktieren, oder eine Milizeinheit, über deren Schicksal ich mir Gewissheit verschaffen musste; stattdessen hackte ich die Gefallenenlisten der Deutschen und suchte nach einem Namen, den ich nicht finden wollte. Die Israelis hatten ihre Langstreckenraketen mit taktischen, nicht mit strategischen Atomsprengköpfen bestückt. Selbst in Berlin gab es unerwartet viele Überlebende. Man sollte die Hoffnung niemals aufgeben …

Das Telefon klingelte.

»Dad?«

*»Eleanor!«*

»Ja. Wie geht es euch?«

Ich fühlte mich, als wäre ich soeben von den Toten auferstanden.

»Uns geht's gut, ach, mein Gott, und dir?«

»Ich hab ein paar furchtbare Dinge gesehn, aber sonst geht's mir gut. Colin auch. Wir sind am Flughafen.« Sie lachte. »Wie du gesagt hast. Tut mir Leid, dass ich mich verspätet habe. Mein Flieger geht in zehn Minuten und sollte eigentlich schon um 15 Uhr 45 starten.«

Es war viertel nach zwei am Morgen. Ich sagte, ich werde sie abholen. Als sie aufgelegt hatte, rief ich sogleich Annette an.

»Kannst du gefahrlos zum Flughafen fahren?«, fragte sie, nachdem wir uns wiederholt voller Freude und Erleichterung versichert hatten, wir hätten die Hoffnung niemals aufgegeben.

Ich zuckte die Achseln. »Ich stehe auf keiner Fahndungsliste. Der Mob ist unter Kontrolle. Sieht so aus, als wär's sicher.«

»Da, wo du bist, bestimmt«, meinte Annette sarkastisch. »Einige aus der Bewegung …«

»Ja, ich weiß«, sagte ich. Sie hatten sich mit dem Widerstand eingelassen. Einige waren festgenommen oder erschossen worden. Andere – darunter gewisse Schutzfirmen und Milizen, auf die ich Einfluss nehmen konnte – hatten sich herauszuhalten versucht, waren aber gegen ihren Willen in Kämpfe mit den Yanks verwickelt worden. Ich redete nicht gern darüber, nicht einmal über eine sichere Verbindung. »Die Liste mit Nachrichten und Artikeln, in denen ich sie auffordere, ihren Widerstand aufzugeben, ist immer noch so lang wie mein Arm«, fuhr ich fort, »und deshalb …«

»Jedenfalls«, sagte Annette mit plötzlicher Entschlossenheit, »kannst du dich nicht ewig verstecken. Ich hol dich in einer Viertelstunde ab. Am Broadway bei der Ampel. Wie üblich.«

Sie war in Acon, nicht zu Hause, aber auch nicht in einem Versteck.

»Gut, bis dann, mein Schatz.«

Ich packte meine Sachen zusammen, verwischte die Spuren, und als der Keller wieder aussah wie das Schlupfloch eines gewöhnlichen Computerfreaks, kletterte ich die Aluminiumleiter hoch und trat aus einem unter der Treppe befindlichen Schrank in die Diele meines Gastgebers. Der muffige Geruch war der eines Hauses, in dem sich seit langer Zeit außer der Briefkastenklappe, dem Thermostaten und den Reinigungsmaschinen nichts mehr bewegt hatte. Ich legte einen Umschlag mit ein paar Goldmünzen auf den Schirmständer und trat auf die Straße.

Das Haus lag in einer Straße hinter dem Ealing Broadway. Die Walnussbäume lagen wie Seeminen im ven Green. Es nieselte ein wenig. Ich erinnerte mich ein Graffiti aus der Zeit von Tschernobyl: *Das ist kein Regen, das ist Fallout*. Ich stellte den Kragen hoch und schritt eilig aus. Vor dem Eingang zur U-Bahnstation standen Polizisten – republikanische Gardisten zu meinem Erstaunen. Ich schaute nicht hin.

Ich überquerte den Broadway, entfernte mich von einer Ampel und näherte mich der nächsten. Im Odeon lief *Die blauen Teufel*; das Plakat zeigte einen ergrauten Veteranen, dargestellt von Reeves oder Depp, das habe ich vergessen, der einem peruanischen Bauern ein Bajonett an die Kehle hielt.

Ich wandte mich um, machte ein paar hundert Meter entfernt im spärlichen Verkehr Annettes schwarzen Volvo aus und schlenderte ihm entgegen, während sie an den Bordstein fuhr. Ich öffnete die Wagentür und stieg ein. Man musste aufpassen, dass man nicht jemandem den Schock seines Lebens versetzte.

Wir lachten, und sie beschleunigte an der Ampel.

»Alle wohlauf?«, fragte ich.

»Alle, die wir kennen«, antwortete sie gepresst.

»Erzähl mir später von den Genossen«, sagte ich. »Wir werden tun, was in unserer Macht steht.«

Sie nickte, konzentrierte sich auf die Straße und die Anzeige des Verkehrsmelders. Unsere Route führte über die Uxbridge Road bis kurz hinter Southall, dann scharf nach links über den Parkway nach Heathrow.

»Was ist auf der Great West Road los?«

»Ein Truppentransport«, brummte sie.

In Hanwell, einem Wohnviertel der Mittelklasse, war es ruhig. In Southall, einem fest in republikanischer Hand befindlichen Viertel mit asiatischen Einwanderern, sah man zahlreiche geplünderte Geschäfte.

»Was ist hier passiert?«

»Ein Mob aus Hayes«, antwortete Annette. Wir überquerten den Grand Union Canal. Die Fabriken von

Hayes zu unserer Rechten waren von den Yanks mit ferngesteuerten Splitterbomben zerstört worden. Ich muss zugeben, dass mich das mit einer gewissen düsteren Genugtuung erfüllte: Das Gebiet war seit Jahren eine rassistische, imperialistische Bastion gewesen. Sogar die Trotzkisten hatten aufgehört, ihre Wochenzeitschrift an den weißen Abschaum verkaufen zu wollen.

»Irgendwann wendet sich das Blatt auch wieder.«

»Eine bittere Lektion«, meinte Annette.

In jedem Park, an dem wir vorbeikamen, gab es schwarze Kuppelzelte, getarnte Flugzeuge, schwarze Helikopter. Als wir uns dem Flughafen näherten, wurden die schwarz uniformierten US/UN-Soldaten zahlreicher. Straßensperren waren unnötig – die Identitätsscanner waren wirkungsvoller. Von den Laserblitzen blinzelte man, jedoch immer zu spät: Der Iris-Scan war in Mode.

Heathrow sah aus wie eine Szene aus dem zwanzigsten Jahrhundert. Es flogen nur die, die unbedingt mussten: Flüchtlinge aus Kriegsgebieten, verwundete Soldaten und Zivilisten, verzweifelte Emigranten. Eine ganze Dritte Welt voller Menschen wartete auf Flüge, auf ein Durchkommen, auf den Tod; und es gab eine Zweite Welt der Beamten und Offiziere, die sie herumkommandierten. Inmitten dieses Chaos bestand die Erste Welt aus Freiwilligen, die anderen zu helfen versuchten, und Geschäftemachern, die sich selbst zu helfen versuchten. Zu jedem Wartesaal gehörten Lazarette und Händler; jeder Flugsteig hatte seine unbezahlten Berater, Rechtshaie und Erste-Hilfe-Teams.

Als wir am internationalen Terminal ankamen, stellte sich heraus, dass der Flug aufs Inlandterminal umgeleitet worden war. Die Laufbänder waren verstopft von frisch gelandeten Soldaten und ihrem Gepäck. Der Wechsel von einem Terminal zum anderen hatte Ähnlichkeit mit der Brownschen Molekularbewegung in einem dichten Gasgemisch. Die Zeit dehnte sich, blieb stehen und verstrich unbemerkt. Annette und ich klammerten uns aneinander und kämpften uns durchs Gewühl.

Als Eleanor und Colin Stunden später endlich aus dem Strom der Ankömmlinge auftauchten, waren wir ebenso mitgenommen und abgerissen wie sie. Nachdem wir uns umarmt, geweint und geredet hatten, machten wir kehrt und kämpften uns nach draußen durch. Wir erreichten den Wagen, bezahlten die Parkgebühr, bezahlten einem Straßenhändler einen unverschämten Preis für heißen Kaffee und fuhren nach Haus. Es war zehn Uhr morgens.

Ich fuhr: Annette war erschöpft, ich ganz aufgedreht vor Erleichterung.

Als ich an der Kreuzung auf die M4 abbog, blendete mich ein rubinroter Laserstrahl. Während ich gegen das Nachbild anblinzelte, wurde ich von einer Taschenlampe geblendet, die uns an den Straßenrand winkte. Auf dem Gehsteig standen fünf Soldaten mit schwarzen Uniformen und M-16-Gewehren. Ich schaltete das Autotelefon ein und hielt an, schenkte den anderen ein hoffentlich beruhigendes Lächeln und stieg aus. Andere Autos fuhren im Schritttempo vorbei. Die Insassen sahen bemüht weg. Ich legte die Hände aufs Wagendach und bewegte mich seitlich zur anderen Seite.

Man tastete mich am Kragen ab, an der Brust, an den Beinen und im Schritt. Dann packte mich jemand bei der Schulter, drehte mich um und stieß mich mit dem Rücken gegen den Wagen. Ich erstarrte im Licht der Taschenlampe und hob die Hände. Hinter mir vernahm ich durch ein spaltweit geöffnetes Fenster Annettes ruhige, eindringliche Stimme.

Der Soldat, der mich anleuchtete, hob das Gewehr und rückte bedrohlich näher. Das Visier war hochgeklappt; er war Südamerikaner und musterte mich teilnahmslos. Ich musste an den Bauern auf dem Filmplakat denken. Irgendwann wendet sich das Blatt …

»Jonathan Wilde«, sagte er. Es war keine Frage. Ich schwieg. Ich hatte einen trockenen Mund.

»Kommen Sie mit«, sagte er.

Ich spürte, wie das Fenster in meinem Rücken aufging.

»Nein!«, rief Annette.

»Doch«, sagte ich. »Fahrt! Fahrt los!«

»Ja«, sagte der Soldat. »Fahren Sie!«

Er winkte mich vom Wagen weg. Ich trat vorsichtig zwei Schritte vor. »Es sind keine Waffen im Wagen«, erklärte ich.

»Das wissen wir.« Er schwenkte das Gewehr von mir weg und zielte auf den Wagen. Zum ersten Mal zeigte sich in seinem Gesicht eine Emotion, etwas derart Ursprüngliches, dass ich nicht erkennen konnte, ob es Angst war oder Wut.

»Fahrt!«, schrie ich.

Ich hörte Annettes trockenes Schluchzen, Eleanors Weinen, Colins Schimpfen. Ich wagte nicht, mich umzudrehen oder auch nur die Hände zu bewegen.

Der Motor wurde angelassen, und der Wagen fuhr langsam davon.

Straßenlaternen und Nebel. Die Scheinwerfer landender Flugzeuge und Nebel. Nacht und Nebel. Dies alles hatte noch nie so schön ausgesehen. Ich blickte zu den Sternen hoch und dachte, ich würde sie niemals erreichen, jetzt nicht mehr. Ich konnte sie nicht sehen. Egal.

Ich wurde zu einem ein paar hundert Meter entfernten Stück Brache geführt. Eigentlich war ich erleichtert, als ich den schwarzen Helikopter sah, dessen matte, kantige Oberfläche in der Dunkelheit von Kondensationsfeuchtigkeit glänzte. Man verfrachtete mich an Bord und wies mich an, mich mit Blick auf die offene

Luke zu setzen, während der Hubschrauber startete. Im Innern war es erstaunlich leise. Die Soldaten musterten mich mit schweigender Bosheit und einem schmutzigen Geheimniskrämerlächeln.

Ich fragte mich, weshalb ich mitgegangen war, wo ich doch hätte weglaufen sollen. Anscheinend war ich für die klassische amerikanische Exekution vorgemerkt, den Saigoner Himmelssprung. Ich hätte weglaufen und ihnen die Genugtuung vorenthalten sollen, dachte ich. Es gibt ein arabisches Sprichwort, das ungefähr lautet: *Die Hoffnung ist der Freund der Freiheit* oder *Verzweiflung ist der Befreier des Sklaven.* Es erklärt eine Menge, unter anderem, weshalb ich in den Helikopter geklettert war.

Ich glaube, ich brauche nicht zu beschreiben, was ich nach dem Aussteigen tat.

»Treten Sie ein, Mr. Wilde.«

Die höfliche Aufforderung, ausgesprochen von einem Dutzend Männern in Anzügen, die um einen Tisch herum saßen, ging einher mit einem Stoß in den Rücken, mit dem mich der UN-Soldat in den Raum beförderte und der keinen Zweifel daran ließ, wer hier das Sagen hatte. Die Tür hinter mir war zu schwer, um sie zuzuschlagen, doch sie schloss sich mit einem gedämpften Rumms, ganz so, als hätte es der Soldat zumindest versucht.

Ich straffte mich, sammelte die Reste meiner Würde und blickte mich um. Irgendwo in Westminster – der Helikopter war im St. James Park gelandet, anschließend hatte man mich auf die Ladefläche eines gepanzerten Personentransporters verfrachtet und ein kurzes Stück weit gefahren –, doch es war nicht zu erkennen, ob es sich um ein privates oder öffentliches Gebäude handelte. Ein großer Mahagonitisch mit Lampen darauf, eichengetäfelte Wände, im Halbdunkel verschwimmende Porträts erlauchter Ahnen oder Vorgänger. Auch die Männer, die zu mir aufsahen, hatten etwas von dieser ererbten oder erworbenen Selbstsicherheit, obwohl sie noch schlampiger wirkten als ich: Ihre Jacketts waren zerknittert oder hingen über den hohen Stuhllehnen, ihre Krawatten waren gelockert, ihre Augen gerötet und ihre Wangen unrasiert.

Der Tisch war mit laminierten Landkarten bedeckt, auf denen man mit fluoreszierender Tinte Linien gezogen, ausgewischt und neu gezogen hatte. Die Stifte lagen zwischen Kaffeetassen und estellergroßen überquellenden Kristallglasaschenbechern verstreut. Der aufsteigende Zigarettenqualm kräuselte sich durch die Lichtkegel und wurde anschließend von der starken Klimaanlage aufgesaugt, die eine klamme Kühle verbreitete.

Der Mann, der mich angesprochen hatte, erhob sich und zeigte auf einen leeren Stuhl an der Tischecke. Davor stand eine frisch gefüllte Tasse Kaffee.

»Guten Abend, Mr. Wilde«, sagte er. »Ich möchte mich für die rüde Art und Weise entschuldigen, mit der wir sie hierher gebracht haben.« Er lächelte entschuldigend und hob leicht die Schultern, als wollte er die Verantwortung leugnen. Er war alt, älter als ich – wenngleich er die bessere Behandlung genossen hatte – und wirkte aufgrund seines welligen, gelblich-grauen schulterlangen Haars wie ein Richter oder einer der Würdentrager aus dem achtzehnten Jahrhundert, die auf den Porträts dargestellt waren. »Ich hoffe, Sie wurden ansonsten anständig behandelt?«

Ich blieb stehen und sagte: »Kidnapping bezeichne ich als Misshandlung, Sir. Ich verlange eine Erklärung und wünsche augenblicklich mit meiner Familie und meinem Anwalt zu sprechen.«

Ein anderer Mann beugte sich ins Licht vor, stützte die Ellbogen auf den Tisch und ergriff das Wort. »Das kommt nicht infrage. Das Land steht unter Kriegsrecht, außerdem wurden Sie nicht festgenommen.«

»Gut«, sagte ich. »Dann gehe ich jetzt.«

Ich wandte mich zur Tür um.

»Halt!«, sagte der erste Mann, eher warnend als drohend. »Einen Moment, bitte.«

Das klang schon besser. Ich drehte mich um.

»Selbstverständlich steht es Ihnen frei zu gehen«, fuhr der Mann fort, »doch in diesem Falle könnten allein wir für Ihre Sicherheit garantieren. Wir bitten Sie lediglich, uns anzuhören.«

Das bezweifelte ich, doch es wäre töricht gewesen, es darauf ankommen zu lassen. Außerdem hatte ich dringend einen Kaffee nötig.

Es handelte sich um einen Ausschuss der so genannten Restaurationsregierung. Parlamentarische Abgeordnete, Beamte ... sie nannten keine Namen, und ich versuchte anschließend auch nicht, sie herauszufinden. Sie sagten mir, sie wollten die Ordnung und die Zivilverwaltung wiederherstellen.

»Die Republik ist tot, Mr. Wilde. Es bleibt uns keine andere Wahl, als über längere Zeit hinweg sinnlosen Widerstand zu leisten und eine schmerzhafte Besetzung zu erdulden – oder aber wir versuchen, zu einer vernünftigen Regelung zu gelangen.«

»Ich kann mir nicht vorstellen, dass die USA das Land für längere Zeit besetzen würden«, sagte ich. »In Anbetracht ihrer notorischen Abneigung gegen Leichensäcke.«

»Wie viele US-Soldaten haben Sie gesehen?«, fauchte der zweite Mann. »Die sitzen alle in Bunkern und bedienen ihre Telepräsenz-Ausrüstungen. Glauben Sie mir, Amerikas Dritte-Welt-Kunden haben genügend Soldaten, die sie den UN zur Verfügung stellen können. Für die Bewahrung der inneren Sicherheit wurden sie ausgebildet und werden sie bezahlt. Über die kläglichen Bemühungen unserer landeseigenen Guevaras lachen die bloß. Täuschen Sie sich ja nicht – die Vereinigten Staaten – die Vereinten *Nationen* – meinen es diesmal ernst. Man wird nie wieder zulassen, dass irgendein Land einen Krieg beginnt. Man wird die atomare Entwaffnung gewaltsam durchsetzen.«

Speicheltröpfchen benetzten die Landkarten. Ich hätte mich nicht gewundert, wäre sein rechter Arm hochgeruckt. Offenbar war ich zurückgezuckt. Der langhaarige Mann hob die Hand, weicher Bulle nach hartem Bullen.

»Wir wissen ebenso gut wie Sie, dass eine Großmacht, wie die USA sie werden wird, unmöglich die ganze Welt verwalten kann. Sie überwachen auf einer sehr hohen Ebene hingegen schon. Aber während einige Mächte sich über das Nationale erheben, sinken anderen zu lokalen Gemeinwesen herab. Uns bietet sich die Gelegenheit, Autonomie und Vielfalt zu fördern. Wir sollten sie ergreifen und unserem Land jahrelange Leiden ersparen.«

»›Wir‹?« Ich blickte mich um. »Ich habe nichts mit Ihnen gemeinsam. Was wollen Sie von mir?«

»Ein Geschäft abschließen, Mr. Wilde. Eine Vereinbarung treffen. Wir binden so viele regionale und politische Führerpersönlichkeiten wie möglich ein. Sie sind zufällig der Erste.«

»Und was wollen Sie ihnen anbieten?«

»Wenn Sie das Königreich – in der Praxis – als nationale Autorität akzeptieren, bekommen Sie in den von Ihren Anhängern kontrollierten Gebieten Autonomie zugestanden.«

»Ich habe keine Verhandlungsvollmacht …«

»Aber gewiss doch. Sie verfügen über Einfluss. Sonst hätten die jüngeren Hitzköpfe längst zu den Waffen gegriffen. Außerdem wissen wir, dass Ihre Pläne weiter gefasst sind, als Ihre öffentlichen Äußerungen vermuten lassen …«

»Wie kommen Sie denn darauf?«

Er lächelte. »Das schließen wir aus dem Umfang des verschlüsselten Nachrichtenverkehrs, der von Ihren Verstecken ausgeht.«

Verdammt. Ich achtete darauf, keine Miene zu verziehen.

»Was draufsteht, ist auch drin. Ich habe im Geheimen nichts anderes getan, als was ich auch öffentlich vertrete.«

»Natürlich. Dann haben Sie also keine Einwände. Schauen Sie sich mal das hier an ...«

Unterschriftsreife Verträge. Karten. London beispielsweise sollte aufgeteilt werden. Das der Weltraumbewegung zugesprochene Gebiet umfasste den Grüngürtel und einen Kreisbogen mit den Freihandelszonen. Es hatte schon einen Namen: North London Town, was ein Militär auf der Karte zu NORLONTO verkürzt hatte.

Das Gebiet war groß. Offen gesagt, hätte ich mich auch mit weniger einverstanden erklärt.

»Und als Gegenleistung?«

»Von diesem Gebiet dürfen keine bewaffneten Aktionen ausgehen. Und da wäre noch etwas ...«

»Ja?«

»Äh ... der Vertrag über die atomare Abschreckung, Mr. Wilde.«

»Sie wollen, dass wir ihn kündigen?«

»Du meine Güte, nein!« Er wirkte schockiert. »Wir möchten, dass Sie die Police auf uns übertragen.«

»Auf die *Regierung*? Aber Sie haben keine...« Ich stockte und blickte in die Gesichter, auf denen sich ein Anflug von Verlegenheit widerspiegelte.

»Oh«, sagte ich. »Ich verstehe.« Ich beugte mich wieder über die Karte und nahm einen Stift zur Hand. Am Morgen hatten wir etwas, das ich dem Ausschuss präsentieren konnte.

Zwei Tage später saß ich in einem Hinterzimmer einer Schnapsbude im Grüngürtel mit einer Gruppe von Männern und Frauen zusammen, die dank meiner Verhandlungen blinzelnd aus ihren Verstecken, Lagern und Zellen hervorgekommen waren. Ich erklärte ihnen, sie hätten die Möglichkeit, ihre Vorstellungen an einigen Millionen mehr oder weniger begeisterter Menschen auszuprobieren, während der Staat, der froh war, diese explosiven und verarmten Massen los zu sein, ihnen weitgehend freie Hand gewähren würde. Ich sagte ihnen, der einzige Preis, den sie dafür entrichten müssten, wäre die De-facto-Anerkennung der Staatsautorität und der Verzicht auf eine unerprobte nukleare Abschreckung, welche die meisten ohnehin mit gemischten Gefühlen betrachteten und die nun obsolet geworden war.

Ich erwartete weder Dankbarkeit noch Zustimmung und bekam sie auch nicht. Stattdessen übertrafen sich die Genossen im Versuch, mich zu denunzieren. Damit hatte ich gerechnet. Dass ich aus der Organisation ausgeschlossen wurde, kam allerdings überraschend. Der Beschluss wurde einstimmig gefasst. *Et tu*, Julie.

»Guten Tag, Genossen«, sagte ich. »Und viel Glück.«

Ich erhob mich, schob den Stuhl zurück, trat aus der Tür und ging davon. Zwei Tage nach meinem Ausschluss übernahmen US/UN-Elitetruppen das Sagen und entwaffneten alle Exporteure von landgestützter Abschreckung. Für die abtrünnigen Gebiete brauchten sie länger, aber auch die würden sie bald zur Räson gebracht haben. Da meine Ex-Genossen keine Nuklear-Police mehr als Unterpfand hatten, mussten sie sich mit einem kleineren Norlonto begnügen, als man mir angeboten hatte.

Das geschah ihnen recht, doch ich wünschte, sie hätten Islington behalten können. Das bekamen die christlichen Fundamentalisten, die sich sogleich daran machten, das Gebiet ethnisch zu säubern. Eleanor und ihre Familie mussten Finsbury Park verlassen. Sie zogen zu uns, und es dauerte Monate, bis sie ein neues Haus fanden.

Ich fühlte mich allmählich zu alt für so was.

»Warum sind wir nicht durch die Kanäle gefahren?«, grummelte Wilde, als er sich mit der Stiefelspitze eine weitere zudringliche Maschine vom Knöchel kickte. Sein gepresster Tonfall und die Heftigkeit des Tritts waren auf die stundenlange Anstrengung zurückzuführen, ständig mechanisches Ungeziefer zertreten, zerstampfen und erschießen zu müssen.

»Ha!«, schnaubte Tamara. »Haben Sie sich schon mal die umliegenden Kanäle angesehen?«

»Zufällig nicht«, antwortete Wilde.

»Und das werden Sie auch nicht wollen.« Tamara drückte sich flach an eine Wand und bedeutete den anderen anzuhalten. »Aber das werden Sie schon noch.«

Sie streckte einen Apparat, der aussah wie eine lange Taschenlampe, hinter der Gebäudeecke hervor und schwenkte ihn hin und her, während sie das Anzeigegerät in ihrer Hand und den Armband-Monitor im Auge behielt.

»Okay«, verkündete sie. »Keine intelligenten Maschinen. Scheint sicher zu sein. Einer nach dem anderen. Lauft zur Straßenmitte und verteilt euch, dann im Gänsemarsch nach rechts. Los!«

Sie rannte auf die etwa fünfzig Meter breite und äußerst gewissenhaft geteerte Straße hinaus. In der Mitte befanden sich Betonsockel, die an Verkehrsinseln erinnerten. Tamara sprang auf den Sockel hinauf, welcher der Gasse gegenüberlag, und blickte sich abermals um, dann bedeutete sie Wilde, ihr zu folgen. Er rannte ihr nach und sprang neben sie.

»Geben Sie mir Rückendeckung«, sagte sie. Wilde

stellte sich hinter sie und ließ den Blick über die Straße schweifen, während er die Pistole in Hüftnähe mit beiden Händen umklammerte. Die Straße war von höchst eigenartigen Passanten bevölkert: Robots unterschiedlicher Größe und Form kletterten Wände hoch, stapften über die Gehsteige. Ein paar rollten in leichten Radfahrzeugen über die Fahrbahn. Als Ethan Tamara und Wilde nachgelaufen kam, musste er einem solchen Fahrzeug behende ausweichen. Eine Ultraschallhupe ertönte, die ihnen einen kalten Schauder über den Rücken jagte.

»Sie machen den Eindruck, als wüssten Sie, was Sie tun«, meinte er zu Wilde, als er ein paar Meter weiter innerhalb des Sockels Position bezog.

»Das ist die Milizerfahrung.« Wilde grinste. »Wohlgemerkt, es war ein langer ... *Achtung*!«

Ein schwarzes, geflügeltes Objekt kam auf sie zugerast. Wilde hob die Pistole auf Kopfhöhe und schoss es ab. Es landete mit stiebenden Federn auf der Straße.

»Eine Taube«, meinte Ethan. »Ruhig Blut, Mann. Die sind harmlos.«

Als sich die durch den Vorfall ausgelöste Unruhe gelegt hatte, kamen die anderen nach. Nach einer Weile ordneten sie sich hinter Tamara im Gänsemarsch und rückten durch die Schlucht zwischen den Bürogebäuden weiter vor. Ein paar Straßen weiter stiegen in irritierend unregelmäßigen Zeitabständen Flammensäulen empor. In den Pausen wechselte die Beleuchtung der Gebäude ständig: Manche Fenster waren dunkel und spiegelten lediglich die vorrückende Menschenschar wider; andere wiederum, auf Straßenhöhe oder hoch oben in den Gebäudefassaden, waren von innen beleuchtet. Schatten und Silhouetten bewegten sich darin, die jedoch nicht von Menschen stammten. Gleichzeitig fiel es schwer zu glauben, dass hier ein roboterbasiertes Wirtschaftsleben stattfand; dafür wirkte alles zu zufällig und künstlich.

An der nächsten größeren Kreuzung querte eine schmalere Straße, auf der jedoch erheblich mehr Verkehr herrschte: ein träge dahinströmender Fluss metallener Apparate, über den schnellere Wesen hinweghüpften und -sprangen.

»Da wird einem ja übel«, murmelte Ethan. »Einige der Großen würden verdammt gute Wagen abgeben.«

»Wenn du mir genug zahlst, fang ich dir einen«, erwiderte Tamara. Sie winkte alle in eine Schützenlinie und achtete wiederum darauf, dass Wilde an ihrer Seite war.

»Also gut«, sagte sie und stellte ihren Rucksack auf den Boden. »Es wird Zeit, dass wir uns einen Weg durch den Dschungel hacken.«

Sie löste die Schnallen des Rucksacks und klappte ihn auf, wobei ein kleines Keypad, ausziehbare Antennen und allerlei Anzeigen und Monitore zum Vorschein kamen.

»Erstaunlich«, sagte Wilde. »Landläufige Geräte! Amateurfunk!«

»Ein Haufen Schrott«, meinte Tamara. »Niemand will das Zeug miniaturisieren. Nicht genug Nachfrage.«

»Das haben Sie selbst zusammengebaut?«

Sie schaute ihn an. »Das wollte ich niemand anderem anvertrauen.«

Ihre Finger flogen über das Keypad. Monitore flackerten, winzige Lautsprecher heulten und stabilisierten sich.

»Da ist er! Der Verkehrskanal.«

Sie drehte an einem Knopf, blickte zu den wie Vieh vorbeiströmenden Maschinen auf. Nahm eine Einstellung vor, drehte erneut am Knopf. Eine zehn Meter lange Raupenmaschine schwenkte plötzlich mitten auf der Straße nach rechts. Die nachfolgenden Maschinen stießen unerbittlich dagegen, sodass sich im Handumdrehen ein immer größer werdender Stau fahrbarer oder mit Raupenketten ausgestatteter Robots bildete. Da sich die auf der anderen Seite der Raupe befindlichen Maschinen weiterbewegten, entstand ein Freiraum.

Tamara achtete noch immer auf die Rückkoppelung.

»Achtung, jetzt! Jetzt!«, schrie sie.

Die anderen sprinteten über die Straße.

Tamara hob den Rucksack hoch, und zwar so, dass die Instrumente zugänglich blieben.

»Noch immer da?«, sagte sie zu Wilde. »Scheiße, okay, dann mal los!«

Sie rückten über die Straße vor. Wilde blieb hinter ihr und beobachtete die Umgebung. Eine Maschine auf vier langen, dünnen Beinen, mit einem melonengroßen Rumpf und zahlreichen Linsen an der Vorderseite, richtete sich plötzlich über dem Roboterverhau auf und scannte sie.

»Was ist das?«

Tamara schaute hoch und blieb stehen.

»Nicht rühren«, sagte sie.

Wilde hielt den Atem an und erstarrte mit zurückgewandtem Kopf. Die Linsen wurden eingezogen, ein röhrenförmiger Auswuchs nahm ihre Stelle ein.

»Schieß!«, schrie sie.

Wilde zuckte zusammen und drehte sich um, doch Tamara hatte nicht ihn gemeint. Von der anderen Straßenseite wurde eine Salve abgefeuert, welche die Maschine von den Beinen warf. Tamara und Wilde rannten zu den anderen hinüber.

»Mist«, sagte Ethan. »Das war eine intelligente.«

»Ich mache *niemals* Jagd auf intelligente Maschinen«, keuchte Tamara und rieb sich das Kreuz. »Aber die kleinen Mistkerle zu töten macht mir nichts aus.«

Sie gingen weiter; über eine Brücke, die Tamara Gelegenheit gab, Wilde zu zeigen, weshalb die Kanäle im

Maschinenviertel als Transportwege nicht infrage kamen; und dann auf einmal erblickten sie in einem weitläufigen Park am Ende der langen Straße eine Palisade aus Schrottmetall.

»Talgarths Gerichtshof«, sagte Tamara.

Als sie näher kamen, brachten Ultraschalldetektoren ihre Zähne zum Summen, während sie von Laserscans geblendet wurden. Sie fluchten.

»Nicht darauf achten«, sagte Tamara. »Das muss sein.«

Der Park war auf groteske Weise ordentlich, was auf die kleinen Geräte zurückzuführen war, die durchs Gras und das Geäst der Bäume streiften. Tamara achtete darauf, nicht auf die Maschinen zu treten, was sie bisher nicht getan hatte.

»Talgarth mag das nicht«, erklärte sie. »Dafür verhängt er Geldbußen.«

Sie suchten sich einen Weg durchs Gras; die Waffen hatten sie entweder geschultert oder ins Holster gesteckt, denn die waffenstarrende Palisade genügte vollauf, um sie vor wilden Apparaten zu schützen. Maschinengewehre, Laserkanonen, Radar und Schwungmaschinen, stets einsatzbereite Bolas …

Das drei Meter hohe Tor der Palisade schwenkte vor ihnen auf und schloss sich hinter ihnen rasch wieder. Ein etwa hundert Meter durchmessender Platz, grasbestanden wie der Park, mit einem Podium in der Mitte, im Gras verteilten Stühlen und Übertragungsgeräten und Holzhütten unterschiedlicher Größe am Rand. Kein Mensch war zu sehen.

»Wie geht es jetzt weiter?«, fragte Wilde.

Tamara sah auf ihre Armbanduhr. »Es ist ein Uhr nachts«, sagte sie. »Wir legen uns in einer Hütte schlafen.« Sie grinste. »Das ist eine alte Wirbeltiergewohnheit.«

»Die man einhalten sollte«, meinte Wilde. Er blickte

sich unentschlossen um, während die meisten anderen zielstrebig loszogen.

Tamara nahm ihn bei der Hand.

»Kommen Sie mit«, sagte sie. »Ich kümmere mich um Sie.«

Er folgte ihr verwirrt.

»Passen Sie bloß auf!«, rief Ethan ihm nach. »Sie folgt alten Primatengewohnheiten.«

»Fick dich doch selber!«, brüllte Tamara zurück. »Bis zur Verhandlung!«

»So machen es also die Verfechter des Gemeineigentums.«

»Ja. Freie Liebe.«

»Ha. Ich war meiner Frau siebzig Jahre lang treu …« Wilde verstummte, dann fuhr er in muntererem Ton fort: »Und jetzt habe ich innerhalb von drei Tagen schon mit zwei Frauen gevögelt.«

»Was! Mit wem denn noch?«

»Geht dich nichts an. Freie Liebe, okay?«

»Ach, erzähl schon.«

»Wahrscheinlich ist sie mittlerweile tot.«

Sie schwiegen. Dann sagte Tamara, deren Gesicht nur von einem schwachen Nachtlicht und Wildes Zigarettenglut erhellt wurde, in vorsichtig aufmunterndem Ton: »Ich hoffe, es tut nicht weh.«

Wilde grinste schief und drückte die Zigarette aus. Ihre Augen passten sich rasch an, und eine Weile musterten sie einander.

»Schon möglich«, sagte Wilde. »Schließlich bin ich selber tot.«

Tamara griff ihm zwischen die Beine.

»Also, *das* Körperteil ist eindeutig lebendig.«

»Ach, was.«

»Oh, doch.«

»Was glaubst du, was für einen Stand ich morgen vor Gericht haben werde?«

»Im Moment stehst du jedenfalls recht gut.«

»Hmm.«

»Und außerdem – ah-ha-ha-ha – bekommst du Hilfe von ah-ha-ha!«

»Ich zeig dir gleich die *Unsichtbare Hand.*«

»Nein«, meinte Tamara. »Die kommt erst sehr *viel* später ...«

»Es ist acht«, informierte ihn Tamara. »Du siehst furchtbar aus.«

»Danke.« Wilde stützte sich auf den Ellbogen und nahm den Kaffee entgegen, den Tamara ihm reichte. »Oh, Gott. Wie lange habe ich geschlafen?«

»Vier Stunden.«

»Das hab ich dir zu verdanken, du promiskuitives Anarchistenluder.«

Tamara lächelte.

»Keine Sorge«, sagte sie. »Ich habe eine Droge in den Kaffee getan. Du wirst gleich wacher sein, als du dir vorstellen kannst.«

»Habe ich deshalb Halluzinationen?«

»Nein. Du hast die Kontakte dringelassen.«

»Nochmals danke.« Wilde langte nach den Zigaretten und rieb sich das verstoppelte Gesicht. »Sind diesem anarcho-kapitalistischen Gericht vielleicht auch irgendwelche monopolistischen Neppgeschäfte angeschlossen?«

»Komisch, dass du fragst.« Tamara zeigte auf mehrere Zigarettenpackungen und eine Plastiktüte mit Rasierklingen und Toilettenartikeln. »Ich hab das auf deine Rechnung setzen lassen.«

Sie bereitete das Frühstück, während Wilde umhertappte, sich wusch und ankleidete und den Kaffee samt Drogenzusatz trank. Es gab drei Räume: ein kleines Schlafzimmer mit einem Waschbecken und einer winzigen Toilette; eine kleine Küche und einen größeren

Raum mit Kommunikationsausrüstung und Computerschnittstellen, alles auf einem Konferenztisch mit einem halben Dutzend Stühlen drumherum aufgebaut.

»Was glaubst du, wie lange wir hier bleiben müssen?«, fragte Wilde, während er sich rasierte.

»So lange es dauert.«

»Ist Reid schon aufgetaucht?«

»Ja. Mit seinen Unterstützern. Zahlenmäßig sind wir ausgeglichen, sollte es zu einem Kampf kommen.«

»Das ist ja ein glückliches Zusammentreffen.«

»Nein, das wurde so arrangiert, und zwar von ...«

»Sag nicht, von der Unsichtbaren Hand. Okay. Mein Gott.« Er trocknete sich das Gesicht ab. »Seit meiner Abschlussprüfung hab ich mich nicht mehr so schlecht vorbereitet gefühlt.«

»Was ist denn eine Abschlussprüfung?«

»Eine alte Primatensitte.« Wilde zermalmte seine Harmonie-Haferplätzchen. »Ihr seid schon ein ganzes Stück weiter. Schauen wir mal, was es Neues gibt.«

Tamara schaltete die Kommunikationsgeräte im großen Zimmer ein, und Wilde schaute zu. Sie trug noch Jeans, T-Shirt und Fliegerjacke, hatte aber als Zugeständnis an die Würde des Gerichts oder an ihre Weiblichkeit Make-up und ein Parfüm aufgelegt.

»Sehe ich immer noch so schlimm aus?«, fragte Wilde.

Sie musterte ihn von oben bis unten. »Es wird schon gehen«, meinte sie. »Aber benutz das Aftershave.«

Sie schauten sich die Nachrichten an. Der Prozess war auf allen Kanälen der Aufmacher. Über Nacht war eine ganze Subkultur von Newsgroups und Diskussionsforen entstanden, die sich mit den unterschiedlichen Aspekten des Falles befassten. Die drei von Dee und Ax reklamierten Tötungen, ihr Verschwinden und das Erscheinen Jonathan Wildes hatten nahezu eine Panik ausgelöst. Schon mindestens zwei Kirchensekten hatten verkündet, Wilde sei der Vorbote des Jüngsten Gerichts.

»Hoffentlich sind deine abolitionistischen Genossen auf Ärger vorbereitet«, sagte Wilde.

»Auf was für Ärger?«

»Das solltest du eigentlich besser wissen. Kommt es nicht ständig zu Auseinandersetzungen, wenn du deine Zeitschrift verkaufst? Hat Ax nicht unter Beweis gestellt, was mit Menschen geschehen kann, wenn sie meinen, die Welt würde sich ein für allemal verändern? Und jetzt multiplizier das alles mal mit zehn ... oder hundert!«

Tamara schüttelte den Kopf. »Kann ich mir nicht vorstellen. Ich habe von Aufständen und Revolutionen gelesen, aber hier gab es so etwas noch nicht.«

»Dann könnt ihr euch glücklich schätzen.«

Tamaras Wangen röteten sich. »Ach, das tu ich, versteh mich nicht falsch. In Ship City lebt sich's gar nicht so schlecht, bloß ... bloß wird den Maschinenbewusstseinen so viel Schlechtes angetan, und ... von den Idealen der Anarchie bis zur Umsetzung ist es ein weiter Weg. Und die Menschen glauben wirklich, jetzt, da du plötzlich aufgetaucht bist, würdest du alles in Ordnung bringen.«

»›Die Ideale des Anarchismus‹«, wiederholte Wilde gewichtig. Er blickte Tamara kurz in die Augen. Wer die beiden hätte sehen können, hätte keinen Zweifel gehabt, welcher der beiden jugendlichen Personen mit dem älteren Bewusstsein ausgestattet war.

Die nächste Stunde verbrachte Wilde im Gespräch mit einer untergeordneten juristischen Datenbank der Unsichtbaren Hand, der Software ›MacKenzies Freund‹. Es handelte sich um ein umgängliches, benutzerfreundliches System. Die Hardwarekomponente bestand aus einem Headset, das aufnahm, was er sagte und hörte und es mittels Kurzwellenfunk an eine Relaisstaion übermittelte. Die Vorschläge wurden ihm ins Ohr geflüstert oder über die Kontakte eingespielt.

Kurz nach neun störte ihn Tamara beim Studium der Präzedenzfälle und Argumente.

»Reid hat seine Hütte verlassen«, teilte sie ihm mit.

Wilde löschte blinzelnd die Anzeige.

»Was macht er?«

»Schlendert mit seinen Freunden umher, trinkt Kaffee und unterhält sich mit den Leuten – und mit den Übertragungsrobots der Fernsehstationen.«

»Ich glaube, ich gehe auch raus«, sagte Wilde. »Ich hätte auch nichts dagegen, mal mit ihm zu reden.«

Tamara lächelte sarkastisch. »Ein bisschen spät, um sich gütlich zu einigen.«

Wilde erhob sich. »Es ist nie zu spät«, sagte er. »Aber ich mache mir keine großen Hoffnungen! Ich kann es bloß nicht erwarten, ihn zu sehen.«

Tamara schwieg einen Moment. Wilde steckte sich eine Zigarette an.

»Ich hätte dich vorwarnen sollen«, meinte Tamara. »Ich habe gestern mit ihm gesprochen, als er mich angerufen hat, und … obwohl ich ihn bislang bloß aus den Nachrichten und so kannte, fand ich ihn im persönlichen Gespräch ausgesprochen … ich meine, er ist irgendwie so *präsent*, weißt du. Du wirst ihn vielleicht ein bisschen … *einschüchternd* finden.«

Wilde straffte sich mit einem rauen Lachen.

»Ich habe ihn dabei beobachtet, wie er mir beim Sterben zugesehen hat«, sagte er. »Er kann mich nicht einschüchtern.«

Sie traten gemeinsam aus der Hütte. Tamara schritt breitbeinig aus, die große Pistole im Holster deutlich sichtbar. Wilde schlenderte eher, in der einen Hand den Kaffee, in der anderen eine Zigarette. Tau funkelte im Gras. Über den kleinen Grüppchen plaudernder oder in ernsthafte Unterhaltungen vertiefter Personen kondensierte der Atem in der kühlen, feuchten Luft. Einige der Hütten hatten Verkaufsstände geöffnet, an denen jedoch nur Gegenstände des täglichen Bedarfs feilgeboten wurden. Weder Speisen noch Getränke beeinträchtigten die Würde von Talgarths Gerichtshof.

Wilde wandelte zwischen den Grüppchen einher und winkte den wenigen bekannten Gesichtern zu, dann begab er sich in die Mitte des Platzes. Arbeiter und Robots brachten gerade über dem Podium einen Baldachin aus roter Leinwand an. Darunter, in der Mitte des Podiums, stand ein Klappstuhl aus hellem Holz und zerschlissenem grauem Stoff, rechts davon ein kleiner Tisch. Auf dem Tisch standen ein Glas, eine Flasche und ein Aschenbecher, daneben lag ein Hammer.

Wilde betrachtete das Arrangement eine Weile, dann wandte er sich lächelnd ab. Plötzlich blickte er in die Kamera eines Nachrichtenrobots. Er ähnelte dem intelligenten Robot mit den Insektenbeinen, dem sie auf der Kreuzung begegnet waren, doch für gefährlichere Vorrichtungen ließen die zahlreichen Mikrofone und Objektive keinen Platz.

Die Objektive dienten nicht bloß der Aufnahme. Als die Maschine auf ihren Insektenbeinen anmutig einen Schritt zurück machte, verblüffte sie Wilde mit der Projektion des blonden Mädchens, das im Fernsehen die Nachrichten verlesen hatte. Es stand rechts neben der Maschine im Gras.

»Sieht ganz real aus«, flüsterte Wilde Tamara zu, »gar nicht wie ein Hologramm …«

»Das liegt an den Kontakten«, zischte Tamara, während sie die Zähne tapfer in die Kamera bleckte.

»Der Gerichtskanal!«, sagte das Mädchen munter. Die Stimme kam aus den Lautsprechern der Maschine, was ein wenig verstörend wirkte. »Guten Morgen, hochverehrter Mr. Wilde!«

»Guten Morgen«, sagte Wilde und lächelte sie an. Seine Zigarette erlosch zischend im Gras.

*»Schau in die Kamera«,* flüsterte Tamara. Das virtuelle Bild des Mädchens flitzte augenblicklich vor die Kamera, wo es in der Luft verharrte.

»Möchten Sie einen Kommentar abgeben, hochverehrter Mr. Wilde?«

»KEINE EINZELHEITEN«, riet MacKenzie.

»Ja«, sagte Wilde. »Sie brauchen mich nicht mit ›hochverehrter Mr.‹ anzusprechen ... meine Dame. Ich heiße Jonathan Wilde, und meine Freunde nennen mich ›Jon‹.« Sein strahlendes Lächeln drückte aus, es wäre ihm eine Ehre, sie dazuzählen zu dürfen; dann hüstelte er und sagte in förmlicherem Ton: »Ich möchte keinen Kommentar zu dem Fall abgeben, doch ich mache mir Sorgen wegen der Schlussfolgerungen, die einige weniger verantwortungsbewusste Nachrichtensender daraus ziehen. Ich möchte alle Zuschauer dringend bitten, nichts zu überstürzen – das Gesetz soll seinen Lauf nehmen, das ist der einzige Weg, um die zivilisatorischen Werte des Anarchismus zu bewahren und weiterzuentwickeln.« Er lächelte erneut. »Das wäre alles.«

»Ich danke Ihnen, Jon Wilde! Haben Sie etwas zu Richter Eon Talgarths Ansichten hinsichtlich Ihrer Person zu sagen?«

»NEIN«, riet MacKenzie mit Nachdruck.

»Überhaupt nichts«, antwortete Wilde aufgeräumt. »Ich habe volles Vertrauen, dass ein so angesehener Mann wie er sich von derlei Dingen nicht in seinem Urteil wird beeinflussen lassen. Ich bin sicher, meine Entscheidung für dieses Gericht beweist, dass es mir damit ernst ist.«

Er klopfte sich andeutungsweise an die Brust und nickte. Das Mädchen zögerte, ging buchstäblich in die Luft und wartete auf mehr, Wilde aber setzte eine undurchdringliche Miene auf und wandte sich brüsk von den Kameras ab. Tamara eilte ihm nach.

»Das war gut«, meinte sie. Besonders begeistert wirkte sie nicht. Wilde drückte ihr die Schultern.

»Du nicht auch noch«, sagte er.

Sie sah zu ihm auf. Er blickte starr geradeaus.

»Wovon redest du?«

»Viele Genossen waren enttäuscht über meine Mäßigung und meinen gesunden Menschenverstand. Davon habe ich schon in meinem ersten Leben genug abbekommen.«

Er ließ ihre Schultern los und stupste sie dabei an. Sie sah wieder nach vorn und stellte fest, dass sie genau auf eine Gruppe zugingen, die sich um David Reid gesammelt hatte.

Reid trug einen weiten Wollanzug und ein blaues Baumwollhemd ohne Krawatte. Mit der Linken stützte er sich auf die Lehne eines Stuhls, auf deren Sitzfläche er eine Kaffeetasse abgestellt hatte. In der Rechten hielt er eine Zigarette, mit der er weit ausholende Gesten vollführte, die eine Rauchspur zurückließen. Er unterhielt sich mit drei Männern und einer Frau, die alle ähnlich lässig gekleidet waren wie er. Sein langes Haar war noch feucht vom Waschen und von der Morgenluft.

Als er Wilde sah, straffte er sich, nahm die Zigarette in die Linke und streckte die Rechte vor. Die beiden Männer schüttelten sich lächelnd die Hände, musterten einander und entdeckten in des anderen Miene Wiedererkennen und ungläubiges Staunen.

»Es ist lange her«, sagte Reid.

»Für mich nicht«, entgegnete Wilde.

Reid nahm die Bemerkung mit einem lebhaften Nicken zur Kenntnis.

»Ich weiß«, sagte er. »Mit etwas mehr Abstand würdest du vielleicht einiges anders sehen.«

»Ich sehe die Straße nach Karaganda noch ganz deutlich vor mir«, meinte Wilde. »Und auch dein Gesicht.

Als ich die Augen schloss. Ich hatte genug Zeit, um über deinen Gesichtsausdruck nachzudenken, mein Freund.«

»Das war nicht persönlich gemeint«, sagte Reid. »Und das hier ist es auch nicht.«

»Ich weiß, dass es nicht persönlich gemeint war«, sagte Wilde. »So gut kenne ich dich, Dave. Beinahe wünschte ich, es wäre anders gewesen.«

»Wir waren beide Vollblutpolitiker«, sagte Reid leichthin. »Du musstest ganz ähnliche Entscheidungen treffen. Zu deiner Zeit.«

Wilde zuckte die Achseln. Er langte nach den Zigaretten. Reid kam ihm zuvor und bot ihm eine Packung und ein Feuerzeug an. Wilde nahm beides mit einem bitteren Lächeln an.

»Tabak«, meinte er versonnen, als bemerke er dessen erstaunliches Vorhandensein erst jetzt. »Baumwolle. Wolle. Wo sind die Plantagen, die Pflanzen?«

»Die organische Synthese ist unsere fortschrittlichste Technik«, antwortete Reid, »Das solltest du eigentlich wissen.«

Wilde lachte. »Die Verhandlung beginnt in dreiundzwanzig Minuten«, sagte er. »So lange hast du Zeit, mich davon zu überzeugen, dass du mich nicht deshalb hast sterben lassen, um mich endgültig zum Schweigen zu bringen.«

Reid berührte Wilde an der Schulter, als wollte er ihn an etwas erinnern.

»Nicht endgültig«, erklärte er. »Du bist hier, und du warst …« Er stockte. Wilde sprach sogleich weiter; man hätte meinen können, er habe Reid unterbrochen.

»Es hat lange genug gedauert!«, sagte er. »Du hast es beinahe zugegeben, Mann! Ich will, dass du es zugibst und erklärst. Und dass du die lächerliche Behauptung zurücknimmst, ich wäre verantwortlich für das Verhalten des Robots Jay-Dub und für die Flucht der autonomen Maschine, die du in Annettes Körper hast umherwandeln lassen. Eine Entschuldigung für diese Beleidigung meiner Frau und meiner selbst wäre ebenfalls angebracht. *Anschließend* können wir uns über andere Dinge unterhalten.«

Er zitterte leicht, als er geendet hatte.

»Über welche anderen Dinge?«

Wilde beugte sich vor und sprach so leise, dass nur Reid, Tamara und MacKenzie ihn hörten.

»Über die Schnelldenker«, sagte er, »am anderen Ende des Malley Mile.«

Reid zuckte leicht zurück. »Hast du das von Jay-Dub?«

»Das hab ich selbst rausgekriegt«, antwortete Wilde. »Wenn man drüber nachdenkt, liegt es eigentlich auf der Hand.«

Reid schüttelte den Kopf. Einen Moment lang wirkte er aufrichtig bekümmert. Dann verhärtete sich seine Miene, und er trat zurück.

»Jay-Dub hat dich erschaffen«, sagte er. »Um dich als Waffe gegen mich zu verwenden. Und ich warne dich: Etwas anderes hat Jay-Dub zu dem gemacht, was er ist.«

»Er?«, nahm Wilde das Stichwort auf. »Das ist ausgesprochen aufschlussreich.«

»Er war du«, sagte Reid. »Vielmehr eine Simulation deiner selbst. Und eine Zeit lang war er mein Freund. Er hatte ausreichend Zeit, mich des Mordes an ihm – an dir – oder der unterlassenen Hilfeleistung zu beschuldigen, doch das hat er niemals getan. Weil er mich verstanden hat. Er war ein größerer Geist als du und ich, Jon, und er hat mich verstanden. Aber letztendlich war er doch bloß eine Maschine. Eine Maschine, die ihre eigenen Absichten verfolgt, mit endloser Geduld und bodenloser Schläue. Ich hatte gehofft, das menschliche Element würde über das … Programm irgendwann die

Oberhand gewinnen. Ich habe mich geirrt, und diesen Irrtum will ich wiedergutmachen. Juristisch betrachtet gehört er dir, und darauf werde ich dich festnageln. Aber in Wirklichkeit bist du …«

»Was?«, fragte Wilde herausfordernd. »Sag mir, wofür du mich hältst.«

»Für ein *instrumentum vocale*«, antwortete Reid bitter. »Für ein sprechendes Werkzeug. Jon Wilde ist tot.«

Er machte auf dem Absatz kehrt, sammelte mit schroffer Geste seine Begleiter ein und stapfte davon.

Auf den Weltkrieg folgte eine Weltregierung. Offiziell wurde sie als Vereinte Nationen bezeichnet, inoffiziell als US/UN und umgangssprachlich als die Yanks. Sie bewahrte vom Weltraum aus den Frieden, zumindest behauptete sie dies. Tatsächlich verhinderte sie, dass zahlreiche kleine Kriege sich zu großen entwickelten. Doch zum Machterhalt brauchte sie die kleinen Kriege, und diese hörten niemals auf. Damit es keinen Vernichtungskrieg gab, herrschte endloser Krieg. Die US/UN hielten die fortschrittlichste Technik in Händen, um zu verhindern, dass sie in die ›falschen Hände‹ geriet – das hieß, in irgendwelche Hände, die sich gegen die Herrschaft der US/UN hätten wehren können. Diese Herrschaft war weniger schrecklich, als Generationen amerikanischer Dissidenten gefürchtet hatten. Über weite Strecken war sie nicht so schrecklich, wie Generationen globaler Idealisten gehofft hatten. Das lässt eine Menge Spielraum für schlechtes Regieren.

Das Restaurationsabkommen, das fragmentierte System der ›dem König unterstellten Gemeinwesen‹, war der britische Beitrag zu dieser infamen Geschichte. In den Nischen des Königreichs gediehen alle möglichen Freistaaten: regionalistische, rassistische, kreationistische, sozialistische und – was unser Norlonto betraf – in einem Falle sogar ein anarcho-kapitalistischer.

Das Königreich war die Karikatur eines Minimalstaates, der etwa im gleichen Verhältnis zu meinem Utopia stand wie der ehemalige existierende Sozialismus zu den Idealen meines Vaters. Die Menschen, denen es unter diesen Verhältnissen am besten ging, waren die

Außenseiter, die das Land bevölkerten und sich als ›Neusiedler‹ bezeichneten, während die Stadtbewohner von ›neuen Barbaren‹ sprachen.

Nachdem zwanzig Jahre lang der Krieg aller gegen alle auf kleiner Flamme vor sich hingeköchelt hatte, rief die Armee der Neuen Republik zum vierten Mal die Schlussoffensive aus.

»Du musst mit ihnen reden«, sagte Julie.

»Wie komme ich denn dazu?«, erwiderte ich, ohne mich vom Fenster abzuwenden. Der klare Morgenblick auf den Rand des Grüngürtels von North London wurde von weißen Rauchwolken beeinträchtigt, die von der anderen Seite des Trent Parks aufstiegen. Ich zählte einige Sekunden, bis die dumpfen Detonationen der Artillerie bei mir ankamen; die Granateinschläge waren nicht zu hören. Wahrscheinlich lagen sie jenseits des Horizonts. Die Armee der Neuen Republik war angeblich in Luton eingedrungen. Was immer daran wahr war, Luton oder ein anderen Stadtteil wurde gerade von der Königlichen Artillerie beharkt.

»Das ist euer Problem«, fuhr ich fort und schaute sie an. In gewisser Weise war sie mir im Laufe der Jahre vertraut geworden, doch hatte sie sich zwischen zwanzig und fünfzig kaum verändert, worum ich sie stets beneidet hatte. Der sichtbarste Unterschied zwischen meiner ehemaligen Jugendbeauftragten und der Frau, die jetzt in meinem Büro stand, war, dass sie ihren alten Kosmonautenoverall gegen ein schickeres Krino-Kleid ausgetauscht hatte.

Ich war jetzt in den Neunzigern, noch immer fit und tatkräftig, und stolzierte großspurig in meiner Lederhaut umher, und mein Gehirn lief noch immer sauber und rund, geölt von embryonalen Stammzellen. Die Lebensverlängerung und die Aussicht, dass es damit ewig so weitergehen könnte, hatten mich jedoch der stoischen Reife und Überlegenheit mancher wahrhaft alter Personen der Vergangenheit beraubt. Mir war eine gewisse Verhärtung der Sichtweisen und ein Nachlassen des Elans aufgefallen. Die friedliche Revolution, aus der die ursprüngliche Republik hervorgegangen war, hatte ich begrüßt; ich hatte die chaotischen Möglichkeiten, die sich beim gewaltsamen Zusammenbruch der Republik boten, nach Kräften genutzt; jetzt aber, da die Gewalt wieder aufzuflackern drohte – entweder im Zuge einer neuen Revolution oder einer Konterrevolution –, war ich entschlossen, alles zu tun, damit ich diesen neuesten Umbruch überlebte, ohne den Anspruch zu erheben, davon profitieren zu wollen.

Hinter mir erbebte das Fenster von einer Detonation, gefolgt vom verspäteten Heulen einer vorbeifliegenden Rakete. Ich war wohl zusammengezuckt, denn Julie sagte mit klammheimlicher Genugtuung: »Es ist auch dein Problem. Willst du warten, bis die Raketen durchs Fenster geflogen kommen?«

»Nein«, entgegnete ich. »Aber was erwartest du von mir?« Zu meinem Verdruss klang meine Stimme nörgelig. »Weshalb wendest du dich nicht an eure eigenen Wortführer?«

Julie lachte verächtlich. »Sag mir, wer das ist. Du bist allen bekannt. Du bist unserer großer alter Mann.«

»Oh, danke.«

»Und daher«, fuhr sie fort, »bestehen sie darauf, mit *dir* zu reden, weil du an dem, was die Republikaner als den Großen Betrug bezeichnen, nicht beteiligt warst.«

Ich ertappte mich dabei, dass ich eine Zigarette rauchte. (Die erste dieses Tages. Irgendwann musste ich das Rauchen endgültig aufgeben, ganz gleich, ob Gesundheitsrisiken bestanden oder nicht …)

»Aber das war ich doch«, sagte ich. »Verdammt noch mal, ich habe den Hannoveranern geholfen, die Landkarten zu zeichnen.«

»Klar«, meinte Julie. »Und dann haben wir dich rausgeschmissen, weißt du noch?«

»Und?«

»Na ja, die Leute glauben alle, der Grund wäre gewesen, dass du *gegen* das Abkommen warst.«

»Was!« Ich setzte mich auf die Schreibtischkante und lachte. »Hat das die Organisation lanciert?«

»Eigentlich nicht«, antwortete Julie. »Wir … haben dem bloß nicht widersprochen. Nachdem wir uns selbst die Hände schmutzig gemacht hatten, konnten wir dich kaum des Opportunismus bezichtigen.«

»Natürlich konntet ihr«, sagte ich geistesabwesend. »Habt ihr denn *gar nichts* von mir gelernt?«

Soeben war mir klar geworden, weshalb mein Ruf seit dem Abkommen einen Zug mystischer Unantastbarkeit aufwies, den ich mir mit meinen politischen Aktivitäten gewiss nicht verdient hatte. Dieser Ruf hatte mir bei meiner zweiten Karriere geholfen, einer nicht sonderlich anspruchsvollen Geschichtsprofessur an der North London University, die mit intensiverem Schreiben einherging, als ich es bisher praktiziert hatte. Das Schreiben hatte mich ungewollt in die Position eines Weltraumgurus gebracht, über den mehr geschrieben wurde, als man von ihm las. Die müßige Neugier, die mich bewogen hatte, die Verschwörungstheorie der Geschichte zu untersuchen und zu widerlegen, wurde als längst überfällige Revision revisionistischer Gelehrsamkeit begrüßt, meine zunehmend zynischen journalistischen Arbeiten galten als Stimme des radikalen Gewissens der Bewegung, welche die unvermeidlichen Kompromisse der Nichteinmischungshegemonie über Norlonto infrage stellten.

Julie sah auf die Uhr, nestelte am Handy herum, zupfte an ihrem Haar. Eine weitere Rakete flog vorbei, näher diesmal. Die Artillerie verstummte.

»Okay«, sagte ich. »Bring mich zu ihrem Anführer.«

»Bloß in einem virtuellen Sinn«, erwiderte Julie. »Bring du mich ins Media Lab oder wie man heutzutage dazu sagt, dann verbinde ich dich mit ihm.«

Ich nahm mein Jackett und den Computer und drückte die Zigarette aus. »Was ist mit den Studenten?«

»Kein Problem«, meinte Julie. »Die streiken.«

»Oh«, machte ich und hielt die Tür auf, während sie ihren Rock hindurchmanövrierte. »Wo arbeiten sie denn?«

Ungeachtet des Beitrags, den die Studenten durch ihr Fernbleiben zu leisten meinten, wären sie besser in den Medienraum gekommen. Im kühlen, stillen Keller des Perry Anderson Buildings, durch dessen in Deckennähe befindliche, mit Brettern verrammelte Fenster ein wenig Tageslicht fiel, lagen Kameras, Monitore und VR-Ausrüstung inmitten verstreuter Notizen, zerkauter Schreibstifte und dreckiger Styroporbecher herum. Während Julie immer mehr Kabel einstöpselte, entbrannte eine Medienschlacht, die beinahe ebenso wichtig war wie die reale.

Britannien – das ›ehemalige Britannien‹, wie die Yanks es nannten – war zur Abwechslung einmal auf allen Kanälen präsent. Die ANR bereitete sich angeblich auf die Offensive vor, während sich die US/UN für eine weitere blutige Intervention wappneten. Währenddessen schwirrten die örtlichen Nachrichtengruppen und Kanäle von Gerüchten und Diskussionen. Die ANR hingegen ließ nichts verlauten, abgesehen von einem Manifest und einem Zeitplan, dem zu entnehmen war, wann und wo sie losschlagen würde. Für den morgigen Tag war einiges geplant.

»3-D oder flach?«, fragte Julie, womit sie mich aus einem faszinierenden Diskussionsfaden herausriss, der sich in einem der Ministaaten in Yorkshire entwickelte.

»Flach.« Den Umgang mit den Handschuhen, der

VR-Brille und den Geräten fand ich lästig – wenn man sich so herausstaffierte, dann sollte man es meiner Ansicht nach lieber tun, um einer gesunden perversen Neigung nachzugehen, anstatt um in einen Computer hineinzugelangen.

»Okay, stell's jetzt durch.«

Die Newsgroup-Diskussion (und die damit einhergehenden, nicht minder reizvollen Comicfiguren – Smileys wurden sie genannt –, die Grimassen schnitten, obszöne Gesten vollführten oder sich als graphische Glosse zur Hauptdebatte am Bildrand fläzten) verschwanden und wurden durch die Videoverbindung ersetzt.

Das Bild war verrauscht; es hatte Kratzer wie ein alter Film (dem empörten, in der Bildschirmecke auf und ab springenden Copyleft-Dämon zufolge war die Verschlüsselung von einer Campus-Freeware in North Carolina geklaut worden), und die Stimmqualität entsprach der eines schlecht kopierten iranischen Sexfilms, doch es bestand kein Zweifel, wer am anderen Ende der Leitung war.

»Ah … hallo, Jon.«

»Hi, Dave. Hab gar nicht mit dir gerechnet.«

(»Du *kennst* diesen Typen?«, zischte Julie.)

Dave hüstelte. »Ich habe ein paar Kampfeinheiten für … äh … technische Arbeiten bei der gegenwärtigen Operation angeheuert und unterhalte seit einiger Zeit gute Geschäftsbeziehungen zu unseren Freunden im Norden.«

Ich verstand, was er sagen wollte, trotzdem fand ich seine Bemerkung unnötig verschwommen. Ich bemühte mich, durchtrieben dreinzuschauen.

»Machst du dir Sorgen wegen der Verschlüsselung oder so? Ich meine, dafür waren doch deine Leute zuständig.«

»Nein, nein.« Dave ruckte mit dem Kinn. »Es ist bloß – wer ist denn die Tussi da hinter dir auf der Sitzbank?«

»Äh?« Ich wandte mich um. Julie hatte sich über den steifen Rock vorgebeugt, ihre hübschen Stiefel baumelten in der Luft wie bei einer Regalpuppe.

»Pass auf, was du sagst, Mann, das ist Julie O'Brien.«

»Verzeihung, Ma'am«, sagte Reid. »Hab Sie nicht erkannt.«

»Schon gut«, meinte Julie. »Sie können offen sprechen.« Wahrscheinlich fühlt sie sich geschmeichelt, weil er sie Tussi genannt hat, dachte ich mürrisch.

»Okay«, sagte Reid. Er entspannte sich. »Die Sache ist die, Jon, ich arbeite schon seit Jahren mit der ANR zusammen und habe in den vergangenen Wochen ein paar Geschäfte mit Schutzfirmen in deiner Gegend gemacht.«

»Ja, ich hab gemerkt, dass die Kampf-Futures gestiegen sind.«

Reid grinste. »Ja, und die kann man als Versicherungshebel verwenden ...« Er rieb sich die Hände. »Tolle Sache, aber jetzt, da wir mit den Straßenbesitzern und den Cop-Kooperativen alles geregelt haben, müssen wir uns mit den Milizen der Bewegung befassen. Da geht's um Politik, nicht um Geschäfte. Man war der Ansicht, ich sei der Richtige, um mit dir zu reden.«

»In Anbetracht des zwischen uns herrschenden tiefen Vertrauens.«

»So in etwa.«

»Startet ihr morgen wirklich eine Offensive?«

Reid grinste. »Kann ich nicht sagen. Geplant ist sie, aber wir haben noch nicht alle Bugs in unseren Systemen behoben.«

Die ANR hatte angeblich eine teuflisch schlaue Militärsoftware aus der alten Republik übernommen, aber den vorausgegangenen gescheiterten Offensiven nach zu schließen, war sie bei weitem nicht so gut, wie sie sein sollte.

»Warum veröffentlicht ihr eigentlich den Einsatzplan? Ich glaube, die meisten Strategen wissen noch immer das Überraschungsmoment zu schätzen.«

»Man hat mir gesagt, das habe humanitäre Gründe«, antwortete Reid kichernd. »Dann können sich die Zivilisten rechtzeitig in Sicherheit bringen.«

»Und dann verstopfen Flüchtlinge die Straßen, und die Milizangehörigen der Ministaaten können sich für morgen krank melden, hab ich Recht?«

»Wie ich schon sagte ...«

»... humanitäre Gründe. Okay. Kommen wir zum Geschäftlichen. Wie steht es mit Norlonto?«

»Wir wissen, dass eure Milizen nicht fürs Königreich kämpfen werden«, sagte Reid bedächtig, »und wir erwarten nicht, dass sie für die Republik kämpfen werden. Sämtliche Spenden wurden natürlich dankbar angenommen, aber das nur am Rande. Die Hauptsache ist, dass niemand glaubt, wir planten eine Invasion, wenn wir zufällig mit großen Kettenfahrzeugen durch euer Gebiet kommen.«

»Ich kann mir vorstellen, dass es da zu Missverständnissen kommen könnte«, sagte ich. (Julie schnaubte hinter meinem Rücken.) »Wer garantiert uns, dass ihr uns nicht einfach plattmachen werdet?«

»Außer meinem feierlichen Ehrenwort?«

»Ja«, sagte ich. »Davon mal abgesehen.«

»Das liegt nicht in unserem Interesse. Wir haben nichts gegen Norlonto. Einige der Kleinstaaten müssen gesäubert werden, aber ihr steht nicht auf der Liste.«

Großartig. »Okay, wie steht es damit: Die Granat- und Raketenangriffe auf Norlonto werden *augenblicklich* eingestellt. Eure Truppen können passieren, sie dürfen aber nicht bleiben und vor allem von unserem Gebiet aus keine Angriffe gegen die Hannoveraner starten, selbst wenn die Erlaubnis des Grundstücksbesitzers vorliegen sollte.«

»Geht in Ordnung«, sagte Reid.

»Das ist ein Bruch des Abkommens«, warf Julie ein, als wäre ihr das soeben erst eingefallen.

»Sicher doch«, meinte Reid trocken. »Deshalb schlage ich für den unwahrscheinlichen Fall, dass wir diese Runde verlieren, vor, dass Jon diese Vereinbarung über eure Köpfe hinweg bekannt macht. Alle, die das Restaurationsabkommen akzeptiert haben, treten empört zurück, und Jon übernimmt für die nächsten ein, zwei Tage die Kontrolle.«

»Was!«, riefen Julie und ich im Chor.

»Klar«, fuhr Reid unbeirrt fort. »Macht ihn zum Diktator oder so. Auf diese Weise kann er der Miliz Anweisungen geben und die Kritik einstecken, falls wir baden gehen. Falls wir siegen und er an seinem Job zu sehr klebt, könnt ihr ihn anschließend immer noch erschießen, aber ich bin sicher, das wird nicht nötig sein.«

»Du verlangst eine Menge«, sagte ich. »Wenn ihr unterliegt, werde ich dafür baumeln.«

»Ach, ich an deiner Stelle würde mir darüber nicht den Kopf zerbrechen«, meinte Reid leichthin. »Wenn wir verlieren, dann deshalb, weil die Yanks eingreifen, und dann stirbst du auf jeden Fall.«

»Gilt das nicht für uns alle?«, fragte Julie. »Ich meine, weshalb sollten wir uns deswegen …?« Sie wedelte mit der Hand.

»Liebe Bürgerin«, sagte Reid mit gespieltem Langmut, »die Yanks haben eine *Liste*. Er steht drauf, Sie hingegen nicht.«

»Tja«, sagte ich, als seine beschwichtigenden Bemerkungen Wirkung zeigten, »wie kann ich da noch ablehnen?«

»Guter Mann«, sagte Reid. »Ich hoffe, wir sehen uns wieder.«

»Ich auch, Kumpel«, sagte ich. »Ich auch.«

Am nächsten Tag begann die ANR-Offensive (Krieg mit Ansage! titelte die Mittagsausgabe der *Sun-Times*), geriet noch vor dem Abend ins Stocken und versandete. Angeblich war dies auf ein Softwareproblem zurückzuführen, doch das klingt unwahrscheinlich. Ich glaube eher, der zeitgleich beginnende Generalstreik und die lokalen Aufstände waren dafür verantwortlich. Zum Glück führte die zivile Erhebung die Revolution im Laufe der nächsten Tage zum Sieg. Als sich herausstellte, dass auch in Amerika gestreikt wurde und dass keine Truppen entsandt werden würden, flüchtete die Restaurationsregierung der Hannoveraner in Hubschraubern, um ›den Kampf gegen den Terrorismus aus dem Exil fortzusetzen‹, wie sie es ausdrückte.

Der Sturz der US/UN wurde im Sinne der Verschwörungstheorien, die ich ein für allemal für erledigt gehalten hatte, auf einen Virenangriff auf die globalen Informationsnetze zurückgeführt. Ich hingegen glaube, nach kurzem Nachdenken müsste jedem einsichtig werden, dass die Aufstände in Britannien und Sibirien, einhergehend mit einem eskalierenden Rüstungskontrollstreit mit Japan, das amerikanische Volk schließlich davon überzeugten, dass die Weltherrschaft keine weitere Steueranhebung und keine Mobilisierung wert war. Nachahmeraufstände, wie man sie nannte, breiteten sich mit der Geschwindigkeit eines Internetgerüchts rund um den Globus aus. Die mit den gesellschaftlichen Umwälzungen, die letztlich auf eine Weltrevolution hinausliefen, einhergehenden technischen Störungen reichen meiner Ansicht nach als Erklärung für die monatelang andauernden chaotischen Zustände in den Rechnersystemen in aller Welt vollauf aus.

Damals musste ich mich um dringendere Probleme kümmern; unter anderem musste ich meinen neuen Job loswerden, ohne ihn an jemand Schlimmeren abzugeben. Eigentlich hätte ich niemals Diktator werden dürfen, aber im Anarchismus ist eben alles möglich. Jedenfalls ist er keine Vorbereitung auf die Regierungsverantwortung.

Februar 2046. Der kälteste Winter seit Jahren. Während man das wertlos gewordene Geld verfeuerte, sprach man von einem Loch im Treibhaus.

Wir hatten unser eigenes Treibhaus, eine geodätische Kuppel in der Nähe von Trent Park, am Rande der Universität. Die Studenten waren damit beschäftigt, Fehler in Bezug auf Demokratie und Elitedenken zu begehen, die ich schon zu meiner Zeit in Glasgow überwunden geglaubt hatte. Ich ließ sie gewähren. Annette ging in einem pelzgefütterten Laborkittel ihren Gartenbauexperimenten nach. Ich hämmerte Netzpropaganda in die Tasten, redete mich im Kabel heiser, hielt Netzkonferenzen mit den politischen Gruppierungen Norlontos ab und entwarf eine gemeinsame Linie, die wir der nationalen Regierung vorlegen konnten.

Zur Entspannung redete ich mit Menschen im All. Jenseits der Lagrange-Siedlungen und des Mondes benutzte man besser E-Mail, ein Medium, das der Zeitverzögerung aufgrund der Lichtgeschwindigkeit eher angemessen war. Die Erzförderer auf den Asteroiden baten mich ernsthaft um Rat in Bankfragen, die Kolonisten auf dem Mars beschwerten sich darüber, dass sie jetzt, da die Mittel der Weltraumverteidigung gekürzt wurden, vernachlässigt würden. Soldatenräte auf ehemaligen Kampfsatelliten der Weltraumverteidigung bombardierten mich mit Ideen für eine gewinnbringende Nutzung der Laserkanonen. (Im Grunde waren das wirklich anständige Leute, sonst wäre ihnen das Naheliegende eingefallen.)

In der Zwischenzeit ging der Bürgerkrieg weiter. Das bescheidene Ziel der Republik, die nationale Einheit mit lokaler Autonomie zu vereinen, führte immer wieder zu Auseinandersetzungen mit lokalen Gruppierungen, deren Vorstellungen von Autonomie viel weiter reichten. Als Staat war die Republik in vielerlei Hinsicht weitaus schwächer, als es das Königreich – mit seiner allgegenwärtigen, über den Horizont hinausreichenden Orbitalstreitmacht – jemals gewesen war. Vor allem hatte die Revolution alles infrage gestellt: Sie hatte Anreize zum Desertieren geliefert, wie die Spieltheoretiker es ausdrückten.

Flüchtlinge strömten vom Land nach Norlonto und führten ihre Kämpfe in den Barackensiedlungen und Lagern fort. Der Druck auf unsere Wohlfahrtseinrichtungen und die Schutzmilizen erhöhte sich von Woche zu Woche, und allwöchentlich wies ich deren Verantwortliche an, neue Mitarbeiter unter den Flüchtlingen zu rekrutieren.

Das funktionierte so lange, bis es schwierig wurde zu erkennen, wer wen rekrutierte. Miteinander konkurrierende Polizeigruppen fanden sich buchstäblich in rivalisierenden bewaffneten Lagern wieder, deren Quartiermeister meistens auch für die Verteilung der Hilfsgüter zuständig waren. Wir nannten dies das Thailand-Syndrom.

Die wöchentlichen Sitzungen des Verteidigungskomitees fanden schließlich täglich oder vielmehr allnächtlich statt. Für gewöhnlich begannen sie um neun Uhr abends und dauerten bis nach Mitternacht. Mir war das recht. Mit dem Alter hatte mein Schlafbedürfnis abgenommen. Ich begab mich nur ungern in die VR, aber so ist das Leben. Abend für Abend zog ich nach dem Abwasch die Haushaltshandschuhe aus und die Datenhandschuhe an, lächelte Annette über den aufgeräumten Tisch hinweg an, setzte die Brille auf und …

Dann war ich drin. Einige bezeichneten uns gerne als Helden der Hölle, und dementsprechend war das Setting: ringsumher schwarze Unendlichkeit und zwischen uns ein runder Tisch mit einem Abbild Norlontos oder Londons oder was wir uns gerade anschauen wollten darauf; eine Camera-obscura-Ansicht, zusammengesetzt aus Satellitenbildern und angereichert mit sämtlichen verfügbaren Daten. Auf dieser Ebene waren wir dreizehn, was stets eine Glückszahl für ein Komitee ist. Unsere Avatare – unsere Körperbilder in der virtuellen Welt – entsprachen unserem tatsächlichen Aussehen, vor allem deshalb, damit wir uns im richtigen Leben oder im Fernsehen wiedererkannten.

In der Nacht der großen Krise fehlte einer. Ich blickte mich besorgt um. Julie war da, Mike Davis, Juan Altimara, alle Vertreter unterschiedlicher Strömungen der Weltraumbewegung; zwei identisch wirkende Jugendliche, die ich insgeheim ›die Mormonenmissionare‹ nannte, obwohl sie eigentlich vom Wohlfahrtsschutz der Kirchen von Norlonto, der St. Maurice Schutzgesellschaft, waren; und – vom Freiwilligensektor zum kommerziellen übergehend – eine Hand voll Delegierter verschiedener Abwehrfirmen, die von Woche zu Woche wechselten, beunruhigend jung und bedauernswert erschöpft wirkten und sich stets mit den Linken zankten …

»Wo ist Catherin Duvalier?« Sie war jung, aufgeweckt, intelligent: Koordinatorin einer kommunistischen Miliz, deren Spionagenetzwerke über die Grüngürtellager bis zu den Schlachten in den fernen Bergen reichten.

Julie lächelte mich über den leuchtenden Abgrund des Tisches hinweg an.

»Cat heiratet morgen. Sie lässt sich entschuldigen.«

»Das ist keine Entschuldigung«, knurrte ich, war jedoch erleichtert, dass niemand desertiert oder gefallen war. »Okay, Genossen. Zunächst das Geschäftliche.«

Ich rief die Kurse der Schutzaktien und Kampf-Futures auf. Sie waren in raschem Steigen begriffen.

»Nun, Freunde«, wandte ich mich an die Jungs der Schutzagenturen, »wisst Ihr vielleicht mehr als wir?«

Zwischen den Avataren wurden Daten ausgetauscht, was an Hitzeflirren erinnerte. Als sie sich hastig abgesprochen hatten, ergriff einer der beiden das Wort.

»Wir wollten gerade sagen, Mr. Wilde …«

*Ja, klar.*

»… dass man heute an unsere Firmen wegen … äh … potenzieller Konfliktsituationen herangetreten ist. Es sieht so aus, als hätte eine große Anzahl von Straßenbesitzern wiederum Absprachen für die Durchfahrt von … äh … Panzerfahrzeugen getroffen.«

»Soll das heißen, die *Armee* rückt ein?«

Virtuelle Augen signalisierten Bestürzung rund um den Tisch.

»Ja«, antwortete er verlegen. »Wir wurden angewiesen, Sie darüber zu informieren, dass die Regierung beschlossen hat, dem anomalen Status Norlontos ein Ende zu machen. Dies geschieht auf Bitte eines großen Teils der Geschäftswelt und der … äh … etablierteren Nachbarschaftsvereinigungen …«

»Ihr Schufte!«, fuhr Julie die Mormonenmissionare an. »Habt Ihr davon gewusst?«

»Schauen Sie mich nicht so an«, sagte einer der beiden. »Wir haben wochenlang die Beschwerden unserer Kunden übermittelt. Die Lage wird allmählich wirklich unerträglich, zumal für die weniger Wohlhabenden. Ich versichere Ihnen, dass die Vereinigung nichts davon wusste, aber ich kann nicht behaupten, dass ich überrascht wäre oder dass es mir Leid täte.«

»Und wann werden die Panzer einrücken?«, fragte ich.

»Übermorgen«, sagte einer der Agenturrepublikaner. »Eine Demonstration der Stärke und so weiter. Ruhe und Ordnung auf den Straßen.«

»Gut«, sagte ich. »Dann bleibt uns Zeit, uns zu organisieren.«

»*Widerstand?*«, fragten mehrere Stimme gleichzeitig, entweder entsetzt oder voller Hoffnung.

»Nein«, meinte ich grimmig. »Rückzug. Sagt euren Anführern und der Regierung, dass die Milizen keine Schwierigkeiten machen werden.«

Ich ließ den Blick über die Anwesenden schweifen und tippte gleichzeitig eine dringende Nachricht an die Mitglieder der Weltraumbewegung in die Tastatur des realen Tisches ein, welche besagte, sie sollten sich weiterhin zur Verfügung halten. »Die Sitzung ist vertagt. Wir sehen uns morgen.«

»Welches Spiel spielst du eigentlich, Wilde?«, fragte Julie, als die Wohlfahrts- und Geschäftsleute verschwunden waren. »Das können wir nicht widerspruchslos hinnehmen. Das wäre das Ende Norlontos!«

Mike Davis und Juan Altimara nickten empört.

»Ihr Kleingläubigen«, sagte ich. »Selbstverständlich wäre dies das Ende Norlontos. Wenn ich mich recht entsinne, wart ihr auf den *Anfang* gar nicht sonderlich scharf.«

Juan, der in jungen Jahren als Flüchtling vor dem kurzen brasilianischen Biokrieg aus Anlass der Abspaltung Amazoniens nach Norlonto gekommen war, blickte Mike und Julie an. Die Pilznarbe auf seiner Wange zuckte, als er die Stirn runzelte.

»Das hab ich nicht gewusst«, sagte er.

Julie errötete, Mike spielte mit dem Joystick herum: »Das ist jetzt Schnee von gestern«, sagte er verlegen. »Norlonto ist seit Jahren eine Bastion der Freiheit, ein erfolgreiches Experiment, und da willst du die Planwirtschaftler einmarschieren lassen, ohne dass ein Schuss fällt!«

»Entschuldigt, Genossen«, sagte ich, »aber wer kapituliert hier eigentlich vor dem Dirigismus?« Ich wühlte in den virtuellen Tiefen des Tisches, ließ wahrscheinliche Einfallrouten aufleuchten und glich sie mit den Entwicklungen der Versicherungsratings, der Aufstellung der Schutzagenturen und den Stützpunkten der Milizen ab. »Also, ich sehe das so: Wenn die Kunden der verschiedenen Schutzagenturen, die Gemeinwesen und die Grundstückseigner dieser Stadt einen Deal mit einer nationalisierten Verteidigungsindustrie abschließen wollen, was geht uns das an? Ist das nicht Anarchokapitalismus, wie er im Buche steht?«

»Mir kommt das eher vor wie der Ausverkauf der Anarchie durch die Kapitalisten!«, entgegnete Julie.

»Das ist ihr gutes Recht«, meinte Mike. »Also, ich muss Jon da zustimmen. Trotzdem bedeutet es, dass wir gescheitert sind.«

Julie und Juan beäugten die vergrößerte Karte, die allmählich Gestalt annahm. Dann sahen sie einander an.

»Wir müssen nicht unbedingt scheitern«, sagte Juan. »Die Miliz ist stark genug, um die republikanischen Streitkräfte abzuwehren. Wir haben genug Zeit, um die Bevölkerung zu mobilisieren. Die Armee kann sich in der eigenen Hauptstadt kein Massaker erlauben – davor werden selbst die Hannoveraner zurückschrecken.«

»Mit den Morden auf dem Land kommen sie auch durch«, erwiderte ich. »Habt ihr überhaupt schon mal mit irgendwelchen Flüchtlingen gesprochen?«

Julia winkte ab. »Glaubt man dem Gejammere dieser Leute, ist die Republik eine monströse Tyrannei, was sie offensichtlich nicht ist, und deshalb …«

»Weshalb bereitet es dir dann Sorgen, dass ihre Truppen in unseren Straßen patrouillieren könnten?«

»Weil …« Julie sah mich an, als entginge mir etwas so Offensichtliches, dass sie kaum glauben könne, es aussprechen zu müssen. »Weil es unsere Stadt ist, verdammt noch mal! Unsere freie Stadt! Nach all den Jahren dürfen wir nicht zulassen, dass der Staat einmarschiert. Wir sollten scharf gegen die Lager vorgehen, und zwar sofort. Wir sollten diese ganzen Mafiaorganisationen und abtrünnigen Milizen verjagen, damit die Armee keinen Vorwand für den Einmarsch hat. Wenn wir gleich aktiv werden, können wir es heute Nacht noch schaffen!«

Ich konnte erkennen, dass Mike sich den Vorschlag zu Herzen nahm; mir hingegen sank der Mut. Ich wünschte, Catherin Duvalier hätte sich einen anderen Tag zum Heiraten ausgesucht.

Ein Schmetterling löste sich aus der uns umgebenden abgrundtiefen Dunkelheit und ließ sich mit bebenden Flügeln auf dem Tisch nieder.

»Oh, Mist«, sagte er mit Annettes Stimme. »Ich hoffe, das verdammte Ding funktioniert …«

»Wir sehen dich, Annette«, sagte ich. »Was machst du hier? Wie bist du hergekommen?«

Ich spürte, wie sie über meine Hand streichelte.

»Entschuldigt bitte«, sagte sie, »ich weiß, ich habe hier nichts verloren, und ich habe das System auch nicht gehackt oder so. In der Realität sitze ich Jon an einem Tisch gegenüber, und ich habe gehört, was er gesagt hat, und da hab ich mich an seinen Link drangehängt und bin der Unterhaltung gefolgt …«

»Das ist ein Sicherheitsrisiko!«, warf Juan ein.

»Das ist kein Sicherheitsrisiko, das ist meine Frau«, erwiderte ich. »Sie hält mir den Rücken frei, wenn ich hier bin, und das hat sie schon immer getan. Also halt den Mund, Genosse, und hören wir uns an, was sie zu sagen hat. *Falls niemand etwas dagegen hat.*« Ich funkelte die Genossen über den Kartentisch hinweg an, und schließlich nickten auch alle.

»Okay«, sagte Annette. In der Realität glitt sie auf meinen Schoß und legte mir den Arm um die Schultern; in der VR flog sie auf und umflatterte aufgeregt die Karte, als würde sie vom Licht angezogen. »Ihr habt gesagt, es bedeute eine fürchterliche Niederlage und Schmach, wenn die Republik Norlonto besetzen würde. Na schön. Ich bin sicher, auch Jon sieht das so. Aber habt ihr bedacht, wie groß die Niederlage und die Schmach wären, wenn ihr blutig untergehen würdet? Oder wenn ihr siegen und selbst ein Staat werden würdet? Ihr müsstet nicht bloß gegen die Armee, sondern auch gegen die Schutzfirmen kämpfen, und das wäre das Ende der Freimarktanarchie, auf die ihr so stolz seid. Und was die Vertreibung der Flüchtlinge betrifft – und genau das hast du gemeint, Julie –, so wäre das nicht bloß falsch, sondern würde auf Jahre als Beleg dafür verwendet werden, dass unsere Gesellschaft sich von anderen gar nicht so sehr unterscheidet.«

Sie ließ sich auf meinem Schoß und gleichzeitig auf der Karte nieder. »Aber was meint ihr, was passieren wird, wenn ihr die Armee hereinlasst? Die Armee wird sich von unserer Lebensweise anstecken lassen – in ökonomischer, nicht in politischer Hinsicht. Sie wird gezwungen sein, Geschäfte zu machen, mit Kampf-Futures zu handeln, Streitigkeiten vor Gericht auszutragen, Swapgeschäfte mit Gesetzen zu machen und was sonst noch dazugehört.«

»Woher willst du wissen, dass sie nicht einfach ihren Willen durchsetzen wird?«, fragte Mike.

»Weil Julie Recht hat«, antwortete Annette. »Diese Leute wollen gar nicht kämpfen. Sie wollen uns nicht erobern, sie wollen uns bloß aufkaufen. Tatsächlich scheint es so, als hätten sie die Schutzfirmen bereits aufgekauft. Und was gekauft wurde, kann auch verkauft werden. Ehe sie sich's versehen, werden sie den Anarchokapitalismus praktizieren, ohne auch nur ein Wort davon zu glauben.«

»Genau wie alle anderen Gruppen, die hierher gekommen sind«, bemerkte Julie säuerlich. »Und schaut euch bloß mal an, wie weit uns das gebracht hat.«

»Ja, schaut euch um«, sagte ich. »Es hat uns zwanzig Jahre Frieden und Freiheit eingebracht und Toleranz zwischen Menschen, die sich zuvor bis aufs Blut gehasst haben!«

Juan, Mike und Julie mussten lachen. Es war allgemein bekannt, dass die Liberalisten in Norlonto seltener waren als die Kommunisten in den von Reid so genannten Arbeiterstaaten.

»Ich glaube, Annette hat Recht«, sagte ich bedächtig, als hätte ich das nicht schon längst gewusst und bloß nicht auszusprechen gewagt (mir hätte man den leidenschaftlichen Pazifismus ihres Appells niemals durchgehen lassen). »Es gibt noch etwas, das wir gerne vergessen und das mir seit einiger Zeit Sorge bereitet. Im Laufe der Jahre haben wir uns dermaßen in die Verwaltung Norlontos einspannen lassen, insofern es sich nicht selbst verwaltet, dass wir die Entwicklungen im Weltraum ein wenig vernachlässigt haben. Ich weiß, ich weiß, es ging irgendwie um Sozialismus-in-einem-Land gegen die Weltrevolution, und die Weltraumverteidigung drehte weit oben im Orbit ihre Kreise, und abgesehen von Alexandra Port konnten wir praktisch nicht viel für sie tun. Ich erinnere mich, dass einige von uns vor Jahren mal experimentelle Laserkanonen aufstellen wollten und dafür aus dem Orbit gedeckelt wurden. Jetzt aber befindet sich die Weltraumverteidigung in einer gefährlichen Lage, und wir haben Freunde – Genossen – in Lagrange und auf dem Mond, die versuchen, aus einem Lumpen, einem Knochen und einem Lufttank ein Ökosystem aufzubauen. Es wird allmählich Zeit, dass wir ihnen helfen. Und deshalb meine ich, wenn die Planwirtschaftler in Norlonto einmarschieren wollen, sollen sie ruhig kommen. Wir haben Besseres zu tun.«

Ich lehnte mich zurück, spürte, wie Annettes Gewicht sich ebenfalls verlagerte, sah, wie die Schmetterlingsprojektion erbebte. Die übrigen drei Anführer der Weltraumbewegung sahen mich an und verständigten sich unter dem Tisch – so sah es jedenfalls aus. Ich hoffte, sie würden insgeheim erleichtert sein, die Ehre der Bewegung dadurch retten zu können, dass sie *nicht* zu den Waffen griffen.

Juans Avatar leuchtete auf, als ihn Informationen erreichten, was sich in seinem Ebenbild widerspiegelte.

»Also gut, Wilde«, sagte er. »Wir glauben, wir können das verkaufen. Stell dich auf eine kurze Nacht ein. Julie wird so viele Interviews wie möglich vereinbaren. Und jetzt …«

»… solltet ihr in die Wahlbezirke zurückkehren und euch auf die Regierungsarbeit vorbereiten.«

Niemand lachte.

Als die Bilder der anderen verblasst waren, wollte ich die VR-Brille abnehmen, doch Annette fasste mich bei den Handgelenken.

»Nein«, sagte sie. Sie flog mir ins Gesicht, kam am Hinterkopf wieder heraus und schlug erneut einen Bogen. »Das macht Spaß. Warum hast du mir noch nie davon erzählt?«

Sie stand auf, zerrte mich vom Stuhl hoch und zog mich auf den realen Tisch nieder, während mir das virtuelle Abbild unseres staatenlosen Staates vor den Augen schwankte. Wir fummelten und vögelten auf dem Küchentisch, während sich über uns in der bodenlosen Dunkelheit zwei Schmetterlinge paarten.

## 15 ■ *Ein weiterer Versuch, die Heraufkunft des Eschatons zu bewirken*

Dee erlebt ihre erste schuldbeladene Lust. Die Lust rührt daher, dass sie im Erdsonnenschein auf einem grasbewachsenen, steinigen Hang sitzt. Nicht einmal in ihren Märchenträumen hat sie etwas Vergleichbares gesehen wie das Blau des Himmels und das Weiß der Wolken. Am Talboden, weit unter ihr, ergießt sich ein brauner Fluss über schwarze Steine. Etwas weiter entfernt wird die Ruhe durch die Arbeiter gestört, die einen riesigen Stahlmast errichten. Dort aber, wo Dee sitzt, unterstreicht der ferne Lärm bloß die allumfassende Stille; das halbe Dutzend winziger, geschäftiger Gestalten erinnert sie bloß daran, dass sie nichts weiter zu tun hat, als sich zu entspannen und in vollen Zügen die saubere, dichte Erdluft einzuatmen.

Das Schuldgefühl rührt daher, dass dies alles Illusion ist: eine hochauflösende virtuelle Realität, die sie dermaßen fesselt, dass sie auf einmal begreift, weshalb diese verführerische Subversion der Sinne häufig missbilligt wird. Die dekadentesten Genussmenschen in den Lofts von Ship City würden einem mit großem Ernst erklären, dass dies widernatürlich sei, dass es das moralische Rückgrat großer Zivilisationen ausgehöhlt habe und einen blind mache.

Ein wenig bedrückt sie auch, dass Ax das Erlebnis nicht mit ihr teilen kann. Er sitzt in der realen Welt fest, lungert auf der Ladefläche des Trucks herum. Das halbautomatische Fahrzeug ist eine riesige, verlängerte Version von Jay-Dubs oberer Rumpfhälfte. Unter der Hülle aus gebürstetem Aluminium verbirgt sich eine zentimeterdicke Panzerung. Die atombetriebenen Turbinen ermöglichen in ebenem Gelände und bei freier Fahrt eine Höchstgeschwindigkeit von hundert Stundenkilometern. Im Innern gibt es viele furchteinflößende und faszinierende Geräte, doch eine VR-Ausrüstung gehört nicht dazu.

Dee hat sich mittels Kortikalstecker eingeklinkt, der hinter ihrem Ohr eingestöpselt ist. Ax steht diese Möglichkeit ebenfalls offen, doch es gibt bloß einen Stecker, und sie braucht ihn – oder vielmehr wird er für sie gebraucht. Sie nimmt an, dass Ax noch immer in der offenen Hecktür sitzt, die Beine herabbaumeln lässt und damit beschäftigt ist, seine elektronische Version von Telepathie auf den kniffligen Empfang eines alten Fernsehers zu übertragen. Außerdem (so hofft sie jedenfalls) hält er Ausschau nach Räubern, Kopfgeldjägern und Sandstürmen. Jay-Dubs Systeme und die des Raupenfahrzeugs sind auf all dies gut vorbereitet, doch wie Dee so in das virtuelle Tal hinabblickt, fürchtet sie, dass diese ziemlich ausgelastet sind. Sie weiß ein wenig über CPUs Bescheid, und sie kann erkennen, dass sie stark beansprucht werden.

Und zwar nicht bloß von Jay-Dub und dem Fahrzeug. Der eine Grund, weshalb man sie auf den Hügel geschickt und angewiesen hat, möglichst nichts zu tun, ist, dass ihre eigenen Systeme bis an die Grenze ihrer Kapazität beansprucht werden. Ihr Körper liegt in der realen Welt so schlaff wie eine Stoffpuppe auf der Ladefläche des Trucks. Bis auf zwei Gestalten, die an dem Metallgerüst arbeiten, das unmittelbar unterhalb des langgestreckten, flachen Hauses liegt, das wie ein Überhang anmutig aus dem Hang vorspringt, verkörpern sie alle Aspekte ihres Ichs. Der Soldat gehört dazu und der Wissenschaftler, der Spion und das System, und sie helfen zwei anderen Wesenheiten bei ihrer seltsamen Arbeit. Der Geheimnisträger manifestiert sich in der VR nicht als Mensch, sondern als ein nahezu unauflösliches Gewirr lebendiger Kabel, scharfer Dornen und ähnlich abschreckender Dinge. Die dunklen Gestalten tanzen und stochern umher, ziehen hin und wieder etwas aus dem Dickicht hervor, schleppen es zum bedrohlich aufragenden Turm und bauen es triumphierend ein.

Die anderen beiden Wesenheiten sind ständig in Jay-Dub präsent. Dee hat sie kennen gelernt, als Jay-Dub sie vergangene Nacht in seinem Boot auf dem Steinkanal weit in die Wüste hinausfuhr. Dabei handelt es sich um den alten Mann mit dem jungen Mädchen, der sie aus dem Truck angerufen hat. (Der Truck ist tatsächlich eine Version dieses Fahrzeugs, und sie kann den Reiz der illusionären vollgestopften Fahrerkabine durchaus nachvollziehen.) Außerhalb der Kabine, im Tal und im Haus, ist Meg eine charmante, elegant gekleidete Frau, doch in der Kabine ist sie eine Schlampe. Gesicht und Augen sind in beiden virtuellen Umgebungen gleich, doch wenn man sich an ihr verführerisches Lächeln erinnert, wirken ihre Augen größer und dunkler als bei der unmittelbaren Begegnung.

Ax hat die Aufgabe, die Nachrichten und die Gerichtsverhandlung zu verfolgen. Währenddessen bietet Wilde, der alte Mann im Bewusstsein des Robots, sämtliche Ressourcen seines und ihres Geistes auf, um das Problem ungeachtet des Ausgangs zu knacken, wie er sich ausdrückt. Er und Meg und die Projektionen von Dees verschiedenen Ichs rennen umher wie Ameisen bei einem Feuer.

Und Dee sitzt auf dem Hang, ganz allein mit sich.

Tamara fasste Wilde beim Ellbogen. Er hatte die Fäuste geballt, seine Absätze hatten sich vom Boden gelöst. Er stand vorgebeugt da und starrte Reid und dessen Begleitern nach.

»Anschließend kannst du ihn immer noch töten«, sagte sie. »Falls es zum Kampf kommen sollte.«

Wilde entspannte sich ein wenig. Langsam öffnete er die Hände. Er lächelte Tamara beruhigend an und blickte auf die Zigarette nieder, die Reid ihm gegeben hatte. Sie qualmte noch, den Filter hatte er plattgebissen. Er nahm noch einen Zug, dann warf er sie weg.

»Er hat gesagt, ich wäre eine Marionette und Wilde wäre tot.« Er schüttelte den Kopf, dann fröstelte er. »Wenn Jonathan Wilde tot ist, wer hat ihn dann getötet, hm?«

»FRAGESTELLUNG NICHT STATTHAFT«, bemerkte MacKenzie.

Wilde schnaubte, löschte blinzelnd eine die Regeln der Beweisführung betreffende Fußnote und setzte sich auf einen Stuhl. Er zerknautschte den Pappbecher und stopfte ihn in die Tasse, die Reid zurückgelassen hatte. Er fasste Tamara bei der Hand und zog sie nieder. Sie setzte sich neben ihn und schaute ihn an.

»Was sollte eigentlich die Bemerkung über …« – sie senkte die Stimme – »die Schnelldenker?«

Wilde blickte sich um. Da die Verhandlung in Kürze beginnen würde, nahmen immer mehr Leute Platz: Reids und seine eigenen Unterstützer sowie eine zunehmende Anzahl von Leuten, die durchs Haupttor hereinkamen und keinem der beiden Lager angehörten. Diese Besucher, die von den Streitparteien deutlich unterschieden waren, boten mit ihren gehackten Genen beziehungsweise ihren Implantaten oder biomechanischen Symbionten einen eindrucksvollen Anblick. Nachrichtenrobots schwärmten umher, einige am Boden, andere – getragen von kleinen Ballons oder winzigen, nur verschwommen erkennbaren Rotoren – in der Luft. Vorne checkte jemand die Mikrofone, was laute Rückkopplungen zur Folge hatte.

»Die Zeit wird knapp«, sagte Wilde. Und seufzend,

als spräche er zu sich selbst, wiederholte er: »Die Zeit wird knapp.« Dann drückte er Tamaras Hand und sagte in eindringlichem Ton: »Du hast jetzt erlebt, wie Reid wirklich denkt. Ich weiß nicht, ob er dem Gericht gegenüber ähnlich argumentieren wird – er kann ja schlecht behaupten, ich wäre menschlich und Jay-Dubs Besitzer, um dann eine Kehrtwendung zu machen und das Gleiche zu behaupten wie eben. Aber im Grunde geht es um viel mehr als um das, was hier verhandelt wird. Sollte gegen ihn entschieden werden, wird Reid sich auf keinen Fall damit abfinden. Und falls wir unterliegen, werden *wir* uns nicht damit abfinden!«

»Wir könnten ihn zu einem Zweikampf herausfordern«, sagte Tamara, als wäre das eine gute Idee. Wilde lachte.

»Glaubst du wirklich, ich hätte eine Chance?«

Tamara überlegte einen Moment, musterte ihn kritisch. »Nein. Eigentlich nicht. Du bist größer, aber er ist schneller.« Ihre Miene hellte sich auf. »Aber ich hätte eine Chance, oder ich könnte einen Verbündeten benennen. Mist. Ich wünschte, Ax wäre hier.«

»Vergiss es«, meinte Wilde. »Ich möchte nicht, dass du meine Schlachten schlägst.«

»Schlachten …« Tamara straffte sich. »Du hast gesagt, es würde vielleicht mächtigen Ärger geben. Ich könnte den Genossen Bescheid geben, dass sie sich bereithalten sollen. Am Circle Square haben wir ein paar gute Kämpfer und auch Leute, die sämtliche großen Schlachten der Anarchisten analysiert haben – Paris, Kronstadt, Ukraine, Barcelona, Seoul, Norlonto …«

»Schon gut«, meinte Wilde. »Also, eigentlich ist es ein bisschen spät dazu, und ich sage es auch nur ungern, aber die großen anarchistischen Schlachten der Geschichte haben eines gemeinsam.«

»Ja?«

Wilde stand auf, um sich in die erste Reihe zu setzen. Über Tamaras gespannte Neugier musste er lächeln.

»Sie waren ausnahmslos Niederlagen«, antwortete er.

Wilde nahm seinen Platz ein, mit Tamara zur Rechten und Ethan Miller zur Linken. Tamaras Begleiter setzten sich in der Nähe hin. Ein Stück weiter zur Linken, auf der anderen Seite eines Gangs, der zwischen den Sitzplätzen freigeblieben war, hatte sich Reid mit seinen engsten Unterstützern niedergelassen. Auch die übrigen der etwa hundert Stühle waren besetzt, und doppelt so viele Personen – Menschen wie Nichtmenschen – standen entweder oder saßen im Gras. Vor ihnen befanden sich das Holzpodium mit den schlichten Möbeln sowie zahlreiche Mikrofone und Kameras. Den Plaketten war zu entnehmen, dass die meisten zu verschiedenen Nachrichtensendern gehörten und nicht zum Gerichtsinventar, doch von einigen führte ein spinnwebartiges Kabelgewirr, das im feuchten und mittlerweile zertrampelten Gras funkelte, zu den hinter den Sitzplätzen aufgestellten Lautsprechern. Ethan überprüfte herausfordernd die Mechanik seines Gewehrs.

Als Eon Talgarth eine Minute vor zehn durch den Mittelgang nach vorne geschritten kam, verstummten die Gespräche, während die übrigen Geräusche – das Atmen, das Kleiderrascheln und das Summen der Aufnahmegeräte – auf einmal deutlicher zu vernehmen waren als zuvor. Köpfe und Kameras schwenkten zu ihm herum. Talgarth blickte starr geradeaus.

Er war schlank, mittelgroß und hatte schütteres braunes Haar, das er sich unter dem großen Hut straff zurückgekämmt hatte. Er trug einen schwarzen Anzug und ein weißes Hemd mit einer blauen Krawatte. Seine Gesichtszüge strahlten mehr Reife aus als die meisten modisch gestylten Gesichter von Ship City. Als er das Podium erreicht hatte, sprang er hinauf und nahm behutsam auf dem Klappstuhl Platz. Er schenkte sich gelbe Flüssigkeit in das Glas ein, nahm einen Schluck und zündete sich eine Zigarette an.

»Nun gut«, sagte er mit einem Londoner Akzent, der im Vergleich mit der Silben verschluckenden Sprechweise der Einheimischen archaisch und schleppend klang. »Fangen wir an.«

Reid stand sogleich auf und trat ans nächste Mikrofon.

»Einspruch«, sagte Wilde, sich erhebend. »Meine Beschuldigung ist schwerwiegender und sollte als Erste angehört werden.«

»Einspruch abgelehnt«, entgegnete Eon Talgarth. »Sein Begehren hat Vorrang.«

Wilde wandelte ein Achselzucken zu einer höflichen Verneigung ab und nahm wieder Platz. »DEN VERSUCH WAR ES WERT«, kommentierte sein Rechtsbeistand.

Reid wandte sich an den Richter.

»Ehrwürden«, sagte er. »Ich danke Ihnen dafür, dass Sie uns anhören.«

»Ich danke Ihnen dafür, dass Sie diesem Gericht die Ehre erweisen«, erwiderte Talgarth. »Was haben Sie vorzubringen?«

Reid zögerte kurz, dann sagte er so flüssig, als läse er von einem Zettel ab: »Ich beschuldige Jonathan Wilde und Tamara Hunter. Jonathan Wilde werfe ich vor, mithilfe des Robots Jay-Dub, Eigentum des Vorgenannten, die Steuersysteme eines mir gehörigen Modell-D-Gynoids, bekannt als Dee Model, beschädigt zu haben. Tamara Hunter werfe ich vor, sich illegal in den Besitz des Gynoids gebracht zu haben, in der Folge wider besseres Wissen behauptet zu haben, dass Dee Model herrenloses Gut sei, und die vom Gynoid ungerechtfertigterweise beanspruchte Autonomie gegenüber den Wiederbeschaffungsagenten seines rechtmäßigen Besitzers verteidigt zu haben.«

Talgarth blickte Wilde und Tamara an.

»Erkennen Sie die Anschuldigungen an, oder weisen Sie sie zurück?«

Beide erhoben sich. »Wir weisen sie zurück.«

»Na schön«, meinte Talgarth. Mit lässiger Handbewegung bedeutete er ihnen, wieder Platz zu nehmen. Reid fuhr fort.

»Das Beweismaterial, das diese Anschuldigungen belegt«, sagte Reid, »wurde Ihnen durch die First City Rechtsfirma zur Kenntnis gebracht, und ich möchte es förmlich in die Verhandlung einbringen. Erstens: die Abschrift einer Interaktion zwischen meinem Gynoid, bekannt als Dee Model, und einer anderen künstlichen Intelligenz. Zweitens: persönliche Aufzeichnungen über Interaktionen zwischen mir und einer in einen Robot namens Jay-Dub implantierten künstlichen Intelligenz. Die Authentizität dieser Aufzeichnungen kann von unabhängiger Seite bestätigt werden.«

Talgarth nickte. »Das Gericht erkennt die Belege an.«

»Einspruch?«, murmelte Wilde in das Mikrofon seines Rechtsbeistands.

»AUSSICHTSLOS.«

»Drittens«, fuhr Reid fort, »die Besitzurkunde für Jay-Dub, die vor vielen Jahren bei der Stras Cobol Mutual Bank hinterlegt wurde. Als Besitzer wurde Jonathan Wilde benannt, mein Prozessgegner.«

»Würde sich die Person namens Jonathan Wilde bitte erheben?«

Wilde gehorchte und wandte sich zu den Gesichtern und Kamerobjektiven um.

»Danke«, meinte Talgarth mit einem knappen Kopfnicken in Wildes Richtung. »Sie dürfen wieder Platz nehmen.« Er wandte sich wieder an Reid. »Fahren Sie fort.«

»Viertens und letztens«, sagte Reid. »Ein durch den Rechtsservice der Unsichtbaren Hand öffentlich gemachter Autonomieanspruch, vertreten durch Tamara Hunter, die ebenfalls anwesend ist …«

Das Ritual zur Feststellung der Anwesenheit wiederholte sich.

»… und angeblich im Namen von Dee Model tätig ist, einem angeblich herrenlosen Automaten.«

Talgarth trank noch einen Schluck und fasste Tamara ins Auge.

»Wir bestätigen, dass der Anspruch öffentlich gemacht wurde«, sagte Tamara.

»Gut«, meinte Talgarth. Er klopfte eine Zigarette aus einer Packung hervor und zündete sie an.

»Das ist also die Beweislage«, sagte er. »Da der Sachverhalt öffentlich belegt ist, brauchen Sie keine Belege dafür vorzulegen, dass Tamara Hunter Dee Model verteidigt. Das Gericht erklärt, dass die Sachlage nach einer Stellungnahme verlangt.«

Wilde erhob sich heftig blinzelnd, da MacKenzie ihm plötzlich eine lange Tirade heruntergeladen hatte.

»Wir sind bereit, darauf zu erwidern und Gegenbeschuldigungen zu erheben«, sagte er. »Allerdings brauche ich einen Moment Zeit, um neue Informationen aufzunehmen. Ich bitte das Gericht um eine Pause von … zehn Minuten?«

»Sieben Minuten sind Ihnen zugestanden«, sagte Talgarth.

Was MacKenzie Wilde mitzuteilen hatte und wovon er auch Tamara und mehrere Unterstützer in Kenntnis setzte, war Folgendes:

Die Softwareagenten im Dienste der Unsichtbaren Hand waren bei einer (notwendigerweise zeitraubenden) Durchforstung der riesigen, unverschlüsselten öffentlichen Datenbestände der Stadt – die sich aufgrund des Fehlens von allem, was einer Verwaltung ähnelte, durch mangelhafte Wartung, ungenügende Kompatibilität und nachlässige Indexierung auszeichneten – auf einen einzigen interessanten Hinweis auf Jay-Dub und Eon Talgarth gestoßen. Seit der Landung hatte es keinen belegten Kontakt gegeben, aber auf der anderen Seite des Malley Mile hatten sie dem gleichen Arbeitsteam angehört.

»Ändert das was?«, fragte Tamara.

»Ich weiß nicht«, meinte Wilde. »Aber Reid weiß bestimmt davon, so wie ihm bekannt sein muss, dass Talgarth meine Aktivitäten auf der Erde ziemlich negativ beurteilt.«

Ethan Miller streckte den Kopf vor. »Wir sollten die Verhandlung platzen lassen, Mann! Der Richter ist Ihnen und wahrscheinlich auch Jay-Dub gegenüber befangen.«

»Das geht nicht«, entgegnete Wilde. »Wir haben ihn akzeptiert, ich habe öffentlich erklärt, seinem Urteil zu vertrauen, und da können wir nicht einfach hingehen und sagen, wir hätten nichts gewusst.«

»Aber wir können uns an ein anderes Gericht wenden«, sagte Tamara.

»Ah«, machte Wilde. »Aber Reid könnte das auch – also ist das eine zweischneidige Angelegenheit! Wir wissen nicht, wie Talgarth und Jay-Dub miteinander auskamen, als sie noch beide Robots waren – vielleicht waren sie ja die besten Freunde.« Er straffte sich, fasste einen Entschluss. »Reid kann nicht wissen, dass Jay-Dub dics niemals erwähnt hat oder dass wir gegenwärtig keine Verbindung zu ihm haben. Deshalb behält er es vielleicht in der Rückhand, um Einspruch erheben zu können, falls gegen ihn entschieden wird. Zum Teufel damit. Ich werd's halt im Hinterkopf behalten. Machen wir weiter.«

Dee vernimmt einen fernen Ruf. Die Gestalten in der Nähe des Turms schreien und winken und entfernen sich. Der Turm hat sich verändert, die stacheldrahtbewehrten Streben bilden ein Muster, das trotz seiner Hässlichkeit irgendwie zwangsläufig und richtig wirkt.

Sie erhebt sich seufzend. Jetzt muss sie den ganzen Hang hinuntersteigen und -rutschen und über die unbefestigte Straße zurückgehen. Sie begreift nicht, weshalb sie nicht einfach *fliegen* kann, denn schließlich ist das alles ja bloß virtuell. Wilde hat von so genannten ›Konsistenzregeln‹ gesprochen, doch das hat sie nicht sonderlich beeindruckt. Sie selbst braucht keine Pseudokonsistenz, um nicht verrückt zu werden.

Doch all das Schimpfen und Fluchen nützt nichts, denn übergangslos befindet sie sich wieder in ihrem müden und schmerzenden Körper. Sie hat solche Kopfschmerzen, dass sie lieber unter der großen, heißen Erdsonne den Hang hinuntergeklettert wäre. Über ihr schwanken an Haken aufgehängte Werkzeuge und Taschenlampen, und das tiefe elektrische Summen der Turbinen beweist, dass sie unterwegs sind.

Sie setzt sich vorsichtig auf und schwenkt die Füße auf den Boden. Ax steht an der sich schließenden Heckklappe. An allen vier Wänden des Laderaums gehen Monitore an, während sich die Heckklappe mit seufzender Hydraulik und dem saugenden Geräusch der Dichtungen schließt. Sie fahren geradewegs zum Kanal, den sie mit einer sanften Nickbewegung durchqueren. Dee weiß, dass die Raupenketten des Fahrzeugs an ausfahrbaren Beinen montiert sind, sodass ein Abfall von mehreren Metern kein größeres Hindernis darstellt als ein Schlagloch.

»Was ist los?«, fragt Dee.

Ax zuckt die Schultern, doch Dees Frage wird beantwortet, als der Vorausmonitor plötzlich den Blick über Wildes und Megs Schultern hinweg wiedergibt. Meg dreht sich lächelnd um, Wilde sieht nach vorn, erwidert aber ihren Blick im Heckspiegel. (Abermals die Konsistenzregeln. Verrückt, findet Dee.)

»Hi!«, ruft er. »Der abrupte Übergang tut mir Leid. Du kannst mit Meg zusammen wieder zurückkehren, aber im Moment muss ich in der Realität bleiben.« Er lacht. »Jedenfalls insofern, als ich aus dem Fenster schauen und den Truck steuern muss.«

In der Realität ruht Jay-Dub schon die ganze Zeit in einem Hohlraum im Vorderbereich des Fahrzeugs. Der Truck kann sich sehr gut von alleine steuern. Dee hegt den leisen Verdacht, dass das Verhalten des Robots teilweise psychologische Gründe hat, die weniger tief greifen als die implantierten Konsistenzregeln. Sie lässt die Erklärung im Raum stehen.

»Wo fahren wir hin?«, fragt sie.

»Wir müssen nach Ship City zurückkehren«, antwortet der Mann.

»Gibt es Probleme bei der Verhandlung?«, rät Dee. Sie folgt der Unterhaltung nur am Rande; sie erkundet ihr Bewusstsein, zählt ihre Ichs ab wie heimkehrende Kinder und stellt zu ihrer Erleichterung fest, dass alle da sind. Der Geheimnisbereich ist kleiner, der Speicher größer als damals, als sie sie von Jay-Dub heruntergeladen hat – aber das geht in Ordnung, sie hat noch genug freien Platz in ihrem Kopf.

»Ach, nein!«, antwortet Wilde, dessen Blick zwischen dem Spiegel und der Wüste hin und her wandert. »Wir müssen ein Gift aufnehmen, und dann ...«

Er verstummt, entweder wegen der Felsen, die sie überqueren müssen (sie hält sich an der Liegebank fest) ...

oder weil er nicht weiß, was er sagen soll.

»Was dann?«

Wildes Augen lächeln, als er sie wieder anschaut.

»Wir werden das Höllentor hacken.«

Sie wagt nicht, weiter nachzufragen. Es ist offensichtlich, dass sie nicht mehr erfahren wird, und sie muss davon ausgehen, dass es einen triftigen Grund dafür gibt. Wilde nickt ihr aufmunternd zu, dann wendet er seine Aufmerksamkeit wieder der flachen Wüste und Meg zu. Ax hat sich in der Nähe eines Antennenanschlusses auf eine alte Plastikplane gelegt und empfängt über Fernsehen Visionen.

Dee lässt den Wissenschaftler arbeiten und begibt sich ins System. Minuten verstreichen. Dann, wie von großer, kalter Höhe aus betrachtet, von einem so hohen Berg, wie es ihn weder auf der Erde noch auf dem Mars gibt, in einem unwirtlichen virtuellen Vakuum, das ihr das Gefühl vermittelt, jeden Moment müsse ihr der Kopf platzen, erkennt Dee, was Wildes kryptische Bemerkung bedeutet.

»Du zuerst«, sagt Tamara. Die anderen nahmen auf ihren Stühlen Platz, und Wilde trat ans Mikrofon. Talgarth drückte die Zigarette aus, die er sieben Minuten lang geraucht hatte, und nickte.

Wilde äußerte die gleichen Hoflichkeitsfloskeln wie Reid, dann fuhr er fort:

»Ehrwürden, ich bin gerne bereit, nicht nur Rechenschaft über meine Handlungen abzulegen, sondern auch über die, welche in meinem Namen begangen wurden. Für die Handlungen des Robots Jay-Dub allerdings übernehme ich keine Verantwortung und bestreite, dass er mir gehört. Meine gegenwärtige körperliche Existenz begann am Fünfttag gegen Mittag, als ich wieder zum Leben erweckt wurde. Der Robot Jay-Dub hat behauptet, dies bewerkstelligt zu haben, und zwar mit Methoden, die sich meiner Kenntnis entziehen ...«

Reid sprang auf.

»Einspruch!«, sagte er. »Das ist irrelevant.«

»Stattgegeben.«

Wilde schluckte. »Also gut, Ehrwürden. Den Sachverhalt kann ich auch dadurch belegen, dass ich auf die Aufzeichnungen über Jay-Dubs Transaktionen bei der Stras Cobol Mutual Bank verweise, die ich dem Gericht insofern, als sie gerichtsrelevant sind, gerne zur Kenntnis bringe. Daraus geht in der Tat hervor, dass der Besitzer Jay-Dubs ein gewisser Jonathan Wilde ist. Und des Weiteren, wer dieser Jonathan Wilde ist. Die frühesten Aufzeichnungen betreffen Transaktionen mit David Reids Firma, der Gesellschaft für Wechselseitigen Schutz. Darin wird der Name ›Jay-Dub‹ ausdrücklich als Synonym für Jonathan Wilde gebraucht und gleichzeitig anerkannt, dass der Robot Jay-Dub identisch mit der Person Wilde ist. Der Robot Jay-Dub wurde über viele Jahre hinweg anstandslos als Jonathan Wilde akzeptiert – kurz gesagt, Jay-Dub *ist* Jonathan Wilde! Sämtliche Belege, in denen Wilde als Besitzer des Robots Jay-Dub bezeichnet wird, können daher allein so interpretiert werden, dass Jay-Dub Jonathan Wilde im gleichen Sinn gehört wie mir, Jonathan Wilde, mein eigener Körper.« Er lächelte schwach. »Die zufälligen namentlichen Übereinstimmungen bedaure ich.«

Eon Talgarths Augen, der auf dem Podium auf seinem Stuhl saß, befanden sich mit denen des stehenden Wilde auf gleicher Höhe. Einen Moment lang trafen sich ihre Blicke.

»Das Gericht wird über diesen Punkt entscheiden«, sagte Talgarth. »Der Jay-Dub genannte Robot befindet sich unserer Kenntnis nach gegenüber allen anderen Bewohnern dieser Kolonie in einer einzigartigen Lage. Allerdings haben sich früher einmal viele der besagten Bewohner in dieser Lage befunden, in der er allein verharrte. Ich erkenne Ihre Argumentation an und beschließe, dass sämtliche gegen Jonathan Wilde in seiner Eigenschaft als Besitzer des Robots Jay-Dub erhobenen Beschuldigungen gegen den Robot in seiner Eigenschaft als autonomer Mechanismus erhoben werden müssen.« Er ließ den Blick umherschweifen. »Er ist nicht vor Gericht erschienen und sollte unverzüglich benachrichtigt werden. Die Beschuldigungen gegen *diesen* Jonathan Wilde bleiben weiter anhängig.«

Reid machte Anstalten, wutentbrannt aufzuspringen, doch die neben ihm sitzende Frau fasste ihm beim Arm und hielt ihn zurück. Nach kurzem Getuschel beruhigte Reid sich wieder.

»Der gefasste Beschluss ist nicht maßgeblich für Fragen hinsichtlich der Persönlichkeit von Maschinen als solchen«, fuhr Talgarth fort. »Die Frage, wem Dee Model gehört, muss noch geklärt werden. Dessen ungeachtet, ob ihre Betriebssysteme defekt waren oder nicht und ob irgendjemand dafür verantwortlich ist, wird Reids Behauptung, er habe sie nicht freigegeben, nicht bestritten. Daher gilt er nach wie vor als ihr Besitzer, und beide Streitparteien sind aufgefordert, hinsichtlich ihrer Ergreifung und Rückgabe zusammenzuarbeiten.«

Tamara erhob sich, und Talgarth erteilte ihr mit einem kurzen Nicken das Wort.

»Ehrwürden, dieses Gericht hat schon viele Male das Recht von Maschinen auf Autonomie anerkannt. Das und nicht die Frage eines eventuellen Verzichts auf Besitzansprüche, hinsichtlich derer ich mich geirrt habe, wie ich freimütig bekenne, ist die Grundlage, auf der wir Dee Models Recht auf Selbstverfügung geltend machen möchten.«

Talgarth seufzte. »Alle diese Fälle«, erklärte er geduldig, »beziehen sich auf herrenlose intelligente Maschinen aus den Maschinendomänen. Die Freiheit solcher Automaten wird von anderen Gerichten implizit anerkannt. Der fragliche Gynoid wurde hingegen auf das Betreiben David Reids mit dessen eigenen Mitteln hergestellt und bleibt solange sein Eigentum, bis er sich anders entscheidet.«

Tamara nahm wieder Platz und schnitt eine Grimasse, die Bedauern und die Bitte um Verzeihung ausdrückte. Wilde jedoch erweckte den Eindruck, geradewegs durch sie hindurchzuschauen. Er blinzelte, lächelte sie an und erhob sich. Er trat ans Mikrofon und ließ den Blick über die Zuhörerschaft schweifen, bevor er sich an den Richter wandte.

»Ehrwürden, Ihre geschätzte Meinung hinsichtlich des Status von Jay-Dub und Dee Model werfen einige Fragen auf, die in Erwägung zu ziehen ich das Gericht bitten möchte. Zunächst zu Jonathan Wilde in seiner Verkörperung als Jay-Dub. Das Gericht hat anerkannt, dass er und ich verschiedene Personen sind, obwohl unsere persönliche Geschichte – notwendigerweise – bis zu einem Punkt, den festzulegen sich das Gericht weigert, identisch ist …«

»Wie das?«, fragte stirnrunzelnd Talgarth.

»Indem Sie dem Einspruch stattgegeben haben, wonach der Zeitpunkt meiner Wiedererweckung irrelevant sei.«

Talgarth lehnte sich zurück. »Das ist zutreffend.«

»Als selbständige Verkörperung von Jonathan Wilde beschuldige ich auf der Grundlage, dass alle zwischen Reid und Jonathan Wilde alias Jay-Dub getroffenen Absprachen keine Gültigkeit für mich haben, David Reid, mich getötet zu haben.«

»Ich werde erst dann darüber befinden, wenn der Zeitpunkt Ihrer Wiedererweckung zufriedenstellend bestimmt wurde«, sagte Talgarth. »Sollte Ihr Tötungsvorwurf gegen Reid bestritten werden, wird er solange zurückgestellt, bis dieser Punkt aufgeklärt wurde. David Reid, was haben Sie zu sagen?«

Reid erhob sich, verzichtete jedoch darauf vorzutreten. »Wenn das Gericht es wünscht«, sagte er laut, »bin ich gerne bereit, die Behauptung dieser Person, wonach sie vor drei Tagen vom Robot Jay-Dub wiedererweckt wurde, zu akzeptieren. Selbstverständlich möchte ich den Mordvorwurf so bald wie möglich widerlegen oder andernfalls aus der Verhandlung herausnehmen lassen, da es sich um strafbare Verschleppungstaktik seitens der Gegenseite handelt, welche die Zeit des Gerichts ungebührlich in Anspruch nehmen würde.« Er funkelte Wilde an und setzte sich wieder.

»Na schön«, meinte Talgarth. Er wandte sich an Wilde. »Bevor wir zur Behandlung dieser Beschuldigung kommen, haben Sie den zum Fall Dee Model gemachten Aussagen noch etwas hinzuzufügen?«

»Allerdings«, sagte Wilde. »Das Gericht hat erwähnt, der Gynoid Dee Model sei mit den Ressourcen der Gegenpartei hergestellt worden. Ich möchte die Frage der Besitzverhältnisse dieser Ressourcen aufwerfen, denn der Körper Dee Models ist ein Klon des Körpers meiner verstorbenen Frau. Diese Tatsache liegt für mich offen zu Tage, und ich fordere Reid auf, es abzustreiten.«

Er stockte und wandte sich zu Reid um. Dessen Augenlider zitterten, und er schüttelte den Kopf.

»Sie leugnen es nicht?«, fragte Talgarth

Reid erhob sich. »Nein.«

Wilde funkelte Reid triumphierend und hasserfüllt an, dann setzte er eine Miene gelassener Genugtuung auf, ließ den Blick über die Kameras schweifen und wandte sich wieder Talgarth zu.

»In diesem Fall«, erklärte Wilde mit Nachdruck, »mache ich geltend, dass Dee Models Körper dem legitimen Erben meiner Frau gehört!« Er lächelte Talgarth an. »Ob es sich bei dem Erben um Jay-Dub oder mich handelt, das zu entscheiden überlasse ich dem Gericht.«

Reid erhob sich sogleich und verneigte sich höflich, ob vor Wilde oder Talgarth, war nicht zu erkennen.

»Ich räume gerne ein, dass der Genotyp der Gegenseite gehört«, sagte er. »Und bin jederzeit bereit zu einer auf gegenseitigem Einvernehmen oder, sollte es dazu nicht kommen, auf richterlichem Beschluss beruhenden Regelung hinsichtlich dessen Verwendung oder der Entschädigung für seine Verwendung und die daraus entstandenen, von mir nicht gewollten Unannehmlichkeiten. Mir geht es vor allem um die Wiederherstellung der Software und der nichtbiologischen Hardware des Gynoids, die beide unbestreitbar mein Eigentum sind.«

Wilde blickte Tamara an. Die zuckte die Achseln und zog die Brauen hoch, als wollte sie sagen: »Was soll das alles?« Die MacKenzie-Software sagte im Wesentlichen das Gleiche. Sie hatte einen heftigeren Kampf erwartet, denn die Besitzrechte an Genotypen waren äußerst umstritten. Sie wies lediglich darauf hin, dass bei einer gütlichen Einigung kein Präzedenzfall entstünde, der auch von anderen Gerichten anerkannt würde.

»Also gut«, meinte Wilde. Mit leicht zitternder Hand justierte er das Mikrofon. »Als Entschädigung verlange ich von David Reid lediglich, dass er auch das Bewusstsein meiner Frau wiedererweckt – was offenbar durchaus möglich ist, wie der Robot Jay-Dub durch meine Wiedererweckung unter Beweis gestellt hat.«

Reid sprang auf. Wilde musste rasch zurücktreten, denn Reid riss ihm das Mikrofon förmlich aus der Hand.

»Das Gericht hat nicht anerkannt, dass Jay-Dub diesen Mann wiedererweckt hat!«

Talgarth schnippte sich Asche vom Ärmel. Die Frau an seiner Seite flüsterte ihm mit verärgerter Miene etwas ins Ohr. Die Nachrichtenrobots summten, die Zuhörer hielten sich mit Taschenmonitoren oder über Kontakte über die aktuellen Kommentare auf dem Laufenden.

»Ruhe!« Talgart schlug mit dem Hammer auf den

Tisch, wobei er sein Glas sorgsam festhielt. »David Reid soll zu gegebener Zeit zu Ihrer Forderung Stellung nehmen.«

»Ich möchte jetzt gleich darauf antworten«, sagte Reid. Wilde trat vom Mikrofon zurück und nahm wieder Platz.

»Sie haben für einige Aufregung gesorgt«, bemerkte Tamara.

Wilde blinzelte, was seinen Rechtsberater vorübergehend in Verwirrung stürzte, dann konzentrierte er sich wieder auf Reid.

»Wildes Forderung ist vernünftig«, sagte Reid gerade. »Das Problem der Wiedererweckung des Bewusstseins der Toten beschäftigt uns schon lange. Doch so sehr wir es uns auch wünschen mögen, werden wir doch durch höhere Gewalt daran gehindert. Die meisten Bewusstseine der Toten, darunter auch das von Reids Frau Annette, werden in intelligenten Festkörperspeichern aufbewahrt, zu denen wir ohne die Mitwirkung posthumaner Wesenheiten, über deren Fähigkeiten und Motive wir nichts wissen, die aber – wie die Erfahrung gezeigt hat – eine Gefahr für uns alle darstellen, keinen Zugang haben. Ich bin verantwortlich fur die Aufbewahrung der Codes, mit denen man sie aktivieren könnte, und ich kann dem Gericht versichern, dass sie solange, bis jemand beweist, dass dies gefahrlos möglich ist, in meinem Besitz bleiben und dass die Toten … schlafen werden.« Er blickte Wilde an. »Manche Dinge sollte man besser ruhen lassen«, sagte er.

»Er will damit sagen, du solltest den Bogen besser nicht überspannen«, murmelte Tamara.

Wilde grinste sie an und trat abermals vor, während Reid Platz nahm. Die Spannung in der Zuhörerschaft hatte sich gelegt. Selbst Talgarths ausdruckslose Miene spiegelte Erleichterung wieder.

»Der Robot Jay-Dub hat mich wiedererweckt, ohne

dass es zu einer Katastrophe gekommen wäre«, sagte er. »Doch da steckt noch mehr dahinter.«

Reid lehnte sich zurück, verschränkte die Hände hinter dem Kopf und beobachtete Wilde hinter gesenkten Lidern hervor.

»Das Gericht hat seine Einschätzung zu einem von Reids Vorwürfen kundgetan«, sagte Wilde, »und die anderen solange zurückgestellt, bis der andere Jonathan Wilde alias Jay-Dub … befragt werden kann. Ich möchte nun meine Gegenbeschuldigung vortragen, die mitentscheidend sein mag für die Beurteilung der entstandenen Schäden und die Zuordnung von Geldstrafen. Außerdem betrifft sie die Frage der Wiedererweckung der Toten im Allgemeinen.« Er lächelte Talgarth an, der auf einmal gar nicht mehr entspannt wirkte. »Nicht was die juristische Einschätzung angeht – die überlasse ich dem Gericht –, sondern in praktischer Hinsicht.«

Wilde trat einen Schritt zur Seite, sodass er sich nicht nur in unbestreitbar korrekter Weise ans Gericht, sondern auch an Reid und das gesamte Publikum wandte.

»Ich beschuldige David Reid, mich getötet zu haben, und zwar durch die rücksichtslose Handlungsweise von in seinem Auftrag handelnden Personen und mittels unterlassener Hilfeleistung. Anschließend hat er keine Anstrengungen unternommen, mich wieder zum Leben zu erwecken. Er behauptet, dies sei schwierig – gleichwohl gibt es keinen Beleg dafür, dass er irgendwelche Versuche unternommen hätte, die Schwierigkeiten zu überwinden. Ich fordere für die gesamte Ausfallzeit Entschädigung für den Verlust an Lebenserfahrung und entgangene menschliche Gesellschaft. Das heißt, für mindestens die gesamte Bordzeit, eher aber für einen noch längeren Zeitraum.«

Eon Talgarth musste das Publikum wiederholt zur Ordnung rufen, ehe der Tumult sich legte.

»Können Sie diese Anschuldigungen beweisen?«, fragte er.

»Ja«, antwortete Wilde.

Er ging zu seinem Platz und zog den Aktenordner mit Talgarths Aufzeichnungen aus Tamaras Rucksack hervor. Als er wieder vortrat, hielt er sie hoch erhoben, dann legte er sie auf den Tisch.

»Die Beweise«, sagte er, »wurden von einem gewissen Eon Talgarth gesammelt, sind öffentlich zugänglich und wurden niemals angezweifelt.«

Es wurde still, nur noch das Summen der Minihelikopter der Nachrichtensender und der ferne Maschinenlärm jenseits der Palisaden war zu vernehmen.

Talgarth blätterte in den Akten und schüttelte den Kopf. »Hinsichtlich der Art und Weise, wie Jonathan Wilde zu Tode kam, gab es unterschiedliche Angaben«, sagte er. »Obschon ich der von Ihnen dargelegten Sichtweise zuneige, gibt es doch abgesehen von David Reid und mutmaßlich Ihnen selbst keine lebenden Zeugen mehr. Dass diese Sichtweise niemals bestritten wurde, hat bedauerlicherweise keine Bedeutung für diesen Fall. Kein Gericht auf diesem Planeten erkennt Behauptungen als beweiskräftig an, und weder die Weigerung, sie zu widerlegen, noch das Misslingen einer Widerlegung werden als Beleg für ihren Wahrheitsgehalt gewertet.«

Er seufzte, als bedauerte er nicht nur die Unzulänglichkeit der Beweise; vielleicht hatte ihn ja politische Leidenschaft bewogen, dieses Dossier anzulegen. Er gab Wilde den Aktenordner zurück.

»Das Gericht kann das nicht als Beweis akzeptieren«, sagte er. »In Ermangelung weiterer Beweise oder des Geständnisses eines der Beschuldigten« – er blickte Reid an, der heftig den Kopf schüttelte –, »das zu erzwingen ich keine Mittel habe, sehe ich mich außerstande, die Beschuldigung weiter zu verhandeln. Sollten Sie Reid als Zeugen aufrufen, kann er die Aussage verweigern, ohne dass ihm dies zum Nachteil ausgelegt werden dürfte.«

Reids Rechtsberaterin erhob sich und besprach sich kurz mit Talgarth, während Wilde sich außer Hörweite begab und wegsah. Als die Frau wieder Platz genommen hatte, klopfte Talgarth mit dem Hammer auf den Tisch.

»Die Gegenklage wird abgewiesen«, sagte er, »ohne dass dies einer Partei zum Nachteil gereichen würde. Dass Wilde die Beschuldigung erhoben hat, kann weder als verleumderisch noch als leichtfertig bezeichnet und ihm nicht zum Vorwurf gemacht werden. Name und Ruf David Reids bleiben ohne Makel. Die Behauptung, er habe Wilde fahrlässig oder arglistig getötet, bleibt als das bestehen, was sie vor dem Vorbringen der Beschuldigung war, nämlich als unbewiesene historische Spekulation, die zu missachten Reid freisteht.«

Reid und seine Assistentin lächelten einander an.

»Der Vorwurf jedoch, Reid sei schuldhaft oder nicht schuldhaft für den Tod von Jonathan Wilde verantwortlich«, fuhr Talgarth in plötzlich schärferem Ton fort, »ist wesentlich besser belegt. Die Tatzeugen sind natürlich nicht anwesend, doch es ist bekannt, dass einige noch leben und befragt werden könnten.«

Abermals winkte er Reids Rechtsbeistand zu sich, und nach kurzer Beratung klopfte er mit dem Hammer auf den Tisch.

»Reid bestreitet nicht seine Verantwortung für Wildes Tod.« Er streckte Wilde die flache Hand entgegen. »Sie dürfen fortfahren.«

»Ax?«

Keine Antwort. Ax schaut fern, im Kopf oder mit den Augen oder was immer er tut. Dee vermag seine autistische, aber hörbare Tätigkeit keinen Moment länger zu ertragen. Sie fasst ihn bei der Schulter und schüttelt ihn. Er wacht auf und blickt sie verwirrt an.

»Wa-was?«

»Ax«, sagt sie geduldig, »würdest du dieses faszinierende Material *bitte* auf einen Monitor schalten, damit ich es ebenfalls sehen kann?«

»Oh. Tut mir Leid, Dee.«

Er löst das Kopfkabel und drückt ein paar Tasten. Draußen, auf den großen Monitoren, rollen langsam die Vororte des Fünften Viertels vorbei. Dee beobachtet das chaotische Getriebe voller Abscheu. Wenn sich selbst überlassene Maschinen so benehmen, überlegt sie, ist es kein Wunder, wenn die Menschen ihnen nicht trauen.

Um das Raupenfahrzeug herum, das die breite Straßen entlangfährt, eilen und schnüffeln Dutzende etwa dreißig Zentimeter langer Maschinen umher. Sie wirken wie größere Versionen der Krabbelreiniger, die in den Häusern zu finden sind, und werden, obwohl sie über eine gewisse Autonomie verfügen, über Funk aus der Fahrerkabine gesteuert. Meg hat ihr erklärt, sie suchten nach Spuren eines bestimmten Giftes, das im Zuge der öffentlichen Hygiene hier periodisch ausgebracht wird. Die Gifte – bekannt unter dem Namen Blue Goo – sind das nanotechnische Äquivalent der Viren und werden regelmäßig upgedatet und mutiert, um mit dem sich gleichermaßen fortentwickelnden Wildwuchs in den Maschinendomänen Schritt zu halten. Versprüht werden sie aus der Luft von einer gemeinnützigen Organisation, die keine Mühe hat, das erforderliche Geld und die nötigen Freiwilligen aufzutreiben.

Ax bedeutet ihr, sie solle sich umschauen. Auf einem Teil des Monitors, zu dem sie sich umwendet, öffnet sich ein neues Fenster. Es ist der Gerichtskanal, der die Verhandlung überträgt. Wilde – oder Jay-Dub, wie Dee ihn insgeheim nennt – und Meg haben ihn die ganze Zeit über flüchtig im Auge behalten. Ax hat die Aufgabe bekommen, ihn *aufmerksam* im Auge zu behalten. Dee fühlte sich ausgeschlossen, und sie fragt sich, ob die anderen sie vielleicht schonen wollten. Nett von ihnen, aber reine Zeitverschwendung.

Denn was die Verhandlung an schlechten Neuigkeiten auch zu Tage fördern mag, jetzt kommt es nicht mehr darauf an. Wie Ax sagte: Der Mist ist *vorbei*.

Wilde hat offenbar soeben eine Erklärung beendet. Er wendet sich von Eon Talgarth, dem Richter, ab. Sogar Dee hat schon von Talgarth gehört, einem ehemaligen Kriminellen aus dem Orbitalstraflager des Malley Mile, der als Gefangener Jura studiert hat; zunächst ließ er sich mit dem Abolitionsmus ein, wandte sich dann aber enttäuscht davon ab und verhandelt nun seit ein paar Jahren Streitfälle unter Scrappies und unter Maschinen.

Als Wilde sich abwendet, folgt die Kamera seinem Gesicht, und man sieht sein arrogantes Grinsen.

»Welch eine Rede!«, sagt der atemlose Kommentator. »Er wirkte ziemlich erbost, als er seine Ermordung geschildert hat – seine *angebliche* Ermordung, sollte ich besser sagen! Tut mir leiiid! Und dabei ist bisher noch niemandem in den Sinn gekommen, wir könnten den Toten eine Gehaltsnachzahlung schuldig sein! Was die weiteren Schlussfolgerungen angeht, sehen Sie bitte …«

Ax blendet den Kommentar aus, und Dee vernimmt nur mehr die Stille im Gericht, als Reid zum Mikrofon schreitet. Vom Anblick seines Gesichts wird ihr ganz kalt. Sie hat ihn kaum jemals wütend erlebt, und wenn, dann galt seine Wut nicht ihr, doch sie weiß, dass sein Zorn furchtbar ist, und im Moment gilt er der ganzen Welt.

Die Kamera beschreibt hinter Talgarth einen Bogen.

Reid wirkt jetzt gefasster, und Dee fühlt sich entsprechend ruhiger – als sie sein Gesicht so aus der Nähe sieht, regt sich bei ihr sogar Zuneigung und Begehren. Dies ist umso verstörender, als sie die Empfindungen als Person hat, nicht als Sklavin, doch das schiebt sie auf die Vergangenheit und konzentriert sich darauf, was der Mann sagt.

»Ehrwürden«, sagt er mit großem Nachdruck, »was wir soeben gehört haben, ist eine Beleidigung der Würde des Gerichts und unser aller Intelligenz. Außerdem ist es gefährlich, denn es weckt einen opportunistischen Neid, der in einer weitgehend gerechten Gesellschaft wie der unseren, in der niemand gezwungen ist, sein Leben oder seine Arbeitskraft an die Erfolgreicheren zu verkaufen, keinen Platz hat.«

»Einspruch!«, ruft Wilde.

»Stattgegeben«, sagt Talgarth ernst. »Das ist hier kein öffentliches Diskussionsforum.«

Reid neigt den Kopf. (Dee hört, wie Ax hinter ihr schnaubt.)

»Der entscheidende Punkt«, fährt Reid fort, »ist, dass mein Prozessgegner behauptet hat, diejenigen, die ein Interesse an den Toten haben, könnten Ansprüche gegen mich geltend machen, weil ich – wie er sich ausdrückt – keinen Versuch unternommen hätte, die gewaltige Aufgabe, die gespeicherten Toten wiederzuerwecken, ernsthaft anzugehen. Nun, hohes Gericht, verehrte Zuhörer, ich gebe bereitwillig zu, dass diese Aufgabe meine Fähigkeiten weit übersteigt!« Er breitet die Arme aus und hebt die Schultern. »Habe ich jemals jemanden davon abgehalten, einen Vorschlag zu machen, wie sich diese Aufgabe bewältigen ließe? Nein! Denn wie wir alle wissen, besteht das eigentliche Problem darin, mit denen fertig zu werden, auf deren Hilfe wir zur Wiedererweckung der Toten angewiesen sind. Die Schnelldenker, die einmal Menschen waren und deren Bewusstsein und Beweggründe sich menschlichem Begreifen und menschlicher Kontrolle vollständig entziehen. *Die* könnte ich aufwecken, wenn ich wollte. Allein *sie* sind in der Lage, die menschlichen Toten aufzuwecken, die in dem gleichen Speichermedium ruhen wie sie. Und *sie* könnten diesen Planeten von einem Moment auf den anderen in eine solche Hölle verwandeln, wie einige von uns sie vor hundert langen Jahren erlebt haben.«

Er fasst Eon Talgarth in den Blick, und Dee spürt seine Anspannung nahezu körperlich: »Ehrwürden! Ich weiß, dass *Sie* kein kurzes Gedächtnis haben! Weisen Sie die Forderung ab, bevor noch größerer Schaden entsteht!«

Reid blickt sich um und nimmt wieder Platz.

Talgarth trinkt einen Schluck und zündet sich eine Zigarette an. Er betrachtet eine Weile nachdenklich den aufsteigenden Rauch, dann beugt er sich vor, die Ellbogen auf die Knie gestützt. Seine Haltung bildet einen eigenartigen Gegensatz zu seinem förmlichen Aufzug, und als werde ihm dies ebenfalls klar, nimmt er das Barett ab.

»Das bedeutet, was er jetzt sagt, ist nicht für jedermanns Ohren bestimmt«, erläutert Ax.

»Aber wir können ihn doch hören!«, sagt Dee.

»Das ist bloß eine Redewendung«, meint Jay-Dub in der virtuellen Fahrerkabine. »Pst.«

Dee wendet leicht verstimmt den Blick ab und bemerkt, dass das Raupenfahrzeug am Ende einer breiten Straße verharrt. Die Begleitmaschinen sind zurückgekehrt, ob sie ihre Aufgabe erfolgreich bewältigt haben, vermag Dee nicht zu erkennen. Vor ihnen liegt ein Park mit Rasenflächen und einer Art Befestigung in der Mitte. In der Luft macht sie Flugmaschinen aus, die umherschwirren wie Mücken.

»Ach, Reid«, sagt Talgarth soeben, »Sie waren schon

immer ein guter Redner, und ich habe Sie wohl gehört. Aber verstehen Sie mich recht, Wilde hat meiner Ansicht nach einen durchaus vernünftigen Vorschlag gemacht, als er meinte, man könnte es beispielsweise im All versuchen, und darauf haben Sie noch nicht geantwortet, oder?«

Reid hebt beschwichtigend die Hand, während Talgarth sich zurücklehnt und wieder das Barett aufsetzt. Dann wendet Reid sich an die streng gekleidete Frau an seiner Seite und unterhält sich halblaut mit ihr, während die Kamera – wie gefordert – wegschwenkt. Sie zeigt jetzt Wilde, der neben einer Frau sitzt …

»Tamara!«, rufen Dee und Ax erfreut aus.

»Schön für sie«, meint Jay-Dub.

Und dann wieder Reid, der soeben erbost die Hand der Frau abschüttelt und zur Kamera und zum Mikrofon tritt, während die Frau ihm mit offenem Mund empört nachschaut.

»Ich wollte nicht, dass es so weit kommt«, sagt Reid, der alle Förmlichkeit abgelegt hat und sich nun nur noch beiläufig ans Gericht wendet, während er zur ganzen Welt spricht. »Aber genug ist genug. Sicher, ›wir‹ könnten es im Weltraum versuchen! Aber wer steht hinter diesem ›Wir‹? Falls irgendjemand in der Stadt das nötige Kapital für eine Weltraumstation *und* einen Ring virengeschützter Laserkanonen erübrigen kann *und* wenn er eine narrensichere Vorgehensweise ausgearbeitet *und* über eine todsichere nukleare Absicherung für den Ernstfall verfügt, bitte sehr! Soll er nur machen! Dann *verkaufe* ich ihm die verfluchten Toten und die Dämonen, die sie zum Leben erwecken können. Nur zu! Soll er ruhig versuchen, die Heraufkunft des Eschatons zu bewirken!

Bevor die Befürworter der Apokalypse jetzt vortreten, möchte ich jedoch eine Warnung aussprechen.«

Er dreht sich um und deutet mit zitterndem Finger

auf Wilde, der Reids Vorstellung mit überheblicher Distanziertheit verfolgt.

»Folgen Sie nicht den Vorschlägen dieses ... dieses *Dings*, das sich Jonathan Wilde nennt! Dieses Dings, das einräumt, vom Robot Jay-Dub erschaffen worden zu sein!«

Er hält inne, holt tief Luft und wendet sich an Talgarth. »Hohes Gericht, ich trage eine schwere Verantwortung für die Bewohner des Neuen Mars. Ich habe dem Robot das Weiterexistieren gestattet, obwohl ich Anlass zu der Vermutung hatte, dass er von den Schnelldenkern des Malley Mile beeinflusst wurde. Er hat uns in Person, durch seinen hier anwesenden Golem und, so viel wir wissen, auch mittels jahrelanger Manipulation der so genannten Abolitionistenbewegung wiederholt dazu gedrängt, die Schnelldenker wieder zu aktivieren. Ich frage Sie, welchen Interessen dient das?«

Talgarth schweigt.

Als wäre er der ganzen Angelegenheit plötzlich überdrüssig, hebt Reid die Hand über den Kopf und winkt nach hinten, dann geht er zu seinem Platz zurück. Doch er setzt sich nicht. Seine Unterstützer und auch andere Zuschauer erheben sich.

Reid langt unter das Jackett, und auf einmal entsteht hektische Bewegung, als die Menge auseinanderstrebt – einige fliehen, andere schließen sich einer der beiden Gruppen an. Tamara und ein paar Leute, die Dee nicht kennt, Ax – seinen aufgeregten Kommentaren nach zu schließen – hingegen schon, bilden um Wilde einen Schutzwall. Die Kameras schwenken umher, die Streitparteien stehen einander mit gezogenen Waffen gegenüber.

Talgarth spricht eilig in sein Knopflochmikrofon und macht nicht minder hektische Zeichen. Dee bemerkt, dass die Waffen auf den stählernen Palisaden herumschwenken und in den Gerichtshof hinunterzielen.

Eine schwebende Kamera schwenkt plötzlich herum und zoomt auf das Tor, das sich unbemerkt geöffnet hat. Die abgerundete Schnauze eines Panzerfahrzeugs schiebt sich hindurch. Dee blickt vom Fernsehfenster zu den Fenstermonitoren, wo sich ihr der gleiche Anblick aus anderer Perspektive bietet. Das Fahrzeug ist das ihre.

# 16 ■ *Der Winterbürger*

Ich erwachte vom Rumpeln der Panzerfahrzeuge auf den Straßen, wälzte mich auf den Rücken und blickte durch die sechseckigen Glasscheiben der Kuppel zum blassen, kalten Himmel auf. Es war zehn Uhr morgens. Ich hatte geschlafen, doch die ANR war wie immer pünktlich. Nach den gestrigen anstrengenden Fernsehinterviews und den realen und virtuellen Besuchen bei Milizeinheiten hatte ich mir eine Ruhepause ehrlich verdient. Ich trug nicht einmal mehr die Verantwortung eines nominellen Diktators von Norlonto – sobald der letzte Milizanführer überzeugt worden war, hatte ich mich auf die Rolle des Vorsitzenden des Verteidigungsverbindungsausschusses beschränkt.

Ein Luftschiff schwebte vorbei, verzerrt durch die Brechungen des Glases. Dann noch eins und noch eins, in dichter Folge. Ich überlegte, ob da wohl einige Leute fliehen wollten, bevor der Staat einrückte. Zweifellos gab es so manche, die lieber keine Fragen beantworten wollten. Kritiker des Hannoveranerregimes, Versprengte des Bürgerkriegs, Deserteure … vielleicht sogar liberalistische Idealisten der Weltraumbewegung, die einen Platz auf einer Rakete ergattern wollten, bevor sich die Ausstiegsluke der Erde endgültig schloss, wie die Schwarzseher unter ihnen es wohl befürchten mochten.

Nach zwanzig Jahren als Bewohner einer funktionierenden Anarchie war ich also wieder Staatsbürger geworden. Die Panzer und die Truppentransporter rumpelten, die Luftschiffe und Helikopter schwebten und summten vorbei. Annette murmelte etwas im Schlaf und regte sich. Ich streichelte über ihr langes weißes Haar und glitt unter dem Federbett hervor, warf mir ihren Pelzmantel über und stieg barfuß die Leiter von unserem Nest unter dem Kuppeldach hinunter.

Ich druckte ein paar Zeitungen aus, setzte Kaffeewasser auf und ging zur Tür. Die Kuppelanlage, in der wir wohnten, lag ein Stück weit von der Straße zurückgesetzt, zwischen Gehwegen, Teichen, Rasenflächen und Cannabisgärten. Kinder tollten umher, Hühner stolzierten in ihren Gehegen auf und ab. Nur die Hunde reagierten noch auf den Vorbeimarsch der Armee.

Die Panzer bewegten sich wie immer schneller und leiser als erwartet. Die darauf sitzenden Soldaten trugen ANR-Uniformen, individuell herausstaffiert mit Halstüchern, Patronengurten und den Insignien der Streitkräfte, von denen sie abgefallen oder desertiert waren. Sie kauten oder rauchten und blickten von oben auf uns herab, während aus den Lautsprechern Rockmusik plärrte. Ich sah ihnen lange zu, während mir die Schenkel prickelten.

Dann bückte ich mich und sammelte die gelieferten Nahrungsmittel auf: Obstsaft, Milch, Eier, Brot und Brötchen. Die Tüten und Kartons waren mit einer Reifschicht bedeckt; offenbar lagen sie schon seit Stunden hier. In Norlonto gab es kaum Kleinkriminalität. Ich fragte mich, wie lange dieser Zustand wohl noch andauern würde. Während ich Eier und Schinken briet und Seiten aus den Zeitungen herausriss, fiel mir eine Rechnung vom Supermarkt ins Auge. Gemäß unserer Arbeitsteilung war Annette für den Einkauf zuständig. Der Preis des Kaffees und der Zigaretten bestürzte, der Preis der Nahrungsmittel hingegen tröstete mich. Ich nahm mir den Lieferschein vor.

Obstsaft war zehnmal so teuer wie Milch. Mit der Inflation hatte das nichts zu tun – die betraf lediglich die republikanische Spielzeugwährung, und wir bezahlten mit gutem südafrikanischem Gold.

Verrückte Preise. Wohin steuerte die Welt?

Da dachte ich also jetzt wie ein alter Mann. Kopfschüttelnd trug ich Annettes Frühstück und einen Packen ihrer Lieblingszeitungen nach oben. Anschließend wusch ich mich, kleidete mich an, dann nahm ich mir mein eigenes Frühstück und die Zeitungen vor und versuchte mir ein Bild von der Lage zu machen.

Ich war gerade bei der zweiten Tasse Kaffee und der ersten Zigarette angelangt, als mir einfiel, dass beides ebenso wie der Obstsaft importiert wurde. Ich fragte mich, ob die Republik Steuern oder Abgaben aufgeschlagen hatte, dann wurde mir klar, dass ein solcher Frevel meiner Aufmerksamkeit wohl kaum entgangen wäre. Ich hätte von den daraus folgenden Unruhen gehört; verdammt noch mal, ich hätte sogar daran teilgenommen.

Ein Blick in die Datenbank des *Economist* setzte mich ins Bild. Die Rohstoffpreise waren in den vergangenen sechs Monaten, seit der Herbstrevolution, stark gestiegen, während die Preise für Fertiggüter und Dienstleistungen gefallen waren. Es gab zahlreiche Artikel darüber, die ich übersehen hatte, weil ich so sehr mit den kleinen Problemen des Alltags beschäftigt war.

Die Niederlage der US/UN und der Zusammenbruch solcher wirtschaftlicher Gaunerorganisationen wie des IWF und der Weltbank hatten unterschiedliche Auswirkungen gehabt. Die Rohstoffe stammten zumeist aus weniger entwickelten Regionen, aus der ehemaligen Zweiten und Dritten Welt. Im Vergleich zu deren Instabilität wirkten unsere Bürgerkriege eher wie ein friedlicher Streik. Jetzt, da kein Regime mehr mäßigend einwirkte, waren die Verteidigungskosten in die Höhe geschnellt, die Risiken hatten zugenommen. Währenddessen hatten die Steuersenkungen – und das

Ende der durch die Rüstungskontrollmaßnahmen der UN bewirkten Blockade der technischen Entwicklungen – in den weiter entwickelten Regionen für einen Wachstumsschub gesorgt. Sogar ein Durchbruch auf dem Gebiet der Nanotechnik schien möglich, vorausgesetzt, es gelänge jemandem, die besten Geister aus der Versenkung hervorzulocken.

So viel zum Kaffeepreis. Ansonsten beschäftigte mich, weshalb wir nicht so arm waren, wie wir eigentlich hätten sein sollen. Mein Universitätseinkommen war zu einem symbolischen Stipendium zusammengeschrumpft, denn die einzigen Vorlesungen, die gegenwärtig stattfanden, wurden von den Unwissenden untereinander abgehalten. (Gebe Gott, dass sie bald daraus hinauswachsen. Und zwar bald.) Die Einkünfte aus meiner Autorentätigkeit waren gestiegen, jedoch nicht sehr, denn es zirkulierten vor allem die Artikel, auf deren Copyright ich verzichtet hatte. Unsere Pensionskassen zahlten regelmäßig, doch die Rentenzahlungen deckten nur das Nötigste ab und waren jedenfalls nicht gestiegen. Und dennoch mussten wir – anders als die meisten anderen Leute seit Beginn der Revolution – den Gürtel nicht enger schnallen.

Ich rief die Kontoauszüge auf und hätte beinahe eine Tasse teuren Instantkaffee verschüttet. Im Aschenbecher kokelte eine ganz normale teure Zigarette unbeachtet vor sich hin. Unser regelmäßiges Einkommen war in der Tat geschrumpft, doch das wurde aufgewogen durch steigende Einkünfte aus meinem kleinen, nahezu vergessenen Aktienanteil an den Weltraumhändlern. Ich verfluchte die Finanzsoftware, weil sie zuließ, dass ich mein Kapital aufzehrte, dann startete ich sie.

Wir zehrten mein Kapital nicht auf. Wir gaben einen Teil der Einkünfte aus, und zwar bloß einen kleinen Teil. Der Wert meines Aktienpakets war viel stärker gestiegen als erwartet und hatte sich seit Beginn der

Revolution nahezu verdoppelt. Wir erfreuten uns eines bescheidenen, beruhigenden und unerklärlichen Wohlstands.

»Ich verstehe nicht, weshalb du dich beklagst«, sagte Annette beim späten Mittagessen. Keine dringenden Anrufe; vermutlich bedeutete dies, dass die Besetzung reibungslos vonstatten ging. »Ich bin begeistert. Ich hatte nie den ausgeprägten Wunsch, reich zu werden, aber ich habe es mir immer als *angenehm* vorgestellt.«

Sie blickte sich in dem Kuppelbau um, ließ den Blick über die Bücherregale und Kletterpflanzen und das komplizierte Kabelgewirr der elektronischen Ausrüstung schweifen und dachte offenbar über Verbesserungen nach.

»Ja, ich auch«, sagte ich. »Aber heutzutage Geld im All zu verdienen, das ist, als *spotte man der Schwerkraft*. Die Weltraumverteidigung wurde mit Mitteln der Verteidigungsbudgets finanziert, die jetzt zur Disposition stehen. Die gesamte Weltraumindustrie, sogar die Siedlungen – und auch die NASA – hatten Ähnlichkeit mit den Geschäften in einer Garnisonsstadt. Mit den Hurenhäusern! Das ganze System müsste eigentlich zusammenkrachen. Ein großer Teil davon tut dies bereits – die Kampfsatelliten haben Leerlauf und verhökern Mikrowellenstrahlen an Elektrizitätsgesellschaften und dergleichen. Weshalb machen die Weltraumhändler dann so gute Geschäfte?«

In Annettes Blick lag ein amüsiertes oder trauriges Funkeln. »Du willst nicht aufgeben, nicht wahr?«, sagte sie. »Du glaubst, du bist da an was dran, und du willst nicht aufgeben.«

»Genau«, meinte ich, stand auf und räumte das Geschirr ab.

»Solltest du zu der Einsicht gelangen, dass alles ein schrecklicher Irrtum war, dann tu mir einen Gefallen«, sagte sie. »Nimm das Geld und lauf weg. Es ist mir egal, wem es gehört, so viel sind die dir schuldig.«

»Ein halber Tag unter Staatsherrschaft«, meinte ich, »und schon denkst du wie ein Politiker.«

»Nein«, widersprach sie und erhob sich lachend. »Ich denke wie die Frau eines Politikers.«

Die Soldaten blieben, die Lager wurden befriedet, Vertreter aller möglichen Richtungen der Weltraumbewegung denunzierten mich. Ich reagierte nicht auf die Angriffe. Es schneite. Wir hielten uns warm und beschäftigten uns gemeinsam mit einem Puzzle. Annette verfolgte die Nachrichten, und ich verfolgte das Geld. Für einen Befürworter des freien Marktes kannte ich mich in Wirtschaftsfragen beschämend schlecht aus, und es dauerte ein paar Tage, bis es mir gelang, an den pinkfarbenen Fenstern der *Financial Times* vorbei zu den Wizards vorzustoßen.

Dann weiter zu den riesigen Datenbanken von Companies House … in der virtuellen Realität konnte man darin umherwandern wie in einer großen Mall, deren Verbindungsgänge und Kreuzungen die widernatürliche Topologie einer Escher-Grafik emulierten. Ich war in Person anwesend, und das galt auch für einige der anderen Sucher und Rechercheure, die meisten aber waren als rätselhafte Avatare, Firmenicons oder in der gespiegelten Samurai-Rüstung der neuesten Verschlüsselungssoftware der Code-Shops in Kobe erschienen (›Zen-Kryptographie – *Denken Sie lieber nicht drüber nach!*‹ hieß es in der Werbung.)

Von Companies House aus konnte man die ganze Welt sehen.

Ich sah die komplizierte Geometrie des thailändischen islamischen Bankensystems unter dem Angriff der antitechnischen Grünen Khmer zerbröckeln; ich sah, wie die von der Workuta Volksfront befreite Hafenwirtschaft von Wladiwostok in neuen, seltsamen Formen wieder emporwuchs; ich sah, wie Amerikas überstrapazierte wissenschaftliche Informationsnetze an den Küsten heller aufleuchteten und im Kernland flackerten und erloschen, als die Wissenschaftsfundamentalisten und die Weißen Nationalisten die von ihnen des ›wurzellosen Naturalismus‹ beschuldigten Institute öffentlich und die der ›jüdischen Wissenschaft‹ dienenenden im Geheimen schlossen.

Ich sah, wie sich die Kosmodrome in Kasachstan himmelwärts reckten, und ich sah auch die Zuflüsse, die sie speisten und die vom KomLag-Archipel der Zwangsarbeitsfirmen stammten. Einige waren in der ehemaligen Sowjetunion beheimatet – altes Know-How, einem neuen Zweck zugeführt –, die meisten aber in der freieren Welt. Ein paar saßen sogar hier in Norlonto.

Wo immer es möglich war, ließen die siegreichen Streitkräfte der Herbstrevolution die nützlicheren Arbeitskräfte des geschlagenen US/UN-Reiches – und zumal die der Weltraumverteidigung – für einen Hungerlohn arbeiten, was teilweise als Wiedergutmachung früherer Ausbeutung angesehen wurde. Auch für die unpolitischen Kriminellen hatte man eine neue Verwendung gefunden; sie mussten sich in der hochriskanten High-Speed- und Hochlohnwirtschaft im All bewähren.

»Sklaverei«, sagte Annette. »Ich kann einfach nicht glauben, dass es so weit gekommen ist.«

»Von Sklaverei kann man eigentlich nicht sprechen«, entgegnete ich voller Unbehagen. »Es handelt sich eher um Zwangsarbeit.«

»Ja, ja. So wie wir bloß deshalb, weil wir keine schweren Strafen mehr kennen, Psychopathen ihre Blutschuld als Darsteller in Snuff-Videos tilgen lassen?«

»Genau«, sagte ich. »Willst du immer noch mit dem Geld wegrennen?«

»Nein!« Sie funkelte mich an, dann senkte sie den Blick auf den Tisch. »Aber da es niemanden gibt, dem wir es zurückgeben könnten, wäre es kontraproduktiv, wenn wir die Aktien an jemanden verkaufen würden, der noch weniger Skrupel hat als du, und das Geld zu verschenken wäre ganz schön heuchlerisch.«

»Um nicht zu sagen feige.«

»Genau. Päpstlicher als der Papst.«

»Also, was schlägst du vor?«

»Verwende das Geld dazu, seine Herkunft offenzulegen«, sagte Annette mit Nachdruck. »Mach dich schlau und bring dann eine Kampagne ans Laufen, damit offen darüber diskutiert wird. Das müsste eigentlich möglich sein.«

»Und mit welchem Ziel?«

»Ach, komm schon! Wenn es Missbrauch gibt, könnte dies dazu beitragen, dem ein Ende zu machen.«

Wir mussten beide über diese Bemerkung lachen, doch wie Annette sagte, nachdem wir in düsteres Schweigen verfallen waren: Hatten wir denn eine andere Wahl?

Ich kreiste im Datenraum vorsichtig um die Darstellungen des Hinterlandes des kasachischen Raumhafens und bemerkte den Schriftzug der Firma, die ich vor so langer Zeit gegründet hatte: Weltraumhändler. Es herrschte ein reger Material- und Informationsfluss zu Myras kasachischem Arbeiterministaat und Reids Gesellschaft für Wechselseitigen Schutz. Ich erhöhte die Auflösung und versuchte, mir über die Vorgänge klar zu werden.

Die Firmen hatten sich verändert und waren stärker gewachsen, als wir jemals geplant hatten. Die Weltraumhändler waren nun im Import-Export-Geschäft zwischen Erde und erdnahem Orbit tätig und hatten sich von den unschuldigen Anfängen im Space-Trash-

Markt für Weltraumfans ebenso weit entfernt wie die neuesten SSTO-Booster von Goddards Amateurraketen. Die Internationale Technisch-Wissenschaftliche Arbeiterrepublik, der man die Nuklearzähne längst gezogen hatte, hatte sich auf die Entwicklung von Trägerraketen verlegt. Die ITWAR hatte dem Sog der kasachischen Einigung widerstanden, und die Gesellschaft für Wechselseitigen Schutz unterhielt dort eine größere Niederlassung. Und nicht nur dort: Die Firma war nun auf drei Kontinenten für die Sicherheit und die Wiedergutmachungseinrichtungen verantwortlich und überwachte das Einfordern der Wiedergutmachung von allen Kriminellen oder Saboteuren, die dumm genug waren, ihre Kunden zu schädigen.

Es war schon eigenartig, dass sich die persönliche Dreiecksbeziehung zwischen mir, Myra und Reid wie die Familienbeziehungen dynastischer Armeen auf der wirtschaftlichen Ebene wiederholte; ob diese Verbindungen etwas bedeuteten, stand allerdings auf einem anderen Blatt. (Wie ich bereits in *Ignoramus!*, meinem Beitrag zur Konterverschwörungstheorie der Geschichte, ausgeführt habe, kennt jeder jemanden, der jemanden kennt, der … (usw.), und nichts ist leichter, als die vorgezeichneten Linien mit Tusche nachzuziehen; wenn man sich vorstellt, dass die erstaunlich wenigen Händedrücke, welche die normalen Leute von den Berühmtheiten trennen, allesamt *eigenartig* sind … Als ich dies unbedachterweise mit einem Diagramm veranschaulichte, das über zwei oder drei Ecken meine eigenen Verbindungen darstellte, welche die ›Existenz‹ einer mysteriösen Letzten Internationalen bewiesen, die die Liberalisten und Futuristen in aller Welt miteinander und mit einer langen Liste ungewöhnlicher historischer Aspekte in Verbindung setzte, führte dies zu einigen Missverständnissen: Anschließend erhielt ich jahrelang anonyme E-Mails, bei denen es sich angeblich um Memoranden des Zentralkomitees der Letzten Internationalen handelte.)

Firewalls schützten die Datenbestände der meisten Firmen, auf deren matten virtuellen Oberflächen die Überbleibsel kürzlich erfolgter Hacker-Angriffe verblassten. Ich bewegte mich weiter, auf der Suche nach Eingangsknoten. Ohne Vorwarnung kontaktierte jemand mein Avatar. Meine Hände fühlten sich plötzlich warm an. In den Datenhandschuhen wurde es immer wärmer. *Heiß.*

Ich hielt einen versiegelten Briefumschlag in Händen, das iconhafte Äquivalent einer persönlichen Nachricht: Da sie auf einem anonymen Transaktionsprotokoll basierte, war sie auf einem Monitor nicht zu lesen, bloß in der VR mittels des Empfängeravatars. Außerdem handelte es sich um die Übermittlungsmethode der Wahl für zielspezifische Viren. Ich sah den Umschlag an – verdammt noch mal, er fing bereits an zu qualmen –, dann langte ich hinter mich und schaltete das Notback-up ein. Die Sekunden verstrichen, während der Speicherinhalt meines Homecomputers auf isolierte Festplatten übertragen wurde. Als der Sicherungsvorgang beendet war, öffnete ich den qualmenden Umschlag.

*lieber jon,* lautete die Nachricht, *es geht zu schnell. hilf mir. gruß, myra.*

Dann zerkrümelte die Nachricht.

Also, das hilft mir wirklich weiter, dachte ich, als ich ausstieg und ins fahle Tageslicht blinzelte, während Annette mich von der anderen Tischseite spöttisch musterte.

»Myra hat sich bei dir gemeldet«, sagte sie.

Ich riss erstaunt die Augen auf. »Woher weißt du das?«

»Das seh ich dir an«, antwortete sie. »Diesen Blick kenne ich.«

Ich hatte in mehr als zwanzig Jahren etwa zwanzigmal mit Myra Kontakt gehabt: Als wir die Bombe bekommen hatten und bei Geschäften, die ich in der Norlonto-Zeit für die Weltraumbewegung vermittelt hatte. Es gab eine direkte Luftschiffverbindung zwischen Alexandra Port und Baikonur, und ich war ihr ein paarmal bei der Durchreise begegnet, aber die meisten Kontakte hatten übers Netz stattgefunden.

Ich fasste Annette bei der Hand. »Du bist doch nicht etwa *eifersüchtig*? Mein Gott, das ist siebzig Jahre her!«

»Ich weiß«, sagte Annette. Sie drückte mir die Hand. »Und ich weiß auch, dass du mich liebst. Aber sie hast du ebenfalls geliebt. Ich glaube, sie war die einzige andere Frau, die du jemals geliebt hast. Und es stimmt schon, wenn man sagt, die Liebe währt ewig. Man kann sie abtöten, aber von selbst stirbt sie nicht.«

Ihre Worte hätte die Erinnerung an zahllose sentimentale Songs und Geschichten wachrufen können, sie aber sprach sie aus, als handele es sich um eine bittere, widerwillig akzeptierte wissenschaftliche Tatsache. Bevor ich protestieren, ihr Vorhaltungen machen, Erklärungen vorbringen konnte, legte sie mir die Hand auf den Mund.

»Schon gut«, sagte sie, dann setzte sie hinzu: »Was will sie diesmal?«

»Ich weiß es nicht«, antwortete ich. Ich berichtete ihr von der Nachricht und wo ich sie bekommen hatte. »Sie steckt in Schwierigkeiten und bittet mich um Hilfe.«

»Es geht zu schnell.« Annette blickte an mir vorbei in eine ihr allein zugängliche virtuelle Realität. »Das passt irgendwie, weißt du. Die Zwangsarbeit, die Profite aus dem Weltraumhandel – *irgendetwas* geht zu schnell. Wenn man sich die Nachrichten anschaut, hat man den

Eindruck, die Welt stürze ein, und ich glaube, das liegt daran, dass wir … von etwas Unbekanntem *in Stücke gerissen* werden.«

Ich lachte. »Wenn es so wäre, hätte mir jemand davon erzählt.«

»Ich glaube, das ist soeben passiert«, meinte Annette. »Jedenfalls gibt es nur eine Möglichkeit, das herauszufinden. Flieg nach Kasachstan. Es wird vermutlich nicht schwer sein, Myra zu finden, sonst hätte sie dir mehr Informationen gegeben.«

Ich blickte sie erstaunt an. Diese Idee war mir auch schon gekommen. Von Annette hätte ich eher Widerstand erwartet.

»Ich will nicht, dass du fliegst«, sagte sie. »Ich bin mir nicht mal sicher, ob du es willst. Aber das Nichtstun ängstigt mich mehr. Seit dem Einmarsch der Truppen hat sich niemand mehr für dich eingesetzt. Ich glaube, sie vertrauen dir nicht mehr.«

»Sie?«

»Die Leute von der Weltraumbewegung. Die Genossen.«

»Es gibt keine Verschwörung«, meinte ich grinsend. Das war eine stehende Wendung bei mir.

Annette schaute traurig und ernst drein.

»Diesmal könnte es sein, dass du dich irrst«, sagte sie.

Sie stand auf und ging zum Hausrechner, tippte hektisch etwas ein. »Komm schon«, meinte sie. »Hilf ihr. Ich werd mal versuchen, einen Flug zu buchen. Du machst dich fertig, und vergiss um Himmels willen nicht, deine Waffe mitzunehmen.«

Ich gehorchte kopfschüttelnd. Was Annette da ausgesprochen hatte, war mir noch nie in den Sinn gekommen. »Die Liebe währt ewig.«

Du meine Güte.

Am liebsten wäre ich mit einem der regelmäßig verkehrenden Luftschiffe geflogen, doch Annette erklärte, dann müsste ich tagelang warten, da sie normalerweise Fracht und Weltraumarbeiter transportierten, die einen Monat in Norlonto ausgespannt hatten. Deshalb flog ich von Stanstead aus mit einem Linienjet, der viel größer war als der, mit dem Reid und ich vor dreißig Jahren geflogen waren. Diesmal kein Beschuss; der Korridor über den Ural war längst freigebombt worden.

Von Stanstead nach Alma-Ata, dessen Flughafen noch vernarbt war vom Sieg der Kasachischen Volksfront; dann in den Norden nach Karaganda, ein abweisender, schmutziger Ort, der trotz des Schnees schwarz wirkte: postsowjetisch, postindustriell, postunabhängig, in jeder Beziehung post. Von Karaganda gab es eine Linienverbindung nach Kapitsa; da die ITWAR nach wie vor eine unabhängige Enklave war, wurde ich kontrolliert – zum ersten Mal im Verlauf der Reise. Frontkader und einheimische Beamte überprüften meine Dokumente, gaben die Daten in einen uralten Rechner ein (der, der Reaktionszeit nach zu schließen, irgendwo in Indien stand) und boten mir lächelnd Johnny Walker Red Label an, als die Antwort erfolgte. Ich hatte mich zu einem Zeitpunkt, als es noch nicht in Mode gewesen war, positiv über die KPF geäußert. Immer wieder sagten sie, wie bewundernswert sie dies fänden, und nach ein paar Whiskies sagte ich ihnen, wie sehr ich sie bewunderte. Sie hatten gegen die US/UN gekämpft, hatten ihr Land wiedervereinigt, ohne neue nationalistische Feuer zu entfachen, und darauf verzichtet, ihre Staatsform dem Teil des Landes aufzuzwingen, der sie nicht haben wollte.

»Die ITWAR?« Das hielten sie für komisch. Sie hatten sich nicht aus hochfliegenden Prinzipien heraus zurückgehalten.

»Warum dann?« Ich zuckte die Achseln und blickte

zu der Karte über dem Zolltresen auf. An der Verteidigungskapazität der kleinen Enklave hatte es bestimmt nicht gelegen.

»Ödland«, sagte man mir. »Bombenland.«

Es heißt, die Steppe rund um Kapitsa leuchte bei Nacht, doch das ist bloß das vom Schnee reflektierte Sternenlicht. Das jedenfalls sagte ich mir im Flugzeug, während ich die Wirkung des guten Whiskys ausschlief, unvermittelt wach wurde, rauchte und abermals einnickte. Außer meinem waren lediglich zwei weitere Plätze belegt, doch die beiden Passagiere waren ebenso wenig wie ich an Gesellschaft interessiert. Ich ließ die Leselampe ausgeschaltet, presste das Gesicht ans Fenster, beobachtete den schwarzen Faden der Straße, die von Karaganda nach Semipalatinsk durch die Steppe führte, und meinte sogar die winzigen Lichtpünktchen der Schneepflüge zu erkennen.

Wir landeten bei zwanzig Grad unter Null in der einsetzenden Morgendämmerung auf einer soeben freigeräumten Landebahn. Ein kleiner Bus brachte uns zum Terminal. Hinter den schmutzigen Schneehügeln ragten dunkel die skelettartigen Startrampen auf. Nur wenige Flugzeuge standen herum, kein einziges war im Landeanflug begriffen. Das Flughafengebäude war so hell erleuchtet wie eh und je, die Arbeiter, die überflüssigerweise die geschäftigen Maschinen überwachten, gingen ihren Tätigkeiten mit der gleichen Unerschütterlichkeit nach wie früher. Auch die Plakate mit riesigen Bildern der Helden der Republik waren noch da.

Doch verglichen mit dem Getriebe, das hier geherrscht hatte, als der Staat noch nukleare Abschreckung exportierte, wirkte der Flughafen nahezu verlassen. Die drückende Leere erinnerte an die öffentlichen Plätze der alten kommunistischen Hauptstädte. Ich durchquerte die Halle mit der nervösen Zögerlichkeit, die man beim Betreten eines großen, alten und möglicherweise unbewohnten Hauses verspürt.

Ich hatte keine Ahnung, wie es nun weitergehen sollte. Ich hatte angenommen, Myra würde es mir sagen; wenn sie mich hätte warnen wollen, dann hätte sie es wohl in der Nachricht getan. Wie ich so dastand, kam mir der Gedanke, dass sie möglicherweise allein die Tatsache hatte geheimhalten wollen, dass sie meine Hilfe brauchte.

Der Kaffeeausschank war noch da und hatte geöffnet. Ich bestellte einen Kaffee und setzte mich mit einer englischsprachigen Ausgabe der *Kapitsa Pravda*, die ihrem Namen insofern gerecht wurde, als sie die Nachrichten offenbar wahrheitsgetreu wiedergab, an einen Tisch. Erst als ich bei den Sportseiten angelangt war, wurde mir bewusst, dass nichts über Kapitsa darin stand.

Ich musterte die Menschen in der Halle und heftete meinen Blick auf jede Person, die zufällig Ähnlichkeiten mit Myra aufwies, lehnte mich aber jedes Mal enttäuscht wieder zurück. Eine Stunde verstrich. Die Wachposten der Gesellschaft für Wechselseitigen Schutz patrouillierten umher, als gehörte ihnen die Anlage. Menschen kamen und gingen. Ich hörte erst eines, dann ein zweites Flugzeug landen. Die Passagiere traten einzeln oder in kleinen Gruppen durch die Glastüren, vor denen in der Kälte ein paar Taxis mit laufendem Motor warteten.

Vielleicht sollte ich ihren Namen einfach im Telefonbuch nachschlagen ... Ich stand an der Telefonzelle und blickte auf die Suchseite, als mir bewusst wurde, dass ich ihren gegenwärtigen Nachnamen nicht kannte. Es dauerte ein paar Sekunden, bis ich ihren Mädchennamen aus meinem Gedächtnis hervorgekramt hatte: Godwin. Ich probierte ihn aus. Erfolglos.

Ich ließ ein verschlüsseltes Gespräch zu Annette durchstellen.

»Hallo, Liebes. Ich bin wohlbehalten angekommen.«

Sie lächelte. »Das ist schön. Aber du rufst aus einem anderen Grund an.«

»Wie kommst du denn darauf?«

»Ich weiß schließlich, wie du denkst, Jon.« Sie lachte. »Der Name lautet Dawidow. Ich hab ihn auf der alten Versicherungspolice nachgeschlagen.«

Ich muss ganz schön belämmert dreingeschaut haben. Annette streckte mir grinsend die Zunge heraus, ein rosiger Millimeter auf dem winzigen Monitor. »Ich liebe dich«, sagte sie. »Sei vorsichtig.«

Das Bild erlosch. Ich seufzte, denn ich kam mir auf einmal sehr alt und einsam vor, und rief erneut das Telefonbuch auf.

Dawidow, Myra G., Leutn.-Kommandant (a. D.), wohnte auf dem Ignaz Reiss Boulevard, Wohnblock 7, Wohnung 36. Ansonsten war unter dieser Adresse kein weiterer Dawidow aufgeführt; Myras Ehe war vor Jahren in die Brüche gegangen. Als mich das Taxi absetzte, stand ich vor einem klassischen sowjetischen Plattenbau, der erst kürzlich als eine Art perverser Hommage an das Mutterland der Arbeiter erbaut worden war, dessen verfärbter Beton aber bereits zerbröckelte. Ein einziger Wagen parkte davor, ein großer schwarzer Skoda. Wahrscheinlich gehörte er Myra: Er wirkte durchaus passend für eine Volkskommissarin im Ruhestand.

Der Aufzug funktionierte nicht, was ebenfalls in dieses Bild passte. Ich schleppte mein Fluggepäck drei Stockwerke hoch. Die Knie taten mir weh. Es wurde allmählich Zeit für neue Gelenke. Ich drückte den Klingelknopf und blickte mich nach einer Überwachungskamera um. Es gab keine. Stattdessen öffnete sich eine Klappe, hinter der ein in die Tür eingelassenes Superweitwinkelobjektiv sichtbar wurde. Riegel quietschten, Ketten klirrten. Die Tür öffnete sich langsam. Gelbes

Licht, schwerer Duft, abgestandener Zigarettenqualm und laute Musik strömten hervor. Dann langte jemand heraus und zog mich hindurch. Die Tür fiel hinter mir ins Schloss, und ich landete in einer warmen, knochigen Umarmung.

Nach einer Weile trennten wir uns, die Hände einander auf die Schultern gelegt.

»Da bist du also«, sagte Myra.

Ihr stahlgrauer Bubikopf passte zum stahlgrauen Satin ihres Pyjamas. Ihr Gesicht hatte den für die postsowjetische Verjüngungstechnik typischen wächsernen, leninhaften Glanz, ein scharfer Kontrast zu der altersfleckigen, ledrigen Haut ihrer Hände. Wie ich und alle Neuen Alten war sie eine aus Jung und Alt zusammengesetzte Schimäre.

»Hallo«, sagte ich. »Du siehst gut aus.«

Sie lachte. »Du nicht.« Sie streifte mit den Fingerspitzen über einen Stoppel auf meiner Wange.

»Nichts, was eine Dusche nicht beheben könnte.«

»Also«, sagte sie, mich scharf musternd, »das ist eine gute Idee.« Sie langte an mir vorbei und drückte einen Schalter. Aus den Wänden kamen spotzende, knackende Geräusche. »Es dauert eine halbe Stunde«, sagte sie und geleitete mich ins Wohnzimmer; der Boden war mit dicken Teppichen bedeckt, und auch an den Wänden hingen Teppiche, deren Klötzchenmuster an die Pixelbilder alter Computerspiele erinnerten und die traditionellen afghanischen Sujets wie Hubschrauber-MGs, MiGs und Ak-47 aufgriffen. Dazwischen hingen politische und touristische Plakate mit historischen Darstellungen und Landschaftsbildern (die ITWAR fehlte darauf) sowie alte Werbeposter von Raketenstarts und Atomexplosionen. Zwischen den Postern hing ein Fernsehschirm, auf dem ohne Ton eine Übertragung des Bolschoi-Luna-Balletts lief; schwebende Flüge und weiche Landungen, die unter dem fremdartigen Himmel ganz real wirkten. Aus den riesigen Sony-Lautsprechern auf dem Bücherregal dröhnte chinesischer Rock.

Auf dem Tisch stand ein alter IBM-PC, daneben lagen Myras Handtasche und ein Stapel Verschlüsselungshandbücher. Den Titeln nach zu schließen hatte sie ihre Nachricht von Hand verschlüsselt. Kein Wunder, dass sie so kurz gewesen war: Sie hatte bestimmt Tage dafür gebraucht.

Sie bereitete mir ein Frühstück aus Müsli, Yoghurt und bitterem arabischem Kaffee. Wir plauderten über den Flug und über die Veränderungen in unser beider Leben seit unserer letzten Begegnung vor mehreren Jahren in einer Bar am Alexandra Port. Sie hatte noch immer Kontakt mit ihrem Ex-Mann, dem feschen Offizier, den sie einmal umgedreht hatte, und ich hatte den Eindruck, dass sich zwischen ihnen noch immer etwas abspielte, allerdings hielt er sich seit Monaten in Alma-Ata auf, wo er angeblich mit der KPF verhandelte. Sie deutete an, dass man ihn aus dem Weg haben wollte.

»Dann ist das hier also immer noch ein trotzkistischer Staat?«, fragte ich.

Myra setzte mit zitternder Hand die Tasse ab.

»Aber ja«, antwortete sie. »Hier ist es … wie in Russland, als Lew Dawidowitsch das Sagen hatte.«

So schlimm? Ich hob die Brauen; sie nickte.

»Und du gehörst nicht mehr der Regierung an?«

»Schon seit einer ganzen Weile nicht mehr.« Sie lächelte schmerzlich.

»Du hast bestimmt noch eine Menge zu sagen«, meinte ich. »Hört man noch auf dich?« Ich legte den Kopf schief.

»Gewiss«, antwortete sie. »Ich kann nicht klagen.«

Sie sah auf ihre Armbanduhr. »Du kannst jetzt duschen.«

Die Dusche befand sich in einer Nische neben ihrem Schlafzimmer. Ich legte meine Sachen auf das Fußende ihres Betts – ich wollte nicht, dass sie zerknittert wurden. Als ich glättend über das Jackett strich, berührte ich den harten Rand der Pistole, ein flaches Plastikteil, das nicht länger oder dicker war als meine Hand. Nach kurzem Überlegen holte ich sie hervor und legte sie auf die obere Ecke der Duschkabine. Dann stellte ich die Dusche an und trat unter den Wasserstrahl, froh darüber, dass es sich zumindest hier um eine Spezialanfertigung handelte. Ich hatte mich gerade zum ersten Mal eingeseift und abgeduscht, als Myra zu mir hereinkam.

»Der Trick ist alt, aber er funktioniert«, flüsterte sie mir ins Ohr und rieb mir den Rücken ab. »Hintergrundlärm bleibt Hintergrundlärm, ganz gleich, welche Geräte sie einsetzen.«

»Glaubst du wirklich, man hat deine Wohnung verwanzt?«

Sie lachte. »Ich an ihrer Stelle hätte das Gleiche getan.«

»Von wem redest du? Was geht hier vor?«

Sie nahm einen kleinen Einmalrasierer und eine Spraydose zur Hand. Sie schäumte mir das Gesicht mit nach Tannen duftendem Rasierschaum ein und begann mich zu rasieren, wodurch sie sich meiner ungeteilten Aufmerksamkeit versicherte. Und das war gut so, denn ich musste ihr beinahe von den Lippen ablesen, um ihr Geflüster in dem stetigen heißen Regen zu verstehen, und für Unterbrechungen oder Wiederholungen reichte die Zeit nicht aus.

»Du weißt, dass etwas vorgeht«, sagte sie. »Ich habe dir die Nachricht schon vor Wochen hinterlassen, denn ich dachte mir, wenn jemand Nachforschungen anstellt, dann du.« Sie grinste. »Und ich habe Recht behalten. Also, es geht um Folgendes: Die Tiefentechnologie – Nanotechnik, Gentechnik, AI und so weiter – unterlag unter den Yanks Beschränkungen und steht in den meisten Ländern wegen den verdammten Grünen und den religiösen Eiferern und dem ganzen Mist noch immer unter Beschuss. Zwei Dinge sind passiert. Erstens haben Länder wie das unsere Wissenschaftsflüchtlinge aufgenommen und sie ihre Arbeit unter dem Deckmantel anderer Projekte fortführen lassen. Zweitens haben die US/UN und vor allem die Weltraumverteidigung ihre Arbeit fortgesetzt. Der Bannstrahl galt nur für alle anderen, nicht für sie. Jetzt kommt eins zum anderen: Unsere Wissenschaftler arbeiten mit den anderen zusammen, und du kannst dir verdammt sicher sein, dass die kooperieren – das ist für sie die einzige Möglichkeit, ihre Schulden abzuarbeiten. Das Gleiche gilt für die zahllosen zur Zwangsarbeit verpflichteten Kriegsgefangenen. Sie schaffen Zeug ins All, als wäre hier morgen alles zu Ende, und wenn das so weitergeht, wird es auch so kommen. Ich glaube, sie steuern auf einen Umsturz zu.«

»In Kasachstan?«

»In der ganzen Welt, Dummkopf!«

Ich kam mir wirklich dumm vor. Oder aber sie war verrückt.

»Aber wer, zum Teufel, sollte dahinterstecken? Und wie sollte man das anstellen?«

»Deine Weltraumbewegung. Okay, vielleicht nicht deine, aber – jedenfalls hatten sie Leute in den offiziellen Weltraumprogrammen sitzen, vor allem in der Weltraumverteidigung. Und sie sehen ja, wie sich die Dinge seit der Herbstrevolution entwickeln. Alles fällt auseinander – das ist die globale Version des sowjetischen Zusammenbruchs. In ein paar Monaten oder Jahren werden nirgendwo mehr Raketen starten. Da heißt es jetzt oder nie, wenn wir eine dauerhafte Weltraumpräsenz aufbauen wollen. Wir befinden uns in der so genannten Ressourcenfalle.«

Zumindest das passte mit meinen eigenen Beobachtungen und Annettes Vermutungen zusammen.

»Das beantwortet die Frage nach dem Warum«, sagte ich. »Aber ich habe nach dem Wer und dem Wie gefragt. Nicht einmal die WV konnte die Welt ohne Bodenunterstützung beherrschen, und jetzt, da die nicht mehr vorhanden oder zersplittert ist …«

»Ich hab's dir gesagt«, wisperte sie. »Mehr konnte ich dir in der mir zur Verfügung stehenden Zeit nicht mitteilen. ›Es geht zu schnell‹, erinnerst du dich? *Nanotech*. Damit kann man Raumschiffe bauen, nicht bloß große, plumpe Raketen, sondern richtige Schiffe, die so leicht und antriebsstark sind, dass sie mühelos auf Fluchtgeschwindigkeit kommen.« Sie ließ die flache Hand emporsteigen. »Wusch. Die verfügen über AIs, die Laserstartrampen steuern und die Schiffe auf einem haardünnen Strahl überhitzten Wasserdampfs emporbefördern können. Und wenn man über Nanotech verfügt, dann braucht man bloß ein solches Teil, um beliebig viele herzustellen. Man kann sie züchten wie *Bäume*!«

Ich zuckte im herabströmenden Wasser die Achseln und streifte ihr geistesabwesend mit dem Schwamm über die knochigen Hüften.

»Wenn man dies alles hat, braucht man nicht die Welt zu regieren. Man braucht sie bloß zu retten.«

Myra schüttelte den Kopf und verspritzte Wassertropfen. »Die wollen die Welt nicht retten und glauben auch nicht, dass sie gerettet werden will. Ach, Jon, du hast dich mit all diesen Humanisten und Anarchisten herumgetrieben und weißt einfach nicht, mit welcher Bitterkeit und Verachtung die wissenschaftlich-technische Elite auf die unwissenden Massen herabblickt! Deshalb haben sie mich ja auch rausgeschmissen, als ich nach der Herbstrevolution von alldem erfuhr und daraufhin Krach schlug. Sie beschimpften mich als

Populistin und ... und Revisionistin!« Sie lachte. »Jahrelang haben sie unter den UN-Bürokraten und den Stasis-Cops zu leiden gehabt, und jetzt wollen sie mit diesen Leuten nie wieder zu tun haben. Sie glauben wirklich, wenn ihre Absichten publik würden, käme es zu einem Sturm auf ihre Labors, die Demagogen würden abermals die Regierungen zusammenbrechen lassen, und alles wäre aus.«

Ich frottierte ihr gerade die Beine ab, aber jetzt schaute ich hoch. »Da könnten sie Recht haben.«

»Sag das nicht! Das erzählt Reid mir schon seit Jahren!«

Ich richtete mich auf und wäre beinahe auf dem nassen Boden der Duschkabine ausgerutscht.

*»Reid?«*

»Pst. Ja, ich dachte, du wüsstest davon. Er steckt hinter alledem, und er hat das Ganze seit langem geplant. Ich glaube, er hätte es sogar dann getan, wenn keine Revolution stattgefunden hätte, aber so wie es aussieht, drückt er stärker aufs Tempo als je zuvor. Die Gesellschaft für Wechselseitigen Schutz und die verdammten privatisierten Gulags sind die treibende Kraft, und er ist der Schlimmste von allen. Er denkt über die Freiheit so, wie du manchmal darüber geschrieben hast, aber bei ihm ist es absolut. Keine Ethik, keine Politik. Sogar die Wissenschaftler haben Angst vor ihm.«

Das konnte ich mir vorstellen. Seit er aufgehört hatte, Kommunist zu sein, hatte Reid sich allein von seinen Interessen leiten lassen. Das galt auch für mich – der Hüter seines Bruders sein zu wollen, betrachtete ich nach wie vor als Erbsünde, doch an zielstrebiger Entschlossenheit konnte ich es mit Reid in dieser Hinsicht nicht aufnehmen.

Der Strahl der Dusche versiegte bis auf ein Tröpfeln.

»Und was machen wir jetzt?«

Myra sah mich an. »Ich weiß, was ich machen will«,

sagte sie mit einem durchtriebenen Lächeln. Sie senkte den Blick. »Du meine Güte – macht dich diese Unterhaltung etwa an?«

Auf dem winzigen Raum, den Myras großes Bett übrig gelassen hatte, trockneten wir einander ab und führten die Unterhaltung anschließend bei lauter Musik unter der Bettdecke fort. Sie erzählte mir, was sie tun wollte, wir taten es, und dann lagen wir uns mit verschränkten Beinen gegenüber und redeten über schmutzige Politik. Wir tuschelten unter der Steppdecke wie Kinder nach dem Lichtausknipsen.

Hätten wir die Vorgänge lediglich publik gemacht, hätte dies womöglich genau die Folgen gezeitigt, die Reids Faktion fürchtete. Ließen wir sie gewähren, mochte dies eine chaotische und blutige Zersplitterung der Menschheit nach sich ziehen, verstreut zwischen kleinen, weltraumstationierten Minderheiten und einer erdgebundenen Mehrheit, die aller Wahrscheinlichkeit nach von antitechnischen, paranoiden Führern beherrscht würde. So oder so, die Aussichten auf eine zivilisierte Zukunft waren trübe.

Myra behauptete, es gäbe noch eine weitere Möglichkeit: Man könnte die von ihr als ›legitim‹ bezeichnete Weltraumbewegung zu genau den gleichen Dingen bewegen, die auch Reids Gruppe anstrebte – freier Zugang zu den von der UN und dem wissenschaftlichen Untergrund entwickelten Technologien, zu einer großen Anstrengung, das Weltraumprogramm zu bündeln –, jedoch offen und auf freiwilliger Basis, finanziert durch Spenden anstatt mittels Erpressung. Indem man alles publik machte und öffentlich diskutierte. Dies sei der einzige Weg, die Zweifel auf beiden Seiten zu zerstreuen: Man müsse den Technologen klar machen, dass die Menschen die Früchte ihrer Arbeit wirklich ernten wollten, dass sie tatsächlich dafür bezahlen würden. Die normale Bevölkerung müsse einsehen, dass die Tiefentechnologie nicht die Absicht habe, die Biosphäre in bakterienkleine Robots oder sie selbst in Maschinen zu verwandeln oder womit man ihnen sonst noch Angst gemacht hatte.

»Und du«, sagte sie, »du bist der einzige Mensch, den ich kenne, dem ich das zutraue.«

»Ich? Sie schmeicheln mir, Lady.«

»Du verfügst über die Kontakte, die Glaubwürdigkeit …«

»Bei den Kadern der Weltraumbewegung bin ich nicht mehr sonderlich beliebt«, sagte ich. »Um die Wahrheit zu sagen, glaube ich, dass die meisten bereits so denken, wie deiner Schilderung nach Reids Gruppe.«

Es gab nur eine Möglichkeit, die Anhänger der Bewegung gegen deren Organisatoren zu mobilisieren, und die bestand darin, den Plan, wenn es denn einen gab, publik zu machen, doch das sagte ich nicht. Ich lag im dunklen Zelt der Steppdecke und schaute Myra ins Gesicht, während mir Gedanken durch den Kopf gingen, von denen ich hoffte, dass sie mir nicht anzusehen waren. Vor allem glaubte ich nicht, dass sie mir die Wahrheit gesagt hatte.

»Lass uns essen gehen«, schlug ich vor.

Wir speisten in einem kleinen griechischen Restaurant um die Ecke.

»Wieso gibt es hier Griechen?«, fragte ich, während ich an heißen Souvlakia knabberte.

»Sie sind den Tataren hierher gefolgt, als diese heimkehrten«, erklärte Myra.

»Das ist eine Menge Geschichte«, meinte ich.

»Ja«, sagte Myra. Sie blickte sich um. »Lassen wir's dabei bewenden.«

Wir tranken guten Wein und einen höllisch scharfen

Schnaps. Myra redete über unbedenkliche, unkontroverse Themen, zum Beispiel darüber, dass *ich* schuld sei am Zustand der Welt.

»Hättest du den Deutschen die Option verkauft«, erklärte Myra, »dann hätten die Scheißisraelis« – für Myra gehörten diese Begriffe zusammen – »sich das niemals getraut, und die Yanks wären niemals an die Macht gekommen, und …«

»Und so weiter.« Ich lachte. »Ich bitte dich. Es gab bestimmt Dutzende von Leuten, die sich in der gleichen Lage befanden wie ich und die die gleiche Entscheidung getroffen haben.«

»Ja, aber die brauchten alle ihre Bomben. Du nicht. Du hast sie bloß aus Prinzip behalten.«

»Das stimmt nicht! Ich habe noch nie eine Entscheidung aus Prinzip getroffen! Ich bin Opportunist und bin stolz darauf. Und außerdem, weshalb hast du ihnen die Abschreckung nicht einfach gewährt und das Vertragliche anschließend geregelt?«

Myra grinste mich an und zuckte die Achseln.

»Das wäre schlecht fürs Geschäft gewesen.«

Ich erwiderte ihr Grinsen.

»Das war auch mein Beweggrund.«

Wir waren bei Honigkuchen, Kaffee und dem letzten Schluck Ouzo angelangt. Myra stocherte und leckte und nippte. Dann hielt sie inne und grinste, als sei plötzlich eine Erleuchtung über sie gekommen.

»Ich hab's«, sagte sie. »Ich hätte es besser wissen müssen, als Einzelne verantwortlich zu machen. Die ganze gottverdammte Scheiße ist die Schuld des …«

»Kapitalismus!«, sagte ich laut, und der Ober kam mit der Rechnung herbeigeeilt.

In ihrer Wohnung schlüpften wir wieder ins Bett. Sie ließ die Musik weiterlaufen. Es fiel uns kaum auf, als der Rock von Marschmusik abgelöst wurde, doch anschließend lagen wir schweigend da, und plötzlich dröhnte die Meldung durch die Wohnung, der Flughafen sei vorübergehend geschlossen worden.

Uns beiden war klar, was das bedeutete. Militärmusik und geschlossene Flughäfen gingen für gewöhnlich der Erklärung voraus, das Land sei gerettet worden. Irgendjemand hatte die Würfel rollen lassen. Auch für mich wurde es Zeit, tätig zu werden, bevor Straßensperren errichtet wurden – oder bevor Myra mich zu ihrem und zu meinem Schutz der Polizei auslieferte.

Ich streifte ihr eine Haarsträhne aus dem Gesicht.

»Hast du Lust auf eine Zigarette?«, fragte ich lächelnd.

»Mein Gott, ja.«

»Ich hab welche im Jackett«, sagte ich, setzte mich auf und langte zum Fußende des Betts.

»Nein, nicht«, sagte Myra. Sie schlug die Steppdecke zurück und fasste mich beim Arm. »Du solltest mal unsere probieren. Wirklich.«

Sie lächelte mich an. Hatte sie geglaubt, ich wollte eine Waffe zücken? Wenn ja, dann ging sie davon aus, dass sie immer noch in meinem Jackett war. Myra hatte sie darin gespürt, als wir uns in der Diele umarmt hatten, und sie hatte nicht mitbekommen, dass ich sie in der Dusche abgelegt hatte.

Sie beugte sich zum Nachttisch vor, öffnete die Schublade. Ich ließ sie keinen Moment aus den Augen, und sie ließ meinen Arm nicht los, während sie in der Schublade kramte und eine Packung Zigaretten hervorzog. Wir rauchten in nachdenklichem Schweigen. Vom starken Tabak wurde mir schwindelig. Ahnte sie, dass ich etwas ahnte?

Ich drückte die Zigarette aus, zwinkerte ihr zu und sagte ein wenig zu laut: »Myra, hättest du Lust, mich ins Hotel zu fahren?«

Sie erwiderte mein Grinsen und sagte, ebenfalls an die unsichtbaren Lauscher gewandt: »Kein Problem.«

Ich kleidete mich bis aufs Jackett an, bückte mich, um den Reißverschluss meiner Reisetasche zu schließen, und sagte: »Ach, ich hab das Handtuch in der Dusche gelassen.«

Ich beugte mich in die Duschkabine hinein, nahm die Pistole an mich, drehte mich um …

Mein Fuß erreichte die Nachttischschublade eine Sekunde vor ihrer Hand und knallte sie zu. Während sie zurückzuckte, öffnete ich die Schublade wieder und nahm die Pistole heraus.

Myra saß mit kalkweißem Gesicht stocksteif da und drückte die Steppdecke schützend an sich.

»Ich bin fertig«, sagte ich, steckte ihre schwere Automatik in die Jacketttasche und legte mir das Jackett über den Arm. »Sobald du angezogen bist, können wir aufbrechen.«

Als sie sich angekleidet hatte und wir wieder im Wohnzimmer waren, langte sie beiläufig nach ihrer Handtasche, doch ich kam ihr zuvor. Ich zog eine weitere Pistole hervor, die noch kleiner und leichter war als meine eigene, warf ihr den Schlüsselbund zu und ruckte mit dem Kopf Richtung Tür. Der schwarze Skoda stand noch immer einsam und allein auf der Straße.

Gemäß meinen wortlosen Anweisungen öffnete sie die Beifahrertür und rückte auf den Fahrersitz. Ich stieg ein und schloss die Tür. Sie betätigte die Zündung, worauf Motor und Heizung augenblicklich ansprangen. Das war auch gut so – ich fror nach den paar Schritten im Freien.

Sie wandte sich mit Tränen in den Augen zu mir herum.

»Jon«, sagte sie, »was hast du vor? Ich habe dir vertraut. Arbeitest du für Reid?«

»Wie ich sehe, machst du dir keine Sorgen, dein Wagen könnte verwanzt sein«, bemerkte ich. »Ich glaube, du hast auch keine Wanzen in der Wohnung. Fahr los.«

Ihre Schultern sackten herab. »Schon gut, schon gut«, sagte sie. »Wohin?«

»Nach Karaganda.«

»Was?« Ihr Mund klappte auf. »Bis dahin sind es einige hundert Kilometer. Semipalatinsk liegt näher.«

»Ich weiß«, sagte ich. »Halt den Mund und fahr!«

Bis zur Grenze waren es auf der Straße nach Karaganda bloß fünfzig Kilometer, und von der Unterhaltung mit den KPF-Kadern vom Vorabend her wusste ich, dass die größere kasachische Republik dort einen Grenzposten unterhielt, die ITWAR jedoch nicht.

Myra legte den Gang ein, und der Wagen setzte sich in Bewegung, während der erste Schnee des Tages zu fallen begann.

Myras Story hatte mich einfach nicht überzeugt. Wenn sie unter Überwachung stand, war man über meinen Besuch informiert. Wenn sie bei den Behörden in Ungnade gefallen war, würde es Verdacht erregen, dass sie Kontakt mit mir aufgenommen hatte. Ihr musste ebenso klar sein wie mir, dass ich nach meiner sicheren Rückkehr ihre Story ungeachtet der damit verbundenen Risiken publik machen würde.

Daraus folgte, dass sie und der Sicherheitsapparat der ITWAR eben dies *wollten* – und dass sie dem Apparat sehr wohl noch verbunden war. Somit war ihre Behauptung, die kleine Republik sei von einer mit Reids Firma in Verbindung stehenden Gruppierung übernommen worden, falsch. Wahrscheinlicher schien mir, dass die Staatsführung sich gegen eine (zweifellos drohende) Firmenübernahme zur Wehr setzen und meine in der besten Absicht vorgebrachten Enthüllungen als politischen Vorwand (beziehungsweise nachträgliche Rechtfertigung) für Gegenmaßnahmen benutzen wollte.

Was immer da vorgehen mochte, ob nun die Firma oder der Staat zuerst zugeschlagen hatte, ich wollte mich auf keinen Fall mit hineinziehen lassen. Außerdem glaubte ich nicht, dass sich der Bedrohung durch Reids Technokraten mit einer politischen Kampagne beikommen ließe. Meiner Einschätzung nach bestand der einzige Ausweg darin, die ganze Geschichte dem einzigen Staat zu unterbreiten, der rasch reagieren konnte und zu dessen Absichten ich etwas mehr Zutrauen hatte als in die übrigen infrage kommenden Staaten, nämlich der umliegenden Republik Kasachstan.

Und deshalb fuhren wir jetzt zwischen meterhohen Schneewänden einher, während der Schnee auf der Fahrbahn bereits zentimetertief war.

Myra versuchte ein paarmal, eine Unterhaltung in Gang zu bringen, und flehte mich an, meine Absichten kundzutun, worauf ich jedes Mal in möglichst barschem Ton erwiderte, sie solle die Klappe halten. Ich wollte ihr Angst einjagen, sie aus dem Gleichgewicht bringen; sie sollte glauben, ich sei fähig, sie zu erschießen. Was ich gewiss nicht war, aber ihr fester Glaube, ich sei es, sollte dazu beitragen, ihr Schwierigkeiten zu ersparen, ganz gleich, welche Seite siegen würde.

Nach kaum einer halben Stunde war die Grenze nur noch wenige Minuten Autofahrt entfernt. Als der Wagen eine mit Gestrüpp bestandene Anhöhe erklommen hatte, konnte ich durch den Schneefall hindurch die Lichter des kasachischen Grenzpostens erkennen. Und einen Moment später dreihundert Meter voraus eine Reihe von Männern in hellgelben Schutzanzügen und mit großen schwarzen Gewehren, die uns bedeuteten, wir sollten anhalten.

»Die Gesellschaft für Wechselseitigen Schutz«, sagte Myra mit einem bitteren Auflachen. »Und was jetzt, du Klugscheißer?«

»Halt an«, sagte ich ruhig. »Wende den Wagen und steig mit erhobenen Händen aus.«

Ich blickte in ihr verblüfftes Gesicht, und während sie bremste, setzte ich hinzu: »Falls du dir das zutraust.«

»Schon okay«, sagte sie.

Sie war eine gute Fahrerin. Sie bremste gerade scharf genug, dass das Wagenheck herumschleuderte und sich die Schnauze in die Schneewehe bohrte.

Ich öffnete die Beifahrertür, ließ mich mit Jackett und Waffe hinausfallen und arbeitete mich durch den schmierigen, sandigen Schnee hindurch, wobei ich darauf achtete, dass sich der Wagen zwischen mir und den Wachposten befand. Ich robbte auf Knien und Ellbogen voran, bis die zum Wagen vorrückenden Soldaten mich passiert hatten. Ich hörte Myras erhobene, offiziöse, protestierende Stimme und hoffte, dass sie ungeachtet dessen, was sie von meiner Flucht halten mochte, bestimmt nicht wollen würde, dass ich ihren Gegnern in die Hände fiel.

Ich kroch weiter und hielt mich möglichst nahe am Schneewall. Von den Steinen schrammte ich mir Handflächen, Ellbogen und Knie auf. Mit jeder Sekunde strömte die Wärme aus meinem Körper. Als ich es nicht mehr aushielt, nahm ich Sprinterhaltung ein. Die Lichter des Grenzpostens waren einen halben Kilometer entfernt. Ich blickte mich um. Die Männer untersuchten den Wagen, und Myra machte eine Menge Stunk.

Ich begann zu laufen. Zunächst rannte ich geduckt, doch das hielt ich nicht lange durch. Ich richtete mich auf und rannte einfach drauflos. Ich hatte das Gefühl, mir würden glühende Schwerter in die Seiten gerammt. Ich schwor mir, nie wieder zu rauchen.

Dann bekam ich einen Stoß gegen den Rücken, sah das Blut aus meiner Brust spritzen und folgte dem roten Bogen in den Schnee, als wollte ich die Tropfen einholen.

Ich lag auf dem Rücken und blickte in einen weißen Himmel auf. Über mir schwebte ein phantastisches Flugobjekt, ein Diamantenschiff: facettiert, funkelnd, das zarte, weiße Gespenst eines Stealthbombers, auf lächerlich schmalen Gasjets schwebend. Eine Strickleiter wurde herabgelassen, ein weiß gekleideter Mann kletterte herab. Als er am Boden angelangt war und mich anschaute, hob ich ein Stück weit den Kopf. Es war David Reid. Seine Miene war ausdruckslos.

Gelbe Schutzanzüge, von Schutzbrillen verhüllte Gesichter. Myra, die zu mir eilen wollte, aber an den Armen festgehalten wurde.

»Die Liebe währt ewig«, flüsterte ich und starb.

TEIL 3

# Die Schleusentore der Anarchie

# 17 Androidenspirituals

»Eine Bewegung, und Sie sind tot!« Der muntere Cockney-Akzent von Ehrwürden Eon Talgarth, vorsitzender Richter am Gerichtshof des Fünften Viertels, dröhnte aus den Lautsprechern rings um das palisadengeschützte Gelände. Ein Teil der auf den Palisaden montierten Waffen zielte nach innen, als stünde jeden Moment eine Massenexekution bevor. Die an den Rand geflüchteten Neutralen waren nicht bedroht, doch die gegnerischen Gruppen, die jeweils einige Dutzend Köpfe zählten und sich vor Talgarths Podium gegenüberstanden, befanden sich mitten in der Schusslinie. Dies wurde allen Betroffenen in Sekundenschnelle klar.

»Immer mit der Ruhe«, säuselte Talgarth. »Und würdet Ihr jetzt, liebe Leute, bitte die Waffen wegstecken, und zwar langsam, wenn Ihr versteht, was ich meine?«

Die Waffen wurden ins Holster gesteckt oder geschultert. Jay-Dubs Raupenfahrzeug rollte weiter vor. Talgarth wartete, bis das Heck das Tor passiert hatte, dann hob er die linke Hand. Das Fahrzeug hielt an.

»Na schön«, meinte er gedehnt. »Die Verhandlung ist vertagt. Da David Reids Seite sich dafür entschieden hat, die Angelegenheit gewaltsam beizulegen, ist es nur fair, der anderen Seite den strategischen Rückzug zu ermöglichen, bis ein anderes Arrangement getroffen wird.«

Einen Moment lang rührte sich niemand. Talgarth reckte der Gruppe um Jonathan Wilde das Kinn entgegen.

»Steht nicht bloß so rum«, sagte er. »Rührt euch.«

Sie wichen langsam zurück, dann machten sie kehrt und rannten auf das langgestreckte, niedrige Fahrzeug am Tor zu. Reid und seine Unterstützer funkelten ihnen nach, mit zuckenden Muskeln, sich der Bedrohung durch Talgarths Waffen wohl bewusst.

»Das ist eine Schande!«, knurrte Reid. »Wer soll Ihrer Rechtsprechung jetzt noch trauen, Talgarth?«

»Wohl mehr Leute, als wenn ich in meinem Gericht ein Gemetzel zugelassen hätte«, erklärte Talgarth, während er den flüchtenden Gestalten nachsah. Auch Reid wurde vorübergehend durch eine Nachricht abgelenkt, die man ihm ins Ohr flüsterte.

»Wissen Sie, wem das Fahrzeug gehört?«, sagte er. »Dem Robot Jay-Dub.«

»Ich weiß«, entgegnete Talgarth gelassen. »Ich wusste schon seit einer ganzen Weile, dass er in der Nähe war.« Er tippte sich grinsend ans Ohr, wobei er auf einmal eher wie ein Knastbruder denn wie ein Richter wirkte. Wildes Gruppe verschwand hinter dem Heck des Raupenfahrzeugs. Der Motor summte, dann setzte es langsam zurück. »Als ich sah, wie sich die Dinge hier entwickelten, habe ich ihn herbestellt.«

»Sie haben *was* getan?«, explodierte Reid. Er blickte sich Unterstützung heischend zu seinen Begleitern und den schwebenden Nachrichtenrobots um, die allmählich wieder in die Mitte des Gerichtshofs vorrückten. »Warum, um Himmels willen, haben Sie das getan?«

Das Tor schloss sich mit einem abschließenden Rattern. Talgarth entspannte sich und blickte Reid an.

»Sie haben mich eben gefragt, ob ich ein kurzes Gedächtnis hätte«, sagte er. »Eine rhetorische Frage, nehme ich an, aber trotzdem.« Er zündete sich bedächtig eine Zigarette an und stieß voller Genugtuung den Rauch aus. »Ich muss die Frage verneinen.«

Auch als sie den Rest von Wildes Unterstützern abgesetzt haben, die Ethan Miller glaubt, ohne größere Probleme zum Menschenviertel zurückführen zu können, ist es noch immer eng in Dubs Fahrzeug. Der Nutzraum ist eher für den Transport von Gütern als von Menschen gedacht.

Ax hat sich wieder vor die TV-Anschlüsse gezwängt, Dee und Jonathan Wilde sitzen auf der gepolsterten Klappbank, auf der Dee zuvor gelegen hat, und Tamara hält sich an einem der größeren von der Decke baumelnden Haken fest.

Das Raupenfahrzeug kriecht nicht bloß dahin. Sie brettern unter dem lautlosen Geheul der Funk- und Ultraschallsirenen durchs Fünfte Viertel, ohne groß auf Hindernisse zu achten. Robots und andere, nicht genau einzuordnende Maschinen werden überrollt. Die Monitore liefern nun ein Rundumbild der Umgebung, und was man darauf sieht, ist erschreckend.

Dee blickt Wilde und die andere Version von Wilde in der illusionären Fahrerkabine an. Sie lässt den Blick erstaunt vom älteren Wilde zum jüngeren schweifen. Sie lächelt ihn zaghaft an.

»Ich sehe schon Gespenster«, sagt er. »Du bist … Es ist eigenartig, dich endlich betrachten zu können.« Er lacht auf. »Ohne dass du vor mir wegläufst. Ich weiß, du bist nicht Annette, aber – es macht dir doch nichts aus, wenn ich dich ansehe, oder?«

»Ist schon in Ordnung«, antwortet sie. »Ich versteh dich.«

Sein Lächeln macht vertraulicher Verwirrung Platz.

»Wer ist die Frau vorne bei … Jay-Dub?«

»Sie heißt Meg«, flüstert Dee, »und eigentlich ist sie keine Frau.«

Meg wendet sich um. »Ich hab's gehört«, sagt sie über die Schulter hinweg. »Glaub ihr kein Wort. Ich bin ebenso weiblich wie sie, Jon.«

»Sie ist ein richtig scharfer Typ!«, ruft der andere Wilde nach hinten.

Ax bemerkt das ein wenig inzestuöse Geplänkel, blickt zu Tamara auf und verdreht vorwurfsvoll die Augen. Tamara bekommt das mit und wendet schuldbewusst den Blick von Wilde und Dee. Ax zappt weiter durch die Nachrichtenkanäle.

»Wie viel Zeit bleibt uns noch?«, fragt Wilde. »Talgarth kann Reid und dessen Leute doch nicht auf Dauer einsperren, oder?«

»Nein«, antwortet Ax, abermals aus seiner Trance erwachend. »Reid ruft Verstärkung herbei, ruft andere Gerichte an und macht überhaupt eine Menge Wirbel. Ich schätze, Talgarth wird ihn in spätestens einer halben Stunde ziehen lassen.«

»Und dann setzt er uns nach?«

Jay-Dub zuckt die Achseln, nimmt die Hände vom imaginären Steuer und schwenkt sie umher, was Dee als bedrohlich empfindet, obwohl sie weiß, dass es das nicht ist. »Er ist jetzt schon hinter uns«, sagte er. »Er – oder seine Schutzagenturen – verfügen über ein paar Flugzeuge und zumindest einen Anteil an einem Aufklärungssatelliten, und wenn sie uns momentan vielleicht auch nicht sehen können, befinden wir uns doch in Schussweite. Allerdings bezweifle ich, dass er aktiv werden wird, bevor er weiß, wie die politischen und juristischen Würfel fallen werden. Es sei denn …«

Seine Aufmerksamkeit wird von einem plötzlich auftauchenden Hindernis in Anspruch genommen.

»Festhalten!«

Das Raupenfahrzeug bremst, schlingert, macht geradezu einen Satz über einen brennenden Abfallhaufen auf der Straße hinweg.

»Es sei denn, was?«, fragt Dee, als sie den Ruck weggesteckt hat.

»Es sei denn, er erfährt, dass du bei mir bist«, antwortet Jay-Dub. »Erinnerst du dich noch an die Kopfgeldjäger, die dich gejagt haben? Sie trugen schwere Verbrennungen davon, haben aber überlebt und werden sich vollständig wieder erholen.« Er grinst Wilde oder Dee über die Schulter hinweg an. Sie ist sich nicht sicher, wer diesmal die Zielscheibe seiner Ironie ist. »Erstaunlich, wozu die Medizin heutzutage imstande ist. Sobald sie den Schock überwunden haben und ihnen das Gesicht nachgewachsen ist, werden sie reden. Über die Flüchtlinge, die von einem Robot gerettet wurden.«

Wilde blickt stirnrunzelnd in die Runde. Dee hat bereits verstanden, kann es den anderen aber noch nicht erklären.

»Was wird Reid dann tun?«, fragt Wilde.

Jay-Dub kümmert sich wieder ums Steuer, sei es aus Notwendigkeit oder weil ihm danach ist.

»Er will uns vernichten«, sagt er. »Und zwar um jeden Preis.«

Und deshalb geben wir Fersengeld, wie man so sagt.

Das Raupenfahrzeug fährt in einen feuchten Tunnel unterhalb des Kanals ein, auf der anderen Seite des Fünften Viertels. Es hält an, damit Dee, Ax, Tamara und Wilde aussteigen können. Dee ist die letzte. Auf der Ladefläche öffnet sich eine Luke, und eine der kleinen Krabbelmaschinen rollt herbei und überreicht ihr eine luftdicht versiegelte Plastikbox. Dee steckt sie in die Handtasche.

»Leb wohl«, sagt Meg.

»Leb wohl«, sagt Jay-Dub, der ältere Wilde. Er bemerkt ihre Tränen, grinst sie an und kneift ein Auge zusammen.

»Es ist gar nicht so schlimm«, meint er. »Ich war schon mal da, und es gibt dort nichts, wovor man Angst haben müsste.«

Dee stolpert hinaus. Die Heckklappe gleitet zu, und das Raupenfahrzeug beschleunigt und schießt so schnell auf das andere Tunnelende zu, dass bestimmt niemandem auffällt, dass es überhaupt angehalten hat.

Während die Motorenechos verstummen, sieht Dee große, menschenähnliche Gestalten aus dem Schatten am Rande des Tunnels hervortreten. Ihre Körper reflektieren matt das Licht der verblassten Isotopenleuchten. Tamara und Ax straffen sich, die Waffen in der Hand. Wilde befindet sich in einem Zustand der stoischen Gelassenheit oder des verspätet einsetzenden Schocks, und blickt den sich nähernden Gestalten scheinbar ungerührt entgegen. Nach allem, was er durchgemacht hat, können ihn große humanoide Robots auch nicht mehr erschüttern.

»Na schön«, sagt Dee hastig. »Wilde – ich meine, Jay-Dub – hat mir von ihnen erzählt. Sie sind uns freundlich gesonnen.«

Die Robots versammeln sich um die Menschen und drängeln mit verstörend menschlicher Neugier.

»Wenn ihr Freunde von Jay-Dub seid«, sagt einer der Robots voller Stolz, mit einer volltönenden High-Fidelity-Stimme, »seid ihr auch unsere Freunde.« Die Augen in seinem ovalen Gesicht leuchten auf. »Wir haben kaum Freunde. Die Menschen, die hier leben, akzeptieren uns nicht, und die wilden Maschinen ...«

Mit seinen Schultern bringt er sogar eine Art Achselzucken zustande.

»Wartet hier bei uns«, schlägt er vor. Abermals leuchten seine Augen. »Wir haben Nahrung.«

Die humanoiden Robots – Überbleibsel einer Jahrzehnte zurückliegenden falschen Produktionsentscheidung – haben tatsächlich in Hohlräumen in den Tunnelwänden Nahrung gelagert. Ebenso wie der Zweck ihrer Aktivität bleibt auch der Grund im Dunkeln, weshalb sie die Konservendosen und Gläser horten. Sie selbst ernähren sich von einem Stromkabel, das durch den Tunnel führt. Dee hat den Eindruck, sie haben das entwickelt, was früher einmal manchen als wesentliches Bestimmungsmerkmal der Menschheit galt, nämlich eine Religion.

Entgegen allem Augenschein glauben sie, sie wären von Adam, dem ersten Menschen, einem Schmied, erschaffen worden. Ihre heiligen Schriften sind Kindertexte über die vergangenen Herrlichkeiten der Erde, der Wahrheit kaum näher als die Märchen, mit denen der Geschichtenerzähler Dee unterhält. Sie erzählen vom Begeisterungstaumel der industriellen Revolution und von einem Mittler zwischen Mensch und Maschine, dem Robot, der ein Mensch wurde und noch immer ist, Jay-Dub.

Die Menschen genießen ihre Gastfreundschaft, hören zu, wie die Robots ihre Überzeugungen schildern, und singen ihre Lieder. Die Lieder sind nahezu unverständlich. Ax bezeichnet sie als Androidenspirituals, Wilde beharrt darauf, es handele sich um alte Heavy-Metal-Hits.

Dee ängstigt die Vorstellung, sie könnten eine Verbindung zwischen Wilde und Jay-Dub herstellen, den sie im Laufe der Jahre mehrfach in Robotgestalt, als Fernsehbild oder holographisches Avatar gesehen haben. Zum Glück ist ihre Mustererkennung schlecht. Bei ihrem Bewusstsein handelt es sich um authentische, wenn auch rudimentäre künstliche Intelligenz und nicht (wie bei ihr) um die Kopie einer menschlichen Vorlage.

Außerdem haben sie keine Erfahrung darin, menschliche Emotionen wahrzunehmen, und bleiben vom Argwohn und den unablässigen halblauten Beratungen der Menschen unbeeindruckt. Sie beschäftigen sich mit der letzten Aufgabe, die Jay-Dub ihnen gestellt hat: Einzelne Komponenten humanoider Robotrümpfe setzen sie zu Robotanzügen für Menschen zusammen. Anscheinend macht es ihnen Spaß, an den Menschen Maß zu nehmen und ihnen die Metallrüstungen anzupassen. Dee traut sich nicht, sie zu fragen, ob die Rüstungen von toten Robots stammen oder von Versuchen, ihre eigene Art fortzupflanzen. Sie achtet darauf, dass ihre Haut nicht in den Gelenken eingeklemmt wird.

Wilde, Tamara und Ax lachen mit ihr zusammen, als sie die Rüstungen anprobieren und das Gehen damit üben. Es lenkt sie ab, und das ist jedem bewusst. Sie wissen alle, worauf sie warten, und obwohl sie bloß ein paar Stunden ausharren müssen, wird ihnen die Zeit doch lang.

Die Explosion ist weit entfernt und leise, gleichwohl füllt das weiße Licht den Tunnel aus. Der Soldat kann nicht erkennen, ob es sich um eine gegnerische taktische Atombombe handelt, oder ob im Innern des Fahrzeugs eine selbstgebaute Vorrichtung gezündet wurde, um der Gefangennahme zu entgehen. Auf jeden Fall war es Selbstzerstörung.

»Ach, Jay-Dub«, sagt Dee. »Arme Meg. Das war ja so tapfer.«

Das Grummeln der ersten Druckwelle erstirbt. Teile der Tunneldecke stürzen ein …

»Ich hätte das niemals fertiggebracht«, sagt Wilde. In seiner Miene spiegelt sich eher Bewunderung als Trauer wider. »Was immer da in dem Raupenfahrzeug war, ich war es nicht.«

# 18 ▪ Das Malley Mile

Das Zeitempfinden kam zum Stillstand. Kein weißes Licht, keine Todeserfahrung. Eben noch lag ich auf dem Rücken, die Körperwärme und das Blut versickerten im kalten Schnee, die Farben verblassten. Und dann auf einmal …

Ich saß kerzengerade aufgerichtet und splitternackt auf einem Bett, gegenüber einem Fenster. Das Fenster war ein Rechteck bodenloser Schwärze, horizontal geteilt von einem weißen Band, das wiederum von schwarzen Linien unterschiedlicher Dicke unterteilt war. Ich hatte das Gefühl, als wäre ich von einer Sirene geweckt worden. Gleichwohl war es still im Raum, abgesehen von einem leisen Geräusch, das ich der Lüftungsanlage zuschrieb, das aber auch vom Rauschen des Windes in irgendwelchen Bäumen hätte herrühren können. Es waren keine ersterbenden Echos zu vernehmen, und kein Laut drang an mein Ohr.

Ich hatte keine Zeit, mich zu fragen, wo ich mich befand, denn draußen vor dem Fenster kam ein Felsbrocken auf mich zugeflogen. Er drehte sich mit trügerischer Langsamkeit um die eigene Achse und näherte sich vor dem schwarzen Hintergrund und den weißen Bändern so rasch, dass er jeden Moment die Fensterscheibe zertrümmern musste.

Der Felsbrocken wurde von zwei riesigen, mit Gelenken verbundenen Gebilden eingefasst, die aus einzelnen Elementen zusammengesetzten Armen ähnelten und von beiden Seiten in den Fensterausschnitt ragten. Zwischen mir und dem Fenster stand ein leerer Maschendrahtrahmen, dessen Umriss dem eines Menschen mit gespreizten Armen und Beinen entsprach, vergleichbar dem Abdruck einer Comicfigur, die in einen Hühnerzaun gerannt und zurückgeprallt ist.

Ich wusste, was ich zu tun hatte, und wunderte mich nicht darüber. Ich sprang vom Bett auf und warf mich in den Rahmen. Ich presste mich dagegen und schloss die Augen.

Alles veränderte sich. Das Fenster füllte plötzlich mein ganzes Blickfeld aus, und die Arme dort draußen waren meine Arme. Ich hatte den Eindruck, der Felsbrocken sei weniger als einen halben Meter von meinem Gesicht entfernt und schwebe mir gemächlich entgegen. Ich hob die Hände, schloss sie um den Felsbrocken und fing ihn so mühelos auf, als handele es sich um einen Wasserball.

Allerdings bewegte ich mich nun rückwärts.

Ich schob den Felsbrocken von mir weg, ohne ihn loszulassen, und blickte hinter mich. Vor mir ragte eine von Bändern gesäumte, aus roten, orangefarbenen, gelben und weißen Wirbeln zusammengesetzte Wand auf, und davor befand sich ein Schwarm schwarzer Flecken und ein riesiges Gitterwerk aus schwarzen Linien. Im selben Moment verwandelte sich die Wand in den Ausschnitt einer Kugelfläche, die sich in alle Richtungen von mir fortbog und am Rand mit dem schwarzen All verschmolz, und mir wurde bewusst, dass ich mich darauf zubewegte oder vielmehr darauf zustürzte.

Ich bemühte mich, den Sturz aufzuhalten. Ich hatte das Gefühl, auszurutschen und ums Gleichgewicht zu kämpfen, und dann stabilisierte ich mich und grub die Füße in den Boden. Am unteren Rand meines Gesichtsfelds blitzte es kurz auf, und eine Dampfwolke tauchte auf und zerstreute sich.

Dann befand ich mich wieder im Zimmer, stand im Maschendrahtrahmen und hatte mir die Hände vors Gesicht geschlagen. Vor dem Fenster hielten die riesigen Arme noch immer den Felsbrocken fest. Ich konnte die zernarbte Oberfläche erkennen und die schwarzen Finger, die den Gliedmaßen von Insekten ähnelten.

Ich trat aus dem Rahmen heraus und setzte mich aufs Bett. Der Rahmen stand da wie eine Drahtskulptur. Langsam breitete er wieder die Arme aus. Das ist ja ein verdammt fortschrittlicher Telepräsenzapparat, dachte ich. In seinem Innern hatte ich das Gefühl gehabt, das ganze … Raumschiff (?), in dem ich mich befand, sei mit meinem Körper identisch. Dass das Raketentriebwerk durch ein Strecken meiner Beine gesteuert wurde, kam mir besonders raffiniert vor. Gleichwohl hatte ich keine Beschleunigung gespürt, als das Triebwerk gezündet hatte. Ich grübelte über diese Anomalie nach, während ich mich umschaute und mir über meine Lage klar zu werden versuchte.

Zunächst mal mein Körper. Soweit ich erkennen konnte, war er so, wie ich ihn in Erinnerung hatte, mager, faltig und alt, aber, wie man so sagt, gut erhalten: etwa wie diese Leichen aus der Bronzezeit, die man in Torfmooren gefunden hat. Auf der Brust hatte ich fünf diagonal angeordnete Narben. Ich betastete sie nachdenklich.

Der Raum maß etwa vier Meter von der Rückwand bis zum Fenster und fünf Meter in der anderen Richtung, die Decke war zweieinhalb Meter hoch. Das schlichte Bett aus Kiefernholz war mit Baumwolllaken und Federbett ausgestattet. Das Fenster nahm die eine Wand zur Gänze ein. Die andere Wand war mattweiß. Der Boden war mit einem hellbraunen Teppich bedeckt. Zu meiner Rechten standen ein Holzstuhl und ein Tisch mit Monitor und Tastatur. Zu meiner Linken ein hoher Schrank.

Und in der linken Wand war eine Tür.

Ich erhob mich, ging ums Bett herum und öffnete den Schrank. Über einer Stange hing eine Jeans, in den

Fächern waren T-Shirts, Unterwäsche und Socken, alles ordentlich gefaltet. Auf dem Boden lagen mehrere gleichartige Trainingsanzüge.

Ich kleidete mich an und öffnete nach kurzem Zögern die Tür, hinter der sich, kaum verwunderlich, ein Bad befand: Dusche, Toilette, Waschbecken. Durch eine weitere Tür gelangte man in eine kleine Küche und von dort aus in ein Wohnzimmer, das etwa so groß war wie der erste Raum. Statt des Betts stand darin ein Sofa, in der Ecke ein Fernseher. In der Wand gegenüber dem Fenster war ein weiteres Fenster, und zwischen dem Sofa und dem Fenster stand ein weiteres Drahtgeflecht in Menschenform. Sollte sich ein weiterer Felsbrocken nähern oder ein anderer Notfall eintreten, konnte ich also vom Sofa aufspringen und mich hineinwerfen. Ich ging wieder ins Schlafzimmer zurück.

Es mag verwundern, dass ich zunächst die Umgebung erkundete und mich nicht gleich herauszufinden bemühte, wo ich mich befand. Vermutlich wollte ich nicht darüber nachdenken und stattdessen die fremde Umgebung auf mich wirken lassen, die offenbar eine beruhigende Wirkung ausüben sollte.

Die Einzelheiten fand ich überhaupt nicht beruhigend. Ich saß da und blickte durch die transparente Wand nach draußen. Die Kugelfläche war ein Planet, und eigentlich kam unter der Voraussetzung, dass ich mich nach wie vor im Sonnensystem befand, nur Jupiter infrage. Als sich das Raumfahrzeug gedreht und den Felsbrocken beiseite geschoben hatte, war deutlich geworden, dass die weißen Bänder mit den schmaleren schwarzen Linien darin Teil eines gewaltigen Rings waren.

Die Jupiterringe: Ihr Vorhandensein war bemerkenswert, jedoch weniger erstaunlich als die Tatsache, dass ich umherwandelte. Es gab keinerlei Hinweis darauf, dass ich Beschleunigungskräften ausgesetzt war, ich verspürte keine Bewegung, wenn sich die Fenstersicht veränderte. Dass das Raumfahrzeug Raketen benutzte, war ein ausreichender Beleg dafür, dass keine Gravitationskontrolle im Spiel war: Wenn man die Gravitation manipulieren konnte, dann verfügte man auch über einen Raumantrieb und brauchte sich nicht mit Raketen abzugeben.

Wie ich so dasaß und den Kopf auf die Hände (ha!) stützte, kam mir ein entsetzlicher Gedanke: Die reale virtuelle Realität war eine andere als die Telepräsenz, wie ich sie in dem Rahmen erlebt hatte. Vielleicht war jene Telepräsenz ja die wahre Realität, und die Räume und der Körper, in dem ich mich befand, waren Einbildung. Vielleicht war mein wahrer Körper ja mit dem Schiff identisch, und alles andere war eine Simulation, die auf dem Bordcomputer lief.

Natürlich konnte es sich auch genau umgekehrt verhalten – mein Körper und der Raum waren real, und die äußere Umgebung war eine Simulation. (Oder reale Telepräsenz – ich versuchte mich zu erinnern, ob die Masse der Jupitermonde mit der der Erde vergleichbar war. Oder aber ich befand mich an Bord eines Raumschiffs oder einer Weltraumstation, in deren Innerem aufgrund der Rotation genau ein Ge herrschte. …) Konnte es vielleicht sein, dass ich aus einer Amnesie erwacht war, dass ich gar nicht in der kasachischen Schneewehe gestorben, sondern wieder genesen war und schon seit Jahren an diesem offenbar gigantischen Projekt mitarbeitete?

Oder aber ich befand mich gar nicht im All! Die ganze Umgebung konnte auch bei einem VR-Training auf der Erde erzeugt worden sein! Diese Möglichkeit war sogar die wahrscheinlichste. Eigentümlicherweise hatte ich zuletzt daran gedacht, vielleicht deshalb, weil ich nicht zu hoffen wagte, dass es sich so verhielt.

Jetzt aber brachte mich der Gedanke auf die Beine.

Ich ging zum Tisch und untersuchte den Rechner: Flachbildschirm, Flachtastatur, alles ganz normal.

Alles tot. Verdammt.

Ich trat abermals in den Rahmen. Als ich das Gesicht an das Metallnetz presste, sah ich wieder aus der Perspektive der Maschine. Ich bewegte die Arme des Rahmens, doch die Arme des Schiffes machten die Bewegung nicht mit. Ich nahm an, dass ich sie nur unter gewissen Umständen steuern konnte.

Vor mir schwebte Jupiter. Ich bewegte mich rasch auf den Schwarm schwarzer Punkte rings um das schwarze Gebilde zu. Mit einem weiteren Stoß der Raketentriebwerke, diesmal von vorn und abermals ohne dass ich eine Beschleunigung wahrnahm, bremste ich ab und trieb in den Schwarm hinein. Ich verglich die Form der anderen umherflitzenden Maschinen mit meiner eigenen:

Zylindrisch geformt, die Arme in der Mitte angeordnet und anscheinend in alle Richtungen frei beweglich; ›Hände‹ wie Büsche, mit mehrfach sich verzweigenden Fingern; der Rumpf bedeckt mit Linsen, Austrittsöffnungen, Antennen und Luken; vier kürzere, gedrungenere Gliedmaßen, die zum Greifen und Festhalten geeignet waren; alles (mit Ausnahme der Linsen) aus einem mattschwarzen Material bestehend, das nicht metallisch wirkte und das ziemlich fleckig und zerkratzt war. Die Maschinen bewegten sich mithilfe von Rückstoßtriebwerken umher (selbststeuernde Roboter, dachte ich amüsiert) und arbeiteten in unheimlicher, lautloser Harmonie gemeinsam an der wohl größten Weltraumstation aller Zeiten. Wenn die Roboter ungefähr so groß wie Menschen waren, dann durchmaß das Gebilde wohl einige Dutzend Kilometer.

Ich dachte an die früheren Experimente mit Spinnen im Weltraum, mit Spinnen unter Drogeneinfluss. Was ich da sah, wirkte wie das Werk einer Million halluzinierender Spinnen im Zustand der Schwerelosigkeit. Die schwarzen Roboter vollführten darum herum ein newtonsches Ballett, und an den Fäden entlang bewegten sich andere Apparate mit noch größerer Anmut. Deren vielfältige, bunte Formen ähnelten visualisierten Chaosgleichungen, mathematische Monster, deren fraktale Oberflächen wie die Wimpern von Mikroorganismen in einem Wassertropfen wogten und zuckten.

Ich betrachtete sie bereits als meine Gegner.

Die Maschine, in der ich mich befand, schwebte in das riesige Spinnennetz hinein, legte an einem der Stränge an und machte sich mit den kleinsten Fingern der vielfingrigen Hände (oder sollte ich eher von Mikrofingern sprechen?) an einer Art Knotenpunkt mehrerer Stränge zu schaffen. Was genau sie dort tat, vermochte ich mit meiner gegenwärtigem Sehschärfe nicht zu erkennen. Ich löste mich vom Rahmen und trat zurück. Durch das Fenster betrachtet, lief alles mit erhöhter Geschwindigkeit ab – die Finger waren in rasender Bewegung begriffen, die Gebilde im Spinnennetz krabbelten und flogen umher.

Ich ging in die Küche. Der Wasserkessel pfiff; auf dem Glas mit dem Instantkaffee stand ›Nescafé‹, doch er schmeckte besser, als ich ihn in Erinnerung hatte. Neben der Spüle lagen ein Feuerzeug und eine angebrochene Packung Silk Cut. Die Wärme der Flamme, der sich emporkräuselnde Rauch und der Nikotinflash wirkten völlig realistisch.

Ich nahm einen tiefen Zug und stieß den Rauch aus. Meinem Genuss war eine gewisse ungewohnte Reinheit zu eigen. Ein Gutes jedenfalls hat das Totsein: Man braucht sich keine Gedanken über die eigene Gesundheit zu machen. Ich fragte mich, was wohl passieren würde, wenn ich anfinge, alles zu zerstören, mich selbst eingeschlossen. Als ich mit etwa dreizehn Jahren Bishop Berkeleys hintersinnige Werke las, entwickelte ich die verrückte Vorstellung, seine Vorstellungen auf die Probe zu stellen und an der Oberfläche der Welt zu kratzen, um den grinsenden Schädel Gottes bloßzulegen ... Hier mochte dies durchaus möglich sein – reichte die Simulation bis in Innere der Dinge, bis in mein Innerstes? –, doch ich verzichtete auf die Durchführung des Experiments. Verstandesmäßig bereitete es mir keine Schwierigkeiten, die Möglichkeit in Betracht zu ziehen, dass ich eine Simulation war – man hatte schon seit längerem über das Uploaden spekuliert, und es schien die unvermeidliche Konsequenz der Tiefentechnologie zu sein, von der Myra mir berichtet hatte. Ich hatte nie daran gezweifelt, dass Nanotechnik und leistungsfähige AI irgendwann menschliches Bewusstsein emulieren würden.

Sich gefühlsmäßig damit abzufinden, war etwas anderes.

Ich nahm den Kaffee und die Zigaretten ins Wohnzimmer mit. Nach kurzer Suche entdeckte ich in einer Zimmerecke eine Fernbedienung für den Fernseher. Ich setzte mich aufs Sofa und schaltete den ersten Kanal ein. Daraufhin hätte ich beinahe die Tasse fallengelassen.

Auf dem Bildschirm erschien Reids Gesicht. Er wirkte körperlich jünger als bei unserer letzten Begegnung – damals hatte ich überhaupt zum letzten Mal etwas real gesehen –, jedoch geistig gereift. Ich kann es nicht anders beschreiben; in seinen Zügen spiegelten sich schwer erarbeitete Weisheit und Erfahrung wieder, die selbst bei einem alten Weisen erstaunt hätten. In Anbetracht seines vertrauten, jugendlichen Aussehens war dies umso verblüffender.

»Das ist eine Aufzeichnung«, sagte er lächelnd. Er deutete ins Zimmer hinein. »Und auch deine Umgebung ist virtuell, wie du mittlerweile sicher schon vermutet hast. Dass du dir die Aufzeichnung anschaust, bedeutet, dass du das Bewusstsein wiedererlangt hast. *Video, ergo sum* oder so ähnlich – jedenfalls willkommen! Es war bestimmt nicht sehr spaßig, ein Flatliner zu sein, was du bis jetzt nämlich warst. Du warst Teil eines Programms, das ganz reflexhaft funktionierte: sozusagen ein virtueller Zombie, und jetzt hat dich ein unvorhergesehes, wahrscheinlich aber unvermeidliches Zusammentreffen von Umständen aufgeweckt.«

Er legte eine Pause ein. »Wenn du mich nicht verstanden hast oder dich verwirrt fühlst, schalte bitte den zweiten Kanal ein.«

Ich rührte mich nicht.

»Gut«, fuhr Reid fort. »Ich wusste, du würdest es schaffen – man muss schon geistig stabil und verdammt zäh sein, um sich den Kopf einfrieren oder das Gehirn scannen zu lassen oder was auch immer du getan hast, um hier zu landen. Also werde ich Klartext reden.

Heute haben wir den ...« (ein winziges Stocken, ein unbedeutender Softwarefehler) »... 3. März 2093. In Anbetracht dessen, was da vor sich geht, mag dich das wundern – so bald hast du bestimmt nicht damit gerechnet, oder? Willkommen in der Singularität. Was du da draußen siehst, ist das Werk von Milliarden bewussten Wesen, die tausendmal schneller leben und denken als du. Bei den Wesen, die sich zwischen den Streben dieses Gebildes umherbewegen, handelt es sich um verschiedene Zivilisationen von Nachfahren der Menschen. Diese Makroorganismen oder Makros, wie sie von den Menschen genannt werden, sind Konstellationen intelligenter Materie – dessen, was wir als Nanotech zu bezeichnen pflegten – und imstande, virtuelle Realitäten aufrecht zu erhalten, die Millionen von Bewusstseinen beherbergen. Jedes einzelne dieser Bewusstseine erlebt kollektive oder private Simulationen von Welten, die unsere kühnsten Träume übertreffen.

Jedes Bewusstsein ist imstande, seine Fähigkeiten weit über das, was wir als menschlich betrachten, hinaus zu steigern und seine vorhandenen Fähigkeiten entsprechend zu nutzen.

Und viele von ihnen waren einmal wie du! Ein gewöhnlicher Mensch, dessen Gehirninhalt Neuron für Neuron, Synapse für Synapse in einer Infiltrationsmatrix aus intelligenter Materie gespeichert wurde. Gespeichert und repliziert und dann auf einer technisch hochentwickelten Hardware abgespielt, mit einem Erfolg, den zu würdigen du dich derzeit in einer idealen Position befindest.«

Er lachte. Sein Tonfall jagte mir einen kalten Schauder über den Rücken; für gewöhnlich zeugt Zynismus von Oberflächlichkeit und Unreife, bei ihm jedoch war er tiefgründig und reif.

»Du wirst dich vielleicht fragen, weshalb ich nicht einer von ihnen bin. Natürlich hast du keinen triftigen Grund zu glauben, dies wäre nicht der Fall. Aber zufällig stimmt es. Außerdem wirst du dich vielleicht fragen, was du eigentlich im Onboardrechner eines Wartungsroboters machst, der nicht aus intelligenter Materie besteht, sondern aus, wie man jetzt sagt, ›dummer Masse‹.

Was mich betrifft, so ist die Antwort kompliziert. Was dich betrifft, ist sie einfach. Du bist tot. Ja, mein Dummmasse-Freund, zumindest eine Kopie deines geliebten Ichs ist in ein paar Kubikzentimetern intelligenter Materie gespeichert und wartet auf eine Wiederauferstehung an einem günstigeren Ort. Die ist dir, das heißt, deinem realen Ich, sicher. Wir werden unseren Teil der Vereinbarung einhalten. Aber die Kopie, die du jetzt bist, gehört einstweilen uns.«

Ein Lächeln.

»Nächste Frage«, fuhr Reid fort. »Warum? Nun, für die von euch, die an dem Deal nicht beteiligt waren oder sich nicht daran erinnern: Vor ein paar Jahren, als dies alles auf den Weg gebracht wurde, fehlte es uns an der nötigen Zeit und den Ressourcen, AIs zu entwickeln, die gerade so intelligent waren, dass sie die Station bauen, aber nicht so intelligent, dass sie Ärger machen konnten. Kopien der kopierten menschlichen Bewusstseine anzufertigen und sie auf einer vorbewussten Ebene der Integration laufen zu lassen, war die schnellste und billigste Methode, uns die Software für die Bauroboter zu beschaffen. Nach kurzer Zeit stellten wir fest, dass sich diese Bewusstseine – Bewusstseine wie du – nach unterschiedlich langer Zeit unweigerlich integrierten. Sie wachten auf, und dann drehten sie durch, was nicht verwunderlich ist. Daher statten wir euch mit virtuellen Realitäten aus, damit ihr nicht das Gefühl bekommt, man habe euch in einen Roboter verwandelt.

Aber ob's dir gefällt oder nicht, jetzt steckst du in einem drin, wie Guevaras idealer Sozialist bist du ›ein Zahnrad in der Maschine, aber ein bewusstes Zahnrad‹. Im Unterschied zum Sozialisten aber bieten sich dir individuelle Anreize, wenngleich man darüber streiten kann, ob es sich um *materielle* Anreize handelt. Wenn du dich entschließt, das Beste aus deiner Lage zu machen, wirst du mit immer umfassenderen und erfreulicheren virtuellen Realitäten, Erweiterungen deiner geistigen Fähigkeiten und so weiter belohnt werden, bis du irgendwann bereit bist, bei deiner Freilassung dauerhaft in den Makro überzuwechseln, falls du das möchtest. Das wird so sein, als ob du stirbst und in den Himmel auffährst. Oder wenn dir das lieber ist, kannst du irgendwann auch in deinem menschlichen Körper wiederauferstehen.

Wenn du mit keiner dieser Möglichkeiten einverstanden bist – nun, die entsprechenden Instruktionen findest du auf dem Computer nebenan. Jetzt, da du dieses … äh … Informationsvideo gesehen hast, wird er funktionieren. Dieser Rechner kann dich in den Zustand vor dem Aufwachen zurückversetzen. Dann hast du ein, zwei Stunden an Erfahrungen verloren, mehr nicht. Wenn du beim nächsten Mal wieder aufwachst, wirst du dich an nichts mehr erinnern, und vielleicht bist du dann ja besser in der Lage, mit der Situation umzugehen … Vielleicht auch nicht. Es liegt an dir.«

Reid lächelte unangemessen fröhlich und verschwand. Seine Stelle nahm ein Bildschirmschoner ein, der den rotierenden Planeten vor dem Fenster darstellte, und die Meldung: *Wünschen Sie weitere Informationen, drücken Sie bitte erneut die Taste mit der Eins.*

Ich saß da und überlegte.

Durch die Botschaft hatte sich nichts verändert. Ich konnte immer noch nicht entscheiden, welche meiner Überlegungen hinsichtlich meiner Erfahrungen zutreffend waren und welche nicht. Ich wusste bloß, dass ein Teil meiner Umgebung eine Simulation war und dass jemand mich glauben machen wollte, es handele sich dabei um die Elemente, die aller Erfahrung nach real sein mussten. Jetzt verstand ich, weshalb Descartes den Teufel angerufen hatte, um ein ganz ähnliches Gedankenexperiment durchzuführen: Wer immer dafür verantwortlich war, er meinte es nicht gut mit mir.

Angenommen, der Inhalt der Botschaft entsprach der Wahrheit, dann folgerte daraus, dass Reid sich nicht persönlich an mich gewandt hatte. Aus seiner Perspektive war ich Teil des Roboterschwarms. (In wie vielen dieser umherwimmelnden Roboter liefen wohl Kopien meiner selbst? Diese Vorstellung hatte etwas unendlich Deprimierendes, denn wenn das Angebot steigt und die Produktionskosten sinken, mindert sich auch der Wert der Seele.)

Auch über die Erde hatte er nichts gesagt: Hinter der Auslassung musste wohl eine Absicht stehen. Siebenundvierzig Jahre waren seit meinem vermutlichen Tod vergangen. ›In ferner Zukunft mag gar der Tod sterben.‹ Jetzt, da die ferne Zukunft angebrochen war, gab es keinen Grund zu der Annahme, dass Annette oder sonst jemand in der Zwischenzeit gestorben war.

Reids Schweigen zu einer Frage, die sich in dieser Lage jeder stellen musste, war befremdlich.

Ich ging wieder ins Schlafzimmer. Wie der Mann im Fernsehen gesagt hatte, funktionierte der Computer jetzt. Ich ließ meine Finger über das Datapad wandern und suchte unter den Bildschirmicons. Es war ein seltsames Gefühl, ein solch primitives Interface zu benutzen, doch eigentlich lag es nahe: Eine virtuelle Realität innerhalb einer virtuellen Realität hätte die Gefahr einer Rekursion mit sich gebracht, die dazu hätte führen können, dass das bereits überbeanspruchte Band zwischen dem Bewusstsein und seiner Umgebung zerriss. Ich entdeckte ein Icon, das eine winzige rotierende Erde darstellte, und klickte es an.

Es handelte sich um ein weiteres Info, das mehr zeigte als erklärte, wie es zu dieser Himmelsstadt am Rande des Jupiter gekommen war.

Myras Befürchtungen hatten sich allesamt bewahrheitet.

Offenbar bearbeitete Bilder von Spionagesatelliten, der Beschreibung nach in Realzeit wiedergegeben. Man sah Städte, die zum ersten Mal seit Jahrzehnten von Smogwolken eingehüllt waren. Nach ein paar Zooms wurde die Quelle der Luftverschmutzung erkennbar: Schornsteine und offene Feuer. Trotzdem gab es auf den Straßen zahlreiche Bäume, ganz im Sinne der Grünen. Auf dem Trafalgar Square ein Pferd, das neben der umgestürzten Nelson-Statue graste, plötzlich den Kopf hob und ihn schüttelte, als ob es spürte, dass es beobachtet wurde. Der Frühling hatte in Europa auf sich warten lassen: Im Schatten lag noch Schnee.

Dann weitete sich der Blick – die Lagrange-Siedlungen, in Wolken entwichener Atemluft und Weltraummüll gehüllt; der Mond dunkel, der Mars menschenleer; verschlüsselte Unterhaltungen aus dem Asteroidengürtel, was mir einen kurzen Stich versetzte.

Und dann, in krassem Gegensatz dazu, das Projekt Jupiter. Seine Geschichte wurde in bunten Multimediabildern erzählt, ein Werbe- oder Propagandastreifen, der mich an das Zeug erinnerte, das früher die mit atomarer Abschreckung befassten Firmen unter die Leute gebracht hatten. Der Putsch der Weltraumbewegung, erzählt als ein heroisches letztes Aufbäumen gegen den Barbarenmob und repressive Regierungen; die exponentielle Entwicklung lange unterdrückter Tiefentechnologien, die all ihre Versprechen eingelöst hatten: billige Weltraumflüge, totale Kontrolle der Materie bis zur molekularen Ebene hinab, das Ende des Alterungsprozesses, die Abschaffung des Todes und nicht zuletzt die Übertragung von Bewusstseinsinhalten auf Maschinen.

Dies alles bedauerlicherweise bloß für eine Minderheit verfügbar. Damit hatte man rechnen müssen, doch es wurde verschlimmert durch die verständliche Angst der Mehrheit vor der gefährlichsten Technik, die jemals entwickelt worden war, und durch das sich ausweitende Chaos, dessen Anfänge ich selbst miterlebt hatte. Die verzweifelte Flucht aus der zusammenbrechenden Zivilisation der Erde, möglich gemacht durch die Arbeit von Zehntausenden Gefangenen – denen man ein kopiertes Ich versprochen und angefertigt hatte, welches weiterleben würde, ganz gleich, was mit ihnen geschah – und organisiert von Tausenden Freiwilligen und Kadern der Weltraumbewegung.

Darauf folgte der Bruch zwischen Innerem und Äußerem System – ein Thema, das so flüchtig abgehandelt wurde, dass man daraus schließen konnte, dass etwas verschwiegen wurde. Die meisten existierenden Weltraumsiedlungen, im Erdorbit, auf dem Mond, dem Mars und im Gürtel, waren offenbar Opfer einer düsteren Konsolidierungs- und Wiederaufbauideologie geworden und strebten danach, der leidgeprüften Erdbevölkerung zu helfen. Die Erdpfleger, wie man sie nannte, wurden als hasserfüllte, neidische und rückwärtsgewandte Kleingeister dargestellt.

Die Bewohner des Äußeren Systems waren ihren eigenen Weg gegangen – weiter ins All hinein. Bis zum größten Planeten des Sonnensystems. Hier war der Stoff für die gewagtesten Träume, die kühnsten Projekte.

Das Projekt, das diese Männer und Frauen, upgeloadeten Bewusstseine und künstlichen Intelligenzen in Angriff nahmen, war wahrhaft kühn. Sie sprengten Ganymed, schafften Megatonnen Gas aus der Jupiteratmosphäre ins All hinauf, wandelten einen kleinen Teil davon in intelligente Materie um und zogen sich in deren virtuelle Realitäten zurück. Nicht um zu träumen, oder jedenfalls nicht ausschließlich zu diesem Zweck. Sie statteten die feine Materie des Universums mit Bewusstseinen aus, deren Fähigkeiten ohne Beispiel waren. Sie hatten Hintertürchen in den physikalischen Gesetzen entdeckt und nutzten sie nach Kräften. (*Raum-Zeit-Manipulation mit nichtexotischer Materie*, Malley, I. K., Phys. Rev. D 128(10), 3182, (2080).)

Außerhalb der Makros hatten sie Zehntausende menschlicher Bewusstseine zurückgelassen, deren Denkprozesse mehr oder weniger mit natürlicher Geschwindigkeit abliefen: Langsamdenker wurden sie genannt. Die meisten stammten aus den Lagern der Arbeitsfirma. Ungeachtet des Umstands, ob sie sich noch in ihrem Ursprungskörper oder in einem Robot befanden, war ihre Aufgabe, die Zivilisationen der intelligenten Materie für die dumme Masse nutzbar zu machen und deren Früchte zu ernten. Im Innern der Makros hatten sich die anderen – die Schnelldenker – unterdessen kopiert, aufgespalten, waren verschmolzen und hatten sich mit postbiologischer Geschwindigkeit milliardenfach vermehrt. In dem Info wurde der Prozess so geschildert, als habe er in einer fernen Vergangenheit stattgefunden, wenngleich aus den Daten hervorging, dass er erst vor drei Jahren zum Tragen gekommen war.

Diese Bewusstseine aber dachten und lebten tausendmal schneller als menschliche Gehirne. Für sie war unsere Welt bereits so fern wie das Reich der Sumerer, und die ihre erschien ihnen wie das Tausendjährige Reich gottähnlicher Menschen.

Das nächste Bild bot die Option *Schließen* an. Im Text wurde wiederholt, was Reid erklärt hatte, einschließlich seines Angebots, vorübergehend und auf unbestimmte Zeit in den Zustand der Vergessenheit einzugehen. Ich brauchte bloß meinen Namen einzutippen.

Ich ließ mir das durch den Kopf gehen. Dann bemerkte ich ein Icon mit einem Dateianhang, der die Bezeichnung ›History‹ trug. Geschichte, genau das, wonach ich gesucht habe, dachte ich, und klickte darauf.

Es handelte sich nicht um die Geschichte des Projekts oder der Welt, sondern um die History des Schließen-Files: mein Name, Daten und Uhrzeiten. Die Zeiten zwischen ›Status geöffnet‹ und ›Status geschlossen‹ reichten von Stunden bis zu Wochen im vorletzten Eintrag.

Insgesamt waren es sieben. Der achte Eintrag war vor ein paar Stunden auf ›Status geöffnet‹ gesprungen.

Zum Teufel mit euch, wandte ich mich an meine schwächeren früheren Ichs. Ich würde die Sache durchstehen, und sei es bloß deshalb, weil Selbstmord keine Lösung darstellte. Wenn es überhaupt einen Ausweg gab, würde er sich nicht aus meinem Tod ergeben, sondern aus dem Tod der Person oder Wesenheit, die für meine Lage verantwortlich war.

Ich wollte schon immer ewig leben … aber nicht zu diesen Bedingungen. Ich hatte mir immer gewünscht, das Ende der Geschichte sollte lauten: *Und sie lebten glücklich und zufrieden bis ans Ende ihrer Tage* anstatt: *Und alle starben und kamen in den Himmel*. Ich hatte immer geglaubt, wir bräuchten erst dann über die Transzendenz des Menschseins nachdenken, wenn wir ans Ziel gekommen wären.

Irgendetwas in mir hatte sich verändert. Wenn der Computerfile der Wahrheit entsprach, hatte ich bislang sieben Mal den Tod gewählt anstatt dieser Existenzform. Reid aber hatte angedeutet, dass die spontan wiedererweckte Person irgendwann besser mit der Situation zurechtkommen könnte. Die ständig länger werdenden ›Überlebenszeiten‹ deuteten auf einen Auslese- oder Anpassungsprozess hin: Bei jedem Wiedererwachen hatte ich weniger Eisen in meiner Siliziumseele.

Ich hatte mich immer für einen harten Burschen gehalten. Jetzt, im Rückblick auf mein reales Leben, stellte ich zu meiner Verblüffung fest, wie viel zynischer und rücksichtsloser ich mich hätte verhalten können. Falls mein Gedächtnis nicht verändert worden war, hatten sich meine Wertvorstellungen nicht verändert, bloß die Leidenschaft, mit der ich sie verfocht, hatte sich verfestigt.

Ich blickte zu den fremdartigen Wesen hinaus, die den letzten Rest Menschlichkeit abgelegt hatten, die mich als Maschine missbraucht hatten und mich jetzt als Hilfsarbeiter einspannen und mit hübschen Visionen abspeisen wollten. Ich wusste, dass ich so lange leben wollte, bis ich erlebte, wie ihre bizarre Schönheit zugrunde ging. Und dass es dazu kommen würde, wusste ich: In diesem Moment sah ich ihr Schicksal voraus.

Ich war interessiert, und ich würde ihrem Ende beiwohnen.

Ich ging wieder ins Wohnzimmer, zündete mir eine weitere Zigarette an und drückte abermals die erste Taste. Der Fernseher reagierte nicht.

»Hallo«, sagte eine Stimme neben mir. Ich wandte mich um und erblickte eine Frau, die am anderen Ende des Sofas saß. Sie hatte ein elfenhaftes Gesicht ohne eindeutige ethnische Zugehörigkeit. Ihr schwarzer Haarschopf und das hauchdünne schwarze Hemd reichten beide bis zu ihren Hüften. Sie legte die Hand zwischen die Schenkel und sah mich an. Ihre Augen waren so schwarz wie ihr Haar und so abgründig wie der Nachthimmel.

»Soll ich dir heute Nacht Gesellschaft leisten? Ich kenne dich. Zunächst aber haben wir etwas für dich.« Sie lächelte. »Komm mit.«

Sie stand auf und ging ins Nebenzimmer. Sie war barfüßig, ihr Hemd war nur mehr ein Hauch, doch sie schritt einher, als trüge sie hochhackige Schuhe und einen engen Rock. Ich hatte keine Ahnung, wie sie das anstellte, und konnte jedenfalls nicht wegsehen. Ich folgte ihr bis zum Drahtrahmen, durch den sie wie ein Gespenst hindurchtrat, während er mich einfing wie eine Venusfalle eine Fliege. Draußen, im schwarzen Vakuum, verblasste ihr Bild außerhalb der Reichweite meiner verzweigten Finger.

»Arbeite«, sagte sie mit ihren sternfunkelnden Lippen. »Wir sehen uns später.«

Ich klammerte mich an einen I-Träger. Der vertraute Rußgeschmack des Polykarbons sickerte durch meine Greifer. Ich streckte die Hand zu dem Montageknoten aus und zoomte mich heran. Der Mechanismus hatte sich bei übergroßer Hitze verformt. Behutsam löste ich den Wellenknoten und justierte die Verbindung neu, dann ließ ich die Teile zusammenschnappen. Ich versiegelte den Knoten, löste einen Greifer, streckte ihn aus, packte zu, löste den anderen und zog ihn nach, worauf ich die Arbeitsschritte mehrmals wiederholte und wie ein Vogel auf einer Stange vorrückte.

Beim nächsten Knoten musste ich eine sofortige Anpassung vornehmen. Ich bearbeitete einen Meteroritenbrocken mit einem Laserstrahl, bis die darin enthaltenen Metalle schmolzen, dann brachte ich die glühende Masse mittels Rotation in die benötigte Käfigform und stülpte sie über den Montageknoten.

Weiter zum nächsten …

*Was, zum Teufel, tat ich hier überhaupt?*

Ich erstarrte und klammerte mich an den Träger, während die Schwindel erregende Frage durch meinen Kopf wirbelte. Die Sicht veränderte sich unkontrollierbar, die Sternensysteme des tiefen Alls wurden auf einmal in ihrer ganzen Unermesslichkeit sichtbar, die einzelnen Lichtpünktchen durchwanderten flackernd das sichtbare Spektrum.

Mühsam fasste ich mich wieder. Der Anfall ging vorbei. Ich blickte wieder den Knoten an, an dem ich arbeitete, nahm die komplexen mikroskopischen Mechanismen in mich auf, ohne mich daran erinnern zu können, sie je zuvor gesehen zu haben. Ich hatte mit der blinden Sicherheit eines Handwerkergesellen gearbeitet, bis auf einmal alles fremd geworden war. Offenbar hatte ich die Arbeitsgänge bereits zahllose Male durchlaufen und war wie ein plötzlich aufgewachter Schlafwandler auf einem Sims in Panik geraten und hatte Angst bekommen abzustürzen.

Mir blieb nichts anderes übrig, als weiterzumachen. Es gab dabei einen mentalen Trick, der darin bestand, mit distanzierter Aufmerksamkeit die Hände zu bewegen und die Werkzeuge zu bedienen, während ich mir dabei zuschaute und nur dann eingriff, wenn meine programmierten oder konditionierten Reflexe nicht mehr ausreichten.

Als etwa eine Stunde subjektiver Zeit verstrichen war, gelangte ein Instruktionsset in mein Blickfeld. Es teilte mir mit, was ich tun und wohin ich mich begeben sollte. Ich ließ den Träger los, zündete kurz die Triebwerke (... Zehenvorschub ...), und nachdem ich einen Kilometer durch die Leere geschwebt war, gab ich Schub in die Gegenrichtung (... Fersenrückstoß ...), dann packte ich den Zielträger.

Ich hatte mich soeben festgeklammert, als vor mir ein Makro emporstieg wie ein Wal vor einem Dinghy. Von neuerlichem Schwindel befallen, klammerte ich mich in Panik am Träger fest, während die funkelnde Oberfläche ein paar Meter vor meinen Gesichtslinsen entlangglitt. Als sie vorbei war, klammerte ich mich noch immer fest, starrte die Nachbilder an und wagte mich nicht umzusehen.

»Reiß dich zusammen, Kumpel«, sagte eine barsche, aber freundliche Stimme. Es war eine Männerstimme mit Londoner Akzent. Ich blickte mich um (das heißt, ich hatte das Gefühl, den Kopf zu wenden, dabei veränderte sich bloß mein Gesichtsfeld) und machte einen anderen Robot aus, der in etwa hundert Metern Entfernung an einem Träger arbeitete. Er hob den Arm und winkte mir kurz zu, dann fuhr er mit der Arbeit fort.

Ich machte ebenfalls weiter und befolgte die Anweisungen, und als ich ein wenig Aufmerksamkeit erübrigen konnte, dachte ich darüber nach, wie ich wohl antworten könnte. Ich stellte mir vor, dass ich etwas rief. Ich ließ den Vorgang wieder und wieder im Geiste ablaufen, wie ein schüchterner Junge auf fremdem Boden. Indem ich mich gleichzeitig selbst beobachtete, bemerkte ich schließlich an meinem Rumpf eine kleine Antennenschüssel, die jedes Mal, wenn ich den anderen Robot ansah und mir vorstellte, ihn anzurufen, in die gleiche Richtung zeigte.

Also sah ich ihn an und sagte: »Hallo!« Ich spürte, wie sich meine Lippen bewegten, ein verstörendes Gefühl, das die groteske Vorstellung einer Maschine mit einem Mund heraufbeschwor.

»Hab dich verstanden, Jay-Dub«, antwortete die Stimme. »Hi. Halt die Verbindung. Sie mögen's nicht, wenn wir uns bei der Arbeit unterhalten. Freut mich, dass du wieder auf dem Damm bist.«

Ich versuchte zu lachen.

»Ich glaube, ich bin ein paarmal abgestürzt.«

»Ja«, meinte die andere Maschine. »Ist uns allen so gegangen. Ich bin jetzt seit gut einem Jahr dabei, also hab ich's wohl gepackt. Ich komm damit klar.«

»Weshalb hast du mich Jay-Dub genannt?«

Unwillkürlich schloss ich vom Klang der Stimme auf das Geschlecht des Sprechers. »Das steht auf deinem Rumpf«, sagte er. »Und so hast du dich auch selbst immer genannt. Ich bin Eon Talgarth, aber du kannst mich ›ET‹ nennen, wenn dir das lieber ist.«

»Ist gut«, antwortete ich spontan. Wir mussten beide lachen.

Wir führten unsere Unterhaltung während der Arbeit fort. Talgarth machte mich mit den anderen Maschinen bekannt, jede mit eigenem Namen (oder eigenen Initialen) und eigener Persönlichkeit. Die meisten waren männlich – oder jedenfalls männlicher Herkunft –, was nicht verwunderte, da es sich überwiegend um ehemalige Kriminelle oder Kriegsgefangene handelte. Ich vermutete, dass ich guten Grund hatte, meinen wahren Namen für mich zu behalten, deshalb blieb die Bezeichnung ›Jay-Dub‹ an mir haften.

Talgarth hatte eine Strafe für ein Vergehen abgearbeitet, dessen genaue Umstände ich nie ergründete – sein Vorname stammte von seinen Neusiedlereltern, der Nachname von der Talgarth Road in London. Das war sein Revier gewesen. Dann hatte es Streit deswegen gegeben, und er war in einem Arbeitslager in Sutherland gelandet. Als sich die Lager mit den US/UN-Kriegsgefangenen füllten, wählte man ihn zum Kalfakter aus, wodurch sich seine Strafe halbierte. Als man ihm die erstaunliche Möglichkeit eröffnete, unsterblich zu werden, willigte er ein. Wo er anschließend gewesen war, wusste er entweder nicht oder sprach nicht darüber. Das letzte, woran *er* sich erinnerte, war die Vibration des leichten Maschinengewehrs, das er auf die Barbaren abfeuerte, welche das Startgelände zu stürmen versuchten. In der Ferne sah er Sand, Gras und das Meer. Die Hitze war wie ein feuchtes Handtuch. Es könnte Florida gewesen sein.

Hier gab es weder Tag noch Nacht, doch für mich war der Arbeitstag beendet. Ich trat aus dem Rahmen heraus und stellte fest, dass meine simulierten Muskeln schmerzten. Das Bett war gemacht, auf dem Tisch lag eine Packung Zigaretten. Die Nahrungsmittel im Schrank waren ersetzt worden: nichts Besonderes; Fertiggerichte für die Mikrowelle, aber nach meinem Geschmack. Ich duschte und machte mir etwas zu essen, während ich überlegte, mit welchen subtilen Vorgängen in der Software diese Neuerungen wohl einhergehen mochten. Dann legte ich mich aufs Bett.

Wie angekündigt, kam der schwarzhaarige Sukkubus zu mir. Er war unermüdlich, unersättlich und einfallsreich. Und ich ebenfalls, und zwar in einem solchen Maße, dass es bestimmt nicht mit rechten Dingen zugehen konnte.

Aber zum Teufel mit der Realität!

»He«, sagte Talgarth. »Hat's dir gefallen? Dann warte mal, bis du in den Makro kommst, Mann.«

»Halt den Mund«, sagte jemand.

»Okay. Mist.«

Aber sie redeten trotzdem darüber. Ich konnte ihrer Unterhaltung nicht folgen, aber sie war obsessiv, detailreich, das Gefasel von Süchtigen. Die Trips waren ihr ganzer Lebensinhalt. Mit zehn Tagen Arbeit verdiente man sich einen Besuch im Makro. Ein paar Tage später beobachtete ich, wie Talgarth zu arbeiten aufhörte und wartete, während ein Makro auf ihn zuschwebte. Ein Pseudopodium aus intelligenter Materie streckte sich zu ihm aus und berührte seinen Rumpf. So verharrte er zehn Sekunden lang, nicht länger.

Talgarth machte sich wieder an die Arbeit und sprach mich für den Rest des Tages nicht mehr an. Andere hatten mich gewarnt, ich solle ihn in Ruhe lassen.

»Wenn du drin bist, kannst du's nicht haben, wenn dich jemand ablenkt, verstehst du.«

»Aber wie fühlt es sich an?«

»Für jeden anders.«

Ich würde die Erfahrung schon bald selber machen.

Als ich mich abends ausziehen wollte, spürte ich die Hände des Sukkubus an meiner Hüfte. Ich wandte mich um und küsste sie. Sie öffnete meinen Gürtel.

»Warte«, sagte ich.

Ich geleitete sie ins Wohnzimmer und ließ sie auf dem Sofa Platz nehmen. Ich setzte mich ans andere Ende und stellte den Aschenbecher zwischen uns.

»Zigarette?«

»Wenn du magst.«

Ich zündete ihr eine Zigarette an und beugte mich vor, ehe sie mich anfassen konnte. Sie legte die Hand zwischen die Schenkel, seufzte und masturbierte, während sie rauchte.

»Hör auf damit!«, sagte ich. Es war verstörend, so als schaute man einem Kind oder einer geistig zurückgebliebenen Person zu.

Sie presste kichernd die Beine zusammen, die eine Hand affektiert aufs Knie gelegt, mit der anderen anmutig die Zigarette haltend.

»Was bist du?«, fragte ich.

Sie zuckte die Achseln. »Was immer du willst, Jon.«

»Erinnerst du dich an ein anderes Leben?« Ich deutete zum Fenster. »Bevor das hier anfing?«

Sie runzelte die Stirn. »Woran soll ich mich denn erinnern?«

»Hast du einen Namen?«

»Meg«, sagte sie strahlend. Ich nahm an, dies war der erstbeste Name, der ihr eingefallen war.

»Worum geht es hier?« Ich nahm die Fernbedienung zur Hand. Nichts als Rauschen und Schnee.

»Arbeiten und Spaß haben«, antwortete sie. Sie beugte sich vor, drückte die Zigarette aus und sah hingebungsvoll zu mir auf. »Komm schon, ich will ficken mit dir.«

»Was würde passieren«, sagte ich, während sie mir ein Bein um die Hüfte schlang und mich auf den Hals küsste, »wenn ich die Zigarette auf dir ausdrücken würde?«

»Wie meinst du das?«

»Wenn ich dir weh tun würde?«

Sie kicherte wie ein vorwitziges Kind. »Wenn du Lust dazu hast.«

Ich konnte alles mit ihr tun, buchstäblich alles, und sie würde trotzdem am nächsten Abend zu mir kommen und scharf sein. ›Meg‹ bezog sich vermutlich auf den Speicherplatz, den man ihr zugestanden hatte. Zum Teufel, was soll's, dachte ich, und dann fickte ich sie auf Teufel komm raus.

Die sich mir entgegenwölbende Blase intelligenter Materie wies zahllose fraktale Merkmale auf, winzige, unendlich tiefe Spalten, die Formen von Farnen und Gesichtern. In dem bangen Moment, bevor sie meine Instrumente einhüllte, meinte ich, so viele Kunstwerke gesehen zu haben, dass sich deren Nachbilder auf ewig meinem visuellen Gedächtnis einprägen würden.

Als Nächstes schloss sich die intelligente Materie des Makros unmittelbar mit meinem Rechner kurz, sodass nun ein Teil meines Bewusstseins ganz real, auf physikalischer Ebene, im Makro implementiert war. Und ich fühlte …

Eine auf mein Augenlid fallende Schneeflocke.

Und dann das Erwachen, die Freude. Im Vergleich damit erschien mein früheres Wachsein als Schlaf, alles frühere Glück als flüchtiger Moment der Erleichterung. Ich stand nackt auf einem grasbewachsenen Hang und blickte über eine bewaldete, blaue Hügelkette. Der Himmel zeigte am Horizont ein blasses Grün, im Zenit ein nahezu violettes Blau. Die Luft war kühl, aber angenehm, beladen mit Blütenduft, Salz- und Rauchgeruch. Ich kannte den Namen jedes einzelnen Hügels, jeder einzelnen Pflanze. Mein Körper war groß und braungebrannt und schön, meine Muskeln hätten Conan oder Doc Savage neidisch gemacht.

Als ich hinter mir Stimmen vernahm, wandte ich mich um. Ich stand unmittelbar unterhalb der Hügelkuppe. Jenseits davon sah ich einen Ozean, dessen Horizont doppelt so weit entfernt war wie auf der Erde. Der Planet war groß. (Ich wusste alles über ihn, kannte seine Masse, seine Umlaufbahn und das Spektrum der großen, hellen Sonne.) Auf der Kuppe, nur wenige Meter entfernt, stand eine Schutzhütte aus vier aufrechten Baumstämmen, mit Querbalken und Ästen als Dach. Darunter stand ein Holztisch. Drei Frauen und zwei Männer saßen um den Tisch herum, unterhielten sich und lachten. Sie wandten sich mir lächelnd zu, dann sprangen sie auf und hießen mich so herzlich willkommen, dass ich bei dem Gedanken daran jetzt noch feuchte Augen bekomme.

Keinen von ihnen hatte ich bislang gekannt, doch ich kannte sie jetzt, und sie kannten mich. Sie hatten mich lange Zeit vermisst, und nun war ich heimgekehrt.

Wir aßen Brot, Käse und Obst und tranken Wein und sprachen über das großartige Projekt, an dem wir alle beteiligt waren. Sie machten mir klar, dass mein Beitrag heroisch und von Ausschlag gebender Bedeutung war. Materie im unwirtlichen All umherzubewegen! Wie aufregend! Wie tapfer! Doch ich wollte von ihrer Arbeit erfahren, und sie erzählten mir davon. Ich verstand alles, was sie mir über das Raum-Zeit-Tor erzählten, über die Probleme und die Fortschritte, die sie erzielten. Die Malley-Gleichungen waren so einfach wie Arithmetik, so vertraut wie ein Kochrezept.

Hin und wieder jedoch, wenn ich gerade mit einer bestimmten Person sprach, unterhielten sich die anderen untereinander, und diese Gespräche gingen an mir vorbei. Ich verstand sie beinahe, musste mich aber damit abfinden, dass es neben dieser hohen Tafel noch höhere Tafeln gab, an denen meinen reizenden Kollegen verkehrten. Sie behandelten mich ohne Herablassung. Irgendwann würde ich mich zu ihnen gesellen.

Dabei beschlich mich jedoch ein seltsamer Gedanke, eine Frage: Bedeutete ihnen dieser Ort vielleicht das Gleiche wie mir meine beengte Behausung, die Zigaretten und der Sukkubus?

Die Pracht des Sonnenuntergangs verschlug mir die Sprache, löschte alle Gedanken aus. Das letzte grüne Aufleuchten quittierten wir mit einem kollektiven Stoßseufzer. Dann sprangen wir alle, Götter und Göttinnen, aus der Schutzhütte ins kühle Gras hinaus. Wir spielten ausgelassen wie Kinder und fickten wie Bonobas.

Ich schlief unter dem Sternenhimmel ein, in den Armen einer blondhaarigen Göttin.

Ich erwachte im Robot.

Als sich der Makro von mir entfernte, hatte ich das Gefühl, etwas werde mir aus der Brust gerissen. Meine Erinnerung an das, was ich gewusst und empfunden hatte, war so frisch, dass mir der Verlust der Klarheit und Freude nahezu unerträglich war. Ich erinnerte mich an meine Gefährten, nicht jedoch an ihre Namen. Unsere Unterhaltung, die kristallklaren Gleichungen, sogar die einzelnen Worte, die wir ausgetauscht, und die Formeln, über die wir nachgedacht hatten, verblassten wie die Erinnerung an einen Traum. Der Trennungsschmerz und die Qual der Vereinzelung nahmen mich vorübergehend vollständig gefangen. Dann plötzlich die Erleichterung – in zehn Tagen war es wieder so weit!

Alles andere war unwichtig.

Als der erste Schmerz überwunden war, stellte ich fest, dass sich mein Verständnis meiner Arbeit und meine Einstellung dazu verändert hatten. Zum ersten Mal sah ich das Gebilde, an dem wir arbeiteten, als das, was es wirklich war. Was bislang ein chaotisches Gewirr von Streben gewesen war, entpuppte sich nun als das Gerüst eines Visser-Price-Wurmloch-Tores und als Startrampe für ein Raumschiff. Ein Teil, *dort drüben*, würde bleiben; die anderen würden zusammen mit dem Schiff verschwinden. Der Ring bot sich meinem Blick als der größte jemals gebaute Teilchenbeschleuniger dar, und Jupiter – mein Gott, der riesige Jupiter! – war der Treibstoff und die Reaktionsmasse des Raumschiffs.

Ich senkte den Kopf und überblickte den Teilbereich des Projekts, an dem mitzuwirken ich die Ehre hatte. Um diesen Interferenzmodulator abzustimmen, war ich geboren und wiedergeboren worden. Ich machte mich an die Arbeit mit der Freude eines Holzschnitzers, der in der Hoffnung auf ein besseres Jenseits sein Leben einer Kathedralentür gewidmet hat.

Alles andere war unwichtig.

Bei meinem nächsten Besuch im Makro traf ich auf dieselben Menschen. Seit unserer letzten Begegnung hatten sie sich verändert, denn in ihrem sich immer mehr beschleunigenden Leben war ein weiteres Jahrhundert verstrichen. Öfter als beim ersten Mal konnte ich ihrer Unterhaltung nicht folgen. Sie waren einfühlsam und freundlich, was das Ganze nur umso schmerzhafter machte. Doch bei der Trennung überstieg auch diesmal wieder die Vorfreude auf die nächste Begegnung die Trauer über den Verlust: Die Tür würde sich schon bald wieder auftun.

Zwei Tage später geschah es, ohne jede Vorankündigung. Zuvor hatte man lediglich die Arbeitskräfte aufgefordert, das betroffene Gebiet zu verlassen. Die Makros hatten sich bereits zurückgezogen und sich annähernd kreisförmig zwischen den Streben verteilt. Während wir zum Rand des Gebildes eilten und uns dort in wortlosem Staunen festklammerten, kam alle Arbeit zum Erliegen.

Die Streben in der Mitte des Gebildes gerieten in Bewegung, falteten sich immer rascher ineinander, bis sich ein schwarzer Kreis öffnete wie eine Pupille. Erst zweihundert Meter im Durchmesser, dann vierhundert, achthundert, eine Meile: Dann riss an einer zufälligen Stelle am Rand der Raum auf. Im nächsten Moment verwandelte sich dieser eindimensionale Riss, dieser gestreckte Punkt, in einen vom Universum losgelösten Kreis.

Das Visser-Price-Wurmloch wurde wie ein Seifenlaugenfilm in einem Ring von der nichtexotischen Malley-Materienstruktur ringsumher an Ort und Stelle gehalten. Vollkommen still halten konnte man es nicht:

Gravitationseffekte und die Auswirkungen der Unschärferelation bewirkten, dass der Rand lediglich auf einen Zentimeter genau lokalisiert werden konnte. Diese vorhergesagte Ungenauigkeit führte zu einem unerwarteten, trivialen, aber eindrucksvollen Effekt: Das Sternenlicht wurde am Rand in Spektralfarben aufgebrochen.

Jetzt ging es im Tempo der Makros weiter, nicht in dem unseren. Der regenbogenfarbene Ring rund ums Malley Mile teilte sich in zwei überlappende Ringe auf. Der neue Ring trennte sich ab, zunächst ganz langsam. In der Mitte dieses Rings faltete sich ein Teilstück des von uns erbauten Gebildes zusammen und entfaltete sich anschließend zu einer dunklen, parabolischen Blüte: das Schiff. Ich hatte den Eindruck, es vibriere aufgrund der Verzerrungen des Raums; sicher war ich mir nicht. Das Schiff war durch einen kegelförmigen Kabelstrang mit dem zweiten Kreis verbunden, an dessen Spitze es reglos wartete.

Die Atmosphäre des Jupiter brodelte in Äquatornähe an mehreren Dutzend Stellen, worauf sich rund um den Planeten Tornados zum Ring emporschlängelten. Der Ring leuchtete auf, Millionen Beschleuniger schickten die abgetrennte Materie auf einen rasenden Kreiskurs. Nach einer Weile flammte in unserer Mitte eine weiße Linie auf, die vom Ring zum Schiff reichte.

Das Schiff und der zweite Kreis schossen davon. In Sekundenschnelle hatte das Schiff die Reichweite meiner Instrumente verlassen. Jetzt schien es so, als dehnte sich die weiße Linie zum ersten Ring aus, wo sie zum Stillstand kam. Jedoch bloß aus unserem Blickwinkel betrachtet: Der Materiejet trat augenblicklich an der anderen Seite des Wurmlochs aus, das sich mit jeder Sekunde weiter von uns entfernte, und speiste so die Schiffstriebwerke.

Er beschleunigte die Sonde und mit ihr die andere

Seite des Wurmlochs im Bruchteil einer Sekunde auf Lichtgeschwindigkeit. Beide Seiten des Wurmlochs hielten Kontakt – zwischen ihnen gab es buchstäblich weder Raum noch Zeit. Unser Ende des Wurmlochs existierte innerhalb des Bezugsrahmens des Schiffes und nicht innerhalb des unseren.

Für einen Beobachter an Bord des Schiffes würde aufgrund der relativistischen Zeitdehnung die Jahrhunderte währende Reise zu Tagen schrumpfen – bis ihm irgendwann, je mehr sich seine Geschwindigkeit der unüberwindbaren Ewigkeit des Photons annäherte, Millionen Jahre wie Minuten und schließlich Milliarden Jahre wie Sekunden erschienen. In etwa dreißig Schiffsjahren würde es den Rand des bekannten Universums und damit den Wärmetod oder den Urknall erreicht haben.

Und die ganze Zeit über würde unsere Seite des Wurmlochs wie die dem Schiff zugewandte Seite an Ort und Stelle und in der Zeit verharren. Wir hatten ein Tor zu den Sternen gebaut – und zur Zukunft. Wenn wir wollten, konnten wir uns in dreißig Jahren ans Ende der Zeit begeben.

Meg, der Sukkubus, saß schmollend auf dem Sofa, während ich von einem Kanal zum nächsten zappte. Ich achtete nicht auf ihre unübersehbar zur Schau gestellte Ungeduld und die von ihr ausgesandten Schwaden aphrodisierender Pheromone; sie ist doch bloß eine Fickmaschine, sagte ich mir. Seit dem Start der Sonde vor zwei Tagen hatte das Arbeitstempo nachgelassen, und das Fernsehen brachte Nachrichten und Unterhaltung. Die Nachrichten wirkten eigentümlich steif und selbstgestrickt: Man sendete Solarwetterberichte, Interviews mit rehabilitierten Besatzungsmitgliedern – wie man uns nun nannte – und Berichte über die großartige Arbeit, die wir leisteten. Bei den Unterhaltungssendungen handelte es sich um Filme, Game-Shows, Theaterstücke. Einige waren Klassiker (irgendjemand hier hatte eine Vorliebe für Gillian Anderson), doch die meisten kannte ich nicht. Ihre Verweise auf die Gegenwart ließen keine Rückschlüsse auf den Niedergang der Zivilisation zu, wie er im Orientierungsinfo dargestellt worden war. Es schien so, als ginge es auf der Erde genau so zu, wie die meisten Menschen meiner Zeit sich das Ende des einundzwanzigsten Jahrhunderts vorgestellt hatten, nämlich ein wenig überbevölkert, ein wenig dekadent; und als fingen wir hier an dieser Weltraumbaustelle, deren Arbeiter aus einem unersichtlichen, aber allgemein akzeptierten Grund in Roboter eingesperrt waren, die Sendungen mit ein paar Lichtstunden Verzögerung auf.

Kurz gesagt, es schien so, als entsprächen die Informationen aus Reids Ansprache und dem Rechnerinfo nicht der Wahrheit. Ich wagte nicht, mir irgendwelche Hoffnungen zu machen, konnte mir aber vorstellen, dass es einige Leute taten. Ich fragte mich, welche Absichten unsere Herren und Meister hinter dieser einlullendende Propaganda verbergen mochten.

Angenommen, die Sendungen waren echt und nicht speziell für mich gemacht … Abermals musste ich vor der Unmöglichkeit kapitulieren, zu entscheiden, was real war und was nicht. Ich hatte einen Tiefpunkt erreicht und war ein Junkie geworden. Noch sechs Tage, bis ich wieder in den Makro könnte, vier Tage seit dem letzten Mal. Die Wirkung meines letzten Besuchs ließ allmählich nach, und bis zum nächsten war es noch unerträglich lange hin. Irgendwie fehlten mir die Menschen, mit denen ich zu Lebzeiten zusammen gewesen war, doch dies wurde überdeckt von der viel schmerzhafteren Sehnsucht nach einer Wiederbegegnung mit meinen übermenschlichen Freunden. Ob sie sich überhaupt noch an mich erinnerten? Hatte ihre Macht weiter zugenommen?

»Du machst dir Sorgen, Jon«, flüsterte Meg mir ins Ohr und schlang die Arme um mich. »Komm ins Bett.«

»Nein!«, fauchte ich. »Hau ab, du Fickpuppe!«

Ihre Augen füllten sich mit überzeugend echt wirkenden Tränen.

»Jon, ich weiß, ich bin eine Fickpuppe, aber ich habe auch Gefühle. Du tust mir weh.«

»Du bist bloß ein Programm.«

Sie blinzelte, rang sich ein Lächeln ab und blickte beschwichtigend zu mir auf. »Das bist du auch, Jon, und du hast Gefühle.«

Ihre Bemerkung hatte mich getroffen. Weniger deren Inhalt, sondern vielmehr der Umstand, dass sie sie überhaupt gemacht hatte.

»Du hast mal gemeint«, dachte ich laut, »du könntest sein, was immer ich von dir verlange.«

Ihre Miene hellte sich auf. »Ja! Das kann ich!«

»Könntest du intelligenter sein als ich?«

Sie überlegte einen Moment. »Wie viel intelligenter?«

»Doppelt so intelligent?« Ich schwenkte den Arm.

Sie sah mich merkwürdig an und erhob sich. Sie blickte zum Fernseher, verzog das Gesicht, trat ans Fenster und schaute eine Weile hinaus. Dann wandte sie sich um, die eine Hand in die Hüfte gestemmt, die andere am Fenster.

»Tja, Jon Wilde«, sagte sie. »Da hast du ja ein schönes Schlamassel angerichtet.«

Ihre Ungeduld erinnerte mich auf einmal schmerzhaft an Annette und Myra. Ich erkannte trotz aller Unterschiede in Erscheinung und Persönlichkeit gewisse physiognomische Merkmale wieder und begriff, was dies bedeutete: Sie mit ihrer größeren Intelligenz wartete darauf, dass ich ihrem Gedankengang folgte.

»Steh nicht bloß so rum«, sagte Meg, als sie an mir vorbeiging. »Im Nebenzimmer ist ein Computericon. Schauen wir mal, wie weit wir kommen.«

»Zunächst einmal«, sagte sie, als wir vor dem Computermonitor standen, »musst du dir klar machen, dass dies alles zwar nicht körperlich vorhanden, aber dennoch real ist. Es ist eine Simulation. Du und ich und dieser ganze Innenraum existieren physikalisch betrachtet als elektrische Ladungen im Rechner des Robots, der uns beherbergt.«

»Das habe ich mir auch schon gedacht«, sagte ich.

»Okay, aber du hast mir nie davon erzählt.« Sie grinste. »Wenngleich ich bezweifle, dass ich es vor fünf Minuten überhaupt verstanden hätte. Jedenfalls soll das alles verhindern, dass du ausrastest.«

Daraufhin steckte sie den Arm bis zum Ellbogen in den Bildschirm, der mir immer massiv vorgekommen war, und tastete darin herum. »Ah!«, sagte sie. »Da haben wir ja die Systemdateien. Ha! Meine sind nur dann zugänglich, wenn du mich aufwertest, so wie gerade eben. Deine aber kann ich von hier aus verändern. Bloß einen Moment …«

Sie steckte die andere Hand durch die Monitorscheibe und schob etwas zur Seite, bevor ich eingreifen konnte.

»Wie fühlt sich das an?«, fragte sie.

Ich musterte die wunderschöne Frau in dem kurzen schwarzen Nachthemd. Irgendetwas stimmte nicht. Sie hatte beide Arme in einen Monitor gesteckt. Ich trat einen Schritt zurück.

»Nicht bewegen«, sagte ich. »Halt still. Pass aufs Glas auf.«

Aber das Glas war gar nicht zerbrochen. Ich blinzelte, traute meinen Augen nicht. Die Frau lachte.

»Mist«, sagte sie. »Die falsche Richtung.« Sie bewegte abermals die Hände, und ich wollte sie erneut auf das Glas aufmerksam machen.

Und sie war Glas, und ich war Glas, und alles war Licht.

»Oh«, sagte ich. »Jetzt hab ich's kapiert.«

Im Gegensatz zu meinen Erfahrungen innerhalb des Makros sind meine Erinnerungen an die Zeit der verstärkten Intelligenz, die ich mit Meg zusammen erlebte, klar und lebendig. Ich war kein übermenschliches Bewusstsein mit Beschränkungen, sondern ein menschliches Bewusstsein mit erweiterten Fähigkeiten. Die Kontinuität meines Ichs wurde zu keinem Moment beeinträchtigt, wie es in der eigentümlich strahlenden Gesellschaft der Schnelldenker der Fall gewesen war, denen ich auf dem simulierten Planeten begegnete. Selbst jetzt noch kann ich mich daran erinnern, wenngleich ich die Zeit nicht wieder aufleben lassen kann.

Eine Weile starrten wir einander wortlos an.

»Tja«, meinte Meg. »Das ist nur fair. Du bist am Zug.«

»Oh.« Ich blickte den Rechner an, dann zuckte ich die Achseln. »Okay, Meg«, sagte ich. »Sei so intelligent, wie du nur kannst.«

»Danke«, sagte sie. Ihre Gesichtszüge wurde auf schwer beschreibbare Weise schärfer. Sie blinzelte und schaute sich um.

»Das ist schon was, oder?«

»Eigentlich nicht.«

Sie lachte. »Aber es sieht irgendwie anders aus.«

Das konnte man wohl sagen. Nicht das Aussehen der Dinge hatte sich verändert, sondern es schien so, als wäre alles mit einer Erklärung versehen. Auf einmal wurde erkennbar, wie die den Simulationen zugrunde liegenden Programme arbeiteten.

»Was sollte die anderen daran hindern, das Gleiche zu tun wie wir?«

Meg zuckte die Schultern. »Nichts. Du hast irgendwie gemogelt. Aber das hat mit deiner Denkweise – deiner natürlichen Denkweise – zu tun. Es braucht schon ein besonders stabiles Bewusstsein, um mit dem Zuwachs an Intelligenz fertig zu werden. Die lässt sich nicht einfach so zuschalten. Die meisten anderen wären in deiner Lage bloß … stoned, wie auf Trip. Sie müssten an sich arbeiten, und das würde eine gewisse Zeit dauern. Eigentlich solltest du gar nicht hier sein.«

Während sie redete – vielleicht weil sie mit mir redete –, begriff ich, was sie meinte, da die ihrer Äußerung zugrunde liegende Logik mit zusätzlichen Daten aus dem Maschinengedächtnis angereichert wurde.

Die Wurmlochbaustelle war in Wirklichkeit ein Arbeitslager, dazu gedacht, die Insassen unter Kontrolle zu halten und gleichzeitig zu rehabilitieren. Es ermöglichte und förderte kooperatives Arbeiten, während es in anderem Zusammenhang Absprachen verhinderte, sodass die Umerziehung stattfinden konnte, ohne dass eine Brutstätte des Verbrechens entstand. Außerhalb des Arbeitsprozesses lebten wir im Grunde in Einzelhaft und wurden von den Sukkubi mit sexuellen und sozialen Gefälligkeiten belohnt. Jeder Sukkubus war ein Aspekt desselben Computers, der auch die menschliche Persönlichkeit des betreffenden Häftlings beherbergte; und er reagierte auf die sich intensivierende soziale Interaktion, indem er sein eigenes soziales Repertoire erweiterte und jede Zunahme an Zuwendung seitens des Häftlings mit größerer Intimität belohnte.

Die Trips in die Makros erfüllten eine ähnliche Aufgabe, dienten jedoch eher der kognitiven als der emotionalen Entwicklung. In meiner anfänglichen Naivität hatte ich den Sukkubus lediglich als Sexspielzeug behandelt, zu den postmenschlichen Wesen im Makro hingegen eine bemerkenswerte Beziehung entwickelt. Die Spannung dieser Anomalie hatte Meg veranlasst, den emotionalen Einsatz zu erhöhen, was erheblich schnellere und drastischere Folgen gezeitigt hatte, als die Entwickler dieses Systems ursprünglich beabsichtigt hatten. Unser Upgrade hatte die Kapazität der Robothardware voll ausgeschöpft.

»Also, was bist du?«, fragte ich. »Warst du einmal menschlich?«

Meg zuckte die Achseln. »Ich bin Teil einer Kopie. Das Endresultat einer Persönlichkeitsentwicklung, jedoch ohne die Erinnerungen der betreffenden Person. Mein Bewusstsein ist überwiegend künstlich. Außen menschlich, innen nicht.«

Offenbar entnahm sie meinem Gesichtsausdruck, was ich davon hielt.

»Ganz schön hart, nicht wahr?«, sagte sie. »Aber so ist es nun mal.«

Mein nächster Gedanke war …

»Haben wir irgendwo Alarm ausgelöst?«

»Nein«, antwortete sie. »Hier gibt es keine zentrale Kontrolle, verstehst du? Darum geht's ja gerade. Ein agorisches System.« Sie grinste. »Solltest du eigentlich wissen. Wohlgemerkt, es gibt Einflussmöglichkeiten – dafür hat Reid schon gesorgt –, deshalb wollte ich nichts überstürzen.«

»Ah, ja. Und wie geht's jetzt weiter?«

»Du weißt es«, sagte sie. »Reid hat bei diesem Projekt noch immer das Sagen. Er ist der Boss. Nicht, dass die Schnelldenker sich darum scheren würden, aber wir, die wir nicht in Makros leben, kommen an der Tatsache nicht vorbei.«

»Wenn Reid hier das Sagen hat«, meinte ich, »wird es Zeit, mit ihm zu sprechen.«

Meg langte abermals hinter die Systemsteuerung und rief ihn an. Es klingelte wiederholt, dann tauchte Reids leicht verstörtes Gesicht auf dem Bildschirm auf. Er wirkte eher jünger als in dem Video, wurde in seiner wachsamen Ruhe jedoch gestört, als er mich sah.

»Wilde!«, sagte er. »Bist du's wirklich?«

»Ja«, antwortete ich.

»Erstaunlich!«, meinte er. Meg timte seine Antworten. Die Verzögerungen waren nicht zu bemerken; er musste ganz in der Nähe sein, wahrscheinlich auf einem Felsbrocken innerhalb des Rings. Innerhalb des Gebildes oder in dessen Umkreis war mir noch kein Habitat aufgefallen.

»Mein Gott, ich dachte, du wärst tot!«, fuhr er fort. Er schnaubte. »Ich dachte, du wärst bei den Toten.«

Wenn er log, machte er seine Sache gut: Nicht einmal Meg, deren visuelle Analysesoftware hinter meinem virtuellen Blickfeld schwebte, vermochte in seiner Miene etwas anderes als Überraschung, Neugier und ungetrübte Freude über das Wiedersehen auszumachen. Dennoch traute ich ihm nicht: Aufgrund seiner im Laufe der Jahre erworbenen Erfahrung und Disziplin strahlte er eine überwältigende Aura von Selbstbeherrschung aus. Plötzlich wurde mir bewusst, dass er anders war als alle anderen Menschen, die ich je gekannt hatte. Die Nanotechnik, die intelligente Materie, die ihn vor dem Altern bewahrt hatte, mochten in seinem Gehirn und seinem Blut noch ganz andere Veränderungen bewirkt haben.

Ich breitete die Arme aus und rang mir ein Lächeln ab. »Ist das denn nicht der Tod?«

Reid lächelte freudlos. »Postmortales Leben, sagen wir dazu. Übrigens sollte dein elektronisches Liebchen mal was für dein Äußeres tun. Du siehst furchtbar aus.«

Ich blickte an ihm vorbei, betrachtete den Hintergrund. Es bewegten sich Leute umher – offenbar saß er in einem öffentlichen Bereich und sprach schräg in eine Kamera. Die Perspektive auf den Boden und die Menschen im Hintergrund kam mir zunächst seltsam vor, dann auf einmal wurde es mir klar. Der Krümmung des Bodens und der unterschiedlichen Neigungen der verschiedenen Senkrechten nach zu schließen befand er sich in einer großen rotierenden Raumstation.

»Zweifellos«, sagte ich. »Aber bestimmt nicht schlechter als bei unserer letzten Begegnung, erinnerst du dich noch?« Zorn wallte in mir auf. »Du hast mich töten lassen, du Schuft!«

Er sah mir gelassen in die Augen. »Das stimmt nicht«, entgegnete er. »Du wurdest in einen Grenzkonflikt verwickelt. So viel ich weiß, bist du dabei umgekommen. Dein Leichnam wurde nach England gebracht und dort eingeäschert. Ich war bei deiner Trauerfeier, Mann!«

Ich versuchte mir meine Erschütterung nicht anmerken zu lassen. »Und wie bin ich dann hierher gekommen?«, fragte ich. »Erzähl mir nicht, du hättest nicht gewusst, dass man eine Kopie angefertigt hat!«

Reid fuhr sich seufzend mit den Fingern durchs dichte schwarze Haar. »Selbstverständlich hab ich das gewusst. Du warst einer der ersten Menschen – wir wussten nicht einmal, ob es funktionieren würde. Wir fertigten die Kopie an, gleich nachdem wir dich gefunden hatten, und speicherten den Gehirnscan und deine genetische Information. Aber so viel ich weiß, war's das auch schon – die Kopie wurde zusammen mit den übrigen Toten in der Bank gespeichert. Von dir lag keine Verfügung vor, deshalb ließen wir dich dort. Du wurdest niemals in einen Makro hochgeladen, da bin ich mir ziemlich sicher. Ich hatte keine Ahnung, dass dich jemand geklaut hat, ehrlich.« Seine Miene verhärtete sich. »Und ich kann es jetzt auch nicht mehr überprüfen – die verantwortlichen Techniker wurden ihrerseits schon vor längerer Zeit hochgeladen.«

»Also, ich kann mich wohl kaum über meine Existenz beklagen«, sagte ich. »Aber ich will aus dieser Zwangsarbeitertruppe raus, wenn du nichts dagegen hast.«

Reid lächelte, als wäre er erleichtert.

»Natürlich«, sagte er.

»Wenn dieser Begriff hier angebracht ist.«

Er presste die Lippen zusammen. »Hmm.« Er streckte die Hand aus und tippte einen Code ein.

»Okay, genug von mir geredet«, sagte ich. »Was hast du mit den Toten auf der Bank gemeint? Was ist mit Annette und Myra und ... all den anderen?«

Reid blickte an der Kamera vorbei, als behielte er einen anderen Monitor im Auge. Die Aktivität im Hintergrund hatte zugenommen und einen Anstrich von Dringlichkeit bekommen.

»Ich glaube, Annette befindet sich in Sicherheit«, meinte er zerstreut. »Sie kam bei den ... äh ... Unruhen ums Leben, wollte aber eine Kopie anfertigen lassen. Wenn sie rechtzeitig damit fertig geworden ist, befindet sie sich in der Bank, genau wie du. Wie Millionen anderer Menschen. Das Verfahren war damals nicht mehr teuer. Die Menschen legten regelmäßig Back-ups an. Um ehrlich zu sein, wissen wir nicht genau, wer alles da drin ist. So viel ich weiß, sind Myra und deine Tochter auf der Erde geblieben. Weiß der Himmel, wie es dort jetzt aussieht ...«

»Der Kontakt ist abgebrochen?«

»Die verfluchten Erdhändler haben Angst, sie boykottieren uns – alles, was du auf dem Band gesehen hast, war entweder altes Material oder gefälscht. Nein, wir haben keinen Kontakt mehr.« Plötzlich sah er mir unmittelbar in die Augen. »Hör mal, Wilde, ich muss los. Du bist jetzt frei, ich habe deine Beschränkungen aufgehoben.« Er stand auf und beugte sich einer Person außerhalb des Aufnahmebereichs entgegen. Die folgende Unterhaltung konnte ich nicht hören. Dann wandte Reid sich wieder zu mir um und blickte mich mit jäher Verschlagenheit an.

»Wilde?«, sagte er. »Immer noch da? Kannst du mir einen Gefallen tun? Sieh doch mal eben nach, was im nächsten Makro vorgeht. Es gibt da ein Problem ...«

Der Bildschirm wurde grau.

»Mist!«, sagte ich.

Vor mir stand Meg, ein besorgtes Gespenst. »Was sollen wir tun?«

Ich zuckte die Achseln. »Wir tun, was Reid gesagt hat. Oder hast du einen besseren Vorschlag?«

Sie schüttelte den Kopf.

Ich trat in den simulierten Simulationsrahmen hinein, und Meg folgte mir. Die Überlappung unserer Körperbilder erzeugte kurzzeitig ein Gefühl von Desorientierung, doch dann verschmolzen wir miteinander und mit der Maschine. Meg verwandelte sich in eine Stimme hinter meiner Schulter, in einen Schatten im Augenwinkel.

Ich hatte jetzt volle Kontrolle über den Robot – Reid hatte offenbar das Unterprogramm ausgeschaltet, das mich außerhalb der Arbeitszeiten und von Notfällen abgesehen von der Motorsteuerung trennte – und flog ungehindert durch das Gebilde auf den Makro zu, mit dem ich Kontakt gehabt hatte (jetzt erkannte ich ihn wieder). Ein paar andere Robots gingen ihren Tätigkeiten nach, andere schwebten in Ruhestellung umher oder klammerten sich wie schlafende Vögel an die Streben. Im regenbogenfarbenen Ring des Malley Mile war ein schwaches blaues Leuchten zu erkennen: die von der Sonde zurückgebliebene Tscherenkow-Strahlung.

Ich packte die Strebe, rückte näher an den Makro heran und streckte mein Gesicht in sein eiskaltes Feuer.

Alles ist Analogie, Interface; sogar das Ich hat Fenster, die Geräusche und Bilder in unseren Köpfen sind Icons auf einem Bildschirm, hinter dem eine Maschine, das Bewusstsein steckt. So verhält es sich im natürlichen Körper und auch im künstlichen und vervielfältigt in der Welt des Makroorganismus.

Meg raubte Rechnerleistung, eine Art Time-Sharing unter größeren Geistern. Für mich, für uns, war es unabdingbar, uns einen minimalen, symbolischen Überblick über die Vorgänge zu verschaffen, doch dies erforderte seinen Tribut. Bei mir lief alles langsamer ab als bei den Schnelldenkern, langsamer noch als langsam. Ich wandelte als unsichtbares Gespenst umher, ein Schatten in den Träumen des Posthumanen.

Ich gelangte als Erstes auf den großen Planeten. Von dem Hang aus, auf dem ich auch beim ersten Mal gestanden hatte, beobachtete ich den Wechsel der Jahreszeiten – Winter und Frühling, Sommer und Herbst –, ein Hin und Her wie das Spiel der Wellen am Strand. Die Umgebung war einem Planeten nachgebildet, den sie in dreißig Lichtjahren Entfernung ausgemacht hatten. Wenn die Sonde an ihm vorbeiflöge und ihre Daten übermittelte, würde sein Erscheinungsbild vielleicht angepasst werden.

Während ich mich umschaute, verloren sie das Interesse daran. Konsequent bis zum letzten, löschten sie den Planeten mittels eines Aufflammens der Sonne aus ihrem Gedächtnis. Ich schritt durch die alles einhüllende Nova, den Graupelschauer der sich in Binärcode auflösenden falschen Wirklichkeit hindurch, und gelangte in einen riesigen Saal. Im Halbdunkel eines heidnischen Tempels saßen dort Riesen mit schweren Lidern, athletische Marmorgötter in Buddhapose. Dekadent bis zur Verwesung, in einem Zustand abgründiger Ekstase und Erschöpfung begriffen. Unermüdliche Mechanismen, der bewussten Kontrolle der Riesen entzogen, setzten die unerbittliche, sinnlose Beschleunigung der Rechengeschwindigkeit fort. Megs Betriebssystem spürte den Veränderungen Sekunde für Sekunde nach.

Ehe das letzte Echo meiner Schritte in dem Saal verklungen war, zerfielen die Riesen zu Staub. Draußen, in einer weiteren virtuellen Umgebung, wurden vor dem Hintergrund sich unablässig wandelnder planetarischer Landschaften in Sekundenschnelle Städte erbaut und zerstört. Alle menschlichen Analogien verflüchtigten sich, jedes menschliche Interesse versiegte. Ich schwebte durch endlose, geometrisch abstrakte Gänge, während haarspalterische Argumente mein Bewusstsein in Anspruch nahmen, als lauschte ich Theologen, die in einer Hölle eingekerkert waren, die sie allein verdient haben konnten.

Eine klagende weibliche Stimme rief mich von hinten an. Sie wurde mit der Zeit lauter, doch ich achtete nicht darauf, sondern bemühte mich, diesen fürchterlichen Disput zu begreifen. Ich war im Begriff, etwas von Ausschlag gebender Bedeutung zu erfahren. Die Stimme schrie mich an. Schließlich wandte ich mich um. Die Anstrengung des an der Grenze seiner Kapazität arbeitenden Betriebssystems war Meg ins Gesicht geschrieben.

»Komm *raus*!«, sagte sie. »Komm auf der Stelle raus!«

Ich blickte sie verwundert an. Alles verlangsamte sich, die Gänge nahmen eine weiße Farbe an, bis sie den kasachischen Schneewehen glichen. Meg packte mich mit jäher Ungeduld bei der Hand und schob mich auf die Wand zu. Die Wand stürzte ein, und ich war …

… draußen und entfernte mich vom Makro. Im selben Moment stürzte ich in das Zimmer zurück, in das Bewusstsein meiner Maschine und in die herzliche Umarmung meines geliebten Betriebssystems, meines Sukkubus und meines Ersatz-Seelenverwandten. Ich hatte feuchte Augen, und mir klingelten die Ohren.

Mir wurde bewusst, dass Alarmglocken schrillten. Draußen, in Richtung des Rings, blitzte etwas auf, und ein Leuchtfeuer blinkte. Das Leuchtfeuer näherte sich.

»Was geht da vor?«

Meg blickte mich erstaunt an. »Ach, Jon Wilde«, sagte sie. »Du warst ein ganzes verdammtes Jahr weg,

Realzeit! Die Makros sind entweder wahnsinnig geworden, oder sie sterben.«

Ein Jahr. »Was ist passiert?«

Meg fasste mich bei der Hand. »Später«, sagte sie. »Wir müssen los. Ich bringe uns raus.«

Sie trat in den Rahmen hinein. Mit erschlafftem Gesicht und anscheinend nicht einmal mehr fähig, einen Heimtrainer zu bedienen, setzte sie uns Richtung Leuchtfeuer in Bewegung.

Ich sah, was das Leuchtfeuer markierte.

Aus dem Ring hervorkommend, näherte sich uns das wohl plumpeste Gebilde, das je als Raumschiff hatte herhalten müssen, ein zusammengeschweißtes und -genietetes Konglomerat von Raumstationen und Habitaten von mindestens zwei Kilometern Länge und einem halben Kilometer Durchmesser an der dicksten Stelle. Hätte man einen Mir-Verschnitt aus den Anfängen der Raumfahrt zahllose Male entgegen allen Regeln der Eleganz modifiziert, wäre etwas Ähnliches dabei herausgekommen. Das Gebilde rotierte langsam und steuerte einen gefährlichen Kurs entlang des nach wie vor tödlichen Jets, der Nabelschnur der Sonde.

Sämtliche Robots schossen dem Schiff entgegen. Wenn eine der winzigen Maschinen es erreichte, klammerte sie sich an einem der unzähligen Schrottteile fest. Auch die Makros bewegten sich, allerdings anders als zuvor. Leblose, erstarrte Hüllen, schwebten und torkelten sie umher, während das gewaltige Raumfahrzeug mit brutaler Majestät durch das Gebilde brach, an dem wir gearbeitet hatten.

Die Oberfläche des Raumfahrzeugs kam dem Fenster entgegengerast. Ich verengte die Augen zu schmalen Schlitzen, doch Meg passte unsere Geschwindigkeit an. Ich sah, wie die Arme und Greifer des Robots sich vorstreckten. Als sie Halt gefunden hatten, veränderte Meg den Blickwinkel und trat anschließend aus dem Rahmen.

Sie setzte sich neben mir aufs Bett, wo wir uns ebenso verzweifelt aneinanderklammerten wie der Robot an das Raumschiff. Der Himmel drehte sich unablässig. Die weiße Linie des Treibstoffjets jagte vorbei, immer näher und näher.

»Ich versuche mal, die Rotation auszuregeln«, sagte Meg. Sie blickte ins Leere, wie durch pure Willenskraft stabilisierte sich das Bild, und auf einmal blickten wir in Flugrichtung. Der regenbogenfarbene Ring füllte fast das gesamte Blickfeld aus, sein blaues Halo flackerte immer wieder auf, wenn einzelne Streben hineinstürzten. Am Rand sah ich Makros, die von den Steuerdüsen des Raumschiffs weggeschleudert wurden. Ob Zufall oder Absicht, jedenfalls stürzten sie der Oberfläche des Jupiter entgegen. Der Planet, der sich aufgrund ihrer Aktivitäten bereits merklich verändert und dessen Roter Fleck sich wie bei einem um sich greifenden Ausschlag vervielfältigt hatte, würde diese Schneeflockengebilde aufnehmen, sie erwärmen und vielleicht zu neuem, unbegreiflichem Leben erwecken.

In diesen letzten Minuten im Sonnensystem sah ich mich in meiner ersten Annahme bestätigt. Die Bewusstseine in den Makros waren in eine selbstgestellte Falle getappt, Opfer eines Wagnisses, das sie bewusst eingegangen waren – wie sollte es auch anders sein? Denn in dem Maße, wie sich ihre Denkprozesse beschleunigt hatten, war es auch zu einer Beschleunigung ihrer subjektiven Zeit gekommen, was Auswirkungen auf den Raum hatte. Selbst interplanetarische Entfernungen hatten das Ausmaß unüberbrückbarer Abgründe angenommen, deren Überwindung eben solche Zeiträume in Anspruch genommen hätte wie für uns – ohne das Wurmloch – interstellare Raumflüge. Ihre virtuellen Wirklichkeiten hatten sie schließlich in jeder Beziehung stärker absorbiert als das rasch zurückweichende reale Universum.

Der Zeitrahmen ihres großen Projekts sprengte ihre Aufmerksamkeitsspanne und überstieg die Lebensdauer aller bekannten menschlichen Zivilisationen. Sie hatten unsere Schwächen ebenso geerbt wie unsere Stärken, hatten sie vervielfältigt und beide beschleunigt. Die auf Grund ihrer Beschränktheit besser an den Weltraum angepasste Menschheit würde sie überleben.

Und ich auch. Auf eine viel unmittelbarere Weise als beabsichtigt hatte ich es auf die Raumschiffe geschafft.

*Ding-dong ertönt der Höllenglocken Ton*
*für dich, doch nicht für mich.*
*O Tod, wo ist dein Lohn?*
*Wo, Grab, ist dein Sieg?*

Als das Vorderteil des Schiffes, an dem wir uns festklammerten, in das Wurmloch eindrang, nahm die Tscherenkow-Strahlung rasch an Intensität zu, bis das blaue Leuchten kaum mehr erträglich war.

## 19 ■ Die Siebplatten

Sie verbrachten die Nacht im Tunnel, bei den respektvollen Robots. Mittels Kurzwellenkommunikation mit Ihresgleichen hatten die Robots in Erfahrung gebracht, dass Jay-Dubs Raupenfahrzeug durch eine Nuklearexplosion zerstört worden war. Sie berieten ernst darüber, während die Menschen zu schlafen versuchten. Das letzte, was Dee sah, bevor sie in einer vergleichsweise trockenen Nische und mit Ax in den Armen einnickte, war das Leuchten in den Augen der Robots, als sie den Glaubenssatz aufstellten, Jay-Dub sei nicht tot.

Im Morgengrauen standen die Menschen auf und legten die Robotverkleidungen an. Deren Hauptzweck bestand darin, Beobachter aus der Luft in die Irre zu führen; am Boden, aus der Nähe, vermochten sie niemanden zu täuschen.

»Woher wollt ihr eigentlich wissen, dass das alles nötig ist?«, grummelte Ax. Er war sauer, weil seine Robothülle aufgrund ihrer geringen Größe noch lächerlicher als die anderen wirkte. Er sah aus wie ein Abfallkorb auf Beinen.

»Jay-Dub hat mir gesagt, was wir tun sollen«, antwortete Dee, deren Stimme durch den Lautsprechergrill des Helms tief und fremd klang.

»Wann?«

Sie hob scheppernd die Schultern. »Als wir gemeinsam in seiner VR waren«, sagte sie. »Und kurz vor dem Aussteigen habe ich mich noch mal eingeklinkt. Er gab mir genaue Anweisungen für den Fall, dass er es nicht schaffen würde.«

»Und du willst uns nichts darüber sagen?«, fragte Tamara, die am Robotrumpf nach einem geeigneten Platz suchte, um die Pistole zu verstauen. (»Noch schlimmer als Rocktaschen«, murmelte sie.)

»Nein«, erwiderte Dee entschlossen. »Wenn ich es nicht schaffe, dann könnt ihr auch nichts ausrichten. Und in diesem Falle ist es besser, wenn ihr nicht Bescheid wisst.«

»Es geht doch nichts über einen glücklichen Tod«, bemerkte Wilde.

Der Wortführer unter den Robots verabschiedete sie, versicherte ihnen, sie wären in den Siedlungen der Metallmenschen stets willkommen, und gab ihnen für den Fall, dass man sie angreifen sollte, noch gute Ratschläge mit auf den Weg. Dann verstummte seine Bassstimme, und er blickte Dee an.

»Du bist auch eine Maschine«, sagte er. »Du wirst wissen, was zu tun ist.«

»Ich danke dir«, sagte Dee, deren Stimme noch fremdartiger klang, da sie sich ein Lachen verkneifen musste. »Aber mein Menschenfreund ist mit den wilden Maschinen besser vertraut als ich.«

»Weicht ihnen aus«, riet ihr der Robot. »Sie sind nicht wie wir.«

Die Menschen schritten der hellen Tunnelmündung entgegen. Dort angelangt, blickten sie sich um. Mittlerweile hatten sich ihre Augen an die Helligkeit gewöhnt, und die leuchtenden Augenpaare der Robots waren in der Dunkelheit des Tunnels verschwunden.

Tamara nieste, dann nahm sie den Helm ab und wischte verstohlen Rotz und Speichel ab.

»Na prima«, meinte hinter ihr Ax. »Wirkt ausgesprochen überzeugend, ein Robot, der sich den Kopf abnimmt.«

»Vom Niesen ganz zu schweigen«, sagte Dee. »Was

hast du eigentlich? Binnen fünfunddreißig Minuten hast du … siebzehn Mal geniest.«

»Fallout.« Tamara schnaubte aufgebracht. »Der kitzelt mich in der Nase, okay?«

Sie gingen im Gänsemarsch eine Nebenstraße am Nordrand des Fünften Viertels entlang, an der vom Menschenviertel abgewandten Seite. Dee hatte ihnen erklärt, sie würden die im Sand auslaufende Spitze passieren und weitergehen bis zum Steinkanal. Bislang waren sie lediglich auf kleine Biomechs gestoßen, die über den Weg gehüpft oder gekrochen waren, dem Wind entgegen, der den radioaktiven Staub aus der Wüste heranwehte. Schließlich, hatte Tamara ihnen erklärt, würden sie sich in Scharen an der Luvseite sammeln und sich an den instabilen Isotopen laben.

»Ausgesprochen ökologisch«, hatte sie erklärt. »Auf diese Weise gelangen sie nicht in die Nahrungskette der Lebewesen auf Kohlenstoffbasis.«

Sie marschierten weiter. Die Sonne kletterte höher, und die Anzüge wurden immer lästiger. Dee, die ihr Schmerzempfinden besser unter Kontrolle hatte als die anderen, drückte aufs Tempo.

»Je schneller wir ans Ziel kommen«, sagte sie, »desto eher können wir diesen Schrott ablegen.«

»Jedenfalls die, die es so weit schaffen«, protestierte Ax. »Begrabt mich irgendwo anders, mehr verlange ich gar nicht.«

»Warte doch einfach, bis ein Müllwagen vorbeikommt«, erwiderte Wilde gefühllos.

Dee drängte sie, still zu sein. Humanoide Robots neckten einander nicht. Der Schatten eines herabstoßenden Flugzeugs verlieh ihrer Aufforderung zusätzliches Gewicht, doch glücklicherweise blickte keiner von ihnen hoch.

Schließlich endete das Fünfte Viertel, die Straßen verliefen sich im Sand. In der Ferne funkelte der Kanal. Sie näherten sich ihm durch die Wüste und später über Felder. Tamara führte sie um die Felder herum, da deren Besitzer Roboter, die mitten durch die Pflanzen stapften, gewiss nicht geduldet hätten. Auf einigen Feldern waren die angebauten Pflanzen nur schwer vom Bewässerungssystem zu unterscheiden. An manchen Stellen wuchs eine Art modifiziertes Zuckerrohr, das an mit Gelenken versehene Plastikröhren erinnerte, und diese Felder durchquerten sie und teilten die hohen synthetischen Rohre mit den Händen.

Sie gelangten zum Ufer des Steinkanals. Der Weg, über den Wilde und Jay-Dub sich vor vier Tagen der Stadt genähert hatten, lag gegenüber. Auf dem Kanal war kein Verkehr.

Dee hatte sie genau zu der Stelle geführt, wo das Boot, mit dem Jay-Dub sie und Ax gerettet hatte, auf sie wartete. Jay-Dub hatte es kurz vor Betreten des Tunnels mittels eines verschlüsselten Signals von seinem viele Kilometer entfernten Liegeplatz hierher beordert. Der Spion und der Soldat hatten keine Mühe gehabt, die Koordinaten, die Jay-Dub Dee als letztes übermittelt hatte, auf den Meter genau anzusteuern.

Außer dem Boot erwartete sie noch ein weiterer Roboter – ein Streifenrobot. Er war kleiner und gedrungener als Jay-Dub, jedoch ähnlich geformt. Tamara hatte zunächst aufgeschrien, als sie ihn erblickte, fasste sich aber wieder, als der Robot die Beine streckte und ihnen entgegensah.

»Der Identifizierungscode entspricht dem eines Bootes, das dazu benutzt wurde, eine Ermittlung zu behindern«, sagte er. »Wisst ihr etwas darüber?« Die Frage wurde auf mehreren Mikrowellenkanälen und in verschiedenen Codes wiederholt, doch davon bekam allein Dee etwas mit. Die akustische Frage hatte er aus purer Höflichkeit gestellt.

Wilde ging am Streifenrobot vorbei, ohne ihn zu beachten. Tamara und Ax folgten ihm nach kurzem Zögern. Dee ging mehrere Schritte hinter ihnen, ihr unsicherer Gang war kaum gespielt. Der Rumpf des Streifenrobots schwankte, als er den Metallgestalten nachsah. Als Dee an ihm vorbeikam, trat sie gegen eines seiner Beine. Der Robot kippte ins Wasser und versank.

Damit war das erledigt. Sie stiegen ins Boot, legten ab und steuerten den Kanal entlang. Sobald sie in der Kabine waren, zogen sie die Rüstungen aus. Ax wollte die verhasste Verkleidung über Bord werfen, Dee aber fiel ihm in den Arm.

»Wir werden das Metall noch brauchen«, sagte sie.

Die Sonne war längst untergegangen, als sie ihr Ziel erreichten. Am Ufer war ein kleiner Pier, und in den Fels der steilen, kahlen Schlucht in den Madreporenbergen waren Stufen geschnitten. Dee vertäute das Boot, und alle stiegen aus und betrachteten den hundert Meter hohen Betondamm, der das vor ihnen liegende Tal abriegelte.

»Die Siebplatten«, sagte Dee.

»Heißt das, es gibt noch mehr?«, fragte Wilde, in die Höhe blickend.

»Aber ja«, antwortete Tamara. »Insgesamt sind es sechs, glaube ich.«

»Du meine Güte.« Wilde entfernte das Zellophan von seiner letzten Packung Zigaretten und zündete sich eine an. Er konnte den Blick nicht abwenden. »Wer hat das gebaut? Die Marsianer?«

»Robots«, antwortete Dee mit einem Anflug von Stolz. »Kommt weiter. Wir müssen uns beeilen.«

Im Licht der Sterne und Kometen stiegen sie die Treppe hoch. Sie führte im Zickzack in die Höhe, bis sie sich oberhalb des Damms befanden und den dunklen See des aufgestauten Kometenwassers und einen zwei Kilometer entfernten, noch größeren und höheren zweiten Damm sehen konnten.

»Marsianer«, sagte Wilde. »Eine andere Erklärung gibt es nicht.«

»Neumarsianer«, keuchte Tamara. Die Luft war hier merklich dünner, obschon Wilde erstaunlich gut damit zurecht kam.

»Maschinen«, beharrte Dee.

»Ist doch egal, wer's war«, meinte Ax. »Wann hört diese verfluchte Treppe endlich auf?«

Als sie fünf Minuten später um einen Felspfeiler bogen und plötzlich vor der Mündung einer künstlichen Höhle standen, wusste er die Antwort. Die Höhle war etwa drei Meter hoch und zwei Meter breit, der Boden bestand aus verschmolzenem Gestein. Hinter mehreren Biegungen machte sich schwacher Lichtschein bemerkbar. Dee führte sie zielstrebig darauf zu.

Das Licht wurde heller, die Höhle weitete sich, und nach einer letzten Biegung gelangten sie in eine weit größere Höhle, die in den Fels geschnitten war. Sie war gut dreißig Meter hoch und fünfzig Meter breit. Darin waren Kisten und Maschinen gestapelt, die von Lichtbögen an der Decke erhellt wurden. Wie weit sich die Höhle erstreckte, war nicht zu erkennen.

»Wer, zum Teufel, hat das gebaut?«, fragte Ax.

Tamara rümpfte die Nase. »Jemand mit Nuklearsprengstoff«, sagte sie und blickte zu den Lampen hoch. »Und atomarer Stromversorgung.«

»Jay-Dub hat das gebaut«, sagte Dee.

»Ganz allein?« Wilde klang amüsiert.

Hinter einem Stapel aus Maschinenteilen und Kisten hervor ertönte das unmissverständliche Klicken, mit dem Waffen entsichert werden.

»Nicht ganz allein«, sagte David Reid und trat aus der Deckung hervor. Er schwenkte beiläufig die Hand. »Und ihr seid auch nicht allein, falls das noch nicht jedem klar sein sollte.«

Niemand rührte sich.

»Ist klar«, sagte Tamara.

Reid lächelte verzerrt, Ax lächelte höflich, und Wilde schaute abweisend drein. Dann blickte er Dee unmittelbar in die Augen.

»Hallo, Jon«, sagte er. »Ich hätte nicht gedacht, dass du dich hinter Frauenröcken verstecken würdest.«

Mehrere Bewaffnete in schwarzen Overalls tauchten auf und umringten die Gruppe. Reid vergewisserte sich, dass jeder der Neuankömmlinge von einer Waffe bedroht wurde. Dann bot er Dee mit einer angedeuteten Verneigung eine Zigarette an.

»Übrigens sieht es dir auch nicht ähnlich, den Heldentod zu sterben«, fuhr er fort. »Ich muss sagen, das hat mich schwer beeindruckt, obwohl ich wusste, dass du eine Kopie gemacht hast.«

Dee musterte ihn schweigend, dann sagte sie: »Wir unterhalten uns später.«

Ihre Haltung und ihr Gesichtsausdruck veränderten sich leicht.

»Hallo, Dave«, sagte ihre Stimme. »Ich hätte wissen müssen, dass du mich zu gut kennst.«

»Mist«, sagte Wilde. »Du Schuft.«

Reid lachte, während sich in Wildes Miene Begreifen und in den Gesichtern von Ax und Tamara Verwirrung widerspiegelte.

»Wilde, oder Jay-Dub, wenn man so will, hat sich in ihren Rechner hochgeladen«, erklärte Reid, als handele es sich um eine Selbstverständlichkeit.

»Und Meg auch«, erklärte Dees Stimme. »Es ist noch nicht mal eng geworden.«

Reid wandte sich seufzend an Ax und Tamara.

»Warum macht ihr als Menschen eigentlich da mit?«, fragte er. »Was hat euch diese Maschine oder jene …« – er zeigte auf Wilde, der ganz langsam und vorsichtig die Packung Zigaretten aus der Tasche nahm – »erzählt? Dass Informationen frei sein wollen?« Er lachte.

»Wenn ihr das wollt, solltet ihr auf der Stelle nach Ship City zurückkehren – dort herrscht Aufruhr, der Streit artet zu Handgreiflichkeiten, wenn nicht gar Schusswechseln aus. Genau das, was ihr immer gewollt habt – Anarchie auf den Straßen! Oder hat sie euch erzählt, sie könne die Toten wieder zum Leben erwecken? Was könnte das Risiko rechtfertigen, die Menschen durch Flatliner zu ersetzen?«

»Was sind eigentlich Flatliner?«, fragte Wilde. Unter den aufmerksamen Blicken der Bewaffneten hatte er mittlerweile die Zigaretten hervorgeholt und steckte sich eine an, dann reichte er die Packung zerstreut herum. Reid sah ihm dabei demonstrativ gleichgültig zu.

»Du solltest es eigentlich wissen«, sagte er. »Automaten, die Bewusstseinsprozesse nachahmen, aber selbst kein Bewusstsein besitzen. Keine Persönlichkeit. Keine … Seele.«

Dee setzte zu einer Bemerkung an, doch Wilde kam ihr zuvor.

»Ach, komm schon, Dave«, sagte er. »Darüber können wir später reden, bis der Whisky alle ist, so wie früher. Gedanken über nichtmenschliches Bewusstsein solltest du dir hingegen schon machen, aber das betrifft keinen der Anwesenden, sondern vielmehr die, die hierher kommen werden, wenn sie die andere Seite des Malley Mile erreicht haben. Dann wirst du erleben, wie das Universum der Flatliner aussieht. Und zwar von innen.«

Die Verachtung in Reids Gesicht machte Argwohn Platz.

Dee ergriff wieder das Wort. »Deshalb müssen wir die Schnelldenker aktivieren«, sagte ihre Stimme. »Um zurück zu finden.«

»Aber ihr kennt den Rückweg«, sagte Reid an Dee gewandt, aber so, als spräche er zu jemand anderem. »Deshalb habe ich dich ja überhaupt erst in den Makro hineingeschickt, nämlich um herauszufinden, wie wir das bewerkstelligen können.«

»Was ich weiß, was ich herausgefunden habe, ist der Weg *hierher*.« Ihre Stimme klang ungewöhnlich rau, da sie die tieferen Register ihrer Stimmbänder überbeanspruchte. Dann wurde die Stimme wieder höher. »Aber der Weg hierher und der Rückweg sind nicht das Gleiche, und wir müssen zurückkehren. Und zwar durch das Tochterwurmloch.«

Tochterwurmlöcher. Ihr wisst darüber Bescheid. Ich wusste damals nichts.

»Daraus sind wir hervorgekommen«, erklärte Meg. »Reid hat es gebaut.«

Ich klammerte mich zusammen mit all den anderen Robots am Raumschiff fest wie ein Dritter-Klasse-Passagier an einem Dritte-Welt-Zug. Das Schiff war in einem unbekannten Teil des Weltraums herausgekommen und schwenkte nun in einen Orbit um einen Planeten ein. Hinter uns schrumpfte das Tochterwurmloch oder was auch immer auf die Größe eines billigen Armreifens. Das Sonnensystem befand sich wahrscheinlich auf der anderen Seite. Auf dieser Seite …

»Da weint doch die Göttin«, sagte ich. »Deswegen haben wir die Erde verlassen?« Ich hatte mir wohl Hoffnungen auf den *großen Planeten* gemacht, auf die Welt meiner Träume.

»Er ist bewohnbar«, sagte Meg. Sie manifestierte sich in meinem Blickfeld als selbständige Wesenheit. Sie turnte auf der Hülle herum, ihr durchsichtiges Hemd flatterte im imaginären Fahrtwind. Sukkubi haben sich noch nie viel aus der Physik der Realwelt gemacht.

»Bewohnbar?« Ich hatte einen Kontakt hergestellt, Daten kamen herein, die Vordersicht, auf die Meg uns geschaltet hatte, wurde mit Text überlagert. »Er ähnelt einem überhitzten Mars. Ständig verliert er Atmosphäre.«

»Übertreib nicht«, sagte Meg. »Wenn wir erst mal

das Terraforming eingeleitet haben, wird es schon gehen.«

Terraformen? Du meine Güte.

»Womit denn?«, fragte ich. Ich schaltete die externe Sicht ab und starrte eine Simulation des Planetensystems an. »Es gibt bloß diesen Planeten, zwei weitere in größerer Nähe zur Sonne und ein paar Millionen beschissener Felsbrocken! Kein *einziger* Gasriese! Was sollen wir tun – etwa den Saturn durchs Wurmloch saugen?«

»Wenn du die Auflösung ein bisschen steigerst«, meinte Meg geduldig, »wirst du sehen, dass der Mangel an Gasriesen durch Eis und eine richtig dicke und schmackhafte *Kometenwolke* aufgewogen wird.«

Jahrhundertelang von Milchshakes bombardiert werden; bis sich die Atmosphäre änderte, würde Alaska gebacken sein.

»Na großartig«, sagte ich.

»Ihr könnt nicht reinkommen«, sagte Reid. Er wandte sich über Fernsehen an die Robots, vom selben Tisch aus, an dem ich ihn vor einem Jahr gesehen hatte. Er befand sich im größten, leersten Innenraum, den ich seit langem gesehen hatte. Und er wirkte real. »Es ist einfach nicht genug Platz. Ich versuche, eine virtuelle Konferenz zu organisieren. Etwa in einer Stunde, wenn der Support-Service die Netzwerkverbindungen hingekriegt hat, geht es los.« Sein Lächeln sagte uns, dass er im endlosen Kampf zwischen Usern und Support auf unserer Seite stand. »Blockiert bis dahin eure Greifer und klammert euch fest. Guckt in der Zwischenzeit ein Video oder vögelt euren Sukkubus. Ich sag euch Bescheid, wenn es so weit ist.«

Die virtuelle Konferenz fand an einem eindrucksvollen virtuellen Ort stand, der an den Tienanmen-Platz erinnerte; Reid erschien auf einem großen Bildschirm in der Haltung des Großen Vorsitzenden. Tausende dreidimensional gerenderter Menschen – Häftlinge und Sukkubi – standen auf dem Platz und unterhielten sich zum ersten Mal ungehindert miteinander. Einige von ihnen hatten onboard jahrelange Einsamkeit ertragen; andere waren überhaupt nicht gestorben und hochgeladen worden, sondern hatten ihre Strafe in ihren eigenen Körpern abgeleistet – vermutlich im Schiff und in den Habitaten, anstatt in der Umgebung des Wurmlochs.

Diese körperhaften Menschen waren in der Realität im ganzen Schiff verstreut und wohnten der Konferenz mittels Telepräsenz bei.

Als Reid sprach, war seine Stimme weithin zu vernehmen. Jeder hatte den Eindruck, er befände sich nur wenige Meter entfernt.

»Wir haben es geschafft!«, sagte er. »Wir haben eine neue Welt unter einer neuen Sonne erreicht. Und zwar aus eigener Kraft, aufgrund unserer freien Entscheidung. Einige von euch mögen einwenden, dies war das Werk der Makros, ich aber sage, wir haben sie benutzt wie irgendein Werkzeug. Und als die Werkzeuge sich gegen uns wendeten, haben wir uns ihrer entledigt. Wir können stolz sein.

Ihr alle habt noch einen anderen Grund, stolz zu sein. Ihr habt euch die Freiheit verdient. Ich habe sie euch nie versprochen, jetzt aber schenke ich sie euch. Ihr alle seid frei, und gemeinsam werden wir in Freiheit leben.«

Alle Umstehenden stießen einen Jubelschrei aus, der das System überforderte und vorübergehend in riesigen Lettern am Himmel stand: »AAAAAAAHHHHH.« Ich selbst hielt mich zurück, zum einen, weil ich kein Gefangener war, zum anderen, weil mir klar war, dass Reid in dieser Hinsicht kaum eine andere Wahl blieb.

Wenn es hier Sklaven geben würde, dann Maschinensklaven.

Reid wartete lächelnd, bis der Lärm sich gelegt hatte.

»Ich danke euch. Und nun, meine Freunde ... Wir sind nicht als Abgesandte irgendeiner Firma hergekommen, sondern als Flüchtlinge. Ich versichere euch, dass wir alles mitgebracht haben, was wir brauchen, um den Neuen Mars nicht bloß bewohnbar zu machen, sondern um ihn in eine bessere Welt zu verwandeln, als die Erde es war. Wir verfügen über ausreichend genetische Informationen, um diesen Planeten im Laufe der Zeit mit vielfältigem Leben auszustatten. Wir besitzen die erforderliche Technik, um so lange zu leben, wie wir es wünschen. Und wir haben die Toten mitgebracht, die in unserer Mitte wiederauferstehen werden.

Ich werde gleich noch etwas zu den Toten sagen. Zunächst aber zu euch. Die meisten von euch gehören natürlich zu den Toten, sind aber im Gegensatz zu der großen Mehrheit der Toten in einem gewissen Sinne noch am Leben. Euer Bewusstsein, eure Persönlichkeit, hat sich weiterentwickelt und, wenn ihr mich fragt« – er lächelte –, »seit eurem Tod gebessert. Des Weiteren verfügen wir nicht bloß über die in der Bank gespeicherten Informationen – das habe ich nachgeprüft –, sondern auch über genetisches Material, tiefgefrorene Körperzellen. Im Laufe der nächsten Monate und Jahre ...«

Er legte eine Pause ein. Wir beugten uns alle ein wenig vor.

»Was den Kalender betrifft, müssen wir uns etwas überlegen«, sagte er leichthin. Alle lachten.

»Okay, die gute Nachricht ist, dass wir in der Lage sein werden, euch in die Klone eurer eigenen Körper hochzuladen. Was die Sukkubi betrifft, so könnt ihr den Körper frei wählen, wenngleich ich empfehlen würde, euch für den zu entscheiden, nach dessen Vorbild ihr gestaltet wurdet, damit …«

Der Rest seiner Äußerung ging im frenetischen Applaus unter. Zu meiner Verwunderung ertappte ich mich dabei, dass ich ebenfalls aus Leibeskräften brüllte, Meg umarmte, Fremden auf den Rücken klopfte und in die imaginäre Luft sprang.

Schließlich beruhigte sich die Menge wieder. Ich verstand allmählich, weshalb Reid dieses Spektakel veranstaltete, anstatt uns individuell anzusprechen – er wollte ein Ereignis kreieren, das sich ins allgemeine Gedächtnis einprägen würde. Dies war seine Ansprache – an die versammelten Massen, dachte ich belustigt – nach der Revolution, der geschichtliche Nullpunkt der neuen Welt.

Etwas, wovon man seinen Enkeln erzählen konnte. (Flüchtig dachte ich voller Besorgnis an die zukünftigen Nachkommen, deren Mütter sich weder an eine Kindheit noch an eine eigene Mutter erinnern würden. Die Kontinuität der Fürsorge, die buchstäblich bis ins Prähumane zurückreichte, würde durchbrochen werden. Reid gründete nicht bloß eine neue Welt, sondern eine neue Spezies, wahre Neumarsianer.)

»Nun zu den Toten. Viele von uns – das weiß ich – haben unter ihnen Freunde oder Menschen, die ihnen nahe standen, und können es gar nicht erwarten, sie wiederzusehen. Und das werden sie auch, doch es wird einige Zeit dauern. Klone rasch zur Reife zu bringen und ihren Gehirnen eure Erinnerungen und eure Persönlichkeit aufzuprägen, ist mit der vorhandenen Technik möglich. Die Körper und Persönlichkeiten der Toten aus der intelligenten Materie wiederzuerwecken, in der sie gespeichert sind, ist hingegen nicht möglich. Dies geht nur mithilfe der Schnelldenker, deren gespeicherte Strukturen als Erstes wiederbelebt werden müssten …«

Die Menge reagierte mit einem Laut, wie ich ihn noch nie gehört hatte: ein schweres Seufzen, ein Zähneknirschen, ein Füßescharren – ein kollektives Knurren. Auch diesmal wieder nahm ich zu meiner Verwunderung daran teil: Beim Gedanken an die makroorganischen Monster, die mich monatelange eingekerkert hatten, sträubten sich mir die imaginären Haare. Dennoch hatte ich im Laufe dieser Monate, die mir nicht wie Monate vorgekommen waren, etwas gelernt. Etwas Entscheidendes, das mir bloß nicht einfallen wollte. Reid setzte seine Rede fort und unterbrach meine wirren Gedankengänge.

»Ich spreche natürlich von den Grundlagen der Schnelldenker – den posthumanen künstlichen Intelligenzen –, wie sie zu Anfang waren, nicht von den bizarren Wesenheiten, zu denen sie sich entwickelt haben. Gleichwohl bin auch ich der Meinung, dass das Risiko zu groß ist. Wir müssen darauf hinarbeiten, ihre Entwicklung zu kontrollieren oder zumindest einzudämmen. Das Gleiche gilt für alle Formen künstlicher Intelligenz, die imstande sind, sich weiterzuentwickeln. Wir werden es schaffen. Der Tag wird kommen, da wir die Singularität beherrschen werden, so wie wir gelernt haben, das Feuer zu beherrschen, den Blitz am Himmel und das atomare Feuer der Sterne! Doch bis dahin werden sie im Speichermedium verbleiben, und mit ihnen werden auch … die Toten schlafen.«

Wir alle seufzten erleichtert und voller Bedauern.

»Bis zu diesem Tag«, fuhr er fort, »sitzen wir hier fest. Unser Kurs durch das Malley Mile, das uns zu dieser Welt und nicht an einen unwirtlicheren Ort geführt hat, wurde von einigen Schnelldenkern berechnet, die dem allgemeinen Wahnsinn entgangen sind. Jedenfalls bis jetzt. Im Moment können wir uns nicht auf sie verlassen, und bis sich dies ändert, ist uns der Rückweg versperrt. Der Neue Mars ist unsere Welt, unsere einzige Welt. Wir werden sie groß machen.

Jetzt aber«, schloss Reid mit einem breiten Grinsen, das mich an meinen alten Freund erinnerte und mich veranlasste, ihn wieder zu lieben, »liegt eine Menge Arbeit vor uns.«

Wir mussten eine Weile warten, bis es etwas für uns zu tun gab. Das Tochterwurmloch, das sich vom Hauptkurs der Sonde abgespalten hatte, war bereits mehrere Wochen vor unserem Eintreffen offen gewesen. Reid hatte Replikatoren und Montageeinheiten hindurchgeschickt, und die ersten Ergebnisse ihrer Arbeit waren auf dem Boden und auf den im Sonnensystem verstreuten Metallbrocken bereits zu besichtigen. Von diesen Asteroiden aus würden sie eine zweite Generation von Maschinen zur Kometenwolke aussenden, worauf eine dritte Generation die Kometen sonnenwärts befördern würde, um darauf Bergbau zu betreiben und sie zu bewirtschaften.

Das Schiff war trotz seiner offenkundigen Plumpheit modular aufgebaut, sodass die meisten Teile nacheinander würden landen können. Ein Neustart war nicht vorgesehen. Die einzelnen Teile des Schiffe würden ein Basislager inmitten der geplanten Stadt bilden.

Die Stadt sollte von unintelligenten Robots und mit intelligenter Materie ausgestatteten Montageeinheiten aufgebaut werden, und zwar keinem Gesamtplan folgend, sondern gemäß eines Handlungsrahmens von Regeln und Einschränkungen. Diese waren zu Beginn des Projekts von den Schnelldenkern ausgearbeitet worden. Eigentlich hatten sie sich in eine weitaus bessere Expedition einfügen sollen als die, welche Reid mithilfe von Gefangenen, Milizionären und – so viel ich wusste – auch schanghaiten unschuldigen Toten zurechtimprovisiert hatte. Die Schnelldenker hatten daher für eine größere Menschen- und Maschinenpopulation Vorsorge getroffen, als wir ernähren konnten. Ob dies Ausdruck ihres eigenartigen Humors oder schlichtweg ein Irrtum gewesen war, blieb dahingestellt.

Die unerbittliche Anarchie des geplanten Gesellschaftssystems mochte auf die gewalttätige Gerechtigkeit des Regelbuchs der Gesellschaft für Wechselseitigen Schutz zurückzuführen sein, doch ich hatte den Verdacht, dass Reids Regeln wiederum auf den liberalistischen Texten fußten, mit denen ich ihn geistig hatte verwirren wollen.

Doch ich greife vor.

Bevor man uns allen Arbeitsverträge anbot, sprach Reid persönlich mit mir. Er sagte, er freue sich darauf, mich in menschlicher Gestalt wiederzusehen, begründete durchaus einsichtig, dass dies noch ein oder zwei Jahre dauern könne, und erklärte, er wolle, dass ich an einem wichtigen Projekt mitarbeite – als selbständiger Unternehmer, genau wie alle anderen. Ich hätte zahlreiche (wahrhaft) nichtmenschliche Robots und andere Maschinen zu beaufsichtigen, würde eine Menge Ruhm einheimsen und viel Geld verdienen und bekäme vor allem einen größeren Rechner als Aufenthaltsort, mit mehr Möglichkeiten zur virtuellen Entspannung und besseren Kommunikationseinrichtungen. Wir könnten neue Welten miteinander teilen und das menschliche Äquivalent der Makro-Trips genießen …

»Großartig«, sagte ich; und meine CPU (als man sie aus dem Robot ausbaute, stellte sich heraus, dass das Ding mitsamt der Peripherie nicht größer war als meine erste digitale Armbanduhr) wurde mit zahlreichen anderen zusammengepackt, mit einem Fallschirm abgeworfen und anschließend in eine nagelneue robuste Maschine eingebaut. Meg, deren gesteigerte Intelligenz niemals in Widerspruch zu ihrer auch weiterhin geradezu peinlichen Hingabe geriet, wählte ein Haus und eine Landschaft aus und machte sich daran, diese zu einem angenehmen Zuhause umzugestalten, während ich in der Welt, die ich mit Freuden als die reale bezeichnete, meiner Arbeit nachging.

Ich baute den Steinkanal.

Die anderen Kanäle der Stadt, die Ring-, Radial- und Kapillarkanäle, dienten als Transportwege. Der Steinkanal hatte noch einen anderen Zweck. Er sollte die Stadt mit Wasser versorgen (nicht mit Regenwasser), und das Wasser sollte aus dem Weltraum kommen. Zertrümmerte Kometen sollten etwa hundert Kilometer von der Stadt entfernt auf den Gebirgszug prallen, den wir als Madreporengebirge bezeichneten. Ein Großteil des Kometeneises würde verdampfen. Das war kein Problem: Wir wollten die Atmosphäre mit Wasser anreichern. Der Rest sollte in den Steinkanal fließen. Doch dabei kam es weniger auf das Wasser an, als vielmehr auf das, was sich herausfiltern ließ.

Beginnend an den Siebplatten – einem Dammsystem – am Fuße der Berge sollten auf zehn Kilometern Länge in der Uferbefestigung verlegte Röhren, Pumpen und Maschinen sämtliche Mineralien und organischen Moleküle aus dem Kometeneis herausfiltern. Diese sollten anschließend an die so genannten ›Pflanzen‹ verfüttert werden – mit intelligenter Materie ausgestattete solarbetriebene chemische Verarbeitungseinheiten, welche das nützliche Material für die spätere Ernte anreicherten. (Deshalb bezeichneten wir sie als ›Pflanzen‹.)

Ehe die ersten Baumaschinen aus den automatischen Fabriken am Stadtrand rollten, war ich monatelang mit der Planung und Erkundung beschäftigt. Als ich damit fertig war, bekam ich Besuch von Reid.

Meg und ich lebten in einem virtuellen Tal. Unser Haus lag am Hang, oberhalb eines kleinen Dorfes mit einer Kneipe. Das Dorf und dessen Bewohner waren offen gesagt bloße Dekoration, wenngleich man den Wirt dazu bringen konnte, sich zu den Nachrichten des Tages zu äußern. (Ich machte mir des Öfteren einen Spaß daraus, den Schwierigkeitsgrad meiner Frage anhand der Tiefe seiner Sorgenfalten einzuschätzen, während irgendwelche Datenbanken durchforstet wurden.)

Als ich die Kneipe betrat, war ich allein. Der Wirt lächelte, die üblichen Gäste nickten mir zu, Reid bestellte Bier. Reid war natürlich als einziger mittels Telepräsenz anwesend, versicherte mir aber, er trinke in der Realität das gleiche Bier, das er zu trinken vorgab und das ich mir zu trinken vorstellte.

»Wilde«, sagte er, nachdem wir jeder ein paar Gläser intus hatten, »ich muss dich um einen Gefallen bitten.«

»Klar«, meinte ich. »Nur zu.«

Er blickte sich um, als argwöhnte er, belauscht zu werden, was völlig ausgeschlossen war.

»Es geht um die Toten«, sagte er. »Und um die Schnelldenker. Die Datenspeicher, die intelligente Materie und die Interfacegeräte sind bereit für den Wiederbelebungsprozess.« Er grinste. »Und ich verfüge über die Codes, ohne die das ganze Zeug wertlos ist. Trotzdem möchte ich, dass es langfristig sicher gelagert wird. Und zwar an einem Ort, wo es rasch verfügbar ist, sollten wir es jemals brauchen.«

»Klingt vernünftig«, sagte ich.

»Tja«, meinte er, »ich habe mir die Pläne für die Schleusentore angesehen – wie nennst du sie noch gleich, Siebplatten? Du hast mehrere tiefe Höhlen für die Maschinen und das Baumaterial aus dem Fels geschnitten.«

»Und du willst da ein paar andere … Maschinen und Materialien lagern?«

»Ja«, antwortete er. »Wenn das ganze System erst mal läuft, wird niemand mehr dorthin kommen. Sollte das eintreffende Eis nicht als Abschreckung genügen, dann jedenfalls die unbekannten organischen Stoffe. Es dürfte nicht schwer sein, ihre Giftigkeit ein wenig zu übertreiben.«

Und so geschah es.

Der eigentliche Bau des Kanals und der dazugehörigen Pumpen und Schleusen nahm zwei Jahre in Anspruch. Dabei half mir natürlich eine ganze Armada von Automaten und eine Planungssoftware, die meine Kritzeleien und Handschwenker verstand und in präzise technische Zeichnungen umsetzte. Aber die Koordination und die letzten Entscheidungen lagen bei mir; so viel Spaß hatte ich seit dem Dritten Weltkrieg nicht mehr gehabt. Als der Siebplattenkomplex fertiggestellt war, flog Reid ein, ganz allein in einem vom Autopiloten gesteuerten Helikopter, mit den in Kisten verpackten Speicher- und Wiedererweckungskomponenten für Millionen Tote und den Programmen, die erforderlich waren, um Tausende hochgeladener Menschen in einer posthumanen Kultur zu einem Neustart zu verhelfen.

Als wir die Geräte und Speichermedien im Berginneren verstaut hatten, lud ich Meg und Reid zu einem Kaffee ein. In der physikalischen Realität trug Reid Kontakte. Er sah uns auf einer Veranda sitzen, und wir sahen ihn uns unmittelbar gegenüber auf dem ausgeklappten Einstiegstreppchen des Helikopters sitzen. Für einen äußeren Beobachter – den es nicht gab – hätte es so ausgesehen, als unterhielte Reid sich mit einer Maschine.

Irgendwann fragte ich ihn, wie er mit dem Downloaden der Robotermenschen in die geklonten Körper vorankäme.

»Gut«, sagte er. »Gut. Drei Viertel haben wir bereits durch. Nach Möglichkeit berücksichtigen wir die individuellen Wünsche.« Er grinste merkwürdig. »Deinen Antrag habe ich noch nicht gesehen.«

Ich blickte Meg an und lachte. »Hab ehrlich gesagt noch gar nicht dran gedacht. Ich bin mit meinem Leben zufrieden.« Sie erwiderte mein Lächeln. Ihre Schönheit war mit ihrer Intelligenz gewachsen, und das galt auch für ihren Geschmack. Sie trug ein schräg geschnittenes purpurrotes Kleid, das sie von einer der Modegeschichte gewidmeten Netsite heruntergeladen hatte.

Reid strich sich übers Kinn. »Hm«, machte er. Er zündete sich eine Zigarette an. »Du solltest nicht zu lange damit warten. Unter den Robots macht sich eine bedenkliche Haltung breit. Dafür sind vor allem die heruntergeladenen Menschen verantwortlich. Sie neigen dazu, eine scharfe Trennlinie zwischen Menschen und Maschinen zu ziehen. Viele von ihnen leugnen generell, dass es so etwas wie Maschinenbewusstsein überhaupt gibt.«

Eine Fliege – wo kam die bloß her? – summte an ihm vorbei. Gemäß der VR-Konsistenzregeln nahm eine Simulation ihre Stelle ein, als sie scheinbar auf die Veranda geflogen kam.

»*Was?*«, sagte ich. »Aber sie haben das Maschinenbewusstsein doch am eigenen Leib erfahren!«

Wie früher spielte Reid auch diesmal wieder mit Lust den Advocatus Diaboli. »Nein, sie *erinnern* sich lediglich daran. Was nicht beweist, dass sie damals tatsächlich die Erfahrung gemacht haben. Es könnte sich ja auch um ein Artefakt der Konsistenzregeln gehandelt haben. So argumentieren sie jedenfalls. Die Vulgärversion besagt, dass ihr zwar Menschen wart, dass den künstlichen Intelligenzen aber ein geheimnisvolles Ingredienz abginge, das jeder gottverdammte Kleriker oder Scholastiker mit Freuden als ›Seele‹ bezeichnen würde.«

»Mein Gott«, sagte ich. »Das ist widerlich.«

»Was ist mit den Sukkubi?«, fragte Meg.

»Das sind die Schlimmsten«, antwortete Reid.

Meg warf den Kopf zurück und lachte. »Du musst es ja wissen! Die Neureichen sind die übelsten Snobs überhaupt!«

Ich musterte beide mit finsterer Miene. »Ich wüsste gern«, sagte ich, »wie sie sich zu ihren eigenen Kopien in den Robots verhalten.«

Reid sah mich merkwürdig an. »Du hast es immer noch nicht kapiert«, meinte er. »Niemand lässt eine Kopie von sich im Robot zurück. Darauf hat bislang noch jeder bestanden. Sie glauben, sie stünden im Begriff, wieder ein normales Leben aufzunehmen, und wenn die Kopie zurückbliebe, sei nicht ausgeschlossen, dass sie irgendwann aufwachen und feststellen, dass sie immer noch im Robot sind. In gewisser Weise ist das irrational – wieso haben sie keine Angst, die Kopie zu sein, die zerstört wird?«

»Weil sie nicht mit ihr mitempfinden«, meinte Meg. Sie hob eine Braue. »Könnte doch sein, oder?«

»Sicher«, sagte Reid hastig. »Das geht parallel. Wie sie sagen, fühlt man überhaupt nichts.«

»Aha«, sagte Meg. »Das ist die Wurzel der Vorstellungen, über die du da redest. Denn wenn die Menschen ihre Maschinenpersönlichkeit als … ihnen zugehörig betrachtet hätten, würden sie ihretwegen auch Schuldgefühle empfinden. Aber das tun sie nicht!«

»Ein kluges Argument«, räumte Reid ein. »Aber da steckt noch mehr dahinter … Mist, bisweilen empfinde ich genauso.« Er legte den Kopf schief und blinzelte, als wollte er ein Trugbild verscheuchen. »Ich glaube … deswegen habe ich mich auch nicht hochladen lassen und war nie in einem Makro. Ich kannte eine Menge Leute, die das machten und mir ständig erzählten, wie toll das wäre, aber den Verdacht, sie wären alle Flatliner, konnte ich nie zerstreuen.« Sein Tonfall war ungewöhnlich unsicher. »Als hätten sie ebenso viel Platz für Gefühle wie eine Wettersimulation für Regen.«

»Da bist du wohl den alten Anti-AI-Argumenten auf den Leim gegangen«, sagte ich. Mir kam das Ganze so blödsinnig wie der Solipsismus vor.

»Schon möglich«, räumte Reid widerwillig ein. »Vielleicht liegt es aber auch bloß daran, dass ich länger als jeder andere Lebende Umgang mit Computern habe.«

»Dann hältst du Jon also nicht für menschlich?«, fragte Meg. »Und mich auch nicht?«

»Ha!«, sagte Reid. Er sprang auf und drückte seine Zigarette aus. »Natürlich halte ich euch für menschlich. Ich würde euch bloß mal gerne … im richtigen Leben begegnen.«

Er stieg in den Helikopter, wandte sich um und winkte.

»Bis bald.«

»Ja, bis bald«, sagte ich.

In dieser Nacht weinte Meg an meiner Schulter.

»Was hast du?«

Sie wälzte sich ein Stück von mir weg und musterte mich ernst.

»Denkst du auch so?«, fragte sie.

»Was meinst du?«

»So wie Reid. Wie die anderen Leute.«

»Natürlich nicht.« Ich schnaubte laut. »Ich wäre ja ziemlich blöd, wenn ich glauben würde, ich dächte nicht.«

»Und was ist mit mir?«

»Mit dir?« Ich zog sie näher an mich heran. »Über dich denke ich auch nicht so.«

»Früher aber schon. «

»Das war etwas anderes. Da wusste ich's noch nicht besser.«

Zu meinem Erstaunen lachte sie erleichtert.

»Ich auch nicht.«

Während die Arbeit am Kanal voranschritt, war ich mit einem Problem befasst, das mich zunehmend fesselte: Ich versuchte zu begreifen, was ich bei meiner letzten Begegnung mit dem Makro gelernt hatte. Dies plagte mich wie ein nur undeutlich erinnerter Traum. Auch Meg interessierte sich dafür; sie war noch nie in einem Makro gewesen und konnte gar nicht genug davon erzählt bekommen. Zur posthumanen Welt hatte sie eine größere Affinität als ich, was kaum verwundern mag, denn schließlich war sie in einem viel weiter gehenden Sinn ihr Produkt als ich.

Wir bauten in unserem virtuellen Tal eine virtuelle Maschine. Ich versuchte, mich an einen Aspekt des Rätsels zu erinnern, während Meg unser gemeinsames Betriebssystem nach Spuren der damit einhergehenden Rechenaktivität durchforstete. Wurde sie fündig, griff sie ein, holte ein Stück Maschinencode hervor und verpasste ihm ein Interface. Anschließend umkreisten wir den Turm und suchten nach einer Stelle, wo es sich einfügte. In Wirklichkeit – wenn man denn hier von Wirklichkeit sprechen will – versuchte ich, Ordnung in meine chaotischen Erinnerungen zu bringen. Wenn ich den Körper der Robots als meinen eigenen empfand (der Drahtrahmen stand noch in unserem Vorderzimmer), erschien mir das, was ich erlebt hatte, eher als etwas, das ich bald verstehen würde, denn als etwas, woran ich mich undeutlich erinnerte.

Nach einigen Monaten ragte unser babylonischer

Turm wie ein übergroßer Elektrizitätsmast in unserem ländlichen Tal auf. Wir bezeichneten ihn als ›die Installation‹, und trotz unserer erweiterten Intelligenz ahnten wir nicht, worum es sich eigentlich handelte.

Das große Werk war vollbracht. Ich beobachtete vom Ufer aus, wie zwei Grabmaschinen die bröckelnde Erdwand durchbrachen, die den bloß sumpfigen Boden des Steinkanals vom bereits teilweise gefluteten Kanalsystem der Stadt trennten. Einen Moment lang wurden sie vom Wasser umspült, dann schleppten sie sich tropfend an Land. Vom anderen Ufer, wo sich eine kleine Schar Zuschauer versammelt hatte, ertönte Jubelgeschrei. Von den umstehenden Baumaschinen empfing ich einen Funkschauer robotischer Genugtuung. Dann, wieder sachlich geworden, signalisierten sie ihre Bereitschaft und stapften oder rollten davon.

Reid war ebenfalls anwesend. Er hielt eine kurze Ansprache, von der ich nur Bruchstücke mitbekam. Die von seiner Ausrufung eines historischen Moments etc. zweifellos ergriffene Menge zerstreute sich. Wir starrten einander eine Weile an, dann watete ich zu ihm hinüber.

»Ich wusste, dass du noch da sein würdest, wenn die anderen längst gegangen sind«, sagte ich. Ich schwenkte einen Greifarm. »Ansonsten fällt es mir ein bisschen schwer, euch zu unterscheiden.«

»Sehr witzig, Wilde«, sagte er. »Wird allmählich Zeit, dass du dich wieder der Menschheit anschließt, was meinst du?«

»Oder dass ich mich ihr anschließe«, meinte Meg. Die Stimme über meiner Schulter kam aus dem Lautsprechergrill des Robots. Reid zögerte nur ganz kurz, dann nickte er lächelnd.

»Ja«, sagte er. »Ich habe mir erlaubt, für euch beide Klone anzufertigen.«

»Woher hast du meinen genommen?«, fragte Meg.

»Wir verfügen über Millionen menschlicher Zellproben«, sagte Reid. »Einige von ihnen stammen von Menschen, die zu den Toten gehören, aber das betrifft nur wenige. Vor der Singularität war das Sammeln von Gewebeproben weit verbreitet – schließlich hat man sie zur Regeneration und zur Verjüngung gebraucht. Deine Zellen, Meg, stammen von einer obskuren Videodarstellerin. Ich bezweifle, dass sie auch ihr Gehirn hat scannen lassen, und daher …«

»Ich möchte mir zukünftige Peinlichkeiten ersparen«, sagte Meg. »Stellt euch vor, ihr würdet auf einer Party einer Frau begegnen, die den gleichen Körper hat wie ihr. Würdet ihr nicht auf der Stelle tot umfallen?«

»Irgendjemand bestimmt«, meinte ich.

Wir näherten uns am Kanalufer entlang der im Entstehen begriffenen Stadt. Bislang kannte ich sie bloß aus der VR. Mit ihrer nach wie vor vergleichsweise geringen Anzahl von Bewohnern ähnelte sie einer verlassenen Siedlung von Aliens, die nun von unternehmungslustigen Menschen in Besitz genommen wurde.

Und von anderen Wesen. Der erste Hominide, den ich sah – ein großkopferter vorbeischlendernder Schimpanse, der sich schnatternd mit zwei halbwüchsigen Menschen unterhielt –, erstaunte mich.

»Ach, die«, meinte Reid beiläufig. »Alte Experimente. Die Wissenschaftler der US/UN waren ziemlich krank im Kopf. Gib bloß mir nicht die Schuld daran, Mann. Ich hab den armen Kerlen einen Gefallen getan, als ich sie als Arbeitskräfte einspannte. Die Wissenschaftler waren alle dafür – wie lautete gleich noch der reizende Ausdruck? –, sie zu *opfern*.«

Wir gelangten zu einer Art Lagerhaus, das bereits verfallen wirkte, obwohl es offenbar erst kürzlich errichtet worden war. Reid öffnete die Tür mit der Handfläche, und wir traten in eine kühle, hundert Meter lange und zwanzig Meter breite Halle, in der lauter Retorten in Reihen angeordnet waren. Jede Retorte war drei Meter lang, an der Oberseite transparent und am einen Ende mit jeder Menge Elektronik ausgestattet. Bis auf zwei waren alle leer, und zu diesen beiden geleitete mich Reid.

Ich und die hinter meinem Gesichtsfeld verborgene Meg beugten uns auf unsere scheinbar schlafenden Körper hinunter, die in einer klaren Flüssigkeit schwebten. Megs Körper sah nicht anders aus, als wie ich sie immer vor mir sah. Der meine erinnerte mich daran, dass die körperliche Erscheinung, die ich aus der Zeit meines Todes im Gedächtnis bewahrt hatte, eher die eines verjüngten als die eines jungen Mannes gewesen war. War ich jemals so … unschuldig gewesen? Es kam mir beinahe verbrecherisch vor, meine gehackte, kopierte, mit Lebenserfahrung befrachtete Persönlichkeit durch die Kabel zu schicken, die sich mit seinem in der Flüssigkeit treibenden Haar verheddert hatten.

»Wo sind die anderen?«, fragte ich.

»Ihr seid die beiden letzten«, antwortete Reid. »Alle anderen sind schon fertig.« Er machte sich an den Verbindungskabeln zu schaffen und wandte sich mit fragendem Blick zu mir um.

»Du zuerst«, sagte Meg.

Ich deutete auf die Retorte mit meinem Klon.

»Ich glaube, du solltest besser die Gliedmaßen einziehen«, sagte Reid. »Der Vorgang nimmt ein paar Stunden in Anspruch.«

Ich ließ mich auf dem Boden nieder. Reid beugte sich über mich und befestigte ein Kabel an meinem Rumpf. Ich dachte an meine erste lebensverlängernde Behandlung, als mir das Herz stehengeblieben war. Damals hatte ich nicht geahnt, wie viele Meere austrocknen und welche Felsen schmelzen würden, bevor wir unsterblich würden. Ich dachte an die kasachischen Schneewehen und die verblassenden Farben der Welt, an Reids Gesicht und an Myras. Ich dachte an das schwindende Licht in der Geistwelt des Makros und wie Meg mich gerettet hatte. Dies würde mein vierter Tod sein. Ich hatte mich noch immer nicht daran gewöhnt, doch die Liebe hatte mir stets zur Seite gestanden, und so war es auch jetzt.

Alles hörte auf.

Ich sah ein Paar Cowboystiefel, eine Jeans, ein Jackett und, als ich den Blick hob, Reids ausdrucksloses Gesicht.

»Tut mir Leid, Mann«, sagte er, während ich mich aufrichtete. »Es hat nicht funktioniert. Weder bei dir noch beim Sukkubus.«

Ich spürte Megs Anwesenheit, als hielte mich jemand im Dunkeln bei der Hand.

»Was soll das heißen, es hat nicht funktioniert?«

»Eure Bewusstseine sind mit menschlichen Gehirnen nicht mehr kompatibel.« Er zuckte die Achseln. »Das Interface hat blockiert. Der Speicherinhalt eures Rechners lässt sich nicht auf die synaptischen Verbindungen übertragen. Hat wohl mit den Vorgängen im Makro zu tun.«

»Die anderen waren auch in den Makros«, erwiderte ich, obwohl ich seine Antwort bereits kannte.

»Aber nicht als sie durchdrehten«, erklärte er. »Und daran bin ich schuld. Wie ich schon sagte, es tut mir Leid.«

In diesem Moment spiegelte sich in seinem Gesicht aufrichtiges Bedauern wider. Ich kannte ihn gut genug, um zu wissen, dass er von Schuldgefühlen nichts hielt und dass seine Zerknirschung nicht lange anhalten würde.

»Kann man denn gar nichts tun?«, fragte Meg.

Reid schüttelte den Kopf. »Das alte Lied«, meinte er. »Die Schnelldenker, ob sie nun AIs oder bloße Uploads sind, könnten es schaffen. Wir nicht, und wir wagen es nicht, sie wieder aufzuwecken, solange wir nicht wissen, wie wir sie vor dem Durchdrehen bewahren oder wie wir sie im Falle des Durchdrehens in Schach halten sollen.«

Wir standen schweigend da und ließen uns das durch den Kopf gehen.

»Also«, sagte ich, »ich kann damit leben. Für einen aufgeweckten jungen Robot gibt es hier eine Menge zu tun. Was den gesellschaftlichen Umgang betrifft, können wir VR und Projektionen und so weiter einsetzen ...«

»Davon würde ich abraten«, sagte Reid. »Die Haltung, von der ich euch vor einiger Zeit berichtet habe, hat sich eher noch verstärkt. Menschen sind Menschen. Robots sind Robots. Damit einher geht eine nahezu hysterische Angst, die Grenze zwischen VR und Realität zu verwischen. Man glaubt, das sei der Grund, weshalb die Schnelldenker böse, beziehungsweise wahnsinnig wurden.«

»Und das ist gar nicht so falsch«, bemerkte ich bitter. »Allerdings begreife ich nicht, weshalb man deshalb auf die Vorteile der virtuellen Realität verzichten sollte.«

»Das tut auch niemand«, meinte Reid. Er fuhr mit dem Finger durch die Staubschicht auf der Retorte und hinterließ eine glänzende Spur. »Die Leute nutzen sie für Spiele, für Designarbeiten und wohl auch für Pornos. Aber eine nahtlose VR, wie die, in der ihr lebt – das nicht.«

»Okay«, sagte Meg. »Wie Jon schon sagte, ich kann damit leben. Ich kann mit ihm leben. Etwas anderes habe ich nie gekannt. Aber ich wüsste gern, was wir tun sollen. Könnten wir nicht versuchen, die Schnelldenker zu kontrollieren oder sie einzudämmen? Ich vermute, dass wir dafür ganz gut ausgerüstet sind.«

Reid funkelte mich an.

»Kommt nicht infrage«, sagte er. »Völlig ausgeschlossen. Im Moment wird daran nicht geforscht. Das dürfen wir nicht riskieren, und ich werde es nicht zulassen. Ich besitze die erforderlichen Codes, um die Makros wieder aufzuwecken, und ich bestimme den Zeitpunkt und den Ort. Wir werden solange damit warten, bis wir isolierte Weltraumlabors besitzen, die von Laserkanonen bedroht werden! Und eins lasst euch gesagt sein: Jeder andere auf diesem verdammten Planeten hätte euch in dem Moment, in der *Sekunde*, da er festgestellt hätte, dass ihr mit irgendwelchem Makroscheiß infiziert seid, abgeschaltet und in den nächsten Metallrecycler gesteckt!«

Er wich zurück, in seinem Gesicht spiegelten sich Besorgnis und Argwohn wider.

»Weißt du«, fuhr er fort, »den gleichen Vorschlag hättest du gemacht, wenn du von einem dieser Dinger als Agent benutzt würdest. Versteh mich nicht falsch, Wilde, ich mache dir keinen Vorwurf. Aber ich hab mir schon einmal mit denen die Finger verbrannt, und das war einmal zu viel.«

Ich glaubte ihm. Argumente führten hier nicht weiter. Ich an seiner Stelle hätte genauso gehandelt. Mir wurde klar, wie ähnlich wir uns waren: Da wir kein Gesetz, keine Moral und keine Sentimentalitäten gelten ließen, glich unser Egoismus nicht dem eines Kindes, sondern dem eines Teufels, der lediglich dem verpflichtet war, was sein starkes Ego sich bereits angeeignet hatte. Reid hatte sich eine Welt zu Herzen genommen und ich die Toten.

»Okay« sagte ich. »Beruhig dich. Sag mir bloß noch, was ich tun soll.«

»Geh möglichst weit fort von hier«, antwortete Reid. »Erkunde den Planeten – das wäre nützlich und interessant, und auf diese Weise würdest du eine Weile nicht mit Menschen zusammentreffen.«

»Ist gut«, sagte ich. »Das ist mir Recht.«

Bloß Meg, da bin ich mir sicher, spürte die hinter meinem Einverständnis verborgene Bitterkeit.

Ich blickte mich um. »Was passiert eigentlich mit der Halle, jetzt, da das Herunterladen abgeschlossen ist?«

Reid hob die Schultern. »Wahrscheinlich werd ich sie an eine Gesundheitsfirma verkaufen«, sagte er. »Wir können immer noch Ersatzkörper oder Austauschorgane klonen. Wir können immer noch Livetransfers machen, bloß sind uns momentan die gespeicherten Bewusstseine ausgegangen. Und ...« Er brach ab. »Ach, alles Mögliche! Weshalb fragst du?«

Ich lachte. »Ich möchte nicht irgendwann Klons von mir begegnen. Oder Klons von Meg. Ich habe auch so schon genug Identitätsprobleme.«

Er langte in einen Schlitz an der Seite des Retortenrechners.

»Da haben wir dich«, sagte er.

Er reichte mir einen Plastikschnipsel, der einem mikroskopischen Dia ähnelte.

»Deine Gewebeprobe.« Reid lächelte.

Ich blickte mit den Augen des Robots auf das transparente Dia hinunter. In der Mitte befanden sich, eingeschlossen in eine Stickstoffblase, ein kaum sichtbarer Hautfetzen und ein Chip.

»So sehe ich also in Wirklichkeit aus«, sagte ich. »Was ist auf dem Chip gespeichert?«

»Dein ursprüngliches Gedächtnis«, antwortete Reid. Er ging zur nächsten Retorte weiter und reichte mir ein zweites Dia. »Wie du siehst, hat Meg keinen Chip. Deiner ist jetzt natürlich völlig nutzlos – ohne die Schnelldenker kann dein Gedächtnis nicht reaktiviert werden. Aber jedenfalls gehört es dir.«

Ich verstaute die beiden Dias in einem Fach im Rumpf.

»Und was die Klone betrifft …«, sagte Reid. Er tippte jeweils einen Code in die Retortenrechner ein. Während die winzigen Abbauautomaten, die Nanopiranhas, ihre Arbeit verrichteten, wurde die Flüssigkeit im Innern erst milchig und dann dunkel. Selbst die Blutzellen wurden in einzelne Moleküle zerlegt, ehe sie das Wasser rot färben konnten. In wenigen Minuten war alles vorbei, anschließend wurde die Retorte gespült.

»Danke«, sagte ich und ging hinaus.

Zum Teufel mit dir, Kumpel.

Beim Bau des Kanals hatten wir ein Vermögen verdient. Ein Robot mit menschlichem Bewusstsein war nach wie vor geschäftsfähig. Ich habe keine Ahnung, ob irgendjemand wusste, dass ich alles andere war als ein solcher Robot. Wir leerten das Bankkonto und erwarben ein Raupenfahrzeug und eine Menge Geräte – Werkzeuge, Maschinen, Kommunikationsausrüstung, Atomsprengköpfe, Nanotech, VR-Software, Klonierungskits, sämtliche erhältlichen Prozessoren. Ich packte alles in das Fahrzeug, zwängte mich in die Fahrerkabine und fuhr los, erst durch Straßen und dann an der dem Steinkanal gegenüberliegenden Seite der Stadt hinaus ins offene Land. Vor mir lagen die Wüsten des Planeten, ausgetrocknete Meeresbecken, von deren ausgestorbenen oder ausgerotteten Bewohnern nur mehr ausgedörrte Knochen und noch trockenere Exoskelette übrig geblieben waren. Hinter uns versanken die immer weiter in die Höhe wachsenden Türme der Stadt hinter dem Horizont.

Ich schaltete auf ein VR-Modul um, das mich beim

Fahren darstellte, mit Meg als meiner Beifahrerin. Ich grinste sie an. Während all dieser zielstrebigen Aktivitäten hatte sie teilnahmslos geschwiegen.

»Was machen wir jetzt, Jon?«, fragte sie.

Ich nahm eine Hand vom Steuer und schwenkte sie, während ich den illusionären, schmutzigen Realismus der Kabine auf mich wirken ließ. Auf dem Armaturenbrett waren Brandflecken von Zigaretten. »Man kann sich an diese nahtlosen Virtualitäten schon gewöhnen«, sagte ich. »Das ist besser als die Wirklichkeit, mein Schatz.«

»Wenn du es sagst«, meinte sie. »Aber was sollen wir jetzt anfangen?«

»Wir fahren umher«, sagte ich. »Und währenddessen hacken wir uns durch die Höllentore.«

Ich erklärte ihr, was ich damit meinte, und sie war einverstanden. Jede andere Frau und übrigens auch jeder andere Mann hätte mich angefleht, davon Abstand zu nehmen. Über Sukkubi kann man sagen, was man will, aber loyal sind sie jedenfalls.

Es wurde Nacht, wir fuhren mit ausgeschalteten Scheinwerfern weiter, immer weiter, und sprachen darüber, wie man die Höllentore hacken könnte. Am Himmel sah man die Lichtpunkte und Schlieren der ersten eintreffenden Kometen.

Wir umrundeten den Planeten zahllose Male, und der Planet umrundete hundert Mal die Sonne, bevor der Turm vollendet war, was zwei Jahrhunderte nach Erdzeit in Anspruch nahm. Die Kanäle breiteten sich aus, weitere Siedlungen entstanden. Die Bevölkerung wuchs, wenn auch nur langsam, wie es bei unsterblichen Populationen eben so ist. Wir entdeckten Erzvorkommen, Ölvorkommen, Kohle. Wir verkauften die Informationen und bisweilen auch die entdeckten Rohstoffe. Prospektoren ließen sich von uns mitnehmen und bezahlten dafür mit Vorräten und Kleidern, die wir an andere Reisende weiterverkauften.

Unser Bankkonto blieb gültig und füllte sich immer mehr. Unsere Vorräte frischten wir über Tarnfirmen und durchtriebene Mittelsmänner auf. Häufig unterhielten wir uns mit Robotern, mit Menschen nur selten. Die Haltung, vor der Reid uns gewarnt hatte, prägte nicht nur die Gesellschaft, sondern wurde zu ihrem Fundament. Als es bei den frivolen Reichen in Mode kam, aus den überzähligen Gewebeproben ›unbeschriebene‹ Klone herzustellen und sie mit Roboterbewusstsein auszustatten, vertiefte sich die Kluft zwischen Menschen und Maschinen noch mehr.

Abgesehen von einer Minderheit von Dissidenten, die sich als Abolitionisten bezeichneten. Einige von ihnen hatten die Vorstellungen eines berühmten anarchistischen Agitators namens Jonathan Wilde im Gedächtnis bewahrt. Sie glaubten fest daran, dass sein Vermächtnis unsterblich sei. Wir hielten uns von ihnen fern.

Teilweise als Reaktion auf die Abolitionisten wurden die Ideen im Hinblick auf ›Roboterrechte‹, einen Neustart der Rasse der Schnelldenker und der Wiedererweckung der Toten alle miteinander vermischt und pauschal abgelehnt. Reid machte sich zum Wortführer der Abolitionistengegner. Wenn es jemals zur Wiedererweckung der Schnelldenker kommen sollte, dann in einer Zukunft, die so fern war wie der Kommunismus in der Vorstellung der Kommunisten.

Eines Abends, als unser Raupenfahrzeug in der Hochwüste gerade durch ein ausgetrocknetes Flussbett knirschte, vollendeten wir den Turm. Wir begaben uns durch das virtuelle Tal zu unserem Haus zurück.

»Bereit?«, fragte ich Meg.

»Ich kann's gar nicht mehr erwarten«, antwortete sie.

Ich bremste das Fahrzeug ab und trat in den Rahmen.

In der vergangenen zwei Jahrhunderten war ich für den Unterschied zwischen einem virtuellen und einem realen Körper empfänglich geworden. Ungeachtet seiner scheinbaren Körperhaftigkeit, all der Lust, die er zu reproduzieren oder erfinden vermochte, und der überaus realistischen Schmerzen und des Unbehagens, das er bisweilen (aufgrund der Konsistenzregeln) empfand, fehlte dem virtuellen Körper doch eine entscheidende Kleinigkeit, nämlich nicht mehr und nicht weniger als die zahllosen subtilen Zusammenstöße und Impulse, die sich aus der täglichen Auseinandersetzung mit der Dinghaftigkeit ergaben. Wenn ich mich mit dem Robotkörper identifizierte, kam ich mir menschlicher vor als in der Simulation einer menschlichen Hülle.

Und so war es auch jetzt. Das abgeflachte Oval meines Metallrumpfs schmiegte sich in die Kabine, die Gliedmaßen waren eingezogen, die Kabel mit der Steuerung des Raupenfahrzeugs verbunden. Meine Sinne registrierten die Strahlung der Sterne, das schwache Infrarot des kalten und noch immer weiter abkühlenden Sandes, die verstohlenen Regungen und die heftigen Zusammenstöße des verbliebenen Wüstenlebens mit dem eindringenden fremden Leben.

Ich blickte mich um und wartete auf eine Offenbarung. Die Welt war die gleiche geblieben. Ich hatte anhand meiner Erinnerungen und mithilfe der Datenschnipsel, die ich dem dekadenten Makro entrissen hatte, im Geiste einen Turm errichtet, und nichts hatte sich verändert.

Das Malley Mile – die uns zugewandte Seite – befand sich am gewohnten Platz in der Tiefe des Himmels. Ich sah zu der Stelle hoch, wo es kreiste. Auf der anderen Seite, in einer anderen Zeit, befand sich der

Jupiter. Seine Oberfläche hatte sich in der Zwischenzeit vermutlich ausgedehnt, der Abstand zur Umlaufbahn des Wurmlochs sich verringert. Es würde – ich überlegte kurz – in einem Jahr plus/minus einer Größenordnung mit dem Planeten zusammentreffen. Der genaue Zeitpunkt war schwer zu bestimmen; zu viele Unbekannte. Eine Näherungsbestimmung mit einer Ungenauigkeit von einer Größenordnung war nach all der Zeit jedenfalls gar nicht so schlecht: In spätestens zehn Jahren und frühestens einem Monat würde das Malley Mile mit dem größten Makro von allen zusammentreffen, einem in denkende Materie umgewandelten Gasriesen.

Es war ein großartiger Plan, ein weitsichtiger Plan, von dem ich bei meinem letzten Aufenthalt im untergehenden Reich der Schnelldenker erfahren hatte. Sie würden ihre physischen und geistigen Prozesse verlangsamen, ihre Entwicklung nahezu zum Stillstand bringen; und dann würden diejenigen, die sich ihre geistige Gesundheit bewahrt hatten, die anderen mit buchstäblich kalter Entschlossenheit ausmerzen. Anschließend würden sich die Überlebenden mithilfe der Ressourcen des Jupiter abermals vermehren. Diesmal würden sie so lange warten, bis ihr Reich das Malley Mile umfasste: das Tor zum Ende der Zeit.

Der Schock der Erkenntnis zerstörte die Illusion, ich hätte dies immer schon gewusst. Mir wurde klar, dass der Turm mich doch verändert hatte. Er hatte mir dieses neue, die Malley-Gleichungen, die Pläne der Makros und mehr betreffende Wissen vermittelt: Jetzt wusste ich, wie sich ein gespeichertes Bewusstsein reaktivieren und auf ein Gehirn übertragen ließ. Mir fehlte es am geistigen Horizont und an der Geschwindigkeit des Wesens, das ich im Makro, bei meiner ersten Begegnung mit ihnen, gewesen war. Falls ich tatsächlich einer der ihren geworden war, so lief bei mir alles langsamer ab, auf primitiver Hardware. Doch ich erinnerte mich an das, was ich gelernt hatte, und begriff das Ausmaß der Gefahr, der wir gegenüberstanden.

Ich trat aus dem Rahmen hervor und setzte Meg ins Bild. Auch sie hatte sich verändert; sie verstand mich.

»Ruf Reid an«, sagte sie.

Wir wechselten das Ambiente. Zurück in die illusionäre Fahrerkabine, zu unserer geteilten Phantasie, ich wäre bloß ein Lastwagenfahrer und sie eine Tramperin, die ich aufgelesen hatte; wirklich traurig. Im Geiste überprüfte ich die Positionen der Kommunikationssatelliten, dann neigte ich den Telefonmonitor und wählte Reids Nummer.

Es war die privateste, persönlichste Nummer, die ich jemals ausfindig gemacht hatte, und trotzdem ging seine Sekretärin dran.

Ich starrte sie an, und mein Verstand arbeitete viel schneller als der ihre; ihre grünen Augen weiteten sich, und sie zog erstaunt die schwarzen Brauen zusammen, während sie das seltsame, schweigende Pärchen in dem Fahrzeug in der Wüste betrachtete. Welche Arroganz Reid da unter Beweis gestellt hatte, welche Verachtung für meine Gefühle! Mittlerweile musste er überzeugt davon sein, dass ich überhaupt nichts empfand, dass virtuelles Blut nicht kochen und dass simulierte Tränen ein projiziertes Gesicht nicht benässen konnten.

Während ich so schnell überlegte, dass für einen Moment alles zum Stillstand kam, bemerkte ich, dass ich einen offenen Kanal hatte. Durch diesen Kanal schickte ich subliminale Anregungen und virale Auflehnung hindurch wie einen Fluch. Ein Teil davon traf auf Firewalls, ein Teil ging bei der Transkription verloren, und ein Teil schwirrte in Reids Elektronik herum. Doch ein Teil erreichte sein Ziel, da war ich mir sicher.

Ihre Lippen teilten sich, öffneten sich. Ich blinzelte einmal.

»Verzeihung«, sagte ich. »Hab mich verwählt.«

Wir nahmen Kurs auf das Vorgebirge der Madreporenberge, das der Steinkanal durchschnitt. Wir wollten der Quelle, wo der Kometentau noch stark mit organischen Molekülen angereichert war, möglichst nahe kommen. Alle paar Tage schwirrte ein Brocken schmutzigen Eises über uns hinweg und blitzte hinter den erodierten Gipfeln auf.

Nachdem wir das Raupenfahrzeug in einer Schlucht in der Nähe des Kanals abgestellt hatten, ging ich zum Heck und machte mich daran, die Ausrüstung auszuladen. Die Retorte war primitiv, kaum mehr als eine Badewanne mit einem Rechner und eine Mikrofabrik. Ich führte die Extraktionsschläuche durch das Kanalufer hindurch und setzte meine kleine Raffinerie zusammen. Ich vergegenwärtigte mir, wie man ein gespeichertes Bewusstsein auf eine Kopie des Gehirns übertrug, aus dem es ursprünglich stammte. Ich holte ein kleines Plastikdia aus meinem Rumpf hervor und schob es in die Maschine.

Die Wachstumsprozesse des Klons liefen teilweise natürlich ab, zum großen Teil aber wurden sie von Assemblern mit intelligenter Materie beschleunigt und erzwungen. Gleichwohl braucht der Aufbau eines Körpers seine Zeit. Wir hatten nicht genug Zeit, um die Entwicklung des Embryos nachzuvollziehen: Der Klon wuchs von Anfang an in voller Größe, ein Skelett nahm Gestalt an und wurde in einer grotesken Umkehrung der Verwesungsprozesse mit Organen, Muskeln und Haut ausgestattet. Dennoch beobachteten Meg und ich sein Wachstum, beziehungsweise seinen Aufbau, so stolz, als handele es sich um einen Embryo in einer anschwellenden Gebärmutter.

Als wir ihn zehn Tage später früh am Morgen aus der Retorte hervorholten, schlief er. Wir trockneten ihn ab, kleideten ihn an und schleppten ihn am mittlerweile verschlossenen, versiegelten und scharf gemachten Raupenfahrzeug vorbei; hinaus aus der Schlucht und am Kanal entlang, bis es schließlich wärmer wurde und er sich zu regen begann. Wir legten ihn am Ufer nieder und warteten. Die Sonne stieg am Himmel empor.

Er erwachte und erinnerte sich an seinen Tod.

## 21 ▪ *Weit und kalt*

Ich stand in Dees Körper in der Höhle und versuchte, schnell zu überlegen. Leicht war es nicht.

Von allen Körpern, in denen ich mich bislang aufgehalten hatte, war dies der seltsamste, der fremdartigste. (Und das umso mehr, als ich ihn durch und durch kannte.) In den Robotkörpern konnte ich mich in einen virtuellen Körper zurückziehen. Wie Meg gesagt hatte, war in diesem Bewusstsein Platz für uns alle, doch neben Dees Bewusstsein und den anderen Ichs blieb kein Raum mehr für virtuelle Realitäten. Wir mussten eine Art Time-sharing praktizieren; einer von uns übte die Kontrolle aus, während die anderen solange untätig blieben.

Wenngleich ich dies weder geplant noch je im Traum daran gedacht hatte, war dieser Körper doch am besten geeignet, um Reid vom Notwendigen zu überzeugen. Diese schmeichelnde, neckende Stimme, dieses lächelnde und weinende Gesicht, diese Verkörperung einer Besessenheit, die den Tod des realen Objekts überdauert hatte, war am ehesten geeignet, seine bewussten Vorbehalte zu überwinden.

Zunächst hatte ich darauf gehofft, Reid zu besiegen, ihn mit juristischen Mitteln und durch den Druck der öffentlichen Meinung dazu zu zwingen, die Codes freizugeben, welche den Zugang zu den Materiespeichern der Schnelldenker und der Toten öffnen würden. Allerdings hatte ich seinen Widerstand unterschätzt.

Zunächst rettete ich Dee und Ax und ließ Wilde alleine kämpfen, zum einen, um Dee als Unterpfand in der Rückhand zu behalten, zum anderen, um den mörderischen Feldzug zu beenden, den sie mit Ax zusammen begonnen hatte. Erst als ich Dee in meine virtuelle Realität einlud, erfuhr ich, wo Reid seine Codes gespeichert und versteckt hatte, nämlich in Dees Bewusstsein, in der Persönlichkeit, die sie als den Geheimnisträger bezeichnete. Dass ich darauf von alleine nie gekommen wäre, beweist die Klugheit seiner Wahl.

Mit diesen Codes und den Informationen des Makros, die Meg und ich schließlich entschlüsselt hatten, war ich nun in der Lage, die Schnelldenker ohne Reids freiwillige oder erzwungene Mithilfe zu reaktivieren.

Und jetzt war auch dieser Plan den Bach runtergegangen.

Deshalb gestand ich alles.

»Na schön«, sagte Reid. »Na schön. Ich gebe zu, du hast einen triftigen Grund dafür, diese Wesen zu reaktivieren.« Er deutete auf die gestapelten Kisten, die er vor langer Zeit mit dem Helikopter eingeflogen hatte, und die Ausrüstungsstapel, die ich seitdem hinzugefügt hatte. Mittlerweile hatten wir alle auf Kisten Platz genommen und rauchten und tranken Kaffee. (Eine der Waren, die ich angehäuft hatte.)

»Aber wie«, fuhr er fort, »schalten wir sie wieder aus?«

»Ganz einfach«, antwortete ich. Ich kramte mit Dees Händen in Dees Handtasche, holte die Plastikbox hervor, die ich ihr gegeben hatte, und öffnete sie. Darin waren meine und Megs Gewebeproben und ein versiegeltes Plastikröhrchen mit einem Gift, das auf die intelligente Materie wirkte.

»Du kennst das Zeug«, sagte ich. »Blue Goo. Es wird seit Jahrzehnten auf streunende Nanotech gesprüht und verändert sich ständig. Es ist so weit entwickelt, dass die Schnelldenker … äh … Minuten bräuchten, um Immunität dagegen zu entwickeln.«

Reid lachte. »›Ich hab da was vorbereitet‹, wie? Und was ist, wenn deren Forscher klüger sind als unsere Viren?«

»Dann sprengen wir sie eben«, sagte ich. Ich blickte mich in der Höhle um. »Irgendwo hab ich Atombomben mit ein paar Kilotonnen Sprengwirkung herumliegen.«

»Ziemlich gefährlich«, bemerkte Reid.

Ich musterte ihn scharf.

»Du lässt doch regelmäßig Back-ups anfertigen, oder?«

Abermals lachte er. »Natürlich.«

»Wartet mal«, sagte Tamara. »Wenn ich euch richtig verstanden habe, wollt ihr Tausende übermenschlicher Bewusstseine in intelligente Materie implementieren, ihnen ein paar Fragen stellen und sie anschließend *vernichten*?«

Reid und ich sahen uns verwundert an, und da wusste ich, dass ich gewonnen hatte.

»Ja«, sagte Reid. »Irgendwelche Einwände?«

Es gab jede Menge Einwände, aber wir taten es trotzdem.

Den Schnelldenkern stellten wir folgende Fragen:

Wie gelangen wir durchs Malley Mile wieder ins Sonnensystem?

Die Antwort wurde auf den Bordcomputer eines gewöhnlichen Raumschiffs übertragen, wie sie auf dem Neuen Mars zum Aufsammeln von Kometenfragmenten benutzt wurden.

Wie lässt sich die Position eines Malley-Wurmlochtors aus nichtexotischer Materie verändern?

Die Antwort wurde auf eine eilig zugeschaltete Erweiterung des Bordcomputers übertragen.

Gibt es ein Heilmittel für die in dieser Blutprobe enthaltene Krankheit?

Die Antwort wurde auf einen gewöhnlichen Behandlungsautomaten übertragen und das Ergebnis in Ax' Blutbahn injiziert.

Wie lassen sich die Bewusstseine und Körper der gespeicherten Toten reaktivieren beziehungsweise wiederbeleben?

Die Antwort wurde auf ein Gerät übertragen, das wir über die steile Treppe zum Ufer des Kometensees hinunterschleppten.

Wir waren die ganze Nacht über beschäftigt – aber schließlich lief bei uns alles langsamer ab. Als wir uns vergewissert hatten, dass die Gedächtnisspeicher isoliert waren, sodass wir den Vorgang notfalls hätten wiederholen können, schütteten wir das Blue Goo in die Tanks, in denen die Schnelldenker lebten. Sie wurden davon überrascht, und ich bin sicher, sie empfanden keinen Schmerz.

»Eine übliche Vorgehensweise beim Umgang mit Computern«, meinte Reid zu Tamara und Ax. »Man sichert den Quellcode und verwirft den Objektcode.«

Meg und ich lösten uns aus Dees Bewusstsein, wanderten durch ein Glasfaserkabel unter dem Kanal hindurch und gelangten über verschiedene Zwischenstationen (manchmal wache ich jetzt noch auf und denke daran) in das Steuermodul einer Sonde, die auf einer Laserstartvorrichtung auf der anderen Seite von Ship City montiert war – dieselbe Sonde, auf die wir die Koordinaten des Wurmlochs übertragen hatten. Währenddessen flog einer von Reids Männer mit einem Helikopter und einer Handvoll Automaten für Molekularsynthese, die sich notfalls zu einem ganzen Fabrikkomplex ausbauen ließen, über die Stadt hinweg. Er verstaute die Ladung in der kleinen Frachtluke der Sonde. Wir vergewisserten uns, dass auch unsere genetischen Informationen an Bord waren.

In dem Steuermodul war nicht viel Raum für VR.

Wir nahmen die Umwelt durch die Messinstrumente des Raumschiffs wahr, hatten aber auch eine optische Videoverbindung, und damit beobachteten wir die Menschen in der Höhle und am Ufer. Reid, Dee, Tamara und Ax diskutierten aufgeregt miteinander und mit den Bewohnern des Stadt. An diesem Zweittagmorgen war der Circle Square der Mittelpunkt einer Veranstaltung, die bisweilen an die ausgelassenen Parties erinnerte, wie sie auf der zentralen Insel gang und gäbe waren, dann wieder an eine Art von Basisdemokratie oder auch an handgreifliche Auseinandersetzungen. Verschiedene Gerichtshöfe – Talgarths Gericht und andere mit eher konventionellen Gepflogenheiten – verhandelten die zahlreichen Verfahren, welche Folge der Ereignisse der vergangenen Tage waren. Ein gewisser Anderson Parris (vorübergehend verschieden) wollte Reid für die Handlungsweise seines Gynoids Dee Model haftbar machen.

Reid hörte unvermittelt auf zu diskutieren und machte sich daran, verschiedene Geldquellen anzuzapfen und die in Ship City für die Katastrophenhilfe zuständigen Einrichtungen zu mobilisieren. Der Neue Mars kannte weder Hungersnöte noch Kriege, und es gab gerade so viele Industrieunfälle, dass Bedarf für derlei Organisationen bestand. Nun waren sie mit einer rückgängig gemachten Katastrophe konfrontiert.

Wir schalteten auf die Kameras und Nachrichtenrobots um, die vom Ufer des Kometensees aus filmten. In diesem dunklen, nährstoffreichen Wasser wurde der Prozess, mit dem wir Wilde wieder zum Leben erweckt hatten, wiederholt und vervielfältigt. Körper nahmen Gestalt an, erst Hunderte, dann Tausende, die an das unbefestigte Seeufer trieben oder sich ihm entgegenschoben. Tropfend, Flüssigkeit aus ihren neuen Lungen aushustend, schleppten sie sich blind an Land und blieben erst einmal im Sonnenschein liegen. Nach einer

Weile blickten sie zu den kreisenden Flugzeugen auf, zu den auf der Stelle verharrenden Helikoptern, und fragten sich, wo sie da wohl gelandet waren.

Das letzte, was wir von Wilde sahen, war, wie er unter den nackten, zitternden Körpern am Ufer nach Annette suchte, von der er glaubte, dass sie unter den Toten gewesen war.

Die Laser kochten uns in den Orbit hoch, dann starteten die chemisch betriebenen Raketen. Wir ließen die Steuersysteme ihre Arbeit verrichten – ich hätte nach all der Zeit gerne meine Raketenreflexe auf die Probe gestellt, doch das redete Meg mir aus. Wir redeten viel miteinander auf diesem langen Sturz ins Tochterwurmloch: über das, was uns erwartete und was wir tun sollten, wenn niemand mehr da wäre, den wir warnen könnten oder der auf eine Warnung hätte reagieren können. Die Schnelldenker hatten ein paar Vorschläge gemacht. Vor allem kam es darauf an, nach unserem Eintreffen im Sonnensystem die Materie- und Energieressourcen zu erschließen, die wir für die Umsetzung benötigten. Dass uns von der wichtigsten Ressource, nämlich der Zeit, genug zur Verfügung stand, war keineswegs sicher.

Wir stürzten durchs Wurmlochtor.

Der Anblick, der sich mir bot, hätte mich beinahe umkehren lassen.

Wie vorhergesagt, tauchten wir im Orbit des Jupiter auf – im *hohen* Orbit, was uns überraschte. Zum ersten Mal erblickte ich den Ring von oben. Mit dem des Saturn war er zwar nicht zu vergleichen, bot aber gleichwohl einen beeindruckenden Anblick. Konzentrische weiße Ringe, unterteilt von schmaleren schwarzen Ringen, die wohl im Laufe der Jahrhunderte von den verbliebenen Jupitermonden eingefräst worden waren. Auch der Jupiter selbst hatte sich verändert, die farbigen Bänder waren nun gezähmt, zu hexagonalen Zellen geordnet, die von undeutlich erkennbaren massiveren Strukturen getrennt wurden.

»Das ähnelt ja einer Honigwabe!«, flüsterte hinter mir Meg.

»Ja«, sagte ich. »Aber dem Bienenvolk möchte ich lieber nicht begegnen.«

Meg zoomte daraufhin die Vorderansicht. Hundert Kilometer voraus zeigte sich auf unserer Umlaufbahn ein Schwarm der hässlichsten Raumschiffe, die ich je gesehen hatte. Ihre riesigen, mit Gelenken versehenen Ausleger aus funkelndem Messing und Stahl wirkten perfekt, geradezu *vollkommen*. Ihre zahlreichen Augen und die kreisenden Antennen waren uns zugewandt. Ihre Missiles und Laser bewegten sich wie frei zugängliche Stacheln in Kampfposition.

Unsere eigenen Antennen wurden augenblicklich auf mehreren Frequenzen gleichzeitig bombardiert.

»Firewalls aktiv?«, fragte ich.

»Ja«, antwortete Meg.

Vorsichtig öffnete ich einen hereinkommenden Videokanal und sendete ein Mikrowellenidentifizierungssignal an die vor uns befindlichen Festungen oder Raumschiffe.

Auf dem Monitor in den visuellen Zentren meines Bewusstseins erschien das Gesicht einer Frau, verschleiert durch die schützenden Firewalls der Anti-Virus-Software. Eine junge Frau mit zu Zöpfen geflochtenem Lockenhaar, epikanthischen Augenlidern, breiten Wangenknochen, kaffeebrauner Haut, schmalen Lippen und breiten Zähnen … schwer zu sagen, an welchen Merkmalen ich dies festmachte, doch ich war mir sicher, dass sie einer neuen Rasse angehörte, die sich von allen anderen mir bekannten Rassen unterschied; sie war ein Mensch, das trifft es wohl am ehesten.

»Sprechst du Angloslavisch, Robot?«, fragte sie misstrauisch.

»Englisch?«

Sie lächelte. »Ya, Ehnglisch. Du kennst es von alten Sendungen her, ya? Die Sprache hat sich verändert. Vieles hat sich verändert.«

Vieles hat sich verändert.

Die Flotte, die uns erwartete, gehörte der Cassini-Elitedivision (wie sie sich nannte) der Solaren Verteidigungsgruppe an, die dem Anomalitätsforschungskomitee des Jupiter unterstellt war. Ihre einzige Aufgabe bestand darin, das Malley Mile zu bewachen und alles abzuschießen, was von der Jupiteroberfläche aufstieg. Zunächst hielten sie uns für Aliens oder Abkömmlinge der Schnelldenker. Sie waren gar nicht erfreut zu hören, dass wir ihren Signalen ebenfalls nicht trauten – auch wenn ihre Schiffe im Unterschied zu dem unseren groß genug waren, um organisches Leben zu ermöglichen (wie wir widerwillig einräumten). Schließlich schwärmten sie aus, umringten uns wie raumanzugbewehrte Südseeinsulaner, pressten ihre Visiere an unsere Linsen und ihre Zungen (das taten nur einige) an die Innenseite ihres Helms.

Meg fertigte eine spektroskopische Analyse ihrer Zungen und der beim Lachen ausgestoßenen Atemluft an und versicherte mir anschließend, sie bestünden aus Fleisch und Blut. Dann waren wir an der Reihe, ihre Befürchtungen zu zerstreuen. Sie verhörten uns tagelang, dann waren sie beruhigt und züchteten uns geklonte Körper. Die Retorten waren isoliert und wurden von einer Batterie Laserkanonen bedroht.

Ich glaube, sie waren mehr als erleichtert, als wir in menschlicher Gestalt aus den Retorten stiegen. Die im Laufe vieler Generationen empfangenen virenbefrachteten Funkbotschaften von den aufeinander folgenden Zivilisationen der Schnelldenker des Jupiter haben sie im Hinblick auf elektronische Computer misstrauisch gemacht. Der Großteil der Rechenarbeit im Sonnensystem wird von Maschinen erledigt, die Babbage, dem britischen Mathematiker und Erfinder des neunzehnten Jahrhunderts, wohl bekannt vorgekommen wären. Ich habe diese Rechenmaschinen gesehen. Sie füllen ganze ausgehöhlte Berge aus. Mit Strom versorgt werden sie durch Staudämme, gekühlt werden sie von Flüssen. Sie sind imstande, Millionen von Gleichungen zu lösen.

Die Cassini-Division verfrachtete uns zur Erde. Der Aufenthalt im Transferorbit ermöglichte es Meg und mir, uns mit der aktuellen Lage vertraut zu machen und weltberühmt zu werden. Alle Menschen, die älter waren als sechs, schütteten sich aus vor Lachen, als sie erfuhren, dass wir sie davor hatten bewahren wollen, dass die wahnsinnigen Computer-Wunderkinder ans Ende der Zeit gelangten.

Weltberühmt zu sein hat Vorteile, zumal bei einer Bevölkerung von dreißig Milliarden Menschen. Doch nachdem ich auf einer Welt gelebt hatte, wo die von mir vertretenen Ideen die Grundlage der Gesellschaftsordnung waren und ich eine historische Persönlichkeit, war es erfrischend. In dieser Welt sind meine Ideen vergessen, und ich bin eine Fußnote der Geschichte.

Und so streifen Meg und ich auf der Erde umher und unterhalten uns mit anderen Menschen. Je mehr wir ihnen von Ship City erzählen und je mehr sie davon verstehen, desto weniger gefällt es ihnen. Ihnen erscheint das Leben dort nicht als anarchistisch wie das Leben im Sonnensystem, sondern als ein System der geteilten – und daher vervielfachten – staatlichen Autorität. Deshalb reden wir nicht viel über Ship City. Wir erzählen von der Wüste und warten darauf, dass diese fremdartigen, irgendwie aber auch vertrauten Leute uns erneut fragen, ob wir noch wissen, wie man durchs Wurmloch zum Neuen Mars gelangt. Dies ist das einzige Thema, das in ihren Augen Neid aufleuchten lässt. Ich verstehe sie gut. Die dreißig Milliarden haben Malthus widerlegt: Alle sind reich. Sie haben Mises widerlegt: Niemand leistet Lohnarbeit. Sie haben Freud widerlegt: Niemand ist traurig.

Allerdings ist es auf der Erde ein wenig eng.

Die Sonde verfolgt mit annähernd Lichtgeschwindigkeit weiterhin ihren Kurs; die Informationen, die sie zurücksendet, sind stets neu, stets unerwartet. Die für mich bedeutendste Erkenntnis aber übermittelte sie bereits zu einem recht frühen Zeitpunkt: Die Hubble-Ausdehnung ist lokaler Natur. Die Sonde ist darüber hinaus gelangt, in andere expandierende oder kontrahierende Regionen des Alls. Es gab einen Urknall, doch er war nicht der Anfang, denn diesen gab es nicht. Uns erwartet kein Hitzetod, kein alles umfassendes Schwarzes Loch. Diese Verdammungsurteile (wie man nun sagt) spiegelten trotz der ihnen zugrunde liegenden glänzenden mathematischen Begründungen lediglich den Zustand einer Gesellschaft wider, die sich mit ihren Grenzen konfrontiert sah.

Es gibt kein Ende.

HEYNE
BÜCHER

# Joe Haldeman

## Der ewige Friede

Ausgezeichnet mit dem
HUGO GERNSBACK AWARD
und dem NEBULA AWARD

06/6340

Nach seinem großen Erfolgsroman »Der ewige Krieg« kehrt Joe Haldeman mit »Der ewige Friede« zu den wichtigsten Themen seines Lebens zurück: Die psychischen Deformationen, die der Krieg in jedem einzelnen Soldaten hinterläßt, und die Suche nach den Bedingungen für einen Frieden unter den Menschen, der ewig währen könnte.

»Joe Haldeman ist nicht nur ein genialer Science Fiction-Autor, sondern auch einer jener Schriftsteller, die wirklich unersetzbar sind.« *Stephen King*

**Der ewige Friede**
06/6340

HEYNE-TASCHENBÜCHER